KB014223

라일라

LILA by Marilynne Robinson

Copyright © 2014 by Marilynne Robinson

All rights reserved.

This Korean edition was published by EunHaeng NaMu Publishing Co.,
Ltd. in 2023 by arrangement with Marilynne Robinson c/o Trident Media
Group, LLC through KCC(Korea Copyright Center Inc.), Seoul.

이 책은 (주)한국저작권센터(KCC)를 통한 저작권자와의 독점계약으로
(주)은행나무출판사에서 출간되었습니다.
저작권법에 의해 한국 내에서 보호를 받는 저작물이므로
무단전재와 복제를 금합니다.

라일라

매릴린 로빈슨

박산호 옮김

은행나무세계문학 에세 • 16

은행나무

아이오와에게

차례

일러두기

• 본문 하단의 각주는 모두 옮긴이의 것이다.

• 원문의 이탤릭체가 강조의 의미일 경우 고딕체로 표기했다.

아이는 어둠 속에서 현관 입구에 있는 계단에 앉아 추위에 떨며 자기 몸을 껴안고 있었다. 울다 지쳐 잠들기 직전이었다. 더는 소리를 지를 기력도 없었고, 어쨌든 사람들은 그 소리를 듣지 못했다. 들었다면 상황이 더 나빠졌을 것이다. 누군가 소리 질렀다. 저거 입 좀 닥치게 해, 안 그러면 내가 하겠어! 그러자 한 여자가 테이블 밑에 있는 아이의 팔을 우악스럽게 잡고 끌어내서 계단으로 밀어낸 후 문을 닫아버렸고, 고양이들이 집 밑으로 들어갔다. 아이가 가끔 꼬리를 잡아서 들어 올렸기 때문에, 고양이들은 이제 아이가 옆에 오지도 못하게 했다. 아이의 팔은 고양이에게 할퀴인 자국투성이였는데 몹시 쓰라렸다. 아이는 고양이들을 찾으러 집 밑으로 기어들어갔지만, 마침내 잡은 한 마리가 전보다 더 격렬하게 몸부림을 쳐도 놔주지 않자 깨무는 바람에 놔줘야 했다. 넌 왜 그 스크린도어*를 계속 두드리는 거니? 그런 식으로 행동하면 아무도 널 곁에 두고 싶어 하지 않을 거야. 누군가 그 말을 한 후에 다시 문이 닫혔고, 얼마 후 밤이 왔다. 집안에 있는 사람들끼리 싸우다 조용해졌고, 기나긴 밤이었다. 아이는 집 밑에 있기도 두려웠고 계단 위에 있기도 두려웠지만, 문 옆에서 기다리면 언젠가 다시 열릴지도 모른다. 하늘에는 아이를 마주 보는 달이 떠 있었고, 숲속에서는 여러 소리가 들렸다. 하지만 아이가 거의 잠들었을 무렵 길에서 달(Doll)이 나타나 너무나 불쌍한 상황에 처한 아이를 발견했다. 달은 아이를 안아 올리고 자신의 숄로 몸을 덮어주면서 말했다. "흠, 우리는 갈 곳도 없는데. 어디로 가야 할까?"

아이가 세상에서 가장 증오하는 사람이 있다면, 그 사람은 달이었다. 달은 축축한 헝겊으로 아이의 얼굴을 박박 문지르거나, 부서진 빗을 가지고 덤벼들어 헝클어진 머리를 빗기려 들었다. 달은 밤에는 주로 이 집에서 잤고, 집을 청소하는 것으로 집세를 대신했던 것 같다. 이 집을 빗자루로 쓰는 사람은 달 하나였고, 그렇게 비질할 때마다 욕을 했다. 당최 좋은 일이라곤 하나도 안

---

* 방충망을 친 문.

하는 집구석이야. 그러면 누군가 말했다. 그럼 그냥 놔두면 될 것 아니야, 빌어먹을. 집 안에서 사람들은 낡고 오래된 누비이불과 마대를 대충 깔고 바닥에서 잠을 잤다. 그곳에서는 어제와 오늘을 분간할 수 없는 시간이 흘러갔다.

아이가 테이블 밑에 있을 때면 사람들은 대체로 아이가 거기 있다는 사실을 잊어버렸다. 테이블은 한쪽 구석에 밀쳐져 있었고 아이가 입을 다물고 조용히 있으면 굳이 귀찮게 그 밑으로 손을 뻗어서 아이를 끌어내려 하지 않았다. 밤에 달이 집에 오면 무릎을 꿇고 앉아서 아이의 몸에 숄을 덮어줬지만, 그랬다가도 아침 일찍 다시 집을 나갔고 아이는 숄이 없어져서 더 추워진 것을 느끼고는 몸을 뒤척이면서 조금 욕을 하곤 했다. 하지만 눈을 뜨면 숄이 없어진 대신 건빵이나 사과 같은 음식과 물 한 잔이 놓여 있었다. 한번은 그 자리에 일종의 장난감이 하나 있었다. 마로니에 열매에 천을 씌우고 끈으로 묶은 후, 마치 손과 발처럼 좌우에 하나씩과 아래쪽에 두 개, 총 네 개의 매듭을 단 것이었다. 아이는 그것에 입을 대고 속삭였고, 잘 때는 입고 있는 셔츠 속에 넣고 잤다.

라일라는 그 시절에 대해 누구에게도 말하지 않았다. 그 이야기가 사람들에게 아주 슬프게 들리리라는 점을 알고 있었지만, 사실은 슬프지 않았으니까. 달은 라일라를 품에 안아 올리고 숄로 몸을 감싸줬다. "이제부터 입 꼭 다물고 있어야 해. 사람들을 깨우면 안 돼." 달은 아이를 안고 어두운 집 안으로 들어가 최대한 소리를 내지 않고 조심스럽게 돌아다니면서 자신이 평소에 지내는 구석에 놔둔 짐 꾸러미를 찾은 후, 다시 쌀쌀하고 어두운 밖으로 나와 현관 계단을 내려갔다. 사람들이 다 자는 그 집에선 악취가 코를 찔렀고, 어두운 밤은 세찬 바람에 흔들리는 나무들의 소리로 가득 차 있었다. 달[月]은 사라졌고 비가 내리고 있었다. 빗발이 너무 가늘어서 피부를 가볍게 스치고 지나가는 느낌이 들었다. 아이는 너덧 살쯤 됐고, 다리가 길어서 계속 숄로 덮어주면서 갈 수 없었지만, 달은 크고 거친 손으로 아이의 종아리를 쓸어내리고 뺨과 머리에 떨어지는 빗물을 털어냈다. 그리고 속삭였다. "내가 지금 무슨 짓을 하는지 나도 모르겠다. 이럴 생각은 전혀 없었는데. 아니, 어쩌면 그런 생각을 해봤을지도 모르겠고. 나도 모르겠다. 아마, 했던 것 같아. 하지만 분명 오늘 밤은 때가 아닌데." 달은 매고 있던 앞치마 자락을 끌어 올려 아이의 다리를 덮은 채 빈터를 지나갔다. 그 집의 현관문이 열렸을지도 모르고, 그들을 향해 한 여자가 이렇게 소리쳤을지도 모르는 일이었다. 당신 그 아이를 데리고 어디 가는 거야? 그리고 1분쯤 지나서 다시 문을 닫아버렸을지도 모른다. 그것으로 체면치레는 다한 것처럼. "흠, 두고 보면 알 일이지." 달이 속삭였다.

그들이 가는 길은 도로라기보다는 사실 작은 시골길에 지나지 않았지만, 달은 어둠 속에서도 이 길로 자주 다녀봐서 위로 툭 튀어나온 나무뿌리들을 넘어가고 움푹 팬 곳들을 돌아가면서도 단 한 번도 걸려서 비틀거리거나 가던 길을 멈추지 않았다. 빛 한 점 없이 깜깜할 때도 재빨리 걸을 수 있었다. 그리고 설핏 잠이 든 다리 긴 아이 같은 거추장스러운 짐을 품에 안고 갈 수 있을 정도로 힘이 셌다. 라일라는 그때 그 일이 자신의 기억과는 달랐을지도 모른다는 점을 알고 있었다. 마치 그녀가 바람에 실려 가는 것처럼 옮겨지고, 안전하다는 사실을 알려주기 위해 그녀를 감싸 안은 두 팔이 있고, 혼자 외롭게 있어선 안 된다고 귓가에 대고 속삭이는 목소리가 있었던 기억. 그 속삭이는 목소리가 말했다. "널 내려놓을 곳을 찾아봐야겠다. 마른자리를 찾아봐야겠어." 그러고 나서 그들은 솔잎이 깔린 땅바닥에 앉았다. 달은 나무에 등을 기대고 앉았고, 아이는 그녀의 무릎 위에 앉아 몸을 동그랗게 말고 달의 가슴에 머리를 기댄 채, 그녀의 심장이 뛰는 소리를 듣고 그 박동을 느끼고 있었다. 비가 세차게 쏟아졌다. 가끔 큰 빗방울들이 그들의 머리 위로 툭툭 떨어졌다. 달이 말했다. "비가 쏟아질 걸 알았어야 했는데. 넌 이제 열이 나는구나." 하지만 아이는 그저 그녀의 품에 안긴 채 지금 이 자리에 그대로 있을 수 있기를, 비가 그치지 않기를 바랐다. 달은 아마 세상에서 가장 외로운 여인일지 모르고, 아이는 세상에서 가장 외로운 아이였다. 그런데 지금 그 둘이 함께 있으면서 빗속에서 서로를 따뜻하게 해주고 있었다.

비가 그쳤을 때 달이 아이를 품에 안은 채 엉거주춤하게 일어나서 최선을 다해 숄로 아이의 몸을 덮어줬다. 그리고 말했다. "내가 아는 곳이 하나 있다." 아이의 머리가 툭 떨어지면, 달은 다시 아이를 추어올리면서 계속 몸을 숄로 덮어주려 애썼다. "거의 다 왔어."

그곳은 현관 계단이 있는 또 다른 오두막집으로, 아무것도 없이 텅 빈 앞마당이 있었다. 늙고 검은 개 한 마리가 기지개를 켜듯이 앞다리를 쭉 펴고 천천히 일어나 짖어대자, 나이가 지긋해 보이는 여자가 문을 열고 말했다. "이 집에 자네에게 줄 일은 없네, 달. 남는 일이 없어."

달이 현관 계단에 앉았다. "그냥 좀 쉬어 가려고 생각했어요."

"거기 그게 뭔가? 그 아이는 어디서 났어?"

"신경 쓰지 마세요."

"흠, 그 아이는 원래 있던 곳에 데려다 놓는 게 낫겠어."

"아마 그럴지도 모르죠. 하지만 난 그러지 않을 것 같아요."

"적어도 뭘 좀 먹이는 편이 낫겠어."

달은 아무 말도 하지 않았다.

노파가 집 안으로 들어갔다가 옥수수빵 한 조각을 가지고 돌아왔다. 그리고 말했다. "막 젖을 짜려던 참이었어. 추운데 밖에서 이러고 있지 말고 아이를 데리고 안으로 들어가는 게 좋겠어."

달은 아이를 안은 채 난로 옆에 섰다. 난로 속에 층층이 쌓인 잉걸불의 작은 온기가 남아 있었다. 그녀가 속삭였다. "넌 조용히 있어. 줄 게 있어. 이걸 먹어야 해." 하지만 아이는 몸을 일으키지 못하고 계속 머리가 뒤로 축 늘어졌다. 그래서 달은 아이를 안고 바닥에 무릎을 꿇고 앉아 자유로워진 두 손으로 빵을 조금씩 뜯어서 아이의 입에 하나씩 넣어줬다. "이걸 삼켜야 해."

노파가 우유가 든 들통을 들고 돌아왔다. "막 짜서 따뜻해. 아이에게 좋아." 노파가 말했다. 풀 냄새 같은 그 강한 냄새, 주석컵에 담긴 생우유. 달은 아이의 머리를 자기 팔로 받친 채 한 모금씩 마시게 했다.

"음, 아이가 그걸 게워내지만 않으면 배가 좀 찼겠지. 내가 장작을 넣어서 불을 피울 테니 둘이 같이 아이를 좀 씻기자고."

방이 더 따뜻해지고 주전자의 물도 데워졌을 때 그 나이 든 여자가 난로 옆에 있는 바닥에 하얀 대야를 놓고 그 안에 아이가 서 있게 잡았고, 달이 해진 천과 비누 쪼가리로 아이를 씻겼다. 달은 고양이들에게 할퀴인 자국들, 털진드기에 물린 자리들, 모기에 물려서 아이가 긁은 부분들을 살살 문질렀다. 그리고 무륜의 찢어진 상처들과 아이가 손을 물어뜯는 습관이 있어서 생긴 상처들도 문질렀다. 대야의 물이 너무 더러워져서 문밖에 내다 버리고 다시 씻겼다. 춥기도 하고 따끔따끔하기도 해서 아이는 덜덜 떨었다. "이가 있어. 머리카락을 잘라야겠어." 여자가 그렇게 말하고 면도칼을 가져와서 아이의 두피에 바짝 대고 정신없이 뒤엉킨 머리카락을 자르기 시작했다. "면도날을 대고 있으니까 아이가 움직이지 못하게 꽉 잡는 게 좋을 거야." 그러고 나서 그들은 아이의 머리를 비누칠하고 박박 문지른 후에 물을 끼얹었다. 비눗물이 눈에 들어가자 아이는 있는 힘껏 몸부림을 치고 소리를 지르며 둘 다 지옥에서 썩어버리라고 욕을 해댔다. 여자가 말했다. "저러면 안 된다고 나중에 한마디 해."

달은 앞치마 자락으로 아이의 얼굴에 흐르는 비눗물과 눈물을 닦아줬다. "난 한 번도 아이를 야단칠 용기가 나지 않았어요. 아이가 하는 말을 들은 것도 이번이 처음이에요." 두 여자는 밀가루 부대 자루 몇 장에 아이의 머리와 팔이 들어가게 구멍을 내서 옷으로 만들어줬다. 그 옷들은 처음에는 뻣뻣하고 장롱이나 찬장에 오래 묵혀놓은 냄새가 났고, 달의 앞치마처럼 온통 작은 꽃들이 그려져 있었다.

그것은 기나긴 하룻밤처럼 느껴졌지만, 사실은 1주나 2주 정도 되는 시간이었을 것이다. 아이가 달의 무릎에 안겨 앞뒤로 흔들거리는 동안 노파는 둘의 주변을 돌아다니며 잔소리를 해 댔다.

"자넨 자네 문제만으로는 충분하지 않나 봐. 결국 자네 품에서 죽을 아이를 얼싸안고 돌아다니다니."

"이대로 아이가 죽게 놔두지 않겠어요."

"그래? 자네가 마지막으로 뭔가를 결정한 게 언제였지?"

"만약 이 아이를 있던 곳에 내버려뒀다면, 확실히 죽었겠죠."

"뭐, 이 아이의 가족들은 그렇게 생각하지 않을걸. 자네가 아이를 데려간 걸 그 사람들은 알아? 아이를 찾으러 오면 뭐라고 할 거야? 숲속 어딘가에 묻혀 있다고 할 참이야? 아니면 감자밭에? 나는 뭐 아무 걱정 없이 태평한 사람인 줄 알아?"

달이 말했다. "아무도 이 아이를 찾으러 오지 않을 거예요."

"그건 자네 말이 맞을지도 모르지. 내 평생 이렇게 길쭉하고 비쩍 마른 아이는 처음 봐."

하지만 그렇게 잔소리하면서도 여자는 옥수숫가루와 당밀이 들어 있는 냄비를 젓고 있었다. 달은 아이에게 그 당밀을 한두 숟가락 먹인 후에 안고 조금 흔들다가, 다시 한 숟가락 떠먹였다. 그렇게 밤새도록 어르고 먹이고 하다가 아이의 불같이 뜨거운 이마에 뺨을 대고 깜박 잠이 들었다.

노파가 일어나서 난로에 장작을 더 집어넣었다. "아이가 그걸 게워내지는 않던가?"

"거의 다 삼켰어요."

"물은 마시고?"

"조금이요."

노파가 다시 가버렸을 때 달은 아이의 귀에 대고 속삭였다. "자, 날 두고 죽으면 안 된다. 내가 이렇게까지 했는데 말짱 헛것이 되게 하지 마. 죽지 말아라, 아가야." 그러고 나서 아이가 간신히 들을 수 있게 아주 작은 목소리로 속삭였다. "꼭 그래야 한다면 넌 죽겠지. 나도 알아. 하지만 네가 비 맞지 않게 내가 여기로 데려왔잖니. 여긴 따뜻하잖아, 안 그래?"

한참 후에 노파가 다시 왔다. "원한다면 아이를 내 침대에 눕혀도 좋아. 나도 오늘 밤 자기는 그른 것 같아."

"아이가 숨을 제대로 쉬는지 제가 봐야 해요."

"그럼 내가 아이랑 같이 있을게."

"아이가 제게만 매달려서요."

"음." 여자가 자기 침대에서 누비이불을 가져와 두 사람을 덮어줬다.

아이는 달의 심장이 뛰는 소리를 들을 수 있었고, 달의 가슴이 올라갔다가 내려가는 걸 느낄 수 있었다. 너무 더웠고 아이는 이

불 속과 달의 품에서 나가려고 몸부림을 치는 동시에 달의 목을 꼭 껴안은 채 죽어라 매달렸다.

+ ✦ +

그들은 그 여자 집에서 몇 주, 아마도 한 달 정도 머물렀다. 이제 아침이면 덥고 습했는데 달은 아이의 손을 잡고 밖으로 나가곤 했다. 아직은 아이 혼자 설 수 있을 정도로 다리가 튼튼하지 않았기 때문이다. 아이는 마당을 걸어 다녔는데 맨발에 닿는 흙이 서늘하면서 진흙처럼 매끄러웠다. 개는 발 위에 주둥이를 올린 채 햇빛 속에 누워서 아이에게 아무 관심도 보이지 않았다. 아이가 개의 뜨겁고 거친 등 털을 만지자 손에서 시큼한 개 냄새가 났다. 마당에선 닭들이 으스대고 걸어 다니며 흙을 부리로 쪼고 발톱으로 긁어댔다. 달은 마당에 정원을 가꾸는 일을 도왔다. 아이의 기억엔 항상 누군가가 그녀를 안고 있었는데, 그렇다면 달은 정원 일을 어떻게 했던 것일까? 하지만 거기서 당근이 쑥쑥 크고 있었다. 달이 당근을 하나 뽑았는데 지푸라기만 한 크기였다. "깃털처럼 부드럽구나." 달은 그렇게 말하고, 그 작고 얇은 채소로 아이의 뺨을 톡톡 쳤다. 그리고 손가락으로 뿌리에 있는 흙을 쓸어냈다. "자. 이거 먹어봐."

아이는 하고 싶은 말이 있어서 목이 아렸다. 아무래도 그 집에 헝겊 아기를 놔두고 온 것 같아. 아무래도 그런 것 같아. 사실 아이는 그걸 놔두고 온 자리를 정확히 알고 있었다. 방 저쪽 구석에 있는 테이블 밑에 그 헝겊 아기는 마치 앉아 있는 것처럼 테이블 다리에 기대어져 있었다. 아이는 얼른 문안으로 달려가서 그걸 낚아챈 후에 다시 달려 나올 수 있었다. 아무도 아이를 보지 않을 것이다. 하지만 그랬다간 아이가 이 집에 돌아왔을 때 달이 없을지도 모른다. 어쨌든 아이는 그 집이 어디 있는지도 모른다. 아이는 그 숲을 생각했다. 그저 오래된 헝겊 아기일 뿐이다. 그녀가 만져서 더러워진 아기. 계속 몸에 품고 다녔기 때문이다. 하지만 그걸 가져오기도 전에 어른들이 아이를 현관 앞 계단으로 내몰았고, 고양이들은 아이가 손도 못 대게 했고, 그러다 달이 왔고, 아이는 달과 함께 그곳을 떠나게 될 줄 몰랐다. 아이는 아무것도 이해할 수 없었다. 그래서 그 헝겊 아기를 그냥 거기에 내버려뒀다. 절대 그럴 생각은 아니었는데.

달이 아이의 입 속에 들어가 있던 아이의 손을 잡아당겼다. "그렇게 손을 물어뜯으면 안 돼. 내가 100번은 말했잖아." 그들은 아이의 손에 겨자를 바른 적도 있었고, 식초를 바른 적도 있었다. 아이는 손이 따끔거려서 다 핥아 먹어버렸다. 그들은 아이의 손을 헝겊으로 묶어버렸고, 아이가 그 헝겊을 빨자 피가 올라와서 분홍색으로 물들었다. "잡초 뽑는 것을 도와주렴. 그 손으로 할 일을 줘야겠다." 두 사람은 햇빛 속에서 조용히 잡초를 뽑았다. 흙냄새를 맡으며 나란히 무릎 꿇고 앉아서 당근이 아닌 작은 새싹들, 아주 작고 통통한 잎들과 하얀 뿌리들을 전부 뽑았다.

여자가 나와서 그들을 지켜봤다. "아이 얼굴에 핏기가 하나도 없어. 그러다 햇볕에 다 타겠어. 그러면 다시 몸을 긁어댈 거고." 노파는 아이에게 잡으라고 손을 내밀었다. "난 '라일라'를 생각하고 있었어. 내게 라일라라는 동생이 있거든. 예쁜 이름을 지어주면, 예쁘게 클지도 모르지."

"어쩌면요. 그건 중요하지 않아요." 달이 말했다.

하지만 여자의 아들이 아내를 데리고 집에 왔고, 정말 달이 남아서 할 수 있는 일이 그 집엔 하나도 없었다. 여자는 달이 아이를 안은 채로도 가져갈 수 있는 최대한 많은 것을 이것저것 챙겨줬다. 아이는 아직 힘이 없어서 멀리까지 걸어갈 수 없었다. 여자의 아들이 큰 도로로 가는 길을 가르쳐줬다. 그렇게 여자의 가족과 작별했다. 그리고 며칠 후에 둘은 돈과 마르셀을 발견했다. 달은 어쩌면 그들을 찾고 있었는지도 모른다. 다들 돈은 평판이 좋고 공정한 사람이며, 그를 고용하면 믿고 하루 치 일을 맡길 수 있다고 했다. 물론 돈만 있었던 건 아니다. 거기엔 아서와 그의 두 아들과 엠과 그녀의 딸인 멜리가 있었고 마르셀도 있었다. 마르셀은 돈의 아내였다. 두 사람은 부부였다.

라일라는 단어에 알파벳이 있으며, 심기와 건초 만들기라는 말 외에 계절을 표현하는 다른 이름이 있다는 걸 오랫동안 모르고 지냈다. 그들은 계절을 앞질러 서쪽으로 갔고, 수확 철을 맞기 위해서 북쪽으로 걸어갔다. 그들은 미합중국에 살고 있었다. 라일라는 학교에서 배운 미합중국이라는 말을 집에 가서 했다. 달이 말했다. "흠, 어쨌든 뭐라고 불러야 했을 테니까."

라일라가 한번은 목사에게 돈이란 이름의 철자를 어떻게 쓰느냐고 물어봤다. 목사는 그녀가 한 말이 뭐라고 생각했을까? **던? 다운?** 어쩌면 **돈트?** 라일라는 항상 돈트를 발음할 때 t를 빼먹으니까? 목사는 라일라가 뭘 알고 뭘 모르는지 잘 몰랐기 때문에 그의 짐작이 틀렸을 때 그녀가 수치스러워할까 봐 괴로워했다.

목사는 잠시 아무 말도 하지 않다가 웃음을 터트렸다. "그 단어로 문장을 만들어볼래요?"

"자기 이름이 돈이라고 한 남자가 있었어요. 내가 아주 오래전에 알았던 남자예요."

"아, 알겠어요. 나는 전에 슬론이란 사람을 알았던 적이 있어요. 철자가 이렇게 됐죠. S-L-O-A-N-E." 목사는 나이가 많은 데도 여전히 가끔 얼굴이 붉어지곤 했다. "그러니까 아마 같은 철자일지도 몰라요. S 대신 D를 써서 말이에요."

"어렸을 때 일이에요. 요전 날 옛날 일을 생각하고 있었거든 요." 원래는 이 말도 하지 않으려 했지만, 예전에 한 남자를 알았 다고 하자 목사의 얼굴이 점점 더 붉어지는 걸 보고 이렇게만 설 명했다.

목사는 고개를 끄덕였다. "그렇군요." 목사는 단 한 번도 라일 라에게 옛날에 어떻게 살았는지 말해달라고 하지 않았다. 그녀 가 어디에서 살았는지, 거리를 돌아다니다 빗물이 떨어지는 몸 으로 교회 안으로 들어오기 전까지 오랫동안 어떻게 살았는지 호기심을 갖는 걸 스스로 용납하지 않는 것 같았다. 돈은 항상 이렇게 말했다. 교회들은 그저 너의 돈을 원하는 거다. 그래서 그들은 모두 교회 근처에도 가지 않았고, 다른 사람들보다 똑똑 하다는 듯 교회 옆을 바로 지나쳐서 걸었다. 마치 그들에게 교회 가 원하는 돈이 조금이라도 있는 것처럼. 하지만 그날은 비가 너 무 심하게 내렸고, 일요일이었다. 그래서 그녀가 들어갈 수 있는 다른 문간이 없었다. 교회 안에 켜져 있는 촛불들을 보고 라일라 는 놀랐다. 몇 끼를 굶어서 촛불들이 아주 아름다워 보였을지도 모른다. 허기 때문인지 촛불들이 더 환해 보였다. 더 밝으면서 동시에 더 멀어 보였다. 마치 손을 내밀면 유리가 만져질 것 같았다. 라일라는 목사를 지켜보면서 자신이 그와 같은 공간에 있다는 사실을 잊어버렸고, 목사는 그녀가 자신을 지켜보는 걸 봤다. 그는 그날 아침에 갓난아기 둘에게 세례를 주었다. 그는 키가 크고 머리가 하얀 노인이었는데, 갓난아기를 하나씩 최대한 부드럽게 안았다. 한 아기는 그의 팔뚝 위로 흘러내리는 하얀 드레스를 입고 있었는데, 아이의 이마에 물을 찍어 바르는 순간 울음을 터트리자 그는 이렇게 말했다. "아, 너는 태어났을 때도 이렇게 울었을 거야. 그건 네가 살아 있다는 뜻이란다." 그러자 라일라는 자신이 두 번 태어났다고 생각했다. 달이 계단에 앉아 있는 자신을 안아서 몸에 숄을 둘러주고 빗속을 뚫고 가던 그날 밤 다시 태어났다고. 그 여자는 네 엄마가 아니지, 난 알 수 있어.

그 소녀는 모든 걸 알고 있는 것처럼 보였다. 멜리 말이다. 멜리는 땅에 두 손바닥이 닿을 때까지 허리를 뒤로 구부릴 수 있었다. 그리고 옆으로 재주넘기도 할 수 있었다. 멜리가 말했다. "난 저 여자가 네 엄마가 아니란 걸 알아. 엄마라면 진즉 했을 말을 너에게 계속하잖아. 손을 빨지 말라니? 네가 아기니? 넌 아마 고아일 거야." 그리고 이어서 말했다. "난 전에 어떤 고아랑 알고 지낸 적이 있어. 걔 다리는 구루병에 걸렸었어. 네 다리랑 똑같아. 걔도 말을 못했어. 아마 그래서 고아가 됐을 거야. 낳고 보니

애가 이상했던 거지."

다른 사람들은 아니더라도, 멜리는 그들에 대해 궁금해했다. 멜리는 그들과 같이 걷기 위해 원래 무리와 걷다가도 뒤쪽으로 돌아왔고, 아이의 얼굴에 자기 얼굴을 바짝 들이대고 빤히 바라봤다. "얘는 발에 상처가 있네. 그건 민들레즙을 바르면 되는데. 나에게 민들레즙이 좀 있어. 나도 얘를 안고 갈 수 있을 것 같아. 정말 그럴 수 있을 것 같아." 멜리는 활짝 핀 민들레의 노란 부분을 먹거나 붉은토끼풀을 씹었다. 멜리의 갈색 얼굴에는 주근깨가 있었고, 햇빛에 비친 머리카락은 거의 하얗게 보였고, 속눈썹과 눈썹까지도 그렇게 보였다. "난 위아래가 붙은 이 낡은 작업복이 너무 싫어. 남자아이들이 너덜너덜해지도록 입었던 옷인데 이제 내가 입고 있거든. 이젠 덕지덕지 기운 헝겊 조각이 됐다니까. 돈은 일할 때는 이 작업복이 훨씬 낫다고 하지만. 나에겐 원피스가 하나 있어. 엄마가 단을 내려준다고 했어." 그렇게 말하고 나서 멜리는 물구나무를 서서 걸어가곤 했다.

달이 말했다. "저 아이는 사람을 성가시게 하는 걸 좋아하는구나. 신경 쓰지 마."

라일라는 그때는 말을 하지 않았다. 달이 대신 말했다. "얘는 말할 수 있어. 그저 말하고 싶지 않은 거야." 라일라가 말을 하지 않았던 이유 중 하나는 필요한 건 뭐든 달이 다 줬기 때문이다.

달은 지금도 가끔 밤에 라일라를 깨워서 차가운 옥수수죽을 먹이곤 했다. 그리고 라일라는 그 노파가 그렇게 말하기 전까지는 세상에 욕이라는 게 있는 줄도 몰랐다. 라일라가 그런 말을 할 때면 대체로 그저 자기를 내버려두라는 뜻으로 한 것이다. 라일라가 한번은 지옥에서 그 노파의 허리가 부러졌으면 좋겠다고 했다. 그러자 노파가 라일라를 홱 잡아당겨 세워서 철썩 때리며 말했다. 넌 그 욕 좀 그만해야 해. 어딘가로 갔다가 아이의 발에 난 좀처럼 낫지 않는 상처에 바를 약이 든 작은 약병 하나를 가져온 참이었다. 약을 발라줬을 때 따끔거리기는 했지만, 아이가 그렇게 미운 소리를 하는 바람에 여자는 속이 상했다. 라일라는 어디에 숨어야 할지 알 수 없어서 방구석에 가서 몸을 최대한 웅크린 채 눈을 질끈 감아버렸다. 여자가 말했다. "아이고, 세상에! 달, 이리 좀 와봐! 저 아이가 다시 구석에 처박혔어. 세상에 어쩜 저런 아이가 또 있을까!"

달은 방에 들어와서 아이의 옆에 무릎을 꿇고 앉았다. 땀 냄새와 햇빛 냄새가 나는 그녀는 아이를 안아 무릎에 앉히고 속삭였다. "너 지금 또 뭐 하는 거야? 갓난아기처럼 손을 물어뜯고 있다니!" 여자가 숄을 가져다주자, 달이 그걸로 아이를 감쌌다. 그러자 여자가 말했다. "걔는 자네 아이야, 달. 난 그 아이와는 아무것도 못 하겠어."

그들은 아주 오랫동안 그 시절에 대해 한마디도 하지 않았다. 달이 그녀를 훔쳐서 달아났던 그 집에 대해서도, 그들을 받아줬던 그 여자에 대해서도 말하지 않았다. 하지만 그 숄은 계속 간직했다. 너무 낡아서 거미줄처럼 부드러워질 때까지. 하지만 그녀는 달의 손을 잡았을 때 달이 그녀의 손을 살짝 힘주어 마주 잡을 때면, 달의 팔베개를 베고 그 숄을 덮은 채 달의 몸 굴곡 안에서 지쳐 누워 있을 때면 언제나 둘 사이에 존재하는 그 비밀이 주는 전율을 느꼈다. 몇 년 후, 그녀가 평범한 아이가 됐을 때, 그들이 상대해야 할 사람들이 생기면 달은 아이의 귀에 대고 속삭이곤 했다. "욕하면 안 돼!" 그리고 둘은 둘만의 비밀을 만끽하면서 같이 웃곤 했다. 둘은 심지어 돈이 피워놓은 모닥불 빛 아래서 잠들던 밤들이나, 어쩌다 보니 같은 길을 가게 된 사람들처럼 돈의 무리에서 멀찍이 떨어져서 걷던 나날에 대해서도 언급조차 하지 않았다.

달과 라일라는 옥수숫가루와 그걸 넣고 요리할 작은 냄비가 든 가방이 있어서 자기들끼리만 있을 수 있었다. 매일 밤 달은 불을 피웠다. 먹을 수 있는 것들을 걸어가면서 찾았다. 그녀는 앞치마로 토끼 한 마리를 잡아서 돌로 쳐 죽인 후 그날 밤 명아주를 잔뜩 넣고 요리했다. 새알이 들어 있는 둥지를 발견한 적도 있었다. 치커리를 발견해서 그 뿌리를 구웠다. 그건 배 아픈 걸

치료할 때 쓰는 약이라고 달이 말했다. 그러다 어느 날 아침 달은 아이를 안고 돈의 무리를 따라 어린 옥수수가 자라는 들판에 들어가 괭이가 닿지 않는 곳에 줄줄이 난 잡초들을 뽑기 시작했다. 돈의 무리는 달의 그런 행동에 대해 한마디도 하지 않았다. 아이는 달의 치맛자락을 붙잡고 내내 옆에 있었다. 마르셀이 다른 사람들에게 우물물을 한 통 가져다줄 때, 둘에게도 갖다줬다. 달은 마르셀에게 고맙다고 인사하고, 컵을 아이의 입에 대준 후에, 손에 묻은 물기를 치마에 닦고 컵에 손가락을 넣어서 아이의 얼굴에 묻은 먼지를 씻어냈다. 차가운 물방울이 아이의 턱과 목을 지나서 옷 속으로 흘러내려 축축해졌다. 그러자 아이가 웃었다. 달은 깜짝 놀라 말했다. "어머나, 너 웃는 소리 좀 들어봐!"

마르셀은 컵을 돌려받으려고 그 자리에 서서 그들을 지켜보며 기다리고 있었다. "아이가 한동안 몸이 안 좋았나 봐요?"

달이 고개를 끄덕였다. "맞아요."

"아이는 마차에 태워도 돼요. 당신은 짐이 많잖아요."

"아이는 내 옆에 있어야 해요."

"그럼 당신 침낭을 마차에 실어요."

달은 절대 먼저 나서지 않았지만, 다음 날 아침 짐을 다 꾸렸을 때 돈이 와서 그걸 가져가 마차에 실었다. 그리고 말했다. "재속에 감자가 몇 개 있어요. 같이 먹고 싶다면 그래도 됩니다."

그 후에 그녀와 달도 돈의 무리가 됐다. 그럭저럭 살 만한 시절엔 그랬다. 그게 대략 8년쯤 된다. 달이 아이를 학교에 보낸 1년은 빼고 대공황에 이르기까지의 세월을 계산하면 그렇다. 그들의 힘든 시절은 노새가 죽으면서 시작됐다. 다른 사람들 모두가 점점 더 가난해지기 시작하고 바람이 먼지바람으로 변하기 2년 전쯤이었다. 그 무렵 온 세상이 변해버린 것 같았다. 노새가 먼저 죽는 바람에 마차가 쓸모없어졌다. 마차를 팔 수도 없어서 돈 무리는 가지고 다니던 물건을 대부분 놔두고 떠나야 했다. 그 불쌍한 동물은 외딴길에서 죽었다. 애초에 그런 일이 일어날 낌새가 있었으면 그런 길로 가지도 않았을 텐데. 노새는 아서가 마차에 달린 봇줄을 매려고 애를 쓰는 동안 갑자기 무릎을 꿇고 주저앉더니 픽 쓰러져버렸다.

라일라는 대공황이 일어난 지 몇 년 후에야 그것에 대해 들었다. 그걸 대공황이라고 부른다는 사실을 알게 된 후에도 그게 뭔지 알 수 없었다. 하지만 사람들이 적절한 이름을 지어준 것 같긴 했다. 그건 마치 자느라 모르고 지나쳐버린 폭풍 같았다. 아침에 일어나면 모든 것이 파괴됐거나 사라져버린 폭풍 말이다. 돈과 마르셀을 알고 지냈던 농부들 대부분이 땅을 팔고 떠났거나 그냥 떠나버렸다. 남은 농부들은 어떤 일손도 바라지 않거나,

거기에 대한 대가를 치를 수 없었다. 그래도 처음 몇 년은 사람들이 자신이 누구인지, 어디 있어야 하는지 그리고 뭘 해야 하는지 알고 있는 것 같았다. 처음 몇 년은 아이가 자라서 튼튼해지기 시작하고, 달은 여전히 그대로이고, 멜리가 여전히 사람을 들들 볶으면서 마치 반쯤 자란 악마가 예의를 차리려고 애를 쓰는 것처럼 적당히 장난을 치던 시절이었다. 돈은 한동안 밤마다 야영지를 나가서 서로 작은 이익이라도 볼 수 있게 이런저런 것을 교환하거나, 그들이 한 일에 대해 어떤 식으로 품삯을 받을지 정했다. 야영지로 다시 돌아오면 한마디도 하지 않은 채 마르셀을 찾았다. 그러다 그녀를 보면 다가가 옆에 가만히 서 있곤 했다. 그러면 마음속으로 무슨 생각을 하고 있건 그의 마음이 꽤 평화로워진 것을 알 수 있었다.

날씨가 웬만큼 괜찮을 땐 야외에서 그렇게 살아가는 방식이 좋다고 모두 생각했다. 좋은 시절이 지속되는 동안에는 진짜 그렇게 느껴졌다. 일하느라 지치고 몸이 더러워져도 그런 더러움은 불결하게 느껴지지도 않았다. 일이 있다는 건 먹을 게 충분하고, 마을을 거쳐 갈 때 사탕이나 리본을 사거나 거기서 하는 민스트럴 쇼*를 볼 수 있는 10센트짜리 동전이 있다는 뜻이니까.

---

* 흑인으로 분장한 백인 연예인이 노래하고 춤추는 공연.

개울 옆에서 야영할 때는 날씨가 좋으면 항상 몸을 씻고 옷을 빨았다. 그리고 젖은 옷들이 다 마를 때까지 그곳에 머무를 수 있었다. 그것은 그들이 흙먼지에 휘말려 끝도 없이 기침하고, 바람이 그들이 입은 옷 속으로 바로 들어와 등짝을 펄럭이게 하기 전에 있었던 일이었다. 하지만 그때 그들은 자부심이 강한 사람들이었다. 그들은 할 수만 있다면, 어디든 구멍이 나면 때우고, 뭔가 고장이 나면 고치고, 단이 뜯어지면 다시 달았다. 가지고 있는 건 모두 정성껏 관리했다. 누구든 보면 그렇다는 걸 알 수 있었다.

라일라는 목사의 정원에서 일하는 게 정말 좋았다. 그는 그곳에 거의 발을 들이지 않았다. 그녀가 오기 전에는 교회에서 사람이 한 번씩 와서 잡초를 뽑았다. 처음 왔을 때 그녀는 거기 있는 장미를 돌보고 이런저런 쓰레기를 청소한 후에, 한쪽 구석에 작은 텃밭을 만들어서 자기가 먹을 감자를 심었다. 콩도 조금 심었다. 그렇게 햇빛이 잘 들고 흙이 기름진 땅을 그냥 놔두기가 아까웠다. 그렇게 그녀가 손을 댄 지 좀 됐다. 그녀는 흙냄새가 좋았고, 흙의 감촉도 좋았다. 내키지 않았지만, 어쩔 수 없이 손에서 흙을 씻어내야 했다.

이제 그녀는 목사의 아내가 됐기 때문에 텃밭을 훨씬 크게 늘렸다. 원하는 씨앗은 다 손에 넣을 수 있었다. 여전히 땅에서 캔

당근을 그 자리에서 먹길 좋아했지만, 보통 사람들은 그러지 않는다는 걸 알기에 그럴 때는 조심했다. 가끔 아이가 당근 맛을 어떻게 생각할지 궁금해서 그렇게 먹어보게 할까 생각한 적이 있었다. (심지어는 아이를 훔쳐서 숲속으로 데려가거나 아이를 데리고 떠나서 아이를 독차지하며 다른 방식의 삶을 알게 해줄까, 생각한 적도 두세 번 있었다. 하지만 그 노인, 그러니까 목사가 그렇게 아이를 안고 도망가는 그녀를 부르며 이렇게 말하는 상상을 하곤 했다. "아이를 데리고 어디 가는 거요?" 그의 목소리에 서린 슬픔은 처참할 것이다. 그도 자신의 목소리에 어린 슬픔을 들으면 깜짝 놀랄 것이다. 자신의 몸속에 그런 소리가 있는 걸 아는 사람은 없을 것이다. 그리고 그 소리는 그녀에게 익숙할 것이다. 그건 그녀가 상상한 소리가 아니라 어딘가에서 들은 슬픔을 기억하고 있는 것이니까. 그래서 다시 들으면 그게 뭔지 이해할 수 있을 것 같았다. 그 소리를 들을 수 있기를 그녀는 거의 원하고 있었다.)

아니, 그것은 그저 그녀가 일종의 백일몽처럼 두세 번 꾼 꿈에 지나지 않는다. 그것은 그녀의 마음에 쭉 머물러 있는 꿈일 뿐이지, 정말 아이를 아버지에게서 뺏어 가려고 생각하는 건 아니었다. 그녀가 무슨 생각을 하고 있는지 그가 알았다면, 아마 이렇게 말했을 것이다. 당신이 곧 아이를 독차지하게 될 텐데 뭘. 가끔 그녀는 그가 그녀의 생각을 알 수 있으면 좋겠다고 생각했다. 그러면 그녀가 하는 생각들을 용서할 거라고 믿기에. 선하신 하나님은 정말 용서하실 거라고 그녀는 확신했다. 만약 노인이 선하신 하나님에 대해 뭐라도 알고 있다면. 세상에 정말 선하신 하나님이 존재한다면. 달은 단 한 번도 하나님을 입에 올린 적이 없었다.

가끔 라일라에겐 이상한 생각이 떠올랐다. 전에는 항상 그랬다. 세례를 받으면 그런 생각이 나지 않기를 바랐지만, 그런 일은 일어나지 않았다. 나중에 그에게 그 점에 관해 물어봐야지. 흠, 달은 항상 이렇게 말했다. 그냥 사람들이 하라는 대로 하고 입은 다물고 있어. 사람들이 네게 원하는 건 그게 다야. 라일라는 사실 그게 전부가 아니란 걸 알게 됐다. 하지만 그녀는 아주 조용했고, 그는 그녀에게 별로 묻지 않았다. 사실은 아무것도 묻지 않았다. 결혼하고 처음 몇 주 동안은 집에 왔을 때 그녀가 집에 있는 걸 보면, 혹은 서재에서 내려왔을 때 그녀가 부엌에 있는 걸 보면 그가 정말 기뻐한다는 걸 알 수 있었다. 심지어는 조금 안도하기까지 했다. 아마도 그는 라일라가 생각하는 것보다 그녀를 훨씬 더 잘 알고 있는 듯했다. 하지만 그렇다면 라일라가 그 자리에 있는 걸 보고 그렇게 기뻐하진 않았을 텐데. 가끔 노인이 그녀가 할 일을 알려주길 바랐지만, 그는 항상 그녀를 아주 조심스럽게 대했다. 그래서 그녀는 다른 아내들이 하는 걸 지켜보고, 할 수 있는 한 그들의 행동을 따라 했다.

실수한 적도 많았다. 라일라는 그가 와달라고 부탁해서 교회에서 하는 첫 모임에 갔다. 그 방에 들어갔을 때 목사만 빼고 다 여자들이었는데, 라일라를 보자 그가 자리에서 일어났다. 라일라는 그가 그녀를 보고 화가 나서 당장 나가달라고 말할 거라고, 그녀를 초대한 건 농담이었다는 걸 이해했어야 했다고 생각했다. 그래서 돌아서서 그대로 나가버렸다. 하지만 여자 두 명이 바로 라일라를 쫓아 거리로 나와서 와줘서 정말 기쁘고 함께했으면 좋겠다고 말했다. 세례를 받겠다고 생각하지 않았더라면 라일라는 그런 친절을 받았을 때 화가 치민 나머지 그대로 계속 걸어가버렸을 것이다. 그렇게 그들과 같이 그곳으로 돌아가자, 그가 다시 일어났다. 그는 방에 숙녀가 들어오면 항상 그렇게 일어나는 부류의 신사이기 때문이었다. 그런 사람들은 그러지 않으면 견딜 수 없는 사람들이지만, 그걸 라일라가 어떻게 알 수 있었겠는가? 그들은 숙녀에게 먼저 문을 열어줘야 직성이 풀리고, 그러고 나서도 숙녀가 먼저 나갈 때까지 기다리는 사람들이다. 심지어는 지금도 목사는 거리에서 우연히 그녀와 마주치면 세차게 내리는 빗속에서도 모자를 벗었다. 그는 항상 라일라가 의자에 앉을 때 도와줬다. 그러니까 그녀가 식탁 앞에 앉으려고 하면 의자를 살짝 당겨줬다가 앉으면 의자를 다시 밀어주는 식이다. 대체 누가 의자에 앉는 데 그런 도움이 필요하단 말인가?

하지만 사람들은 각자 살아가는 방식이 있는 법이라고 라일라는 생각했다. 그리고 그는 노인치고 아름다웠다. 그의 얼굴을 보는 건 정말 즐거웠다. 그는 마치 그가 감당해야 할 몫의 고독을 품고 있는 사람처럼 보였고, 그건 괜찮았다. 그것은 그녀가 그에 대해 이해할 수 있는 유일한 부분이기도 했다. 그의 목소리도 좋았다. 그렇게 하면 기분이 좋아지는 모양인지, 그녀 옆에 다가와 가만히 서는 것도 마음에 들었다.

한번은 바우턴의 집 계단을 올라갈 때 그가 그녀의 손을 잡고 도와준 적이 있었다. 그러자 바우턴이 윙크하면서 이렇게 말했다. "세상엔 나로선 감당하기 힘들 정도로 근사한 게 세 가지 있지요. 그래요. 하지만 네 번째는 내가 모르는 것이죠." 그렇게 말하고 난 후 두 남자는 같이 껄껄 웃었다. 라일라는 욕하지 말자고 속으로 생각했다. 하지만 목사는 바우턴이 한 말에 라일라의 기분이 상한 걸 알 수 있었다. 두 남자가 그녀는 이해하지 못하는, 자기들끼리만 아는 농담을 주고받는 식으로 이야기해서 그런 것이다. 그래서 집에 돌아왔을 때 그는 책장에서 성경을 꺼내 그녀에게 그 구절을 보여줬다. **공중에 날아다니는 독수리의 자취, 반석 위로 기어다니는 뱀의 자취, 바다로 지나다니는 배의 자취, 그리고 남**

자가 소녀와 함께한 자취.[*] 그게 농담이었다. 남자와 소녀. 그러니까 그들이 웃은 것은 그가 늙은 목사고 그녀는 한낱 일꾼인 여자였기 때문이거나, 그녀가 성경에 나오는 그 시대로 돌아갈 수 있다면 그랬을 것이기 때문이었다. 그리고 그녀도 늙었다. 여자에게 늙었다는 말은 그저 젊지 않다는 뜻이며, 그녀의 청춘은 일만 하느라 제대로 피어나기도 전에 사그라들어버렸다. 그래서 라일라는 아주 오랫동안 늙은 채로 살아왔지만, 그렇다고 그것이 사는 데 도움이 된 것도 아니었다. 뭐, 라일라는 바우턴의 그 말이 농담이라는 걸 알고 있었다. 사람들은 여전히 목사에게 놀라고 있었다. 그가 그녀와 결혼했다는 것에.

가끔은 목사 자신도 놀란다는 걸 라일라는 알 수 있었다. 언젠가 폭풍이 불어와서 새 한 마리가 집 안에 들어왔을 때 그가 말했다. 이런 새는 태어나서 한 번도 본 적이 없다고. 이 새는 어딘가 먼 곳에서 바람에 실려 온 게 분명하다고. 그가 문과 창문을 다 열어놓았지만, 새는 도망치려고 너무 필사적으로 애를 쓴 나머지 출구를 찾지 못했다. "그 새가 우리 집에 축복을 남기고 갔군요. 야생의 기운과 바람을 집 안으로 불러들였어요." 그가 말했다. 그 무렵 그녀는 자신이 임신한 것 같은 느낌이 들기 시작

---

[*]　잠언 30장 19절.

했다. 그래서 그녀가 언젠가 떠날지도 모른다는 걸 그가 알고 있음을 깨닫고 조금 두려워졌다. 어쩌면 심지어 그녀가 떠나길 기대하고 있을지도 모른다. 나중에야 그녀가 처음 그의 침대에 슬그머니 들어갔을 때는 달도 구름에 가려 깜깜한 밤이었다는 기억이 났다. 그것에 대해 그녀에게 말해준 사람은 검은 머리 여자였다. 자기 이름이 수재나라고 했던 여자. 그 여자는 아이를 셋인가 넷인가 낳았는데, 모두 자기 자매나 자기 엄마와 같이 지내고 있다고 말했다. 그러니 수재나는 자기가 생각하는 것만큼 임신에 대해 잘 아는 게 아닐 수도 있다. 그래도 라일라는 걱정해야 할 게 여전히 많았다. 노인은 그녀가 떠나야 한다고, 이 집은 그녀가 있을 곳이 아니라는 말을 해온 건지도 모른다. 어쩌면 신사는 이런 식으로 자기 의사를 전하는 건지도 모른다. 원한다면 그는 이렇게 말할 수도 있을 것이다. 이건 당신 생각이었잖아, 내가 당신과 결혼해야 한다고 말한 사람은 바로 당신이었어. 어쩌면 신사는 그런 말은 할 수 없었을지도 모른다. 하지만 언젠가 화가 나면 예의범절을 잊어버릴지도 모르는데. 그러면 분명 같이 살기 힘들어질 것이다. 달이 항상 말했다. 그냥 조용히 있으라고. 무슨 일이 일어나건 그냥 다 끝날 때까지 기다리라고. 언젠가는 끝나기 마련이라고. 라일라는 생각했다. 어차피 끝날 걸 알고 있다면, 애초에 끝내버리고 싶어질 수 있다고. 하지만 아이를 가졌다면, 머물 집이 있는 게 최선이다. 그 어떤 바보라도 그건 안다.

어느 날 밤 그들은 늙은 바우턴의 집에 갔다. 그리고 두 남자는 그녀가 모르는 사람들, 그녀가 이해할 수 없는 일들에 관해 이야기했다. 결국 그거 외에 뭐가 있겠는가? 하지만 이야기를 듣는 건 상관없었다. 그리고 곧 그들은 그녀가 듣고 있다는 사실을 잊어버렸다. 그들은 중국에서 돌아온 선교사들에 대한 글을 읽었다고 했다. 어떻게 선교사들이 수백 명의 중국인들을 개종시켰는지 말하면서, 복음에 나오는 말씀을 한 마디도 들어보지 못했고 아마 앞으로도 듣지 못할 수많은 중국인과 비교하면 개종한 이들은 물통 속에 있는 물 한 방울에 지나지 않는다고 말했다. 바우턴은 그가 보기에 그건 무수한 영혼들을 잃어버리는 끔찍한 상실 같다고 말했다. 만약 그게 정말 영혼의 상실이라면 말이다. 바우턴은 하나님의 심판에 의문을 품는 사람이 아니었다. 다만 가끔 궁금해하긴 했다. 누구라도 그럴 것이다. 하지만 그게 의문을 품는 것과 같진 않다. 목사가 말했다. 아담에서 아브라함의 시대까지 살았던 사람들을 생각해보면 말이지. 그러자 바우턴이 그 신비를 생각하면서 고개를 절레절레 내저었다. "우리야말로 물통 속에 들어 있는 물 한 방울이지! 아주 쉽게 잊어버릴 수 있는 사실이야!" 그가 말했다.

다음 날은 일요일이었다. 라일라는 일찍 잠이 깨서 집에서 슬쩍 빠져나와 마을의 끄트머리를 지나서 강물이 바위들 위로 흘러 바닥에 모래가 깔린 웅덩이로 떨어지는 곳으로 강을 따라갔다. 해가 뜨자 거기서 헤엄치는 메기들의 그림자를 지켜볼 수 있었다. 그녀는 축축하고 쌀쌀한 강둑에 앉아, 강물 냄새를 맡으며 강에서 나는 소리를 멍하니 흘려보냈다. 그녀는 어둠 속에 숨어 있었다. 거기 누가 있으리라 생각해서 그런 건 아니고, 혼자 있다는 사실을 알고 있을 때조차 아무도 그녀를 볼 수 없다는 느낌을 항상 좋아했기 때문이었다. 노인은 빈집에서 잠이 깰 거고, 항상 그랬듯 옷을 입고 수염을 깎고, 항상 그랬듯 커피와 토스트를 만들고 원고를 모아 혼자 교회에 가서 설교하고, 찬송가를 부르고 기도하고, 예배가 끝나면 라일라가 어찌 지내고 있는지 혹은 어디 있는지 묻지 않을 여자 신도들과 이야기를 나눌 것이다. 그들은 그 결혼이 그에게 슬픔인 걸 알고 있기에. 이미 있는 슬픔에 더해진 또 하나의 슬픔.

라일라는 그에게 좀 더 잘할 생각이었다. 그는 항상 그녀에게 친절했다. 하지만 교회에 있으면 기분이 이상했다. 그녀는 전날 밤, 어둠 속에서 그의 옆에 누워 있을 때 중국에 관한 질문을 하나 했다. 그는 설명하려 노력했고 그녀는 이해하려 애썼다. 그가 말했다. "나는 주님의 은총을 믿어요. 나에겐 거기서 모든 의문이 끝나요. 주님의 뜻이 왜 그런지 묻는 건 의미가 없어요." 하지만 그때 그는 바우턴이 한 말이 맞을지도 모른다고 말하는 것 같았다. 즉 사람들이 몰랐거나, 이해하지 못하거나, 믿지 않는 일들 때문에 영원히 영혼을 잃어버릴 수 있다고. 목사는 그렇게 말하고 싶진 않아서 다른 표현을 써야 했다. 그래서 라일라는 바우턴의 말이 진실일지도 모른다고 노인이 생각하고 있음을 알게됐다. 달은 아마 자신에게 불멸의 영혼이 있음을 몰랐을 것이다. 설사 한 번이라도 그것에 대해 생각해본 적이 있었더라도, 입에 올린 적은 단 한 번도 없었다. 달은 아마 그런 말이 있는지도 몰랐을 것이다. 그 오랜 세월 길에서 살아온 사람 중 안식일을 기억하는 사람은 거의 하나도 없었다. 오늘이 무슨 요일인지 누가 알겠는가? 일이 있다면 누군들 그 일을 맡지 않겠는가? 어느 하루를 어떤 이름으로 부르는 게 무슨 소용이 있나? 어느 하루를 날씨 말고 다른 식으로 생각하는 게 무슨 소용이 있냔 말이다. 그들은 1년 중 언제 큰조아재비가 피어나고, 언제 어린 새들이 깃털이 다 자라 둥지를 떠나는지 알았다. 그들은 해가 뜨면 아침이라는 것도 알았다. 거기서 뭘 더 알아야 한단 말인가? 만약 달이 영원히 길을 잃게 된다면, 라일라는 그녀의 원피스 자락에 매달려 바로 거기, 그녀 옆에 있고 싶었다.

라일라는 바우턴의 다락에서 나온 좋은 원피스나 시어스로벅

백화점의 카탈로그를 통해 새로 산 원피스가 아닌, 원래 입던 원피스를 입고 자기 신발을 신었다. 그러니 옷이나 신발이 더러워질까 걱정할 필요는 없다. 문밖으로 나왔을 때 상쾌한 냉기가 느껴졌다. 매일 어둑어둑한 아침에 일어날 때 느꼈던 바로 그 냉기였다. 어둠 속에서 나뭇가지들이 부스스 흔들렸고, 새들은 별들이 사라지고 아직 해는 뜨지 않을 때 내는 놀란 소리를 냈다. 강은 다른 강처럼 물비린내가 났고 여기저기 이끼가 끼고 짙은 그늘이 져 있었다. 어두운 곳에서는 그 냄새가 더 진하게 느껴졌다. 아마도 곳곳에 있는 틈과 그곳에 사는 작은 생명체들 때문일 것이다. 라일라는 천천히 물가로 내려가 물속에 두 손을 집어넣었다. 두 손을 오목하게 모아 물을 떠올려서 이마에 부어 얼굴을 문지르고 머리에도 부었다. 그러고 나서 똑같은 일을 반복하며 원피스 앞을 적셨다. 또다시 반복했다. 손이 너무 차가워져서 얼굴에 대니 자기 손 같지 않았다. 강은 마치 오래된 생명, 그저 그 자체 같았다. 그 이상도 이하도 아닌 존재. 라일라는 생각했다. 강이 내 안에 있는 세례의 흔적을 다 씻어냈어. 그러니 그건 끝난 거야. 분명 이게 내가 원하던 거야. 이제는 내가 세상으로 나가 길을 잃은 채 방황하는 달을 찾아낸다면, 적어도 달은 나를 알아볼 거야. 그녀가 이승이 아닌 다른 어딘가, 아무 기쁨도 찾을 수 없는 곳에 있다면, 적어도 나를 보고 단 한 순간이라도 기뽐이 어떤 느낌이었는지 기억하게 될지도 몰라. 라일라는 한동안 그 생각을 하면서, 달이 오래되고 먼지가 자욱하게 낀 어떤 길을 앞장서서 걸어가는 모습을 봤다. 길 양쪽에는 아무것도 없고, 돌아보라고 라일라가 달의 이름을 부른 후 그녀의 품으로 뛰어드는 모습. 아니, 라일라는 그 계단 위에 앉아 있었다. 해가 진 지 오래였다. 그러고도 오랜 시간이 흐른 후, 달이 거기 서서 숨을 헐떡이며 말하는 모습이 보였다. "애야, 애야. 난 이러다 널 **영영** 못 찾는 줄 알았다!" 해가 뜨고 시간이 조금 흘렀을 때 그녀는 목사의 집으로 돌아가기로 했다. 아마 아무도 그녀를 보지 못할 것이다. 모두 교회에 있을 테니까.

그녀는 목사가 준 통신판매 카탈로그에서 보고 산 파란 원피스를 입었다. 배달된 상자에서 그 원피스를 꺼내 입은 건 그때가 처음이었다. 그리고 하얀 샌들을 신고 머리를 빗었다. 세인트루이스에 있을 때 한 여자가 그녀에게 이렇게 말했다. 그냥 예쁜 척해, 다른 사람들도 네가 예쁜 척할 수 있게. 목사는 집에 오거나 아니면 교회에 있는 자신의 사무실에 머무를 것이다. 누군가 같이 식사하자고 초대할지도 모른다. 일요일 정오에 밥을 먹자고. 그러면 그는 여전히 텅 비어 있을, 혹은 그녀가 있어서 그녀에게 말을 걸 방법을 생각해야 하는 자기 집으로 돌아오는 대신 그 초대를 받아들일지도 모른다. 그녀가 뭔가 잘못했을 때, 그를 불행하게 만드는 행동을 했을 때, 그는 항상 당혹스러워했다. 그럴 때마다 그는 싱긋 웃으며 이렇게 말했다. "내가 이해할 수 있도록 당신이 도와줄 수도 있을 것 같은데…… 당신은 너무 말수가 적어서……." 하지만 라일라는 어떻게 설명해야 할지 알 수 없을 것이다. 그리고 그에게 자신이 얼마나 쓸쓸하고 낯선지, 얼마나 그런 감정을 느끼고 싶은지 말한다면, 그는 그녀가 도대체 왜 자기와 살고 있는지 의아해할 것이다. 이제 아이가 생겼을지도 모르니 적어도 한동안은 거기가 자기 집인 것처럼 행동하는 것이 최선일 것이다. 그녀의 손에선 여전히 강물 냄새가 났고, 머리도 그랬다. 아직 자신이 조금은 과거의 자신처럼 느껴졌다. 그게 도움이 됐다.

그녀는 글을 읽을 수 있었다. 달이 그렇게 만들었다. 현관 앞에 잡지를 한 권 가지고 앉아서 거기서 그를 기다릴 수도 있을 것이다. 그러면 그가 그녀에게 뭘 읽고 있느냐고 물을 수도 있고, 아니면 그녀가 그에게 잡지에서 이해가 안 되는 단어가 있다고 말할 수도 있을 것이다. 분명 그런 단어가 있을 테니. 그래서 예배가 끝난 지 몇 시간이 지났을 무렵, 라일라가 무릎 위에 〈네이션〉 잡지를 한 권 놓고 앉아 있을 때 목사가 집으로 걸어오는 모습이 보였다. 바우턴이 옆에서 같이 걸어오고 있었고, 두 사람은 항상 그러듯 이야기를 나누고 있었다. 그렇게 오랜 세월 같이 지내면서도 아직도 이야기할 만한 새로운 일이 있는 것처럼, 그 냥 지나쳐선 안 될 뭔가가 있는 것처럼 말이다. 바우턴이 먼저 그녀를 보고 목사에게 뭐라고 하자, 목사가 고개를 들어 그녀를 봤다. 두 남자는 길에 서서 작별 인사를 했고, 노인이 혼자 집을 향해 걸어왔다. 그의 몸은 체격이 크고 강했을 때 생긴 습관들을 여전히 간직하고 있었다. 주위에 누가 있든 그 사람을 배려해서 그에게 부딪치거나 그를 밀어내지 않도록 조금 천천히 움직이는 그런 습관 말이다. 하지만 그는 평소보다도 훨씬 더 천천히 집을 향해 걸어왔는데, 그런 태도에서 머뭇거리는 마음이 보여서 그녀는 유감스러웠다. 어쩌면 이번에는 그녀를 용서하지 않을지도 모른다. 아니면 적어도 이번에는 그녀가 이곳에 머물기를 바라지 않는다고 판단할지도 모른다.

그는 현관 계단을 하나씩 올라오면서 모자를 벗었다. 그리고 현관 앞에 서서 모자의 테두리를 만지작거리면서 그녀를 찬찬히 바라봤다. "〈네이션〉이라." 그는 마치 그게 최근에 일어난 일 중 가장 기이한 일인 것처럼 말했다.

그래서 라일라가 대답했다. "난 좀 더 많이 읽어야 하거든요. 그러려고 마음먹은 지 꽤 됐고."

잠시 후에 그가 말했다. "그렇군요. 음, 그건 항상 할 만한 가치가 있는 일이죠." 그의 목소리는 온화했다. 재미있어하는 분위기이기도 했다. 그는 뭔가에 조금 놀랐을 때 항상 하는 것처럼 몸의 중심을 한쪽 다리에서 다른 쪽 다리로 옮겼다.

그래서 라일라가 말했다. "아이가 생긴 것 같아요." 그때 그 말을 할 작정은 아니었지만, 그가 그녀에게 화내기로 결심할 때까지, 혹은 예전처럼 그냥 그 혼자서 살고 싶다고 말할 때까지 기다릴 수 없었다. 라일라는 언제든 그가 그런 말을 할 거라고 예상했으니까. 만약 그런 일이 일어난다면 그녀는 자존심 때문에 임신했다는 말도 하지 않고 떠나버릴 것이고, 그랬다간 그녀와 아이에게 무슨 일이 일어나게 될지 알 수 없다. 정말 아이가 생겼다면 말이다.

그가 대꾸했다. "정말요." 그는 포치 스윙*에 앉아 있는 그녀 옆에 조금 떨어져 앉아서 말했다. "그게 사실인가요. 오늘 하루가 이렇게 끝날 줄은 생각도 못 했는데."

라일라는 아직 그의 얼굴을 보지 않았다. 그녀는 바람이 나뭇잎들을 흔들어놓는 광경을 지켜보고 있었다. 부드러운 바람이 불고 있었고, 어둠이 내리는 나무들의 그림자가 점점 짙어지고 있었다. 곧 일을 끝낼 시간이었다. 당장은 아니더라도 조만간. 과거에 이런 바람은 하루가 끝나지 않았음을, 조만간 저녁을 먹

---

* 현관에 설치하는 벤치용 그네.

고 이야기를 나누고 잠을 잘 것임을 의미했다. 같이 알고 있지만 이야기는 절대 하지 않는 그 많은 것들.

그가 말했다. "그럼, 당신은 여기에서 살기로 결심했군요."

"떠날 생각은 한 번도 하지 않았어요." 이 마을은 살기에 썩 나쁜 곳은 아니었다. 나무들도 적당히 커서, 마치 숲속에 사는 것 같았다. 텃밭을 또 하나 만들지 않을 이유도 없었다. 거기에 꽃을 좀 심을 수도 있고.

잠시 후에 그가 말했다. "집에서 그런 식으로 나갈 땐 쪽지를 남겨두는 게 좋아요. 그때마다 난 어떻게 생각해야 할지 알 수 없으니까. 결혼반지를 두고 나갔더군요."

"그냥 가끔 반지를 끼는 걸 잊어버려서 그래요."

"그래요. 그런 것 같더군요."

"당신이 준 목걸이는 항상 차고 있어요."

라일라에겐 반지 끼는 게 이상하게 느껴졌다. 그것은 금반지였다. 반지를 끼고 있다가 어떤 식으로든 망가뜨릴지도 몰랐다. 반지가 손가락에서 스르륵 빠져버려서 잃어버릴지도 모르고.

"라일라, 당신이 떠날 생각이 없다는 걸 알게 되니 기뻐요. 하지만 앞으로 혹시라도 마음이 바뀌면, 환한 대낮에 떠나면 좋겠어요. 당신이 가고 싶은 바로 그곳에 갈 수 있는 기차표를 손에 들고 있으면 좋겠어요. 그리고 당신이 반지와 내가 당신에게 준 다른 모든 걸 다 들고 가면 좋겠어요. 당신이 그걸 팔고 싶을지도 모르잖아요. 그래도 괜찮아요. 그건 당신 거지, 내 것이 아니니까. 그 반지는 여기에 있어야 할 물건이 아니에요. 내 말은—"

그는 목을 가다듬었다. "당신은 내 아내예요. 난 당신을 보살펴주고 싶어요. 그게 언젠가는 당신을 기차역에서 떠나보내야 하는 일이더라도." 그는 몸을 앞으로 기울여서 그녀의 얼굴을 거의 엄격하다고도 할 수 있는 표정으로 들여다봤다. 자신이 한 말이 진심임을 그녀가 알 수 있도록.

라일라는 생각했다. 우리는 여기서 안전하게 지내겠구나. 그는 아이에게 잘하겠구나. 하지만 만약 그가 그녀를 기차에 태운다면, 아이는 그때 어디에 있게 되는 걸까? 그녀가 떠날 때 아이는 여기 놔두고 갈 거라고 예상하는 건가? 아니면 애초에 태어날 아이 따위는 없다고 생각하고 있나? 흠, 가끔은 임신했다고 생각했는데 아닐 때도 있으니까. 그런 건 확신할 수 없으니까.

"아이가 태어날지, 아직은 확실히 모르겠어요." 라일라가 말했다.

"알겠어요."

"당신은 내가 그저 이 상황을 덮어버리려고 지어낸 이야기라고 생각할지도 모르겠어요. 만약 임신이 아니라고 한다면 말이죠." 라일라는 그가 더는 그녀를 믿지 않는 날이 오게 되면 그가 어떻게 생각할지 걱정하고 싶지 않았다. 언젠가 그런 날이 왔을 때 말이다. 라일라는 그런 날이 오리라 확신하고 있었다.

그가 아주 부드럽게 말했다. "난 당신이 그런 일을 하리란 의심은 절대 하지 않아요." 마치 그녀가 그런 거짓말을 할 거란 생각조차 그녀에게 모욕이 되는 것처럼.

라일라는 생각했다. 만약 그게 정말 거짓말이고, 내게 그런 거짓말을 할 생각이 들었다면, 그냥 해버렸을지도 모르는데. 그러면 이 상황을 덮어버리는 데 도움이 됐을 것이고. 라일라가 말했다. "나는 당신이 생각하는 그런 사람이 아니에요. 난 살아오면서 이런저런 일을 했어요. 전에도 말했잖아요." 언젠가는 그가 이 말을 이해하게 될 날도 올 것이다. 그러니 그때 너무 놀라지 않는 게 낫지 않겠나. 그가 더 자세히 말해달라고 요구하지 않을 것임을 라일라는 알고 있었다. 당분간은.

그는 한동안 입을 다물고 있다가 말했다. "당신은 내가 이 세상에서 여기 내 옆에 앉아 있길 바라는 유일한 사람이에요. 이건 단순히 내 생각이 아니라 내가 분명히 알고 있는 사실이에요. 이런 말로 내 마음을 설명할 순 없겠지만. 저녁은 먹었어요?"

"빵에다 잼을 좀 발라서 먹었어요."

그는 그녀의 무릎을 토닥였다. "그건 저녁이라고 할 수 없죠. 몸을 돌봐야 해요." 부엌은 텅 비어 있었다. 그래서 그가 이웃집에 가서 우유 한 병과 베이크트빈스* 통조림 하나를 얻어 왔다. 그가 껄껄 웃었다. "내일은 더 나은 음식이 있을 거예요." 라일라는 그의 다른 아내와 다른 갓난아기에 대해 알고 있었다. 그녀가 시간을 두고 찬찬히 생각했더라면, 그 순간 그의 마음속에 그 아내와 갓난아기가 떠올랐음을 깨달았을 것이다.

그녀가 애초에 길리어드에 있었던 이유는 수시티에 가려고 길을 따라 걷고 있었을 때, 걷는 것도 지치고, 여행 가방과 침낭을 들고 다니는 것도 지겨워졌을 때 미루나무 무리에서 조금 떨어진 곳에 있는 집 한 채를 우연히 발견했기 때문이었다. 그것은 누군가 지었다가 주위에 있는 밭과 함께 방치한 일종의 오두막이었다. 그래서 한번 가서 봐야겠다고 생각했다. 가서 보고 확실하게 버려진 집임을 알게 됐다. 사람들이 야영했다가 버리고 간 잡동사니들이 널려 있었고, 현관 입구 계단은 땔감으로 쓰려고 부숴놨는데, 아무도 고치거나 치우지 않았기 때문이었다. 집을 그렇게 엉망으로 만든 사람들이 언젠가 돌아와서 여기가 자기 집이라고 말할지도 모른다. 거기 있는 맥주 캔들과 코담배 통들 좀 봐. 대체 누가 저걸 저기 놔뒀다고 생각해? 그녀는 그런 경우

---

* 삶은 콩을 토마토소스와 각종 양념에 끓인 음식.

를 전에도 봤다. 저기 저 나무들 옆에 다 쓰고 버린 탄약통들 봤어? 다람쥐들이 그런 걸 버렸겠어? 그럴 때는 그 집을 비워주고 떠나는 수밖에 없었다.

하지만 그 집에서 몇 주 동안 살았는데 지금까지는 아무도 오지 않았다. 라일라는 아무도 괴롭히지 않는 한 그럭저럭 살아가는 법을 알고 있었다. 강에는 물고기가 많았다. 주위에 민들렛잎도 많았고. 버섯도 있었다. 원한다면 수정란풀을 씹을 수도 있다. 여러 가지 식물의 뿌리를 먹을 수도 있고. 부들. 야생 당근. 제대로 따서 조리하는 법을 안다면 쐐기풀도 괜찮다. 달이 말해줬다. 먹어도 죽지 않는 게 뭔지만 알고 있으면 된다고. 사람들은 대부분 다람쥐는 먹지 않지만, 다람쥐도 먹을 수 있다. 거북이도. 필요하다면 뱀도 먹을 수 있다. 사실 그런 식으로 오랫동안 살 수는 없다. 날이 추워지기 전까지만. 하지만 그녀는 한동안 한곳에서 지내고 싶었다. 외로움은 좋지 않지만, 그녀가 생각할 수 있는 그 외의 다른 문제들보다는 나았다. 아마도 그 외로움 때문에 며칠마다 1.5킬로미터 정도 걸어서 마을로 들어가 거기 있는 집들, 가게들, 꽃밭들을 봤던 것 같다. 절대 누구와도 말을 하진 않을 생각이었다. 그녀에게는 입고 다니는 원피스 하나와 아껴둔 원피스 하나가 있었는데, 그때 입었던 옷은 좋고 깨끗한 것, 사람들이 그녀를 볼지도 모르는 곳을 갈 때 입으려고 아겨둔 것이었다. 그 주 일요일에 그 옷을 입고 걷고 있을 때 갑자기 비를 만나 교회 안에 들어가게 된 것이다. 그저 그 옷이 망가지지 않게 하려는 마음에. 거기에서 그 노인이 창문을 때리는 빗소리보다 더 큰 소리로 설교하고 있었다. 그는 그녀를 힐끗 보고 다시 고개를 돌렸다. "주의 이름 찬양하리."

그들은 그녀에게 돈을 요구하지 않았다. 헌금 바구니를 돌리긴 했지만, 아무도 거기에 뭐든 넣으라고 강요하지 않았다. 그녀는 언제 다시 일요일이 돌아오는지 알려고 날짜를 세기 시작했다. 그러다 한번은 며칠인지 까먹었다. 그녀처럼 살아가는 사람들은 미쳐버릴 수도 있었다. 이미 자신에게 그런 일이 일어난 건 아닌지 그녀는 궁금해하기 시작했다. 만약 내가 미쳤다면 하고 싶은 일을 하는 편이 낫겠다고 생각했다. 기왕에 미쳤다면 사람들이 자신에 대해 어떻게 생각하는지 걱정할 필요가 없지 않나. 그녀가 교회에 가지 않아야 할 타당한 이유는 열 개에서 스무 개 정도가 있었다. 달은 절대 교회에 가지 않았다. 교회는 낯선 사람들로 가득 찬 곳이니까. 옷이라곤 입고 있는 원피스가 전부였으니까. 교회에 있는 사람들은 모두 거기서 부르는 노래들을 알고 있었고, 뭘 어떻게 해야 하고 무슨 말을 해야 하며 그게 무슨 뜻인지 다 알고 있었다. 그리고 서로 잘 아는 사이였다. 그 목사가 한 말들이 신경 쓰였지만, 그게 무슨 뜻인지는 이해할 수 없었다. 부활이란 말. 하지만 거기 켜져 있는 촛불들과 거기서 부르는 노래는 마음에 들었던 것 같다. 거기다 가고 싶은 더 나은 곳도 없었다.

그녀는 자신이 이미 미쳤을지도 모르고, 아무래도 이곳을 떠날 것 같으니, 그 목사에게 한번 말을 걸어봐야겠다고 결심했다. 그녀가 그 낡은 원피스를 입고 그의 집에 가서 질문을 하지 말아야 할 이유는 100개도 넘었다. 라일라는 절대 앞에 나서는 사람이 아니었다. 하지만 도저히 그 오두막집에 생쥐들이 들어오지 못하게 막을 방법이 없었다. 집을 둘러싼 밭들에 온통 쑥국화가 자라고 있었다. 세인트루이스에서 살 때 여자들에게 쑥국화 차를 줬는데, 라일라는 그 차의 냄새가 몸서리나게 싫었다. 그래서 떠나기로 결심했다. 그렇다면 그에게 질문하지 않을 이유도 없지 않나? 그는 그냥 이렇게 말하겠지. 어떤 미친 여자가 뭔가 고민이 있는 채로 우리 집에 왔는데, 그 후로 다시는 보지 못했어, 하고. 그는 곧 그런 일이 있었다는 사실조차 잊어버릴 것이다. 아마 그녀에게 뭐라고 말해야 할지도 모를 것이다. 하지만 그 말고 다른 누구에게 물어볼 것인가?

자기 집 문 앞에서 그녀를 봤을 때 그 목사는 놀란 것처럼 보이기도 했고 아니기도 했다. 그녀를 보게 되리라 예상할 이유는 없었지만 어쨌든 왔으니 보게 됐다는 그런 느낌이랄까. 그는 와

이셔츠 차림에 집에서 신는 슬리퍼를 신고 있었는데 교회 설교
단 위에 서 있을 때보다 훨씬 더 나이 들어 보였다. 라일라는 너
무 아침 일찍 온 것 같다는 생각이 들었다. 하지만 그게 뭐가 그
리 중요한가.

그가 말했다. "안녕하세요, 좋은 아침입니다." 그리고 그녀가
왜 찾아왔는지 이유를 설명하길 기대하는 것처럼 말없이 기다
렸다. 그러고 나서 말했다. "들어오세요." 라일라가 집에 들어가
자, 집 안이 너무 횅하다고 미안해하기 시작했다. "전 이런 걸 잘
관리하는 사람이 아니라서. 당신도 보면 알 수 있겠죠. 그래도
—"그는 종이와 책으로 뒤덮인 소파를 가리켰다. "여기 앉으실
수 있게 자리를 좀 치워드릴게요. 집에 손님이 별로 안 와서. 그
것도 보시면 알 수 있겠지만." 그때는 몰랐다. 그가 혼자 있는 이
집에 여자를 맞아들이기가, 그것도 낯선 여자를 들이기가 당혹
스러웠으리라는 점을. 하지만 그녀가 가길 바라지는 않았다. 그
건 라일라도 알 수 있었다. "물 한 잔 드릴까요? 시간이 좀 있으
시면 제가 커피를 끓일 수도 있는데."

라일라에겐 시간이 하루, 한 주, 한 달도 있었다. 그녀가 말했
다. "달리 갈 곳도 없어요."

그는 그녀에게 싱긋 웃어 보였다. 아니면 그녀가 느닷없이 여
기 온 이유가 몇 달러 집어 주면 도움이 될 그런 상황 때문일 것

으로 짐작해서 혼자 웃었을지도 모른다. 그가 말했다. "그렇다면 커피를 끓일게요."

라일라가 일어섰다. "제가 여기에 왜 왔는지조차 모르겠네요." 그녀는 그의 얼굴에 떠오른 미소가 어떤 미소인지 알아보았다. 사람들의 그런 면이 그녀는 끔찍했다.

"음. 잠깐 같이 이야기를 나누면 어때요. 가끔은 그게 도움이 된답니다. 내 말은, 상황을 좀 더 분명하게 파악하는 데 도움이—"

라일라가 말했다. "난 말하는 걸 별로 좋아하지 않아요."

그가 웃었다. "아, 그것도 괜찮아요. 여기 사람들도 그렇게 느끼는 사람들이 많아요. 하지만 그래도 다들 커피는 좋아한답니다."

라일라가 말했다. "내가 여기에 왜 왔는지 모르겠어요. 그건 사실이에요."

그는 어깨를 으쓱했다. "기왕 온 김에, 본인에 관한 이야기를 조금 들려줄 수 있지 않을까요?"

그녀는 고개를 저었다. "그 이야기는 하지 않아요. 난 최근에 그저 세상의 어떤 일들이 왜 그렇게 일어나는지 궁금해하고 있었을 뿐이에요."

"아! 그렇다면 당신이 시간이 있는 게 다행이군요. 나도 거의 평생 그 문제로 고민해왔으니까요." 그는 그녀를 데리고 부엌에 가서 식탁 앞에 앉혔다. 그리고 커피를 끓인 후 한동안 같이 앉아 있었다. 사실상 아무 말도 하지 않은 채. 그랬다, 날씨는 아주 좋았다. 그는 손가락으로 식탁에 생긴 홈집을 쓰다듬으면서 그가 태어나기도 전에 죽은 형제자매들에 대해 이야기하기 시작했다. 아이들이 집에서 뛰어다니는 걸 막을 수 없어서 집 안에 있는 계단에 홈집이 났다는 말을 어머니가 한 적도 있다고 했다. 그리고 어떤 책에 누군가 휘갈겨 써놓은 글을 보고 어머니는 이렇게 말했다고 한다. "우리 애 중 하나가 써놓은 모양이네." 그 말을 하는 어머니의 목소리에 일종의 애정과 슬픔이 서려 있었다고 했다. 그래서 집 안에 있는 물건에서 어떤 홈집이나 자국을 발견하면 여전히 그렇게 생각한다고 했다. 아이 중 하나가 그랬나 보다고. 장남이자 그의 형인 에드워드를 제외한 나머지 형제자매들은 다 디프테리아*로 세상을 떠났다. 그래서 에드워드는 그들을 알았고, 그들에 관한 이야기를 해줬다. 에드워드 형과 가장 가까웠던 형의 이름은 존이었다. 그것은 그의 이름이기도 했다. 한번은 에드워드 형이 그를 '존이 아닌 아이'라고 부르는 소리를 들었다. 그가 너무 어려서 무슨 소리인지 이해하지 못할 거라고 생각하고. 에드워드는 세상을 떠난 동생을 정말 그리워했다고. 항상 그를 그리워했다고 했다. 에드워드 형은 그에게 아

---

*   주로 어린이가 많이 걸리는 급성 감염병.

주 충실했다. 그들의 어머니와 아버지와 할아버지는 세상을 떠난 자식들에 대해선 거의 언급하지 않았다. 그들을 떠올리는 것조차 견딜 수 없을 정도로 힘들었으니까. "이 오래된 집에는 슬픔이 아주 많아요. 일부는 나의 슬픔이에요. 일부는 예전에는 나의 슬픔이길 바랐던 슬픔이고요. 그래서 나도 그런 의문을 품고 살아온 셈이에요. 세상에 왜 그런 일들이 일어나는지. 제 대답이 당신에게 별로 도움이 되진 않겠지만."

라일라는 사람들의 이야기를 듣는 게 좋았다. 그중에서도 아주 슬픈 이야기가 최고였다. 그런 슬픈 이야기를 좋아하는 데 무슨 의미가 있는 건 아닌지 궁금했다. 물론, 사람들이 자신에 대해 그런 식으로 이야기할 때는 대개 상대방도 그런 이야기를 하게 하려고 시도하는 것이기 마련이다. 그게 바로 이 목사가 원하는 것일 테다. 하지만 그녀와 달 사이에는 간직해야 할 비밀이 있었다. 그 둘을 받아준 나이 지긋한 여자가 이렇게 말했다. "달, 아이를 훔치면 감옥에 갈 수 있다는 거 알고 있잖아. 그리고 그런 자네를 돕다가 나도 감옥에 갈 수 있고. 자네는 지금 최악의 말썽거리에 손을 댄 거야." 그래서 라일라는 심지어 지금도 그 말을 나직하게 속삭일 생각조차 하지 못했다. 아이를 훔쳤을 때, 달은 마치 황야에서 나타난 천사처럼 그녀에게 왔다. 목사는 천사들에 대해 이야기했는데, 천사라는 개념 덕분에 그녀는 어떤 것들에 대해 생각하게 됐다. 그녀는 그 낡은 숄에 온몸이 싸인 채 달의 두 팔에 안겨 그곳을 떠났다.

그가 말했다. "난 이 일에 대해 자주 말하진 않아요. 그 일에 대해 모르는 사람과 말하는 일도 잘 없고. 당신은 질문을 하러 여기 왔는데, 내 말만 끝도 없이 늘어놓고 있었네요."

라일라가 말했다. "난 그 이야기가 마음에 들었어요."

그는 그녀에게서 시선을 돌린 채 껄껄 웃었다. "정말 이야기가 맞긴 하네요, 그렇죠? 그걸 그런 식으로 생각해본 적은 한 번도 없었는데. 그렇다면 다음에 할 땐 더 나은 이야기가 되겠군요. 진실에서 조금 더 멀어질지도 모르고요. 다시는 이 이야기를 하지 않을지도 모르겠어요. 할 일이 없기를 바라요. 이야기하지 않는 당신이 옳아요. 그게 더 높은 차원의 정직이라고 나는 생각합니다. 일단 말하기 시작하면, 무슨 말을 하게 될지 모르는 법이니까요."

라일라가 말했다. "그건 모르겠어요."

"그런 것 같군요. 하지만 난 알아요. 난 평생 말하면서 살아왔거든요. 하지만 질문이 있다고 했죠. 제가 그 질문을 좀 더 잘 이해할 수 있도록 당신이 도와줄 수 있을 것 같은데요. 어떻게 그런 의문이 떠올랐는지 말해줘요. 아주 간단하게요."

라일라가 말했다. "난 혼자 있는 시간이 많아요. 그래서 이런

저런 생각을 해요."

"그래요, 당신은 분명 하는 것 같아요. 흥미로운 생각들을요."

"다들 그런 생각을 하겠죠."

그가 웃었다. "맞아요. 하지만 그것도 흥미롭군요."

"일요일에 당신은 선하신 하나님에 대해, 주님이 어떻게 이런 저런 일을 하는지 말하죠."

"그래요, 난 그런 말들을 합니다." 그의 얼굴이 붉어졌다. 마치 그런 질문이 나올 거라고 예상한 것처럼, 그리고 그가 아무 이유 없이 예상했던 일이 실제로 일어나고 있어서 다시 놀란 것처럼. 그가 말했다. "내가 그 주제를 다루기에 적합한 사람이 아니라는 걸 알아요. 그런 점에서 당신은 날 용서해줘야 해요."

그녀가 고개를 끄덕였다. "그게 당신이 할 말의 전부군요."

"아뇨. 아니에요, 그렇지 않아요. 당신이 내게 이런 질문을 하는 이유는 어떤 힘든 일들을 겪었기 때문이라고 생각해요. 절대 내게는 말하지 않을 그런 일들을요. 만약 당신이 내게 그 이야기들을 해준다면, 나는 아마 인생은 아주 심오한 수수께끼고, 결국엔 주님의 은총만이 그 수수께끼를 풀 수 있다는 말밖에 해줄 수 없을 거예요. 그리고 그 은총 또한 아주 심오한 수수께끼라는 말을 하겠죠." 그는 이어서 말했다. "내가 이 똑같은 말을 수도 없이 해왔다는 걸 당신은 아마 눈치챌 수 있을 거예요. 하지만 그게 진실이라고 나는 믿어요." 그는 어깨를 으쓱하고, 식탁에 난 흠집을 쓰다듬는 자기 손가락을 물끄러미 바라봤다.

잠시 후에 라일라가 말했다. "음, 알겠어요. 난 인제 그만 가보는 게 좋겠어요." 그녀는 커피를 대접해주고 시간과 관심을 내줘서 고맙다고 말하는 걸 자주 잊어버렸다. 그는 그녀를 문 앞까지 배웅했고 그녀를 위해 문도 열어줬다. 그것도 고맙다고 인사하는 걸 까먹었다. 그는 피곤해 보였지만 그 대화가 끝나서 아쉬워 보였다. 그가 말했다. "이렇게 와줘서 고마워요. 아주 흥미로운 대화였어요. 나로선 그래요." 그러고는 이어서 말했다. "당신이 내게 말하지 않는 게 뭐든, 혹은 뭐였든 간에 유감스럽게 생각합니다. 정말 유감이에요."

그래도, 라일라는 시간이 지난 후에 그 일을 돌이켜봤을 때 그에게 나쁜 인상을 줬다고 생각했다. 그런 식으로 다짜고짜 집 앞에 나타나다니. 하지만 그 후 며칠 동안 전혀 모르는 사람들이 길에서 그녀를 불러 세워 일거리를 주겠다고 제안했고, 심지어 빈방이 있으니 와서 지내라고 하는 사람까지 있었다. 어떤 한 부인은 교회에서 열리는 저녁 식사에 오라고 라일라를 초대했다. 라일라는 목사가 그 자리에 없길 바라며 갔다. 그들은 목사가 올 거라고 예상했지만, 오지 않았다. 라일라를 초대한 부인이 목사의 아내와 아이에 대해 말해줬다. 그녀는 그 슬픈 사연을 존중하는 의미에서 아주 조용히 말했다. 목사는 그 이야기를 절대 누구에게도 하지 않는다고 부인이 말했다. 물론 바우턴 목사에겐 하지만, 다른 사람에겐 하지 않는다고. "목사님은 깜박깜박하세요. 오늘 밤 저녁 식사처럼 말이죠. 항상 그런 식이세요." 부인이 말했다.

만약 라일라가 길리어드에 계속 머문다면, 돈을 좀 벌 수 있을 것이다. 가게에서 몇 가지 물건도 살 수 있을 것이다. 비누, 실, 소금 한 상자. 그녀가 원할 땐 비바람을 피해 실내에서 지낼 수도 있을 것이다. 그들이 그녀에게 해달라고 한 건 간단한 정원 가꾸기나 빨래하고 다림질하기 정도였다. 그녀는 누구보다 그런 일들을 잘할 수 있었다. 그러니까 그건 사실 자선은 아니었다. 그들은 그녀에게 이야기를 늘어놓으며 귀찮게 하지도 않았다. 그들은 일요일에는 일을 부탁하지 않았다. 만약 그곳을 떠난다 해도 특별히 갈 곳도 없다. 다만 세인트루이스에는 가지 않는다. 그녀는 한동안 이곳에서 지내면서 마음이 바뀌었을 때 좀 더 편하게 쓸 수 있도록 돈을 조금 모아두는 편이 낫겠다고 결심했다. 그렇게 거기서 지내던 어느 일요일에 예배가 끝난 후 묘지까지 걸어가 보자고 생각했다. 아니나 다를까, 세상을 떠난 목사의 아내와 아이의 묘를 거기서 발견했다. 그곳의 잔디는 깎여 있었지만, 아무도 거기서 자라는 장미의 가지를 다듬을 생각은 하지 못했다.

그는 설교했다. "'이와 같이 너희 빛을 사람들에게 비추어서,

그들이 너희의 선한 행동을 보고 하늘에 계신 너희 아버지께 영광을 돌리게 하여라.*'" 이 말은 여러분이 선행을 하면 그 일이 여러분이 아니라 하나님이 하신 일처럼 보이게 해야 한다는 뜻이라고 목사는 말했다. 다른 이들에게 당신이 선해서 그렇게 하는 것처럼 느끼게 해선 안 되며, 당신도 그렇게 느껴서는 안 된다고. 어떤 선행이든 사람이 했다고 주장할수록 그 가치는 떨어지게 마련이라고. 그 말을 들은 라일라는 생각했다. 아하, 그래서 저 사람은 다른 사람들에게 나를 도와주라고 했구나. 그래서 내 얼굴을 똑바로 볼 수 없구나. 그런 목사의 얼굴을 보면 뭔가를 부끄러워하고 있는 것 같기도 했다. 내가 그날 아침 그의 집에 찾아간 이후 그는 내가 힘들게 살고 있다는 점을 아주 잘 볼 수 있었을 텐데, 그 뒤로 내게는 거의 한마디도 하지 않았다. 음, 뭐 그래도 괜찮다. 솔직해 보이진 않지만. 아무래도 저이는 내 주머니에 돈을 넣어주는 사람이 하나님이라고 생각하길 바라는 것 같다. 하나님이 아니라 그저 그 사람일 뿐인데. 어쩌면 사람들이 내게 품삯으로 주는 돈조차 그의 돈일지 모른다. 교회 돈. 돈 말로는 교회에서는 자기들이 하는 말을 사람들이 믿게 하려고 이런저런 일을 한다고 하던데.

*   마태복음 5장 16절.

바로 그날 그녀는 교회 신도석에 있는 성경책을 한 권 가지고 나왔다. 그녀가 달라고 하면 그들은 아주 기쁜 마음으로 한 권 줬을 것이어서, 라일라는 그 생각조차 견딜 수 없었다. 그녀가 성경책을 달라고 하면 그들은 오해할 테니까. 그녀는 종교를 갖고자 하는 게 아니라 그저 그가 대체 무슨 이야기를 하는 건지 알고 싶을 뿐인데. 그녀만의 이유로. 그리고 언젠가 이곳을 떠나기로 결심했을 때 그 책을 다시 돌려줄 것이다. 뭔가에 관심을 가지면 기분이 훨씬 나아졌다. 그녀를 근심에 빠지게 하는 생각을 할 시간이 훨씬 줄어드는 셈이니까.

하지만 라일라는 자신이 그렇게 바보가 아니란 사실을 그가 알았으면 싶었다. 그는 어쩌면 그렇게 생각하고 있을지도 모르지만. 그가 정말로 그녀 생각을 하는 것 같긴 하니까. 그래서 라일라는 그 무덤을 돌보기 시작했다. 거기에 글씨가 새겨져 있었다. **우리는 그토록 사랑스러운 이가 그토록 짧은 생을 살다 가서 눈물을 흘렸다.*** 분명 성경에서 나온 구절일 것이다. 이 묘비에서 이끼를 긁어내고 담쟁이덩굴을 걷어둔 것도 하나님이 하신 일이라고 그가 생각하는지 어디 두고 보자고. 이곳에 햇빛이 비칠 수 있게 주목 관목을 쳐낸 사람이 누군지. 여기 있는 장미들이 활짝 피어

---

* 미국 시인 윌리엄 컬런 브라이언트의 시 중 한 구절.

날 수 있게 한 사람이 누구인지. 그리고 라일라는 목사의 집 뒤에 있는 정원에서 잡초가 무성하게 자라는 모습을 보고 거기도 가꾸기 시작했다. 한번은 그녀가 거기서 일하고 있는 걸 목사가 본 적이 있었다. 라일라는 자신이 심은 감자를 돌보고 있었는데, 그는 그걸 눈치채지 못한 것 같았다. 라일라는 감잣잎에 올라온 딱정벌레들을 떼어내서 양철통에 하나씩 넣고 있었다. 목사가 말했다. "당신은 아주 많은 일을 해주셨어요. 참 보기 좋아요. 그래서 뭔가 드리고 싶은데." 그는 한 손에는 지갑을, 다른 손에는 모자를 들고 있었다.

라일라가 말했다. "제게 친절하게 대해주신 걸 갚아야죠."

"아뇨. 당신은 분명 제게 갚을 게 없습니다." 목사가 대꾸했다.

"그건 내가 가장 잘 판단해요." 라일라가 말했다.

"그래요. 음, 만약 당신에게 뭔가, 뭐든 필요한 게 있다면— 다시 저와 이야기하고 싶다면, 이번에는 훨씬 더 잘할 수 있을 것 같아요." 그는 어깨를 으쓱하며 말을 이었다. "약속할 순 없지만, 노력해볼게요."

라일라가 말했다. "난 어떤 약속도 하지 않아요." 그러자 그가 웃음을 터트렸다. 그때 라일라가 말했다. "생각해볼게요. 고마워요." 그는 아름다운 노인이었다. 눈썹은 짙었지만, 눈은 다정했다. 그녀가 무슨 생각을 하건, 그녀가 여기 머물건 떠나건, 그녀에게 무슨 일이 일어나건 그가 왜 신경 쓰겠는가? 라일라는 자신이 어떻게 생겼는지 알고 있었다. 손은 크고, 팔은 길쭉하고, 얼굴은 100번도 넘게 햇볕에 탔고, 머리카락과 눈도 햇빛에 바래버렸다. 세인트루이스에서 그들은 일종의 게임으로 그녀를 예쁘게 꾸며주려 했다. 다만 모든 게 이상해 보였다. 그냥 예쁜 **척을** 해. 그녀는 주로 그곳을 청소하고, 다른 사람들의 빨래를 해주고 머리하는 것을 도와줬다. 라일라가 예쁜 척을 하면 그들은 웃음을 터트렸다. 목사가 그녀를 볼 때는, 정말 그만의 특별한 방식으로 바라보긴 했다. 그건 인정해야 했다. 하지만 그런 식으로 생각하기 시작하면, 그는 그녀에게 중요한 사람이 되기 시작할 것이다. 과거에 그런 일이 일어나게 했을 때, 그러니까 두세 번 그랬을 때는 언제나 말썽만 생겼다. 그녀는 이제 마음속에서 그에게 질문하는 습관이 생겼다. 세상에서 일어난 일에는 의미가 있다는 말 말고 설교할 때 사람들에게 무슨 말을 하나요? 아주 오래전에 어떤 남자가 어딘가에서 죽었는데 그게 어떤 의미가 있다. 사람들이 빵을 조금 먹는데 그게 어떤 의미가 있다. 그럼 당신은 그걸 어떻게 아는지는 왜 말 안 하는 건데요? 당신은 그저 목사라서 그렇게 말하는 건가요? 이런 식의 생각이 그녀의 외로움에 변화를 일으켜서, 전보다 조금 더 참을 만해졌다. 그리고 라일라는 이게 얼마나 위험한 일일 수 있는지도 알고 있었다.

그녀는 이걸 외로움이라고 부르지 말자고 자신에게 여러 번 말했다. 한 해 한 해 달라지는 것도 아니고, 그건 그저 그녀의 몸이 느끼는 감각일 뿐이라고, 마치 허기나 피로와 같은 거라고 자신을 달랬다. 허기나 피로와 달리 항상 그 자리에 똑같은 모습으로 존재했지만. 가끔은 잠시 다른 생각에 빠질 수 있었다. 그러다가도 외로움은 항상 돌아왔고, 항상 전보다 더 지독하게 느껴졌다.

하지만 라일라는 세례를 받을 생각을 하기 시작했다. 그녀의 이마에 흘러내릴 그 물에 그녀의 마음을 식혀줄 뭔가가 있을지도 모른다는 생각이 들었다. 그녀는 어떤 식으로든 이 인생을 살아내야 했다. 그러니 세상이 그녀에게 권하는 것처럼 보이는 위로를 받아들이지 않을 이유도 없지 않은가. 만약 이 중 어느 것도 지금 그녀에게 이해가 되지 않는다면, 한번 해보면 바뀔지도 모르지 않는가. 만약 결국 어느 것도 의미가 없다고 해도, 해가 되진 않을 테니까. 그는 라일라에게 교회에서 수업이 있는데 그녀는 언제든 환영이라고 했다. 라일라는 여전히 결단을 내리지 못한 채 교회 옆을 지나가고 있었다. 그녀는 어쩌면 너무 일찍 왔을지도 모르고, 어쩌면 이날이 아닐지도 모르겠다고 생각하고 있었다. 교회 옆을 두 번이나 걸어서 지나쳤는데도 아무도 보이지 않았기 때문이다. 그녀는 사실 시간이 몇 시인지도 몰랐고, 날짜 감각도 언제든 잃어버릴 수 있었으니까. 하지만 그때 목사가 그녀를 향해 걸어왔고, 그래서 그 자리에 그대로 서서 기다렸다. 달리 할 것도 없었다. 그녀를 봤을 때 모자를 벗었으니, 아마 말을 걸려고 마음을 먹은 모양이었다. 그에게 뭐라고 해야 할지 생각하지도 않았고, 그와 말을 할 거라는 생각조차 하지 않고 있었는데. 그저 그에게서 가장 멀리 떨어진 자리에 앉아 그가 하는 말을 듣고 의문이 떠오르면 혼자 마음속에 품고 있으려 했다.

그가 말했다. "안녕하세요. 여기서 당신을 보게 돼서 기쁘군요."

라일라가 대꾸했다. "세례를 받는 게 나을 것 같다는 생각이 들었어요. 내가 어렸을 때 세례를 받게 신경 써준 사람이 하나도 없었거든요." 라일라는 자신이 하는 말을 들으면서, 오랫동안 혼자 해왔던 생각을 이제 그에게 말하는 게 습관처럼 되어버렸다는 사실을 깨달았다. 이런 식으로 생각하면 좋지 않다는 걸 모를 정도로 그녀가 어리석었나? 그러면 안 된다고 마음속으로 100번도 말하지 않았던가? 그러니 이런 일이 일어날 수밖에 없는 것이다. 그는 심지어 마음속에서 본 외모와도 달라 보였지만, 그래도 그녀는 마치 아는 사람에게 하듯 그에게 말을 걸었다. 그녀와 같은 방식으로 살다 보면 이런 일도 일어나게 되는 것이다.

"좋아요. 그건 우리가 알아서 할게요. 확실히요." 그가 말했다.

그녀의 말에 그는 조금 놀란 것처럼 보였다. 그도 그럴 만한 게, 그녀 자신도 놀랐다. 라일라는 생각했다. 교회 사람들이 다 날 지켜보고 있는 상황에서 내가 무슨 말을 할지 어떻게 알겠어? 라일라가 말했다. "오늘 밤엔 수업에 들어갈 수 없어요. 일해야 해요." 그리고 돌아서서 휙 가버렸다. 그러면서 지금 자신이 얼마나 이상해 보일지 깨닫고 바로 창피해졌다. 그럴 만한 진짜 이유도 없으면서 서둘러 밤의 어둠 속으로 내빼다니. 그녀가 더 미쳐버릴 그 쓸쓸한 어둠 속으로. 사람들과 어울리기 힘들어서 그녀가 아직도 사는 그 오두막집으로. 산다기보다는 숨어 있다고 말하는 편이 훨씬 더 솔직할 것이다. 그 오두막집 안에서 그녀가 품을 수 있는 유일한 위안은 혼자 있다는 사실뿐이니까. 지금 돌아가지 않으면, 완벽한 수치심이 깃들기 전에 돌아가지 않으면 다시는 그 교회에 발을 들일 수 없을 거라는 점을 라일라는 알고 있었다. 교회의 가장 좋은 점은 신도석 마지막 줄에 앉아 있을 때 아무도 그녀를 바라보지 않는다는 것이다. 원하면 조금 늦게 들어가서 조금 빨리 나올 수 있었다. 목사의 설교와 사람들의 노랫소리를 들을 수 있었다. 사람들은 그녀가 왜 거기에 앉아 있는지 궁금해할지도 모르지만, 한 번도 그 이유를 묻진 않았다. 그리고 사람들이 보통 이야기하지 않는 것들에 대한, 태어나고 죽는 것과 그 나머지에 대한 노인의 이야기를 듣는 건 정말 흥미로웠다. 그녀를 그 마을에 붙잡아두는 건 그것 말고는 달리 없었다. 그래서 교회로 돌아가 애초에 하려고 했던 것처럼 문을 열고 안으로 들어가기로 결심했다. 하지만 정말 교회에 들어갔을 때 그가 벌떡 일어났고, 그래서 그녀가 나가버리자 안에 있던 부인들이 그녀를 따라 거리로 나왔다. 그녀에 관한 이야기를 하고 있었던 게 분명했다. 그게 뭐 어때서? 그러고 싶었다면 그들은 그냥 그녀가 가게 놔둘 수도 있었다. 그녀가 바보가 된 기분이 들었다면, 그게 뭐 어때서? 그는 전에 그랬던 것처럼 벌떡 일어나서 싱긋 웃으며 말했다. "결국 이렇게 와줘서 기뻐요." 라일라가 말했다. "감사합니다." 그 뒤부터는 쉬워졌다. 창세기. 출애굽기. 레위기. 아브라함. 이삭. 야곱. 적어도 그녀는 조금씩 배우기 시작했다.

만약 그녀가 다른 생각을 하지 않기 위해 그 목사를 생각하는 거라면, 그녀에게 달이 있었던 시절을 기억하는 편이 나을지도 모른다. 달이 그녀를 빼낸 그 오두막집이나, 막 태어나서 힘없는 아기였을 때 그녀가 계속 살아 있을 수 있게 돌봐준 사람이 누구였는지 생각하는 것은 아무 의미가 없다. 라일라는 성경을 들어서 펼쳐진 부분을 읽다가 이 구절을 발견했다. **네가 태어난 날 아무도 네 탯줄을 잘라주지 않았고, 네 몸을 물로 깨끗하게 씻기지도 않았다. …… 너를 불쌍히 여긴 자가 아무도 없었으므로.*** 그 부분을

---

*   에스겔서 16장 4-5절.

읽고 라일라는 생각에 빠졌다. 누군가 그녀를, 또는 살아남은 아이를 누구든 불쌍히 여긴 게 분명하다고. **내가 네 곁으로 지나갈 때에 네가 피투성이로 버둥거리는 것을 보았고.**[**] 라일라는 아이들이 태어나는 모습을 본 적이 있다. 아이들은 땅속에서 파내는 벌레만큼이나 기이하고 벌거벗은 것처럼 보였다. 인간이라면 그 아이를 물에 씻기고 뭔가로 감싸서 숨겨주고 싶을 것이다. 그 아이를 불쌍히 여기기 때문에. 라일라가 아무리 애를 써도 기억할 수 있는 것이라곤 그녀를 스치던 치맛자락, 다른 손들만큼 거칠지는 않았던 손뿐이었다. 어쩌면 그 손이 그녀를 살게 만든 손인지도 모른다. 무슨 상관인가. 밤이 찾아와 글을 읽기에 너무 어두워지면 그녀는 담요를 몸에 두른 채 얼굴과 발도 덮이도록 구석에서 몸을 움츠린 다음 생각하거나 꿈을 꾸었고, 자거나 잠들지 않고 그대로 누워 있었다. 만약 달이 그녀의 엄마였다면 그녀를 훔칠 필요도 없었을 것이다. 라일라도 그 정도는 알고 있다. 그녀가 어디에서 왔는지 아는 것보다 덜 중요한 문제도 있을까? 음, 어쩌면 내가 지금부터 어디로 가는지가 그보다 덜 중요할지도 모르지. 라일라는 생각했다. 아니면 내가 여기 어둠 속에서 혼자 왜 이런 걸 궁금해하고 있는지가 그보다도 덜 중요한 문제인지

[**]　에스겔서 16장 6절.

도 모르고. 그녀는 사실 어둠이나 귀뚜라미나 심지어 잽싸게 달려가는 생쥐들도 그리 신경 쓰이지 않았다. 저기 열린 창문 밖에 별들이 떠 있다고 생각하면 흐뭇했다. 그녀는 아직 어두운 아침에 잠옷을 입은 채 비누 하나를 가지고 목욕하러 강으로 내려갔다. 아무도 그녀를 볼 수 없었다. 자기 모습도 잘 보이지 않았다. 비누 냄새가 마음에 들었다. 돌멩이들과 모래진흙이 밟혔지만, 그녀의 피부를 스치고 지나가는 물은 기분 좋게 소스라칠 만큼 차가웠다. 물을 만지는 순간 헉 소리가 나왔고 그 순간 목구멍에 서늘한 공기의 맛이 느껴졌다. 달은 종종 이렇게 말하곤 했다. "넌 이제 더는 깨끗해질 수 없을 정도로 깨끗해졌어."

그러고 나서 그녀는 다시 잠옷을 입고 오두막집으로 돌아가서 발바닥에 붙은 나뭇잎들과 자잘한 나뭇가지들을 최대한 손으로 쓸어내고 담요를 온몸에 둘둘 말고는, 그대로 누워 있었다. 그녀의 몸은 축축한 잠옷을 서서히 데웠고, 그녀는 그동안 여러 가지 일이 일어난 방식에 대해 곰곰이 생각했다. 어느 날 밤, 성경에서 그런 구절을 발견했기 때문에 그녀가 어떻게 태어나서 살아남을 수 있었는지 생각했다. 달이 그녀를 안아 올렸을 때 그녀는 심하게 아픈 상태였지만. 그렇다면 그때까지 그렇게나마 연명할 수 있게 굳이 신경 써서 돌봐준 사람이 누군지 어떻게 상상해야 할까. 달 이전에 분명 누군가 있었다는 걸, 누군가 그녀를 안고 젖을 준 사람이 있었다는 걸 상상해도 달을 배신하는 것은 아니었다. 그녀는 목사의 아내를 생각했다. 갓 태어난 갓난아기를 품에 안고 있는 여자를. 라일라에게 그들에 대해 말해준 부인이 말했다. "사모님은 작별 인사도 없이 세상을 떠나버리셨고, 몇 시간 후 아이도 엄마를 따라갔죠." 그리고 목사는 혼자 남았다.

절대 두려워하지 않는 멜리는 어떻게 됐을까? 그에게 그건 물어볼 수 있었다. 멜리는 좀 더 자세히 들여다보려고 막대기로 뱀을 쿡쿡 찔러보곤 했다. 한번은 철책 위에 올라가서 어린 수송아지의 등 위에 뛰어내려 송아지의 목을 두 팔로 꼭 끌어안고 매달린 적이 있었다. 멜리가 하는 짓을 본 돈이 철책 위로 올라가서, 수송아지가 멜리를 땅바닥에 내동댕이치기 전에 들어 올려서 바닥에 내렸다. 그 바람에 멜리의 다리가 철책 기둥에 긁혀서 피부 껍질이 벗겨지며 파리가 끓었지만, 멜리는 수송아지가 어렸을 때부터 매일 타면 커서도 그 소를 탈 수 있을 거란 생각이 들었을 뿐이라고 말했다. 그러면 그 소를 타고 어디든 갈 수 있을 것이고 사람들은 이렇게 말할 줄 알았다고. 와, 저기 황소를 탄 여자가 오네. 돈이 말했다. "그건 너의 황소가 아니잖아. 어차피 4, 5일 지나면 우리는 여길 뜰 건데." 그러자 멜리가 말했다. "날 그냥 내버려뒀으면 그 소를 계속 타고 있을 수 있었어. 나도 그 정도는 알아." 돈이 웃었다. "얘야, 그 송아지가 마음만 먹었다면 네 다리를 부러뜨려놨을 거야. 그건 시작에 불과했을 거고. 그건 그렇고, 네가 쓸모없어지면 누가 널 돌봐줄 건데?" 멜리가 말했다. "내 다리는 그렇게 아프지도 않다고!"

돈은 항상 멜리에게 그녀가 언젠가 자기 목을 부러뜨릴 것이고, 그들은 길바닥에 누워 있는 그녀를 그대로 내버려둔 채 그냥 떠나야 할 거라고 말했다. 그런 말에 멜리는 콧방귀도 뀌지 않았다. 그리고 목을 부러뜨리는 일도 없었다. 가끔 그러려고 용을 쓰는 것처럼 보이긴 했지만. 멜리는 어떤 마을에서 여자아이들이 줄넘기하는 모습을 보고 어디선가 밧줄을 주워 와서 그들보다 더 잘하는 방법을 알아냈다. 멜리는 두 팔을 교차시키면서 한 발로 껑충껑충 뛰며 줄넘기했다. 줄넘기로 일종의 핸드스프링까지 시도해봤지만, 두 손으로 줄을 잡고 있어야 했기에 손을 바닥에 짚을 수가 없었다. 그래서 땅바닥에 그대로 넘어졌고, 바로 일어나서 이렇게 말했다. "그때는 부우운명히 됐었는데." 비쩍 마른 데다 주근깨가 흩뿌려진 얼굴, 하얀 눈썹을 하나로 모은 채 희고 거친 머리를 바람에 휘날리며 최고의 줄넘기 선수가 되려고 했던 멜리. 길을 가다 건물 밖에 있는 변소를 보면 멜리는 항상 들어가서 카탈로그를 찾았고, 발견하면 몇 페이지를 가지고 돌아와서 며칠 동안 꼼꼼히 살펴보며 거기 실린 물건들이 뭔지 그리고 어디에 쓰는 건지 알아내려고 애썼다. 멜리는 이렇게 말하곤 했다. "아직은 단어들의 뜻이 잘 이해가 안 돼. 하지만 알아내려고 노력 중이야." 달은 그게 다 바보 같은 짓이라고 하면서 라일라에게 이렇게 말하곤 했다. "너는 멜리처럼 저런 짓은 하지 않아서 좋구나." 달은 라일라가 그런 시도를 할 정도의 힘이 없을 때도 그렇게 말했고, 그러고 싶다는 내색을 단 한 번도 한 적이 없는데도 그렇게 말하곤 했다. 라일라는 언제나 달의 아이였고, 할 수만 있다면 달 옆에서 떨어지지 않았다. 멜리는 매년 여름에 같은 길로 다녀서 길을 잃지 않고 마음대로 돌아다닐 수 있었다. 멜리는 가끔 라일라와 친구가 되어보려고 어디에 월귤나무들이 있는지 말해주거나, 맨손으로 물고기를 잡는 법을 보여주기도 했다. 하지만 라일라는 항상 달 옆에 있기를, 적어도 달이 눈에 보이는 곳에 있기를 원했다.

노인은 이 사람들, 자신이 쓸 수 있는 것보다 훨씬 더 많은 용기를 가지고 태어났지만 그걸 쓸 일도 없이 그저 근근이 먹고살아가는 사람들에 대해 뭐라고 말할 수 있을까? 이것도 그나마 시절이 좋을 때 이야기였다. 라일라는 항상 멜리를 질투했다. 멜리가 치는 장난과 멜리가 하는 엉뚱한 생각에 사람들이 즐거워했기 때문이다. 멜리는 항상 사람들을 웃게 했다. 멜리가 한번은 이런 말을 했다. "내 생각에 내 무릎은 평생 까져 있었던 것 같아. 내 팔꿈치도 마찬가지고." 그러자 돈이 웃으며 말했다. "그럼 넌 그렇게 태어난 모양이구나. 만약 그런 사람이 있다면 말이야." 그런 소녀가 단지 역경에 맞서는 것 말고 그보다 더 많은 일을 해내라고 요구하는 그런 삶을 어디서 찾아낼 수 있을까? 단지 역경에 맞서는 것. 동물이, 노새가 더 잘할 수 있는 그 일보다 더 괜찮은 일. 달이 말했다. 무슨 일이 일어나든, 그냥 조용히 입 다물고 있으면 다 지나갈 거야. 대부분 그래. 하지만 라일라는 이런 생각은 하고 싶지 않았다. 이런 식으로 생각하기 시작할 거면 차라리 벌떡 일어나서 새벽이 오길 기다리는 편이 나을 것이다. 차라리 오늘 어디로 일하러 갈지, 한동안 일거리를 찾으러 가보지 않은 집이 어디인지 생각해보는 편이 나을지 모른다. 사람들은 항상 그녀에게 일거리를 주었다. 비록 그것이 아이도 할 수 있는 일이라 해도. 예를 들어 불쏘시개를 자르는 일 같은 일. 라일라는 어느 집에든 너무 자주 가서 부담을 지우고 싶지 않았다.

그날 아침 그레이엄 부인이 그녀를 위해 옷을 챙겨놨다. 스커트 하나와 블라우스 두 벌이었는데 딸이 디모인으로 이사 갔을 때 두고 간 옷이라고 했다. 마냥 옷장에 걸려 있었다고. 그러니 라일라가 입을 수 있다면 가져가는 편이 나을 것 같다고 했다. 라일라는 생각했다. 이게 바로 빈털터리로 살아갈 때 겪는 최악의 일이지. 모두가 내가 얼마나 돈이 없는지 볼 수 있는 거. 이건 마치 온 동네 사람들이 내게 없는 게 뭔지 알아내는 프로젝트라도 하는 것 같잖아. 이곳을 떠나면 이 옷들을 입을 수 있을 것이고 그걸 봐도 아무도 별생각 하지 않겠지. 하지만 여기 계속 머물러 있으면 나는 누군가 입던 낡은 옷을 입고 다니는 것이고, 사람들은 누군가가 자선으로 베푼 옷을 내가 입었다고 생각하겠지. 그레이엄 부인은 자신이 한 선행에 조금 흐뭇해하면서 동시에 조금은 후회하는 것 같기도 하고 당혹스러워하는 표정으로 라일라의 얼굴을 찬찬히 보고 있었다. 부인이 말했다. "입을 일이 없다면 안 가져가도 돼요. 그저 옷이 잘 맞을 것 같다는 생각이 들었어요."

라일라가 말했다. "잘 맞을 것 같아요. 제가 입을 수 있겠어요. 그럼요." 그레이엄 부인에게 고맙다고 인사해야 한다는 걸 알고 있었지만, 라일라는 다른 사람에게 일거리 말고는 뭔가를 달라고 부탁한 적이 없었다. 만약 상대방이 일거리가 아닌 다른 걸 준다면 그럴 만한 이유가 있어서 그렇게 한 것이다. 그러니 라일라가 그들에게 신세를 진 것도 아니다. 신세를 진다는 건 라일라에게 도저히 참을 수 없는 일이다. 그레이엄 부인이 옷을 봐주길 바란다는 걸 알고 있었지만, 라일라는 눈길도 주지 않았다. 뭐, 옷들은 다 괜찮겠지, 라일라는 생각했다. 어쨌든 너무 낡은 옷은 없으니까. 그 후에 라일라는 그레이엄 부인이 부탁한 다림질을 하면서 그 옷에 대해 생각했고, 아마 그 옷들을 입고 교회에 갈 거라고 생각했다. 적어도 평소에 입고 다니는 낡은 원피스를 입고 가는 것보다는 기분이 나을 테니까. 목사가 옷이 달라진 걸 눈치채고, 그래서 그에게 신세 진 느낌이 들고, 모두가 그걸 알고 있다 해도. 그래서 그레이엄 부인 집에서 일이 다 끝났을 때 라일라는 옷이 든 봉투를 들고 묘지까지 걸어갔다. 거기에 어렸을 때 죽은 존 에임스의 무덤이 있었고, 그 옆에는 여자 형제인 마사의 무덤이 있었고, 그 반대편에는 여자 형제인 마거릿의 무덤이 있었다. 라일라는 사실 마을 끄트머리에 세상을 떠난 사람들이 이런 식으로 모여 있을 거란 생각은 한 번도 해본 적이 없었다. 고인의 이름이 모두 적혀 있어서, 그 가족이 그 마을에 사는 한 고인이 누구인지 다 알 수 있는 방식으로 말이다. 거기에 존 에임스 목사의 무덤도 있었다. 그는 라일라가 아는 목사의 아버지일 것이다. 그 옆에 목사 아내의 무덤도 있었다. 평생 자신이 어디 묻힐지 알면서 사는 것도 느낌이 이상할 것이다. 자신의 성이 새겨진 이 묘비들을 보면서 살다니. 언젠가 그 노인도 아내 옆에 눕겠지. 그토록 오랜 세월이 흐른 후에 아내는 환한 햇빛 속에서 장미로 온몸이 뒤덮인 채 그를 기다리고 있겠지.

날씨가 변하면 그녀는 더는 오두막집에서 살 수 없었다. 거기선 도저히 따뜻하게 지낼 방법이 없다. 바람이 벽 사이로 숭숭 들어오고 지붕으로 비가 새는 곳이니까. 방이 하나 남으니 와서 지내라고 한 여자도 있지만, 교회 신자 모두가 그녀에게 뭔가 권하던 날로부터 일주일이 지났으니 그사이에 마음을 바꿨을지도 모를 일이다. 이 마을을 떠날 생각이라면 여행이 너무 힘들어지기 전에 떠나야 한다. 그녀는 버스표와 겨울 코트 중에 뭘 사야 할지 결정해야 할 것이다. 신발도 다 떨어지기 직전이다. 이런 거 생각해봤자 무슨 의미가 있나. 이런 이유로든 저런 이유로든 결정할 것이고, 할 수 있는 한 돈을 모으면서 뭘 하건 그럭저럭 살아갈 텐데.

라일라는 전에 진짜 집에서 살아본 적이 있었다. 세인트루이스에 있는 집 말고. 아이오와주의 태머니라는 소도시에 있는 꽤 괜찮은 하숙집이었다. 달이 거기에 취직해서 라일라는 1년 동안 학교에 다닐 수 있었다. 글을 읽는 법과 간단한 산수를 배울 수 있는 정도의 시간이었다. 하숙집 주인인 마커 부인이 요리를 했고, 달이 청소와 빨래를 하고 가금과 정원을 돌봤다. 라일라는 모든 일을 도왔다. 정상적인 삶이 어떤 것인지 달은 라일라에게 알려주고 싶어 했다. 달이라고 그런 삶에 대해 많이 알아서 그런 건 아니었다. 하지만 마커 부인이 달이 무언가를 잘못할 때마다 소리를 질러대서, 시간이 흐르면서 달은 모든 것에 점점 더 능숙해졌다. 그러다 라일라의 학기가 거의 끝났을 무렵 달이 말했다. "저 여자 잔소리 듣는 것도 신물이 난다. 빌어먹을 자기 빨래는 알아서 널으라지." 둘은 그길로 짐을 꾸려서 그곳을 떠나버렸다.

라일라는 학교가 좋았다. 침대 시트와 베갯잇도 좋았다. 그곳엔 커튼이 달려 있고 서랍장도 하나 있는 둘만의 방이 있었다. 두 사람은 부엌에 있는 식탁에서 저녁을 먹었다. 거기서 라일라가 숙제를 하는 동안 달은 설거지를 했다. 달이 한 번도 불평했던 적이 없어서 그만 떠날 거라고 했을 때 라일라는 깜짝 놀랐지만, 그녀는 한마디도 하지 않았고 뒤돌아보지도 않았다. 그 집이 그녀에겐 예뻐 보였는데도 말이다. 라일라가 장미 가꾸는 법을 배운 곳이 그곳이었다. 하지만 그게 그들의 자부심이었다. 할 수 있을 때까지만 참고 더는 참지 않는 것, 뭔가를 원한다거나 후회한다는 내색을 절대 하지 않는 것, 낯선 사람들 앞에서 아이들이 어른을 존경하는 모습을 보이는 것. 봄이어서 일거리가 있을 것이었고, 달은 어딜 가면 돈의 무리를 찾을 수 있을지 대강 알고 있었다. 그들을 찾아내는 데 이틀이 걸렸고, 그들과 다시 같이 밥을 먹어도 된다는 허락을 받는 데 일주일이 걸렸다. 태머니에서 1년을 보낸 후 상황이 완전히 달라졌다. 마치 그들이 돈의 무리를 배신했고 그것에 대해 끝내 완전히 용서받지 못한 느낌이 들었다. 라일라가 멜리에게 '잡화점'이라고 쓰인 간판을 읽어줬을 때, 멜리는 이렇게 말했다. "흥, 저긴 누가 봐도 잡화점이잖아. 그러면 저기다 뭐라고 써놔야겠어? 군 교도소? 저기는 완전 가게처럼 생겼잖아, 안 그래?" 라일라가 '건물*'이나 '세공품과 잡화품'이라고 적힌 것을 읽으면 멜리는 "야, 네가 그냥 지어내는 거잖아. 아무 뜻도 없는 말이네"라고 응수했다.

하지만 라일라는 글을 읽을 수 있었고, 그래서 달은 기뻐했다. 다른 사람이 어떻게 생각하건 말이다. 달은 글을 읽는 능력이 쓸모가 있을 거라고 했다. 아마도 언젠가는 그럴 거라고. 일반적으로는 멜리의 말이 맞았다. 어쨌든 보통 글자는 이미 그녀가 알고 있는 것을 말해줬으니까. '일꾼 필요 없음.' 이름이 필요 없을 정도로 땡전 한 푼 없고 세상으로부터 잊힌 마을들의 이름을 아는 데는 도움이 됐다. 마을 표지판을 읽어야 그곳의 이름을 짐작할 수 있었으니까. 그래도, 라일라는 가게에서 콩 통조림 하나와 노끈 한 뭉치를 살 때 메모장 하나와 연필 한 자루도 같이 샀다. 그냥 자신이 지금까지 잊어버리지 않고 있는 게 뭔지 궁금했다. 그녀는 귀퉁이를 접어놓은 페이지에 있는 말을 메모장에 옮겨 적었다. **네가 태어난 날 아무도 네 탯줄을 잘라주지 않았고, 네 몸을**

---

* 차, 커피, 곡물같이 물기 없는 식품들.

물로 깨끗하게 씻기지도 않았다. 아무도 네 몸을 소금으로 문지르지 않았고, 포대기로 감싸주지도 않았다. 너를 불쌍히 여긴 자가 아무도 없었으므로 너를 동정하여 이렇게 해준 사람이 아무도 없었다. 네가 태어난 날 너를 반기는 사람이 없어 너는 들판에 버려진 것이다. 내가 네 곁으로 지나갈 때에 네가 피투성이로 버둥거리는 것을 보았고 내가 너에게 말했다. **너는 피투성이더라도 살아라.*** 라일라는 생각했다. 아이의 몸에 소금을 문지른다는 말은 처음 들어봤네. 그녀는 글자를 천천히 조심스럽게 만들었다. 어렸을 때처럼 그리 쉽진 않았다. 하지만 그녀는 매일 조금씩 쓰겠다고 다짐했다. 연습하렴, 선생님이 말했다. 다른 아이들과 비교해서 자신의 낭독이 너무 서툴러서 수치스러운 나머지 눈물이 나오려 했을 때 선생님이 말했다. 넌 그냥 연습이 좀 더 필요할 뿐이야.

그래서 라일라는 아침이 오길 기다리기 시작했다. 햇빛이 충분히 들어오자마자 문가에 앉아 무릎에 메모장을 놓고 글을 썼다. 성경에 나온 구절을 베껴 썼다. 철자법에 확신이 없었는데, 이렇게 하면 배울 수 있으니까. 그녀가 철자를 틀리게 써도 누가 알겠는가? 여기엔 아무도 오지 않는데. 그래도 만약 그녀가 지금처럼 무식하지 않고 지금보다 더 잘 안다면 이런 자신이 얼

*   에스겔서 16장 4-6절.

마나 무식해 보일까 생각하니 수치심이 느껴졌다. 그래서 그녀는 썼다. **태초에 하나님이 천지를 창조하셨다. 땅은 혼돈하고 공허하였으며, 어둠이 심연 위에 있었다.**[**] 혼돈과 공허. 어둠이 심연 위에 있다. 그에게 이 구절에 관해 물어보고 싶군. 그녀는 이 문장을 열 번이나 다시 썼다.

그녀는 강물에 씻어서 몸에 아직 냉기가 남아 있는 상태에서 햇빛이 점점 따뜻해지는 아침을 만끽했다. 새벽에는 귀뚜라미들과 메뚜기들과 청개구리들과 매미들의 합창이 이미 활기를 잃고 있었다. 마치 온기와 햇빛이 단지 그럴 수 있다는 이유만으로 받아들일 수 있는 것 이상의 습기와 냄새를 흡수하고 있는 것처럼 느껴졌다. 온기와 햇빛은 아주 강력했고, 사실상 그들 말고 깨어난 것은 없었다. 아직은. 흙과 이슬과 나뭇잎 냄새에서 마치 무언가가 다친 것 같은 느낌이 들었다. 이제 라일라는 쑥국화가 그렇게 신경 쓰이지 않았다. 돈은 사슴들이 쑥국화라면 질색한다고 말했는데, 아마 그래서 사슴들이 오두막집 근처에서 자라는 호박을 찾아내지 못한 모양이었다. 다른 사람들이 장작을 패고 물고기를 손질하고 토끼의 내장을 빼낼 때 쓴 그루터기 옆에 호박씨 몇 개가 남아 있었다. 라일라는 그 호박씨들을 땅에 심었

[**]   창세기 1장 1-2절.

는데, 이제 큼직하고 샛노란 텐트 모양의 꽃들이 활짝 피어났고, 큰 호박 덩굴들이 땅 위로 길게 자라고 있었다. 그녀는 노인이 그녀가 어디서 지내는지 모르길 바랐다. 안다 해도 절대 오지 않을 거라는 점도 알고 있었다. 하지만 만약 온다면, 아침에 오길 바랐다. 작고 흰 나방들이 날개를 파닥거리며 날아다니는 모습 덕분에 이 오래되고 황량한 들판이 거의 정원처럼 보이니까.

어렸을 때 그들은 노동자들의 야영지에서 머물게 되면 기뻐하곤 했다. 허름하긴 해도 오두막집들이 줄줄이 늘어서 있던 곳. 그 안에는 낡디낡은 테이블들과 의자들과 곰팡이가 핀 간이침대들이 있었다. 아마 접시와 숟가락도 몇 개 있었을 것이다. 그 집들은 모두 춥고 눅눅하고 쥐 냄새가 나서, 마르셀은 비가 오지 않는 한 모두 밖에서 자게 했다. 하지만 그들에게는 항상 오두막집이 있었고, 가지고 다니는 물건들을 낮 동안에는 모두 그 안에 뒀다. 라일라와 멜리와 사내아이들은 일하지 않을 때는 그 집들이 그들의 집이나 요새나 동굴인 척하며 놀았다. 그들은 거기 남아 있을 만한 물건은 뭐든 다 찾아다녔고, 신발 끈 반쪽이나 부서진 컵 조각을 발견하면 그게 뭐고 그걸 발견한 그들이 왜 운이 좋은 것인지에 대한 이야기를 지어냈다. 한번은 아서의 아들인 디크가 철도 선로에 떨어져서 납작하게 찌그러진 1페니 동전 하나를 발견했다. 그는 그걸 문에 대고 못으로 박았다. 언젠가 누군가가 그들이 일주일 동안 머물렀던 오두막집 문 위쪽에 편자를 못질해서 고정한 적이 있었다. 그때 아이들은 그게 분명 중요한 행위라고 느꼈다. 노동자들은 낯선 사람들을 경계했고 그들의 아이들에게 적대적으로 대했지만, 멜리는 예외였다. 멜리는 항상 아기들과 놀고 싶어 했고 엄마들이나 언니들이 아기를 내줄 만큼 붙임성이 있었다. 잭나이프 던지기 놀이를 하면서 자기 차례가 돌아오길 기다리는 동안, 씻기지 않아서 지저분한 아기를 뼈만 앙상한 두 팔로 안고 흔들며 엄마놀이를 하던 멜리.

그들은 모두 과수원에서 사과나 체리나 배를 따는 일을 했다. 모두 온종일 나무 꼭대기에 올라가 있었지만 한 번도 바구니를 엎거나 나뭇가지를 부러뜨리지 않았다. 그것은 아이들이 가장 잘하는 일이었다. 아이들은 너무 익어버렸거나 멍이 든 과일이 가득 찬 상자를 몇 개 받았다. 아이들은 과일과 거기서 풍기는 신 냄새와 과일에 꾀기 시작하는 작고 반짝거리는 검은 벌레들이 지겨워질 때까지 그것들을 먹었고 그러다 서로에게 던져대기 시작해서 모두 썩은 배와 살구로 범벅이 되곤 했다. 사방에 파리가 날아다녔다. 모두 이미 더러운 옷을 훨씬 더 더럽혔다고 야단맞곤 했다. 돈은 그런 야영지들을 끔찍이 싫어했다. 그는 종종 이렇게 말했다. "사람이 그런 식으로 살아야 하나?" 하지만 아이들은 그들이 근사하다고 생각했다.

라일라는 노인에게 말할 것이다. 난 전에는 쑥국화를 싫어하지 않았어요. 아직도 살구는 가끔 좋아해요. 그녀는 노인이 그녀가 하는 생각을 조금은 알고 있다고 상상했다. 조금만, 그에게 보여주고 싶은 생각들만. 멜리와 멜리가 데리고 놀던 아기들. 다른 사람들이 안 볼 때 라일라의 손에 슬쩍 찔러줄 수 있는, 가게에서 산 사탕이 있어서 미소 짓는 달. 그중 누구라도 저 들판을 걸어가면서, 나도기름새와 토끼풀을 뽑으며 자연스럽게 자기만의 생각에 빠져들 수 있었다. 그들은 그런 곳을 수없이 거쳐 갔다. 잡초가 우거지고 햇빛이 찬란하고 이파리가 깔쭉깔쭉하게 자란 들판들. 별 특별한 이름도 없는 곳들. 오직 미국이라는 단하나의 이름만 있는 곳. 만약 그들이 라일라의 기억 속에 있는 모습 그대로, 어려운 시절이 닥치기 전에 그랬던 것처럼 거기 있을 수 있다면 노인이 그들을 알 수도 있을 텐데. 라일라는 노인이 그들을 알고 지내길 원했을 것이다.

아니다. 어쩌다 이런 생각을 하고 말았지? 만약 노인이 이곳을 본다면 그녀가 얼마나 가난한지, 얼마나 어렵게 사는지 알고 당황할 것이다. 그는 그녀를 보지 않을 것이고, 다른 모든 것도 보지 않으려 할 것이다. 말도 거의 하지 않으려 들 것이다. 그녀는 그를 증오할 것이고, 그 증오하는 마음을 그가 알기를 바랄 것이다. 그러다 그가 떠나버리면 그가 지금까지 그녀에게 베풀어준 그 모든 친절을 혼자 감당해야 할 것이다. 그리고 아직 버스표를 살 만큼 돈을 충분히 모아놓지도 못했다. 어쩌면 이것이야말로 그녀가 그들에게 부탁할 수 있는 유일한 것인지도 모르겠다. 이곳을 떠날 수 있는 버스표. 아마 말이 끝나기도 전에 받을 수 있을 텐데.

그래서 그녀는 다시 성경 구절을 베껴 쓰기 시작했다. **하나님의 영은 수면 위를 감돌았다. 하나님이 이르시되 빛이 있으라 하시니 빛이 있었다. 빛이 하나님 보시기에 좋았더라. 하나님이 빛과 어둠을 나누사 빛을 낮이라 부르시고 어둠을 밤이라 부르셨다.**[*] 라일라는 그 부분을 깨끗하게 열 번 썼다. 글씨를 더 작게 쓸 수 있다면, 한동안 이 메모장을 쓸 수 있으리라. 그녀는 라일라 달(Dahl), 라일라 달, 라일라 달이라고 썼다. 왜 그랬는지 선생님이 라일라의 성을 오해해서 달(Dahl)이라고 불렀던 것이다. "넌 노르웨이 사람이구나! 그 주근깨를 보고 알아차렸어야 했는데." 선생님이 그렇게 말하고는 학생 명단에 그 성을 적었다. "우리 할머니도 노르웨이 사람이셨어." 선생님은 미소 지으며 말했다. 저녁 먹을 때 라일라가 달에게 학교에서 무슨 일이 있었는지 말하자 달은 그냥 이렇게 말했다. "그건 중요하지 않아." 그때 라일라는 처음으로

[*]　창세기 1장 2-5절.

성에 대해 생각했다. 알고 보니 그때까지 성도 없이 살아왔는데, 그걸 눈치조차 못 채고 있었다. 라일라가 말했다. "그럼 달(Doll)의 성은 뭔데요? 달(Dahl)은 아니잖아요, 안 그래요?" 그러자 달이 대답했다. "그것도 중요하지 않아."

여행 가방에 성경책과 메모장을 넣어둘 순 없었다. 여기에 누가 오든 가장 먼저 훔칠 게 그 가방이니까. 그다음에 침낭을 가져갈 것이고. 라일라는 지금 모으고 있는 돈을 유리병 속에 넣어서 헐거운 마룻장 밑에 숨겨뒀다. 하지만 마룻장 밑이 너무 더러워서 다른 건 넣어둘 수 없었다. 사실 그녀가 메모장을 숨기고 싶었던 진짜 이유는 서툰 글씨 때문이었다. 만약 그가 이걸 보면 어쩔 것인가? 그러다 생각했다. 이게 다 종일 혼자 시간을 보내기 때문이야. 그래서 성경책과 메모장을 여행 가방 위에 올려두고, 도둑이 들어온다면 아마도 책과 메모장은 그냥 바닥에 놔두고 여행 가방만 가져갈 거로 생각했다. 사실 그것들은 훔칠 가치가 없으니까. 그리고 그녀의 물건을 도둑질할 만한 사람이라면 아마 그녀보다 더 무식할 테니 어쨌든 책이나 메모장은 거들떠보지도 않을 것이다.

바로 그날 아침 그 생각이 들었다. 그녀는 왜 항상 길리어드 안으로 걸어 들어가지? 이 주위에도 농장들이 있고. 그중 분명 도움이 필요한 곳도 있을 텐데. 라일라를 본 사람이라면 누구나 그녀가 일에 익숙하다는 걸 알 수 있을 것이고. 길리어드 사람들은 그녀를 너무 잘 알고 있지 않은가. 라일라는 그게 너무 지겨웠다. 그날 아침 그녀는 자신이 던진 질문에 이렇게 대답했다. 특별한 이유는 없다고. 그러자 마치 짐을 내려놓은 것처럼 홀가분한 기분이 들었다. 예전에 달과 함께 돈과 마르셀 무리와 다니다 마을을 지나칠 때면, 그들은 최선을 다해 씻고 옷차림을 말쑥하게 한 후에 걸어갔다. 세상에 그들의 관심을 끌 일은 단 하나도 없다는 듯이 모두 고개를 꼿꼿이 들고 앞만 보고 걸었다. 마을 사람들은 자기들이 더 나은 사람들이라고 생각했다. 돈 무리는 그걸 알고 있었고, 그래서 마을 사람들을 증오했다. 돈이나 마르셀이 필요한 물건 몇 가지와 사탕 한 봉지나 당밀 한 단지를 사러 가게에 들어가기도 했지만, 나머지 사람들은 마을을 벗어나 다시 시골로 들어갈 때까지 그냥 계속 걸어갔다. 그런데도 멜리는 어떻게 된 일인지 사방치기 하는 법을 알아냈다. 거리에서 그걸 하고 노는 여자아이들을 보지도 않은 것 같은데 말이다. 그러면 그 후로 며칠 동안 멜리와 라일라는 그것만 생각했다. 둘은 사방치기의 흔적을 남기며 걸어갔고, 멜리는 항상 그 게임을 좀 더 어렵게 만들 방법을 생각했다. 그들은 입에는 감초 사탕을 문 채로 맨발로 먼지 속에서 폴짝폴짝 뛰면서 놀았고, 그때 그들은 마치 그 마을에서 가져갈 만한 가치가 있는 모든 걸 가지고 도망친 것 같은 기분을 느꼈다.

길리어드로 들어간 그녀는 그 시절에 느꼈던 그 감정을 느꼈다. 하지만 지금 그녀는 혼자였다. 돈은 아이들이 예의 바르게 행동하길 바랄 때 이렇게 말하곤 했다. 우린 떠돌이가 아니야. 집시도 아니고. 미개한 인디언도 아니야. 한번은 라일라가 달에게 물어본 적이 있었다. 그럼 우린 뭐야? 그러자 달이 대답했다. 우린 그냥 사람이지. 하지만 라일라는 그게 사실이 아님을 알 수 있었다. 어쨌든 그게 전부가 아니란 걸. 나는 왜 이런 수치심을 느끼는 걸까? 사실 그녀에게 그걸 정확히 설명해준 사람은 아무도 없었고, 그녀도 자신에게 설명할 수 없었다. **너는 들판에 버려진 것이다**. 그렇군. 그녀가 뭘 해서 그렇게 수치심을 느낀 게 아니었다. 그녀는 그저 살아남기 위해 죽어라 일했고, 거기에 무슨 의미가 있는지도 잘 몰랐다. 사람들이 뭐라고 생각하는지 그녀가 왜 신경 쓴단 말인가. 그녀는 그들에게 아무것도 아니었고, 그들도 그녀에게 아무것도 아니었다. 사실 세상에 그녀가 신경 써야 할 사람은 하나도 없다. 그 목사는 특히 아니다. 달은 어쨌든 그녀를 보면 기뻐할 것이다. 늙고 못생긴 달. 그녀에게 살라고 말했던 사람. 한 번도 아니고, 라일라를 씻기고 다친 곳을 치료해주고 마치 누군가 원할 수 있는 아이인 듯 엄마처럼 보살펴 줄 때마다 살라고 말했다. 라일라는 털어놓는 것보다 훨씬 더 많은 것을 기억하고 있었다.

그런 생각들. 그래도 그녀는 농장 건물들이 보일 때까지 걸어 갈 것이다. 그러고 나서 말을 걸고 물어볼 사람을 찾을 것이다. 아주 간단하다. 그리고 일을 받아 기진맥진할 때까지 한 후에 잠이 들 것이다. 꿈도 꾸지 않고 아무 생각도 하지 않는 잠. 길리어드엔 가지 않을 것이다.

일이 그럭저럭 잘 풀렸다. 그녀가 처음 간 농장에는 늙은 농부와 병약한 아내와 군대에 간 아들이 하나 있었다. 모든 것에 도움이 절실하게 필요한 부부였다. 돈은 별로 없다고 부부가 라일라에게 다짜고짜 말했다. 라일라는 별로 많이 받길 기대하지 않으니 괜찮다고 대답했다. 그 집의 부엌을 치우느라 거의 하루가 다 갔다. 그녀는 바깥일을 하고 싶었지만, 노부인이 자신은 언제나 부엌에 자부심이 있었는데 이제 건강이 나빠져서 치우질 못한다고 했다. 그래서 부엌 구석구석까지 박박 문질러서 깨끗하게 청소했다. 그리고 마당에 있는 나무토막 두 개로 받쳐놓은 은색 양동이에다 빨래했다. 그곳에는 커다란 갈색 수제 비누 하나와 빨래판이 있었고 부엌에 있는 난로에서 물을 데워 밖으로 가져가야 했다. 나중에는 지칠 대로 지쳐서 빨랫줄에 넌 빨래를 집게로 집으려고 팔을 들 수조차 없을 지경이었다. 빨래는 밤새도록 널어놔야겠지만, 비가 올 조짐도 보이지 않았고 빨랫감도 너무 많아서 널기 시작해야 했다.

라일라는 다음 날 아침에 그 농장으로 돌아갔다. 농부가 같이 아침을 먹기 위해 달걀을 몇 개 가져왔고, 햄도 있었다. 그 부부는 기도에 대한 응답으로 신이 그녀를 보내주셨다고 라일라에게 말했다. 거기다 대고 라일라가 뭐라고 말해야 했을까? 며칠 후 그들은 라일라에게 10달러 지폐 한 장과 털을 다 뽑은 닭 한 마리와 상태가 그럭저럭 괜찮은 신발 한 켤레를 줬다. 그리고 아들에게서 수표가 올 때까지 자기들은 사실상 빈털터리라고 했다. 아들이 가끔 늦긴 하지만 돈을 보내는 걸 잊어버린 적은 거의 없다는 말도 했다. 그러면서 헌 옷이 몇 벌 들어 있는 여행용 손가방도 하나 줬다. 이걸로 끝났군, 라일라는 생각했다. 뭐, 농장이 여기 하나만 있는 건 아니니까.

그 손가방 속에 붉은 블라우스가 하나 있었다. 거의 새것처럼 보였다. 긴소매에 옷깃이 달려 있고, 앞면에 주름 장식이 잡혀 있었다. 라일라는 평생 이처럼 환한 붉은색 옷을 입어본 적이 없었다. 가방에서 옷을 꺼내자마자, 블라우스 소매를 자기 팔에 대서 길이를 재보자마자 내일 하루는 쉬면서 마을에 가보는 편이 좋겠다고 결심했다. 어쩌면 10달러를 주머니에 넣고 갈지도 모른다. 그냥 돈이 조금 있는 느낌을 맛보기 위해. 라일라는 끔찍하게 피곤했지만, 잠이 오질 않았다. 그녀는 어둑어둑한 아침에 강에서 목욕한 후, 문간에 앉아 성경책을 베껴 쓸 수 있을 정도로 햇빛이 들어오길 기다렸다. **그리고 저녁이 되고 아침이 되니 이는 첫째 날이었다.**[*] 라일라는 필사에 시간을 많이 쓰고 싶은 기분은 아니었다. 하지만 항상 그랬듯이 쓰고 또 썼다. 라일라 달, 라일라 달. 연습하렴. 그러다 잠이 들었다. 아침 햇살을 받으며 문간에 앉아 있을 때 달콤한 피로가 밀려와 잠깐 누워야 했다. 잠이 깼을 때 해는 중천에 떠 있었고, 하루의 절반이 지나가버린 뒤였다. 하지만 그렇게 단잠을 자고 후회하긴 힘들었다. 그날 하루가 기대돼서 밤새도록 잠을 못 이룬 것이긴 했지만. 그녀는 머리를 빗고 그레이엄 부인이 준 스커트와 그 붉은 블라우스를 입었다.

그녀는 내킬 때 물건들을 걸 수 있게 가게에서 길이 3센티짜리 못을 몇 개 샀다. 누군가가 벽에 박아놓은 못에는 다리에 삼끈을 감은 닭을 걸어놨다. 집에 가면 닭을 구워야지. 성냥을 한 갑 사고, 우유도 한 통 샀다. 그러고 나자 교회를 지나가볼까, 하는 생각이 들었다. 교회 앞에는 영구차 한 대가 공회전하고 있었고, 그녀가 막 지나가려는 순간 교회 문이 열리더니, 네 명의 남자가 관을 어깨에 메고 계단을 천천히 내려왔다. 이어서 목사가 나왔다. 그의 검은 예복이 산들바람에 펄럭였다. 그는 손에 성경

---

[*] 창세기 1장 5절.

을 들고 있었고, 크고 묵직하고 늙은 머리는 숙이고 있었다. 라일라는 죽은 사람이 그의 친구가 틀림없음을 알고 있었다. 그에겐 친구가 아주 많고, 그중 하나는 항상 죽어가고 있으니까. 남자들이 관을 영구차에 밀어 넣었지만, 목사가 고개를 들었다가 거기 서 있는 라일라를 보고 계단 위에 그대로 멈춰 섰다. 문상객들은 목사 뒤에 멈춰서 흐느껴 울며 어찌해야 할 바를 몰랐다. 그들은 목사 앞으로 나와서는 안 된다고 생각하는 것 같았다. 그래서 그들은 울면서 서로 껴안았고, 목사는 그 자리에 서서 멍하니 그녀를 보고 있었다. 깜짝 놀란 얼굴이었다. 그러니까 당신은 어쨌든 여기 있었군요! 어떻게 당신이 떠났다고 내가 생각하게 내버려둘 수 있어요! 하는 의미의 표정이었다. 마치 둘 사이에 뭔가가 있어서 그가 상처받을 권리가 있는 것처럼, 그리고 안도할 권리가 있는 것처럼. 게다가 라일라는 최근에 예배에 빠지지도 않았는데. 그러니까 그는 다른 모든 날들에 그녀의 존재를 의식하고 있었고, 어떻게 그러는지 모르겠지만 그녀가 가까이 있다는 걸, 아니면 그녀가 가까이 없다는 걸 알고 있었다. 그리고 그녀가 잠시나마 길리어드를 떠나 있었다는 게 그를 슬프게 했다. 고인의 아내인지 어머니인지 누군지 모르겠지만 한 여자가 목사에게 한마디 하자, 그는 고개를 끄덕이고 계단을 내려갔다. 라일라는 그가 영구차 근처에 서서 문상객들의 손을 잡고, 그들의 팔을 만지고, 그들에게 뭐라고 속삭이는 모습을 지켜봤다. 저들이 저렇게 당신 주위에 빙 둘러서 있을 때, 마치 그게 뭐든 들어야 할 필요가 있는 것처럼 당신 옆에 서 있을 때, 당신은 저들에게 뭐라고 하나요? 당신이 뭐라고 하는지 알고 싶어요. 라일라는 그들에게 걸어갈 수 없었다. 그들과 같이 거기 서서 그가 속삭이는 말을 듣고 그가 그녀의 손을 만져주길 기다릴 수 없었다. 그녀는 심지어 별로 울 일도 없었다. 그 여자가 목사의 어깨에 머리를 대고 흐느껴 울었다. 그러자 목사가 그녀를 안아주면서 그녀의 얼굴에 흘러내린 머리카락을 귀 뒤로 넘겨줬다. 라일라는 자기도 저 여자처럼 목사의 어깨에 머리를 기댄다면 얼마나 기분이 좋을까 생각하면서 얼굴을 붉혔다.

음, 여기 이렇게 서서 계속 쳐다볼 순 없어, 라일라는 생각했다. 그가 다시 내가 있는 쪽을 보지도 않을 거고. 영구차는 묘지로 가는 도로를 따라서 가야 했지만, 노인과 문상객 대부분은 시골길을 걸어갔다. 라일라는 그에게 말을 걸 수 있는 어딘가에서 그를 기다리고 싶었지만, 뭐라고 할 것인가? 돌아왔어요, 난 아무 데도 가지 않아요? 그건 심지어 사실도 아니다. 그렇다고 그가 신경을 쓸지도 모른다는 이유로 마냥 여기서 지낼 수도 없었다. 그러다 날씨가 추워지면 그는 완전히 다른 생각을 하게 될 것이다. 그가 애처롭게 생각할 사람이 하나 더 늘어난 것이다.

여기서 지낼 이유도 없고 머물 곳도 없이 그녀는 길리어드에 발이 묶여 있게 될 것이다. 그가 다시는 그런 식으로 그녀를 보지 않으리라는 걸 알면서. 그가 정말로 한 번이라도 그녀를 그렇게 봤다면 말이다. 어쨌든 이렇게 계속 머물 수도 있을 것이다. 그를 생각하는 마음이 그녀가 가진 가장 좋은 것 중 하나니까. 아, **그런** 일이 일어나게 둘 순 없었다. 달이 말했다. 남자들은 그냥 여자 옆에 있어야 한다는 마음을 먹기 싫어해. 그들은 절대 너의 친구가 되지 않아. 믿을 수 있을 것 같아도, 믿어도 될 것처럼 남자들이 행동해도, 믿으면 안 돼. 그들이 뭐라고 하든 그건 중요하지 않아. 살면서 그런 남자들을 수도 없이 봤어. 달이 말했다. 네 한 몸은 네가 돌봐야 해. 어쨌든, 결국은 그렇게 해야 하겠지만.

라일라는 주머니에 돈이 있었다. 그녀는 가게로 돌아가서 카멜 한 갑을 샀다. 집에 오는 길에 멈춰 서서 한 대를 꺼내 입에 물고 두 손으로 담뱃불을 동그랗게 감싸며 불을 붙였다. 익숙한 동작이었다. 하지만 아주 오랜만에 피우는 담배라서 그 속에 든 게 뭐든 그것이 곧바로 그녀의 머릿속으로 들어갔다. 마치 어린애가 된 것 같아! 라일라는 생각했다. 아우! 이런 걸 좀 더 자주 해야겠군. 난 지금 담배를 피우며 혼자 길을 걷고 있단 말이지. 사람들은 이런 여자들을 욕했다. 좀 더 자주 해야겠어.

라일라는 어디서든 땔감으로 쓸 막대기가 보이면 모으는 습관이 있었다. 덕분에 땔감이 많아서 불을 피울 수 있었다. 불이 충분히 뜨거워지면 닭고기를 구울 것이다. 닭의 털을 다 뽑고 내장을 다 빼낸 뒤에 그녀에게 주다니 좋은 사람들이다. 그녀는 닭에 꼬챙이를 꽂고 어떻게든 불 위에 받쳐서 저녁 내내 구웠다가 어두운 문간에서 먹을 것이다. 다음 날 아침에 그 농장에 가서 그 부부를 위해 일을 좀 더 해주고 올지도 모르겠다. 그녀가 한 일치고는 너무 많은 걸 줬으니까. 그건 옳지 않다. 그때는 일요일 아침일 것이다.

이런 기분이 든 게 이번이 처음은 아니었다. 분명 아니다. 한번은 달이 며칠 혼자 떠나 있었던 적이 있었다. 상황이 나빠지기 시작한 후였다. 그들이 사방에서 일거리를 찾아 배회하다가 달이 전에 알았던 곳에 들어간 게 분명했다. 달은 혼자 볼일이 있어서 떠나면서 라일라를 다른 사람들에게 맡겼다. 전에는 그런 적이 단 한 번도 없었는데. 라일라는 학교에 있을 때를 제외하고는 달의 시야에서 단 한 시간도 벗어난 적이 없었다. 라일라는 달의 곁을 떠나길 끔찍이 싫어했고, 항상 그녀에게 돌아가 그녀를 만지고 싶어 했다. 앞치마를 한 달은 항상 한 손으론 일하느라 바쁜 와중에도 다른 손으로는 라일라를 안아줬다. 돈의 야영지를 떠날 때 달은 누구에게도 어디에 간다고 말하지 않았다. 하지만 최대한 빨리 돌아오겠다고 했다. 라일라는 다른 사람들이 그녀에게 별로 말을 하지 않는다는 사실을 달이 떠난 후에야 알아차렸다. 그녀는 항상 달과 같이 있었으니까. 한번은 마르셀이 두 사람을 소와 그녀의 송아지라고 부른 적이 있었다. 그러자 돈이 피식 웃었다. 그건 두 사람이 태머니에서 살다가 돌아온 이후의 일이었다. 그때 돈 무리는 그 둘에게 기분이 상해 있었고, 심지어 멜리조차 라일라를 상대하려 하지 않았다. 라일라는 그냥 입을 꾹 다문 채 할 수 있는 일은 다 도왔다. 달이 떠난 지 이틀째가 되자 이미 그들이 그녀에게 매정해졌다는 느낌이 들었고, 사흘째가 됐을 땐 아무도 그녀에겐 눈길도 주지 않았지만 그들은 서로를 봤다. 그들 모두 이해하는 뭔가가 있었고 그녀도 그걸 이해해야 했다. 나흘째 되는 날, 아침 일찍 돈이 라일라에게 말했다. 따라와. 아서와 멜리도 같이 갔다. 그들은 걸어서 이름도 없는 어느 작은 마을로 들어가 곧바로 교회로 갔다. 돈이 말했다. 라일라, 저 교회 계단에 앉아 있으면 좀 있다가 누군가 올 거다. 여기 있어. 멜리는 여기 있을 필요 없고. 내 말을 명심하면 다 괜찮을 거야. 알겠니, 라일라?

라일라가 한 대 맞거나 벌에 쏘였을 때 울지 궁금해하던 그런 눈빛으로 멜리가 그녀를 보던 게 기억났다. 그들이 걸어서 점점 멀어지던 모습이 기억났다. 아서와 돈 둘이서 이야기하고 있었고, 멜리는 그 둘을 따라갔다. 아무도 돌아보지 않았다. 그들은 라일라를 진정시키기 위해 멜리를 데려온 것이다. 마치 말이나 소를 팔러 갈 때 그들을 진정시키기 위해 늙은 개를 같이 데려가는 것처럼. 멜리는 그 사실을 이해했고, 자신이 중요한 존재라고 느꼈다. 그래서 라일라는 그 이름도 없는 마을에서 긴 하루를 보냈다. 돈이 한 말이 그들이 그녀를 찾으러 다시 돌아온다는 말인지, 아니면 달이 온다는 말인지 알 수 없었다. 아니면 그녀가 고아이기 때문에 결국은 교회에 가게 될 신세라서 그 계단에 놔두고 간 것인지도 알 수 없었다. 라일라는 교회 주위의 거리 두 블록을 왔다 갔다 하면서도 누가 그녀를 찾으러 오는지 보려고 멀리 가진 않았다. 잠시 후에 한 여자가 라일라가 거기 있는 걸 눈치채고 빵 한 조각과 버터를 갖다줬다. "엄마를 기다리는 거니, 아가?" 여자가 물었다. 라일라는 그녀를 쳐다볼 수도 없었고, 대답도 할 수 없었다. 시간이 좀 흐른 후에 그 여자가 다시 와서 말했다. "내가 오늘 일이 많아서 혼자선 다 할 수 없거든. 우리 가게 앞을 비로 쓸어주면 10센트를 줄게." 라일라가 말했다. "음, 난 교회 옆에 있어야 해요. 그들이 내게 그렇게 말했어요." 그래서 그 여자가 가서 목사를 찾아왔다. 목사는 비쩍 마른 청년이었다. 아서의 아들인 디크가 목사놀이를 하는 것처럼 보였다. 그는 라일라에게 허리를 숙여서 그녀의 어머니가 어디 있는지, 그녀는 누구고, 어머니가 있긴 한 건지, 아니면 아버지가 있는지, 아니면 가족이 있긴 한 건지 물었다. 라일라와 달은 그런 질문엔 절대 대답하지 않았다. 라일라가 말했다. "난 그냥 기다려야 할 것 같아요." 그러자 목사가 말했다. "원한다면 얼마든지 여기서 기다려도 된다. 기다리다 지치면 우리에게 알려주렴. 네가 잘 곳을 우리가 알아보마. 네가 잠자리가 필요하다고 마음먹으면 말이다. 저녁을 좀 가져다주마." 아이들에게 목사들을 믿지 말라고 항상 말한 사람은 돈이었다. 그들은 이런 식으로 널 고아로 만든다니까. 그다음에 다른 고아들이 있는 곳에 너를 보내면 다시는 그곳을 떠날 수 없어. 주위에 높은 담장이 쳐져 있단 말이야. 이건 멜리가 한 말이었다. 그래서 라일라는 말없이 고개를 저었고, 목사는 일어나서 라일라를 지켜보는 것에 대해 그 여자와 이야기를 나누었다. 점점 더 많은 사람이 자기 집 창문으로 라일라를 지켜보면서 그녀에 대해 속삭이는 걸 느낄 수 있었다. 돈이 그날 아침 일찍 라일라를 깨웠기 때문에 그녀는 잘 때 입는 추레한 옷을 입고 있는 데다 머리도 빗지 않았다.

밤이 됐을 때 목사가 또 와서 라일라가 어떻게 지내고 있는지 봤다. 처음에 왔을 때 접시에 음식을 담아 와서 그녀 옆에 내려놨고, 두 번째 왔을 때는 담요를 한 장 가져왔다. 그리고 말했다. "어두운데 여기 이렇게 나와 있으면 쌀쌀할 수 있어. 네가 원한다면, 내가 잠깐 교대해줄 수도 있는데. 네가 기다리고 있는 사람들과 이야기도 하고 싶고. 싫어? 그럼, 한 시간 정도 있다가 다시 물어볼게."

그래서 그녀가 담요를 몸에 두르고 그 계단 위에 앉아 있고, 마을은 온통 고요하고 달[月]이 그녀를 내려다보고 있을 때, 달이 와서 그녀를 와락 안으며 말했다. "아, 애야. 널 **영영** 찾지 못할 줄 알았다!" 라일라는 자신의 기억을 선뜻 떨쳐낼 수 없었고, 달은 그녀가 뭘 기억하고 있는지 알기에 이렇게 말했다. "아, 애야. 아, 애야. 이런 일은 절대 일어나선 안 됐는데! 난 이런 일이 일어나리라곤 생각도 못 했다! 고작 나흘 자리를 비운 사이에!" 달은 계속 아이를 끌어안고 아이의 얼굴과 머리를 쓰다듬었다. 늦은 시간이었지만, 목사가 계속 라일라를 주시하고 있었다. 바로 그때 그가 문밖으로 나왔기 때문이다. 목사가 말했다. "당신이 어머니인 모양이군요?" 그러자 달이 말했다. "빌어먹을 남의 일에 상관하지 말아요." 그 사람이 목사가 아니었다면 달이 그렇게 거칠게 말하진 않았을 것이다.

"당신은 누구죠? 누가 이 아이를 데려가는지 알고 싶은데요." 목사가 말했다.

달이 대꾸했다. "당신이야 알고 싶겠죠. 가자, 라일라."

하지만 라일라는 움직일 수 없었다. 그녀는 실제 달의 가슴보다 더 달의 것 같은 가슴에 기대고 싶었고, 그 튼튼한 팔에 안겨서 너무나 부드럽고 완벽한 다정함에 푹 싸여 떠났을 때 느꼈던 오래전의 달콤한 놀라움처럼 다시 자신의 마음속에서 믿음이 솟구치는 걸 느끼고 싶었다. "안 가." 라일라가 말하면서 몸을 뒤로 뺐다.

목사가 말했다. "아침이 올 때까지 기다리는 편이 낫겠어요. 라일라에게 이 일을 신중하게 생각해볼 기회를 줬으면 좋겠군요."

달이 말했다. "이봐요, 당신은 이 아이에게 아무것도 아니잖아요. 나에게도 아무것도 아니고. 라일라, 여기 계속 있고 싶니?"

그래서 라일라는 일어서서 달이 자기를 끌어안게 내버려뒀다. 그리고 달이 이끄는 대로 길을 나섰다. 목사가 말했다. "그 담요는 가져도 된다."

달이 말했다. "이 아이는 **내가** 돌보고 있어요. 아이에게 필요한 건 다 있다고."

라일라는 울지 않으려 했다. 달이 비탄에 젖어 안타까워하면서 후회하고 있는 걸 볼 수 있었고, 라일라는 그것을 볼 수 있으면서도 달을 용서하지 않고 울지 않았다는 사실에 씁쓸한 한편으로 외로이 뿌듯해했다.

라일라가 거기 앉아서 그 시절을 떠올리고 있을 때, 누군가 길에 있는 소리를 들은 것 같은 생각이 들었다. 발소리. 자갈이 흩어지는 소리. 라일라에겐 칼이 있었지만, 어둠 속에서는 별로 쓸모가 없었다. 사람들에겐 그 칼이 보이지 않을 테니까. 그 칼은 사람들을 겁줄 때만 쓸모가 있었다. 그걸로 누군가를 베게 되면 이유가 뭐든 간에 어마어마한 곤경에 처하게 될 것이다. 그래도 그녀는 칼이 있는 쪽으로 살짝 움직였다. 그것은 침낭 뒤 바닥 아래 있었다. 1, 2분 정도 아무 소리도 들리지 않다가 다시 발소리가 들렸다. 그가 누구였건 여기서 멀어지고 있었다. 라일라는 생각했다. 그가 궁금한 걸 알아냈군. 난 여기 있고, 내겐 불과 저녁이 있어. 저 기름이 번들거리는 늙은 암탉에서 분명 풍요로운 냄새가 풍겼을 것이다. 그 생각에 라일라는 기분이 좋아졌다. 이제 그는 내가 그에게서 필요한 건 하나도 없다고 생각할 것이다. 만약 어둠 속에 있던 사람이 그라면.

돈은 세상이 험상궂게 변하고 있다면 그도 거기 발맞춰서 변해야 한다고 판단한 게 틀림없었다. 그는 체격이 큰 사람은 아니었다. 그는 호기 카마이클*과 아주 많이 닮았다. 그때 그들은 몰랐지만. 하지만 그는 원할 때는 언제든 험상궂게 보일 수 있었고, 아서가 그의 바로 뒤에 떡 버티고 서서 어깨 너머로 상대를 바라봤다. 그도 상당히 험상궂어 보였다. 그래서 상대는 뭔가 일

---

*　미국의 가수이자 영화배우.

이 터지면 아서가 바로 돈을 지원하러 뛰어들 거라는 걸 짐작할 수 있었다. 사는 게 힘들어지기 전에는 그들은 대개 상대가 누군지 알고 있었다. 그래서 낯선 사람이 왔는데 그의 표정이 마음에 들지 않거나, 그가 해가 진 후에 나타났거나, 딱히 누가 알아야 할 이유도 없이 돈을 불쾌하게 했을 때만 그렇게 행동했다. 돈은 항상 식구들을 안전하게 지켰고 그들은 돈을 신뢰했다. 그들은 돈에게 칼이 있다는 사실을 알고 있었다. 다른 사람들도 다 칼을 가지고 있었지만, 모두가 돈의 칼은 칼이 아니라 마치 권총인 것처럼 생각했다. 돈은 필요하면 치명적으로 위험해질 수 있다고 그들은 확신했다. 그들은 총을 단 한 번도 본 적이 없었고, 돈은 다른 사람들이 그러는 것처럼 자기 칼을 써서 나무를 깎고 고기를 잘랐다. 그래도. 가끔 아서의 아들들이 몸싸움을 시작했다가 점점 더 심각해져서 상처가 날 때가 있었다. 만약 아서가 그 싸움에 끼어들면 그들은 그냥 아서에게 덤벼들 것이다. 하지만 돈이 "그만"이라고 한마디 하면 멈췄다. 아서는 아이들을 손바닥으로 가볍게 때릴 때도 있었다. 그는 그들의 아버지이고 아버지를 존중하는 법을 가르쳐야 했으니까. 하지만 아이들의 싸움은 돈이 "그만"이라고 할 때 끝났다. 돈이 말했다. "언젠가 너희들은 너무 심하게 다쳐서 아무짝에도 쓸모없는 놈들이 될 거야. 그러면 우리는 길바닥에 누워 있는 너희를 놔두고 가버릴 거다."

라일라는 그 아이들 중 누구보다 열심히 일했다. 그녀는 멜리처럼 사람들을 웃기진 않았지만, 단 한 번도 불평한 적 없었고, 자기 몫 이상을 가져간 적도 없었다. 학교에 대해서는 입도 뻥긋해선 안 된다는 것도 알았다. 하지만 먹고살기 힘들어졌을 때 그들은 그녀를 버렸다. 세상에는 돈이 보살펴주지 않는 사람들도 있는 것이다.

이제 라일라는 이 어둠 속에 앉아서, 귀뚜라미들이 저렇게 우라지게 시끄럽지 않기를 바라며, 그 늙은 목사에게 그녀의 오두막집에 밤에 그렇게 몰래 오지 말라고 말할까 생각하고 있다. 그러면 끝나버릴 것이다. 전부 다. 그다음엔 목사가 그녀에 대해 어떻게 생각했는지 확실히 알게 될 것이고. 그녀는 교회에서 그 말을 할 것이다. 거기 있는 여자들이 다 들으라고. 버스표를 손에 넣을 때까지 기다리는 편이 나을 것이다. 그녀가 그런 짓을 한 후에는 분명 아무 일거리도 받을 수 없을 테니까. 하지만 사람들에게 살아 있다는 느낌을 들게 만드는 걸 하나로 요약하자면, 그건 바로 심술궂음이라고 할 수 있겠다. 사람은 그렇게 심술을 부릴 때 자신이 바로 그 자리에서 뭔가 하고 있다는 느낌을 받는다. 그는 지극히 아름다운 노인이다. 그의 아름다운 얼굴에서 그 모든 친절한 표정이 사라질 것이고, 그녀는 다른 걸 보게 될 것이다. 항상 좋은 사람들만 상대해왔던 그 오랜 세월 동안은 아무에게도 보여주지 않았던 다른 얼굴을. 그의 아내는 절대 아이를 데리고 세상을 떠날 생각이 아니었다. 그래서 그는 사실 버림받는다는 것에 대해 별로 아는 게 없다. 라일라는 생각했다. 어쩌면 내가 그에게 새로운 종류의 슬픔을 가르쳐줄 수 있을지 몰라. 어쩌면 그는 내가 여기 남을지 아니면 떠날지 정말로 신경 쓰고 있는지도 모르겠어.

다음 날 아침 그녀는 감히 교회에 갈 용기가 없었다. 간밤에 그녀가 했던 생각으로 보자면, 거기서 아무 말이나 할 것만 같았다. 하지만 자신이 가꾼 그 작은 텃밭이 걱정됐고, 그녀가 따주지 않으면 콩들이 누렇게 변해서 씹기 힘들게 딱딱해질 것 같았다. 텃밭에 몰래 숨어들기에는 일요일 아침이 가장 좋은 시간이었다. 그때 목사는 교회에서 설교하고 있을 것이고, 마을 사람들은 교회에 있거나 집에서 자고 있을 것이었다. 시간이 몇 시인지는 가늠하기 힘들었다. 하늘에 먹구름이 끼어 어둑어둑했으니까. 그러면 비가 내릴지도 모른다는 뜻이니, 가다가 비를 만나 절반쯤 갔다가 다시 오두막집으로 돌아와야 하거나, 아니면 길리어드까지 간 후에 비에 흠뻑 젖은 채 가련한 모습으로 다녀야 한다는 뜻이었다. 라일라는 못에 걸어놓은 여행용 손가방을 와락 잡아채고 머리를 반듯하게 매만진 후에 마을을 향해 달리다시피 빠르게 출발했다. 비가 내리기 전에 도착하기 위해서, 늦게 출발한 걸 만회하기 위해서였다. 목사의 집에 도착한 그녀는 마음대로 문을 열고 들어가서 집 옆으로 돌아가 울타리 안쪽 구석으로 갔다. 거기서 막 콩을 따기 시작했을 때 빗방울이 나뭇잎을 때리는 소리가 들렸다. 딴 콩 몇 알을 가지고 집으로 최대한 빨리 가려 했지만, 문에 막 도착했을 때 거리를 내다보자 목사가 오는 게 보였다. 라일라는 생각했다. 미친 여자나 이런 짓을 하겠지. 그녀는 미친 여자를 몇 명 알고 있지만, 그중 누구라도 지금 그녀보다는 더 제정신일 것이다. 태어나서 이렇게 창피한 적은 처음이었다.

목사는 모자를 벗고 말했다. "좋은 아침입니다! 아니면 오후인가?"

라일라가 가방을 그에게 내밀었다. "콩을 좀 드시고 싶을 것 같아서." 아, 지금 이 자리에서 죽어버리고 싶다. 저 가방에 콩이 몇 알이나 들었을까? 여덟 개? 열 개?

그가 말했다. "아주 친절하시군요." 그리고 그 가방을 받았다. 라일라는 차마 그의 얼굴을 볼 수 없었지만, 그가 미소 짓고 있다는 건 알고 있었다.

라일라가 말했다. "이제 가야겠어요."

"잠깐만요. 가방을 가져가시고 싶을 텐데요." 그는 가방에 손을 넣어서 반 줌 정도 되는 콩을 꺼낸 후 다시 가방을 그녀에게 돌려줬다. 여전히 그의 얼굴은 볼 수 없었다. 그가 말했다. "있죠, 비가 그칠 때까지 기다렸다 가는 게 나을 것 같아요. 여기 현관에 잠시 앉아 있는 게 어떨까요. 폭풍이 칠 것 같진 않아요. 정말 지금 가야 한다면 내 우산을 빌려드릴 수도 있고요." 그러고는 이어서 말했다. "최근엔 당신을 자주 못 봤는데. 내가 당신 기분을 상하게 한 일은 없었기를 바랍니다."

그의 목소리는 나직하고 다정했다. 잠시 후 그녀는 그를 향해 한 발짝 다가섰다. 가끔은 남자를 껴안는 것만으로도 기분이 좋아진다. 그 남자가 누구이건. 그의 어깨에 머리를 기대면 아주 좋을 것 같다고 생각했었다. 그리고 정말 그랬다. 그녀는 어쨌든 이 빌어먹을 마을을 떠날 거니까.

"흠." 그는 그렇게 말하고 그녀의 등을 토닥였다.

라일라가 말했다. "난 지친 것 같아요."

"그래요. 음." 그는 두 팔로 아주 조심스럽게, 아주 부드럽게 그녀를 안았다.

여전히 그의 어깨에 머리를 기댄 채 라일라가 말했다. "난 진짜 당신을 하나도 믿을 수 없어요." 그가 웃음을 터트렸다. 그녀의 귀에 아주 부드러운 소리, 그의 숨소리가 들렸다. 그녀는 몸을 뒤로 빼기 시작했지만, 그가 그녀의 머리에 손을 올려서 다시 그의 어깨에 머리를 기댔다.

목사가 말했다. "그 점에 대해 내가 뭔가 할 수 있는 게 있을까요?"

"내가 생각하기엔 없어요. 난 아무도 믿지 않아요." 라일라가 대답했다.

"그러니 지칠 수밖에요." 그가 말했다.

그건 사실이라고 라일라는 생각했다. 그리고 말했다. "내가 세례받길 거의 포기한 건 아셔야 해요."

"그런 것 같았어요. 이유를 말해줄 수 있나요?"

"내가 생각해도 별로 말이 안 되는 이유 같아요."

"괜찮아요. 서두를 거 없어요. 이곳을 떠날 계획이 아니라면 말이죠."

"그러려고 하는데요."

그는 한동안 아무 말도 하지 않았다. 그러다 입을 열었다. "그렇다니 유감이군요. 정말 유감이에요."

라일라는 뒤로 물러서서 그를 바라봤다. "그게 왜 중요한지 모르겠네요."

그는 어깨를 으쓱했다. "지금은 그건 걱정하지 않아도 돼요. 어쨌든 비가 꽤 쏟아질 것 같군요. 당신은 여기 앉아서 내가 비 감상하는 걸 도와줄 수 있을 것 같은데요. 당신을 라일라라고 불러도 될까요?"

"그러지 말아야 할 이유도 없잖아요."

그는 스웨터를 가져와서 그녀의 어깨 위에 걸쳐줬다. 그녀는 그 순간 자신이 이걸 훔칠 것임을 알았다. 그것은 그의 재킷처럼 회색이었고, 재킷과 마찬가지로 오래된 양털 냄새와 면도용 로션 냄새가 배어 있는 낡은 모직 스웨터였다. 그녀는 이걸 슬쩍 가방에 넣을 방법을 찾아낼 것이다. 어서 그 기회가 오길 기다릴 수 없을 지경이었다. 그는 그녀가 무슨 짓을 했는지 알 것이다. 상관없다.

그래서 그들은 거기 앉아서 내리는 비를 지켜봤다. 그는 포치 스윙 한쪽 끝에 앉아 있었고, 그녀는 그 반대쪽 끝에 앉아 있었다. 잠시 후 노인이 말했다. "최근에 무슨 생각을 하고 지냈는지 알고 싶어요. 지난번 나와 이야기한 후로 말이죠. 당신이 내게 세상의 어떤 일들이 왜 그렇게 일어나는지 그 이유를 물어봤죠. 난 모르겠다고 대답했고. 난 아직도 모르겠어요. 하지만 그 질문은 아주 흥미로워요."

"아, 내가 무슨 생각을 하고 지냈는지 알고 싶지 않을 거예요." 라일라가 말했다.

그는 고개를 끄덕였다. "그렇군요."

"내가 왜 굳이 그런 문제에 신경을 쓰는지 생각해봤어요. 분명 이유가 있을 텐데, 그게 뭔지 모르겠어요." 가끔 밤에 문간에 앉아 무릎을 세우고 두 팔로 다리를 안아서 배와 가슴에 딱 붙여 온기를 느낄 때면, 별들과 귀뚜라미들과 고독도 마음에 들었다. 그럴 때면 강이 내는 여러 소리를 하나씩 다 분간할 수 있을 것 같았다. 높이 솟은 바위들을 넘어 그 밑에 있는 웅덩이로 한 방울씩 떨어지는 소리, 부드럽게 밀려와서 소용돌이를 일으키는 소리. 때때로 그 물소리 너머에서 다른 소리가 들렸다. 어떤 작은 일이 일어났다가 사라지는 소리. 그게 뭐였는지 아무도 영영 모를 것이다. 라일라는 생각했다. 좋아, 그렇게 된다 해도 상관 없어. 그녀가 누군가에게 중요한 존재였던 시절이 없었다면, 그녀는 마음 쓰지 않을 수 있었을 것이다. 돈은 그저 세상이 그런 세상이었기에 그렇게 행동했다. 그녀를 그런 식으로 소중하게 품에 안아 든 사람은 달이었다. 달이 그녀에게 말했다. 살아. 알 겠어. 그다음엔?

노인이 말했다. "난 당신이 그러는 게 기뻐요. 신경 쓰는 거 말이에요."

그러자 라일라의 귀에 자신이 하는 말이 들렸다. "밤에 몰래 내 집 근처에 왔죠? 밖에서 당신 소리가 들린 것 같았거든요." 그리고 그의 얼굴을 바라봤다. 그의 얼굴에는 경악하고 상처받은 표정이 떠올라 있었다. 수치스러운 표정. 라일라는 그 얼굴을 외면할 수 없었다.

그가 눈을 문질렀다. "그래요. 음, 나 때문에 불안했다면 미안해요. 난 밤에 잠을 잘 자지 못해요. 그래서 가끔 거리를 걸어 다니다 내가 아는 사람들의 집 근처를 지나죠. 오래된 습관이에요." 그는 말하면서 웃었다. "그들을 위해 기도해요. 그러니 나쁘게 보이더라도 악의는 없어요."

"날 위해 기도하려고 그 먼 곳까지 찾아왔단 말이에요? 집에서 기도할 순 없었나요?"

"당신이 이 마을을 떠났는지 궁금하기도 했어요. 당신이 잘 지내는지도 궁금했고."

"마을 사람들 모두 내가 그 오두막집에 사는 걸 알고 있겠군요. 날 위해 기도하려면 어디로 가야 할지 당신이 알고 있었다면 말이죠."

그가 어깨를 으쓱했다. "아는 사람이 몇 명 있죠. 그런 걸 눈여겨보는 사람들."

"난 이 마을이 너무 싫어요."

"다른 마을이라고 크게 다를 것 같진 않은데요."

라일라가 웃었다. "다른 마을들도 너무 싫어요. 아마 더 싫어할걸요."

그러자 목사가 웃었다. "그냥 내가 밖에서 뭘 하고 있었는지 당신이 이해할 수 있게 하려고 한 이야기예요. 그러니 불안해하지 말라고요."

"이해했단 말은 안 했는데요. 당신은 기도하고 있었다고 했잖아요. 그 부분은 전혀 이해가 안 돼요."

"아!" 그는 고개를 절레절레 저었다. "그 대답을 하려면 시간이 좀 걸릴 것 같아요. 며칠은 걸릴 것 같은데! 그리고 난 종일 기도해요." 그러고는 이어서 말했다. "내가 이해 못 하는 점은 이거예요. 그게 나였다는 걸 어떻게 알았죠? 그때는 어두운 밤이었고, 난 집 근처에 가지도 않았는데."

라일라는 어깨를 으쓱했다. "당신 말고 누가 그런 수고를 들이겠어요?"

그가 고개를 끄덕였다. "고마워요. 이유는 모르겠지만, 그렇게 말해줘서 고마워요." 노인이 잠시 후에 말했다. "이 마을엔 나 말고도 당신을 생각하는 다른 친구들도 있어요."

"아뇨, 없어요. 사람들은 그저 당신이 하란 대로 하는 것뿐이에요."

그가 웃었다. "몇 명은 그렇죠. 가끔은."

한동안 비가 거세게 내리면서 지붕을 요란하게 때렸고, 현관 위로 빗방울이 튀어 올랐다. 라일라는 어깨 위에 두른 스웨터의 양 소매를 하나로 모아 쥐었다.

"따뜻한가요?"

"충분히요. 하지만 당신이 뭐라고 기도했는지 알고 싶어요."

"그게." 노인은 얼굴을 붉혔다. "당신이 안전하고 건강하길 기도했어요. 그리고— 불행하지 않기를."

"그게 다예요?"

"그리고—" 노인이 웃었다. "당신이 여기에 좀 더 머물길 바란다는 말도 하긴 했어요."

"내가 세례도 받길 빌었고요."

"그건 깜박 잊고 말을 안 한 것 같아요. 미안해요."

"상관없어요. 그건 내가 알아서 결정할 거니까."

"물론이죠."

"하지만 당신이 그걸 위해 기도했다면, 아마도 난 그러려고 마음먹었을 거예요."

"어쩌면요. 상황에 따라 다르죠. 나도 잘 모르겠어요."

"내가 뭘 하길 바란다면, 그냥 나에게 말하는 편이 더 쉬워 보이는데요."

"내가 부탁하면, 그렇게 해줄 건가요?"

그녀는 어깨를 으쓱했다. "어쩌면요. 나도 모르겠어요." 그러자 그가 웃었다. 그때 라일라가 말했다. "그게 다예요?"

"아뇨. 그게 다는 아니에요." 목사가 일어섰다. "커피를 좀 끓일까 봐요."

이런, 그녀는 그의 집에 너무 오래 있었고, 비는 좀체 그칠 기미가 보이지 않았다. "이제 갈게요." 라일라는 노인이 집에 들어간 뒤라 그녀가 한 말을 듣지 못할 것 같을 때 그렇게 말했다. 그리고 스웨터를 가방에 슬쩍 집어넣었다. 한 블록쯤 갔을 때 노인이 그녀를 따라잡았다. 그는 우산을 하나 들고 있었다.

그가 말했다. "이 우산이 당신에게 얼마나 도움이 될지 모르겠지만. 그래도 가져가줘요."

라일라가 말했다. "필요 없어요."

"물론 그렇겠죠. 그래도 어쨌든 받아요." 그래서 그렇게 했다. 노인이 말했다. "당신이 와줘서 기뻐요. 당신이 우리 집 주위를 살금살금 다니는 걸 볼 때마다 난 항상 행복해져요." 그 말에 라일라는 웃을 뻔했다. 노인이 준 우산은 여행 가방과 침낭 위에 씌워놓을 수 있었다. 오두막집의 지붕은 그 정도로 심하게 비가 샜다. 한동안은 그걸 노인에게 돌려주는 걸 잊어버릴지도 모르겠다. 노인의 스웨터는 베개로 쓸 것이었다. 라일라는 생각했다. 기도하는 데 의미가 있다면, 나는 어떤 기도를 하게 될까? 음, 아마도 제일 먼저 하게 될 기도는 그 행위에 의미가 있으면 좋겠다는 것이겠지. 비바람이 세차게 불어서 우산이 날아갈 뻔했다. 그래서 우산을 접었다. 비 좀 맞는다고 죽는 사람은 없다.

라일라는 노인에게 해주고 싶은 이야기를 하나 생각해냈다.

한번은, 그녀가 아직 어렸을 때 전도 집회에 간 적이 있었다. 그들이 한 일에 대해 사과로 보수를 받은 뒤였다. 일을 준 농부는 그게 그가 줄 수 있는 최선이라고 했다. 순무에서 피를 짜낼 순 없는 법이라고. 돈은 어디 피가 나오는지 시도해보면 재미있을 것 같다고 말했고, 그 말에 아서는 고개를 끄덕였다. 하지만 농부는 그 말에 어깨만 으쓱했고—워낙 힘든 시절이었다—돈은 사과를 받았다. 그는 그 사과들을 풀밭에 쏟은 후에 아이들에게 살펴보라고 했다. 물렀거나 멍이 들었거나 너무 벌레가 많이 먹은 사과들은 농부가 다시 가져가게 하고 성한 사과를 받으려 한 것이다. 그들은 사과를 자루 두 개에 넣어서 운반해야 했다. 마차를 잃은 후에는 그렇게 직접 옮길 수밖에 없었다. 그들은 아침으로 사과를 먹고 저녁으로 사과를 먹었다. 그렇게 해도 다른 짐도 많은데 그 사과까지 들고 다니려면 너무 큰 부담이었다. 그러다 길에서 전도 집회에 걸어가는 사람들을 발견했다. 돈은 그 집회에 가면 사과를 팔 수 있을 거라고 판단했다. 그는 그 생각만으로도 넌더리를 냈지만, 그에겐 그 일을 할 수 있는 아이들이 있었다. 노파들이 성령을 느끼고 가진 건 뭐든 그 망할 놈의 목사 주머니에 넣기 전에 그들을 설득해서 몇 센트에 사과를 팔 수 있는 아이들 말이다. 돈은 아이들을 할 수 있는 한 깨끗이 씻게 한 다음, 예의 바르게 처신하라고 말했다. 그러고 나서 그가 팔짱을 끼고 나무에 기대어 서 있는 동안 아이들은 가장 예쁜 사과들을 골라서 바지에 문질러 광을 좀 낸 후에, 빽빽하게 몰려든 사람들 속으로 들어갔다.

사과를 팔아야 하지 않았더라면 아이들은 돈과 같이 뒤로 물러나 아무것도 아닌 일에 사람들이 잔뜩 흥분해서 호들갑을 떠는 모습을 지켜봤을 것이다. 하지만 아이들은 어쩔 수 없이 사람들에게 가서 말을 걸고 그 무리에 속한 것처럼 행동해야 했다. 라일라는 멜리를 따라갔다. 어떻게 하는 건지는 잘 모르겠지만, 멜리는 사과를 상대가 정말 원하는 무언가처럼 보이게 만들 수 있었다. 라일라는 두 팔 가득 사과를 안고 멜리를 따라갔다. 멜리는 이미 어딘가에서 데려온 아기를 안고 있었기 때문이다. 머리에 크고 빨간 나비 모양의 리본을 맨 예쁜 아기였다. 멜리와 그 아기가 마치 친절을 베푸는 것처럼 사람들에게 사과를 나눠 줬다. 그러자 사람들이 멜리에게 1센트와 5센트 동전들을 줬다. 그러면 멜리는 라일라를 시켜서 그 돈을 마르셀에게 갖다주고 또 사과를 가져오게 했다. 돈은 그 일과는 아무 상관도 없는 사람처럼 굴었다.

가족들이 빈터를 둘러싼 숲속 여기저기에서 텐트를 치고 있었다. 그곳에는 여러 개의 모닥불이 피워져 있었고, 사람들은 이 불에서 저 불로 어슬렁거리고 다니면서 웃고, 이야기하고, 악수

하고, 서로의 등을 두드리고, 피클과 크래커와 태피를 나눠 먹었다. 처진 텐트 사이 여기저기에 밴조*와 하모니카와 기타와 바이올린 연주자들이 있어서, 가끔은 같이 짧게 노래를 부르기도 했다. 몇몇 여자들과 소녀들은 근사한 원피스를 입고 있었다. 아이들은 신이 나서 삼삼오오 몰려다니고 있었다. 집회가 열릴 곳의 바닥에는 톱밥이 깔려 있었다. 그래선지 묘하게 깨끗해 보였고, 향긋한 수지 냄새가 풍겼다. 남자들이 거기에 담배를 씹다가 뱉는다고 해도 알아채지 못할 것이다. 노란 장식용 깃발을 앞쪽에 걸어놓은 무대가 설치돼 있었고, 그 위에 나무 의자도 몇 개 놓여 있었다. 그리고 그곳은 강가에 있었기 때문에, 조금 내려가면 하류 쪽에서 사람들이 낚시하고 있었다.

라일라와 멜리는 아서의 아들들이 자기가 팔아야 할 사과를 말들과 노새들에게 먹인 후 물수제비를 뜨면서 놀려고 몰래 강가로 가는 모습을 봤다. 그래서 멜리는 아기를 돌려주고 라일라와 같이 거기로 갔다. 가보니 아서가 이미 물수제비를 뜨고 있었고, 아들들을 보자 지금까지 뭐 했는지 말하지 않으면 혼쭐을 내주겠다고 했다. 그래서 그들은 한판 붙기 시작했고, 그들을 말릴 돈도 그 자리에 없었다. 그러다 아서가 눈 위쪽을 다쳐서 피

---

* 미국의 민속음악이나 재즈에 쓰는, 목이 길고 몸통이 둥근 현악기.

가 흐르기 시작하자 다른 남자들이 말리려고 했고, 그러자 세 부자가 말린 남자들에게 화를 내면서 싸움이 계속됐다. 마침내 한 늙은 목사가 비틀거리며 돌투성이 비탈길을 내려와서 그 싸움에 개입했다. 목사는 무슨 일이 있었는지 묻고 난 후에, 아서와 그의 아들들은 이런 종류의 집회에 있을 만한 정신 상태가 아닌 것 같으니 이곳을 떠나는 게 최선일 것 같다고 했다. 목사는 비쩍 마른 노인이었고 목소리도 쉬어 있었지만, 아서 무리는 일부러 천천히 움직이며 목사를 지나치는 길에 그 옆에 서 있는 다른 사람들을 노려보면서도 목사의 말을 들어야 한다는 것이 한편으로 기쁘기도 했다. 점점 더 많은 남자와 소년들이 목사 편을 들었기 때문이다. 그들은 받은 모욕은 절대 잊지 않지만 그 원수를 갚아주기 위해서는 시간을 좀 들여야 하는 남자들처럼 숲속으로 걸어 들어갔다. 그런 다음에 사람들 뒤쪽으로 돌아 나왔다. 아서는 셔츠 앞쪽이 피에 젖어 있었고, 디크는 코피가 났지만, 그 외에는 다른 사람들처럼 단정한 차림이었다. 그들 중 떠나고 싶은 사람은 하나도 없었지만, 돈이 그러고 싶을 거라는 걸 모두 알고 있었다. 그들은 계속 이동했다. 돈이 그들을 다 찾으려고 굳이 돌아다니진 않을 거라는 점을 알고 있어서였다. 돈은 아마 멜리에게 그들을 찾아오라고 시킬 것이다. 그래서 멜리는 그의 눈에 띄지 않게 조심했다. 달과 마르셀은 함께 불을 피워놓고 그들 나름의 저녁을 만들고 있었다. 그래봐야 둘이 평생 먹어온 옥수수빵과 소금을 쳐서 말린 돼지비계일 테지만, 어쩌면 평소보다는 조금 더 차렸을지도 모를 일이었다. 그 숲에서는 좋은 냄새란 냄새는 다 풍겼고, 사람들은 그게 뭐든 그런 자리에는 다 끼고 싶어 하는 법이니까. 멜리는 또 어디서 아기를 하나 찾아서 안고 있었고, 그 엄마가 그들에게 가운데 블루베리 잼이 들어 있고 위에는 아이싱을 바른 달콤한 빵을 갖다줬다. 사람들은 옥수수를 구우면서 지나가는 사람들에게 다 나눠주었고, 아까 받고도 또 오는 사람들에게도 줬다. 설탕을 뿌린 뜨거운 빵튀김도 있었다.

밤이 오고 있었다. 포근하면서도 하늘이 맑은 밤. 남자들은 무대 위로 휘어진 늙고 큼직한 참나무 가지들에 램프들을 건 후에 불을 밝혔다. 사람들을 따라서 온 밴조와 바이올린 연주자들이 노래를 한 곡 연주하기 시작했고, 사람들이 거기 맞춰 노래를 부르기 시작했다. **그래요, 우린 그 강에서 만날 겁니다. 그 아름답고 아름다운 강.*** 그 후에 목사 몇 명이 무대 위에 올라와서 거기 있는 의자에 앉았다. 의자에 앉지 않은 한 목사가 앞에 나와서 두 손을 들었다. 모두 입을 다물었다. 그가 소리쳤다. "우리는 주님, 우리의 구세주를 찬양하기 위해 여기 모였습니다." 그러자 모두 거

---

*　'우리 강에서 만날까요?'라는 제목의 침례교 찬송가.

기에 화답해 소리 질렀다. "아멘!"

잠시 귀뚜라미 소리와 강물 소리와 램프들을 매달아놓은 밧줄들이 바람에 삐걱거리는 소리만 들렸다.

그러다 다시 목사의 목소리가 들렸다. "우리는 주님께 우리의 죄를 고백하기 위해 여기 모였습니다. 주님께서는 우리가 하는 생각을 다 알고 계십니다!"

"아멘!"

다시 정적이 흘렀다. 다시 목소리가 들렸다. "우리는 주님 안에서 기뻐하기 위해 여기 모였습니다. 주님의 자비가 영원하시니!"

"아멘!"

그러고 나서 목사들이 모두 일어나 강에 대한 노래를 부르기 시작하자 사람들 모두 같이 불렀다. 디크가 멜리를 찾아내서 이렇게 말했다. "그가 널 찾고 있어." 그러고 다시 사람들 속으로 들어가버렸다. 멜리는 아기를 다시 엄마에게 돌려주고 라일라에게 말했다. "넌 내가 어디 있는지 모르는 거다." 그러더니 자취를 감춰버렸다. 그녀는 어딘가에서 발견한 스카프로 머리를 묶고 있었다. 그것은 아주 흰 스카프여서 해가 거의 다 졌을 때라도 눈에 잘 띄었기 때문이다. 그래서 라일라는 그냥 그 자리에 서서 램프들이 바람에 흔들릴 때마다 빛과 그림자들이 나무들 사이로 움직이는 모습을, 파란 저녁 하늘 밑의 거대한 그림자들과 기이한 빛을 바라봤다. 목사들은 설교를 계속했고 군중은 계속 아멘을 부르짖으며 다 같이 노래했다. **단*을 가지고 돌아오리라.**** 라일라는 그 후로 그 노래를 여러 번 들었지만, 아직도 단이 뭔지는 모르고 있었다. 구원과 자비가 뭔지는 나름의 생각이 있었지만, 노인은 단 한 번도 단에 대해선 언급하지 않았다.

"세례가 커다란 선물인 이유는 세례를 받으면 우리는 정결하고 받아들여질 수 있는 존재가—" "아멘!"

달이 라일라의 어깨를 한 팔로 안으며 말했다. "그만 가자. 돈이 이제 가자고 한다." 그들은 각자 소지품을 챙긴 후, 그 소음에서 멀리 떨어진 곳으로 갔다. 눈도 좀 붙이고, 사람들이 돌아다니다가 그들이 자는 곳에 넘어오는 일이 없게 말이다. 아서와 아서의 아들들이 그때 나타나지 않는다 해도, 곧 야영지를 찾아올 것이다. 하지만 아무도 멜리가 어디 있는지는 몰랐다. 그래서 나머지 사람들이 길을 따라 내려가는 동안 돈은 거기 남아서 멜리를 기다리기로 했다. 라일라는 나무 위에 걸려 있는 그 램프들이 지금까지 본 것 중에서 가장 아름다운 광경이고, 그 바이올린 소리는 지금까지 들어본 것 중에서 가장 아름다운 소리라고 생각

---

*   곡식 따위의 밑을 베어 묶은 것.
**   미국에서 인기 있는 복음 찬송가.

했다. 그래서 그 모든 게 끔찍이 싫다고 한 돈이 그들을 모두 멀리 쫓아버리고 혼자 뒤에 남은 것이 옳지 않게 느껴졌다. 하지만 그 당시에 그들은 여전히 돈의 말을 명심해서 들었고, 그런 생활에서 편안함을 느꼈다.

설교가 끝났을 때 멜리가 마침내 나타났다. 멜리는 돈의 뒤를 따라왔다. 멜리는 머리부터 발끝까지 흠뻑 젖어 있었다. 물에 젖은 바짓가랑이에 피부가 쓸렸다. 멜리가 말했다. "강에 빠졌어."

돈이 말했다. "목사 중 하나가 널 꺼내준 거냐?"

"누가 했든 상관없어. 누군가 그렇게 해줘서 다행일 따름이지. 물에 빠져 죽을 수도 있었다고."

"목사가 애초에 강에 들어가라고 한 거 아니야?"

"거기 바위들이 미끄러워서 물에 빠졌다니까."

"그러니까 네가 스스로 너를 구원했구나."

"난 그런 말은 하지 않았어."

"내 1달러를 걸고 말하는데 넌 언제나 그랬듯 변함없는 악동이야."

"뭐, 아저씨에게 1달러라도 있다면, 그건 내가 그 빌어먹을 사과를 팔았기 때문이라고." 멜리가 말했다.

그가 웃었다. "들어보니 내기는 내가 이미 이긴 것 같은데."

멜리가 말했다. "내기하고 말 것도 없다니까. 난 그냥 강에 빠졌어."

　노인에게 그 이야기를 들려주면 그는 웃을 것이다. 그러고 나서 아마도 궁금해할 것이다. 그러면 그녀는 노인에게, 멜리는 항상 다른 사람들이 뭔가 하는 걸 보면 자기도 꼭 해봐야 직성이 풀리는 아이라고 말할 것이다. 멜리는 그냥 궁금했을 뿐이다. 그후 며칠 동안 멜리는 자신에게 어떤 변화가 일어났는지 확인해 봤을지도 모를 일이다. 아무도 그녀를 귀찮게 하지 않았는데 이유도 없이 아이들을 꼬집고 쿡쿡 찔러대며 못살게 굴었으니까. 어쩌면 돈에게 보여주려고 했는지도 모른다. 자신은 구원받지 않았으며, 그러길 바라지도 않았다고. 멜리가 세례를 받았을까? 혹은 받지 않았을까? 멜리가 물속에 잠긴 채 다른 사람들처럼 기도받기 위해, 그냥 그게 무슨 느낌인지 보려고 물속으로 들어가봤다고 쳐도. 그건 그저 멜리의 천성일 뿐이었다. 불쌍하고 무지한 아이. 선하신 하나님이 그 점에 대해선 뭐라고 하실까? 라일라가 멜리와 그날 같이 갔더라면, 그녀도 아마 같은 행동을 했을 것이다. 그녀는 할 수만 있다면 대개 멜리가 하는 걸 따라 했으니까. 그랬다면 노랫소리와 강물을 쓸어내리는 등불들이 있었을 테고, 어떤 남자가 그녀의 등과 머리 밑에 손을 대고 그녀를 물속에 들어가게 했다가 다시 꺼내준 다음, 마치 눈물을 닦아내는 것처럼 그녀의 얼굴에 흐르는 물을 닦아줬을 것이다. 할

렐루야! 라일라는 그걸 수없이 지켜봤다. 그런 집회와 부흥회는 항상 있었다.

정결하고 받아들여질 만한 상태. 한두 시간만이라도 그게 어떤 느낌인지 알게 된다면 근사할 것 같다.

음, 다시 교회에 다닐지도 모르겠다. 그러면 자신이 심은 감자와 콩을 훨씬 더 기분 좋게 가져가게 될 것이고, 게다가 잡초가 감당할 수 없을 정도로 자라게 놔두지 않았다. 잡초는 비가 많이 온 후에 뽑는 편이 가장 좋다. 다음 날은 월요일이었고, 그녀는 언제든 빨래를 해주길 바라는 사람을 찾을 수 있을 것이다. 저녁엔 빨래가 끝날 테니, 목사 집에 잠깐 들러서 텃밭에서 조금 일하고 그 후에 맛있게 저녁을 먹을 것이다. 노인이 그녀가 머무는 곳 근처로 걸어와본다면, 그녀가 잘 지내고 있는 모습을 보게 되겠지.

라일라는 그동안 필사한 페이지를 다시 읽어봤다. 똑같은 말이 나오고 또 나왔다. 하나님 보시기에 좋았더라. 저녁이 되고 아침이 되니. 그래서 라일라는 귀퉁이를 접어놓은 페이지로 넘어가서 그 권, 에스겔서의 첫 부분을 찾았다. **제삼십년 넷째 달 초닷새에 내가 그발강가의 사로잡힌 자 중에 있을 때, 하늘이 열리며 하나님의 모습이 내게 보이니.**[*] 라일라는 그 부분을 열 번 썼다. 그녀의

---

[*] 에스겔서 1장 1절.

침낭은 벽에 박은 못에 걸어놔서 그렇게 축축하지 않았고, 베개로는 노인의 스웨터를 썼다. 빨래하는 날엔 사람들이 일을 일찍 시작한다. 그녀는 항상 그랬듯 주위가 아직 어두울 때 일어나 있을 것이다. 새벽에 글쓰기 연습을 할 것이고 아침이 가까스로 시작될 무렵엔 길리어드에 있을 것이다.

목욕하고 담요 속에서 몸을 녹이고 있을 때 두 번째로 잠이 깨서 라일라는 이런저런 일을 생각했다. 날이 충분히 밝았을 때 무릎 위에 메모장을 놓고 그 옆 바닥에 성경을 펼쳐놨다. 그리고 썼다. **내가 보니 북쪽에서부터 폭풍과 광채로 둘러싸인 큰 구름이 오는데, 그 속에서 불이 번쩍번쩍하고, 그 불 가운데 단쇠 같은 것이 나타나 보였다.*** 음, 이건 가뭄이 든 해에 나타나는 들불이었을 수도 있겠는데. 라일라는 들불을 직접 본 적은 한 번도 없었지만 이야기는 여러 번 들어봤다. **그 속에서 생물 같은 것이 네 마리 나타나는데 그들의 모양이 이러하였다. 그들은 사람의 형상과 같더라. 그들에게 각각 네 얼굴과 네 날개가 있었다.**** 음, 이 부분은 어떻게 생각해야 할지 알 수 없었다. 누군가 꿈을 꾼 후에 적어놓은 게 어쩌다 보니 이

---

* 에스겔서 1장 4절.
** 에스겔서 1장 5-6절.

책에 들어오게 된 건가. 라일라는 그 부분을 열 번씩 쓰면서 여전히 글자를 조금 더 작고 단정하게 만들려고 노력했다. 라일라 달. 라일라 달. 라일라 달. 그녀의 성과 이름은 네 자고, 목사의 이름도 성과 이름에 글자가 네 개씩 있다. 라일라는 달이란 성에서 h가 묵음이고, 그는 이름에서 h가 묵음이다.*** 길리어드 묘지에는 그의 이름이 새겨진 무덤들이 있지만, 그녀와 이름이 같은 사람은 산 사람이든 죽은 사람이든 어디에서도 찾을 수 없었다. 그녀의 이름은 기억도 잘 안 나는 여자의 여동생(라일라는 한 번도 본 적 없는) 이름이고 성은 교사가 실수로 적은 것이기 때문이다. 이름 같아 보이긴 했다. 그녀도 여자 같아 보이긴 했다. 손은 여자 같았지만, 얼굴은 전혀 아니었다. 그래서 라일라는 자기 얼굴을 보지 않는다. 그녀는 인생 비슷한 걸 살아왔다. 살아오면서 내내 혼자였으니까. 그녀는 사방에 벽이 있고, 지붕과 아무것도 들어오거나 나가지 못하게 하는 문이 달린 집 같은 곳에 살았다. 그리고 달이 그녀를 안아 올려서 데리고 도망쳤을 때, 라일라는 날개 같은 것을 느꼈다. 그녀는 생각했다. 이 모든 게 이상하긴 하지만, 어쩌면 거기에 뭔가 있을지도 모르지.

달이 마침내 라일라에게 말해줬다. 그녀를 놔두고 떠나 있던

***　라일라와 목사의 이름은 원어로 각각 Lila Dahl, John Ames이다.

나흘 동안 라일라의 그 예전 집에 살던 사람들이 어떻게 살고 있는지 보러 갔다고. 그 무렵엔 시절이 너무 힘들어서 달이 라일라를 먹이고 입히기가 굉장히 힘들었다. 그래서 먼 동쪽에 있는 라일라의 가족이 달보다는 형편이 더 나을지도 모르겠다고 생각한 것이다. 달은 그 식구 중에서 성질이 가장 포악한 이들은 그동안 죽었기를 바랐다. 달이 말했다. "그동안 행크는 누가 쏴버렸어야 했는데." 행크가 누구인데? "신경 쓰지 마." 거기에 도착했을 때 달은 조심해야 했다. 그래서 이웃 사람들에게 그 집 사정을 물어보느라 시간이 좀 걸린 것이다. 사람들은 외지인들과는 말을 섞기 싫어하는 법이니까. 그리고 직접 자기 눈으로 보기 위해 그 낡은 집을 몇 번 걸어서 지나쳤다. 달이 말했다. "거긴 옛날하고 똑같아 보이더라. 네가 돌아갈 수 있는 곳이 아니었어." 라일라가 말했다. "만약 거기 형편이 좀 나았더라면, 달도 돌아갔을 거야?" 그러자 달이 말했다. "난 그럴 수 없지. 애초에 내가 너를 데려간 걸 그 사람들이 알고 있으니까. 그러니까 내가 널 데리고 거기로 돌아간다면 뒤탈이 엄청날 거야." 달이 이렇게 대답한 이유는 라일라를 다른 사람들에게 맡기고 갔을 때 일어난 일 이후로 라일라가 그녀를 전과 다르게 대해서였다. 달이 말했다. "내가 그렇게 한 이유는 도무지 널 보살필 길을 찾을 수 없었기 때문이야." 돈이 한 번이라도 애써 설명하려 했다면, 달과 같은 이유를 댔을 것이다. 그들은 정말 그녀를 어디에 놔두고 가야 할지 고민한 것이다. 라일라를 위해. 누군가 올 때까지 기다리라고 어디에서 말할지 고민한 것이다. 그래서 라일라는 그 일이 일어난 후 전처럼 달을 사랑할 순 없었다. 한동안은 그럴 수 없었다. 그녀는 자신이 밤에 다시 그 계단에 앉아 달이 몰래 숲속으로 사라지는 모습을 보게 될 거라는 생각은 하지 못했다. 어떤 식으로든 결과는 똑같다. 누구도 믿을 수 없다.

그들은 돈과 그 무리를 다시 찾아냈다. 그때는 저녁을 먹고 난 후 밤이었고, 빈터 한가운데 두툼하면서도 부드러운 잉걸불이 타오르고 있었다. 달이 프라이팬을 들어 불 속에 던져버렸다. 불길이 포효하면서 치솟아 오르고 불꽃이 사방으로 날아갔다. "어떻게 그런 짓을 할 수 있어! 내 아이를 어떤 교회 계단 위에 앉아 있으라고 하고 버리고 가다니! 아이를 영영 못 찾을 뻔했다고! 내가 돌아온다고 분명히 말했잖아!" 달이 말했다. 그녀는 주로 돈에게 소리를 지르고 있었지만, 그러는 동안 내내 모든 사람을 노려봤다. 멜리만 그에 맞서 노려봤다.

돈이 말했다. "당신은 떠난 지 한참 됐었잖아. 우린 당신이 안 올 것 같아서 포기한 거야."

"그러니까 왜 그랬느냐 말이야! 난 약속은 지킨다고! 그 오랜 세월 동안 내가 한 번이라도 약속을 안 지킨 적 있어?"

돈이 말했다. "이봐, 달. 계속 그렇게 꽁하니 있어도 되고 우리를 따라 같이 가도 돼. 만약 우리랑 같이 갈 거면, 이 일에 대해 더는 한 마디도 듣고 싶지 않아. 한 마디도."

마르셀이 말했다. "우리가 당신 짐은 버리지 않고 보관해뒀단 말이야."

"그러셨겠지!" 달이 말하자 돈이 그녀를 째려봤다.

그리고 말했다. "불 속에 던져버릴까도 생각했어. 하지만 마르셀이 반대했어. 그러는 게 최선이었을지도 모르는데." 그는 걸어가서 라일라의 침낭을 집어 들었다. 그 숄이 침낭을 싸고 있었다. 그는 숄을 잡아당겨서 손에 든 후에 피식 웃으며, 불가로 가서 그 위에 대롱대롱 흔들었다. 불길이 바로 그의 손을 향해 타고 올라왔다. 그렇게 숄은 사라져버렸다. 라일라와 달은 돈의 무리와 같이 지냈다. 달리 어쩔 도리가 없었다. 그때 일에 대해선 다시는 한 마디도 하지 않았다. 모든 것이 전과 같으면서, 동시에 모든 것이 달라졌다. 최대한 혼자 있으면서 비밀로 간직하는 수밖에. 하지만 절대 그럴 수 없으니 문제지.

그레이엄 부인이 빨래를 도와달라고 했다. 부인은 쾌활한 여자였다. 상냥했다. 말하길 좋아하는 사람이기도 했다. 라일라가 말하거나 듣는 걸 즐기지 않는 성격인 걸 눈치채지 못한 듯했다.

그건 괜찮았다. 그들은 여러 번 같이 일해봤기 때문에 라일라는 그레이엄 부인이 원하는 일 처리 방식을 알고 있었고, 그래서 하루가 더 빨리 가는 것처럼 느껴졌다. 그레이엄 부인은 참치 샌드위치로 근사한 점심을 준비하고 디저트로 초콜릿케이크를 내왔다. 그레이엄 부인의 집은 좋았다. 부엌에는 가장자리에 딸기 무늬가 그려진 흰색 커튼이 걸려 있었다. 거기에 씨앗처럼 보이게 초록색으로 작게 수가 놓여 있었다. 세탁기는 뒤쪽 현관에 있었다. 크랭크를 돌려서 탈수할 필요도 없는 좋은 전기세탁기였다. 라일라는 피아노와 소파와 나머지 가구가 있는 거실은 보려 하지 않았다. 그곳을 보면 조금은 세인트루이스가 떠올라서였다. 세인트루이스의 거실은 부인의 거실처럼 크고 좋지도 않았고, 이 집의 커튼은 열려 있었지만.

일이 끝났을 때 그레이엄 부인이 라일라에게 5달러 지폐 한 장과 후드가 달린 방수 코트를 하나 줬다. 라일라가 말했다. "목사님이 내게 이걸 주라고 했군요." 그러자 부인이 말했다. "음, 목사님은 당신을 걱정하세요. 선량한 분이니까요. 그리고 이 옷은 벽장 속에 걸려 있기만 해서 아무에게도 쓸모가 없어요." 부인은 수줍고 상냥한 미소를 지었다. 라일라는 이 코트가 누구의 옷장에 걸려 있었는지, 교회나 길리어드에 있는 여자 중 몇 명에게 코트 하나를 줄 수 있는지 물어본 후에야 마침내 이 코트가 어떻게 나타났는지, 어떻게 그녀 말고 다른 모든 사람들에게 이 코트가 쓸모없을 수 있는지 물어보지 않았다. 어쩌면 그녀만큼 빈털터리인 사람이 없는 거겠지. 하지만 그녀와 비슷하게 가난한 사람들은 분명히 있을 텐데. 그는 그들도 걱정해야 하잖아. 뭐, 괜찮아. 라일라는 생각했다. 이제 내가 해야 할 일은 버스표를 살 돈과 여행 경비를 좀 모으는 거야. 어서 이 마을에서 나가고 싶어 죽겠군. 라일라는 그 코트를 개서 손가방에 넣고, 5달러 지폐는 주머니에 넣은 후 묘지까지 걸어갔다. 무덤에 있는 장미들이 활짝 피었고, 잡초들도 무성하게 자랐다. 라일라가 말했다. "미안해요, 에임스 부인. 내가 너무 오랫동안 오지 않았죠. 이렇게 잡초가 자라도록 놔두려고 했던 건 아니었는데." 그녀는 그들을 사랑했다. 목사 부인의 그 여성스러움과 그녀의 품에 안긴 아이의 그 아이 같은 면을 다 사랑했다.

라일라가 목사의 집 정원으로 통하는 문을 열었을 때는 밤이었다. 그녀는 콩을 좀 따고 감자를 찾아 이파리들 밑을 더듬었다. 2층 창문에 불빛이 보였지만, 집 안은 어두웠다. 그가…… 잘 지내게 해주세요. 이건 괜찮은 기도처럼 느껴졌다. 그가 날 항상 빌어먹을 빈털터리처럼 느끼게 만드는 건 그만하게 해주세요. 이건 좋은 기도였다. 이건 그에게 직접 말하는 편이 낫겠다. 그녀가 원한다면 당장 할 수도 있다. 어쩌면 라일라는 생각처럼 조용하진 않았던 모양이었다. 그녀가 온 걸 그가 알고 있었으니까. 라일라가 대문으로 걸어가는 사이에 그가 현관문을 열었다. 그리고 말했다. "당신에게 줄 쪽지를 하나 썼는데. 당신에게 줘야겠다는 생각이 들었어요. 음, 물론 당신에게 줄 거예요. 별 의미는 없지만—" 그가 웃음을 터트렸다. "음, 보다시피 별 의미는 없길 바라요. 내 말은, 이 쪽지에 당신이 불쾌하게 여기는 게 있다면, 그러지 않으려고 최선을 다하긴 했지만, 그건 내 의도가 아니라는 말을 하려 했어요. 제 의도가 전혀 아니에요. 당신이 읽게 되면—" 그는 그녀에게 봉투를 하나 건넸다. "잘 가요. 오늘 밤은 맑네요." 그는 그렇게 말하고 집으로 다시 들어갔다. 봉투는 봉해져 있지 않았다. 그의 집이 보이지 않는 곳에 이르렀을 때 라일라는 그 속에 돈이 없는지 확인할 수 있을 정도로만 봉투를 열어봤다. 쪽지만 있었다. 순간 느껴진 가벼운 실망에 라일라는 웃어야 했다. 그녀가 모은 돈은 이제 떠날 수 있을 정도의 금액에 가까워졌다. 어쩌면 충분한 것 이상일지도 모른다. 몇 주 전에는 이 정도 돈이면 그렇게 생각했을 것이다. 더 많이 가질수록 더 많이 원한다더니. 만약 그가 그녀에게 돈을 줬다면 화가 나고 수치스러워서 버스를 탔을 것이다. 그걸 생각하는 건 멈출 수 있었을 것이다.

전에도 한 번 쪽지를 받은 적이 있었다. 선생님이 달에게 보

내는 쪽지였다. 라일라는 달에게 그걸 읽어줘야 했다. 달이 손이
다 젖었고 비눗기가 있다며 그렇게 해달라고 했기 때문에. 선생
님은 쪽지에 라일라가 영리한 아이고 학교를 더 다니면 유익할
것이며, 그럴 수 있도록 자신이 도울 수 있는 건 뭐든 기쁜 마음
으로 돕겠다고 썼다. "라일라는 대단히 똑똑한 아이입니다." 달
이 중얼거렸다. "유익하다니." 그래서 라일라는 달에게, 이건 그
녀가 학교에 1년 더 다니면 그녀에게 좋을 거라는 뜻이라고 말
했다. 달이 대꾸했다. "네가 똑똑한 건 이미 알고 있었어. 선생이
아니라도 내가 너에게 말해줄 수 있었다고." 그녀가 한 말은 그
게 전부였다. 달이 그녀를 안고 도망쳤을 때 법을 어겼다는 사실
을 라일라는 아주 쉽게 잊었다. 그뿐만 아니라 달은 그로 인해
원한을 초래했는데, 그게 법보다 훨씬 더 끔찍했다. 그리고 라일
라는 돈을 따라다녔던 삶 덕분에 그들이 발견되기 힘들었을 거
라는 사실을 오랫동안 알아차리지 못했다. 그들 같은 사람들은
외지인에게는 말을 걸지 않으니까. 그리고 그들 모두 누군가 자
기 뒤를 밟으면, 그냥 옥수수밭 속으로 슬그머니 숨어버릴 수 있
다는 사실을 알고 있었다. 한번은 달이 예전의 그 집에서 알고
지내던 누군가를 봤다고 생각한 게 틀림없었다. 그때 달은 라일
라와 종일 건초 다락 안에 숨어 있으면서 입도 뻥긋하지 못하게
했다. 그때는 옥수수가 높게 자라기 전이었다. 하지만 만약 누군

가 그들을 찾아다니고 있다면, 한곳에서 거의 1년 넘게 지내는 건 위험했다. 달은 그 집 사람들을 알았고 라일라는 몰랐다. 그래서 그들이 순전히 악마 같은 짓을 하기 위해 그녀를 잡으려 할지도 모른다고 달이 생각했다면, 그들이 정말 그런 시도를 했을지도 모른다고 라일라는 추측했다. 하지만 그들은 심지어는 둘 사이에도 그런 언급은 절대 하지 않았다.

라일라는 괄목할 만한 진전을 이뤘습니다. 라일라는 그 쪽지를 달달 외우고 있었다. 달이 이해하지도 못할 부분을 읽어줘봤자 무슨 의미가 있겠는가. 선생님이 지금의 그녀를 볼 수 없어서 다행이었다. 노인은 쪽지로 그녀에게 뭐라고 했을까? 상관없다. 편지는 평범한 일들을 중요하게 보이게 만든다. 그는 넥타이를 하고 있었다. 아마 그녀가 오리라고 예상했을 것이다. 그녀는 오늘 그레이엄 부인 집에 갔었고 코트를 줘서 고맙다고 인사하고 싶을 수도 있다고 생각했을 테니까. 아니면 매일 밤 그녀를 기다렸는지도 모른다. 그녀는 가끔 길에서 그의 발소리가 들리길 자신이 기다리고 있음을 깨달은 적이 있었다. 사람들은 그런 일이 일어날 거라고 스스로를 설득하지만, 그러고는 아무 일도 일어나지 않는다. 사람들은 심지어 그들에게 그런 게 중요했던 시절이 있었다는 것조차 기억하고 싶어 하지 않는다. 누가 그걸 언급만 해도 질색한다. 세인트루이스에 있었던 여자들, 그 젊은 여자들은 항상 누군가를 기다리고 있거나, 누군가를 잊으려 애쓰고 있었다. 나이 든 여자들은 그런 그들을 그냥 비웃었다. 그들은 지금 그녀를 보면 비웃을 것이다. 그는 아마 교회 모임에 갔다 왔을 것이고, 그래서 넥타이를 하고 있었을 것이다. 라일라, 이 바보. 노인이 편지에 뭐라고 썼든 친절한 말이겠지. 그렇지 않다고 해도, 세상에서 가장 친절한 방식으로 썼겠지.

세인트루이스. 그곳보다는 오두막집에서 그녀 혼자 지내는 편이 훨씬 낫다. 밤이면 밖에서 그녀의 감자가 구워지고 있고. 돈은 막대기로 불 속에서 감자를 밀어내곤 했다. 그러면 그들은 그 뜨거운 감자를 서로에게 차례로 던졌고, 그러다 참고 들고 있는 사람이 그 감자를 차지했다. 항상 아서의 아들들 중 하나가 이겼다. 그러다 어두워지면 그들은 그냥 잠자리에 들었다. 양초를 좀 사야겠다. 어쩌면 등유를 넣는 램프를 하나 살지도. 그러면 기분 내킬 때 켜놓고 책을 읽고 글쓰기 연습을 할 수 있을 테니까. 하지만 불빛이 있으면 벌레들이 꼬인다. 게다가 밤에는 아무도 이 오두막집을 보지 못하는 편이 낫다. 지나가는 사람들이 그녀가 피워놓은 불을 알아채기는 하겠지만. 하지만 불빛은 어둠 속에서 아무것도 볼 수 없게 만드는데, 어쩌면 어두운 밖에 정말 그녀가 봐야 할 뭔가가 있을지도 몰랐다. 평화로운 밤이었다. 하지만 라일라는 그 편지에 대한 궁금증을 멈출 수 없었다.

그냥 담배에 불이나 붙여야겠다. 그러다 성냥을 하나 더 켜서 편지의 첫 몇 단어를 읽을지도 모르겠다. 이렇게 적혀 있었다. **친애하는 라일라(이렇게 불러도 된다면), 당신은 전에 내게 세상의 어떤 일들이 왜 그런 식으로 일어나는지 이유를 물어본 적 있죠.** 음, 이건 정말 예상하지 못한 내용이군. **당신의 질문에 대답하지 못해서 정말 유감이었습니다.** 라일라는 성냥을 흔들어서 껐다. 어쨌든 우산을 돌려달라고 하진 않았군.

다음 날 아침 그녀는 메모장을 들어서 최대한 단정하게 이 문장을 베껴 썼다. **당신은 종교가 실은 정말로 관심을 기울이는 심오한 것들, 실존의 의미, 인간 삶의 의미에 대해선 내가 한 번도 궁금해한 적이 없을 거라고 생각했을 겁니다. 당신은 내가 하는 말들이 경험과 심사숙고에서 비롯된 것이라기보다는 습관적으로 평소에 하는 말이라고 생각했을 겁니다. 당신의 그런 생각에 일말의 진실도 있다는 점은 인정합니다. 내 생각에 그건 어쩔 수 없는 것 같습니다.** 라일라는 그 부분을 열 번 썼다. 흠, 늙은 에스겔이 그다음에 뭐라고 했더라? **그들의 다리는 곧은 다리요, 그들의 발바닥은 송아지 발바닥 같았으며 광낸 구리같이 빛났다.** 그녀는 이 부분을 열 번 썼다. 몸에 소금을 문지른 아기들, 빛나는 송아지 발바닥. 기묘하긴 하지만 여기엔 뭔가 있었다.

***

*   에스겔서 1장 7절.

뭐, 일단 그 기묘함이 있었다. 노인은 전혀 모르겠지. 기도합시다, 그러면 그들은 모두 기도했다. 찬송가를 부릅시다, 하면 모두 같이 찬송가를 부르고. 그들은 왜 대낮에 촛불을 켜서 낭비하는 걸까? 그는 거기 서서 얼마나 오래전에 죽었는지 알지도 못하는 사람들에 대해 이야기하는데, 그들에 관한 이야기가 마치 사실인 것처럼 말한다. 그리고 사람들은 대부분 그 이야기를 듣거나 들으려고 노력한다. 그중 할 필요가 있는 건 하나도 없다. 하루하루는 그 어떤 기도 없이도 스스로 알아서 왔다 간다. 그런데도 사방에서 하는 집회와 부흥회에서 사람들은 빛을 본다. 노인이 너무나 오랫동안 반복적으로 말해와서 본인은 듣고 있지도 않을 말을 듣는 게 뭐가 낙일까 싶은데, 사람들은 거기서 낙을 찾는다. 그것은 존재의 의미에 관한 이야기라고 노인이 말했다. 알겠어. 라일라는 실존에 관해선 조금 안다. 그것이 그녀가 아는 거의 유일한 것이었는데, 그것을 가리키는 말은 노인에게서 배웠다. 마치 미합중국 같은 말이었다. 어쨌든 뭐라고 불러야 하긴 하니까. 밤과 아침, 자는 것과 일어나는 것. 굶주림과 외로움과 피로. 그러고도 여전히 그걸 더 원한다. 실존. 그걸 내가 왜 신경 쓰나? 노인도 그 대답은 해줄 수 없었다. 하지만 그는 알고 있다. 그 안의 실존을 그녀가 볼 수 있음을. 왜 그는 실존을 더 원하는 걸까? 그의 집은 그렇게 텅 비어 있고, 아내와 아이는 오래전에 땅속에 묻혔는데. 밤과 아침. 노래와 기도. 그 기묘함. 도저히 보는 걸 멈출 수 없었다. 그는 언덕을 올라 그 슬픈 곳에 갈 것이고, 모두 장미에 뒤덮여 있는 모습을 보게 될 것이다. 누가 그 꽃들을 그렇게 활짝 피게 했는지 만약 그가 안다면, 만약 그가 모른다면, 참 기묘하다고 생각하면서도 올바른 일이라고 생각할 것이다. 장미는 필요 없었는데도.

마르셀은 미장원에서 어떤 여자들이 하는 말을 듣고 자기 이름을 직접 골랐다. 돈이 못되게 변하기 시작했을 때, 그는 그것이 진짜 이름이 아님을 알 수 있는 식으로 일부러 강조해서 **마르셀**이라고 부르기 시작했다. 돈이 그럴 때면, 마르셀은 가끔 울었다. 그녀는 운 척했지만, 항상 정말로 울었고, 그들은 항상 그녀가 그런 척하길 바랐다. 라일라와 멜리는 마르셀이 파우더와 볼연지와 립스틱과 눈썹 그리는 연필을 보관해두는 작은 상자를 열었을 때의 모습을 지켜보는 게 너무 좋았다. 그 상자가 너무 소중했기에 마르셀은 거의 열지 않았다. 거기서는 퀴퀴하면서도 달콤한 냄새가 났다. 가끔 마르셀은 아이들이 그녀의 머리를 빗기게 놔뒀다. 그들은 모두 마르셀이 예쁘다고 생각했다. 그들은 돈이 마르셀을 편애하는 방식을 조금은 재미있어하는 동시에 부러워하기도 했다. 그는 길을 가다가 진창을 건널 때는 그녀의 팔을 잡고 도와주곤 했다. 한번은 축제에서 여러 개의 리본을 사 와서 하나로는 그녀의 머리를 묶고, 또 하나는 목에 나비 모양으로 묶고, 또 하나는 그녀의 손목에 묶고, 또 하나는 그녀의 발목에 묶어줬다. 그는 땅바닥에 무릎을 꿇고 그 구부린 무릎 위에 그녀의 발을 올린 채 직접 묶어줬다. 달이 말했다. "저 둘은 결혼한 부부야." 라일라는 "결혼한"이란 말이 무슨 뜻인지 몰랐다. 다만 두 사람이 다른 사람들을 제외한 즐거운 농담을 끝도 없이 늘어놨고, 나머지 사람들은 그런 둘을 보며 감탄할 수 있다는 사실은 알았다. 먹고사는 게 힘들어지기 전에는 둘 사이가 그렇게 좋았다. 그 후로는 돈은 마르셀에게 거의 화가 난 것처럼 보였다. 그가 그녀에게 해줄 수 있는 게 별로 없어서. 그래도 여전히 그녀를 찾아다녔고, 할 말이 없을 때도 그녀 옆에 서 있었다. 세상에는 사람들에게 필요한 것들이 있는가 하면, 그렇지 않은 것들도 있다. 그건 사실이 아닐지도 모르겠다. 어쩌면 그들은 실존이 필요 없을지도 모른다. 그걸 없애버리면, 그걸 따라 다른 것도 다 사라져버릴 것이다. 당신이 존재할 필요가 없다면, 당신이 필요로 하지 않는 것들을 중요하지 않은 것처럼 생각할 이유도 없는 것이다. 당신 옆에 누군가가 있을 필요도 없다. 필요 없지만, 사실은 필요하다. 모든 기쁨을 없애보라. 하지만 그럴 순 없다. 물 한 모금에도 기쁨은 있을 테니까. 그런 생각을 해본다. 돈이 마르셀의 손목에 리본을 묶어줄 이유는 없었다. 그래서 돈이 그렇게 했을 때 마르셀은 웃었고, 그래서 그를 사랑한 것이다. 그래서 그 무리 모두 그 둘을 사랑한 것이다. 마치 사랑하는 사람이 너의 얼굴과 머리를 만지는 것처럼 한 노인이 물속에 손을 담갔다가 그 손으로 너의 이마를 만지게 놔둘 이유는 없었다. 그 모습을 보면, 그 아기들이 그의 아이라고 생각할 것이다. 좋아, 라일라는 생각했다. 좋다고.

내가 당신의 질문을 심각하게 받아들이지 않았다고 생각할까 봐 걱정했습니다. 나는 항상 이른바 위대한 섭리가 우리를 기다리고 있다고 내가 믿어왔다는 사실을 깨달았습니다. 아버지는 걸음마를 배우는 아이에게 손을 내밀어주고 말로 아이를 위로하고 아이를 끌어당겨주지만, 아이가 걸음마를 배울 때 위험도 감수해야 한다고 느끼게 놔둡니다. 그리고 아이가 스스로 용기를 선택하게 하고 아버지를 향해 손을 뻗을 때— 그러니까 내가 하려던 말은, 아이가 안전보다는 용기를 선택할 때 분명 사랑과 위로를 받을 수 있음을 알게 해줍니다. 하지만 세상에 안전은 없죠. 그리고 선택도 존재하지 않습니다. 걸으려 하는 것은 아이의 천성이기 때문입니다. 마찬가지로 아버지의 관심과 격려를 원하는 것도 천성입니다. 위로를 받을 수 있다는 약속도 그렇고. 위로해주는 것은 아버지의 천성이기도 합니다. 내가 하나님의 방식을 이렇게 묘사하는 것이 좀 주제넘게 느껴지기도 합니다. 이게 우리가 주님에 대해 아는 전부인 반면, 우리가 모르는 건 아주 많습니다. 우리가 그분을 아버지라고 부르긴 하지만. 사람들이 세상을 살아가며 느끼는 고통이 충분히 심각하지 않은 것처럼 제가 말하는 것도 실로 주제넘은 일이라는 걸 알고 있습니다. 실제로 그들의 고통은 심각하고 제가 할 수 있는 어떤 대답보다 당신의 질문은 강력하니까요. 내 믿음은 내게 이렇게 말하고 있습니다. 하나님은 가난, 고통, 죽음을 인간과 나누어 가지고 계신다고. 그 말은 이런 것들이 존엄과 의미로 가득하다는 뜻입니다. 다만 그렇다는 것을 믿으려면 굳은 신앙이 있어야 하며, 우리가 이해하는 방식으로 이 말이 진실인 것처럼 행동한다는 것은 말도 안 된다는 겁니다. 또한 이 말이 전적으로 그리고 근본적으로 진실이 아닌 것처럼 행동하는 것도 마찬가지로 말이 안 됩니다. 우리는 가난과 고통을 없애기 위해 우리가 할 수 있는 모든 걸 다 해야 하지만 말입니다.

나는 평생 이 점을 이해하기 위해 애써왔습니다.

내가 아직도 당신의 질문에 대답하지 못한 걸 알고 있지만, 내게 그 질문을 해줘서 감사합니다. 나는 대답을 하려고 노력하면서 뭔가 배우고 있는지도 모르겠습니다.

존 에임스 올림

음, 그는 자기가 지금 무식한 여자에게 편지를 쓰고 있다는 사실을 잊어버렸다. 그가 그걸 기억했다면 그를 증오했겠지만. 어쨌든 이 편지는 한동안 찬찬히 살펴봐야 했다. 그녀에게 쓴 편지. 이렇게 불러도 된다면, 라일라에게.

이제 그녀는 뭘 해야 할까? 그에게 답장을 쓸까? 그래봤자 망신만 당할 것이다. 메모장에 쓴 저 크고 흉한 단어들 좀 보라지. 철자가 맞는 게 하나도 없다. 하지만 전에도 그에게 수치스러운 꼴을 보였는데, 그는 개의치 않는 듯했다. 그의 정원에 멋대로 자기가 먹을 감자를 심고. 해가 뜨기도 전에 그의 집 문을 두드려서 질문을 던지고. 그를 멋대로 껴안고. 그의 스웨터를 가지고 도망치고. 그걸 기억하는 건 고통스러워야 했지만, 매번 그 오래된 스웨터에 머리를 누일 때마다 훔쳐 와서 정말 다행이라는 생각이 들었다. 그녀는 심지어 불 속에 집어넣을까 생각해보기도 했다. 그것 때문에 그의 생각이 머릿속에서 떠나지 않아 걱정됐으니까. 그러고 나면 어쩌면 그 버스를 탈 수도 있었다. 확실히 그럴까 생각해보긴 했다. 그는 분명 지금쯤은 그녀가 미쳤다고 생각할 것이다. 하지만 저 편지에 그런 흔적은 어디에도 없었다. 그녀는 생각했다. 그는 내가 뭔지 어떻게 잊어버릴 수 있지?

하지만 그녀는 아직 닭을 준 사람들과의 계산을 정리하지 못했다. 오전에 가서 집안일을 해주고 강가에 내려가서 자신의 옷을 뺄 수도 있을 것이다. 어서 하루를 시작하는 편이 나을 것이다. 돈이 전에 종종 이렇게 말했다. 해가 뜬 후에 하루를 시작하면, 그 하루는 낭비한 거라고. 그 집 여자는 여전히 몸이 좋지 않았기 때문에, 라일라는 한동안 집 안 청소를 한 후에 텃밭에서 잡초를 뽑고, 아무도 보지 않을 때 창고에 괭이를 넣어놓고 나왔다. 이제 아무도 서로에게 빚지지 않았다.

그녀는 자기 옷을 빠는 게 좋았다. 가끔은 거품을 잡으려고 물고기가 수면 위로 튀어 올랐다. 비누 냄새는 조금 자극적이었다. 마치 강물 냄새처럼. 그 물속에서 이런저런 것을 깨끗하게 헹굴 수 있었다. 비가 많이 내린 후에는 들판에서 쓸려 온 흙 때문에 강물이 옅은 갈색으로 변한다. 하지만 그 흙은 물에 씻겨 가거나 그대로 바닥에 자리를 잡고 쌓인다. 그녀의 셔츠와 원피스는 결코 태어나길 원하지 않았던 생물처럼 보였다. 물속에서 축 처졌다가 가라앉는 모습은 마치 거기에 그대로 있고 싶은 것처럼, 좀 더 깊고 어두운 웅덩이를 찾고 싶은 것처럼 보였다. 그러다 물속에서 꺼내서 어깨 부분을 잡고 들고 있으면 완전히 지치고 서글픈 것처럼 보였다. 마치 그녀의 가죽을 벗겨놓은 것처럼. 하지만 빨랫줄에 널어서 물기가 빠져나가고 태양과 바람에 마르면, 그들은 살 수 있는 무언가처럼 보이기 시작한다. 한번은 교회에서 이집트 여왕이 강가에 갔다가 바구니에 담겨 둥둥 떠내려오는 사내아이를 발견해서 자신의 아이로 삼은 이야기에 대해 읽은 적이 있었다. 살아라. 그 엄마는 원래 그 아기를 죽여야 했지만 차마 그럴 수 없었다. 그래서 아기를 강에 떠내려 보냈고, 여왕이 그 아기를 들어 올린 것이다. 하지만 그 후에 아이는 자라서 성인이 됐고, 더는 여왕의 아이로 살고 싶지 않다고 결심한다. 아니면 여왕은 죽었고, 그녀의 아버지가 아이를 받아들이지 않은 건지도 모른다. 하지만 그건 이야기에 나와 있지 않았다. 음, 아들이 그녀를 그런 식으로 대하기 전에 여왕이 죽었기를. 라일라는 생각했다. 여왕은 아들을 믿을 수 있어야 했다. 난 또 그런 식으로 생각하고 있군. 아무도 믿을 수 없다고. 그게 내가 항상 하는 생각이지. 만약 시도하려면 지금 하는 게 나을 거야. 떠나야 한다면 떠날 수 있을 때, 아직 한동안은 그럭저럭 혼자서 살아갈 수 있을 정도로 젊을 때. 그게 잘 안 풀린다고 해도 크게 상관없을 때.

그래서.

그녀는 최대한 마음을 추스르고 나서, 교회로, 사람들이 그에게 말하고 싶을 때 가는 그 작은 방으로 가서, 방문을 두드릴 것이다. 그리고 어쨌든 정말 세례를 받고 싶다고 말하고 세례반 수업에 가는 걸 깜박해서 미안하다고 말할 것이다. 그러면 노인이 무슨 말을 하겠지. 그녀는 그에게 말할 것이다. 그건 정말 좋은 편지였다고. 그러면 노인이 또 뭐라고 할 것이다. 그런데 그런 대화의 끝은 결국 어디일까? 라일라는 사람들이 항상 서로에게 말하는 모습을 지켜봤다. 웃는 모습도. 달은 전에 종종 이렇게 말했다. "욕하면 안 돼!" 그러면 그들은 웃었다. 자기들끼리만 알고 남들은 모르는 것을 생각하며 웃은 것이다. 하지만 만약 지상에 있는 모든 사람에게 내가 남이라면, 바로 그게 나라는 사람인 것이고, 그런 식으로 끝도 없이 이어진다. 나는 대체 다른 사람에게 뭐라고 말해야 할지 모르는 영원한 남인 것이다.

그레이엄 부인 집에 가서 다림질을 도와줄 사람이 필요한지 물어봤더니 그렇다고 했다. 다림질하느라 아침과 오후 태반이 지나갔다. 가게에서 살 것이 있어서 교회 옆을 지나가야 했다. 노인은 허리에 두 손을 올린 채 밖에 나와서 지붕을 올려다보고 있었다. 하지만 몸을 돌렸다가 라일라를 보고 말했다. "안녕하세요." 라일라는 고개를 끄덕이고 계속 걸어갔다. 그는 라일라를 따라잡더니 조금 숨을 헐떡이며 옆에서 나란히 걸었다. 그가 말했다. "당신을 만나서 기뻐요."

"왜요?"

그가 웃었다. "음, 사람들은 가끔 그렇게 말하거든요. 그리고, 난 정말 당신을 만나 기쁘기도 하고요."

두 사람은 그런 식으로 걸어서 가게 앞을 지나쳤다. 라일라가 말했다. "왜요?"

그는 다시 웃었다. "당신은 아주 흥미로운 질문들을 하는군요."

"그리고 당신은 그 질문들에 대답하지 않고요." 그는 고개를 끄덕였다. 그가 옆에서 걸으니 기분이 아주 좋았다. 조용히 쉴 때 느끼는 그런 좋은 기분. 없이도 살 수 있지만 어쨌든 사람이 필요로 하는 그런 좋은 기분. 그리워하는 법을 익혀야 하지만, 한번 그러고 나면 언제나 그리워하게 될 것 같은 기분. "난 세례 반 수업에 가는 거 그만뒀어요. 그러니 세례는 못 받게 될 것 같아요."

"그래요, 그 점에 대해 내가 좀 생각해봤어요. 세례받는 사람들이 선서하기 전에 충분히 알았으면 하는 몇 가지가 있긴 하거든요."

"선서라고요? 난 그게 무슨 말인지도 몰라요. 난 당신이 준 편지의 절반도 이해하지 못했어요. 난 무식한 여자예요. 당신은 그 사실을 이해하지 못하는 것 같아요."

그가 걸음을 멈춰서, 라일라도 덩달아 멈췄다. 그는 그녀의 얼굴을 물끄러미 바라봤다. "그것이 사실이라면 내가 이해했을 거라고 생각해요. 하지만 난 그게 사실이라고 믿지 않아요. 그러니 내가 믿는 것처럼 행동하는 게 아무 의미가 없다고 생각했어요." 그는 어깨를 으쓱했다. "어느 정도 단어의 뜻을 알게 되면—"

"그게 그렇게 간단하지 않아요."

그가 고개를 끄덕였다. "물론 절대 간단하지 않죠. 하지만 당신이 이번 주 일요일에 교회에 나온다면, 그리고 세례를 받고 싶다면, 난 그 일이 옳다고 100퍼센트 확신하고 당신에게 세례를 주겠습니다. 내가 할 수 있는 말은 이게 다예요."

라일라가 말했다. "가게에서 좀 살 게 있어요." 그래서 그들은 돌아서서 다시 길리어드로 걸어갔다.

그가 말했다. "당신은 아직 날 전혀 믿지 않겠죠."

"난 그냥 사람을 믿지 않아요. 그럴 필요를 모르겠어요."

그들은 한동안 계속 걸었다.

"그 장미들은 아름답더군요. 묘지에 있는 장미 말이에요. 그렇게 근사하게 가꿔주다니 당신은 친절한 사람이에요."

라일라는 어깨를 으쓱했다. "난 장미를 좋아해요."

"그렇군요. 하지만 내가 당신에게 보답할 수 있는 길이 있으면 좋겠어요."

라일라는 자기 입에서 나오는 말을 들었다. "당신은 나와 결혼해야 해요." 그는 그 자리에 우뚝 멈춰 섰고, 그녀는 서둘러 길 반대편으로 갔다. 너무나 수치스럽고 화가 나서 얼굴이 벌겋게 달아오른 그녀는 이번에야말로 정말 얼굴을 들고 살 수 없을 것 같았다. 그가 그녀를 따라잡았을 때, 그가 그녀의 옷소매를 건드렸을 때, 차마 그를 볼 수 없었다.

"그래요. 당신 말이 맞아요. 할게요." 그가 말했다.

그녀가 말했다. "좋아요. 그럼 내일 만나요." 그녀는 왜 그런 말을 했을까? 내일 뭘 하려는 계획인 걸까? 그는 그냥 그 자리에 서 있었다. 그가 그녀를 보고 있는 걸 느낄 수 있었다. 지금까지 그녀가 한 미친 짓 중에서도 이건 최악이었다. 좀 전에 그와 같이 나란히 걷고 있을 때 받은 바로 그 느낌 때문에 불쑥 그런 생각을 하게 됐다. 그동안 너무 오래 혼자 살아서 이런 것이다. 정상적인 삶을 살아왔다면 별로 중요하지도 않았을 그런 것들 때문에. 그 노인과 같이 걸어서 마을 끄트머리를 지난 것 때문에. 심지어 별말도 하지 않은 채 걸었고, 미루나무가 밝게 빛나면서 바람에 살랑이다 길가에 그늘을 드리웠다. 그녀는 그를 보지도 않았지만, 그는 아름답고 온화하면서 단단했다. 말할 때 그의 목소리는 지극히 부드러웠고, 머리는 은빛으로 하얗게 빛났다. 만약 그녀가 누군가와 결혼할 생각을 한 번이라도 했다면, 일을 할 수 있을 만큼 젊은 남자를 생각했을 것이다. 목사 일도 일이긴 했다. 그리고 그에겐 살 집도 있었다. 집 주위에 정원도 있고. 잡초를 뽑으러 갔던 정원.

대체 지금 무슨 생각을 하는 건가? 그런 일은 절대 일어나지 않을 텐데. 그녀는 미쳤을지 모르지만, 그는 그렇지 않다. 그녀는 그가 했던 말을 기억하려고 안간힘을 썼다. 당신 말이 맞아요. 할게요. 사실은 이런 뜻으로 한 말 같았다. 그건 내 평생 누가 내게 한 말 중에 가장 이상한 말이군요. 그런 말을 듣는 건 어렵지 않았다. 다만 그에게서 듣는 건 제외하고. 그는 항상 마음에 품은 진심을 말하는 것 같았다. 거의 항상 진심을. 하지만 그런 그도 이번에는 달랐을 수 있다는 걸 라일라는 알 것 같았다. 그녀는 바닥의 헐거운 나무판자를 들어 올리고 돈을 넣어둔 유리병을 꺼냈다. 그레이엄 부인이 준 5달러는 그대로 가지고 있었다. 아까 그 정신에 가게에 가서 사려고 마음먹었던 맵게 양념한 햄 통조림을 살 수 있을 것 같지 않았다. 돈을 합쳐서 계산해보니 약 45달러가 됐다. 만약 그녀가 아무것도 사지 않았다면, 담배, 마가린 같은 것들을 사지 않았다면 돈이 더 모였겠지. 그래도 45달러면 버스를 타고 멀리 갈 수 있다. 캘리포니아로 갈 수도 있다. 거기선 걱정해야 할 겨울도 없을 테니까. 그리고 1년 내내 농작물이 자란다. 돈과 마르셀은 항상 캘리포니아에 가자고 이야기했다. 생각하면 기분이 좋아지는 이야기였다. 그녀 혼자서 거기에 갈 수도 있다. 아무도 믿을 수 없으니까. 노인이 그녀의 집에 오지는 않을 것이고, 그녀도 그의 집에 갈 수 없음을 라일라는 알고 있었다. 약속한 날이 내일이니까, 내일은 그가 그녀를 찾을지도 모르고, 그러지 않을지도 모른다. 라일라는 앞으로 며칠 안에 버스표를 사려고 마을에 갈 것이다. 그래서 노인이 우연히 그녀를 본다 해도 대수롭지 않게 여길 것이다. 어쩌면 그는 진심을 말했겠지만, 아니었을 수도 있다. 그녀는 영영 알 수 없을지도 모른다. 만약 진심이 아니었다면, 그런데 다시 그를 만난다면, 그 수치심을 참지 못할 것이다. 혹은 그걸 참아낼 것이고, 그건 또 다른, 더 극심한 수치가 될 것이다. 그냥 이렇게 말하는 편이 최선일 것 같다. 난 떠나요, 처음부터 그러려고 했던 것처럼.

그래서 그녀는 다음 날 내내 강가에서 시간을 보냈다. 바위 위에 앉아 낚싯대를 물속에 드리웠다. 메모장과 연필과 성경책을 가져왔다. 에스겔서에 이렇게 나와 있었다. **그 사면의 날개 밑에는 각각 사람의 손이 있었고, 그 네 생물의 얼굴과 날개가 이러하였다. 날개는 다 서로 닿아 있었으며 갈 때에는 돌이키지 아니하고 일제히 앞으로 곧게 나아갔다. 그 얼굴들의 형상은 사람의 얼굴이었는데, 넷의 오른쪽은 사자의 얼굴이요 넷의 왼쪽은 소의 얼굴이었으며 독수리의 얼굴도 있었다.*** 돈은 이렇게 말할 것이다. 내가 뭐라고 했어. 하지만 그것은 다른 어떤 것만큼이나 말이 됐다. 전혀 말이 안 되기도 했다. 인간의 얼굴을 생각해보면, 그것은 당신이 보고 싶지 않은 뭔가

---

*   에스겔서 1장 8-10절.

일 수도 있다. 너무 슬프거나 너무 냉정하거나 너무 친절한 얼굴. 그것은 당신이 숨기고 싶은 것일 수도 있다. 그 얼굴이 지금까지 당신이 어디서 살아왔는지 그리고 앞으로 뭘 예상할 수 있을지 꽤 잘 보여주기 때문이다. 누구든 그걸 볼 수 있지만, 당신만 볼 수 없다. 그 얼굴은 당신 앞에 둥둥 떠 있을 뿐이다. 그것은 당신의 영혼일 수도 있다. 그러면 당신은 그걸 보호하기 위해 뭐든 할 것이다. 생각해보면, 기묘하지 않은 게 뭐가 있을까.

그림자들이 짙어지고 벌레들이 귀찮게 하기 시작해서, 그녀는 햇빛이 더 환하게 비치는 자리를 찾아냈다. 거기에 월귤나무들이 있었다. 지금 그녀가 왜 거기 있는지 잊어버릴 수만 있다면, 꽤 기분이 좋을 텐데. 그녀가 낚은 크고 나이 많은 메기 한 마리만 있으면 즐거운 하루가 될 것이다. 그 편지는 성경책 속에 있었다. 그녀는 그것을 반으로 쭉 찢어서 잉크가 번질 만한 축축한 곳에 두고 바위로 눌러놨다. **친애하는 라일라(이렇게 불러도 된다면)**. 그녀는 그러기로 마음먹는다면 자기 손을 잘라낼 수도 있다고 가끔 생각했다. 그런 생각을 하면 마음에 일종의 평화가 찾아왔다. 적어도 한 가지 방식으로는 자기를 믿을 수 있는 것이다. 그녀가 미쳤든 안 미쳤든. 메기를 굽는 동안 그 스웨터를 태워버릴지도 모르겠다. 말이 났으니 그 성경도 태워버릴지 모른다. 늙은 에스겔은 불꽃 속에 따뜻하게 누울 것이다. 그는 불꽃에 대해

다 알고 있는 것 같았다. 목사가 준 우산은 여행 가방에 대각선으로 넣으면 딱 맞을 것이다.

그녀는 다음 일요일에 교회에 가기로 결심했다. 늦게 들어갔다가 일찍 나오면, 마지막 줄에 앉으면, 그녀에게 말을 걸 만큼 혹은 그녀에게 주목할 만큼 그가 가까이 있지 못할 것이다. 마지막으로 그를 보는 건 상관없을 것 같았다. 그 설교단에 서 있는 그를. 창문으로 들어오는 햇빛 속에서 신의 현현과 부활과 그 나머지에 대해 사람들에게 이야기하는 그를. 그리고 사람들이 부르는 찬송가를 좀 듣고. 다시는 교회에 발을 들이지 않을 것이다.

그녀가 강가를 떠나 강둑으로 올라왔을 때 그가 서 있는 모습이 보였다. 그녀와 그 빌어먹을 오두막집 중간쯤에 서 있었다. 그래서 그녀는 한 손에 성경을 들고, 다른 손에는 낚싯줄에 매달려 펄쩍펄쩍 뛰어오르는 메기를 들고, 맨발로 서 있었다. 그때 그가 돌아서서 그녀를 보고 그녀를 향해 걸어오기 시작했다. 그녀는 달리 뭘 해야 할지 생각할 수 없었기 때문에 그 자리에 서서 기다렸다. 그는 그녀 가까이 올 때까지 아무 말도 하지 않았고, 옆에 와서도 여전히 입을 다문 채 뭐라고 해야 할지 결정하지 못했다.

그가 말했다. "당신이 방문객을 싫어하는 건 알지만, 당신과 이야기하고 싶었어요. 사실 당신의 집에 오려던 건 아니었지만.

당신을 볼 수 있기를 바랐어요. 주고 싶은 게 있어요. 물론 당신은 받을 의무가 없어요. 이건 내 어머니 것이었어요." 그가 손에 쥐고 있는 건 로켓*이 달린 목걸이였다. "이걸 상자에 넣어 왔어야 했는데." 그러고 이어서 말했다. "우린 결혼에 관한 이야기를 했죠. 그 후로 당신을 보지 못했어요. 당신이 진심으로 한 말인지 알 수 없어서 물어봐야겠다고 생각했어요. 당신이 마음을 바꾸었다고 해도 이해해요. 난 나이가 많아요. 노인이죠. 그 점은 아주 잘 알고 있어요." 그는 어깨를 으쓱했다. "하지만 우리가 약혼한 거라면, 당신에게 뭔가 주고 싶어요. 약혼하지 않았다 해도, 어쨌든 당신에게 주고 싶고요."

"음, 그걸 받을 손이 없는데요." 라일라가 말했다.

그가 웃었다. "그렇네요! 내가 하나 들어줄게요. 성경책이군요!"

"훔친 거예요. 그리고 내 메모장은 보지 말아요."

"미안해요. 에스겔이군요." 그가 웃었다. "당신은 항상 나를 놀라게 해요."

"내가 당신의 스웨터도 훔쳤어요. 그게 놀라웠나요?"

"사실은 아니요. 하지만 당신이 그걸 원해서 기뻤어요."

---

*   사진이나 머리카락을 넣어 목걸이에 다는 작은 갑.

"왜요?"

그가 말했다. "음, 당신은 아마 그 이유를 알 거예요."

그녀는 얼굴이 화끈거리는 걸 느꼈다. 그리고 물고기는 계속해서 그녀의 다리에 몸을 부딪치며 버둥거렸다. 라일라가 말했다. "망할 놈의 메기. 이놈들을 완전히 죽일 순 없나 봐요. 잠시 잡초 속에 두고 올게요." 메기는 이제 먼지 속에서 펄떡거렸다. 라일라는 치맛자락에 손을 닦았다. "이제 그 목걸이를 받을 수 있겠어요. 그게 뭐든 간에 말이죠."

노인이 말했다. "아주 좋아요. 내 말은…… 고맙다는 뜻이에요. 그걸 목에 걸지 그래요. 뒷부분의 고리를 잠그는 게 쉽지 않을 거예요. 우리 어머니는 항상 아버지에게 해달라고 하셨죠."

라일라가 말했다. "아, 그런가요." 그러고는 그걸 다시 그에게 내밀었다.

그는 잠시 그녀를 찬찬히 뜯어본 후에 말했다. "그 머리카락을 어떻게 좀 해야 할 것 같아요. 당신이 좀 들어주면 좋겠는데." 그래서 그녀가 그렇게 하자, 그는 그녀의 뒤로 갔다. 라일라는 살짝 떨리는 그의 손가락의 움직임을 느낄 수 있었다. 그리고 작은 무게감이 있는 로켓이 제자리에 떨어졌다. 둘은 새들이 지저귀고 바람이 살랑이고 강물이 철썩이는 고요한 길에 함께 서 있었다.

그가 말했다. "자. 그래서 우리는 결혼하나요, 안 하나요?"

라일라가 말했다. "당신이 원한다면, 나도 좋을 것 같아요. 하지만 그 결혼 생활이 어떨지는 나도 모르겠어요."

그가 고개를 끄덕였다. "여러 문제가 생길 수 있겠죠. 그 점도 생각해봤어요. 꽤 많이요."

"내가 미친 여자로 밝혀지면 어쩌려고 그래요? 혹시 내가 범죄를 저지르고 쫓기는 도망자라면? 당신이 나에 대해 아는 거라곤 누구든 그냥 보면 알 수 있는 것들뿐이잖아요. 그리고 지금까지 아무도 나와 결혼하고 싶어 하지 않았어요."

그는 어깨를 으쓱했다. "당신도 나를 잘 모르는 것 같은데요."

"그건 달라요. 당신에게 좋은 집이 있고 겨울이 다가오고 있다는 이유만으로도 나 같은 사람은 당신 같은 사람과 결혼할 수 있어요. 그 빌어먹을 외로움에 지쳤다는 이유만으로요. 하지만 당신 같은 사람은 나 같은 사람과 결혼할 이유가 전혀 없어요."

그가 어깨를 으쓱했다. "난 그 빌어먹을 외로움과 잘 지내고 있었어요. 죽을 때까지 그렇게 살 줄 알았어요. 그러다 그날 아침 당신을 봤어요. 당신의 얼굴을 봤죠."

"그런 식으로 말하지 말아요. 난 내 얼굴을 알아요."

"모르는 것 같은데요. 당신은 내가 당신 얼굴을 어떻게 보는지 몰라요. 그건 중요하지 않아요. 당신 같은 사람은 나와 함께하게

154

될 그런 인생을 원하지 않을지도 몰라요. 주위에 항상 사람들이 있는 삶. 당신이 익숙한 삶과 비교하면 그다지 사적인 삶은 아니에요. 사람들은 당신이 상냥하길 기대하죠."

"난 그건 할 수 없어요."

그는 고개를 끄덕였다. "음, 무슨 일이 일어나든 그들이 날 해고하진 않을 거예요. 그들이 날 밖으로 실어내는 날까지 나의 좋은 집은 지킬 것이고."

"나도 내 앞가림은 할 수 있어요."

"나도 그건 알아요. 내 말은, 당신이 다른 목사 부인들 같지 않다고 해도 그건 중요하지 않을 거란 뜻이에요. 난 여기서 평생 살아왔어요. 아버지의 대를 이어 이곳의 목사로 살아왔죠. 살날도 얼마 안 남았고. 아무도 나나 당신을 괴롭히고 싶어 하지 않을 거예요. 내가 이 일을 아주 많이 생각했다는 사실을 당신도 이해해야 해요. 늙은 시골 목사가 당신같이 젊은 여자에게 뭘 줄 수 있는지에 대해서 말이죠. 당신 또래의 남자, 좀 더 세상 경험이 많은 남자가 줄 수 있는 것들은 아니죠. 그래서 당신에게 줄 수 있는 건 뭐든 기쁘게 생각할 거예요. 아마 위안이나 평화나 안전 같은 것들이겠죠. 적어도 한동안은. 난 늙었어요."

라일라가 말했다. "당신은 상당한 미남이에요, 늙었건 아니건."

그가 웃었다. "음, 고마워요! 내 건강이 꽤 괜찮다는 생각을 하지 않았다면 절대 당신에게 이런 식으로 말하지 않았을 거예요. 내 말을 믿어줘요. 내가 알기론 꽤 괜찮아요."

"애초에 내가 당신에게 결혼하자고 하지 않았다면 당신은 절대로 내게 이런 말은 하지 않았겠죠."

"그건 맞아요. 그런 일을 내가 상상한다는 것 자체가 아주 바보 같다고 생각했겠죠. 나처럼 늙은 남자가 말이죠."

라일라는 생각했다. 그에게 난 목사 부인이 되고 싶지 않다고 말할 수 있는데. 그게 진실일 뿐이다. 나는 사람들이 다 나를 알고, 내가 마치 교회 계단에 버려진 채 누군가 친절하게 대해주길 기다리는 고아 같다고 생각하는, 그래서 날 받아들여준 마을에서 살고 싶지 않다. 난 모두가 하나님이라고 생각하는 은발 노인과 결혼하고 싶지 않다. 세인트루이스와 쑥국화 차와 예쁜 척하는 시절은 지나갔다. 굽이 높은 신발을 신는 것도. 그런 생활을 잘 해내진 못했지만, 노력은 했다. 나는 습관처럼 수치심을 느낀다. 혼자 있을 때를 제외하면 그것이 내가 유일하게 느끼는 감정이다.

라일라가 말했다. "하지 않는 편이 나을 것 같아요."

그가 고개를 끄덕였다. 그는 얼굴이 붉어졌고 목소리가 떨리지 않게 하려고 애썼다. "가끔 당신과 이야기할 수 있으면 좋겠어요. 당신과의 대화는 항상 즐거우니까."

"난 당신과 결혼할 수 없어요. 난 심지어 사람들 앞에 서서 세례도 받을 수 없어요. 그들이 날 쳐다볼 때면 끔찍하게 싫어요."

그는 라일라를 흘낏 쳐다봤다. 목사처럼 근엄한 표정으로. "그래요. 그 점은 생각해보지 않았네요. 그걸 알아차렸어야 했는데. 난 항상 교회에서 세례식을 하진 않아요. 특별한 상황이라면, 일종의 대야 같은 것만 하나 있으면 돼요. 물은 강에서 떠오면 되고요."

"난 아무것도 선서할 수 없어요."

"그럼 그건 생략하기로 하죠."

"내게 양동이는 하나 있어요. 대야는 없지만."

"그거면 돼요."

"여기서 기다려요. 머리 좀 빗어야 하니까."

그가 웃었다. "아무 데도 안 가요."

라일라는 더 깨끗한 블라우스로 갈아입고 머리를 빗은 후에 땋고 신발을 신었다. 우선 하고 나중에 생각할 것이다. 그녀는 현관 입구의 계단으로 가서 양동이를 들었다. 한 번 헹구면 충분히 깨끗해질 것이다. 노인은 들판에서 해바라기를 꺾고 있었다. 그녀는 그에게 걸어갔다. 그가 꽃다발을 가져왔다. "난 세례식에 꽃이 있는 게 좋아요. 이제 물을 조금 가져옵시다." 그가 말했다. 그의 유쾌함에는 일종의 조급함이 느껴졌다. 그녀는 그에게 상처를 줬고, 그는 그걸 잘 감추지 못했다. 그는 그녀에게서 양동이를 받은 후에 그녀가 강둑을 내려갈 수 있게 도와줬다. 여태까지 그녀가 혼자서 100번쯤 강에 내려가 물을 떠 왔는데도 말이다. 그는 양동이를 웅덩이에 담갔다가 물로 가득 채워진 걸 꺼내서 반쯤 쏟아버렸다. 그렇게 쭈그려 앉았다가 다시 일어서는 동작이 조금 뻣뻣했다. 노인은 그녀에게 웃어 보였다. 난 늙었어요. "물은 조금만 있으면 돼요. 소금쟁이 몇 마리 들어간다고 해도 해가 될 건 없고." 그가 말했다. 그는 목사 가운을 입고 있어서 옷 때문에 조심하고 있었지만, 강가에 있는 걸 좋아한다는 걸 라일라는 알 수 있었다. "어떻게 생각해요? 저기 저 햇빛이 비치는 곳에서 할까요? 아니면 여기 물가에서 할까요?" 그러더니 노인이 말했다. "아, 성경책을 풀밭 위에 놔두고 왔어요. 다 외워서 그냥 해도 되지만. 성경이 있으면 좋겠는데. 당신도 알다시피, 그건 구름처럼 많은 증인이니까요." 그녀는 목사가 무슨 말을 하는지 몰랐다. "여긴 다른 사람이 없으니 말이에요." 그녀는 여전히 그가 무슨 말을 하는지 알 수 없었다. 그건 중요하지 않았다. 그는 이걸 하게 돼서 기뻐하고 있으니까. 방금 그들이 했던 대화를 한쪽으로 제쳐놓을 수 있어서만은 아니다. 그러니 이 일은 분명 뭔가 의미가 있는 것이다.

라일라가 말했다. "난 햇빛이 좋아요." 그는 그녀가 강둑으로 올라갈 수 있게 도와줬고, 풀밭 위에 있는 성경을 찾아내서 펼치고 읽었다. "'이때에 예수께서 요한에게 세례를 받으려고 갈릴리에서 요단강에 가시니. …… 예수께서 세례를 받으시고 곧 물에서 올라오셨다. 그때 하늘이 열리고 하나님의 성령이 비둘기같이 당신 위로 내려오시는 것을 보셨다. 그때 하늘로부터 소리가 있어 말씀하시되 이는 내가 사랑하는 아들이요 내 마음에 드는 아들이다.*' 이 말은 세례요한이 한 말이에요. 그는 죄의 사함을 위해 사람들에게 세례를 베풀었고, 우리의 주님에게도 세례를 줬어요. '나는 너희로 회개하게 하기 위하여 물로 세례를 베푼다. 그러나 내 뒤에 오시는 분은 나보다 능력이 많으시니 나는 그분의 신발을 들 자격도 없다. 그분은 성령과 불로 너희에게 세례를 베푸실 것이다.**' 이 성례는 하나님의 내적이고 영적인 은총을 눈에 보이게 드러내는 예식입니다. 그리스도 안에서 죽은 우리는 그 안에서 일어나, 우리가 품은 달콤한 희망 안에서 크게 기뻐할 것입니다. 라일라 달, 나는—"

"하지만 그건 내 이름이 아니에요."

"당신 이름이 뭔데요?"

---

* 　마태복음 3장 13, 16-17절.

** 　마태복음 3장 11절.

"아무도 말해주지 않았어요."

"좋아요. 그건 좋은 이름이에요. 내가 당신을 그 이름으로 명명하면, 그게 당신 이름이 되는 거예요."

"명명한다고요?"

"세례를 준다고요."

"알았어요."

"라일라 달, 내가 당신에게 세례를 베푸노니—" 그의 목소리가 갈라졌다. "나는 성부와, 성자와, 성령의 이름으로, 당신에게 세례를 베풉니다." 그는 라일라의 머리에 세 번 손을 얹었다. 그녀는 울음을 터트렸다. 단지 그의 손길이 닿았기 때문에. 그는 놀란 한편 다정한 눈빛으로 그녀를 바라봤고, 그녀는 좀 더 울었다. 그는 그녀에게 손수건을 줬다. 잠시 후에 그가 입을 열었다. "내가 어렸을 때, 우리 가족은 이 길을 따라 검은나무딸기 열매를 따러 왔어요. 지금도 그 열매를 찾으려면 어디로 가야 하는지 알 것 같아요."

라일라가 말했다. "어딘지 나도 알아요." 그래서 두 사람은 초원을 가로질러, 국화와 해바라기들을 지나고, 작은 회색 숲을 지나, 또 다른 휴한지로 나왔다. 들판 저쪽 끝을 따라 검은나무딸기 나무들이 서 있었는데, 주렁주렁 달린 열매들로 가지가 축 처져 있었다. 라일라가 말했다. "저 열매들을 담을 게 없네요." 그러자 노인이 말했다. "그냥 먹어야 할 것 같아요." 그는 하나를 따서 그녀에게 줬다. 마치 그녀는 혼자서 그런 것도 할 수 없는 것처럼. 그가 말했다. "열매를 내 손수건에 쌀 수 있겠어요. 내가 들게요."

"손수건에 얼룩이 질 텐데요."

그가 웃었다. "괜찮아요."

라일라는 그가 벌린 두 손 위에 손수건을 펼치고 거기에 열매를 채운 다음 네 귀퉁이를 모아서 묶었다. 과일 향기와 보라색 즙이 손수건을 물들였다. 그가 말했다. "당신 옷에 얼룩이 지지 않게 내가 들게요. 하지만 당신이 원한다면, 이건 당신 거예요. 내 손수건을 훔쳐 가도 돼요. 만약 기억하고 싶다면 말이죠. 당신이 라일라 달이 된 날을."

라일라가 말했다. "고마워요. 어쨌든 이날은 기억할 것 같아요."

둘은 길을 따라 걸어갔다.

"흠, 거의 저녁이 다 됐네요. 당신의 메기는 까맣게 잊어버렸군요. 당신의 성경책과 메모장도. 그것들을 가져오는 걸 도와줄게요. 비가 올 수도 있겠어요. 그다음에 돌아갈게요."

"잠깐만요. 궁금한 게 있는데. 자신이 세례를 준 사람과도 결혼할 수 있나요?"

그는 눈썹을 치켜올렸다. "그걸 금지하는 법은 없어요. 왜 묻죠?"

"나도 모르겠어요. 난 그저 내 머리를 기대고 쉬고 싶은—"

그가 말했다. "나도 그러고 싶어요, 라일라. 하지만 우린 결정을 내린 것 같은데요."

"아뇨, 아니에요." 그녀는 울지 않았다. 그를 볼 수도 없었다. "난 이걸 너무나 지독하게 원해요. 그리고 난 뭔가를 원하는 게 끔찍하게 싫어요."

"'이거'요?"

"당신이 나와 결혼하길 원해요! 그러면서 한편으론 그걸 원하고 싶지 않아요. 이건 정말이지 내게 너무 고통스러워요."

"공교롭게 나에게도 그래요."

"난 당신을 믿을 수 없어요!"

"그래서 나도 당신을 믿을 수 없는 것 같아요."

"아, 그건 사실이에요. 난 아무도 믿지 않아요. 난 어디에도 머물 수 없어요. 난 1분도 쉴 수 없어요." 그녀가 말했다.

"음, 만약 그런 상황이라면, 어쨌든 당신은 내 어깨에 머리를 기대고 쉬는 편이 낫겠어요."

그녀는 그렇게 했다. 그리고 그는 그녀를 품에 안았다. 라일라가 말했다. "당신이 이 길에서 멀어지자마자 나는 스스로에게 말하기 시작할 거예요. 당신은 영영 가버렸다고. 당신이 왜 그러지 않겠어요? 그러면 나는 그것 때문에 당신을 증오하려고 노력하기 시작하겠죠. 그것 때문에 당신을 정말로 증오할 거예요. 심지어 이곳을 완전히 떠날지도 모르죠."

그가 말했다. "나도 앞으로 며칠간은 잠을 못 잘 것 같아요. 며칠 더 말이죠. 난 이런 생각을 하고 있었어요. 당신이 마을로 거처를 옮기면 우리는 서로를 계속 지켜볼 수 있을 거예요. 가끔같이 이야기도 나누고. 그러면 상황이 더 나아질 거예요. 바우턴이 우리 결혼식에 주례를 맡을 거고. 내가 그에게 이야기해볼게요. 곧 그렇게 하기로 해요. 이 모든 걱정을 끝내기로 해요."

"하지만 당신은 내가 왜 내 이름도 모르는지 궁금하지 않아요?"

"언젠가는 당신이 말해주겠죠. 당신이 그러고 싶을 때."

"난 세인트루이스에 있는 매음굴에서 일했어요. 매음굴이라고요. 당신은 심지어 그게 뭔지도 모를 거예요. 아! 내가 왜 이런 말을 해버렸지." 그녀는 그에게서 한 발짝 물러섰다. 그러자 그가다시 그녀를 끌어안고 그녀의 머리를 자기 어깨에 기대게 했다.

그리고 말했다. "라일라 달, 난 방금 당신을 회심의 물에서 씻겼어요. 내 입장에서 당신은 갓 태어난 아기와 같아요. 그리고 매음굴이 뭔지는 나도 잘 알아요. 개인적인 경험으로 아는 건 아니지만. 당신은 지금 당신이 날 믿을 수 있는지 확실히 해두는 거잖아요. 그건 현명한 행동이에요. 우리 둘을 위해 훨씬 나은 행동이고."

"나는 다른 짓들도 했어요."

"알겠어요." 그는 그녀의 머리를 쓰다듬고, 뺨을 쓰다듬었다. 그러고 나서 말했다. "난 정말 집에 가보는 편이 좋겠어요. 당신이 지낼 곳을 내가 찾으면, 마을로 이사 올 건가요? 그래요? 그리고 바우턴하고 이야기할게요. 여기서 날 증오하려 노력하고 있지 않을 거라고 약속해줘요. 그게 당신이 약속할 수 있는 거라면 말이죠." 그는 자리를 떠났다가 그녀의 성경책과 메모장과 그 진흙투성이 메기를 가지고 돌아왔다. 그는 물고기와 해바라기꽃 다발을 양동이에 넣었다. 그리고 말했다. "메기가 어떻게 움직일지 또 모르니까." 그는 그녀를 바라봤다. "잘 자요." 그는 다정하게 말했다. 마치 축복을 내리는 것처럼, 마치 신의 은총과 평화가 깃들기를 바라는 것처럼. 그래서 이제 그녀는 이 늙은 목사와 결혼할 것이다. 그가 충격을 받아 그 모든 다정함을 잃지 않도록 하기 위해선 다른 방도가 없어 보였다.

호텔은 바우턴의 오랜 친구의 것이었고, 라일라는 거기 있는 방 하나에 공짜로 머물렀다. 워낙에 인기 없는 작은 마을이라, 호텔의 절반은 텅텅 비어 있었다. 에임스 목사는 커다란 천장 선풍기들이 돌아가는 베란다에서 그녀와 같이 저녁을 먹기 위해 거의 매일 찾아왔고, 종종 바우턴을 데려왔다. 그레이엄 부인이 옷을 가져왔다. 바우턴의 집 다락에 있었던 옷이라고 부인이 말했다. 바우턴에겐 딸이 넷 있었다. 모두 품질이 좋은 옷이니 누가 입는 편이 낫지 않겠냐고. 좀약 냄새는 바람에 말리면 가실 거라고. 라일라는 그 호텔이 끔찍하게 싫었다. 커튼과 소파들과 벽지에 그려진 거대한 분홍색과 보라색 꽃들과 깔개들 모두 다 싫었다. 저녁 식사를 하기 위해 옷을 갖춰 입는 것도 질색이었다.

가끔 그녀는 일을 돕고 땀을 흘리고 손을 더럽히기 위해 그 농장까지 걸어갔다. 그래야 밤에 잘 수 있기에. 그들은 그때그때 형편에 따라 돈을 조금 줄 수도 있었다. 하지만 그녀는 저녁 먹기 전에는 돌아와서 그 나이 든 남자들이 오기 전에 씻었다. 그리고 좀약 냄새를 풍기며 앉아 있었다. 그녀는 그걸 가리키는 단어가 있다고 누가 가르쳐주기도 전에 예의범절을 배웠다. "그분은 당신을 굉장히 보호하고 싶어 하세요." 그레이엄 부인이 그녀에게 그렇게 말했다. 그 말은 그녀가 그의 옆에 앉아야 하지만 너무 가깝게 앉아선 안 되고, 그가 그녀의 팔꿈치를 건드리긴 해도 그녀의 손을 잡진 않는다는 뜻이었다. 그녀의 외로움이 전과 조금도 달라지지 않았다는 뜻이었다.

농장에 가는 길에 그 오두막집을 찾아가볼지도 모르겠다. 생쥐와 거미들 말고는 아무도 없을 것이다. 그녀는 현관 입구 계단에 앉아서 담배에 불을 붙일 것이다. 그녀의 돈은 여전히 헐거운 나무판자 밑에 있는 유리병 속에 들어 있었다. 그의 손수건도 그 속에 쑤셔 넣었었다. 그것이 그녀에게 상처와, 그것을 닦아내거나 감는 행위를 떠올리게 했기 때문이다. 들판은 갈색으로 물들어가고 있었고 아스클레피아스* 꼬투리들은 말라서 입을 벌리고 있었다. 오두막집에서 그녀가 숨겨놓지 않았던 건 모두 사라졌다. 쓸모없는 것들 전부. 그가 여기 와서, 그녀에게 주려고 다 챙겨서 다른 곳에 뒀을 거라고 라일라는 확신했다. 분명 바우턴을 찾아온 자식 중 하나가 아버지의 차에 그를 태우고 여기에 왔을 것이다. 냄비와 양동이와 침낭과 여행 가방과 나머지 잡동사니들은 노인 혼자 운반하기엔 너무 많았을 테니까. 겨울이 와서 그녀가 어쩔 수 없이 이곳을 떠났다면 그런 물건들은 다 놔두고 갔을 것이다. 어쩌면 바우턴의 식구들이 그녀의 소지품들을 차에 싣는 걸 도와줬을지도 모른다. 그들이 여기 왔었다고 생각하면 끔찍하게 싫었다. 만약 노인이 물어봤다면 하지 말라고 했을 것이다. 그래서 묻지 않은 것이다. 그녀는 이 오두막을 비울 생각은 한 번도 해본 적이 없었다. 겨울이 와서 이 안에 남은 물건

* 박주가릿과의 풀로, 자르면 흰 유액이 나온다.

이 다 망가질지라도 말이다. 만약 농부가 이 밭에 뭔가 심자고 결심한다면, 이 오두막은 아마 부숴버리거나 태워버릴 것이다. 그래도, 그녀는 그곳을 그녀의 집으로 생각했다. 그녀의 물건은 그녀의 뜻대로 처리할 것이었다. 그 돈은 안전하지 않았지만(그 헐거운 판자 밑을 볼 생각을 하지 않는 건 그 목사뿐일 것이다) 거기 있는 동안은 그녀의 것이었다. 그녀의 칼도 사라졌다. 칼에 대해 노인은 어떻게 생각했을까? 그녀는 그게 왜 궁금한가? 사람은 다 칼이 필요하다. 생선이 혼자 알아서 손질되진 않으니까.

라일라는 에임스 부인과 그녀의 아이를 돌보러 묘지로 갔다. 그녀는 노인에게 언젠가 물어볼 작정이었다. 만약 모두가 다 부활해서 그에게 아내가 둘이 되면 무슨 일이 일어나게 될지. 그는 그에 관해 설교한 적이 있었다. 그러니 아마 그도 생각해본 적이 있으리라. 부활한 이들은 남자나 여자가 아닐 것이며, 결혼하지도 않을 것이다. 예수 그리스도가 그렇게 말했다. 그러니 노인에겐 어쩌면 아내가 하나도 없게 될지도 모를 일이었다. 오랜 세월이 흐른 후라 이 여자와 아이는 그에게 남이나 다를 바 없게 될 것이다. 노인은 그녀가 그를 두고 세상을 떠났을 때의 나이로 젊어질지도 모른다. 라일라는 가끔 노인이 젊었을 때 어땠을지 볼수 있었다. 그 여자는 노인이 안아볼 기회조차 없었던 갓난아기를 여전히 안고 있을 것이다. 그리고 그녀에겐 아무런 변화가 없을 것이고, 그에게도 아무 변화가 없을 것이다. 마치 아무도 죽지 않았던 것처럼. 그간 그 모든 일을 겪고, 그렇게 오랫동안 기다렸는데, 그 두 사람 옆에 노인이 섰을 때 생전과는 다른 평화를 느끼지 않는다면 그것은 기이한 종류의 천국일 것이다. 라일라는 그들을 지켜보고, 사랑할 수 있을 것이다. 거기 있을 늙은 달이 이렇게 말할 테니까. "중요하지 않아." 네게 필요도 없는 걸 원하지 마. 그러면 넌 괜찮을 거야. 네가 가질 수 없는 걸 바라지 마. 달은 그 자리에 있을 것이다. 모진 풍상을 겪으며 사느라 추해진 얼굴로. 그렇지 않다면 라일라는 그녀를 알아보지 못할지도 모른다.

그 호텔에서 한 달 동안 지낸 후에 결혼식을 치렀다. 그레이엄 부인이 그녀에게 말했다. 목사님은 이 결혼이 고심 끝에 내린 결정이라는 점을 사람들이 이해하게 하고 싶었던 것 같다고. 그 나이대 남자는 가끔 어리석은 짓을 하니까. 라일라가 말했다. "음, 어쨌든 꽤 어리석어 보이네요." 라일라의 말은, 그녀가 이미 결혼한 거나 다름없다면, 결혼 생활에 따라오는 편안함도 누리는 편이 낫지 않겠냐는 뜻이었다. 그레이엄 부인이 빙긋 웃으면서 고개를 끄덕이며 말했다. "목사님은 그저 최선의 방식으로 일을 처리하려고 애쓰시는 것뿐이에요. 당신을 위해서도 그렇고." 라일라는 바우턴이 끔찍하게 싫었다. 그녀는 바우턴이 노인을 오랫동안 쳐다보는 걸 한두 번 본 적이 있었다. 바우턴은 궁금해하고 있는 것 같았다. 마치 이렇게 물을 것만 같았다. 정말 이 결혼에 확신이 섰나, 하고. 빌어먹을 나이프와 포크들. 그리고 그는 항상 외교정책에 대해 이야기했다. 그러면 노인은 라일라는 외교정책에 관심이 없을지도 모른다는 점을 그에게 부드럽게 일깨우기 위해 다른 화제를 꺼낸다. 그녀는 애초에 그런 게 있는지조차 몰랐으니, 관심이 없다는 것도 사실이었다. 그러면 바우턴은 신학 이야기를 하기 시작했다. 그다음엔 두 남자가 평생 알고 지낸 누군가에 대한 어떤 이야기를 한다. 두 남자는 둘이 어렸을 때 일어났던 어떤 일을 생각하며 같이 웃고, 그러고 나면 노인이 그녀에게 얼굴을 돌리고 말한다. "여긴 편안해요? 당신의 방은 지내기 편한가요?" 노인도 그녀에게 무슨 말을 해야 할지 알 수 없었기 때문이다. 그는 예의범절을 차리느라 그녀의 방에 올라가서 그곳이 어떤지 직접 살펴볼 수 없었다. 라일라가 기꺼이 그와 같이 2층으로 올라가겠다고 말했을 때 노인은 얼굴을 붉혔고, 그녀는 그런 자신을 비웃어야 했는데, 덕분에 상황은 더 어색해졌다. 바우턴은 화제를 바꾸려고 애썼다. 그레이엄 부인과 그녀의 남편도 그 자리에 함께 있었고, 선량한 마음으로 언제든 외교정책에 관한 이야기를 다시 꺼낼 준비가 되어 있었다. 그들은 호텔에서 몇 번 같이 식사했다. 그레이엄 씨가 결혼식에서 그녀를 신랑에게 인도할 수 있을 정도로 알고 지내기 위해서였다. 그것은 그녀가 들어본 것 중 가장 희한한 일이었다. 하지만 그녀는 낮에는 혼자 시간을 보낼 수 있었다.

그들은 바우턴 목사 집의 거실에서 결혼식을 올렸다. 그 자리에는 바우턴의 자식들이 하나만 빼고 다 참석했다. 그들은 심지어 바우턴 부인에게 예쁜 원피스를 입혀서 아래층으로 데려와 의자에 앉혀놨다. 딸들이 그녀에게 허리를 숙이고, 이게 결혼식이라고, 존의 결혼식이라고, 근사하지 않느냐고 물었다. 그런 다음에 부인이 조용히 미소 지으며 앉아 있게 내버려뒀다. 부인에게 그 이상을 원하면 그녀는 항상 속상해하니까.

결혼식이 끝난 후에 그들은 노인의 집으로 갔고 바우턴의 딸들이 준비한 저녁 식사를 들었다. 식사 때는 어떤 나이프와 포크를 써야 하는지 정해진 방식이 있는데, 라일라는 결코 그 방식을 이해할 수 없었다. 하지만 그가 그녀 옆에 가까이 남편으로 앉아 있었고, 그를 향한 사람들의 다정한 감정은 이제 그녀에게도 향해야 했다. 크림으로 만든 장미꽃들이 올려진 크고 하얀 케이크가 있었다. 딸들은 각자 그 장미를 얼마나 많이 만들었는지, 그리고 잡지에 나온 사진처럼 만들어진 장미는 얼마나 적은지 이야기하며 웃었다. 다른 무언가처럼 생긴 것도 아니었다. 콜리플

라워처럼 생기지도 않았고, 버섯구름 모양도 아니었다. 그레이시는 하나를 실수로 바닥에 떨어뜨린 후에 완전히 좌절해서 아예 포기하고 산책하러 나가버렸지만, 페이스는 요령을 익혀서 사람들이 도착하기 직전에 완성했다고 했다. 그녀는 머리에 크림을 묻힌 채 앉아 있었다. 부엌 곳곳이 크림 범벅이었다. 테디는 글로리가 손가락을 빨고 있는 모습을 봤다고 말했다. 모두 웃고 있었고, 모두 서로에게 아주 익숙했고, 다들 인물이 좋았다. 남자 형제들도 마찬가지였다. 라일라는 어서 그곳에서 나가고 싶어 죽을 지경이었다.

그러고 나서 그들은 조용한 집에 둘만 남았다. 그녀의 모든 옷, 그녀가 받은 모든 옷은 호텔에서 가져와 옷장에 걸어놓았다. 아이스박스와 식료품 저장실과 부엌 식탁 위에 음식이 있었고, 조리대 위에 작은 선물들이 놓여 있었다. 수를 놓은 행주들과 여러 장의 베갯잇과 앞치마들 그리고 사과와 배와 포도와 함께 '이 집에 축복을 내려주소서'라는 문구가 수놓인 자수 작품도 한 점 있었다. 방마다 꽃이 꽂혀 있었다. 바람이 들어오게 창문은 다 열려 있었다. 닦을 수 있는 모든 게 반짝반짝 빛나고 있었다. "교회 사람들이군." 노인이 그렇게 말하면서 싱긋 웃었다. 마치 이렇게 말하는 것처럼. 내가 경고했잖아요. 그녀는 그냥 어떤지 보려고 뒤쪽 현관으로 나갔다. 그들이 정원의 잡초도 다 뽑아놨다.

라일라는 생각했었다. 일단 먼저 저질러놓고 생각은 나중에 해야지. 이제 그 나중이 왔는데 대체 어떻게 생각해야 할지 알 수 없었다. 난 세례를 받았고, 결혼했어. 난 라일라 달이고, 라일라 에임스야. 이것 말고 내가 또 뭘 원해야 하는지 모르겠어. 다만 수치심이 사라지길 원했지만, 그건 이뤄지지 않았다. 난 내게 어떻게 말해야 할지도 모르는 남자와 낯선 집에 있어. 내가 이 집에서 할 수 있을 만한 일은 다 되어 있고. 내가 뭔가 무식하거나 정신 나간 소리를 하면 그는 이렇게 생각하기 시작하겠지. 늙은 남자들은 어리석은 짓을 하기도 한다고. 그는 이미 그렇게 생각했어. 그는 나에게 이 집에서 나가달라고 할 거고, 아무도 그런 그를 비난하지 않을 거야. 나도 그를 비난하지 않을 거야. 결혼으로 이런 비참한 기분은 끝났어야 하는데. 하지만 이제 무슨 일이 벌어지든 모두가 다 알게 될 거야. 라일라는 노인이 늙고 아름다운 고개를 숙여서 자신의 늙고 아름다운 가슴에 댄 채 거실에 서 있는 모습을 봤다. 그녀는 생각했다. 기도하는 게 좋을 거야. 그러다 그녀는 생각했다. 기도하는 모습은 꼭 슬퍼하는 모습 같아. 수치스러워하는 모습 같아. 후회하는 모습 같아.

노인은 그녀에게 집을 보여주면서 어디서 뭘 찾을 수 있는지 알려줬다. 그녀의 마음에 든다면 그녀의 서재가 될 거라고 그가 말한 방이 2층에 있었다. 메모장과 성경책이 든 가방은 창가 옆

테이블 위에 있었다. 그 옆에 있는 우묵한 그릇에 백일초가 담겨 있었다. 다른 방이 더 마음에 들면 그 방을 써도 된다고 했다. 이 집은 대가족을 위해 지어졌다. 방들은 크진 않아도 여러 개가 있었다. 그의 서재는 복도 끝에 있었다. 그녀가 바꾸고 싶은 게 하나라도 있다면, 마음대로 바꿔도 된다고. 이 집은 그의 부모님이 산 후로 어느 정도는 그 상태로 계속 남아 있었다고 했다. 하지만 계속 그렇게 유지할 이유는 없다. 그가 말했다. "이 집에 당신이 있으니 참 좋군요. 물론 당신이 이 집에서 아주 행복하길 바라요."

라일라가 말했다. "난 행복할 것 같아요. 충분히. 내가 걱정하는 건 당신이에요."

그가 웃었다. "난 잘 지낼 것 같은데요." 그가 말했다.

"당신이 기도하는 걸 봤어요."

"그건 내 습관이에요. 걱정할 일이 아니에요."

"음, 언젠가 내가 귀찮아지면, 그냥 그렇다고 말해요."

노인이 웃었다. "사랑하는 라일라, 우린 결혼했어요! 좋을 때나 힘들 때나 같이 있어야죠!"

"그런 것 같군요. 앞으로 어떻게 될지 한번 보자고요."

그는 그녀의 손을 잡고 찬찬히 살펴봤다. 크고 굳은살이 박인 손을. 그리고 말했다. "당신이 그렇게 말한다면, 그렇게 해보죠."

아마도 그에게 심술궂은 말을 해버린 것 같았다. 몇 주 동안 그녀는 그 말을 주워 담을 수 있다면 얼마나 좋을까, 생각했다. 그 말은 그저 그녀는 여전히 그를 믿지 않으며 그런 그녀를 믿으면 그가 바보라는 뜻이었는데. 그리고 그것은 진실이다. 그녀는 본질적으로 그렇게 느낄 수밖에 없고, 그녀가 바꿀 수 있는 게 아니라는 점을 그가 아는 편이 나을 것이다. 라일라는 결혼 전이나 후나 똑같이 외로웠다. 유일한 차이점은 이제 이 친절한 노인이 라일라의 그런 면에 슬퍼하고 당혹스러워하면서도 여전히 그녀에게 어떻게 말을 걸어야 할지조차 잘 모르고 있다는 것이다. 만약 그녀가 한동안 조용히 있으면 그는 서재에서 나와서 그녀가 부엌이나 정원에 있는지 찾아봤다. 그는 물 한 잔 마시러 나왔다거나 날씨가 좋아서 나왔다고 말했다. 그녀가 농장이나 오두막집에 걸어갔다 오는 걸 보면 노인은 속상해했다. 그를 위로하고 자신도 위로하기 위해 라일라는 그 어두운 첫날 밤 그의 침대로 슬그머니 들어간 것이다.

라일라는 밖에서 걷다가 이런 생각을 한 적이 있었다. 앞에서 길을 가는 사람을 봤는데 그 사람이 달이면 어쩔까. 만약 그녀가 달의 이름을 불렀는데, 그 여자가 멈춰 섰다가 돌아서 웃으면서 두 손을 그녀에게 내밀고, 그녀를 품에 안아 자신의 숄로 감싸면 어쩌지. 라일라는 달에게 말할 것이다. 나는 착한 노인과 결혼했다고. 나는 좋은 집에 사는데 그 집에는 방이 많으니 달도 거기서 살 수 있다고. 그 집에서 영원히 같이 살 수 있고, 우리는 같이 정원을 가꿀 거라고. 그러면 달은 웃으면서 그녀의 손을 힘주어 잡을 것이다. "결국 다 잘됐구나! 난 죽지 않았고 넌 오두막 집에서 살아남으려고 애쓰고 있지 않고! 난 한동안 떠나 있어야 했지만 이제 돌아왔어. 부활했거든! 난 널 찾아 사방을 돌아다녔단다, 얘야!" 라일라는 달에게 할 말을 자신에게 할 수 있었다. 그녀가 이 삶에 계속 머물 수 있게 도와줄 말들을. 선량한 남편과 결혼한 유부녀! 그것은 어떤 문제건 감내할 만한 가치가 있는 일이다.

달의 눈은 라일라와 단둘이 있을 때에만 다른 때와는 전혀 다른 방식으로 빛나곤 했다. 태머니에 있던 그 집의 바로 그 작은 방에서, 달은 자신의 아이에게 아이만의 서랍장과 갓에 주름 장식이 달린 램프와 학교 같은 것을 줄 수 있어 행복했다. 그러다 그녀는 누군가를 봤거나, 혹은 누군가 그들에 관해 묻고 다닌다는 말을 들은 게 틀림없었다. 달은 손을 닦고 앞치마를 갈아입자마자 라일라와 떠났다. 달은 마커 부인의 잔소리에 질렸다고 했지만, 그들은 그녀가 라일라가 학교에 갈 때 가져가라고 만든 도시락을 먹고 태머니에서 나와 도로가 아니라 숲길로 걸어갔다. 달에겐 한쪽 이마와 뺨에 점 같은 붉은 얼룩이 있었다. 달의 얼굴을 한 번 본 사람은 그녀를 잊지 않았다. 그래서 그들은 한곳에 머물러 살 수 없었다. 그녀는 이런 사실을 라일라에게 한 번도 설명해준 적이 없었다. 그것은 둘이 절대 입에 올리지 않는 이야기 중 하나였다. 하지만 라일라가 그 시절을 돌아보자 충분히 이해할 수 있는 사정이었다. 그들은 그 소도시에서 몇 달, 그러니까 라일라가 거의 한 학년을 마칠 수 있을 때까지 머물렀다. 라일라가 읽는 법을 익힐 수 있도록 달이 위험을 무릅쓴 것이다. 뭐, 노인의 집에는 책이 차고 넘쳤다. 그녀는 읽기 연습을 할 것이다. 달은 그녀가 그러길 바랐을 것이다.

이런 식으로 생각하면 라일라는 자신의 인생을 거의 즐기기 시작할 수 있을 것 같았다. 그녀는 달에게 주기 위해 이런 인생을 거의 훔치다시피 하고 있었다. 사람들은 그녀가 노인의 집과 바우턴이 준 옷들과 그 모든 예의범절과 공손함을 마음에 들어 했다고 생각할지도 모른다. 그들은 그녀가 그 노인도 좋아한다고 생각할지도 모른다. 하지만 라일라는 이 모든 것이 달에게 어떻게 보일지 그냥 상상해보았다. 아주 좋은 인생, 편안한 삶. 이게 다 달이 그녀를 그 집에서 훔쳐 와서 그 오랜 세월 돌봤기 때문에 생긴 일이라고. 라일라는 달이 보라고 살았다. 라일라는 그의 눈에 기쁨이 떠오르는 걸 보기 위해 노인을 미소 짓게 했다. 그 광경을 보면 달이 아주 행복해했을 테니까. 그녀가 노인을 포옹할 때, 그녀가 그의 침대에 슬그머니 들어갈 때, 달은 그 침대에 놓인 베개를 반듯하게 펴면서 그녀에게 속삭였을 것이다. "이 사람은 참 친절한 노인이구나!"

라일라는 노인을 따라 바우턴의 집에 가서 현관에서 아이스 티를 마시고 그들이 하는 이야기를 들었다. 어느 오후 그들이 하는 이야기를 듣다가, 바우턴의 표현대로 하자면 달은 선택된 사람이 아니라는 점을 알았다. 이 세상에 사는 사람들이 대부분 그렇듯 달은 신을 믿지 않았고 세례도 받지 않았다. 그녀가 알기론 돈의 무리 중에서도 선택된 사람은 하나도 없었다. 그녀만 빼곤 말이다. 그것도 그녀가 신을 믿을 수 있다는 전제하에서지만. 아마도 그들은 계속 살아갔을 것이고, 어딘가에서 부흥회 목사가 그들을 전도했을지도 모른다. 하지만 달의 인생은 끝났고, 아무도 그녀의 머리에 손을 얹지 않았으며, 아무도 그녀에게 회심의 물에 대해 한마디도 해주지 않았다. 만약 그녀의 무덤에 묘석이 세워져 있다면, 거기에 이름은 새겨져 있지 않을 것이다. 본명을 쓰면 달은 훨씬 더 발각되기 쉬웠을 것이고, 아이 유괴에 또 다른 죄목이 추가됐을 것이기 때문에, 달은 라일라에게마저도 자신의 본명을 말해주지 않았다. 달이 라일라에게 자신의 칼을 줬을 때 이런 말을 했다. "이건 그저 사람들에게 겁을 주기 위한 거야. 네가 사람들을 칼로 베고 다니면 아무리 네게 그럴 만한 사연이 있다고 해도 말썽만 생겨." 그러니 달은 라일라가 처음 그녀를 알게 됐을 때부터 이미 숨어 살고 있었는지도 모른다. 사람들로 가득 찬 그 오래되고 형편없는 집에서 자고, 밤에만 몰래 드나들고. 자신을 그저 달이라는 단 하나의 이름으로만 부르게 한 것을 생각해보면 말이다. 어쩌면 그녀는 영혼에 어두운 죄들을 품은 채 죽었을지도 모른다. 라일라는 목사들이 그런 식으로 이야기하는 것을 들은 적이 있었다. 아니 어쩌면 그녀가 저지른 다른 범죄는 그저 필사적으로 베푼 친절이었을지도 모른다. 아픈 아이를 훔치는 범죄처럼. 그리고 하나님에게는 어느 쪽이든 별 차이가 없을지도 모른다.

노인이 말했다. "이제 우린 집에 갈게. 저녁 시간이 다 됐네." 그는 라일라가 뭔가에 괴로워하는 걸 알 수 있었고, 바우턴은 노인이 아내 걱정을 하는 걸 알 수 있었다. 그래서 그들은 평소처럼 농담하면서 그 자리에 더 오래 머무르며 숟가락과 잔들을 치우거나 그러는 것 없이 바로 작별 인사를 했다. 노인은 그녀 옆에서 걸으면서, 그녀에게 뭐라고 말하거나 뭘 물어야 할지 알 수 없을 때 그러듯이 입을 다물고 있었다. 그리고 그녀를 위해 문을 열어줬다. 지극히 소박하면서 깔끔하게 정돈돼 있고 안전한, 그 집. 노인이 말했다. "바우턴은 세상의 고통스러운 면에 관해 이야기하길 좋아해요. 그의 말을 너무 심각하게 받아들이지 말아요."

라일라는 거실로 가서 앉아 두 손에 머리를 받쳤다. 그는 그녀가 앉은 의자 근처에 서서, 무슨 생각을 하는지 말해주길 바랄 때 항상 그러듯 정중하게 거리를 둔 채 끈기 있게 기다렸다.

라일라가 말했다. "난 한 번도 다른 사람들에 대해 생각해본 적이 없어요. 사실상 내가 알고 지냈던 사람들 모두요. 그중에는 내게 친절했던 사람들도 있어요."

노인이 말했다. "그들이 당신에게 친절했다니 참 기쁘군요. 아주 고맙고."

"하지만 그들은 안식일에 대해선 평생 단 한 번도 생각해본 적 없는 사람들이에요. 당신은 그들이 퍼붓는 욕설이나 욕망 같은 건 들어본 적도 없을 거예요. 그들은 가끔 어쩔 수 없을 땐 도둑질도 해요. 난 한 여자를 아는데 그 사람은 어쩌면 칼로 누군가를 죽였을지도 몰라요. 그 여자는 이미 죽었어요. 그러니 그 일에 대해 어떻게 할 수 있는 것도 없어요." 라일라가 말했다. "세인트루이스에 있던 그 여자들. 내 생각에 그들이 하는 일이라곤 간통이 전부였을 거예요. 하지만 거기엔 그들을 도와줄 사람이 하나도 없었어요. 그들의 죄에 관해 도와줄 사람이 없었다고요. 그러니 그들은 전부 다 길을 잃은 거겠군요? 길을 잃으면 어떻게 되나요?"

노인이 말했다. "라일라, 당신은 항상 가장 어려운 질문만 하는군요." 그의 목소리에서 느껴지는 다정함 때문에 라일라는 그가 고통스러운 일들을 그녀가 정말 이해할 수 있는 말로는 표현하지 않을 거라는 생각이 들었다.

"교회는 사람들을 겁주기 위해 그런 이야기를 한다고 말하는 남자를 알고 지낸 적이 있어요." 라일라가 말했다.

"그런 교회들도 있죠."

"그러면 사람들이 교회에 돈을 바칠 테니까."

노인은 고개를 끄덕였다. "그런 일도 일어나죠."

"당신은 그런 것에 대해 아무 말도 하지 않잖아요."

"무슨 말을 해야 할지 정말 모르니까요."

"그럼 그게 사실인가요?"

"나는 다른 것들은 믿어요. 하나님이 세상을 사랑하신다는 것. 하나님은 자애로우시다는 것. 있죠, 나는 지옥과 그 나머지 것들을, 내가 믿고 어떤 면에서는 이해하는 것 같은 것들과 조화롭게 받아들일 수 없어요. 그래서 그런 이야기는 자주 하지 않아요."

"당신이 '지옥'이란 말을 한 걸 난 처음 들어요."

그는 어깨를 으쓱했다. "흥미롭군요."

"예수님도 그것에 대해 이야기했나요?"

"네. 이야기하셨어요. 많이 하신 건 아니지만, 그래도 하긴 하셨죠."

라일라가 말했다. "난 모르겠어요. 당신은 목사치고는 설명을 잘 못 하네요."

"그 점은 미안하게 생각해요. 당신이 실망했다면 그것도 미안해요. 하지만 당신에게 설명하려다 보면 내가 믿지도 않는 말을 하게 될 텐데. 그건 거짓말이잖아요. 난 다른 무엇보다 그게 가장 두려운 것 같아요. 난 정말 목사는 거짓말을 해선 안 된다고 생각하거든요. 특히 종교에 관해선."

라일라가 말했다. "난 그저 내가 들어가려는 세계에 대해 좀 더 많이 알았으면 싶어요. 이건 내 잘못이에요. 그 망할 수업에 나갔어야 했는데."

그는 소파에 앉았다. "내 잘못이기도 해요. 전적으로 내 잘못이에요." 그들은 한동안 입을 다물고 있었다.

그러다 라일라가 말했다. "당신이 나를 다치게 할 의도가 없었다는 건 알아요."

그는 고개를 저었다. "난 당신을 다치게 하진 않았어요. 그건 확실해요."

흠, 그는 달과 그 나머지 사람들에 대해 모른다. 그들이 이제 그녀의 사람이 아니라고 생각하자 마음에 고독이 내려앉았다. 그는 두 손에 얼굴을 묻고 있었는데 기도하고 있는 것 같았다. 그래서 그녀는 부엌으로 가서 샌드위치를 만들었다.

그는 라일라가 이곳을 갑자기 떠나 험난한 인생 속에서 자신을 잃어버리고, 그 후에 일어날 일들 속에서 또 길을 잃기 전에 세례를 받길 바랐다. 그건 그가 베푼 친절이었다. 그 양동이에 두 손을 담그고, 강물이 그의 소매로 흘러내리는 동안, 그는 그 물로 그녀를 축복했다. 벌들이 윙윙 소리를 내고 그녀가 잡은 메기가 풀 속에서 펄떡펄떡 움직이고 있는 동안. 그가 말하는 한 마디 한 마디는 진심처럼 보였다. 갈가리 찢긴 하늘. 내려오는 비둘기 한 마리. 그때 거기에 그런 조짐은 하나도 보이지 않았고 그저 그의 표정과 그의 손의 감촉만 있었다. 라일라가 지금까지 살아오는 동안 그처럼 그녀에게 좋은 일을 해줘야겠다고 굳게 마음먹은 사람은 잘 없었다. 심지어 그녀가 그와 결혼하지 않겠다고 말한 뒤였는데도. 그는 목사로서 목사가 줄 수 있는 안전을 주기 위해 목사가 하는 일을 한 것이다. 하지만 생각해보면 그것은 그녀가 원하는 종류의 안전은 아닐지도 몰랐다. 한동안 라일라는 부활이란 관념을 마음에 들어 했다. 달을 볼 수 있다는 뜻이기 때문이었다. 노인은 아내와 아이를 만나게 될지도 모르고. 그녀에겐 달이 있을 테니 그래도 괜찮을 것이다. 세상엔 사람이 아주 많아지겠지만, 그녀는 100년이 걸리더라도 달을 발견할 때까지 찾아다닐 것이다. 라일라는 '부활'이라는 말을 그저 자기 좋을 대로 이해한 것이다. 그 관념은 그녀에게 아주 소중했다. 예전 그대로의 달, 하지만 죽음을 넘어서면서 거기에 따라오는 모든 평화를 누리는 달. 물집 몇 개 생긴다고 안 죽어. 먼지 좀 마신다고 안 죽어. 다시는 그 어떤 것도 당신을 죽일 수 없어! 목을 매달아도 안 죽어! 달은 그 모든 이야기에 놀라며 웃을 것이다. 그런 건 평생 들어본 적이 없을 테니까.

하지만 바우턴이 최후의 심판을 언급했다. 막 무덤에서 나온 영혼들은 그간 살아온 인생에 대한 책임을 져야 한다고. 대부분은 애초에 이해조차 하지 못한 자신의 인생에 대해. 너무나도 힘들었던 인생에 대해. 그리고 거기에 달이 있을 것이다. 평생 그녀가 숨긴 죄나 수치스러운 일이 뭐였건 그중 어느 하나도 잊히지도 용서받지도 못한 채 전부 그녀 앞에 펼쳐져 있을 것이다. 하지만 그럴 리가 없었다. 노인은 항상 하나님은 친절하시다고 말했다. 달은 얼굴에 그 얼룩을 지닌 채 사람들이 그녀를 바라볼 때 인내심을 발휘해서 살아오느라(난 볼 수 없지만, 당신이 뭘 보고 있는지는 알아), 아주 강인한 사람이었지만 지칠 대로 지쳐 있기도 했다. 달이 그 칼로 무슨 짓을 했든, 누가 그녀에게 평생 겪은 슬픔보다 더 큰 슬픔을 주고 싶어 할 수 있단 말인가? 라일라는 부활이란 관념을 세상 그 무엇보다 증오하게 됐다. 달은 그냥 무덤 속에 있는 편이 낫겠다. 그녀에게 무덤이 있다면 말이다. 노인이 말한 그 어떤 것도 진실이 아닌 편이 낫겠다.

노인이 부엌에 들어와 식탁 앞에 앉았다. "당신 눈에 난 분명 바보처럼 보이겠군요. 당신은 내가 평생 그 어떤 것에 대해서도 잠시라도 생각해본 적이 없다고 생각하겠군요."

노인이 그녀에게 그런 식으로 말할 때, 그녀의 질문에 대답할 때 라일라는 항상 놀랐다. 막상 그녀는 초등학교 교과서 말고는 책이라고는 읽어본 적도 없는데 말이다. "난 당신이 바보라는 생각은 절대 안 해요." 라일라가 말했다.

"흠, 그럴지도 모르죠. 하지만 하나만 더 말하고 싶어요. 지옥에 대해 생각하는 건 내가 살아가야 하는 방식대로 사는 데는 전혀 도움이 되지 않아요. 난 이 말이 대부분의 사람들에게 적용된다고 믿어요. 그리고 다른 사람들이 지옥에 갈지도 모른다고 생각하는 건 사악하게 느껴져요. 마치 아주 큰 죄를 짓는 것 같아요. 그래서 나는 누구도 그런 식으로 생각하게 부추기고 싶지 않아요. 개개인의 경우를 알 수 있다고 생각하지 않더라도, 지옥에 갈지도 모른다고 사람들에 대해 일반적으로 생각하는 건 여전히 문제예요. 그렇게 생각하면 세상을 있는 그대로 보지 못하게 돼요. 그런 종류의 심판은 전부 다 아주 건방진 행동이에요. 그리고 건방짐이란 아주 심각한 죄고요. 난 이런 생각이야말로 나름의 방식으로 아주 건전한 신학 이론이라고 생각해요."

라일라가 말했다. "난 그것에 대해선 아는 게 하나도 없어요."

그리고 이어서 말했다. "난 신학 이론이 이해가 안 돼요. 마음에 들지도 않고. 평생 신학 이론에 관한 걱정 한 번 안 하고 살다가 죽은 사람도 아주 많아요."

"아, 당연하죠!" 그가 껄껄 웃었다. "당신은 신학을 싫어하는군요! 그 생각을 해야 했는데. 혼자 산 세월이 너무 길어서 그런가 봐요. 늘 바우턴과 이야기하거나 혼잣말하고. 설교하고. 난 정말 바보가 맞아요."

"자, 내가 나중에도 그걸 좋아하지 않을 거라고 말한 건 아니잖아요." 그의 목소리에서 슬픔을 느낀 라일라가 이렇게 말했다.

그가 웃었다. "당신은 다정한 사람이에요. 조금 늦게 물어보는 감은 있지만, 당신은 뭘 좋아하나요?"

"나도 모르겠어요. 일하는 거."

그가 고개를 끄덕였다. "일은 좋은 거죠." 그러더니 두 손으로 얼굴을 덮었다. "내가 하는 말 좀 들어봐요! 하는 말마다 정말 목사 같은 말만! 이러다 성경 구절까지 들먹이겠어요!"

라일라가 말했다. "지금쯤은 익숙해졌을 줄 알았는데요."

그날 밤 따뜻한 그의 몸에 기댄 채 라일라가 말했다. "어쩌면 당신은 지옥에 관해 생각할 필요가 없을 것 같아요. 아무래도 당신이 아는 사람 중에서 지옥에 갈 사람은 없을 테니까요."

잠시 후에 그가 말했다. "그 말엔 일말의 진실이 있는 것 같군요."

"나만 빼고요."

"라일라. 난 내일 설교해야 해요. 당신이 이런 식으로 내 머릿속에 자꾸 이런저런 생각을 집어넣으면, 내가 어떻게 잠을 잘 수 있겠어요?" 그는 그녀를 가까이 끌어안은 채 그녀의 뺨을 쓰다듬었다. "내가 당신을 안전하게 지켜줄게요. 당신은 내가 계속 솔직한 사람일 수 있게 해줄 거고." 어쩌면 그는 그녀를 사랑하기에 그녀가 지옥에 갈 거란 생각을 못 하는 건지도 모른다. 그는 그 집 문 앞에 나타났을지도 모르는 수많은 사람 중 누구든 사랑할 타당한 이유, 아니 그보다 더 나은 이유가 있었을 것이라고 라일라는 생각했다. 돈과 멜리와 나머지 사람들을 생각하자 라일라는 지금이 아침이면 좋겠다고 생각했다. 시간이라는 개념 없이 살아왔던 그 오랜 시간. 이슬과 어둠 속에서 누워 잠이 들고, 다시 이슬과 어둠 속에서 잠이 깨고, 저녁을 먹기 위해 불을 피우고, 아침을 먹기 위해 불을 피우고, 돈이 재빨리 불을 피우는 데 성공하면, 냄비에 삶은 콩이나 껍질을 안 벗긴 재투성이 감자. 그리고 마치 온 세상이 잠들기 두려워하는 것 같다가 그다음엔 아침이 와야 한다는 사실에 유감스러워하는 것처럼 바람에 실려 오던 그 쓸쓸하고 절박한 냄새. 머리가 까치집이 된 채 잠이 깬 그녀. 그들, 어른들은 항상 훌쩍이지 말라고 말했다. 그러면 그녀는 항상 울음을 멈추려고 애쓰다 결국 멈추고는 달의 품에 안겨 한 접시로 밥을 같이 먹었다.

다음 날 아침, 동이 트기도 전에 그녀는 강에 갔고, 노인은 빈 집에서 잠이 깼다. 그녀는 낡은 원피스를 입고 강에 가서 죽음과 상실의 물, 회심이 아닌 무언가의 물에서 몸을 씻었다. 하지만 아이가 생겼다. 라일라는 거의 확신하고 있었다. 노인이 그래 달라고 하지도 않았는데 그녀가 노인의 침대에 슬며시 들어가곤 했으니 달리 뭘 예상할 수 있겠는가? 라일라는 밭 옆에 있는 헛간에서 아이를 낳는 여자들을 본 적이 있었다. 아직 세상의 빛을 보기까지 한두 달 정도 남았던 아기들. 하지만 지친 여자들의 몸은 그들을 그냥 세상 밖으로 내놓아버렸다. 한번은 그녀와 멜리가 그런 여자를 발견한 적이 있었다. 월귤나무들이 자라는 작은 땅에서 조금 떨어진 오두막에서 그 여자는 혼자 아이를 낳고 있었다. 그들은 여자가 지르는 소리를 들었고, 멜리가 안을 들여다보는 게 좋겠다고 말했다. 그 후에 라일라가 달을 찾으러 달려갔고, 두 사람이 돌아왔을 때 멜리도 고함을 지르고 있었다. 그 여자가 멜리의 두 손을 잡고 절대 놓으려 하지 않았기 때문이다. 멜리가 말했다. "난 도와주려고 했는데, 이제 내 손가락들이 부러지게 생겼어." 이제 아이들 말고도 도와줄 사람이 있다는 걸 여자가 알 수 있도록 달이 그녀에게 말을 걸었다. 그러자 여자는 좀 진정하더니 멜리의 손을 놨다. 라일라와 멜리가 우물에서 물을 좀 길어 왔고, 개미취를 한 아름 모아서 마르라고 풀 위에 펼쳐놨다. 그리고 집 앞 계단에 앉아서 안에서 나는 소리를 들었다. 궁금해서 참을 수 없었기 때문이다. 달은 그 여자에게 말을 계속 걸면서 편안하게 해주려고 애쓰고 있었다. 그 여자는 아이가 아직 나와선 안 된다는 사실을 알고 있었다. 여자는 정말 오랫동안 피투성이가 된 채 몸부림을 쳤고 마침내 씻겨야 하는 작은 몸이 태어났다. 달은 아주 조심스러워질 수 있는 사람이었다. 그들은 달을 지켜보지 않을 수 없었다. 달은 아이를 밀가루 자루에 단단히 쌌다. 그리고 여자를 부축해서 밖으로 나와 몸에 흐른 피와 땀을 씻겼다. 그들은 그것도 지켜보지 않을 수 없었다. 그 여자는 불룩 튀어나온 배만 제외하고 온몸이 비쩍 말랐다. 그녀의 맨다리가 덜덜 떨리고 있었다. 그녀는 계속 이렇게 말했다. "우리 남편이 곧 돌아올 거예요. 남편이 도움을 청하러 갔어요. 곧 돌아올 거예요." 하지만 그건 도움을 청할 사람이 낯선 사람밖에 없을 때 사람들이 가끔 하는 그런 종류의 거짓말이었다. 그들은 수치스러워서 거짓말을 한다. 아이들은 최선을 다해 그 집을 청소하는 달을 도왔다. 그리고 소젖을 짜고, 닭들에게 모이를 줬다. 라일라와 멜리는 음식을 조금 발견해서 그걸 요리하고, 산

모에게 개미취를 태우면 좀 도움이 될 거라고 말한 후에 그들이 딴 월귤나무 열매를 놔두고 갔다. 그 불쌍한 갓난아기는 그냥 벤치 위에 놓여 있었다. 아빠가 와서 봐주길 기다리는 거라고 그여자가 말했다. 어둠 속에서 그들의 야영지를 찾아 걸어가는 동안 그들은 한마디도 하지 않았다. 흠, 달이 이렇게 말했다. "원래 그런 법이야."

그러니 그녀가 해야 할 일은 그 집에 머물면서 노인이 그녀를 보살피게 놔두는 것이고, 때가 되면 살아 있는 아이를 그의 품에 기쁘게 안겨줄 교회 여자들이 찾아올 것이다. 그들은 원하는 만큼 오랫동안 케이크와 캐서롤을 가져올 수 있을 것이고, 그는 그녀에게 말할 수 있는 뭔가가 있어서 행복할 것이다. 라일라는 자신이 나이가 들어서 임신할 위험은 거의 없다고 생각했다. 그러지 않았다면 그가 주는 위로, 그녀의 옆에 누워 있는 그의 느낌에, 그녀가 그에게서 훔친 그 낡은 스웨터에 머리를 기대는 것보다 훨씬 좋은 그 느낌에 그렇게 쉽게 항복하지 않았을 것이다. 이제 와서 걱정하는 건 아무 의미가 없다. 아마 앞으로 아이가 태어날 것이고, 그건 아마 좋은 일일 것이다. 하지만 그것도 그녀가 여기 계속 머물렀을 때만 그렇다. 적어도 지금은 그가 그녀를 여기에 머물게 해줄 것이다. 그녀가 얼마나 정신이 나갔건, 무지하건, 길을 잃었건 간에 말이다. 아이가 태어날 것이라면.

그래서 그녀는 그의 집으로 돌아가 새 원피스를 입고 현관에서 그를 기다렸다.

  아이 생각 때문에 그는 더 늙어버렸다. 전에도 잠을 많이 자거나 잘 자는 편은 아니었지만, 이제 거의 잠을 못 이루는 것처럼 보였다. 라일라는 반지를 꼈고 집에서 멀리 나가지 않으려 애썼지만, 만약 그게 그에게 조금이라도 도움이 됐다면 그만큼 그녀가 뭐 하나라도 잘못해서 그를 속상하게 했을 때 그가 얼마나 슬퍼할까 생각하니 걱정됐다. 그녀가 점점 더 아내 같아질수록, 노인은 그녀를 잃게 되는 걸 점점 더 두려워할 것이다. 어느 날 아침 라일라는 해가 뜨기도 전에 노인이 부엌에 있는 걸 발견했다. 그는 구부정한 자세에 구겨진 잠옷 바람으로 오트밀을 젓고 있었다. 라일라가 그의 어깨를 만지자 그는 그걸 질문으로 해석하고 입을 열었다. "난 나를 잘 모르겠어요, 라일라. 정말 힘든 밤이었어요. 기도하기가 거의 두려울 지경이에요. 난 내가 받아들일 수 있기를—"그는 고개를 저었다. "내가 차마 생각도 할 수 없는 일들을 받아들일 수 있기를 바란다고 기도하고 있었다는 걸 깨달았어요. 그게 너무 힘들다고 하면 내 종교에 반하는 말이 되겠죠. 하지만 유감스럽게도 무척이나 힘들 것 같아요." 노인은 숟가락에 묻은 오트밀을 털어내며 그릇 두 개에 담은 후 식탁에 내려놨다. "너무 오래 끓였네요. 상당히 끈적거리는데요. 하지만 몸에 좋은 거예요. 여기 우유도 있어요." 그는 그녀에게 숟가락과 냅킨 한 장을 주고, 그녀의 맞은편에 앉아서, 두 손을 맞잡고, 오트밀을 앞에 두고 짧게 기도했다. "그중에서도 최악은 진정한 고난은 당신이 겪게 된다는 점이에요. 미안해요. 이런 식으로 말하면 안 되는 건데."

라일라가 말했다. "여자들은 아기를 낳아요. 지금까지 내내 그래왔죠. 나도 할 수 있을 거예요." 그를 위로하기 위해 모든 일이 잘될 거라고, 대개 그렇다고 말할 수도 있었다. 하지만 그런 식으로 생각하기에는 라일라도 노인만큼이나 두려웠다. 그녀는 노인에게 세례받은 걸 무효로 돌려버렸다고 차마 말할 수 없었다. 그러면 노인이 그게 아이에게 해가 될 거라고 생각할 것 같아 두려웠다. 그녀는 왜 그날 아침에 그런 짓을 했단 말인가? 아이가 태어난 뒤에 했어도 좋았을 텐데. 그러면 뭔가 잘못됐을 때 그게 그녀 탓인지 궁금해할 필요도 없었을 것이다. 그런 두려움 때문에 라일라는 노인에게 묻고 말았다. 일단 세례를 받고 나면 그걸 그냥 물로 씻어낼 수도 있는 거냐고. 그러자 노인이 빙긋 웃으며 아니라고 대답했다.

"그러길 원해도요?"

"음, 그게 아마도 당신이 할 수 있는 최선이겠지만. 아니에요,

없어지진 않아요. 그건 걱정하지 않아도 돼요." 그녀는 어느 정도는 안심했다.

슬픈 여자는 슬픈 아이를 낳는다고 사람들이 하는 말을 라일라는 들은 적이 있었다. 억울한 여자는 분노에 찬 아이를 낳을 것이고. 전에는 그녀가 기억하는 한 가장 오래전까지 거슬러 올라가서 그때 자기가 느낀 감정이 뭐였는지 알아내면, 그녀를 낳은 여자에 대해 적어도 그 정도는 알 수 있을 거라 생각하곤 했다. 그것은 외로움이었다. 라일라는 외로움을 느낀 그 여자를 불쌍히 여겼다. 그녀는 자신의 아이가 실질적인 이유도 없이 두려움을 느끼길 바라지 않았다. 우리에겐 좋은 집이 있고, 다정한 노인이 있어. 난 우리가 비를 피하게 해줬잖니, 안 그래? 우린 따뜻하게 지내고 있잖아, 그렇지? 그 편지에서 노인은 세상에 안전 같은 건 없다고 썼다. 산다는 건 거친 거라는 사실은 라일라가 아주 잘 알고 있다. 어느 고요한 날 갑자기 폭풍이 불어닥쳐서, 바람이 당신이 손에 쥔 인생과 당신의 몸에 깃든 영혼을 앗아 갈 수도 있다. **그 불이 생물들 사이를 오르락내리락했고, 그 불은 광채가 있으며 그 가운데에서는 번개가 터져 나왔다. 그리고 그 생물들은 번개 모양으로 왕래하더라.*** 라일라는 이 부분을 열다섯 번 베껴 썼

---

*   에스겔서 1장 13-14절.

다. 이 부분을 읽다 보면 세상살이의 난폭함이 떠올랐다. 그 조용한 집에서 그녀는 그걸 잊어버릴까 봐 두려웠다.

태어나지 않은 배 속의 아이는 어쩌면 앞으로 절대 알 수 없을지도 모르는 여자의 인생을 산다고, 그녀가 웃거나 우는 소리를 듣고, 숨을 턱 막히게 하고 배를 뭉치게 하는 그녀의 두려움을 느낀다고 라일라는 생각했다. 몇 달 동안 아이는 내내 깨어나지 않는 꿈속에 있을 것이다. 길을 가는 발걸음들, 그 칼 생각, 그러다 한동안 마음속의 두려움이 가라앉는데, 아이가 이런 일이 일어나는 이유를 어떻게 알겠는가? 라일라는 달이 두려워하거나 수치스러워한 게 뭐였는지 짐작만 할 수 있다. 하지만 라일라는 달의 두려움과 수치심을 함께 살아냈다. 도시락 속에서 사과 하나가 쿵쿵 소리를 내며 구르는 동안 그들은 숲길로 도망쳤고 커다란 밀짚모자를 쓴 달은 분명 그것으로 얼굴을 가릴 수 있기를 바랐을 것이다. 달은 몇 번이고 라일라의 손을 잡아끌어서 빨리 가게 했고 라일라가 숨을 돌릴 시간을 주지 않았고 그 이유를 절대 말해주지 않았다. 달은 밤공기가 찰 때도, 심지어 그녀의 얼굴을 쳐다볼 낯선 사람이 주위에 없을 때도 항상 모닥불의 불빛에서 멀찍이 물러나 있었다. 돈과 다른 사람들은 물론 달의 얼굴을 봤지만, 달이 정말 신뢰한 나머지 가까이서 얼굴을 들여다볼 수 있게 했던 사람은 라일라가 유일했다. 라일라는 생각했다.

흠, 애야. 난 네가 너의 피, 그리고 나의 피에 젖은 채 버둥거리는 모습을 보겠구나. 외롭고 겁에 질린 나의 아이. 만약 세상살이의 난폭함이 우리 둘 다 앗아 가지 않는다면 말이다. 그리고 만약 앗아 간다 해도.

그녀는 정원을 가꾸었다. 그리고 묘지로 가서 에임스 부인과 그녀의 아이, 그리고 이제는 어린 존 에임스와 그의 여자 형제들의 무덤도 보살폈다. 다림질할 게 있을지 밖에 나가서 찾아다닐 필요 없어요, 목사가 그녀에게 말했다. 그에겐 몇 년 동안 빨래를 맡아서 해준 여자가 있어서, 라일라는 그런 일은 하나도 할 필요가 없었다. 자기 몸을 돌보라고. 그것이 그녀가 할 수 있는 최고의 일이라고. 집안일은 사람들이 알아서 할 거라고.

라일라에게는 노인이 그녀의 서재라고 부르는 방이 있었다. 성경책과 그녀의 메모장, 새 연필들과 지우개들과 펜들과 메모장들이 들어 있는 서랍도 거기에 있었다. 그 방에는 다른 나라들, 중국, 프랑스 같은 나라들의 사진이 있는 책들도 있었다. 그 중 몇 권은 도서관에서 빌려온 것이었다. 대개 저녁에 목사는 식사를 마친 후 그녀와 같이 걸었다. 그녀와 팔짱을 끼고 걸으면서, 그는 아는 사람을 만날 때마다 멈춰서 아주 잠깐이라도 말을 걸곤 했고, 이 사람은 제 아내 라일라입니다, 하고 말하곤 했다. 그에게 예의를 차려야 하는 사람은 이제 그녀에게도 다 그렇게 해야 했다. 이제 그녀는 그의 아내가 됐으니까. 그리고 노인은 사람들과 라일라가 이 점을 확실히 이해하기를 바랐다. 누군가 그녀에게 말을 걸면 그녀는 고개를 끄덕이고는 아무 말도 하지 않았다. 말을 건 사람이 누구건 그 사람은 항상 화제를 날씨나 옥수수 수확으로 돌렸다. 둘이 걷다가 마을을 벗어나면 노인은 라일라의 허리에 팔을 둘렀다. 그는 여전히 그녀 앞에서 수줍어하면서도 그녀와 둘만 있게 되면 기뻐했다. 그녀가 그와 둘만 있게 되면 안도하는 마음을 알기 때문이다. 라일라는 노인이 어떻게 하면 그녀의 마음이 집에 있는 것처럼 편해질 수 있는지 고민하면서 기도하는 걸 알고 있었다. 그녀는 평생 단 한 번도 집에 있는 것처럼 마음이 편했던 적이 없었다. 그러니 어디서부터 시작해야 할지도 알 수 없었다. 하지만 미루나무 그늘과 빛을 받아 일렁거리는 그 나뭇잎들과 매미들이 우렁차게 울어대는 소리는 위안이 되었다. 초원의 냄새. 길가의 배수로에서 자라는 딱총나무 열매들. 그들은 걸으면서 그 열매를 따서 먹었다. 가끔은 날이 어두워진 뒤에야 돌아서서 길리어드를 향해 걸어갈 때도 있었다. 한번은 노인이 반딧불이들로 반짝거리는 덤불 하나를 본 적이 있었다. 그가 배수로에 들어가서 그걸 건드리자 반딧불이들이 날아오르면서 빛의 구름이 펼쳐졌다.

노인이 집에 있을 때는 라일라는 그녀의 방문을 열어놨다. 그리고 테이블 앞에 앉아 필사하면서 그가 그녀에게 준 책들의 페이지를 대충 넘겨 봤다. 그가 복도에서 그녀를 볼지도 모른다는 사실을 알고 있었기 때문이다. **그 생물의 머리 위에는 수정 같은 궁창의 형상이 보기에 두려운데 그들의 머리 위에 펼쳐져 있었다. …… 그들이 갈 때에 내가 그 날갯소리를 들으니 큰 물이 밀려오는 소리와도 같고 전능하신 분의 음성과도 같으며 떠드는 소리 곧 군대의 소리와도 같았다. 그러다 그 생물이 설 때에는 그 날개를 접었다.*** 라일라는 목사가 집을 나가면 방문을 닫고 잠갔다. 그리고 방구석의 바닥에 앉아 무릎을 세워서 끌어안은 채 눈을 감고 생각했다.

길에는 돈이 아는 다른 사람들이 있었다. 모닥불을 같이 쬐고, 저녁 식사에 그들이 보탤 수 있는 음식은 뭐든 보태고, 어디에 일거리가 있는지 그리고 어디에 홍수가 났거나 우박이 쏟아졌거나 메뚜기 떼가 몰려왔는지 어느 농장이 압류당했는지 말해주는 사람들. 그들은 막대기로 땅바닥에 지도를 그렸고(다리가 이쪽 멀리에 있으니까 다리 남쪽 길로 가는 게 제일 좋아) 자기들이 일했던 농장들에 대해서, 그들이 봤거나 들은 농장주들의 인색함이나 심술궂음이나 우둔함에 대해서 이야기했다. 그리고 누가 공정한지 혹은 그 이상인지도. 이것은 먼지바람이 남

---

* 에스겔서 1장 22, 24절.

쪽과 서쪽으로 불기 시작한 이후의 일이었다. 그래서 그 지역에 있는 여러 농장에서 일했을 사람들이 돈이 아는 지역으로 흘러 들어오기 시작했고, 돈의 무리는 어쩔 수 없이 일거리를 찾기 위해 헤매고 다녀야 했다. 그런 사람들은 거의 공짜로라도 일할 거라고 돈이 말했다. 그런 상황에서 사람이 어떻게 먹고살 수 있겠나? 그리고 마침내 돈이 말했다. 망할, 그들이 그렇게 네브래스카에 있고 싶다면, 있어도 된다고. 덤으로 캔자스에도. 그는 아이오와로 돌아가서 거기서 동쪽으로 갈 거라고 했다. 어차피 모래를 먹는 데도 지쳤다고.

최악의 모래 먼지 폭풍이 닥치기도 전에 이미 사방에 모래알들이 날아다니고 있었다. 그들은 젖은 천을 얼굴에 덮고 잤지만, 아침에 잠에서 깨면 머리카락과 담요와 옷 속에 들어온 모래를 흔들어서 털어내야 했다. 집에 사는 사람들은 찾을 수 있는 틈이란 틈에는 다 젖은 헝겊을 쑤셔 박고 하루에 바닥을 다섯 번씩 쓸면서 산다고 했다. 하지만 모래 먼지가 북쪽으로 이동하기 시작했을 때는 도저히 밖에서 살 길이 없었다. 돈은 상황이 나아지길 너무 오랫동안 기다렸다. 그래서 동쪽으로 이동하기 시작했을 때는 그와 같은 생각을 한 다른 사람들도 길에 있었고, 그보다 앞서 길을 떠난 사람들이 그나마 있는 일거리란 일거리는 다 차지했다. 돈은 지금까지 살아오면서 힘든 시절도 여러 번 겪었지만, 이번이 최악이라고 했다. 아서는 좀 더 일찍 동쪽으로 떠났어야 했다고 말했다. 마치 그 생각이 방금 떠오른 것처럼. 그러자 돈이 그런 소리는 듣기 싫다고 대꾸했다. 그런 말을 이제와서 해봤자 무슨 소용이 있느냐고. 비가 몇 번 실하게 내렸으면 그들의 생각이 옳았음이 판명됐을 거라고. 그리고 쓸모 있는 말을 할 게 아니면 아예 입을 다물라고도 했다.

그런 식으로 아서에게 대놓고 말하는 건 돈답지 않았다. 혹은 그 이전까지는 그답지 않았었다. 하지만 돈은 모두를 먹여 살리는 걸 그 어느 때보다 힘들어했고, 그게 그에게 큰 짐이 됐다. 형편이 더 나빠졌고, 이내 그는 뱀처럼 속이 배배 꼬여버렸다. 아서와 아들들은 자기들끼리 사는 게 더 낫겠다고 생각하고 느닷없이 떠나버렸다. 돈과 같이 있을 때보다 더 못살기도 어려울 것이고, 적어도 그들에게 이래라저래라 하는 돈이 없을 테니까. 어차피 돈이 일거리를 찾아오지도 못했을 때니까. 하지만 그들은 며칠 만에 돌아왔다. 그들은 외로워졌고 내내 싸웠다고 했다. 돈은 그들에게 그 일에 관해 한마디도 하지 않았다. 딱히 줄 것도 없지만 돌아와서 환영한다고만 했다. 그때부터 그는 마르셀을 상당히 증오하기 시작했다. 쐐기풀이 있을 줄 알고 마르셀이 들판에 나갔는데 다른 사람이 이미 다 거둬 가버린 적이 있었다. 마르셀이 울자 돈은 그녀보고 못생겼다고 하면서 그 얼굴을 보고 싶지도 않다고 했다. 바로 그때 달이 혼자 그곳을 떠나 나흘 동안이나 돌아오지 않았던 것이다.

돈과 아서는 묘목들을 베고 방치된 들판을 치워서 목초지로 바꾸는 일을 받았다. 그들 모두 힘을 모아 나무들의 가지를 치고, 땔나무를 쌓은 다음 태웠다. 그 대가로 감자와 말린 콩을 받았다. 그 시절에는 사람들이 그런 식으로 거래했다. 그래서 달이 돌아왔을 때 사람들은 모닥불을 피워놓고 지친 모습으로 저녁을 먹고 있었지만, 그녀의 아이는 보이지 않았다. 그들은 달에게 라일라를 두고 온 곳의 이름을 모른다고 했다. 길을 따라 몇 킬로미터 가면 나오는 작고 허름한 마을이라고. 달은 아마 그 말을 다 듣고 욕을 퍼붓기도 전에 서둘러 출발했을 것이다. 그녀는 그저 달리다가 걷다가 달리다가 걸으면서 그들이 왔을 만한 길을 되짚어갔다. 그렇게 작고 초라한 마을을 하나 찾아냈지만, 밤이 너무 깊어서 그녀가 집집이 문을 두드려도 아무도 나와보지 않았다. 그래서 다음 마을로 갔다. 그랬더니 아이가 교회 계단에 앉아 있었다. 달은 아이를 보지 못하고 지나칠 수도 있었다. 다만 교회 문이 열려 있었고 안에서 불빛이 흘러나오고 있었다. 그 목사가 라일라를 지켜보고 있었기 때문이다. 라일라는 그 목사가 그녀를 고아로 만들고 싶어 했다고 너무나 강하게 확신하고 있었기 때문에 몇 년이 지난 후에야 그가 친절한 남자였을지도 모른다는 생각이 들었다. 그녀는 고아였고, 그때도 그녀는 그 사실을 알고 있었다. 그리고 어떻게 알았는지 모르겠지만 그 목사도 그 사실을 알고 있어서, 그녀의 인생을 앗아 갈 그 무서운 말을 할 준비가 되어 있었다고 생각했다. **그 머리 위에 있는 궁창 위에서부터 음성이 들려왔다. 그 생물이 설 때에는 그 날개를 접었다.**[*] 그녀는 이 절이 무슨 뜻인지 알고 싶지 않았고, 이 생물이 뭔지도 알고 싶지 않았다. 그녀는 세상에는 너무나 끔찍해서 온몸으로 듣게 되는 말들이 있음을 알고 있었다. **유죄**. 그리고 그런 말을 하는 목소리들이 있었다. 그리고 당신이 거의 신뢰할 수 있고, 그런 말들을 듣고 놀라지만, 그 말을 들어야 하는 대상이 자기가 아닌 걸 알고 있기에 진지하게 듣진 않는 사람들이 있다는 사실도 알고 있었다.

그녀는 누가 실존에 대해, 그 안에서 일어나는 거대한 폭풍에 대해 이런 식으로 하는 말을 한 번도 들어본 적이 없었다. 하지만 이 말들을 봤을 때, 그녀는 이해했다. 돈이 그들을 먹여 살릴 방법을 찾지 못하게 됐을 때가 닥쳤다. 그의 명성도 아무 의미가 없었다. 이 새로운 길들 위에서 그는 지저분하고 지친 여자들과 아이들이 뒤에 줄줄 따라오는, 그저 지저분하고 지친 또 다

---

[*] 에스겔서 1장 25절.

른 남자에 지나지 않았으니까. 동정을 바라는 것처럼 보이지 않고서는 일을 달라고 부탁할 수조차 없게 됐을 때 돈은 더는 평소의 자존심을 지킬 수 없었다. 그 몇 년 동안 그가 해야 한다면 해왔던 말들, 날 공정하게 대하면 나도 당신을 공정하게 대하겠다. 그리고 상대가 거래 조건을 지키는지 확실히 하는 것보다 훨씬 더 조심스럽게 거래 조건을 지키려고 애써왔던 것. 그 시절은 다 지나가버렸다. 그래도 여전히 그들은 그를 따라다니며 믿었다. 항상 그래왔기 때문이다. 그들은 한번은 옥수수수염을 따는 일을 맡았다. 뙤약볕이 내리쬐는 옥수수밭에서 먼지란 먼지는 다 마셔가면서 덤벼드는 메뚜기들과 간지러운 옥수수 털과 피부를 따갑게 스치는 옥수수 이파리들을 참아야 하는, 무척이나 우울해지는 일이었다. 하지만 그 무렵 그들은 그마저도 제대로 해낼 수 없었다. 일손이 너무 느려서 밤중까지, 팔이 너무 아파서 제대로 들 수 없을 지경이 될 때까지 일했는데도 끝내야 하는 구역을 다 마치지 못했다. 그래서 품삯도 원래 약속했던 것의 절반밖에 받지 못했다. 일을 끝내지 못했으니까. 멜리가 주인이 들을 수 있는 거리에서 욕을 하며 울자 돈이 멜리의 뺨을 철썩 때렸다. 돈이 그렇게 손찌검을 한 건 처음이었다. 아무도 신경 쓰지 않는 무식한 남자가 평생 그렇게 소중히 간직했던 자존심 좀 잃는 게 뭐가 중요할까? 만약 누군가가 돈에게, 여기는 일거리가 없어요 아저씨라고 말했다면 그건 그냥 사실을 말한 것이지 악의가 있는 말은 아니었다. 하지만 그것은 또한 그들이 가는 곳마다 들렸던 크나큰 목소리이기도 했다. 자, 이제 이 반쯤 자란 아이들은 굶주릴 것이고, 당신은 그로 인해 수치심을 느끼게 될 것이며 당신이 할 수 있는 일은 하나도 없고 적어도 아이들의 얼굴을 볼 필요가 없었으면 좋겠다고 빌 수밖에 없을 거요, 하고 말하는 목소리. 그는 정말 아이들을 보는 걸 싫어하기 시작한 것처럼 보였다. 하지만 아이들은 그에게 처절하게 충성을 다했다. 그가 받은 모욕 때문에. 그의 자존심은 아주 오랫동안 그들의 자존심이었기에.

돈이 마침내 도둑질을 하기 시작했을 때, 그를 잡은 건 커다란 개였다. 그래서 통통 부은 상처에 붕대를 감기 위해 바짓가랑이를 자른 바지를 입은 채 교도소에 가게 됐다. 무기가 될 수 있다며, 걷기 힘든 그에게 막대기 하나 주어지지 않았다. 그 일이 일어난 후 그들은 뿔뿔이 흩어졌다. 마르셀은 최대한 교도소 가까운 곳에서 지냈고, 멜리와 엠도 마찬가지였다. 엠은 워낙 잘하는 일이 하나도 없었고, 그 무렵엔 멜리가 엠을 보살펴줘야 했다. 아서와 그의 아들들은 도둑질을 조금 했고, 그 후로도 조금 더 도둑질로 먹고살려고 그곳을 떠났다. 달은 얼굴 때문에 사람들이 기억하기 쉬워서 그들과 함께 다니기가 힘들었다. 아서의 아들들을 누가 알아봐도 문제였고 누군가 달을 알아봤는데 달이 그들과 같이 있는 모습을 봐도 문제였다. 그래서 그 후에는 그냥 라일라와 달만 남았다. 아서와 그의 아들들은 분별이랄 것도 없는 사람들이었지만, 그래도 그들마저 가버리니 쓸쓸했다.

어떻게 이 모든 것이 하나도 중요하지 않을 수가 있었을까? 그때는 대부분 그런 일들이 일어났다. 하지만 만약 그 일들이 중요했다면, 그때 그렇게 수많은 사람이 돈의 무리같이 혹은 그보다 더 끔찍한 인생을 살고 있었는데도 세상은 어쩜 그렇게 변함없이 계속 돌아갈 수 있었을까? 가난은 아무것도 아니었다. 피로와 굶주림도 아무것도 아니었다. 하지만 사람들이 그저 어떻게든 살아남으려고 애쓰고 있었는데, 세상은 그들을 전혀 존중하지 않았다. 심지어 불어오는 바람도 그들을 더럽히기만 했다. 그 사람들이 아무리 자부심이 강하고 단단했다고 해도, 그 먼지 바람은 그들의 얼굴에 눈물이 흘러내리게 했다. 그것이 실존이다. 그런데 왜 실존은 폭풍우처럼 포효하면서 스스로를 갈기갈기 찢으려고 몸부림치지 않는가? 실존이란 게 정말 비통함과 두려움뿐이라면 왜 그러지 않는가? 지금도 라일라는 스스로를 그녀의 남편이라고 부르는 남자에 대해 생각해봤다. 만약 그가 그녀를 거부한다면? 그건 아무것도 아니게 될 것이다. 만약 아이가 없다면? 그래도 밤이 오고 아침이 올 것이다. 그런 세상의 고요함이 그녀에겐 너무나 끔찍하게 느껴졌다. 마치 조롱처럼 느껴졌다. 라일라는 이런 생각들을 이제 그만하고 싶었지만, 그것들이 항상 그녀에게 돌아왔고, 그녀가 그것들에게 돌아갔다.

그 일요일 이후 일요일마다 그녀는 목사의 팔짱을 낀 채 교회에 갔다. 매주 일요일 그녀의 배는 조금씩 더 나와 있었고, 사람들은 자신들이 좋을 대로 생각할 수 있었다. 목사는 자신이 심은 씨가 자라는 모습에 기뻐하면서도 수줍어했다. 그처럼 늙은 사람이 아이를 가지게 되면 이런저런 말을 들을 각오를 해야 한다고 그가 말했다. 노인은 그가 생각할 수 있는 모든 면에서 라일라에게 친절하게 대했다. 항상 그녀가 뭘 좋아하고 싫어하는지 알아내려고 노력했고 그녀가 언짢아하는 일은 하지 않을 준비가 돼 있었다. 그러느라 바우턴을 전보다 덜 보게 되더라도 말이다. 라일라는 언짢다라는 단어를 알기 전에도 그 감정을 느꼈나? 그녀가 그렇게 느낄 권리가 있다고 느꼈을까? 목사는 세상일이 왜 그렇게 일어나는지에 관한 질문은 근본적으로 신학적인 질문이자 적어도 철학적인 질문이라고 했다. 라일라는 그의 말이 맞을 거로 생각한다고 대꾸했다. 그는 그런 주제에 관해서 다 알고 있을 테니까.

한번은 둘이 같이 걷고 있을 때, 노인이 라일라에게 무슨 생각을 하는데 그렇게 조용하냐고 물었다. 그러자 라일라가 대답했다. "정말 아무것도 아니에요. 그냥 실존에 관해 생각하고 있었어요." 그러자 노인은 깜짝 놀라서 웃음을 터트렸다가 웃어서 미안하다고 사과했다. 그리고 말했다. "실존에 관한 당신의 생각이 흥미로울 것 같은데요."

"난 그저 가끔 그것에 대해 어떻게 생각해야 할지 모르겠어요."

노인은 고개를 끄덕였다. "다른 건 몰라도, 괄목할 만한 일이죠." 그는 길가에 있는 돌멩이 몇 개를 집어서 담장 기둥에 던졌고, 가끔 하나씩 맞혔다.

"괄목할 만한 일." 라일라는 그 말에 대해 생각하면서 말했다. **라일라는 괄목할 만한 진전을 이뤘습니다.** 만약 그녀가 더 많은 말을 알게 되면 세상을 좀 더 잘 이해할 수 있을지도 모른다는 생각이 들기 시작했다. 그러려면 시간이 더 걸리겠지만. "당신은 날 가르쳐야 해요."

"그래요. 당신이 원한다면 말이에요."

사람의 머리 높이까지 자란 옥수수들의 묵직하고 먼지 낀 잎들이 바람에 바스락 소리를 내고 있었다. 어쨌든 한동안은 그것은 그녀와 아무 상관 없는 일이었다. 노인은 그녀에게 설거지도 못 하게 하고 있으니까.

"난 평생 무식하게 살 작정은 아니었어요. 하지만 달리 어쩔 도리가 없었어요." 그건 정말 그랬다. 그리고 두 사람은 그녀가 하루하루 어떤 기분을 느끼고 있는지 외에도 할 이야기가 생길지도 모른다. 라일라는 그저 그와 대화를 이어가기 위해서 막 이야기를 지어내기 시작하려던 참이었다.

그때 노인이 입을 열었다. "당신이 말하기 전에 내가 먼저 알아차렸어야 했는데 말이죠. 하지만 난 단 한 순간도 당신을 무식하다고 생각한 적 없어요. 설사 그렇게 생각하려 했더라도 그럴 수 없었을 거예요."

"음, 날 가르치기 시작하면 내가 얼마나 무식한지 알게 될 거예요."

"두고 보죠."

라일라가 말했다. "난 그 '실존'이란 말을 배워야 했어요. 당신이 항상 그것에 대해 말하니까요. 당신이 하는 말이 무슨 뜻인지 알아내는 데 한참이 걸렸어요."

그는 고개를 끄덕였다.

라일라가 말했다. "내가 아직 알아내지 못한 게 아주 많아요. 거의 모든 것이죠."

노인은 그녀의 손을 잡고 흔들면서 그녀와 같이 걸었다. 행복하게. "나도 정확히 그런 기분이에요. 정말이에요. 그러니 이건 아주 흥미로운 대화가 될 거예요. 당신이 내게 말해줘요. 그럼 당신이 무슨 생각을 하는지 내가 알아낼게요."

라일라는 어깨를 으쓱했다. "글쎄요." 그리고 둘은 웃었다. 이 모든 것에서 그녀가 간직하고 싶은 게 단 하나 있다면, 그것은 그의 옆에서 이렇게 나란히 걸을 때의 느낌이었다.

노인이 말했다. "당신도 알다시피, 세상엔 내가 믿는 것들, 내가 결코 증명할 수 없는 것들이 있어요. 하지만 난 그것들을 매일, 열심히 믿어요. 그런 믿음이 없다면 내 마음은 그대로 멈춰 버릴 것 같아요. 그런데 여기에, 이렇게 손에 잡히는 증거가 있을 때는—" 노인은 그녀의 손을 토닥였다. "내가 평생 걸어온 이 길, 돌멩이 하나와 나무 그루터기 하나까지 변함없이 항상 그대로 있는 이 길을 걷고 있을 때는 도무지 믿을 수가 없어요. 내가 여기 당신과 함께 있다는 사실을."

라일라는 생각했다. 흠, 이건 사람들이 어떤 일이 일어날지 예상하지 못했다고 하는 걸 또 다른 방식으로 표현하는 말이군. 라일라는 "꼴사납다"라는 말을 들었다. 그레이엄 부인이 다른 뭔가에 대해 다른 누군가와 이야기할 때 들은 말이었다. 아무도 그녀의 배가 꼴사납다고 말하지 않았고, 아무도 노인이 마치 소년처럼 계속 그녀의 마음을 사려고 하는 모습에 대해 뭐라고 하지 않았다. 정작 그녀는 무정하고 신중했고, 그저 앞으로 일어날 일에 대비해 충분히 쉴 수 있는 시기가 왔다는 사실에 기뻐하고 있는데 말이다. 그녀는 그녀 평생 다른 사람들은 다 봤던 그녀의 면모를 왜 그는 볼 수 없는지 묻고 싶은 마음이 들었다. 하지만 그렇게 말했다가 그도 그걸 보기 시작하면 어떻게 할 것인가? 우선 이 아이를 낳아야 했다. 그다음에 그에게 몇 가지 질문을 할 수도 있을 것이다.

그에게 몇 가지 이야기를 해줄지도 모르겠다. 그녀가 그와 결혼해야겠다고 생각한 이유. 전에 달이 그녀가 다른 노인과 결혼하길 바란 적이 있었다. 그 이야기를 들으면 목사는 어떻게 생각할까? 어딘가에서 달은 아내를 찾고 있는 것 같다는 홀아비에 관한 이야기를 들었다. 달은 라일라의 머리에 리본을 묶어서 그의 집에 보냈다. 그때는 먹고살기가 너무 힘든 시절이었고, 달은 어떤 곳에도 오래 머무르려 하지 않았기 때문에 직접 그 노인과 결혼할 수는 없는 형편이었다. 그 노인은 상의와 하의가 하나로 된 새 작업복을 입고, 머리를 한쪽으로 빗어서 넘긴 채 현관에 앉아 그녀를 기다리고 있었다. 그의 종아리는 털이 숭숭 나고 하얗게 마른 막대기 같았고, 부츠는 너무 크고 낡은 데다 짝도 맞지 않았다. 그 부츠를 보자 한배에서 태어났지만 서로 다른 아주 늙은 개 두 마리가 떠올랐다. 그는 라일라에게 아내는 죽었고 자식들은 떠났으며, 자기에겐 집과 땅 몇천 평이 있다고 대놓고 말했다. 집안일을 좀 도와주고 같이 있어줄 사람이 있으면 좋겠다는 말도. 라일라는 아무 말도 할 수 없었다. 그러자 노인의 목소리가 커지더니 이렇게 말했다. "이건 내 생각이 아니었어. 난 점잖은 사람이라고. 평생 점잖게 살아왔어. 사람들에게 물어봐. 얼굴에 점이 있는 그 여자도 그걸 알고 있어. 그 여자가 우리 이웃들에게 말을 하고 다녔단 말이야. 자기가 더는 너를 보살필 수 없다고. 그 여자에게 처음부터 말도 안 되는 소리라고 내가 말했어야 했는데. 저기, 여기서 잠깐만 기다려." 노인은 집 안에 들어갔다가 1달러짜리 은화를 하나 가지고 돌아왔다. 그걸 내밀자 라일라가 받았다. "자, 잘 가거라." 노인이 말했다. 라일라는 달을 찾으러 갔다. 그러고는 말했다. "노인이 이걸 줬어." 라일라는 그때 울고 있지 않았다. 달이 말했다. "그건 받지 말았어야지." 그러더니 이어서 말했다. "그 사람은 너에게 잘해줬을 텐데. 그게 중요한 거야. 넌 네가 할 수 있는 한 최선을 다하고, 거기서 어떤 결과가 나오건 감사하게 여기면 되는 거야." 그러고 달은 한동안 부드러우면서도 슬픈 눈빛으로 라일라를 바라보다가 말했다. "너에게 뭔가 매력이라도 있었더라면."

그 무렵 라일라는 달의 보살핌을 받는 게 아니라 달을 돕고 있었다. 그것이 바로 달이 라일라를 떼어놓으려고 한 이유 중 하나이기도 했다. 불쌍한 아이, 달은 라일라에게 그렇게 말하곤 했다. 달은 비탈길을 올라가려면 라일라의 팔에 의지해야 했다. 그리고 힘든 일은 하나도 할 수 없었다. 달의 몸에는 힘이 하나도 남아 있지 않았다. 그래서 무슨 일이 일어나기 전에(그 일은 일어나고 말았지만) 라일라를 어딘가에서 자리 잡고 살게 해줄 수 있기를 간절히 바랐다.

난 점잖은 사람이에요. 목사도 라일라에게 똑같은 말을 할 수 있었다. 이제는 그녀가 어리기 때문이 아니라 그녀가 거칠고 무식한 사람이기 때문에. 그러면 그녀는 어떻게 했을까? 그녀는 뭣 때문에 그런 모험을 할 수 있었을까? 가끔 라일라는 자기가 최악의 일, 너무나 수치스러운 나머지 죽고 말 그런 일이 결국 일어나길 바란다는 생각이 들었다. 그렇지 않고서야 그녀가 왜 그런 말을 했겠는가? 당신은 나와 결혼해야 해요, 같은 말을. 그렇게 말하면 목사가 웃을 거라고 생각했나? 어쩌면 라일라는 노인이 그럴게요, 하고 말하길 원하지 않았는지도 모른다. 노인이 하겠다고 말하리라곤 생각지도 못했다. 그가 결혼하겠다고 했을 때도 그의 말을 믿지 않았다. 그녀는 그 비가 새는 낡은 오두막집으로 돌아가 온몸 구석구석 뼛속까지 고통과 쓰라림만을 느끼려고 작정했었는지도 모르겠다. 다른 모든 것을 그녀에게서 치워버리기 위해. 왜냐하면 그 고통은 처음이자 마지막이었으며, 그녀가 태어난 곳이었고 앞으로도 그녀를 기다리고 있는 것이었기 때문에. 어쩌면 그녀는 자기가 진짜 이 점잖은 남자의 아내가 맞는지, 그가 그저 불쌍해서 받아들인 떠돌이 여자가 아닌지 확인하기 위해 그의 침대로 슬그머니 들어갔는지도 모른다. 이제 그녀의 배는 불러왔고 그는 항상 그녀 옆에 서서 이렇게 말한다. 이 사람은 내 아내입니다. 라일라예요, 내 아내죠. 있지, 달. 난 달이 하란 대로 했어. 라일라는 그전에 수도 없이 생각했다. 그녀가 그때 그 노인에게 한마디만 했더라면, 거기 그렇게 서서 그의 부츠만 빤히 보고 있지 않았더라면, 달은 그 근처 어딘가에 머물 수 있었을지도 모른다고. 그리고 라일라는 밤에 몰래 노인의 집을 빠져나와서, 그녀에게 음식을 갖다주고 그녀가 따뜻하게 잘 지내는지 확인했을 수도 있다. 둘은 둘만의 그 비밀에 흐뭇해하며 같이 웃었을 텐데.

목사는 라일라가 혼자 생각에 잠겨 있게 놔두고 묵묵히 기다렸다. 그녀가 생각을 다 끝내고 그에게 이야기하려고 고개를 들 때까지. 노인이 말했다. "당신은 여전히 날 전혀 믿지 않는군요."

라일라가 말했다. "맞아요. 사실 당신을 믿는다는 말은 할 수 없어요. 당신이 날 믿어야 할 이유도 없죠. 내가 당신에게 말하지 않은 일들도 있고."

그가 고개를 끄덕였다. "알아요. 그게 뭐든 나에게 그냥 말해버리는 게 어때요. 그러고 나서 내가 그것에 개의치 않는 모습을 보면 날 믿을 수 있을지도 모르잖아요."

라일라가 말했다. "이 아이를 낳기 전까진 안 할래요."

그가 웃더니 그녀를 한 팔로 안았다. "아, 오늘 저녁 정말 아름답지 않아요? 구름이 한 점도 안 보이네. 지금 안 추워요?" 그는 재킷을 벗어서 그녀의 어깨에 걸쳐줬다. "앞으로 이렇게 따뜻한 밤은 얼마 안 남았을지도 모르겠어요. '하늘이 하나님의 영광을 선포하고 궁창이 그분 손으로 하신 일을 나타내네. 낮은 낮에게 말을 전하고 밤은 밤에게 지식을 전하네.*'"

"성경 구절인가 보군요." 라일라가 말했다. 노인은 행복할 때면 항상 성경 구절을 인용했다.

"시편 19편이에요. '말씀도 없고 언어도 없다. 그들의 목소리조차 들리지 않는다.**'"

"그것도 무슨 소리인지 모르겠어요."

"아마 이걸 완전히 이해하는 사람은 아무도 없을 거예요. 하지만 아름답잖아요."

거의 모든 사람이 분명 그녀보다는 더 많은 걸 이해하고 있겠지. 라일라가 말했다. "궁창이 뭐예요?" 이런 밤 그와 팔짱을 끼고, 그의 낡고 검은 코트, 그가 예배를 드리러 갈 때 입는 코트의

---

*   시편 19편 1-2절.
** 시편 19편 3절.

온기 속에서 함께 걸을 때는 질문을 하기가 더 쉬웠다.

"우리에게 보이는 하늘을 묘사하는 말이에요. 마치 우리 위에 둥근 지붕이 있는 것처럼, 마치 유리그릇을 엎어놓은 것처럼 보이는 그런 하늘."

라일라는 생각했다. 그럼 실제로 그런 하늘이 있는 건 아니겠군. 노인은 그녀에게 달은 해보다 훨씬 가까이 있으며, 떨어지는 별들은 사실 별이 아니라고 말해주었다. 그녀와 멜리는 그런 것들을 궁금해했었다. 왜 어떤 별들은 떨어지고 어떤 별들은 그러지 않는지, 그 별들이 떨어질 때 어디에 내려앉는지, 언젠가는 그 모든 것들, 심지어 달까지도 하늘에서 떨어지는지. 별들에 관해 이야기하니 좋았다. 그녀는 별들과 달과 하늘을, 매미 소리와 안개와 클로버 냄새 그리고 멜리와 속삭이던 것과 따로 떼서 생각할 수가 없을 지경이었다. 그때 그들은 자고 있었어야 해서 속삭일 수밖에 없었다. 아이들은 그런 생각을 했다가도, 시간이 좀 흐르면 그런 것들에 대해 궁금해하는 걸 잊어버리고 만다. 그런 건 중요하지도 않고, 그들과 아무 상관도 없고, 그것들은 원래 그런 거니까. 그래서 그녀가 별이나 달이나 하늘에 대해 품고 있는 생각은 전부 아이의 생각이고, 그게 노인에게 어떻게 들릴지 알고 있었다. 그는 미소 짓지 않으려고 애쓸 것이고, 그의 목소리는 아주 다정할 것이다. 하지만 그는 그녀에게 다 말해줘야 한다는 걸,

그녀는 뭘 물어야 할지도 모른다는 걸 알고 있는 듯했다. 지구는 태양 주위를 돈다. 지구는 빙글빙글 돌며 기울어져 있다. 그렇군.

전에 그녀가 태머니에 있는 학교의 신입생이었을 때 선생님이 그녀에게 그들이 사는 나라가 어디냐고 물었다. 그때 옥수수는 높게 자라 있었고, 태양은 뜨거웠고, 강물 역시 그득하게 차 있던 시기였기 때문에 라일라는 이렇게 대답했다. "내가 보기엔 꽤 괜찮은 지방*인 것 같은데요." 그건 돈이 했을 만한 대답이었다. 그러자 반 아이들의 웃음이 터졌고, 몇 명은 책상 밖으로 몸을 내밀고 두 팔을 흔들어대면서 선생님도 들을 수 있을 정도로 크게 정답을 속삭였다. 선생님이 그 아이들에게 질문한 것도 아니었는데. "미합중국이잖아!" 맞아, 미합중국이야. 선생님이 말했다. 무슨 주지? 무슨 군? 태머니는 윌리엄 펜**에게 친절했던 인디언 부족의 추장 이름이었다. 라일라는 매일 쉬는 시간과 점심시간마다 혼자 멀찍이 떨어져 있었지만, 그날 선생님은 교실에 남아서 칠판을 지우는 것을 도와달라고 했다. 아마 라일라가 아이들에게 놀림을 당하지 않게 하려고 그랬을 것이다. 선생님이 말했다. "그런 작은 일로 슬퍼하면 안 돼, 라일라. 넌 곧 따라

---

*   원문의 country는 나라라는 뜻도 있고 지방이라는 뜻도 있다.

**   영국의 정치가로, 미국에 식민지를 건설하고 원주민과 우호 관계를 유지하며 식민지를 발전시키기 위해 애썼다.

잡을 거야."

라일라가 말했다. "그럴 것 같지 않아요. 아무래도 난 안 될 거예요. 어쩌면 그러고 싶은 마음도 없을지도요."

선생님이 말했다. "음, 난 네가 따라잡길 바라. 그리고 반드시 그렇게 만들 거야."

선생님도 그저 소녀에 불과했다. 다정한 소녀. 선생님은 라일라가 읽고 쓰고 더하고 빼는 걸 익힐 수 있게 도와줬다. 라일라가 가장 할 수 있어야 하는 일들. 라일라는 그럴 수만 있다면, 혹은 아이의 엄마가 그래야 한다고 결정하는 순간 바로 학교를 떠날 그런 아이니까. 선생님은 다른 아이들이 밖에서 놀 때 라일라는 교실에 남겨 철자법과 숫자를 익히게 했다. 라일라는 혼자 할 게 있어서 기뻤다. 라일라는 다른 아이들이 끔찍하게 싫었다. 그들도 그녀를 비웃었기 때문에, 그들은 다 마을에 사는 아이들이기 때문에, 그녀는 어쨌든 절대로 거기에 오래 머물지 않을 것이고 그들도 그걸 알고 있기 때문에. 선생님은 라일라가 똑똑한 아이라고 했다. 그리고 라일라가 정답을 맞힐 거라는 걸 알게 되자마자 라일라를 교실 앞으로 불러내서 단어의 철자를 맞히거나 산수 문제를 풀라고 시켰다. 오로지 그것 때문에 라일라는 배워야 했지만, 잘했기 때문에 배우는 게 좋아지기도 했다. 교실 앞 벽에는 미합중국의 지도가 붙어 있었다. 조지 워싱턴의 초상화도 한 장 있었고. 마흔여덟 개의 별과 열세 개의 줄이 그려진 국기도 있었다. 이런 것들에는 라일라가 그전에는 한 번도 들어보지 못했던 나름의 중요한 의미가 있었다. 라일라는 세상에는 그저 목초밭과 옥수수밭과 콩밭과 사과 과수원들만 있는 줄 알았다. 그 밭들과 과수원을 소유한 사람들과 그러지 못한 사람들만 있는 줄 알았다. 그리고 마을들이 있고. 달은 라일라에게 다른 인생을 주고 싶었다. 거칠고 무식한 사람이라서 어떻게 해야 할지 알 수 없었지만, 그래도 노력은 했던 것이다.

라일라의 귀에 자신의 목소리가 들렸다. "날 보살펴준 여자가 한 명 있었어요. 그 사람은 내가 어떤 노인과 결혼하길 바랐죠. 하지만 난 그럴 수 없었어요. 어린 여자애에겐 다른 생각이 있는 법이니까요. 그 사람은 내가 인생에서 그 이상 기대할 수 있는 건 없다고 했어요."

노인은 아무 말도 하지 않았다. 집까지 남은 길을 가는 동안 내내 둘 다 아무 말도 하지 않았다. 라일라는 심장이 한 번씩 뛸 때마다 오래된 외로움이 그녀를 움켜쥐는 게 느껴졌고, 자기 몸이 또다시 오래되고 단단하고 어색하게 느껴졌다. 이렇게 죽은 것처럼 느껴지는 몸에서 어떻게 아이가 계속 살아남을 수 있을까? 살아남지 않는 게 최선일지도 모르겠다. 이제 그의 집 말고는 그녀 혼자 있을 곳이 없다. 그녀는 그가 잠을 깨기 전에, 동이

트기 전에 다음 날 아침 그 집을 떠날 것이다. 그 오두막집에는 남은 게 아무것도 없었다. 그녀는 자기 침대에 깔린 담요 한 장과 부엌칼을 하나 가지고 갈 것이다. 어쩌면 그녀의 돈은 그녀가 숨긴 곳에 아직 있을지도 모른다.

노인은 라일라를 위해 현관문을 열어주고 전등 스위치를 켰다. 그의 얼굴은 축 늘어져 있었고 입술은 창백했다. 그는 라일라의 어깨에서 코트를 벗겨서 걸었다. 그리고 그 자리에 그냥 서서 그녀를 바라보다가 입을 열었다. "난 무슨 말을 해야 할지 모르겠어요. 하지만 당신 말이 맞아요." 그는 목소리가 갈라지자 헛기침을 해서 목을 가다듬었다. "당신은 아이가 태어날 때까지 여기서 지내야 해요. 그 후엔 물론 뭐든 당신이 최선이라고 생각하는 걸 해요."

그녀가 뭐라고 할 수 있겠는가? 라일라가 말했다. "내가 그 스웨터를 왜 훔쳤는지 알아요? 거기에 당신 냄새가 배어 있었기 때문이에요."

그가 웃음을 터트렸다. "아니 이런, 고마워요, 라일라. 내 말은, 그 말은 일종의 칭찬이겠죠."

"그러고 나서 그걸 베개 삼아 베고 잤어요."

"영광이네요."

"난 그곳에 당신이 있다고 상상하고 당신에게 말하는 척하곤 했어요. 난 항상 당신을 생각했어요. 내가 점점 미쳐가는 것 같 았어요."

"나도 당신을 생각하고 있었어요. 그리고 나 자신에 대해 생 각했고. 그러면 이제 우리는 뭘 해야 할까요?"

라일라는 어깨를 으쓱했다. "그냥 지금까지 해오던 걸 해야 겠죠."

"그럼 내가 그냥 아무 노인은 아닐 수도 있겠네요?"

라일라가 대답했다. "당신은 분명 그냥 노인은 아니에요."

"음, 그 말을 들으니 안심이 되네요." 그는 좀 있다가 이어서 말했다. "아직도 나에게 말하는 척하나요? 여기서 나랑 같이 살 고 있는데도? 내가 거기 있는 것처럼 상상하면서 했던 이야기들 을 언젠가는 진짜 할 생각 해본 적 있어요?"

"이야기보다는 질문에 가까워요. 그리고 무슨 일이 일어나는 지 당신도 방금 봤잖아요. 내가 무슨 말을 하면 말이죠."

노인이 말했다. "그 스웨터 이야기는 마음에 들었어요. 그것 만으로도 나머지 이야기를 들을 만한 가치가 있었어요."

그래서 라일라는 그를 껴안고 그의 가슴에 머리를 기댔다. "당신은 마음씨가 고운 사람이에요." 그녀는 그의 셔츠 촉감을 마 음껏 즐기면서 말했다. 그녀의 머리카락을 쓰다듬는 그의 손길도.

"당신의 그 말은 대체로 맞는 편이라고 난 생각해요. 그리고 난 아주 믿을 만한 사람이기도 하고. 그러니 울 필요 없어요."

라일라가 말했다. "아뇨, 울 수밖에 없었어요. 난 방금 무서워서 죽을 뻔했거든요."

"음, 그런 일이 일어나면 안 되죠. 우린 당신을 보살펴야 하는데." 그는 그녀의 이마에 키스하고 그녀의 뺨에 흘러내린 눈물을 훔쳤다. 그러고는 서재에 가서 끝내야 할 일이 좀 있다고 했다. 라일라는 생각했다. 당신 말은 기도를 좀 해야 한다는 뜻이겠죠. 내가 당신도 무서워 죽을 뻔하게 만들었으니까. 그래서 나에 대해 하나님과 이야기를 나눠야 하겠죠. 어쨌든 바우턴보다는 하나님이 낫겠지.

하지만 그에게 어떤 진실을 말했는데, 이만하면 결과가 좋은 편이다. 그러니 이제 그녀가 해야 할 일은 다른 생각을 그만하는 것이다. 만약 그녀가 그때 달의 말을 듣고 첫 번째로 만난 그 노인과 결혼했다면 달이 아직도 살아 있을지도 모른다는 생각 말이다. 그 노인은 달과 라일라만큼이나 무식한 사람이었을 것이다. 적어도 그는 두 사람만큼이나 최후의 심판에 대해선 아는 바가 없었을 것이다. 그래서 달이 죽었더라도, 라일라는 그녀가 경악하고 수치스러워하면서 그 자리에 서 있는 모습을 생각하지 않아도 됐을 것이다. 아마도 그녀가 묻혔을 때(묻히기라도 했다면) 입고 있었을 누더기가 된 옷을 입고 서 있는 모습 말이다. 어차피 그녀에게 "유죄"라고 말하려 했다면, 그들이 왜 군이 그녀의 굽은 등을 똑바로 펴고 그녀의 얼굴에 밴 피로의 기색을 씻어냈겠는가? 궁창 위에서 들리던 그 목소리. 돈은 무지하고 하찮은 도둑에 지나지 않았고, 그가 입고 있던 옷은 자기 피로 범벅이 된 누더기였다. 판사가 말했다. "아무래도 그 개가 당신을 이긴 것 같군요. 완전히 제대로 물어버린 것처럼 보이네요. 피고는 할 말 있습니까?" 거기 대고 돈이 뭐라고 할 수 있었을까? 그는 남은 자존심을 다 그러모아 아무 말도 하지 않았다. 달도 얼굴은 흉했지만, 돈처럼 자존심이 있었다. 그녀는 한 아이를 보살폈다. 그랬다, 그녀는 아이를 훔쳤다. 아마도 죽음으로부터. 외로움으로부터. 그리고 그 아이를 꽤 괜찮은 여자, 하루 품을 파는 걸 두려워하지 않는 사람으로 키워냈다. 둘이 함께 웃던 그 순간! 그것은 세상 그 어떤 것보다 좋았다. 하지만 그 모든 건 중요하지 않다. 달이 누군가를 칼로 베었기 때문에. 어쩌면 한 번 이상 그랬을지도 모른다. 그러니 달이 스스로를 위해 할 수 있는 말은 없었다. 단 한 마디도. 라일라가 그 광경을 마음속에서 그려봤을 때, 그것은 궁창 위에서 한 목사가 내려다보며 판결하는 모습이었다. 그것만으로도 돈에겐 지옥 같았을 것이다. 그 후에 무슨 일이 일어났건 말이다.

항상 같은 생각이 찾아온다. 목사는 여전히 그의 서재에 있었지만, 라일라는 그의 침대에 누우면 마음이 편안해질지도 모른다고 믿었고, 실제로 그랬다. 라일라는 그의 베개를 차지하고 그에게는 다른 베개를 남겨줬다. 그러자 기분이 나아졌다. 목사가 침실에 들어왔을 때 그녀가 자고 있다고 생각한 게 분명했다. 그가 아이고 저런, 하고 속삭였기 때문이다. 그가 누워서 팔을 그녀의 허리에 올렸을 때, 라일라는 그의 손을 들어서 입술에 갖다 댔다. 그걸 노인이 키스로 받아들였다면, 맘대로 생각하라지. 그는 그녀에게 몸을 조금 더 바짝 붙였는데, 그 느낌이 아주 좋았다.

10월에 아이가 태동을 시작했다. 라일라는 담쟁이덩굴의 잔가지를 한 움큼 뜯어서 싹을 틔우라고 물잔에 담아줬다. 정말로 싹이 트자 그녀는 그 가지들을 묘지에 있는 어린 존 에임스와 여자 형제들의 무덤 앞에 놨다. 거기 있는 나뭇잎들을 치우고 있을 때 배 속의 아이가 움직이는 게 느껴졌다. 그녀가 말했다. "이런, 애야! 널 기다리고 있었단다." 태양은 환하고 따뜻했다. 이제 막 떨어질 만큼 익은 단풍나무 잎사귀들에서 바스락거리는 소리가 났고, 가죽같이 질긴 참나무 잎사귀들은 바람에 날려 갈 때까지 제자리에 달라붙어 있을 것이고, 밭에서는 마치 다 타서 수그러져간 불처럼 거기 있는 모든 작물을 태워버린 생명의 냄새가 났다. 그것은 거의 연기 냄새 같았다. 라일라가 말했다. "이 마을의 이름은 길리어드라고 한단다, 얘야. 성경에 나오는 이름이지.* 네가 태어날 때까지 우린 여기서 지낼 거야. 내 생각에 우린 여기서 안전한 것 같아. 무슨 일이 일어날지 봐야 알겠지만." 라일라는 이어서 말했다. "일단은, 이제부터는 말도 조금 더 조심해서 할게." 아이의 태동을 느꼈다고 노인에게 말하면 기뻐하겠지만, 아직은 말하지 않을 것이다. 아이는 그녀 속에서 살고 그녀를 알고 있다. 그리고 만약 그녀의 생각이 두려움이든 후회든 분노든 뭐든 그녀의 마음을 흔들어놓는 거라면, 아이도 알고 있다.

라일라는 혼자가 아니라는 느낌이 어떤 것인지 잊어버리고 있었다. 바로 그 순간까지는, 노인이 무슨 말을 하고 어떻게 해도 여전히 혼자였기 때문에. 그가 아무리 친절하게 대해도. 라일라는 자신의 배에 손을 대고 말했다. "너에겐 목사인 아빠가 있어. 아빠의 형제와 자매들이 여기 있어. 그리고 아빠의 어머니와 아버지 그리고 아내와 아기도 있지. 온 가족이 여기 함께 누워 있어. 우린 가끔 그들을 보러 여기 올 거야. 이 사람들 말고 우리에게 또 누가 있겠니? 달밖에 없어. 그런데 달은 어디서 찾아야 할지도 모르겠어. 언젠가는 내가 알아낼지도 모르지. 크로

---

* 성경에 나오는 길르앗 지방을 가리킨다.

커스** 구근을 좀 사야겠다. 네가 상상할 수 있는 최고의 옥수수를 수확하는 사람들이 있긴 하지만, 꽃밭에 관해선 아무짝에도 쓸모가 없는 사람들이야. 너도 지금 여기 주위를 둘러보면 알 거야. 여기 아이리스가 있어도 좋겠네." 길을 따라 여자 세 명이 걸어오고 있었다. 라일라가 말했다. "저 사람들은 내가 혼잣말하고 있다고 생각하겠지." 그녀는 그들에게 고개를 끄덕여 인사하고, 언덕을 내려가 조용한 저녁의 거리를 지나서 목사의 집으로 갔다. 길리어드는 낮에 해가 떠 있을 때는 개들이 길에 나와서 자고 해가 져도 그 온기가 남아 있는 동안은 계속 거기에 누워 있는 그런 마을이었다. 그래서 마을에 몇 대 안 되는 차들은 그런 개들 앞에 멈춰서 경적을 울려야 했다. 개들이 일어나서 길을 비켜주기로 마음먹을 때까지. 그들은 방금 막 포기해야 했던 편안함 때문에 몸이 굳어 절뚝거리며 길가로 갔다가, 차가 가면 다시 그 자리로 돌아와 누웠다. 그건 마을이라고 할 수도 없을 정도로 작았다. 사방 어디를 가나 옥수수밭에서 옥수숫잎들이 바람에 살랑거리는 소리를 들을 수 있었다. 그 정도로 옥수수들은 아주 가까이 있었고, 마을은 아주 조용했다. 라일라가 말했다. "넌 여기가 마음에 들 거야. 한동안은."

**   이른 봄에 노랑, 자주, 흰색의 작은 튤립 같은 꽃이 피는 식물.

노인이 현관에 나와서 머리를 기울인 채 그녀를 보고 싱긋 웃었다. 그녀에게 물어보지 않을 의문이 있을 때 항상 그러는 것처럼. 그래서 라일라가 말했다. "우린 묘지에 갔었어요. 이것저것 조금 돌보다 왔어요." 우리라고 말했는데 노인이 묻지 않아서 라일라가 다시 말했다. "나와 아기 말이에요. 아무래도 우리 둘이 같이 있긴 한가 봐요. 이제 배 속에서 조금씩 움직여요."

"둘이라. 그렇다면 우리 세 사람이 되겠군요. 우리 셋은 이제 저녁을 먹어야죠." 노인은 그녀를 위해 문을 열어줬다.

달은 그 부엌을 마음에 쏙 들어 했을 것이다. 사방이 흰색 페인트로 칠해져 있었고, 커튼마저 흰색이었다. 아침에는 햇빛이 쏟아져 들어왔다. 라일라는 태머니에 있는 부엌을 달이 그렇게 했던 것처럼, 광이 나도록 닦고 문질렀다. 묘한 일이었지만 그저 청소를 하러 온 거라고 상상하면 모든 게 훨씬 쉬워졌다. 그녀는 청소는 어떻게 해야 하는지 알고 있었고, 또 사람들이 그녀에게서 그 외에 뭘 기대하고 있을지 생각하는 걸 멈출 수 있었다. 예를 들어 요리 같은 것. 라일라는 묘지에서 본 붉은 제라늄을 조금 꺾어 왔다. "어차피 서리가 내리면 다 죽을 텐데 뭐. 꽃을 낭비할 필요는 없잖아. 뭐든 낭비하면 안 되니까." 라일라는 아기에게 말했다. 꽃이 뿌리를 내리도록 유리잔에 넣어서 창턱에 올려놨다. 그 모습이 아주 아름다워서, 부엌 식탁에서 필사를 하려고 성경책과 메모장을 아래층으로 가져왔다.

노인은 항상 구운 치즈 샌드위치와 통조림에 든 수프를 차렸고, 라일라가 산모가 먹어야 할 음식을 제대로 먹고 있는지 걱정했다. 교회 여자 신도들이 가끔 저녁 식사를 가져왔다. 그가 아마 걱정된다고 얘기한 모양이었다. 누군가 조리대에 요리책을 한 권 놔두고 갔는데, 필시 그레이엄 부인일 가능성이 컸다. 다른 사람이 시도했다면 라일라의 기분을 상하게 했을 여러 가지 방식으로 라일라를 도와줄 만큼 친한 친구는 그 부인 하나밖에 없었으니까. 뭐, 그레이엄 부인도 자기가 라일라의 진짜 친구가 아니란 사실은 알고 있었지만, 누군가는 가끔 그녀를 도와줘야 했는데, 그레이엄 부인이 그 일을 떠맡았고, 그건 아주 친절한 행동이었다. 자기, 손톱은 물어뜯지 않는 편이 좋을 것 같아요. 이건 사람들이 손톱 다듬는 줄이라고 부르는 건데, 사실은 그냥 사포예요. 이걸 쓰면 손톱이 여기저기에 걸리지 않을 거예요.

음, 그런 건 누가 생각해냈을까? 아주 작은 가위도 있었다. 세인트루이스에 있었던 여자 중 하나가 라일라의 손톱을 다듬어주고 거기 있던 매니큐어 하나를 칠해줬다. 또 다른 여자는 그녀의 머리카락을 헝겊에 말아서 곱슬곱슬하게 만들어줬다. 그들은 라일라의 눈썹을 죄다 뽑아버리다시피 한 후에 연필로 눈썹을 그려줬다. 그들은 그때 짜깁기 바늘로 라일라의 귀를 뚫어주자는 아이디어도 생각해냈다. 여자들은 내내 웃고 있었다. 그들은 라일라의 얼굴에 있는 주근깨를 감추기 위해 분을 바르고, 보라색 립스틱과 붉은 볼연지를 발랐다. 라일라는 그냥 앉아서 그들이 하고 싶은 대로 하게 놔뒀다. 그녀는 너무 어렸고 어마어마한 바보였으니까. 그리고 그들이 빅트롤라 축음기를 틀어놨기 때문에. 그들은 그 축음기를 좋아했다. 그때 일은 다 잊는 게 최선이겠지만.

그녀가 정말 잊어버린 게 뭔지 생각해보면 묘하다. 신경 쓰지마. 달이 그녀에게 그 말을 수백 번은 했을 것이다. 그러나 그 말을 들은 라일라는 계속 궁금해하고 기억하고 혼자 마음속에 간직했다. 지난번에 나를 내버려두고 어디 갔었어? 거기까지 가는데 얼마나 걸렸어? 신경 쓰지 말라니까. 라일라는 그 집에 누가 있었는지, 그 오랜 세월이 흐른 후에도 남아 있었던 게 누구였는지 물어봤을 것이다. 그녀의 엄마는? 그녀는 거기서 태어났는지? 그녀가 태어난 후에 다른 아이들이 또 태어났는지? 하지만 그렇게 물어보면 달이 뭐라고 할지 알고 있었다. 라일라는 달이 그녀를 거기 다시 데려갈 생각을 했다는 것만으로도 당시 상황이 얼마나 절망적이었는지 알 수 있었다. 어쩌면 달은 애초에 그녀를 데리고 도망친 것이 옳은 행동이었는지 의문을 품기 시작했을 것이다. 그땐 먹고살 방법을 찾기가 너무도 힘들었으니까.

그러니 그때 일도 다 잊어버리는 게 최선이다. 궁금해하지 말자. 그녀가 왜 굳이 궁금해해야 하는가? 아이의 태동을 느꼈을 때 라일라는 달의 무릎 위에서 잤던 기억이 났다. 달의 품속에서 그녀의 온기와 축축함을 느끼며 제대로 잠들지 못한 와중에 꿈을 꿨던 기억.

노인이 말했다. "왜 에스겔서예요? 내 생각에 그건 상당히 슬픈 이야기인데. 내 말은, 그 안에는 슬픔이 아주 많이 깃들어 있어요. 거기부터 시작하면 힘들 텐데요."

라일라가 말했다. "흥미로우니까요. 세상의 어떤 일들이 왜 일어나는지 이야기해주니까요." 흠, 노인은 목을 가다듬었다. 그건 특별한 상황이었어요. 하나님은 이스라엘과 특별한 관계였고, 어느 정도 기대를 품고 계셨어요. **나는 또 지나가는 모든 이가 보도록, 너를 둘러싸고 있는 민족들 사이에서 네가 폐허와 모욕거리가 되게 하리라. 내 노와 분과 중한 책망으로 네게 벌을 내리면, 너를 둘러싸고 있는 민족들에게 네가 수치와 조롱거리가 되고 두려움과 경고가 되리라.*** 그녀는 그 부분을 열 번 베껴 썼다. 그녀의 글씨는 점점 더 작아지고 단정해지고 있었다. 라일라 에임스. 노인은 그녀가 성경에서 그 부분만 읽는다고 걱정했다. 그래서 노인에게 예레미야서

---

* 에스겔서 5장 14-15절.

와 예레미야애가도 한 번 봤는데 아무래도 에스겔서가 더 마음에 드는 것 같다고 말했다. 그는 고개를 끄덕였다. "그 부분들도 아주 어렵죠." 그러더니 노인은 하나님이 이스라엘, 그러니까 성경에 나오는 이 민족을 사랑하셨다는 점을 이해하는 것이 항상 중요하다고 말했다. 이스라엘 민족이 믿음에 충실하지 못했을 때 하나님이 그들을 벌하신 이유는 그들의 믿음이 이 세계의 역사에 아주 중요했기 때문이라고 설명했다. 모든 것이 그것에 달려 있었다고 목사는 말했다.

알겠어요. 라일라는 그저 이들이 폐허와 모욕거리가 되었다는 내용에 관심이 갔던 것뿐이었다. 이 말은 무슨 뜻인지 목사에게 물어보지 않아도 잘 알고 있으니까. 지나가는 모든 이가 보도록. 라일라는 그런 사람들이 끔찍이 싫었다. 마치 이렇게 말하고 싶은 것처럼 상대를 보는 사람들. 그 누추한 행색으로 내 앞에 서 있지 말고 썩 꺼져. 너는 뭐 하나 잘될 리가 없어. 실존은 널 원하지 않아. 돈의 무리와 같이 다니면서 무리를 대표해서 해야 할 이야기는 돈이 다 할 때와 달리, 달은 더는 그 불쌍한 얼굴을 숨길 수 없었다. 사람들은 달의 얼굴에 있는 그 붉은 점이 뭔지 알아내려고 했다. 상처인가, 아니면 흉터? 달의 그 점을 보고 그들은 경악했다. 그들은 자기들이 무슨 짓을 하고 있는지 깨닫기 전까지 빤히 달의 얼굴을 바라보곤 했다. 그러면 달은 그냥 그 자리에 서서 그들이 구경을 다 끝낼 때까지, 그녀를 지나쳐 자기들만의 이야기를 다시 시작할 때까지 묵묵히 기다렸다. 그러고 나면 달은 용기를 내서 가지고 있는 얼마 안 되는 것을 팔려고 애를 썼다. 혹은 그게 더 쉽다면 그녀가 가진 것과 뭔가를 바꿀 수도 있었다. 그 시절 라일라에게 그들 두 사람은 아무것도 아닌 존재로 느껴졌다. 하지만 바로 여기 성경에 그들이 있었다. 슬프더라도 상관없다. 적어도 에스겔은 세상에서 일어나는 어떤 일들이 어떤 느낌인지 알고 있다. 그 궁창 위에서 들리는 목소리. 에스겔은 그 소리를 알고 있다. **말씀도 없고 언어도 없다.** 하지만 그것 역시 내내 어려운 질문을 던지고 있었다. 그들이 머리를 꼿꼿이 들고 있기가 얼마나 힘든지, 그리고 무슨 일이 있어도 그 일을 해내고야 마는 사람들의 힘은 어디서 나오는지와 관련된 질문.

어느 날 저녁 노인이 라일라에게 그녀를 보살펴준 여인에 대해 조금 알고 싶다고 말했다. 그때 그는 라일라에게 자기 가족에 관한 이야기를 하고 있었다. 그의 할아버지는 거실에서 종종 예수님에게 말을 걸었기 때문에 나머지 식구들은 모두 조용히 있어야 했다. 할아버지가 현관문 앞에서 이렇게 말하는 소리가 들리기 전까지는. "주님, 시간을 내주셔서 정말 감사합니다!" 노인은 그때 라일라가 좀 더 이야기하게 하려고 애쓰고 있었다. 아마 옆에서 같이 이야기를 나눌 사람이 있으면 해서 그랬을 것이다. 노인이 말했다. "우리 할아버지는 상당히 거친 분이셨어요. 어떤 남자를 총으로 쏜 적도 있었죠. 내가 알기론 한 명이었어요. 그 후에 전쟁에 나가셨으니 더 많은 사람을 쐈을 수도 있죠. 할아버지는 군목으로 입대하셨지만, 집에 있던 총을 가지고 가셨어요." 사람들은 밤에는 누가 옆에 있어주길 바라는 법이다.

그래서 라일라가 말했다. "날 돌봐줬던 여자, 그 사람은 자기 이름이 달이라고 했어요. 왜 있잖아요, 아이들이 가지고 노는 인형처럼요. 달의 다른 이름은 몰라요. 어떤 선생님이 내 성을 달이라고 했는데, 그건 그냥 실수였고요. 달은 누군가를 칼로 벴어요. 그것 때문에 고생을 많이 해서, 후회했다고 난 생각해요. 내가 달을 알고 지내던 동안 내내 달은 항상 뒤를 돌아보고 경계하면서 살았거든요. 그것 때문에 경찰에 잡힌 건 아니에요. 달은 결국 또 누군가를 칼로 베야 했어요. 그거 말고는 달리 할 말이 없어요. 달은 나에게 잘해줬어요." 의도했던 것보다 훨씬 더 많이 말하고 말았다. "달은 내가 오두막집에서 가지고 있던 그 칼을 내게 줬어요." 왜 이 말을 했을까? "그걸 돌려받았으면 싶어요." 그건 사실이다. 그건 상당히 좋은 칼이니까.

"음, 그래요. 당신이 그 오두막집에서 가지고 있던 물건들은 박스 몇 개에 담아서 다락에 뒀어요. 당신에게 말한다는 걸 깜박

했어요. 미안해요. 내가 가지고 내려올게요."

"내가 그리워하는 건 그 칼 하나밖에 없어요. 성경책은 갖고 있으니까." 라일라가 말했다. 라일라는 그녀가 과거에 어떤 사람이었는지 노인이 잠시 기억하는 건 개의치 않았다. 하지만 그를 너무 두렵게 만들고 싶지도 않았다. 노인은 정말 걱정스러워하는 표정이었다.

"그래요. 에스겔서. 그걸 통째로 베껴 쓸 계획인가요?"

"내가 좋아하는 부분만요."

그는 고개를 끄덕였다. "언젠가 당신이 어떤 부분을 좋아하는지 알면 좋겠어요. 물론 당신을 방해하고 싶진 않아요. 그저 알게 되면 흥미로울 것 같아서요. 해석의 관점에서 말이죠. 당신의 생각을 알고 싶어요."

라일라가 말했다. "난 아직 생각 중이에요. 생각이 끝나면 당신에게 말할지도요."

그가 웃었다. "기대할게요. 하지만 절대 끝내지 못할지도 몰라요, 당신도 알다시피. 생각이란 끝이 없잖아요."

"생각하는 데 시간을 오래 들이고 있는 건 사실이에요."

"서두를 필요 없어요. 바우턴과 나는 거의 평생을 똑같은 생각을 하면서 살아왔어요. 그건 아주 즐겁기도 했고요."

"음, 난 뭘 좀 해결해보려고 노력 중이에요. 결단을 내리려고 애쓰고 있어요. 그래서 그걸 끝내고 싶어요."

잠시 후에 그가 말했다. "그게 뭔지 물어보지 않으려고 노력해볼게요. 당연히 당신이 하는 생각을 당신 혼자만 알고 있을 권리가 있으니까. 당신이 그렇게 하고 싶다는 건 분명히 알았어요. 그러니 물어보지 않을게요." 노인이 웃었다. "이건 정말이지 내 성격을 시험하는 시련이군요."

라일라는 어깨를 으쓱했다. "그저 늙은 달에 관한 생각일 뿐이에요. 그게 다예요."

"그렇군요."

라일라가 말했다. "당신 그 부분 알죠. '네가 피투성이로 버둥거리는 것을 보았고'라는 부분 말이에요. 그건 누가 말하고 있는 건가요?"

"주님이시죠. 하나님이요. 그리고 그 아기는 이스라엘이에요. 음, 예루살렘이죠. 물론 그건 비유예요. 에스겔은 시로 가득 차 있어요. 성경의 다른 권들보다 훨씬 더 많은 시와 우화와 환영들을 담고 있죠."

노인이 에스겔서를 읽는 그녀를 조바심을 내며 돕고 싶어 한다는 걸 라일라는 알고 있었다. 그는 에스겔서를 다시 읽으면서, 그것이 시라는 사실을 그녀에게 말할 기회만 기다리고 있었다. 이제 유명한 그날과 그해를 기억하는 사람 중 살아 있는 사람은 거의 없다.* 그것이 사실상 그녀가 지금까지 들어본 유일한 시였기 때문에, 라일라는 노인이 그렇게 그녀에게 주고 싶어 하는 도움을 어떻게 생각해야 할지 정말 알 수 없었다. 이것은 흐르는 강물 위에 걸쳐진 조잡한 다리와 같군.** "음, 하나님이 거기서 말한 건 진실이에요. 그건 내가 잘 아는 거거든요."

"그래요. 당신 말이 정말 옳아요. 나는 그게 더 깊은 차원에서 진실이 아니라는 뜻으로 말한 게 아니에요. 그 말씀이 실재하는 뭔가를 묘사하는 말이 아니라는 뜻도 아니었고요. 내 말은 그런 뜻이 아니었어요." 그는 고개를 저으며 웃었다. "아, 라일라. 더 말해줘요."

라일라는 노인을 바라봤다. "당신은 내게 말해달라고 해놓고, 이제 날 비웃고 있군요."

"아니에요! 맹세해요!" 그는 두 손으로 그녀의 손을 잡았다. "당신이 내게 말할 것들이 있다는 거 알아요. 아마 내가 절대 몰랐을 일들이 수백 가지는 되겠죠. 내가 절대 이해하지 못했을 일들. 아마 당신은 그게, 음, 말하자면 바보가 되지 않는 게 내게 얼마나 중요한지 알아차리지 못한 것 같아요. 난 평생 그 생각 때

---

* 헨리 워즈워스 롱펠로의 시 '폴 리비어의 질주' 중 한 구절.
** 랠프 월도 에머슨의 시 '콩코드 찬가'의 1연을 조금 수정한 표현.

문에 분투하며 살아왔어요. 그게 나이고 앞으로도 변하지 않을 거라는 거 알지만, 내가 이해할 수 있는 어떤 길이 보일 때면—"

"그런 이유로 나와 결혼했나요?"

그가 웃었다. "그것도 이유의 하나일지도 모르죠. 내가 그렇다고 하면 신경 쓰이겠어요?"

"음, 난 정말 당신에게 무슨 말을 해야 할지 모르겠어요."

"나도 그래요. 당신이 하는 말 하나하나가 다 놀라워요. 항상 흥미롭고."

"내가 그 칼을 그리워한다는 말 같은 거요?"

"그건 내가 찾아다 놓을게요. 내일 아침 일찍."

"그건 달의 칼이었어요."

그는 고개를 끄덕이고 나서 웃었다. "정이 든 물건이군요."

라일라가 말했다. "그런 셈이에요."

"음, 그걸 당신에게 돌려주기 전에 하나만 약속해줘요. 내가 절대 당신을 비웃지 않을 거라는 사실을 알고 있다고 약속해줘요."

라일라가 말했다. "지금도 날 보면서 웃고 있잖아요."

"어떤 의미로만 그러는 거예요."

"'어떤 의미'라니. 대체 그게 무슨 뜻이에요? 당신이 말하는 방식이란 참!"

"내 말은 그저―"그는 그녀를 빤히 바라봤다. "라일라 달, 당신은 날 정말 못살게 굴어요!"

라일라가 웃었다. "맞아요. 그러고 있어요."

"거기 그렇게 앉아서 내가 이렇게 어쩔 줄 몰라 하는 모습을 지켜보고만 있다니!"

"아주 즐기는 중이에요."

"음. 그건 좋네요! 앞으로도 많이 보게 될 테니까."

그들은 같이 웃었다.

"하지만 당신에게 물어보려던 게 있었어요." 라일라가 말했다. "들판에 버려진 아이가 있어요. 그냥 내다 버린 거죠. 그리고 하나님이 아이를 안아 들어요. 하지만 하나님은 애초에 왜 누군가가 아이를 그런 곳에 버리게 놔뒀을까요?"

"아. 그건 어려운 질문이에요. 있잖아요, 그 이야기는 일종의 우화예요. 당신도 성경에서 하나님이 목자라거나 포도밭의 주인이라거나 아버지로 나오는 건 알고 있잖아요. 여기서 하나님은 우연히 들판을 지나가다가 이 아이를 발견하는 친절한 사람일 뿐이에요. 우화에서 그는 전지전능한 힘을 가진 그런 신이 아니라는 거죠."

"하지만 하나님에게 정말 그런 힘이 있다면, 왜 아이들이 그런 학대를 받게 놔두죠? 가끔 그런 아이들이 있잖아요. 그건 사실이에요."

"나도 알아요. 보기도 했고. 나도 수천 번 넘게 그걸 고민했어요. 사람들은 항상 내게 그 질문을 해요. 다양한 버전으로 물어보죠. 난 대개 그들에게 줄 대답을 발견하곤 해요. 하지만 당신에겐 좀 더 잘 대답하고 싶어요. 그러니 시간을 좀 더 줘요. 며칠 정도. 그게 왜 도움이 될 거라고 생각하는지는 나도 사실 잘 모르겠지만, 어쩌면 도움이 될지도 모르죠." 그는 그녀의 손을 만졌다. "'난 말할 수 없을 정도로 당신을 사랑하니까요, 내가 당신에게 말할 수 있다면, 말해드릴게요.'* 이건 시예요. 하지만 사실이기도 해요. 정말 그래요."

"멋진 시네요."

"'저 바람은 분명 어딘가에서 불어오는 것이고, 잎들이 썩어가는 데는 분명 이유가 있겠지요.' 사실은 좀 슬픈 시예요."

"슬퍼도 상관없어요."

"나도 그런 것 같아요. 전통을 따르자면 우리는 죽은 사람을 위해 기도하지 않아요. 하지만 나는 그 여인을 위해 항상 기도해요. 달이란 여인. 이제 그녀의 이름을 알게 됐군요. 그게 중요한 건 아니지만. 그래도 나에겐 중요해요."

---

*   W. H. 오든의 시 '내가 당신에게 말할 수 있다면'의 한 구절.

"멜리란 여자아이도 있었어요. 걔는 아마 아직 살아 있을 거예요. 돈도 있고. 돈은 어떻게 됐는지 모르겠어요."

"그 사람들도 기억할게요."

"하지만 내가 주로 걱정하는 사람은 달이에요."

"알겠어요."

"뭐, 당신이 계속 기도해줘요. 그러면 내 마음이 조금 편안해질지도 몰라요." 라일라가 말했다.

그러자 노인이 말했다. "고마워요, 라일라. 그렇게 할게요."

그는 방이 어두워질 때까지 그녀 옆에 앉아 있었다. 그녀는 그가 무슨 말을 하고 싶을지 궁금했다. 그리고 자신이 입을 열기 시작하면 무슨 말을 할지도. 그녀는 원피스를 입은 무릎 위에 두 손을 맞잡은 채 앉아 있었다. 시어스에서 산 꽃무늬 원피스였다. 그들 맞은편 벽에 작은 거울이 하나 있었는데, 거기에 파란 저녁 하늘이 비쳤다. 그리고 그들 뒤에는 레이스 커튼이 달려 있었고, 창문으로 서늘한 기운이 들어왔고, 창문 너머로 나무들과 들판들과 바람이 있었다. 그녀 옆에 남자가 앉아 있다는 사실이 여전히 이상하게 느껴졌다. 그녀가 좋아하고 꽤 많이 믿는 남자지만, 어쨌든 남자다. 늘 별생각 없이 입는 어두운색의 평범한 남자 옷을 입고 면도 로션 향기가 조금 풍기는 남자. 그의 주변에는 그녀가 그를 만지지 않아도 느낄 수 있는 온기가 있다. 그녀의 손에는 그의 반지가 있고 그녀의 배 속엔 그의 아이가 있다. 정말 인생 모를 일이다.

라일라가 말했다. "근데 성경에 나오는 그들은 왜 아기의 몸에 소금을 문지르고 싶어 하죠?"

"음. 내가 해설서에서 그 부분을 찾아봤어요. 거기 보니까 아이의 피부를 단단하게 만들기 위해서 그랬다더군요. 소금을 너무 많이 문지르면 피부가 너무 단단해지고. 그 말을 한 사람은 칼뱅*이에요. 칼뱅이 말한 방식으로 봐선, 16세기에도 여전히 그렇게 아이의 몸에 소금을 문질렀나 봐요. 400년 전엔 그랬다는 거죠."

"나는 그 사람이 죽었다는 사실조차 몰랐어요. 칼뱅이요. 당신과 바우턴이 말하는 걸 듣고 요즘 사람인 줄 알았어요."

그가 웃었다. "음, 늙은 목사들이 새겨들어야 할 말일지도 모르겠군요. 하지만 칼뱅이 하는 말은 아주 유용할 수 있어요. 아이의 몸을 소금으로 문지르고 뭐 그런 말이요."

"아이가 애초에 왜 학대를 받아야 하는지 그 이유에 대해 칼뱅이란 사람이 한 말이 있나요?"

"음, 칼뱅의 말에 따르면 기본적으로 인간은 신의 은총을 받

* 프랑스의 종교 개혁자.

238

을 때 그것이 은총이라는 점을 정말로 깨닫기 위해선 고통을 겪어야 한다고 해요. 그 말을 대체 어떻게 생각해야 할지 난 잘 모르겠지만."

"그러면 영영 아무도 찾지 못하는 아이들은 어떡하고요?"

"바로 그게 내 의문이에요. 칼뱅에게 공평하게 말해보자면, 그에겐 자식이 하나밖에 없었는데, 그 아이도 갓난아기 때 죽었어요. 사내아이였죠. 그래서 그는 크나큰 슬픔을 겪었어요. 그러니 슬픔에 관해선 아주 많이 알고 있는 셈이죠."

"성경에 나온 그런 아이, 막 태어난 아기는 누군가 자신을 안아 올려도 그게 어떤 느낌인지 모를 거예요. 혹은 그 차이를 알 정도로 많이 기억하지 못할 거고요. 그러니 아이의 고통엔 아무 의미가 없어요."

"그건 맞는 말이에요. 하지만 이건 우화예요. 하나님은 이집트에서 노예로 살던 이스라엘을 구해주셨어요. 그러니 **그들은** 그 차이를 알겠죠. 고통과 은총의 차이 말이에요. 에스겔은 속박에 관한 이야기를 아주 많이 했어요. 사실 그는 바빌론의 침공을 받고 포로가 된 상태에서 그 글을 쓴 거예요. 그러니 칼뱅이 무슨 이야기를 하고자 했는지 알 수 있어요. 그런 식으로 해석하자면 말이죠. 내 말은, 구약성서는 이스라엘이 고통을 겪은 민족이기 때문에 은총의 의미를 알 거란 관념에 아주 많이 의지하고 있다는 뜻이에요."

"그러니까 하나님은 그들이 이집트에서 고통받게 그냥 놔뒀
군요. 그들은 그 후에도 고통받았고."

그는 어깨를 으쓱했다. "그래 보이긴 해요. 있죠, 에스겔서와
같이 마태복음을 읽는 것도 좋을 것 같아요. 이건 그냥 제안이에
요."

라일라가 말했다. "난 지금 읽는 부분이 흥미로워요. 그는 오
입질에 관한 이야기를 아주 많이 하더군요. 그걸 다 읽은 다음에
마태복음을 읽어볼게요."

그가 웃었다. "아, 라일라! 그건 내가 설명할 수 있어요." 그는
두 손으로 머리를 감쌌다. "설명하기 쉽진 않지만, 이 말을 듣고
당신이 속상해하지 않길 바랄 뿐이에요."

"걱정하지 말아요. 나도 나름의 생각이 있으니까." 라일라가
이어서 말했다. "그건 그렇고, 난 그 오입질이란 말을 사람들 앞
에서 하진 않아요. 이게 사실상 욕이란 걸 알아요. 욕보다 더 나
쁜 말이죠. 성경에 이런 말이 나올 줄은 진짜 몰랐어요. 참 흥미
롭더군요. 성경엔 내가 예상치 못했던 이야기가 참 많아요."

그가 말했다. "흥미롭긴 하죠. 나도 다시 성경을 처음부터 끝
까지 읽어봐야겠어요. 난 항상 성경에서 내가 가장 좋아하는 부
분을 생각하고 있는 것 같아 놀랍네요. 그런 부분이 많기도 하고

요. 하지만 그 부분들 말고 다른 이야기들도 있죠." 그리고 어둠 속에서 두 사람은 한동안 입을 다물고 있었다. 그러다 그가 말했다. "난 나름 고통의 시간을 겪은 것 같아요. 에스겔의 기준으로 보면 부족하겠지만. 어쩌면 앞으로 더 많은 고통이 올지도 모르죠. 내 나이를 생각하면 분명 그럴 거라고 확신해요. 하지만 적어도 그동안 충분히 고통받았기 때문에 이것이 하나님의 은총이란 사실은 알아요." 그는 라일라가 앉아 있는 소파 등받이에 팔을 올리고 있었는데, 이제 그녀의 머리칼을 만졌다. 그는 여전히 그녀 앞에서 수줍어했다.

라일라가 말했다. "음, 그거 흥미롭군요." 그녀는 에임스 부인이 그 말에 대해 어떻게 생각할지 궁금했다. 그 불쌍한 여자는 그저 그에게 아기를 낳아주려고 노력했을 뿐인데. "그 점에 대해 깊이 생각해볼게요."

이제 배가 많이 나왔기 때문에 라일라는 자기 방에 있는 테이블 앞에 앉아서 생각해야 했지만, 목사가 집을 나가면 여전히 방문을 잠갔다. 그 고적함을 느끼기 위해. 노인은 절대 그녀의 방에 들어오지 않았고, 절대 에스겔서를 가지고 설교하지 않았고, 달에 관한 질문도 다시 하지 않았다. 칼을 그녀에게 돌려줬을 때조차 그랬다. 라일라가 칼 이야기를 한 다음 날 아침 식탁 위 크림 단지와 설탕 통 사이에 칼이 놓여 있었다. 칼날은 접혀서 칼자루에 들어가 있었기 때문에 그만하면 해가 없어 보였다. 라일라는 칼을 그 자리에 그대로 뒀다. 노인이 그녀를 조금 더 잘 알게 되기 전까지는 칼이 어디 있는지 알고 싶어 할 것 같아서 그랬다. 달은 칼날이 면도날처럼 날카로워지면서 조금은 마모될 때까지 갈았고, 칼날의 가장자리에서 번쩍이던 광채는 사라졌다. 혼자 있을 때 라일라는 칼을 칼집에서 꺼냈다. 달의 인내심과 두려움이 다 칼날에 배어 있었다. 달은 숫돌에 침을 뱉어가면서 칼을 갈았을 것이고, 그때마다 거칠면서 속삭이는 듯한 쇳소리가 났을 것이다. 달은 자기만의 생각에 잠긴 채 최선을 다해 칼날을 날카롭게 만들었을 것이다. 신경 쓰지 마. 그러던 어느 날 달이 말했다. "이건 네가 가지는 게 낫겠다. 잘 씻어뒀다가 기회가 있을 때 숨겨놔. 꼭 써야 할 경우가 아니면 절대 쓰지 마."

그것은 달이 그녀에게 줄 수 있는 유일한 것이었고, 버리기엔 너무 좋은 물건이었으며, 지니고 있기엔 너무 위험했다. 하지만 라일라가 달리 뭘 할 수 있었겠는가? 칼자루는 사슴뿔로 만든 것으로, 형태도 손에 쥐기 딱 좋았고, 매끄러운 데다 그간 그 칼을 잡았던 사람들의 손때로 얼룩져 있었다. 달은 어떤 물건이건 절대 새것을 가지고 있는 사람이 아니었고, 할 수만 있다면 그 물건을 마지막으로 가지고 있는 사람도 아니었다. 사람들에게는 항상 교환할 뭔가가 있었다. 설사 그 교환이 일종의 호의라고 해도. 그리고 모든 물건에는 이야기가 딸려 왔다. 다른 누군가에게서 물건을 훔친 사람에게 그것을 받은 여자에 관한 이야기. 그런데 알고 보면 사실 훔친 것도 아니었다. 왜냐하면 그 여자는 그걸 쓴 적도 없고, 그는 또 그 여자가 사촌이 죽었을 때 그 물건을 사촌 집에서 가져왔다는 사실을 알고 있었는데, 죽은 사촌에게는 형제들이 있어서 그 여자가 그걸 가질 권리는 없었으니까. 하지만 그는 어쨌든 기분이 좋진 않았기 때문에 그것을 싸게 판 것이다.

모든 물건은 쓰다 보니, 혹은 실수 때문에 손이나 얼굴이 그런 것만큼이나 얼룩지고 닳아 있었다. 세상에는 어쩔 수 없이 존중해야 하는 물건들이 있고, 그 칼도 그중 하나다. 가끔은 낯선 사람이 느닷없이 불가에 와서 쭈그리고 앉을 때가 있다. 사람들이 재빨리 움직이고 싶을 때 하는 식으로 발끝으로 중심을 잡고. 그러면 그들은 그가 등에 뭘 지고 있는지, 그가 뭘 가지고 다니는지 살펴보게 된다. 그건 아무것도 아닐 수도 있고 혹은 뭐든 될 수 있으니까. 마치 바람의 방향이 바뀌는 것처럼. 가끔 그 사람은 이런 표정을 짓고 있을 때도 있다. 젠장, 난 파리 새끼 한 마리 해치지 않아! 그 표정을 보면 돈이 아서에게 흘끗 눈짓한다. 그럼 그때부터 그를 원래 가던 길로 돌려보내기 위한 길고 조심스러

운 작전이 펼쳐진다. 다만 그가 기분 나빠하지 않게. 조금만 기회
가 생겨도 벌컥 성을 내고 싶어 하는 부류처럼 보이니까. 뱀, 칼,
낯선 사람들, 어두워지는 하늘. 사람들은 어떤 것들은 온몸으로
느낀다. 그것들이 무슨 뜻인지. 사람들이 다른 곳에 해를 끼치러
가는 길이었는데, 그들이 지나가는 걸 당신이 봤을 수도 있는 것
이다. 하지만 그걸 어찌 알 수 있겠는가? 어쩌면 앞서 스무 명이
그 칼을 가지고 있었는데 그중 한둘만이 그걸로 남을 다치게 했
을지도 모른다. 상처 하나 낸다고 해서 칼에 흉터가 남진 않는다.
칼은 원래 용도대로 쓰인다고 해서 지칠 수 없다. 그래도.

　그 숄이 완전히 사라져버려서 라일라는 애석해했다. 달이 그
녀에게 그걸 남겼다고 노인에게 말할 수 있었다면 칼과는 완전
히 다른 존재가 됐을 텐데. 돈이 그 숄을 불길 위로 늘어뜨리자
그것은 마치 마법처럼 순식간에 타버렸다. 그 열기가 그의 손에
닿기도 전에 숄은 사라져버렸다. 그 무렵 그 숄은 너무 낡아서
간신히 남아 있는 성긴 실 사이로 반대편을 훤히 볼 수 있을 정
도였다. 회색 바탕에 여기저기 남아 있는 분홍색 실들로 한때 그
자리에 장미 무늬가 있었던 게 보이던 숄. 돈은 그게 뭔지도 몰
랐고 그들이 왜 그걸 가지고 다니는지도 몰랐다. 그것은 아무짝
에도 쓸모가 없었다. 달과 라일라가 만들어낸 용도, 즉 함께 기
억하는 것 외에는. 그 숄을 잃었을 때보다 더 마음이 아팠던 적

은 별로 없었다. **말씀도 없고 언어도 없다. 그들의 목소리조차 들리지 않는다.** 물건에 관한 한 이 말은 맞는 말이었다. 사람에 관해서도 맞는 말이었다. 그냥 맞는 말이었다. 그래서 칼은 노인이 놔둔 그 자리, 아침 식탁 위의 설탕 통 옆에 놓여 있었다. 설탕 통은 뚜껑도 없고 손잡이도 없었다. 이 집에서 살던 아이 중 하나가 부러뜨렸기 때문이다. 존 에임스라고 하는 아이. 그의 어머니와 아버지는 그날을 기억했다. 눈보라가 몰아치는 날이었기 때문에 아이들은 모두 집 안에 있었고, 부엌이 집에서 가장 따뜻한 방이었기 때문에 그들은 모두 부엌에 있었다. 부엌에서는 빵이 구워지고 있었다. 그런 날이면 아이들은 어서 눈이 내리는 밖에 나가고 싶어서 난폭해진다. 노인은 항상 자신도 그날을 기억하고 싶다고 말했다. 그 후로 눈보라가 친 날이 별로 없어서 그런 것도 아니고, 부엌에서 시간을 보내던 나날이 없어서도 아니었다. 하지만 그 이후 그런 날들에는 아버지는 심각해지고 어머니는 슬퍼했다. 그래서 그다지 즐겁지 않았다. 라일라가 아이에게 말했다. "사람들이 이곳에 아주 오래 살아서, 모든 물건에 의미가 있는 것 같아. 넌 조심해야겠어. 사실상 네가 손에 쥐는 물건이 뭔지 절대 알 수 없으니까." 라일라는 생각했다. 만약 우리가 이곳에 머무른다면, 곧 네가 이 식탁 앞에 앉아 있게 될 것이고, 나는, 잘은 모르지만 뭔가를 요리하고 있겠지. 밖에선 눈이 내릴 것이고, 노인은 우리가 여기 있어서 너무 기쁜 나머지 자기 서재로 가서 감사 기도를 올리고 있겠지. 창턱에는 제라늄들이 있을 것이고. 붉은 제라늄들.

이것저것 원하면 안 돼. 라일라는 혼잣말했다. 달은 눈을 끔찍이 싫어했다.

그녀는 여전히 무엇보다도 에스겔서를 생각하고 있었다. 그 남자는 들판에 버려진 아기를 안아 들었다. **그러고는 내가 물로 너를 씻어주었다. 그렇다, 내가 물로 네 몸에 있는 모든 피를 씻어 없애고, 네게 기름을 발랐다.**[*] 그 피는 너를 돌봐줄 사람이 하나도 없다는 수치심이다. 왜 그게 수치스러워야 하는가? 아이는 그저 아이일 뿐이다. 아이는 자기에게 일어나거나 일어나지 않는 일에 어쩔 도리가 없다. 그 오두막집에서 그들을 쫓아오며 부르던 여자의 목소리. 그건 아마 라일라가 지어냈을 것이다. 달에게는 절대 물어볼 수 없었다. 달이 말했다. 아무도 그녀를 찾으러 오지 않을 거라고. 그리고 한동안 정말 그랬다. 그때 거기엔, 그들을 쫓아오면서 부르기를 라일라가 바랐던 누군가, 그녀가 사라져서 조금은 안타까워하는 누군가가 있었음이 틀림없었다.

그게 왜 중요했을까? 달이 어린 그녀를 데려갔을 때, 그때 달

---

[*] 에스겔서 16장 9절.

은 그녀의 수치심을 어느 정도 씻어냈다. 그러고 나서 그날 밤, 라일라가 한 달 동안 그녀를 보지 못했던 그때, 그녀가 같은 마을에 있는지도 몰랐던 그때 달이 피투성이가 돼서 그녀에게 왔다. 달은 수척해질수록 그 칼을 가는 데 더 많은 시간을 들였다. 더 갈 수 없을 정도로 칼날이 날카로워졌는데도 한참을 더 갈았다. 달이 잠 못 이루는 밤이면 라일라는 그 칼 가는 소리를 들었고 그 소리에 잠이 깨기도 했다. 달은 그 칼을 날이 보이게 열어서 다리에 묶은 채로 다녔다. 그걸 써야 할 경우가 생기면 빨리 쓰는 데 아무 문제가 없도록. 달이 마침내 얼굴이 하얗게 질린 채 덜덜 떨면서 왔을 때, 라일라는 그녀를 아주 오래 씻긴 후에야 그녀의 상처들을 찾아낼 수 있었다. 어두워질 때까지 달이 하루 내내 숨어 있었기 때문이다. 그녀는 원피스를 헐렁하게 입어서 상처에서 흘러내린 피에 옷이 달라붙어 마르지 않게 했다. 그리고 달의 몸에 묻은 피는 그녀의 피만은 아니었다. 아마도 대부분이 그녀의 피가 아니었을 것이다. 그 늙고 불쌍한 여자는 자신이 죽지 않아서 아주 수치스러워하는 것처럼 보였다. 달이 말했다. "너를 성가시게 하긴 너무 싫은데, 애야. 그와 내가 맞붙었을 때 나는 그길로 죽을 거라고 확신했다. 오늘 아침이나 아니면 여기 오는 길에 죽을 거라고 예상했어. 나도 이젠 모르겠구나." 그래서 라일라는 달을 부드럽게 대하려고 애썼고 달은 용감해지려고 애썼다. 사방은 온통 피바다였다. 다음 날 아침 보안관이 찾아왔다. 그가 말했다. "당신 같은 할머니가 칼싸움에 휘말리는 걸 보게 될 줄은 정말 생각도 못 했는데." 그러자 달이 남은 용기를 그러모아 말했다. "그 자식도 영계는 아니었거든." 그 말에 보안관이 껄껄 웃었다. "보아하니 당신이 이긴 건 확실하네요. 그 사람이 진 건 분명하고. 둘 다 유감스럽게 됐어요." 그는 이 기묘한 사건을 재미있어했고, 달도 그걸 알고 있었다. 하지만 그녀의 얼굴과 손은 씻긴 뒤였고 머리도 빗질이 되어 있었으며, 피를 닦은 걸레들은 침대 밑에 숨겨져 있었기 때문에, 끔찍한 건 대부분 치워진 상태였다. 라일라는 그 더러운 칼로 달의 원피스를 길게 잘라서 벌리고 달의 상처에 붕대를 감아준 후 잘린 부분을 다시 핀으로 집어서 닫아놨기 때문에, 적어도 달의 몸은 가려져 있었다. 그들이 달을 운반하기 위해 들것을 하나 가져왔다.

보안관이 물었다. "이 사람이 당신 어머니인가요?"

라일라가 말했다. "아니에요, 그냥 도우려고 했을 뿐이에요. 이 사람이 우리 집 문 앞에 나타났어요." 달이 그녀를 지켜보고 있었다. 라일라는 그냥 지친 걸지도 몰랐지만, 그때쯤 그녀는 머릿속에 제일 먼저 떠오르는 말을 하기 시작했을 때였다. 설사 그게 진실이라고 하더라도.

"이 사람 칼은 당신이 가지고 있는 거요?"

"칼은 아예 못 봤는데요. 이분이 가지고 있지 않았나 보죠."

"음, 그건 확실히 해두고 싶은데. 그 칼은 분명 악마처럼 날카로울 테니까."

라일라는 그때 이렇게 말하고 싶었다. 그 고약한 건 여기 내 스타킹 속에 있어요. 내 다리에 찰싹 붙어 있다고요. 미주리 여자라면 누구나 제일 먼저 숨겼을 곳이죠. 나는 당신이 제일 먼저 이곳을 볼 줄 알았는데. 그녀는 심지어 이렇게 말했을 수도 있다. 당신만 괜찮다면, 이걸 없애버리면 기쁘겠어요. 하지만 라일라는 일부러 거짓말을 하는 수고를 들였다. 그때 달이 똑바로 그녀를 보고 있었기 때문에. "누가 가서 들것 좀 가져와. 이 할머니를 교도소로 옮겨야 할 것 같아." 보안관이 이렇게 말했을 때 달은 눈을 감고 입가를 굳혔고 두 손을 포개며 만족스러워했다. 그녀는 심지어 얼굴의 점을 가리기 위해 고개를 돌리지도 않았다. 그리고 말했다. "당연한 응보를 받는 거라면." 칼을 갈던 동안 내내 달은 아마 어디를 베는 것이 최선일지, 칼을 한두 번만 휘둘러서 그의 피를 보려면 어디가 최선일지 생각하고 있었을 것이다. 모든 일이 달이 원했던 방식대로 풀렸다. 그가 그녀를 죽이진 못했다는 것만 빼면. 적어도 당장은. 그들이 그녀를 교도소로 데려갔을 때, 라일라는 뒤에 남아서 스타킹 속에 있던 그 칼을 꺼냈다. 그녀는 달이 그녀를 찾으러 왔을 때 지나쳤을 게 분명한

골목길에 있는 빗물 받아두는 통 뒤에 그걸 떨어뜨렸다. 누구든 그 칼을 찾는 사람이 있었다면 그걸 봤을 것이다. 하지만 3주가 지난 후에도, 달이 사라지고 사람들이 달에 관한 이야기를 더는 하지 않게 됐을 때도 그 칼은 그 자리에 있었다. 그래서 라일라는 그 칼을 다시 스타킹 속에 몰래 집어넣었다.

달은 너무 노쇠해서 재판받을 수 있는 상태가 아니었다고 그들이 말했다. 달의 상처가 조금 나은 후에 보안관은 자기 사무실 앞에 있는 보도에 흔들의자 하나를 갖다 놓았다. 달은 오후마다 거기 앉아 담요로 무릎을 덮은 채 햇볕을 쬐었다. 누군가 그녀를 위해 찾아준 거대한 갈색 원피스를 입은 채였다. 사람들은 그녀를 보러 왔고, 그녀는 그들을 아주 침착하게 바라봤다. 자부심이 넘치는 늙은 야만인. 그녀가 씻어버리지 않기로 한 핏자국 같은 그 점. 사람들은 달의 발목이 의자 다리에 수갑으로 묶여 있다고 꽤 확신하면서도 멀찍이 떨어져서 그녀를 바라봤다. 라일라는 최선을 다해 자주 그녀를 찾아갔지만, 달은 그 똑같은 표정으로 그녀를 바라봤다. 그리고 달이 라일라에게 한 말이라곤 언제나 똑같았다. "난 당신을 몰라요." 그러다 누군가 수갑 채우는 걸 잊어버린 건지, 아니면 차마 그녀를 법대로 처리할 순 없다는 걸 그녀에게 알리고 싶어 한 건지, 저녁을 먹고 난 어느 밤 달은 그들이 마련해준 지팡이에 몸을 의지한 채 그곳을 걸어서 떠났다.

달은 숲속이나 옥수수밭으로 가서 사라졌다. 그들은 달이 오래 버티지 못했을 것이라고, 혹은 멀리 가지도 못했을 것이라고 말했다. 하지만 그들은 그녀를 발견하지 못했고, 라일라도 그녀를 발견하지 못했다. 그리고 마침내 눈이 내렸다.

난 당신을 몰라요! 달은 왜 그렇게 말했을까? 둘은 그때 밤새워 이야기했다. 달은 여전히 자기가 죽으리라 예상했기 때문에, 라일라에게 이런저런 이야기를 해줬다. 그랬는데 왜 그렇게 차가운 표정으로 라일라를 봤을까? 흔들의자에 앉아서 몸을 흔들며, 마치 그게 뭔지 정말 눈치채지 못한 것처럼 라일라가 갖다준 당밀 쿠키를 그냥 손에 들고만 있던 달. 라일라는 노인에게 그 모든 것에 대해 물어보고 싶었지만, 그러려면 이야기를 처음부터 다 해야 한다. 그러지 않으면 노인은 이해하지 못할 테니까. 그리고 노인에게 말한다 해도 그가 뭘 이해하겠는가? 달이 궁지에 몰렸을 때는 마치 늙은 오소리처럼 사나워진다는 거. 궁지에 몰린 달에게 기독교인다운 구석은 전혀 없는데. 그보다는 노인에게 다른 이야기를 먼저 하는 편이 나으리라. 아마도 달이 그 계단에서 라일라를 어떻게 훔쳤는지에 관한 이야기부터. 왜 그렇게 둘만의 비밀을 지키려고 안달인가? 이제 그게 누구에게든 무슨 상관이 있을까? 그 일에 관해 노인에게 말하는 건 그저 누군가에게 몇 가지 이야기를 소리 내서 하면 기분이 나아진다는 생각에 동의하는 것일 뿐이다. 어쩌면 그녀는 심지어 그녀의 첫 번째 후회까지도 그에게 말해야 할지도 모른다. 달이 사라진 사실을 알게 됐을 때, 그 전에 그녀에게 그 칼을 돌려줄 방법을 생각해보지 않았다는 후회 말이다. 그런 식으로 혼자 도망친 달은 분명 그 칼이 절실하게 필요했을 텐데. 라일라는 생각했다. 음, 교회에 있는 그에게 가야겠어. 그의 어깨에 머리를 기댈 수 있게. 그는 이유를 묻지 않을 거야. 그냥 내 머리를 쓰다듬겠지.

그때 처음 그녀는 저녁에 그를 만나러 걸어 내려갔다. 그리고 거기에 그가 있었다. 설교하지 않을 때 입는 회색 코트와, 그녀가 이 마을 누구보다 다림질을 잘했기 때문에 그녀가 다시 다려준 흰 셔츠를 입고. 교회 문 앞에 서 있는 그녀를 그가 봤을 때, 그가 감동하고 거의 슬퍼하는 걸 라일라는 알 수 있었다. 라일라는 생각했다. 이렇게 나이가 든 사람은 이런 저녁이 앞으로 얼마 없을 거라는 사실을 알고 있는 거야. 계속 이런 식으로 생각하며 살 순 없는데. 그때 라일라는 항상 그를 찾으러 와서 그와 같이 집에 가야겠다고 결심했다. '항상'이란 말에 큰 의미가 있진 않지만. 노인은 그녀가 거기 서 있는 모습을 보고 놀랐고 처음에는 걱정했다. 그녀의 생각들. 그는 그녀의 얼굴에 서린 그 생각의 흔적을 볼 수 있었다. 라일라가 말했다. "당신이 그리웠어요." 그러자 노인이 말했다. "아, 그렇다면." 그리고 그녀를 가만히 안아

췄다. 그가 그러리라고 그녀가 알고 있는 바로 그 방식대로, 그녀가 그래주길 바랐던 바로 그 방식대로. 그녀는 슬픔을 안고 그에게 오는 다른 신자들과 같았다. 그건 괜찮았다. 라일라는 신경 쓰지 않았다. 그는 그녀에게 신의 축복을 빌어주고 있었다. 그는 항상 사람들에게 축복을 빌어주니까. 또 그녀의 뺨에 자기 뺨을 대고 있었는데, 이건 좀 달랐다. 그녀의 귀에 그의 숨결이 느껴졌다. 그녀는 그의 아내니까.

라일라는 같은 꿈을 100번은 꿨는데, 그날 밤에도 다시 꿨다. 꿈 때문에 잠이 깼을 때도 꿈의 잔상이 여전히 마음속에 남아 있었다. 머리카락은 입고 있는 원피스의 천만큼이나 뻣뻣해져 있었다. 그 모든 것이 아무 무게도 없이, 형편없이 구겨져 있었다. 겨울을 통과하는 들판에 누워 있는 건 다 그런 것처럼. 그리고 남은 것도 거의 없을 것이다. 겨울은 그런 힘이 있으니까. 겨울은 껍질만 남을 때까지 모든 걸 바짝 말려버린다. 짐승들이 입을 댔을 수도 있다. 손을 대자마자 허물어져버릴 테니 감히 손을 댈 수도 없다. 라일라는 그 얼굴을 보기가 두려웠다. 그 얼굴은 숨겨져 있었다. 들판에 그런 식으로 누워 있는 것이 수치스러웠기 때문에. 혹은 그녀를 외면하는 건지도 모른다. "난 당신을 몰라요." 한번은 멜리가 개를, 개의 사체 일부를 발견한 적이 있었다. 멜리는 그 어떤 것도 가만 내버려둘 수 없는 아이다. 멜리는 막

대기를 가지고 사체를 쿡쿡 찔러봤는데, 거기에 이빨이 굴러다 니고 있었다. 라일라는 다른 꿈을 꾸면 어떤 기분일까, 하는 생 각이 들었다. 아니면 전혀 꿈을 꾸지 않거나. 음, 노인이 달을 위 해 기도해주고 있으니까. 라일라는 이렇게 말할 것이다. 진짜 목 사가 달을 위해 기도해주고 있어. 하나님에게 달을 위한 말을 해 주고 있다고. 그러면 달은 뭐라고 할까? 애야, 왜 그런 짓을 하 고 싶어 하는 거니! 하나님이 나에 대해 싹 잊어버리는 게 최선 이다. 진창에 뺨을 처박은 채 누워 있지만 고집불통인 건 여전한 달. 그럼 라일라는 이렇게 말할 것이다. 내가 할 수 있는 게 별로 없잖아, 안 그래. 달은 내가 달을 찾게 놔두지 않았잖아. 그러면 달이 그럴 것이다. 난 여기 아주 잘 숨어 있어. 너의 그 전지전능 한 분조차도 날 찾을 수 없어. 달은 좀 웃고 있을 것이다.

라일라는 생각했다. 또 그 꿈이야. 난 눈을 감을 수조차 없을 것 같아. 하지만 지금 그녀에겐 노인이 있다. 그녀 옆에 누워서 자고 있는 남자. 그리고 그는 그녀와 같이 사는 것에 질린 눈치 는 전혀 아니다. 그런데 남자들은 잘 버텨내질 못한다. 전에 한 여자가 이런 말을 한 적이 있었다. 남자들과 몇 년 살다 보면 그 들과 같이 사는 것이 아이를 키우는 것보다 더 힘들어진다고. 그 여자가 말했다. 남자들은 겉으로 보기엔 잘 지내는 것 같다가도 어느 날 갑자기 픽 쓰러져서 죽어버린다고. 라일라도 들판에서 수확하다가 그런 광경을 직접 목격한 적이 있었다. 하지만 여기 그녀 옆에 누워 숨을 쉬고 있고 몸에서 온기도 느껴지는 남자와 같이 있는데, 적어도 지금은 그런데, 항상 달 생각만 한다면 스스로가 바보처럼 느껴지지 않겠는가. 노인은 항상 라일라가 지쳤거나 추울까 봐 걱정했다. 혹은 슬플까 봐. 그는 라일라에게 사전을 한 권 갖다줬는데, 그게 아주 흥미로웠다. 라일라는 사전이 있다는 사실조차 몰라서 그걸 원한 적도 없었다. 그녀는 당장 그의 가슴에 손을 올려서 그의 심장이 뛰는 것을 느낄 수 있다. 그의 가슴에 난 털은 아주 부드럽고 흰색이었다. 그녀는 그에게 더 친절하게 대해야겠다는 생각을 좀 했다. 그는 창턱에 올려놓은 제라늄을 보는 걸 좋아했다. "여자의 손길이군." 그가 말했다. 라일라는 생각했다. 음, 그런 것 같아요. 여자의 손길이 뭔지는 잘 모르겠지만.

그녀의 돈은 아마 아직 오두막에 있을 것이다. 그 돈으로 그에게 뭔가 사줄 수도 있다. 다 쓸 필요도 없을 것이다. 그냥 그 돈을 손에 쥐어서, 누군가 그 오두막에 들어와 자리를 잡았다가 그녀가 숨겨놓은 곳에서 그 돈을 찾아내지 않았는지 확인하고 싶을 뿐이다. 추위가 다가오고 있으니 거기에 사는 건 아주 힘들어질 것이다. 하지만 모를 일이다. 만약 사람들이 그 돈을 발견했다면, 분명 자기들 돈이라고 생각해서 그녀에게 내주고 싶지 않을지 모른다. 라일라는 그 칼을 가지고 갈 수도 있다고 생각했다가 그러지 않기로 했다. 칼이 사라진 걸 보면 노인이 그게 어디 있는지 궁금해할 테니까. 그냥 칼을 보여주기만 해도 말썽이 생길 수 있는 데다, 지금 그녀는 임신한 몸이다. 대체 지금 무슨 생각을 하는 건가. 절대 칼을 가지고 다녀선 안 된다. 심지어 손톱도 물어뜯어선 안 되는 마당에. 하지만 그 돈 생각이 너무 나서 다시 잠을 잘 수 없었다. 라일라는 부엌 선반에 올려놓은 시어스 백화점 카탈로그가 기억났다. 그래서 일어나서 그걸 훑어봤다. 거기에는 생각할 수 있는 모든 물건이 있었다.

노인이 잠이 깨서 몸을 살짝 움직이는 소리가 났을 때, 그녀는 카탈로그를 다시 선반 위에 올려놓고 식탁을 차렸다. 햄과 달걀과 커피 한 주전자. 어려운 요리는 아니다. 토스트와 잼도 차렸다. 그는 세수하고 면도하고 머리를 빗고는 휘파람을 불면서 아래층으로 내려왔다. "아, 근사해요! 당신과 아기는 오늘 아침 기분이 어때요?"

라일라가 말했다. "당신 아기는 내가 자는 걸 원치 않나 봐요. 어쩌면 내가 꾸는 꿈을 싫어하는 건지도 모르겠고요."

노인은 그녀가 식탁 앞에 앉도록 도와줬다. "악몽을 꿨어요? 자, 내가 커피를 따라줄게요." 그는 그녀의 컵에 커피를 따라줬다. "꿈에 대해 내게 말해볼래요?"

"그냥 꿈이에요. 당신도 가끔 악몽을 꿀 거 아니에요. 당신은 목사니까 어쩌면 안 꿀지도 모르겠군요."

그가 웃었다. "내 생각엔 감당할 수 없을 정도로 많이 꾼 것 같은데요." 그는 미망인들에게 말할 때 쓰는 그 나직하고 부드러운 목소리로, 자신이 지금 그러고 있다는 사실을 인지한 채 이렇게 말했다. "가끔은 이야기를 하고 나면 정말 기분이 나아져요."

"그동안 당신은 누구에게 그런 꿈 이야기를 했어요? 늙은 바우턴이겠죠."

그는 고개를 끄덕였다. "바우턴이죠."

"예수님에게도 하고."

"예수님에게도 하고."

"당신은 내게 당신이 꾼 꿈에 대해 한 번도 말한 적이 없어요. 단 한 번도."

"누군가에게 말할 만한 꿈을 꾼 건 꽤 오래전인 것 같아요. 뭔가 나를 쫓아오고 있는데 어디로 도망쳐야 할지 모르는 꿈이죠. 그러다 잠이 깨곤 해요. 내가 꾸는 꿈이란 대부분 그래요. 그냥 죽기 살기로 달리는 꿈. 사실 열 살 이후로는 그렇게 달려본 적도 없는데. 그러다 심장이 쿵쿵 뛰는 채로 깨어나죠."

"예수님에게 그런 이야기를 하는 거군요."

그가 웃었다. "주님은 아주 인내심이 깊으세요. 우리 할아버지께 배운 거죠. 음, 그보다는 우리 할아버지를 보고 배웠다고 해야 하나. 어렸을 땐 어떻게 저렇게 끝도 없는 할아버지의 말을 하나님이 그냥 듣고 계실 수 있는지 궁금해하곤 했어요. 이러다 조만간 하나님이 우리 집엔 안 오시게 될 것 같다는 생각이 들었죠. 어느 정도는 그러시길 바라기도 했고. 하나님이 조금 무서웠거든요."

"어쩌면 당신은 하나님에게서 도망치고 있었던 걸지도 모르겠어요. 당신 꿈에서 말이에요." 아니, 어쩌자고 이런 말을 해버린 거지?

노인은 어깨를 으쓱했다. "아주 참신한 생각이군요. 와, 그렇다면 참 놀라운 건데." 그는 포크를 만지작거리면서 생각에 잠겼다.

라일라가 말했다. "솔직히 말할게요. 난 하나님이 무서워요. 난 항상 달이 그분을 피해 숨으려고 하는 꿈을 꿔요. 그래서 달이 무덤을 원하지 않는 거예요. 하나님이 달을 찾을 수 없도록."

"저런, 그건 참 슬픈 꿈이군요. 그 말을 들으니 미안하기도 하고. 당신이 여기 와서 나와 바우턴이 하는 말을 듣기 전까지는 아마 그런 꿈은 안 꿨을 텐데."

"그건 걱정하지 말아요. 내 꿈은 언제나 악몽이었으니까. 그런 꿈을 꾸지 않았더라도 또 다른 악몽을 꿨겠죠. 달이 죽은 방

258

식에는 좋은 면은 하나도 없었으니까요. 하나님이 있건 없건."

노인은 그녀를 말없이 바라보다가 고개를 끄덕였다.

"방금 그 말은 별생각 없이 한 말이었어요. 기분 나쁘게 생각하지 말아요."

"그럼요. 알아요. 그저 뭘 좀 생각하고 있었어요."

이러다간 생각나는 대로 뭐든 다 말해버릴 것 같다. "당신은 당신 할아버지와 조금 닮았어요. 당신은 하나님이 이 집에 살고 있다고 생각하잖아요. 내가 기분 나쁘게 하는 상대는 하나님일지도 모르겠어요. 하지만 이 집에 하나님이 살고 있다고 당신이 생각한다고 해서 무섭진 않아요. 그냥 그런 꿈을 몇 번 꾸는 것뿐이지."

"음, 내가 하는 생각은 사실 우리 할아버지가 하셨던 생각과는 달라요. 나의 경험과 할아버지의 경험은 다르다고 표현해야겠네요."

"하지만 당신은 여전히 그분을 기분 나쁘게 할지도 모른다고 생각하는 거 알아요. 예수님 말이에요."

그가 고개를 끄덕였다. "그건 사실이에요."

라일라가 말했다. "어쩌다 이런 이야기를 하게 됐는지 모르겠네요. 이 이야기는 그만하고 싶어요. 정말로."

"그래도 괜찮아요. 하지만 한 가지만 말하고 싶어요. 만약 하나님이 우리가 상상할 수 있는 것보다 훨씬 더 자비로우시다면, 난 그분이 그렇다고 확신하는데, 당신의 달과 당신이 알고 지내던 사람들 모두 안전하고 따뜻하고 아주 행복하게 지내고 있을 거예요. 그리고 아마 조금 놀라기도 했겠죠. 세상에 만약 하나님이 안 계신다면, 그렇다면 모든 건 다 우리 눈에 보이는 그대로일 거예요. 사실 그게 더 받아들이기 힘들죠. 그건 옳지 않게 느껴지잖아요. 눈에 보이는 것 이상의 일들이 세상에 존재한다고 난 믿어요."

"음, 하지만 그건 당신이 그렇게 믿고 싶은 거잖아요, 안 그래요?"

"그렇다고 그게 진실이 아니란 뜻은 아니죠."

라일라는 생각했다. 바라지 말자. 이 아이가 어떻게 될지 어디 한번 보자. 내가 이 노인 옆에 얼마나 오래 있게 될지 어디 한번 보자. 몸이 바라는 일은 대부분 일어나지 않더라. 절대 오래가지 않아. 라일라가 말했다. "그렇게 생각해보려고 할게요. 좋은 생각이네요." 그리고 노인이 식전 감사 기도를 올리자 라일라는 고개를 숙였다. 왜 노인에게 그런 식으로 말했을까? 그래서 이 관계가 끝나면 처음부터 그럴 줄 알았다고 말하려고 그러나. 노인이 그녀의 뺨에 키스하고 교회로 출근한 지 얼마 안 됐을 때 라일라는 코트를 입고 가게에 가서 쐐기 모양으로 자른 치즈 한 조각과 크래커 한 상자가 지금 그녀가 생각하는 전부인 양 사 들고는, 계속 걸어서 마을 끄트머리를 지나 버석하게 말라버린 옥수수 줄기들이 서 있는 밭들을 지나쳤다. 그것은 좋은 코트였다. 새로 산 코트인데 묵직했고, 겨울이 조금 늦게 당도하려는 듯 날씨가 아직은 따뜻해서 오늘 입기엔 너무 더웠다. 하지만 입을 수 있을 때 입어두지 않으면 낭비라고 라일라는 자신을 설득했다. 진한 파란색의 근사한 코트였다.

가끔은 수백 마리의 펠리컨을 볼 수 있다. 지금은 펠리컨을 보기엔 좀 늦은 감이 있지만, 겨울도 늦게 오고 있어서 어쩌면 몇 마리 보게 될지도 모른다. 강가에는 사람들이 펠리컨을 보러 가는 널찍한 곳이 있다. 그러니 누군가 그녀에게 어디 가느냐고 물어보면 펠리컨을 보러 간다고 대답할 것이다. 라일라는 그 새들을 평생 봐왔지만 이름은 몰랐다. 먹고사는 데 새의 이름 따위는 아무 쓸모가 없었으니까. 라일라는 펠리컨을 먹은 사람이 있다는 말은 한 번도 들어본 적이 없었다. 오리는 확실히 먹지만 펠리컨은 아니다. 눈부시게 하얀 그들은 다 같이 물 위를 스치듯 날아올라 믿을 수 없을 정도로 넓적한 날개를 편다. 그랬다가 다시 물 위로 죽 미끄러지면서 내려앉는다. 그들은 날씨가 변하기 시작할 무렵에 왔다가 가버리고는 다음 해까지 오지 않는다. 그 새들의 이름을 라일라에게 가르쳐준 사람은 노인이었다. 에임스 부인의 묘비에 펠리컨 한 마리가 새겨져 있었다. 라일라는 오두막집에 들른 후에 강가로 내려갈 것이다. 그래야 어디 갔었다고 노인에게 말할 때 거짓말을 하지 않을 수 있으니까.

라일라는 전에는 이렇게 한 해가 저물 무렵의 옥수수밭이 얼마나 기이해 보일지 한 번도 생각해본 적이 없었다. 모든 옥수수 줄기들이 서 있는 그 자리에서 죽어 있었다. 그녀에게 시골은 항상 끝내기를 기다리는 일로만 보였다. 흐릿하게 반짝이는 햇빛이 옥수숫잎에 비치고 옥수수 줄기 위쪽이 다 한쪽으로 구부러진 모습이 이제야 그녀의 눈에 들어왔다. 바람이 저것들을 다 구부려놓고는 그 상태로 딱딱해지도록, 거기에 오래되고 너덜너덜해진 잎들이 늘어져 있도록 만들었다. 하지만 그 광경은 마치, 그들 모두 같은 소리를 들었는데 그게 무슨 뜻인지 알고 있거나 혹은 알고 있다는 걸 두려워하는 것처럼 보였고, 확실히 해두기 위해 모두 그 소리를 다시 듣고 싶어 기다리는 것처럼, 모두 기다리느라 가만히 있는 것처럼 보이기도 했다. 라일라가 배 속의 아이에게 말했다. "저건 아무 의미 없어. 그저 바람이 한 일일 뿐이야."

오두막집은 그 자리에 그대로 있었다. 오두막집 앞에 있는 들판은 전과 같이 오래된 잡초로 가득 차 있었다. 모두 햇빛에 바래고 시들었거나 이쪽저쪽으로 삐죽 튀어나와 있었다. 그녀가 전에 여기 살면서 자주 다녀서 평평해졌던 길에는 이제 잡초가 제법 무성하게 자라 있었다. 누군가 여기 왔었다. 여기 와서, 자라는 잡초가 멍 들 정도로는 오간 것이다. 어쩌면 아직도 여기 있을지 모른다. 문 안쪽을 들여다보는 건 영리한 짓이 아니라는 걸 라일라는 알고 있었다. 그러다 무슨 일이 일어났는지도 모른 채 순식간에 공격당할 수 있다. 상대가 자기 것을 훔치려 한다고 판단한 도둑보다 상대하기 힘든 사람은 없다. 그녀에겐 이제 생각해야 할 아이가 있다. 그래서 멀찍이 떨어져서 돌멩이를 하나 집어 벽에 대고 던졌다. 벽에 제대로 맞았는지 딱 소리가 났다. 창밖이나 문밖으로 내다보는 사람은 없었다. 라일라는 돌멩이 두 개를 더 찾아내서 던졌다. 아무도 없다. 그래서 안을 들여다봐도 안전하겠다고 판단했다.

현관 입구 계단에서 안을 들여다보니 구석에 담요 한 장이 있었다. 그게 전부였다. 텅 빈 깡통 몇 개. 그녀가 돈을 담아뒀던 유리병은 비어 있었다. 젠장, 이럴 줄 알았어야 했는데. 확실히 하기 위해 헐거운 판자 밑을 봐야겠다. 유리병이란 게 다 똑같아 보이니까. 하지만 거기엔 나무딸기 얼룩이 묻은 목사의 손수건 말고는 아무것도 없었다. 그녀는 손수건에 묻은 흙과 거미줄을 털어내고 코트 주머니에 넣었다. 그리고 아이에게 말했다. "그날은 참 굉장한 날이었단다." 노인이 들판에서 그녀를 위해 해바라기를 꺾었던 날. 그녀가 그와 결혼하지 않겠다고 말한 후에 있었던 일이다. 아마도 그녀는 언젠가 이렇게 말하겠지. 옛날에 아이오와에 살 때 네 아빠가 날 위해 잡초가 무성한 들판에서 해바라기를 꺾어주셨단다. 네가 태어나기도 전의 일이야. 라일라는 목사라는 사람이 그런 식으로 행동하리라곤 생각지도 못했다. 매일 아침 그가 교회로 출근할 때면 그녀는 현관에 서서 그가 걸어가는 모습을 지켜봤다. 그는 돌아서서 그녀에게 손을 흔들곤 했다. 라일라가 손가락에 키스한 후에 그 손을 들어 보이면—다른 여자들이 그러는 모습을 봤다—그는 모자를 자기 가슴에 대고 꽉 움켜쥐고는 고개를 옆으로 기울였다. 마치 영화에서 상사병에 걸린 소년이 그러는 것처럼. 그러면 자신이 웃는 소리가 그녀의 귀에 들렸다. 그에게 선물을 사주었다면 좋았을 텐데. 노인이 그건 예상하지 못했을 텐데.

라일라는 햇빛 속에서 현관에 잠시 앉아 생각에 잠겼다. 쌀쌀한 아침에 햇빛을 받으니 기분이 아주 좋았고, 이 오래되고 바싹 마른 나무 냄새가 아주 친숙했고, 전에는 그토록 외로웠던 곳에서 이렇게 마음이 편하다는 것이, 노인이 항상 친절하게 대해주는데도 그의 집에 있을 때보다 더 마음이 편하다는 것이 아주 묘하게 느껴졌다. 라일라는 코트를 열어서 아이도 그녀의 무릎을 데워주는 햇빛을 느낄 수 있게 했다. 그러다 깜박 잠이 든 것 같기도 하다. 한 사내아이가 좀 떨어져서 그녀를 지켜보고 있었으니까. 눈치채지 못한 새 그렇게 아이가 그녀를 지켜본 지 좀 된 걸 알 수 있었다. 소년이 한 손에 든 꾸러미를 다른 손으로 옮기면서 체중도 한쪽 발에서 다른 쪽 발로 옮기는 걸 보니 그랬다. 라일라가 쳐다보자 소년은 고개를 돌렸다. 라일라가 말했다. "안녕."

소년이 말했다. "거긴 내 오두막집이에요. 내가 쓰고 있었다고요. 내 물건도 거기 있고." 소년은 체격은 작았지만, 얼굴에 수염이 나 있었다. 소년은 마치 가물 때 싹을 틔워 최선을 다해 꽃을 피웠지만 제대로 크지는 못한 식물처럼 보였다. 갈라진 소년의 목소리에는 슬픔, 아니 어쩌면 수심이 어려 있는 것 같았다. 그 목소리 때문에 얼굴보다 더 어리게 느껴지는 것 같기도 했다. 그래도 진실은 모르는 법이지. 그는 꽤 절박해 보였다. 그 돈은 아이가 가지게 놔두는 편이 최선일 것이다.

라일라가 말했다. "난 잠시 여기 앉아서 숨을 돌리고 있었을 뿐이야. 새들을 보러 강가에 내려갈 참이었어." 그녀는 일어서서 식료품이 든 봉지를 찾았다. "난 갈게. 널 귀찮게 하려던 건 아니었어."

소년이 말했다. "보통 사람들은 여기 안 와요."

"나도 알아. 나도 거의 여름 내내 이 오두막을 썼거든."

"아, 아줌마가 쓰고 있었군요. 그런데 왜 돌아왔어요? 여기 뭔가 놔두고 갔나요?"

"이거." 라일라는 그 말을 하면서 코트 주머니에서 손수건을 꺼냈다. "이게 별거 아닌 것처럼 보이는 거 알아. 하지만 마침 여기 근처를 지나가던 길이라."

라일라가 이제 서 있었기 때문에 소년은 라일라의 몸을 보았고, 고개를 돌렸다. "아무래도 아줌마는 다 쉬지 못한 것 같네요. 난 상관없어요. 여기에 내가 필요한 건 없으니까. 어차피 다른 일을 하려고 했어요." 그는 몇 걸음 뒤로 물러섰다.

"아니, 좀 전에 조금 피곤해서 쉰 거야. 이제는 배가 고프네. 여기 치즈와 크래커가 좀 있는데. 너도 같이 먹을래? 우리 둘이 먹기에 충분해."

"아뇨. 난 안 먹는 게 좋겠어요." 소년이 말했다.

어쩌면 소년은 이게 그녀가 가진 전부라고 생각했는지도 모른다. 라일라가 말했다. "난 정말 배가 고파. 그리고 난 사람들 앞에선 뭘 못 먹어. 그러니까 넌 지금 날 굶어 죽게 만들고 있는 거야."

소년이 웃더니 몇 걸음 가까이 다가왔다. 자기를 설득해주길 바라는 소년의 마음을 라일라는 알 수 있었다.

라일라가 말했다. "여기 계단에 앉아. 햇빛이 참 좋아." 소년이 추워 보인다는 말은 할 필요 없었다. 그녀는 종이봉투를 반듯하게 편 후에 그 위에 치즈를 놓고 포장지를 풀었다. 그리고 크래커 한 봉지를 뜯었다. 라일라가 치즈를 한 조각 뜯자, 소년이 가까이 다가와 그녀의 손에서 받아 갔다. 아주 더러운 그 손은 아이치고는 너무 컸고 굳은살이 박여 갈색이었다. 입고 있는 바지는 발목 위로 올라오게 깡뚱했고 신발은 다 해졌다. 소년은 돈이 자기들과는 다르다고 말하곤 하던 부류, 그러니까 씻지 않는 부류였다. 달은 항상 젖은 헝겊을 가지고 라일라를 따라다니며 열심히 닦아줬다. 라일라가 그런 부류가 되지 않도록, 평생 빗질 한 번 안 하고 목에 때가 꼬질꼬질하고 천이 다 떨어져 나갈 때까지 수선도 안 한 옷을 입고 다니는 그런 부류가 되지 않도록 말이다. 아마 달은 그런 부류로 태어났을 것이다. 그래서 그렇게 라일라를 자나 깨나 세심하게 보살피면서도 절대 자신의 출신은 말해주지 않았을 것이다. 그런 부류와는 어울리지 않는 게 좋아. 달이 이 소년을 봤다면 그렇게 말했을 것이다. 상관없다. 소년은 이제 자신의 더러운 손가락을 핥고 있었다. 라일라가 말했다. "좀 더 먹어."

그러자 소년이 말했다. "더 먹어도 괜찮을 것 같아요." 소년은 음식과 라일라의 친절 덕분에 자신이 바라는 것 이상으로 행복해하고 있었다. 그는 계단 가장 밑에 앉아서 가지고 있던 작은 꾸러미를 옆에 내려놨다.

소년은 남쪽 어딘가에서 배회하다가 이곳으로 흘러들어왔다. 아마 미주리나, 어쩌면 캔자스에서 왔을 것이다. "지금 계절에 잘못된 방향으로 가고 있는 것 같아요. 떠나기 전에 생각했어야 했는데." 소년은 웃고 나서 그녀를 힐끗 봤다. 수줍어하는 것이다. "왔던 곳으로 돌아가고 싶진 않아요. 그건 확실해요. 그래서 잘 모르겠어요. 어떻게든 하겠죠" 소년은 웃더니 이어서 말했다. "거기서 문제가 좀 있었어서, 돌아가진 않을 것 같아요." 소년은 고개를 저었지만, 마치 그녀가 무슨 일인지 물어봐도 별로 상관없다는 듯한 표정으로 그녀를 올려다봤다. 어쩌면 그는 그 일 때문에 놀랐고, 외로워졌는지도 모른다. 뭐가 됐든 그의 인생에도 그런 중요한 일이 일어날 수 있다는 생각에 아직 적응하지 못한 것 같았다. 라일라는 소년이 조심해야 한다고 생각했다. 그녀는 낯선 사람인데, 소년은 라일라를 그가 하려는 이야기를 들어주면서도 크게 야단은 치지 않을 사람으로 생각하는 것 같았다. 마치 엄마 같은 사람.

라일라가 말했다. "음, 이야기를 들어보니 그게 뭐가 됐든 남에겐 말하지 않는 편이 나을 것 같은데."

"그렇죠." 그러더니 소년이 웃었다. "안 그러는 편이 낫겠죠." 잠시 후에 소년이 다시 말했다. "개를 키워본 적 있어요? 난 한

번 있었어요. 그러다 개가 토끼인가 뭔가를 쫓아서 가버렸는데
다시는 돌아오지 않았어요. 그건 그렇고 아줌마는 어떻게 여기
서 살게 됐어요?"

"너랑 똑같아. 여기저기 떠돌다가. 그러다 어떤 남자가 나랑
결혼하고 싶어 했어. 그래서 좋다고 했지." 라일라가 말했다.

"지어낸 이야기 같은데요."

"그렇게 들리겠지. 거기다 그 사람은 목사야."

소년이 웃었다. 그도 그녀를 보고 이런저런 것을 알아낼 수 있
었다.

"농담하는 거 아니야. 그 사람은 키가 크고 늙은 목사야."

"음, 그럴지도요. 배 속의 아이는 그 사람 아이인가요?"

"당연히 그렇지."

"그러니까 당신은 잘 살고 있는 거네요."

"그래, 맞아."

"왜냐하면 난 당신이 내가 발견한 돈을 찾으러 돌아온 게 아
닐까 생각하고 있었거든요. 돈을 거기 숨긴 사람이 당신이죠?"

"그 돈은 내 돈이었지."

"그럼 거기 얼마나 있었죠?"

"거의 45달러. 5달러 세 장에 1달러가 많았고 잔돈도 있었어.
손수건과 같이 그 유리병 안에 넣어놨지. 네가 가져도 돼."

소년은 고개를 끄덕였다. "그건 내가 본 것 중 가장 많은 돈이었어요."

"난 돈을 모으고 있었어. 캘리포니아로 갈까 생각했지."

"내가 아줌마에게 절반을 줘도, 내겐 여전히 20달러 정도가 남는다는 뜻이네요."

"괜찮아. 네가 다 가져도 돼. 난 그저 나의 늙은 목사님에게 선물을 하나 사주려고 했거든. 하지만 그이는 아무것도 필요하지 않아. 그이가 먼저 이렇게 말할 거야. 네가 그걸 가지는 편이 낫겠다고."

"내가 좋은 곳에 숨겨놨어요."

"그럴 줄 알았어."

"뭐, 누군가 그걸 훔치려 하면 거기가 안전할 거예요." 소년은 고개를 들어 그녀를 바라봤다. 그는 자신이 친절을 원하는지도 몰랐는데, 여기 친절을 베푼 사람이 있었다. 그래서 소년은 눈물이 글썽해서 어쩔 줄 몰라 했다. 소년은 그 돈의 일부를 그녀를 위해 숨겨놓은 척해서 어떻게든 보답하는 것처럼 보이려고 애쓰고 있었다.

라일라가 말했다. "조심해서 나쁠 건 없지."

"처음 그 헐거운 판자를 보자마자 그 밑을 들여다봤어요. 그걸 처음 본 사람은 누구든 그렇게 할걸요." 라일라는 생각했다.

수염이 나기 시작하는 소년들은 자기들이 세상 이치를 다 안다고 생각한다니까. 그들은 거기서 큰 행복을 느낀다.

소년은 거기에 뭔가 볼 게 있는 것처럼 들판을 바라보고 있었다. "그래요. 난 사냥개를 키우는 사람을 하나 알아요. 그 개는 그 사람이 시키는 건 뭐든 다 할걸요. 100개라도."

라일라가 말했다. "개를 키울 계획이야?" 소년은 그 수염을 잘라본 적도 면도해본 적도 없었다. 그 얼마 안 되는 수염은 곧게 갈색으로 내려오다가 끄트머리는 곱슬곱슬하고 불그스름했다. 머리카락도 불그스름했는데 마치 양털처럼 엉켜 있었다. 소년은 머리를 긁어대겠지. 그리고 피부는 우유처럼 희었다. 라일라는 그런 모습을 본 적이 있었다. 마치 다른 사람들은 다 쬐는 햇빛이 그에게는 닿지 않는 것처럼 흰 피부. 그는 큰 손을 뒤집어 손바닥을 위로 한 채 무릎 위에 올려놓고 있었다. 소년은 마치 사실은 그 손에 익숙해진 적이 없다는 듯한 표정으로 그걸 내려다보고 있었다.

그러다 그녀를 힐끗 올려다봤다. 그는 막 이렇게 말하려던 것인지도 모른다. 내가 이렇게 산다고 아줌마가 상관할 일은 아니에요. 여기 앉으라고 말한 사람은 아줌마잖아요. 그건 사실이었다. 그래서 라일라는 소년을 외면했다. 그는 어깨를 으쓱했다. "그럴까 생각 중이에요." 그러더니 이어서 말했다. "그 돈을 아빠에게 갖다줄까 생각하던 중이었어요. 그럼 날 봐도 기뻐할 텐데. 그건 확실해요." 소년은 웃었다. "아빠는 항상 내가 키울 만한 가치도 없는 놈이라고 했어요. 뭐, 돈을 봐도 어쨌든 내가 그 돈을 훔쳤다고 생각하겠죠. 그래서 나를 쥐어 팰 거고. 자기는 뭐 도둑질 한번 안 해본 것처럼. 하지만 그 돈을 받으면 기뻐할 거예요."

라일라가 말했다. "그럼 넌 왔던 곳으로 돌아가겠네."

소년이 말했다. "아마 안 갈 것 같아요. 아빠와 나는 싸우고 있었는데, 내가 장작으로 아빠를 때렸거든요. 나도 몰라요. 아무래도 내가 아빠를 죽인 것 같아요. 내가 안 그랬다면, 아빠가 날 죽였을 거예요. 깨어나자마자요. 그래서 난 냅다 도망쳤어요." 소년은 라일라를 봤다. 마치 심술궂은 농담처럼 수염이 붙어 있는, 저 더럽고 지친 아이의 얼굴. "어디로 가야 할지 모르겠어요. 지금 내가 어디 있는지도 모르겠고!" 소년이 웃었다.

라일라가 말했다. "흠, 넌 지금 아이오와에 있어. 그리고 이곳 겨울은 다른 곳보다 훨씬 더 끔찍해. 그러니 이 오두막집에서 지내려 하지 않는 편이 나을 거야. 넌 이미 얼어 죽을 지경일 텐데. 여기 있다간 분명 봄까지 살아남지 못할 거야."

소년이 어깨를 으쓱했다. "어차피 살아남지 못할 것 같아요. 살고 싶지도 않고. 아빠를 미워한 적도 많았지만, 결국 아빠를 죽이게 될 줄은 몰랐어요."

"어쩌면 안 죽었을지도 몰라."

"정말 죽이려고 했어요. 장작으로 세 번인가 네 번인가 때렸 거든요. 있는 힘껏. 아빠는 거기 누워 있었고." 소년의 뺨에 눈물 이 흘러내렸다. "그때 일을 다시 생각해보면, 내가 분명 아빠를 죽인 것 같아요. 내가 아빠를 내리쳤을 때 났던 소리가 기억나 요." 소년은 무릎 위에 포갠 두 손 위에 머리를 대고 흐느꼈다.

잠시 후에 라일라가 말했다. "음, 넌 따뜻한 옷과 괜찮은 신발 이 있어야 해. 목사님은 어딘가에 있는 상자에 그런 물건들을 보 관해두거든. 내가 내일 옷과 신발을 가져올 수 있어. 넌 그 돈으 로 버스표를 사."

소년이 말했다. "내가 아빠에게 그런 짓을 했으니, 어쨌든 아 빠는 내가 돌아오게 가만 놔두지 않을 거예요."

"그럼 거기 말고 어디로 가고 싶은지 생각해봐야지."

"난 집을 떠나 있는 게 이번이 처음이에요. 처음이라고요. 심 지어 밤에 잠도 못 자겠어요." 소년이 말했다.

"익숙해지는 편이 좋을 거야."

소년이 웃었다. "그렇게 될 것 같지 않아요." 소년은 그녀를 바 라봤다. 그의 얼굴이 눈물범벅이어서 라일라는 그에게 손수건 을 줬다.

"가족이 있니?"

"우리 아빠요. 그게 다예요. 그러니까 뭐." 소년은 어깨를 으쓱하고 다시 들판을 바라봤다. 이제 진정한 듯 보였는데 울 만큼 울어서 그런 것 같았다. "전에 살인자랑 이야기해본 적 있어요?"

"한 번. 내가 알기론 그래. 그 사람은 정말 누군가를 죽였어. 그건 확실해."

"왜 죽였대요?"

"안 그랬으면 상대가 그녀를 죽였을 테니까. 난 그것밖에 몰라. 그 여자가 그 사람에게 덤벼들었어. 그래서 사람들은 그녀가 그를 죽였다고 했어. 나는 그 여자가 살인할 때 쓴 그 칼을 우리 남편의 식탁 위에 올려놨어."

"왜요?"

"그 여자는 내 친구였으니까. 나의 유일한 친구. 그녀가 그 칼을 내게 줬어."

"목사님이 그 칼에 대해 알고 있어요?"

"내가 말해줬어."

소년은 고개를 끄덕였다. "그러니까 아줌마는 그 여자가 그런 일을 한 후에도 절대 그 여자를 배신하지 않았군요."

"유감스러워하긴 했어."

소년은 한동안 말이 없다가 입을 열었다. "무슨 일이 있었는지 말할게요. 아빠는 그때 취해서 아무것도 아닌 일로 내게 소리를 지르고 있었어요. 내가 한 사소한 짓에 대해서요. 그래서 내가 도망쳐서 아빠를 떠나버릴 거라고 했죠. 그랬더니 아빠가 날 도로까지 따라와서 이렇게 말했어요. '쓸모없는 새끼!' 그러면서 내게 막대기와 돌멩이들을 던지는 거예요. 마치 개를 쫓아버릴 때 그러는 것처럼. 그 후에 집으로 돌아왔더니 아빠가 누워 자고 있어서, 이 정도로 큰 장작을 하나 집어 들었어요." 소년은 두 손으로 원을 하나 그려 보였다. "그냥 갑자기 분노가 밀려왔어요."

"어떻게 그런 일이 일어났는지 난 알겠어."

소년이 그녀를 물끄러미 바라봤다. "그래서 이제 뭘 해야 할지 모르겠어요."

"음, 넌 여기서 오늘 밤을 지내. 내일 아침에 내가 옷가지를 몇 벌 가져다줄게. 그다음에 넌 어딘가로 가는 표를 사. 그리고 아버지를 죽였는지 모르겠다고 스스로 말해봐. 정말 모르니까. 지금보다 상황을 더 안 좋게 만들 필요는 없어. 그리고 모르는 사람들에게 이 이야기는 이제 하지 않는 게 나아." 라일라가 말했다.

소년은 고개를 젓더니 아주 부드럽고 침착하게 말했다. "난 그냥 돌아갈 것 같아요. 사람들에게 내가 한 짓을 말하려고. 정말 아줌마가 괜찮다면 그 돈은 가져가고 싶어요. 어쨌든 그중 일부라도. 적어도 아빠에게 줄 무언가가 생기는 거니까. 만약 아빠가 아직 살아 있다면. 그렇게 하겠어요." 이어서 소년이 말했다. "사람들이 아줌마 친구를 목매달았나요?"

"아니. 그러려고 생각하고 있었는지도 모르겠지만, 그 사람은 도망쳤어."

"있죠, 난 그들이 날 목매달기를 어느 정도는 바라고 있어요. 그럼 다 끝날 테니까."

라일라가 말했다. "그런 식으로 말하면 안 돼. 넌 아직 다 자라지도 않았잖아. 그러니 그런 식으로 말하지 마." 그녀는 그의 어깨에 손을 올려놨다.

소년이 고개를 들어 그녀에게 미소를 지어 보였다. "내가 아빠에게 아무 쓸모가 없다면—" 그러고는 말을 이었다. "난 다 자랐다고 생각해요. 이게 다일 것 같아요. 앞으로 더 크지도 않을 거고."

"그건 모르는 거지. 넌 그동안 일 좀 하면서 살아온 것처럼 보이는데. 분명 네 몫은 해왔을 거야."

소년은 어깨를 으쓱했다. "그러려고 노력은 한 것 같아요." 소년은 라일라의 친절한 말에 빙긋 웃고 나서 다시 자기 손을 바라봤다. "있죠, 난 그냥 거기서 아빠와 같이 살고 싶었어요. 어쩌면 어떻게든 아빠를 도울 수 있었을지도 몰라요. 심지어 내가 왜 군이 거기서 도망쳤는지도 모르겠어요. 집 나와봤자 갈 데도 없는데. 나오자마자 알았어요. 항상 떠날 생각을 해왔어요. 그렇게 생각만 했지 실제로 떠나진 않았는데. 더 일찍 떠날 걸 그랬어요. 무서웠나 봐요."

바람이 불어오면서 추위를 불러오고 있었다. 조만간 날씨가 아주 추워질 것이다. 겨울이 시작될 것이고, 그렇게 몇 달 동안 물러가지 않을 것이다. 소년은 팔짱을 낀 채 쪼그리고 앉아 있었다. 그가 입은 코트는 아무런 소용이 없었고, 그의 불쌍하고 더러운 발목은 그대로 드러나 있었다.

라일라가 말했다. "여기서 얼마나 있었던 거야?"

"며칠 전에 여기 왔어요."

"음, 여긴 원래는 이렇게 따뜻하지 않아. 금방 날씨가 변할지도 몰라. 내일이라도 눈이 올 수 있어."

소년이 고개를 끄덕였다. "밤에 그걸 느꼈어요."

라일라가 말했다. "아마 그래서 밤에 못 잤을 거야."

"그것도 큰 이유죠."

"그렇다면 네가 우리 남편의 집에 오는 게 최선일 것 같아. 오늘 밤만 자고 가. 그이가 널 위해 옷을 좀 찾아주고 아침도 줄 거야. 집에 빈방이 몇 개 있어."

소년은 고개를 저었다. "그 사람은 자기 집에 날 들이고 싶지 않을 거예요. 아줌마도 알잖아요."

"그이는 내가 부탁하는 건 다 들어줘. 어쨌든 아직까진 거절한 적 없어."

"뭘 그렇게 부탁했는데요?"

"네 말이 맞네. 별건 없구나. 나와 결혼해달라고 하긴 했어." 라일라가 웃으며 말했다.

"그 아기가 생겨서요?"

"아니. 그때는 아기는 생각도 없었어."

"그렇구나." 소년은 그렇게 대꾸하고 나서 고개를 들어 자기 말에 라일라가 마음이 상하지 않기를 바라는 표정으로 말했다. "난 그냥 여기 있을래요."

그렇게 하겠다는 거구나. 라일라는 생각했다. 너 혼자 비밀을 지키며 지내겠다는 거지. 네가 그렇게 할 수 있는 한 넌 괜찮을 거야. 그러다 누군가 어느 구석에서 너를 발견하겠지. 그때 너는 이미 세상을 떠나서 그들이 아이고, 불쌍해라, 하는 것도 못 듣겠지. 그런데 그게 도움을 청하는 것보다 더 나아 보이는 거고. 라일라가 말했다. "이해한다. 정말 이해해. 네가 낯선 사람들 옆에 있을 때 어떻게 느끼는지 난 알고 있어. 나도 똑같이 느끼거든. 그러니까 나는 믿어도 돼."

"아뇨. 내 말은, 아줌마는 믿지만. 그래도요." 소년이 말했다.

"그렇다면 이 코트는 네가 가지고 있는 편이 낫겠다."

소년이 경악하고 기분 상한 표정으로 그녀를 보다가 웃었다. "뭐라고요? 난 여자 코트는 안 입어요!"

"너보고 이 코트를 입으라는 뜻이 아니야. 담요처럼 쓰라는 뜻이었어. 이걸 덮고 자. 볼 사람도 없어."

소년이 고개를 저었다. "아니에요. 그러다 그걸 못 쓰게 만들 거예요. 어쨌든 아줌마도 그 코트가 필요할 거잖아요."

"내일 가져갈게."

소년은 작은 꾸러미를 들었다. "아줌마는 지금 가는 편이 좋을 것 같아요. 날씨가 점점 추워지고 있어요. 난 이 바람을 피하는 편이 좋을 것 같고."

라일라가 말했다. "거기다 돈을 뒀구나. 헝겊으로 꽁꽁 묶어서."

"난 이걸 가까이 두는 게 좋아요."

"그것도 괜찮지."

"정말 조금이라도 돈을 가지고 가고 싶지 않아요?"

"난 정말 괜찮아." 소년은 거기 서서 그녀가 가길 기다렸다. 비쩍 마르고 더럽지만 아주 착한 아이다. "크래커 남은 것도 난 필요 없단다." 라일라가 말했다.

"좋아요. 음, 아줌마와 이야기해서 좋았어요." 소년은 고개를 끄덕이더니 그녀에게서 멀어졌다. 그러다 고개를 돌려 그녀가 길로 나가는 모습을 지켜봤다.

　라일라는 코트 단추를 채우고 옷깃을 세웠다. 이제 바람이 점점 사나워지고 있었다. 길리어드로 반쯤 걸어갔을 때 라일라가 말했다. "이러면 안 돼." 그래서 다시 오두막집으로 돌아갔다. 집 안이라고 밖에 있을 때보다 더 따뜻하지도 않았다. 소년은 그녀가 자던 구석에서 몸을 웅크리고 있었다. 구석은 어느 정도 비바람을 피할 정도로는 온전한 상태였고, 소년은 낡고 칙칙한 담요를 몸에 돌돌 말고 있었다. 작은 꾸러미는 머리에 베고 있었다. 소년은 라일라를 봤지만, 움직이진 않았다. 그녀는 코트를 벗어서 그에게 덮어줬다. "오늘 밤만이야. 이러면 아마 잠을 좀 잘 수 있을지 몰라." 라일라가 말했다. 소년은 아무 말도 하지 않은 채, 그저 코트 밑에서 얌전히 있었다. 그녀는 그의 귀 주위로 코트깃을 세워줬다. "감촉 좋지, 안 그래?" 그러자 소년이 웃었다.

　그러고 나서 다시 길리어드로 걸어서 돌아가야 했다. 쨍한 햇빛 속에서 거센 바람을 맞으며. 옥수수 줄기의 뻣뻣해진 잎들이 바람에 바스락 소리를 내며 흔들렸고, 펠리컨 몇 마리가 그녀의 머리 위에서 방향을 바꾸며 하늘을 날고 있었다. 다만 바람이 그녀의 목을 거세게 할퀴어대고 있어서 라일라는 고개를 들어 그들을 볼 수 없었다. 라일라는 그녀가 추위를 많이 타면 아이도 느낄 수 있는지 궁금했다. 아이의 움직임이 느껴졌다. 라일라가 말했다. "걱정하지 마. 넌 이런 식으론 살지 않을 테니까. 집에 도착하면 우린 괜찮을 거야." 하지만 아주 현명한 행동은 아니었다는 생각이 들었다. 다른 생각을 하는 게 좋을 것 같다. 하지만 그 생각은 안 돼. 눈 속에서 달을 찾아다니던 생각만은 안 돼. 그 옥수수밭에서 길을 잃었던 생각만은 하지 마. 그녀는 발자국들을 따라 그 속으로 들어갔는데, 왜 그것들을 따라 다시 밖으로 나올 순 없었을까? 하지만 눈이 사라진 곳, 밭의 가장자리에서 그 발자국들도 사라졌고, 더 깊이 들어갈수록 얼어붙은 땅만 보였다. 옥수수밭에서는 길을 아주 쉽게 잃을 수 있다는 사실을 알고 있는데도 그녀는 그 속에 있었고, 무서워 죽을 지경으로 두 팔을 휘두르고 있었다. 옥수수 줄기들이 너무 가까이, 그녀의 머리를 넘어서 너무 높게 솟아 있어서 그녀가 있는 곳이 어디인지 분간할 수 없었다. 순전히 운이 좋아서 그녀는 마침내 도로로 돌아갈 수 있었다. 온몸이 먼지와 땀으로 범벅이 된 채로. 달을 찾아다니는 동안 라일라는 제정신일 수가 없었다. 그리고 설사 달을 찾는다고 해도 뭘 할 작정이었던가? 달의 몸을 덮어주어 따뜻하게 해줄 생각은 있었다. 마치 그녀를 따뜻하게 해줄 수 있는 게 뭐라도 있는 것처럼. 그러고 나서 다음 날 다시 눈이 내렸다.

눈은 몇 시간 동안 쏟아져서 그 후로 달을 찾으려는 시도는 의미
가 없어졌다.

그들이 불가에 앉아 있던 때가 있었다. 얼굴은 뜨거운데 등은
시렸고 불은 지글지글 타오르다가 가끔 펑 소리를 냈고 연기가
많이 나고 있었다. 주로 축축하고 수액이 많은 소나무 가지들이
타고 있었기 때문이다. 라일라는 튀긴 옥수수죽 찌꺼기들이 든
그릇을 손에 들고 있었다. 라일라가 좋아하는 대로 거무스름한
색깔이었다. 달이 요리를 할 때면 라일라를 위해 바삭한 부분을
남겨놨기 때문이다. 멜리는 라일라 바로 옆에서 최대한 그녀에
게 몸을 바짝 붙이고 죽을 바라보고 있었다. 라일라는 죽을 조금
씩 먹고 있었다. 멜리가 말했다. "아까 뭔가가 그릇 속으로 기어
들어가는 거 봤어. 내가 봤다고. 다리가 전부 다—" 그러더니 멜
리는 여러 개의 손가락으로 거미가 움직이는 것 같은 흉내를 냈
다. 그러자 라일라의 팔과 두피에 소름이 돋았다. 라일라가 말했
다. "거미는 아니었어." 그러자 멜리가 말했다. "거미란 말은 안
했어. 그냥 내가 본 걸 말한 거지." 그러더니 또 손가락을 아까
그랬던 것처럼 꼼지락거렸다.

라일라가 말했다. "돈한테 말한다."

"왜? 뭐라고 할 건데?"

"네가 내 저녁을 불 속에 던져버리게 하려고 한다고."

멜리가 말했다. "그럴 필요 없어. 난 거미는 싫어하지 않아. 언제든 뱉으면 되잖아. 맛이 이상해서 넌 뱉어버릴걸. 입 속에서 그 작은 다리들도 느껴질 거고. 내가 거미 한번 삼켜봤는데 죽지 않았어. 네가 싫으면 내가 그 죽 먹어줄게."

그래서 라일라는 무릎 위에 그릇을 둔 채 거미에 대해 생각하며 앉아 있었다. 그동안 멜리는 옆에 앉아 그 광경을 지켜보며 그녀에게 입김을 내뿜고 있었다. 라일라가 저녁을 먹지 않는 걸 달이 보고 안 먹으면 한 대 세게 때려주겠다고 했다. 그렇게 라일라의 저녁을 뺏어 먹으려고 해봤자 소용없다는 걸 멜리가 알 수 있도록 한 말이었다. 라일라는 어깨를 짚는 달의 손길을 느꼈다. 그건 이런 뜻이었다. 멜리는 영리하지만, 여기서 내가 널 지켜주고 있어.

멜리가 속삭였다. "달은 항상 누군가를 때려주겠다고 말해. 막상 때리지도 않을 거면서."

그러자 달이 말했다. "아마도 **너는** 때리겠지." 하지만 멜리의 말은 사실이었다. 달은 절대 누굴 때리지 않을 것이다. 달은 사람들이 아는 한 착하고 조용한 여자였다. 그 칼은 달이 간직한 비밀이었는데, 그녀의 얼굴에 있는 점과 같이 감추기가 쉽지 않았다. 그녀는 라일라에게선 점이나 칼을 감추는 걸 그냥 잊어버렸다. 라일라가 자신을 사랑하는 걸 알고 있었으니까. 한번은 달이 그 칼로 라일라의 머리를 잘라주는 걸 돈이 본 적이 있었다. 그는 멈춰 서서 라일라의 머리카락 가닥이 떨어지는 모습을 봤다. 삭 삭 삭. 그러자 돈이 말했다. "아이고, 맙소사."

라일라는 이제 길리어드에 반쯤 왔다. 하늘은 회색이고 바람은 마치 이곳의 주인인 양 나무들을 이리저리 흔들어대서 나무들이 다 신음하고 있었다. 왜 그런지 모르겠지만 사람들은 항상 하루가 다음 날로 변함없이 이어질 것이고, 오늘이 따뜻하면 내일도 따뜻할 것이고, 아침에 햇살이 환하게 비치면 오후에도 날씨가 괜찮을 것이라고 생각하기 마련이다. 그러다 무슨 일이 일어나는지 알아차리기도 전에 겨울이 전부 장악해버린다. 마치 자고 일어난 세상에 겨울이 와 있는 느낌으로, 놀랍기도 하고 그렇지 않기도 하다. 멜리에겐 무슨 일이 일어났을까? 멜리는 어디서든 뭐든 하고 있을 수 있다. 교도소에 있을 수도 있다. 라일라는 전쟁에서 쓸 수 있게 폭격기들을 해외로 몰고 간 여자들이 있다는 말을 듣고 멜리를 생각했다. 멜리가 어디에 있든, 심지어 교도소에 있더라도, 그녀는 다른 누구보다 일을 더 잘할 것이다. 자신이 생각해낸 개념이 뭐든 거기에 남들의 두 배는 더 흥미를 느끼면서 몰두할 것이다. 멜리는 아마 괜찮을 것이다. 하지만 라일라는 새가 어떻게 부화하는지, 송아지가 어떻게 태어나는지 여러 번 봤고, 곧 새끼 동물들은 누구도 가르칠 수 없었을 것들을 알게 됐다. 그들은 자기 다리로 일어나서 몸을 긁거나 젖을 먹었고, 그들의 눈은 그 지식으로 반짝였다. 세상은 아주 근사했다. 그때 아이들은 새끼 동물들과 놀 수 있다. 아이들의 눈도 반짝이기 때문이다. 그리고 그들은 그들 자신이 얼마나 영리한지 알아가고 있기 때문이다. 그러다 동물들은 금방 그냥 동물이자 가축이 된다. 그리고 아이들은 어떻게든 먹고살려고 애쓰는 보통 사람이 되고 만다. 심지어 멜리도 어딘가에 있는 그저 그런 여자가 됐을 수 있다. 눈에는 이렇게 말하는 듯한 표정을 띤 채. 그 이야기는 하고 싶지 않아요. 라일라가 아이에게 말했다. "넌 걱정하지 마. 내가 최선을 다할게. 달이 날 위해 해준 것처럼." 라일라는 그렇게 말하고 웃었다. 늙고 불쌍한 달. 그러다 그녀는 어른과 소년의 중간에 있는 그 남자아이를 떠올렸다. 그녀의 여성용 코트 밑에서 웅크리고 있던, 그래도 결국 추위 때문에 비참해질 게 분명한 아이. 그는 여성용 코트를 입은 모습을 남들에게 보여줄 바에 얼어 죽을 것이다. 그 아이를 데려왔어야 했다. 어떻게든. 아니. 그는 자존심 때문에 죽을 것이다. 흠, 그보다 더 나쁜 일도 일어날 수 있지, 라일라는 생각했다.

만약 그녀에게 그 돈의 일부가 있었더라면 마티네* 티켓을 한

---

*   연극, 영화 등의 주간 공연이나 상연.

장 사고 어쩌면 팝콘도 하나 샀을 텐데. 어둠 속에서 몸을 데우면서 〈시에라마드레의 황금〉을 볼 수도 있었을 것이다. 전에도 본 영화지만 적어도 거긴 따뜻하니까. 영화가 끝나면 집에 갈 수 있었을 것이다. 라일라는 지금처럼 비참한 몰골로 교회에 있는 노인의 사무실에 들어가고 싶진 않았다. 그러면 노인이 걱정할 걸 아니까. 라일라는 그 영화를 노인과 같이 봤다. 그는 원작 소설을 읽었고, 그가 보는 잡지 중 하나에서 그 영화에 관한 글을 읽었다. 그래서 그 영화가 개봉하길 기다리고 있었다. 어두운 극장에서 그는 그녀의 손을 잡았다. 그게 극장 갔을 때 가장 좋았던 부분이었다. 라일라는 생각했다. 나는 남루해 보이는 남자들이 콩 먹는 모습을 지켜볼 필요가 없어. 그런 건 수도 없이 봤으니까. 노인과 함께 앉아 있는 건 좋았지만, 남자들이 서로에게 총을 쏘기 시작했을 때 라일라는 좀 기뻤다. 그래야 영화가 끝날 테니까. 라일라는 사람들이 멋진 옷을 입고 탭댄스를 추는 영화들을 좋아했지만, 그런 영화는 노인이 읽는 잡지에 나오지 않는다.

만약 그녀에게 그 돈의 일부가 있었더라면 작은 식당에 들어가서 커피 한 잔과 애플파이를 먹었을 텐데. 만약 그 돈의 일부가 있었더라면 10센트 잡화점에 들어가 원피스 패턴이나 뭐 그런 걸 구경했을 텐데. 그건 어쨌든 할 수 있는 일이지만, 사람들이 추운 날씨에 그렇게 입고 돌아다니는 그녀에게 눈길을 주기 시작했다고 라일라는 생각했다. 이렇게 추운 날에 제정신이 박힌 사람이라면 적어도 코트는 입고 돌아다닐 텐데, 하는 그런 눈빛으로. 그녀는 누군가 그녀에게 말을 걸지도 모른다는 두려움을 거의 잊고 있었는데, 그 두려움이 지금 다시 찾아왔다. 할 수만 있다면 그런 일이 일어나게 하지 않을 것이다. 마치 예전으로 돌아간 것 같았다. 돈도 없고, 그 돈 없음에 대해 어떻게 할 수 있는 일도 없고, 사람들은 그녀를 지켜보고. 하지만 교회가 있었다. 그것도 예전과 똑같았다. 궂은 날씨를 피해 교회 안으로 들어가기. 그녀는 그냥 신도석에 앉아서 온몸이 덜덜 떨리고 손가락이 시려서 아픈 게 멈출 때까지 기다릴 수 있을 것이다. 그런 다음에 사무실에 있는 노인을 찾아갈 것이고, 그러면 그는 저런, 여보 하고 말하고는 코트를 그녀의 어깨에 걸쳐줄 것이고, 그들은 같이 집으로 걸어서 돌아가 저녁을 만들고, 그녀는 그에게 괜찮다고, 괜찮다고 할 것이다. 그냥 산책하러 나갔었다고.

　너무 추워서 아직 몸의 떨림이 멈추지 않았다. 그래서 두 손을 무릎 사이에 끼우고 기다렸다. 발가락도 아팠다. 그건 생각해봐야 아무 소용 없다. 교회 안은 항상 조용했다. 건물 안에서 뭔가 움직이거나 삐걱거리는 소리는 다 들을 수 있었고, 바람이 이렇게 거칠게 불 때면 교회 자체가 마치 오래된 헛간처럼 바람에 맞서 안간힘을 쓰는 것 같은 소리가 들렸다. 박혀 있던 못들이 느슨해지는 소리가 들리는 것 같았다. 그래도 왜인지 이곳은 여전히 조용했다. 여기에도 찬 바람은 들어오지만, 그 소년은 신도석 위에 온몸을 쭉 펴고 누워 담요 한두 장을 덮고 폭풍이 지나갈 때까지 잘 수도 있었을 것이다. 그리고 누가 그걸 언짢아했겠는가. 날씨가 이렇게 추워질지 알았더라면 소년을 억지로라도 데려왔을 것이다.

그렇게 오랜 시간이 흐르고 나서야 라일라는 노인이 차가 있는 사람에게 부탁해서 거기로 차를 몰고 가 소년을 마을로 데려올 수도 있을 거란 사실을 깨달았다. 그녀는 그런 상황에 익숙해지지가 않았다. 목사가 한마디만 하면 뭐든 필요한 일이 처리됐다. 어쨌든 대부분은 그랬다. 설사 그게 바우턴이 디소토에 시동을 거는 걸 의미한다고 해도. 하지만 라일라가 목사의 사무실에 갔을 때 그는 없었다. 물론 그가 그녀를 피해 숨어 있진 않겠지만, 빈 사무실을 본 순간 라일라는 제일 먼저 그 생각을 했다. 그 방에서는 그가 반드시 거기 있어야 할 것 같은 분위기가 풍겼다. 교회 전체가 그런 느낌을 풍겼다. 방이나 집에 사는 사람들은 그런 느낌을 모른다. 그들에겐 그게 아주 자연스럽게 느껴진다. 당신은 누군가의 물건을 우연히 들어봤다가 그것이 얼마나 그 사람의 것인지 잠시 느껴볼지도 모른다. 특히 당신이 그 물건의 주인을 증오한다면 더 그럴 것이다. 하지만 한방 가득 누군가의 나날과 생각과 숨결이 가득 찬 곳, 빛이 바래 희미해졌지만 그렇게 보이지 않는 것들과, 흉하지만 신경 쓰지 않는 것들과, 그들의 습관에 의해 닳아버린 것들로 가득 찬 곳. 당신이 찬 바람처럼 미미한 존재일 때 그런 곳에 들어가게 되면 묘한 느낌이 든다. 라일라는 적어도 노인에게 그게 얼마나 힘든지 말할 방법을 찾을 수 있으면 얼마나 좋을까, 하는 생각을 했다. 추운 날 밖에서 걷다가 따뜻한 방에 들어갔을 때 느끼는 고통이 얼마나 큰지 말이다. 그리고 이제 그녀는 노인이 여기가 아닌 다른 곳에 있어서 화가 났다. 거의 울음이 나오려 했다. 여기에 그의 기나긴 전생이 있는데 그것이 그녀와는 아무 상관이 없었기 때문에. 그가 여기서 그녀와 함께 있으면서, 이 사람은 내 아내, 라일라 에임스입니다, 하고 말하지 않는 한.

아니, 여기 서서 그런 걱정을 하는 게 무슨 의미가 있어. 그이는 집에 있을 거야. 그리고 그녀가 감히 할 수 없었던 생각은, 아이가 움직이는 걸 느낀 지 얼마나 됐지, 하는 것이었다. 라일라가 아는 모든 여자는 배 속에서 잃은 아이나 제대로 태어나지 않은 아이들에 관한 이야기들을 알고 있었다. 엄마가 뭔가를 너무 많이 먹었거나, 뭔가에 심하게 놀랐거나, 감기에 걸려서. 하지만 지금은 집에 가는 것 말고는 달리 할 일이 없었다. 라일라가 말했다. "몇 블록만 걸어가면 돼. 그러면 집이야."

하지만 노인은 거기에도 없었다. 집은 텅 비어 있었다. 아마 누군가 죽었거나 곧 세상을 떠나려는 모양이었다. 노인은 위로가 필요한 곳에 수도 없이 불려 가곤 했다. 가장 최근에 그런 자리에 불려 갔을 때 노인은 자정이 지난 후에 집에 와서 혼잣말로 투덜거렸다. 그가 말했다. "죽어가는 사람한테, 그가 평생 얼마나 형편없고 실망스러운 사람이었는지를 사과해달라고 하다니! 내가 별거 다 봤지만 이런 일은 또 처음일세." 노인이 모자를 벗었다. "그래서 내가 그 사람들, 그러니까 그 식구들을 따로 불렀죠. 그리고 말했어요. 만약 당신들이 기독교인이 아니라면, 내가 지금 여기서 뭘 하고 있는 거죠? 그리고 당신들이 기독교인이라면, 지금이라도 그렇게 행동하세요. 그런 취지의 말을 했어요." 그는 라일라를 봤다. "내가 심했다는 건 알아요. 하지만 그 불쌍한 노인은 말을 하는 건 고사하고 숨도 제대로 못 쉬더라니까요. 눈에는 눈물이 글썽글썽하고 말이야!" 노인은 코트를 걸었다. "난 그를 평생 알고 지냈어요. 그는 평균 이상으로 나쁜 사람은 아니었어요. 만약 그랬다고 해도 그건 중요하지 않아요." 그러고 노인이 이어서 말했다. "안 자고 날 기다리지 말아요, 라일라. 당신과 아기 둘 다 잠을 자야 해요." 그러고 노인은 그녀의 뺨에 키스하고는 사람들에게 화를 내버려서 느낀 후회에 관해 기도하기 위해 자기 서재로 올라갔다. 분노는 그를 끊임없이 괴롭히는 죄악이라고 노인이 말했다. 그는 항상 분노에 관해 기도했다. 라일라는 생각했다. 만약 당신의 가장 심한 분노가 그 정도라면, 난 잘 살 수 있겠군요.

라일라는 아직 몸이 따뜻해지지 않아서 위층으로 올라가 그가 들어오는 소리가 들릴 때까지 그의 침대에 누워 있기로 했다. 그녀는 신발을 벗고 이불을 덮고 기다렸다. 그러면 아이가 편안해할 거라고 생각했다. 하지만 담요 밑에 생긴 공간에 그녀의 몸에서 흘러나온 냉기가 가득 차서, 마치 우묵한 냉기의 구멍처럼 느껴졌다. 어쩌면 그녀가 아이에겐 그렇게 느껴질지도 모른다. 겨울밤이면 달은 그녀를 자기 품속으로 꼭 끌어당겨서 퀼트 이불을 덮고, 두 팔로 라일라를 안아줬다. 그러면 라일라는 다른 모든 곳에서 느껴지는 추위 때문에 그 품 안이 더 따뜻하게만 느껴졌다. 그 소년에게 자기 코트를 이불처럼 덮어줬을 때 라일라는 아마 이 생각을 하고 있었을 것이다. 그러자 소년은 그 오래전 라일라가 웃었던 것처럼 환하게 웃었다. 마치 불행과 고난의 시기에 찾아온 행운이자 마법 같아서, 기뻐 웃은 것이다. 이제 그녀는 배 속에 자신의 아이가 있는데, 어쩌면 아이는 그 추위를 느꼈을지도 모른다. 어쩌면 아이는 자기를 편안하게 해줄 거라고 믿을 수 없는 여자에게 태어나는 것 같아서 두려워하고 있을지도 모른다. 어쩌면 아이는 그 소년의 모습을 하고 있을지도 모른다. 마치 그의 속에 있는 생명이 그를 어른의 육체로 막 만들기 시작했을 때 더는 손해 보지 않기 위해 재빨리 손을 떼어버린 것 같은 그런 모습 말이다. 라일라는 생각했다. 그럼 나는 널 훔칠 거야. 그리고 널 데리고 아무도 우리를 모르는 곳으로 도망친 다음, 너에게 아주 많은 사랑을 줘서 너라는 사람과 네가 될 수 있었던 사람 사이에 생긴 차이를 다 메꿔줄 거야. 멜리가 말했다. "쟤 다리는 금방이라도 부러질 것 같아요." 그러면 달은 라일라를 옆으로 더 바짝 끌어당기면서 좀 더 세심하게 보살폈다. 그런 달마저 이런 말을 했다. "너에게 뭔가 매력이라도 있었더라면." 그러고는 다른 사람들이 보는 그런 눈빛으로 그녀를 봤다. 라일라를 언제까지나 다른 사람들로부터 지켜줄 수만은 없었으니까. 하지만 달은 항상 최선을 다해 그 차이를 메꿔줬다. 라일라도 그럴 것이다. 그리고 거기엔 이렇게 말하는 노인도 없을 것이다. 당신이 내 아이에게 무슨 짓을 했는지 알겠어. 노인은 세상에 없을 것이다. 어쨌든 그 일은 언젠가는 일어날 테니까. 라일라는 무릎을 끌어 올리고 배를 껴안았다. 그러자 아이의 움직임이 느껴졌다.

현관문 소리에 그녀는 잠이 깼다. 바우턴이 노인과 이야기하고 있었다. 그들의 목소리에 어린 수심을 라일라는 들을 수 있었다. 바우턴은 노인에게 뭔가 해결하기 힘든 일이 있을 때면 항상 왔다. 요즘은 대개 지팡이를 짚고 오지만, 어쨌든 여전히 최선을 다해 조금이라도 도와주려고 애쓴다. 그는 에임스 부인이 죽었을 때, 목사는 다른 곳에서 다른 일을 보고 있던 그때도 이 집에 있었다. 한번은 바우턴이 와서 저녁 내내 농촌전화법*과 그 영향에 대해 끝없이 이야기하다 간 후에 노인이 말했다. "그 친구가 그녀와 같이 기도를 해줬어요. 그리고 눈을 감겨줬죠." 우리는 그토록 사랑스러운 이가 그토록 짧은 생을 살다 가서 눈물을 흘렸다. 바우턴이 거기 있었기 때문에, 그저 도와주려고 거기 있었기 때문에 **우리**였다. 바우턴이 하는 말이 들렸다. "난 여기서 잠시 기다릴게, 존." 그러고 나서 노인이 계단을 혼자 올라오기 시작하는 소리가 들렸다. 그들은 대체 무슨 일이 생겼다고 생각하는 걸까? 아니, 무슨 일이 있었는지 물어보는 편이 나을 것이다. 라일라는 해서는 안 되는 일을 한 것이다. 그녀는 그걸 절반 정도만 알고 있었고 노인이 아마 나머지를 말해주겠지. 라일라는 일어나서 신발을 신고 머리와 원피스를 매만졌다.

그가 방에 들어왔을 때 라일라는 그를 보고 밀려오는 안도감을 느꼈다. 그래서 그녀가 하고자 했던 일을 하기가 훨씬 더 힘

---

* 1936년 미국에서 제정된 법으로, 고립된 농촌 지역에 전기를 보급하기 위한 자금과 관련된 법률.

들었다. 그러니까, 아무것도 안 하기. 그냥 그 자리에 서서 그가 하는 말을 끝까지 듣기. 그녀는 이제 떠날 수 없었다. 그 돈을 그 소년에게 다 줘버렸으니까. 흠, 떠나야 한다면 방법을 찾아보긴 하겠지만. 라일라는 생각하고 있었다. 무슨 일이 일어나건, 노인이 나를 경멸하는 투로 말하면 그 자리에서 당장 떠나버릴 거야. 그날 아침만 해도 그녀는 이 집에서 그토록 안전하다고 느끼고 있었는데.

노인은 계단을 내려다보며 말했다. "아내는 여기 있어. 아내는 괜찮아." 그러자 바우턴이 말했다. "그러면 내일 이야기해." 그리고 나갔다. 그러자 노인이 말했다. "그건 사실이죠, 그렇죠? 당신은 괜찮죠?"

라일라가 말했다. "내가 아는 한은 그래요."

노인이 고개를 끄덕였다. "나도 그래요. 내가 아는 한." 그는 침대 가장자리에 앉았다. "조금 숨이 찬 것 같긴 하지만." 그는 두 손으로 자기 얼굴을 가렸다. 잠시 시간이 흐른 후에 노인은 그가 앉아 있는 침대 옆을 토닥이며 말했다. "와서 좀 앉아요." 그는 목소리가 갈라지지 않도록 헛기침했다. 그리고 말했다. "자. 당신이 오늘 당신의 하루에 대해 말해주면, 내가 오늘 나의 하루에 대해 말해줄게요."

그녀는 어깨를 으쓱하고 노인의 옆에 앉았다. "나는 산책하러 나갔어요."

"그런 것 같더군요." 좀 더 긴 시간이 흐른 후에 그가 말했다. "누군가 내 사무실에 들러서, 당신이 오두막집에 있는 걸 봤다고 했어요. 그가 내게 그 말을 한 이유는 날씨가 안 좋아지고 있었기 때문이에요. 그래서 나는 바우턴에게 차로 거기에 데려다달라고 했어요. 당신이 집까지 걸어오지 않게 말이에요. 하지만 그러다 어떻게 된 일인지 당신과 엇갈렸나 봐요."

라일라가 말했다. "누가 말해준 거예요?"

"조지 피터슨이요. 그는 교회 사람이 아니에요. 교회 사람들은 이제 사정을 잘 알아서 그런 일은 안 해요."

그들 모두 그녀가 어디를 오가는지 그에게 말하지 않아야 한다는 것 정도는 알고 있었다. 그녀는 그 점을 생각해봐야 했다.

노인이 말했다. "당신은 거기 없었지만 당신 코트가 거기 있더군요. 그리고 그 코트 밑에 어떤 남자가 있었어요. 그 코트를 봤을 때, 나는 코트 밑에 있는 사람이 아마 당신일 거라고 생각했어요. 당신 이름을 불렀는데 아무 대답이 없어서 코트를 들췄더니 그 남자가 손에 칼을 들고 튀어나오더군요." 그는 웃으면서 눈을 문질렀다. "내 평생 그렇게 무서웠던 적은 처음이에요. 그렇게 안도한 적도 처음이고. 그 자리에서 바우턴은 숨이 멎는 줄 알았다니까요. 그때 그 남자가 우리를 밀어버리고 도망쳤어요. 우린 어안이 벙벙해서 아무것도 못 하고 그저 서로를 빤히 보기만 했죠. 우린 당신이 어디에 있는지 그리고 그 남자가 어떻게 당신 코트를 손에 넣었는지 걱정하기 시작했어요. 그 사람에게 물어볼 순 없어서 여기로 돌아왔어요." 노인이 웃었다. "바우턴은 분명 오는 동안 내내 시속 65킬로미터로 달렸을 거예요. 그는 항상 운전을 두려워해서 배수로에 바퀴 두 개를 처박곤 했는데, 오늘 밤은 완전 바니 올드필드*였다니까요."

라일라가 말했다. "음, 난 그냥 여기서 쉬고 있었어요."

"그래 보이네요. 하지만 당신이 이 상황을 조금 더 명확하게 설명해줄 수 있을 것 같아요. 궁금해요. 그리고 바우턴에게 뭐가 어떻게 된 건지 이야기를 해줘야 할 것 같은 의무감도 느끼고. 물론 급할 건 없어요."

"몸을 데우려고 교회에 잠깐 앉아 있었던 시간도 있어요."

그는 고개를 끄덕였다. "그래서 우리가 서로 엇갈렸군요."

"그리고 그 코트는 내가 그 아이에게 줬어요. 오늘 밤만 쓰라고요. 당신이 거기 갈 줄은 생각도 못 했어요."

노인은 고개를 끄덕였다. "아주 관대한 행동이었네요."

"날씨가 갑자기 그렇게 추워질 줄은 몰랐어요."

* 20세기 초 미국의 전설적인 자동차 경주 선수.

"그는 코트를 갖게 돼서 기뻤을 거라고 확신해요. 그걸 쓰게 돼서 말이죠. 그래서 당신은 코트도 없이 이 추위에 집까지 걸어왔단 말이죠."

"그가 가여웠어요. 불쌍한 아이잖아요. 처지가 너무 절망적이어서 밤에 잠도 못 자고 있더라고요. 자기가 누군가를 죽였기 때문이라고 그 아이는 생각했지만, 내 생각엔 그냥 편하지 않았던 것 같아요. 어쨌든 부분적으론 그래 보였어요."

"이런, 그가 누굴 죽였다고요." 노인이 말했다.

"아마 자기가 죽였을 거로 생각하고 있어요. 내가 듣기에는 죽였는데 죽였다고 확신하고 싶진 않은 것 같았어요. 그 사람은 그 아이의 아빠예요. 내 말은, 그 아이가 죽일 사람을 찾아 밖을 돌아다니거나 한 건 아니라는 뜻이에요. 잠깐 제정신이 아니었나 봐요."

노인이 웃었다. "그런 일이 일어날 때가 있지요."

"그 아이는 누구도 해치려고 하지 않았어요. 그가 바란 건 그저 집으로 돌아가는 거였어요. 그래서 사람들이 그를 목매달 수 있게."

"그렇군요. 물론 나는 그 사실을 알 길이 없었잖아요, 안 그래요? 거기서 당신 코트를 발견했을 때 내가 무슨 생각을 했을지 당신은 상상할 수 있겠죠. 그리고 그는 상당히 거칠게 생겼더라고요. 아까 언뜻 봐선 말이죠. 난 요즘 기억이 많이 떠올라요. 그리고 꽤 나쁜 꿈도 좀 꾸고요. 바우턴에게 그 이야길 했더니 그도 그렇다고 하더라고요. 그러니 우린 그런 상황에서 분별 있게 생각할 수 없었던 것 같아요. 우리가 그 상황을 그렇게 두렵게 생각하지만 않았어도 그 사람과 이야기를 나눌 수도 있었을 텐데. 라일라, 이 이야기는 꺼내고 싶지 않았지만, 당신이 정말 몸조심을 해준다면 아주 고마울 것 같아요. 두 노인이 경기를 일으키지 않도록 하기 위해서라도 말이죠."

라일라가 말했다. "생각해볼게요."

노인이 웃었다. "그래요. 날 위해 그렇게 해줘요. 아, 내가 얼마나 충격을 받았는지 몰라요." 그리고 그는 침대에 누워 얼굴을 두 팔로 가렸다.

잠시 후에 라일라가 말했다. "그 아이에게 작은 꾸러미가 하나 있었는데. 도망칠 때 그걸 가져갔나요?"

"그런 게 하나 바닥에 있긴 했어요. 그냥 거기 놔뒀는데. 왜요?"

"음, 아이가 그걸 가지러 돌아올 가능성이 커서요." 어쩌면 이 말은 하지 말았어야 했다. "당신이 자기를 쫓아오지 않는 걸 봤다면 아마 이미 와서 가져갔을 거예요."

"보안관에게 이 일을 말하고 싶지 않다는 뜻으로 해석할게요."

"말해봤자 별 의미가 없을 것 같은데요."

노인이 웃었다. "당신이 그렇게 말한다면야."

"보안관과 이야기하는 걸 별로 좋아하지도 않고요. 그건 사실이에요. 하지만 만약 그 아이가 자수한다면, 그들이 그 아이를 목매달진 않을지도 모르겠네요. 만약 경찰이 그를 잡는다면 분명 그러겠지만. 하지만 그 아이가 집에 가려면 그 돈이 필요해요. 그 아이는 변변한 신발 한 켤레 없거든요."

노인이 말했다. "이제 당신은 울고 있네요."

"그냥 피곤해서 그래요. 난 우리가 그 아이를 여기 데려와서 교회에서 하룻밤 자게 해줘도 되지 않을까 생각하고 있었어요. 그 아이가 달아나기 전에 한 생각이에요."

노인이 자기 손수건을 건넸다. "이런, 라일라. 내가 내일 바우턴에게 이야기할게요. 거기 다시 가볼 수도 있을 것 같아요. 이번에는 그 사람과 이야기도 해보고. 당신은 집에 있어도 돼요." 그는 일어나 앉았다가 세상에서 가장 지친 사람처럼 일어서서, 침대 기둥에 몸을 기대고 균형을 잡았다. 그녀는 고생스럽게 그러지 말라고 그에게 말해야 한다는 건 알고 있었다.

그녀가 말했다. "나도 같이 가는 편이 나을 것 같아요. 그 아이가 나는 무서워하지 않을 테니까. 절대 우리와 함께 오진 않을 거예요. 이제 우리랑 같은 차도 타지 않을 거고. 하지만 우리가 그 아이에게 뭘 좀 줄 순 있겠죠. 서두른다면 말이에요."

"좋아요. 그럼 당신이 물건 몇 가지를 챙겨요. 나는 가서 바우
턴을 데려올게요."

그래서 그녀는 양말과 긴 속옷과 플란넬 셔츠 한 장을 베갯잇
에 넣고 목사가 신던 낡은 구두도 한 켤레 챙겼다. 그 어떤 것도
그 아이에게 맞진 않겠지만, 아무것도 없는 것보다는 낫다. 그녀
는 햄 한 덩어리를 파라핀지에 싸서 그것도 베갯잇에 넣고 사과
도 몇 개 넣고 벽장에서 모직 담요 두 장도 꺼냈다. 그리고 계단
의 중심 기둥 위에 걸쳐져 있던 파란 코트를 입고 밖으로 나가
바우턴의 차로 갔다. 바우턴이 엄숙하게 말했다. "이런 행동을
방조라고 부르는 것으로 알고 있어요. 정말 그렇다니까요. 아무
도 이 차에서 나갈 필요 없어요. 내가 차의 경적을 울릴게요. 우
린 그냥 차를 그 오두막집 계단 앞에 세우고 창밖으로 그 꾸러미
를 떨어뜨리면 돼요. 내가 차 시동을 계속 켜놓을게요."

그 오두막집 앞에 도착했을 때, 라일라가 차에서 내려서는 큰
소리로 불렀다. "이봐. 너 거기 있니? 우리가 너 주려고 옷과 담
요를 가져왔어. 눈이 올지 모르니 내가 안에 둘게." 목사도 내려
서 그녀에게 손전등을 주고는, 그 꾸러미를 받아 들고 그녀의 팔
을 잡았다. 그가 말했다. "내가 들어갈게요."

"아니요. 내가 갈게요. 그 아이는 아주 민감하지만, 날 무서워

하진 않아요. 그 아이를 궁지에 몰아넣으면 안 돼요. 그러면 그 아이는 더 큰 곤경에 빠지게 될 거예요."

노인이 웃었다. "우리가 그럴 순 없죠. 당신이 하자는 대로 할게요. 그냥 빨리 끝냅시다."

라일라는 가져온 물건들을 문안에 넣어놓고 손전등으로 실내를 비춰봤다. 그리고 말했다. "아직 여기 있어요. 그 아이의 돈 말이에요. 아직 가지러 돌아오지 않았어요."

"저런, 우리가 여기 있는 한 그 사람은 돌아오지 않겠죠. 아직 돌아오지 않아서 다행이에요. 이렇게 해두면 당신이 그를 위해 놔둔 것들을 발견하겠죠."

"아, 아마도요. 나도 모르겠어요. 모르겠어요." 라일라가 말했다. 노인의 목소리는 매우 기운이 없고 지쳐 있었다. 집으로 돌아오는 동안 내내 모두 조용했다. 라일라는 두 남자, 오랜 세월 같이 늙어온 친구들 사이에 오가는 생각을 들을 수 있었다. 이 여자는 아주 큰 골칫거리가 될 거야, 존. 우리가 미리 판단하기 전에 그녀가 무슨 말을 할지 들어봐야지. 나이 든 남자들은 어리석은 결정을 내릴 수 있어. 그건 다음에 이야기하자고. 무슨 일이 일어나든 난 자네 편일세. 자넨 그렇지, 항상 그래, 심지어 내가 내 편이 아닐 때도 말이야. 그래도, 노인은 그 일에 대해 더 오래 생각할수록 표정이 더 심각해졌다. 그날 밤 라일라는 노인 옆에 누워서 그가 잠이 들기는 할지 궁금해했다. 노인은 그녀의 손을 잡지 않았고, 그녀는 감히 그의 손을 잡지 못했다. 하지만 아이가 거기에 있었다. 그녀의 갈비뼈 아래를 누르는 것은 분명 아이의 머리이고, 허리를 누르는 것은 아이의 발임을 느낄 수 있었다. 라일라는 생각했다. 넌 아주 튼튼해야 하는데, 정말 그런 것 같구나.

다음 날 아침 목사는 일요일 예배를 드릴 때 입는 옷을 입고 아래층으로 내려왔다. 그녀는 아직도 가끔 그날그날이 무슨 요일인지 주의를 기울이는 걸 잊어버릴 때가 있었지만, 오늘은 분명 목요일이라고 확신했다. 노인은 전에, 목사 가운은 자신이 누구인지 기억하고 자신의 분노에 대한 걱정을 덜어주는 데 도움이 된다고 그녀에게 말한 적이 있었다. 그러니 그는 지금 아침을 먹기도 전에 자기가 누구인지 떠올리고 있는 것이다. 노인이 말했다. "좋은 아침이에요."

라일라가 말했다. "좋은 아침요." 노인이 마음속에 있는 말을 하길 기다리는 것 말고는 할 일이 없었다. 그녀가 그의 컵에 커피를 따라주자 그는 식탁 앞에 앉았다.

그런 후에 문에서 노크 소리가 들려서 노인이 열어주러 갔다. 노인이 누군가와 이야기하는 소리가 들렸다. 부엌으로 돌아왔을 때 노인이 말했다. "바우턴의 아들인 테디가 왔다 갔어요. 오늘 아침에 벌써 그 오두막집에 갔다 왔다네요. 그 사람의 몸에 좀 더 잘 맞을 만한 옷가지들을 놔두고 왔대요. 바우턴은 아침이면 너무 녹초가 돼서 할 수 있는 게 별로 없는데, 테디는 어쨌든 그곳 상황이 어떤지 한번 보고 싶었답니다. 테디는 거의 의사가 다 됐으니까요. 오두막집에 있는 그 사람이 자신의 도움을 필요로 할지도 모른다고 생각했대요. 하지만 그는 흔적도 보이지 않았다고 해요. 모든 것이 우리가 놔둔 그대로 있었고. 미안해요. 우리가 그 사람을 겁줘서 쫓아버린 것 같아요." 노인이 말했다.

라일라가 말했다. "누구의 잘못도 아니에요."

그는 의자 등받이를 두 손으로 잡은 채 그 자리에 그대로 서서 그녀를 보고 있었다. 지치고 심각한 표정이었다. 젊었을 때 그가 어떤 모습이었을지 눈에 보이는 것 같았다. 노인이 말했다. "세상에는 처음 보는 순간 어쩐지 알고 있는 것 같은 사람들이 있죠. 그런가 하면 평생을 같이 보냈는데도 정말로 모르겠는 사람들이 있고. 당신이 교회에 걸어 들어왔던 그 첫날, 그 비 오는 일요일에, 나는 왠지는 모르겠지만 당신을 알아본 것 같았어요. 그건 놀라운 경험이었죠. 정말 그랬어요."

"하지만 당신은 사실 나에 대해 아무것도 모르잖아요." 라일라가 말했다. 차마 노인이 그 말을 못 하고 있었으니까. 그녀는 그 말을 곧 다시 들을 참이었다. 난 당신을 몰라요.

그가 말했다. "음, 어떤 의미에선 그 말이 맞을지도 몰라요."

"사실이잖아요." 라일라는 이 자리에 멍하니 서서 그 말이 나오길 기다리진 않을 작정이었다.

"내가 중요하다고 생각하는 면에선 사실이 아니에요. 그리고 지금 그건 중요하지 않아요, 라일라. 정말로요."

"그건 좋네요, 왜냐하면 나는 별로 할 말이 없으니까요. 난 우리 가족이 누군지도 모르고, 내 성도 몰라요."

노인이 말했다. "이해해요. 그건 내게 문제가 되지 않아요. 전혀요."

"음, 내게 그거 말고 또 물어보고 싶은 게 있다면, 지금 물어보는 게 좋겠어요."

노인이 말했다. "그래요." 그러고 이어서 말했다. "이것 때문에 난 마음이 불편해요. 당신도 보다시피. 하지만 난 꼭 알아야 할 것 같은 기분이 들어요. 지금 우리 상황이 어떤지 말이에요. 당신이 왜 거기로 돌아갔는지 생각하지 않으려 해도 자꾸 생각나요. 거기서 뭘 했는지도 궁금하고."

"난 그냥 강에 있는 펠리컨들을 보러 갔어요. 그러다 오두막 집을 보니까 거기 바닥에 있는 판자 밑에 돈을 좀 숨겨둔 게 떠올랐어요. 그 집이 비어 있는 걸 볼 수 있었죠. 그래서 돈을 찾으러 갔는데 사라지고 없었어요. 어쨌든 좀 쉬면 기분이 좋아질 것 같아서 햇빛이 비치는 계단 위에 앉아 있었는데 그러다 잠이 든 모양이에요. 잠이 깼을 때 그 아이가 거기 서서 날 보고 있었어요."

"그럼 그 사람은 전혀 모르는 사람이었군요."

"내 평생 한 번도 보지 못한 사람이에요. 그게 진실이에요."

"그래요, 물론 그렇겠죠. 물론." 그러더니 노인이 이어서 말했다. "지금 이게 당신을 심문하는 것처럼 보일까 봐 너무 싫긴 해요, 라일라. 하지만 당신이 거기 갔다는 말을 들었을 때, 나는 그게 당신이 행복하지 않다는 의미일지도 모른다는 생각이 들었어요. 있죠, 여기서 나랑 사는 게 말이에요. 처음부터 쉽진 않을 거라는 걸 알고 있었고, 어떤 일이 일어나든 받아들일 수 있다고 생각했어요. 하지만 아이가 생기리라곤 생각도 못 했어요. 난 어떤 기대도 하지 않는 법을 익혔다고 생각했어요. 하지만 내가 그 아이를 생각하고 있다는 걸 깨달았어요. 그것도 아주 자주 말이에요. 그러니까 당신이 떠나고 싶어 할지도 모른다는 생각― 그 생각을 하며 살아가는 게 나로선 너무나 힘들 거예요."

라일라가 말했다. "난 떠나지 않아요. 그런 생각은 하고 있지도 않아요." 이 말이 완전한 진실은 아니더라도, 어쨌든 충분히 진실이긴 했다. "난 그저 펠리컨들을 보러 갔는데 모든 게 걷잡을 수 없게 되어버렸어요. 나도 모르겠어요. 난 그저 그 돈을 쓰는 게 좋겠다는 생각이 들었어요. 여름 내내 모은 돈이거든요."

"내가 당신에게 이 질문을 하는 이유는, 당신이 여기 머물고 싶어 할 수 있게 내가 할 수 있는 게 뭐든 있다면—"

라일라가 말했다. "내 아이는 아주 키가 크고 늙은 목사님을 아빠로 둘 거예요. 그리고 아주 따뜻하고 좋은 집에서 살면서 일주일에 세 번 햄과 달걀을 먹을 거예요. 그리고 찬송가를 다 외울 거고. 두고 보라고요."

"음, 그럼 아주 근사할 거예요. 근사하겠군요." 그러고 노인은 아침 식사를 하려고 앉았다. 그는 떨리는 손 뒤에서 감사 기도를 올렸고, 라일라는 그 돈으로 그를 위한 선물을 사려 했다고 말할 수 있다면 정말 좋을 거라고 생각했다. 하지만 그건 거짓말처럼 들릴 것이고, 그러면 노인은 그가 바라는 방식으로 그녀를 믿지 못할 것이다.

라일라가 말했다. "오두막집에 있던 그 아이는 그저 못생기고 더럽고 외로운 아이였을 뿐이에요. 반쯤 겁에 질려 죽을 지경이었고. 난 생각했죠. 그 아이는 안아 올려 보살핀 사람이 하나도 없는 어떤 아이든 될 수 있었다고 말이죠."

노인은 그녀를 바라보더니 부드럽게 말했다. "난 당신을 정말 알았던 게 맞아요. 지금도 당신을 정말 알아요." 그의 눈에 눈물이 가득 고였다.

"그건 좋은 것 같네요." 라일라는 어깨를 으쓱하고 나서 고개를 돌렸다. "어쩌면 난 어떤 사람들처럼 그렇게 알기 힘든 사람은 아닐 거예요. 그래야 할 이유도 없고요. 커피 더 드시겠어요?" 라일라는 노인이 그녀에게 하는 것처럼 그에게 말할 수 없었다. 오두막집에 있던 그 소년은 그녀를 알았다. 결혼했다고요? 목사와? 지어낸 이야기 같은데요. 배 속의 아이는 그 사람 아이인가요? 기분 나쁘게 하려는 말은 아니지만, 말주변이 그 정도밖에 안 되는 아이. 그녀가 목사에게 그 아이는 모르는 아이라고 했을 때, 마치 거짓말을 한 것처럼 느껴졌다. 그 아이는 지금까지 그녀가 살아온 세월 내내 그녀 시야의 가장자리에 있었다. 고아이고, 평생 마음속에 작게 타오르는 그 끔찍하고 미미한 자존심을 품은 채, 오로지 사람들의 비열함과 친절에 의지해 그 자존심을 지켜왔고, 누구든지 그냥 쳐다보는 눈빛만으로도 그에게 최악의 해를 끼칠 수도 있기에 상처 입은 두려움이 가득한 아이. 이 노인은 아름답고 친절하고 참을성이 많은 사람인데, 그가 나를 그런 식으로 본다면 난 그 눈빛만으로 죽어버릴지도 모른다고 라일라는 생각했다. 음, 하지만 지금 이 사람은 내 사람이니 내가 원한다면 마음대로 만질 수 있다. 그래서 그가 마실 커피를 가져오면서 라일라는 그의 목을 끌어안고 그의 머리에 키스했다. 할 수 있을 때 즐기는 편이 낫겠지.

그는 그녀의 손을 쓰다듬었다. 그러고 나서 말했다. "그동안 생각을 좀 해봤어요, 라일라. 내 나이엔 사실 다른 교회에서 불러주는 건 기대할 수 없어요. 하지만 적어도 다른 집으로 이사는 할 수 있을 것 같아요. 그 비용을 대기 위해 이 집은 교회에 세를 놓을 수 있고. 그럼 우리는 새롭게 시작할 수 있을 거예요. 내가 여기서 너무 오랜 세월 지켜봐온 물건들을 없애버리고 그냥 새로 시작하는 거죠."

라일라가 말했다. "아니, 한 가지만 말할게요. 내가 펠리컨을 보러 간 건 어제가 마지막일 거예요."

"그러니까 당신은 이 집에서 잘 지낸다는 말이죠?"

"난 정말 괜찮아요."

"이 모든 흔적과 긁힌 자국들은 상관없어요? 그 흔적과 자국들을 남기고 세상을 떠난 사람들의 영혼은요? 하나님이 우리 집 거실에 계셔도 상관없어요?"

"그들이 없으면 외로울 것 같아요."

노인이 말했다. "당신은 날 위해 다정한 말을 해주고 있는 것 같군요. 하지만 그냥 그렇다고 들을게요. 난 분명 그들이 그리울 테니까."

"당연히 그렇겠죠." 라일라는 그의 머리에 뺨을 기댔다. 그리고 생각했다. 아이는 이것도 알고 있다. 가끔 내가 느끼는 두려움만 아는 게 아니야. 추위만이 아니야.

아마 지금 노인이 생각하고 있는 사람은 에임스 부인일 것이다. 노인은 그녀의 이름은 한 번도 말하지 않았다. 아주 사랑스러운 사람. 노인의 서재에는 노인이 라일라에게 보여준 적도 없고 숨긴 적도 없는 결혼사진이 하나 있다. 옷깃을 세우고 서 있는 그 옆에 전통적인 드레스를 입은 예쁜 여자가 있었다. 한쪽 팔은 그의 팔짱을 끼고, 다른 팔에는 장미꽃 다발을 들고 있었다. 손님방으로 노인이 정했지만 한 번도 손님은 오지 않은 집 앞쪽에 있는 큰 침실에서 둘은 아이를 만들었을 것이고, 젊은 시절의 모습은 상상도 할 수 없는 바우턴이 그 방에 서서 눈물을 흘리며 그 작은 아기의 머리에 물을 묻히고 기도했을 것이다. 그 방에 서 있는 두 청년 중 하나는 예수 그리스도였을 것이다. 한 청년이 무슨 생각을 해야 할지 모르고 있을 때, 모든 것을 다 아는 다른 청년은 바우턴이 할 말을 찾게 내버려뒀을 것이다. 음, 그건 라일라로서는 이해가 되지 않는 일이었다. 하지만 바우턴은 그 아기가 아직 피투성이였을 때 받아 들고 진심으로 축복했고, 그건 라일라도 이해했다. 라일라는 오두막집에 있었던 그 소년에게 자기도 그와 같은 일을 할 수 있기를 바랐다. 자신이 어떤 인간인지 생각하면서 덜덜 떨던 그 지저분한 아이를 공정하게 대해주고 싶었다. 테디는 그 소년을 찾으러 나가서 텅 빈 숲을 홀로 걸었다. 테디에게 발견되어도 소년이 두려워하지 않을 수 있게. 테디가 소년에게 줄 수 있는 시간은 하루뿐이었다. 그는 의사가 되려고 공부하다가 아빠인 늙은 바우턴과 엄마가 잘 지내는지 확인하려고 집에 들른 길이었으니까. 라일라는 배 속에 아이가 있는 몸이라 추위에 그렇게 돌아다닐 수 없었다. 그러니 소년은 혼자 감당해야 할 것이다.

그녀는 그 침실로 성경책을 들고 올라가서 창가에 있는 흔들의자에 앉았다. 화장대에 아주 희미하게 먼지가 깔려 있었는데, 일단 눈에 들어오자 신경이 쓰여서 천을 하나 찾아 닦아냈다. 이제 겨울이 왔고 밖에서 할 일도 별로 없어서 라일라는 집 안을 조금씩 돌보기 시작했다. 교회에서 여자 신도들이 매주 혹은 2주에 한 번씩 와서 이런저런 집안일을 도와주긴 했다. 그동안 노인이 혼자 살았기 때문에 그들은 몇 년 동안 그 일을 해왔고, 이제는 목사의 아내와 아이를 돌봐주기 위해 힘든 집안일은 계속 해주고 있었다. 그들은 그렇게 목사를 지킬 수 있기를 바랐다. 하지만 항상 어딘가에서 온 먼지가 집 안에 내려앉았다.

라일라가 노인에게 이제 '잡기'를 읽을 것 같다고 했다. 철자대로 읽으면 '잡'이었으니까.* 그러자 노인은 웃음을 터트리지

---

* 철자(job)대로 읽으면 잡으로 발음되지만 욥이라고 읽는다.

않기 위해 사력을 다했다. 그러느라 눈에 고인 눈물을 닦아내고 나서 그것은 사람 이름이라 다르게 읽어야 한다고 가르쳐줬다. 그러자 라일라는 갑자기 흥미가 크게 줄고 말았다. 하지만 그녀는 그 부분을 읽어야 했다. 그래야 그녀가 애초에 단순히 무식한 실수를 저지른 게 아닌 척 목사가 연기할 수 있으니까. 노인은 그게 실수였다는 걸 아주 잘 알고 있긴 하지만. 노인이 말했다. "당신은 정말 가장 어려운 부분을 찾아내는 재주가 있군요. 성경을 처음 읽는 사람에게 말이죠. 사실 누구에게든 어려운 부분이에요. 괜찮아요. 욥기도 성경에 있는 이야기니까." 그리고 노인은 조금 웃을 수 있었는데, 그럴 수 있어 다행이었을 것이다.

그래서 라일라는 창가에 있는 흔들의자에 앉아 무릎에 욥기를 펴놓고 어떤 내용인지 알아보려 했다. 하지만 정말 왜 먼지가 그렇게 고르게 내리는지 궁금했다. 눈보다는 비처럼. 눈은 바람에 밀려 여기저기 떠다니니까. 흠, 좋은 집의 공기는 지극히 움직임이 적다. 시계가 끊임없이 째깍거리고, 시간은 지나가고, 무슨 일이든 일어날 기미는 전혀 없는데, 그러다 이틀이 지나면 우연히 눈길이 가는 곳 어디에나 다시 희미하게 먼지가 보인다. 그녀가 먼지를 닦아내면 방은 한동안 완벽해진다. 그러고 나서 그녀는 다시 생각하기 시작한다. 흔들의자가 흔들릴 때 내는 소리를 들으며 생각한다.

시계가 11시를 쳤다. 노인은 항상 점심을 먹으러 집에 온다. 그녀가 현관문 앞에서 그를 맞으면 그는 두 팔로 그녀를 껴안는다. 비를 맞았다 해도 노인은 코트를 벗을 때까지 기다리지 않고 바로 그녀의 이마나 뺨에 키스한다. 그녀는 그에게서 풍기는 찬 기운과 좋은 냄새를 좋아한다. 그는 라일라에게 그날 아침을 어떻게 보냈는지 절대 물어보지 않지만, 그녀는 가끔 이야기해준다. 책을 조금 읽었어요. 이런저런 생각을 했어요. 그녀는 기분이 좋았고, 아기는 팔꿈치와 무릎으로 라일라의 배 속 여기저기를 밀어대며 그 어느 때보다 활발하게 돌아다녔다. 노인은 라일라가 슬픈지 혹은 피곤한지 보려고 그녀의 얼굴을 찬찬히 살펴본다. 그러면 그녀는 얼굴을 돌려버린다. 노인이 그 얼굴에서 뭘 볼지 알 수 없어서. 그녀의 생각을 들키고 싶지 않아서. 라일라는 사람들이 곧 그들의 몸이라는 생각을 하고 있었다. 그리고 인간의 몸은 신뢰할 수 없다. 그녀의 몸은 일로 다져져서 아주 튼튼하다. 그녀의 생각뿐일지도 모르지만. 그녀는 어렸을 때부터 고통을 두려워해봤자 아무 쓸모가 없다는 점을 알고 있었다. 라일라는 항상 노인에게, 여자들은 아이를 낳으니 나라고 낳지 못할 이유는 없다고 말했다. 하지만 둘 다 그러다 일이 잘못될 수도 있다는 점을 알고 있었다. 출산이란 게 원래 그런 것이다. 그러면 늙고 불쌍한 바우턴이 다시 이 집에 올 것이다. 그가 이번에도 층계를 올라올 수 있기나 하다면 말이다. 그리고 그곳엔 예수 그리스도도 있을 것이다. 여전히 아무 말도 하지 않고, 말은 다 바우턴이 하도록 놔둔 채. 그리고 라일라는 생각할 것이다. 여기에 내 몸이 있군, 날 두고 죽어가고 있어. 이런 일이 일어나지 않게 하겠다고 노인에게 거의 약속한 거나 다름없었는데. 덕분에 그녀는 자신이 몸 이상의 존재라고 믿게 될지도 모르지만, 어쨌든 그녀는 이 세상을 떠났을 것이고 노인을 위로할 수 있는 건 아무것도 없을 텐데 그게 무슨 의미가 있겠는가. 라일라는 정말 그와 결혼했나 보다라는 생각이 들었다. 노인이 그녀 때문에 슬퍼하는 것을 생각만 해도 끔찍한 걸 보니 그런 것 같았다. 그러다 노인은 심지어 기도를 포기하게 될지도 모른다. 그러면 그는 더는 그 자신이 아니게 될 것이다.

흠. **우스 땅에 욥이라 불리는 사람이 있었다. 그 사람은 온전하고 정직하며 하나님을 경외하고 악을 멀리하는 자였다.**[*] 그렇군. **그에게 아들 일곱과 딸 셋이 태어났다.**[**] 하지만 라일라는 계속 생각했다. 누군가가 더는 그 자신이 아니게 되면 무슨 일이 일어날까? 나는 몇 달 전만 해도 알지도 못했던 것들을 생각하는 데 익숙해진 것 같아.

---

[*] 욥기 1장 1절.
[**] 욥기 1장 2절.

앞으로 대체 내가 뭘 하게 될까 궁금해하지 않게 된 것도 그렇고. 어쩌면 노인이 나에 대해 좋아했던 면이 사라질지도 모를 일이야. 그런데 나는 심지어 그게 뭐였는지도 모를 거고. 라일라는 그렇게 되더라도 여기 계속 살지도 모른다고 생각하고 있음을 깨달았다. 그녀는 그의 감촉을 항상 좋아할 거라고, 아마도 침대 속 그의 옆으로 슬그머니 들어가는 것도 항상 좋아할 거란 생각이 들었다. 노인은 싫어하지 않는 것 같았다.

그 소년, 절대 아버지를 죽일 생각은 없었던 그 소년이 자기 손을 보던 눈빛은 그 손을 없애버릴 수 있으면 좋겠다고 생각하는 것 같았다. 자신을 없애버리고 싶은 것이다. 라일라도 그런 느낌을 수없이 받았다. 그녀가 피를 다 닦아내려고 애를 썼던 그 날 밤 혹은 아침에, 그리고 필시 제정신이 아니었던 달이 이런 말을 하고 있을 때. "그 사람은 네 아빠가 아니었어. 그건 꽤 확실해. 아마 사촌이나 뭐 그런 사이일 거야. 어쩌면 삼촌일지도 모르고." 그때 라일라의 손과 옷, 머리에도 그의 피가 묻어 있었다. 그녀가 눈 위로 흘러내린 머리카락 한 가닥을 쓸어 올리자 피에 젖어 축축하고 묵직해진 가닥이 다시 눈 위로 떨어졌다. 피가 너무 많아서 라일라는 그 남자가 누구든 죽었음을 알았다. 그러니까, 그가 누구였든, 그는 그 사실을 품고 떠나버린 것이다. 그 사실은 그의 몸속에서 죽어버렸다. 달이 말했다. "다 원한 때문이야. 그들은 날 가만 놔뒀어야 해. 그 오랜 시간이 지난 후에 이제 와서 어쩌자는 거야."

라일라가 말했다. "그 사람 이름이 뭐였어요?"

"누구 이름 말하는 거야? 빌어먹을, 놈들은 많고 많았어." 그리고 달은 어리둥절한 한편으로 겁을 집어먹고 지친 눈빛으로 라일라를 바라봤다. 너무 늙고 너무 힘이 빠져 머리를 제대로 들지도 못하면서 달은 눈동자를 굴려대며 여전히 어떤 식으로든 계획을 짜보려고, 이제 어떻게 해야 할지 생각해보려고 안간힘을 썼다.

그녀와 싸웠던 그 남자의 이름.

"내가 그걸 알고 있을 거라고 생각하니? 놈들은 한 다스도 넘어. 하나같이 비열한 놈들이지." 달이 말했다. "너에게 엄마는 나 하나야. 그것들이 너에게 하던 짓을 그대로 내버려뒀더라면 넌 그냥 죽었을 거야."

라일라도 그건 알고 있다. 그녀는 기억하고 있다. 하지만 그들의 이름은 뭐였나?

"한 놈이 있었는데. 내가 놈의 허벅지 뒤쪽 힘줄을 잘라버렸어. 오래전 일이야. 그렇게 하면 놈이 날 괴롭히는 것도 끝날 줄 알았어. 하지만 놈은 심하게 절뚝거리게 됐고 놈의 형제들이 열 받아서 다 들고일어났지. 그래서 내 걱정만 더 늘어났고. 놈의 사촌들. 놈들은 날 쉽게 잡을 수 있을 거라고 생각했어. 아이를 데리고 다니는, 얼굴에 흉터가 있는 여자." 달은 웃었다. "하지만 알고 보니 그렇게 쉽진 않았지."

그 오두막집에 살던 사람들은?

"그건 중요하지 않아. 그들은 너의 가족도 아니었어. 넌 그냥 거기에 맡겨진 것뿐이야. 네 아빠가 널 거기에 그런 식으로 내버려뒤놓고는, 나에게서 널 도로 찾아가야겠다고 잘못 생각한 거지. 그런 다음엔 한 무리가 날 찾아다녔어. 그중 누구라도 남는 시간이 생겼을 때 말이야. 네가 그렇게 비쩍 마르고 벌거벗고 다닐 때 그 인간들은 어디 있었는데? 사람들은 원한을 품길 좋아하지. 결국은 그런 거야."

라일라는 그래도 이름을 알면 좋겠다고 말했다.

"뭐? 놈들을 찾아다니게?"

아니. 그건 아무 쓸모도 없는 짓이야.

"그건 맞는 말이야. 어쨌든 내 생각에 놈들이 넌 잊어버린 것 같아. 놈들에게 중요한 사람은 그놈을 절름발이로 만든 나지. 그때 그놈이 아주 젊었어서 그랬던 것 같아. 아니, 그러면 나를 쫓으라고 그놈을 보내지 말았어야지. 놈들이 쫓는 건 그저 복수일 뿐이야. 이번에 그 마지막으로 온 놈은 네가 어디 있느냐고 묻지도 않았어. 내가 놈에게 그럴 기회도 별로 안 췄지만."

그러니까 그 사람은 라일라의 아빠였을지도 모른다.

"그 사람은 네 아빠가 아니었다니까. 내가 보기에 그자는 네 아빠와 안 닮았어. 네 아빠를 본 지 좀 오래되긴 했다만. 꽤 어둡기도 했고." 그렇게 라일라는 온몸에 피를 뒤집어쓴 상태에서 처음으로 아버지에 대한 말을 들었다. 그리고 달은 그녀 옆에서 아마도 죽어가고 있었다. 라일라는 지난 몇 달 동안 괜찮은 방을 얻어서 한 가게에서 점원으로 일하고 있었다. 그리고 그녀는 바로 그날 달이 그녀가 확실히 읽고 셈을 할 수 있도록 해줘서 얼마나 좋은지 생각하고 있었다. 그런데 이제 그 모든 게 다 끝나버렸다. 피를 씻어내려고 하면 할수록 피가 더 많이 나왔다. 피는 깔개에 스며들어서 마룻바닥을 얼룩지게 했다. 라일라는 모든 것을, 빌어먹을 모든 것을 끝장내고 싶었다. 자기도 없애버릴 수 있었으면 싶었다. 누군가 그런 그녀를 발견할 것이다. 하지만 그녀에겐 상처를 치료해야 할 달이 있었다. 라일라는 지금 입고 있는 옷이 얼마나 더러운지 미처 생각도 하기 전에 하나밖에 없는 다른 원피스를 여러 갈래로 찢었다. 아, 이젠 어쩌지. 빌어먹을 다음 한 시간을 어떻게 버텨내지. 이거야말로 최악의 느낌일 것이다. 라일라는 이런 식으로 뭐든 참아낼 수 있는 자신이 끔찍이 싫었다. 계속 움직이고 있는 건 그녀의 몸이었다. 그녀의 몸과 손은 달이 전에 그녀를 어떻게 편안하게 해줬는지 기억하고 있었다.

그녀가 지금 이런 생각을 하면 안 되는데. 내가 지금 아이에게 겁을 주고 있잖아. 그녀가 말했다. "네 아빠가 곧 집에 올 거야. 아빠는 널 정말 아주 많이 사랑한단다." 그녀가 배를 껴안을 때 아이는 그녀가 자기를 두 팔로 안고 있음을 느낄지도 모른다. 안전하다고 느낄지도 모른다. 라일라가 말했다. "자, 너 그렇게 발로 차서 내 무릎에 있는 책을 떨어뜨릴 거야? 아빠가 이걸 보면 뭐라고 하겠어?" 지금, 이 아침에는 그녀에게 아이가 있다. 어떤 일이 일어났든 간에 말이다. 그녀에겐 남편이 있다. 어쩌면 외로움이란 그녀가 조만간 극복할 수 있을 감정인지도 모르겠다. 만약 일이 충분히 잘 풀린다면 말이다. 그날 밤 그 계단에 앉아 있을 때 달이 처음으로 그녀를 품에 안아 올렸다. 그리고 라일라는 아직도 그때 얼마나 기분이 좋았는지 기억한다. 아무것도 아닌 것들로 만든 수줍고 작은 선물들. 헝겊 인형. 달이 밤에 몸을 따뜻이 하기 위해 쓸 수도 있었던 숄. 하지만 달은 집에 오면 숄을 라일라에게 덮어줬고 아직 사방이 깜깜한 새벽에 나가기 직전에만 다시 가져갔다. 그녀가 훔친 아이를 지키겠다고 굳게 마음먹지 않았으면, 달은 애초에 그렇게 사납게 굴 일도 없었을지 모른다. 그녀는 아마 자신의 품에 안겨 낮과 밤 내내 잠을 자는 아이의 몸에 생명이 돌아오고 있는 걸 느낄 수 있었을 것이다. 그리고 아이도 그걸 느낄 수 있었다. 이제 모성이 라일라의 젖가슴으로 밀고 들어오고 있어서, 아팠다.

또 생각을 하고 있었군. 흠, 이 욥이란 남자는 좋은 남자고 좋은 인생을 살았는데 그러다 다 잃어버렸다. **그러니, 보라. 거친 들에서 큰 바람이 불어와 집 네 모퉁이를 치자 그 청년들 위에 무너져 그들이 죽었나이다.**[*] 그녀는 그런 일이 일어났다는 소리를 수도 없이 들었다. 바람은 길리어드 같은 마을 하나를 강타해서 막대기 몇 개와 나무 그루터기만 남기고 다 날려버릴 수도 있다. 욥처럼 세심한 사람이라면 폭풍 피난용 지하실을 하나 마련해두지 않았을까, 하는 생각이 드는데. 하늘이 푸르스름한 빛으로 가득 찰 때면 돈이 주위를 둘러보며 바람이 강해지기 시작할 때 그들이 바닥에 납작 엎드릴 수 있는 낮은 지대를 찾아보곤 했던 시절이 있었다. 그런 바람이 불 때면 헛간은 날아다니는 판자들과 못들에 지나지 않게 된다. 집이 그 청년들 위에 무너져 그들이 죽었나이다. 어떤 나무건 쓰러질 수 있다. 나뭇가지들이 우수수 떨어졌다. 가장 큰 나뭇가지들마저도. 한번은 바람과 함께 천둥이 치면서 비가 억수같이 쏟아져서 다들 무서워 죽을 뻔한 적이 있었다. 땅이 흔들렸다. 사방에서 번개가 쳤다. 나뭇잎들과 지붕널들

[*]   욥기 1장 19절.

과 창문에 달린 커튼들이 그들 위를 날아가 주위에 떨어졌다. 멜리는 땅바닥에 등을 대고 누워서 그 광경을 바라보고 있었다. 그래서 라일라도 그렇게 하면서 더러운 빗물이 눈에 떨어질 때마다 닦아냈다. 세상엔 날아선 안 되는 물건들이 있다. 책들과 신발들과 닭들과 빨래판들. 그것들은 마침내 도망치는 것처럼, 마침내 그들이 있어야 하는 자리에서 벗어난 것처럼 바람에 휘말려 날아다녔다. 비가 너무 와서 가끔은 눈을 뜨고 있기 힘들었고, 비가 그친 후에는 추위와 진흙 때문에 모두 조금 투덜거렸다. 돈은 마르셀의 머리카락에 달라붙은 나뭇잎들과 진흙을 손가락으로 빗어 내렸고, 두 사람은 그 시절에 항상 그랬던 것처럼 지금보다 상황이 더 나쁠 수도 있었다고 생각하며 같이 깔깔 웃었다. 하지만 그 후 며칠 동안 그들은 농장들이 바람에 쓸려 가면서 아이들도 같이 사라졌다는 말을 들었다. 그들은 한동안 돈 앞에선 평소보다 더 말을 조심했다. 그런 비탄에 대해 뭐라고 해야 할지 아무도 몰랐다. **그리고 그 생물들은 번개 모양으로 왕래하더라.** 라일라는 그녀가 이미 알고 있는 수많은 사실이 한 권의 책에 쓰여 있으리라곤 예상하지 못했다.

그래서 욥은 온몸이 종기로 뒤덮이게 됐다. 개들이 그 종기들을 핥았다. 그런 일도 일어날 수 있다. 개들은 가끔 사람을 보살펴야 한다고 생각한다. 어쩌면 파리도 그런 생각을 할지도 모른다. 이 이야기에서 파리 떼는 언급하지 않다니 이상하다. 그 남자는 똥 무더기 위에 앉아 있는데 말이다. 라일라는 말의 가죽에서 생살이 드러난 부분에 구더기가 꼬이는 모습을 본 적이 있었다. 돈은 구더기들이 상처 치료에 좋다고 했다. 하지만 구더기들은 보기만 해도 소름이 돋는다. 말은 꼬리를 이리저리 획획 휘두르고 몸을 흔들면서 자기에게 엉겨 붙는 파리들을 쫓으며 평생을 보낸다. 파리 떼 때문에 두 눈을 가늘게 뜨면서. 파리 떼가 어디에든 도움이 된다면 말은 그걸 알지 않겠나.

그날 달이 피투성이가 돼서 그녀에게 온 후에 파리들이 그녀를 귀찮게 했다. 날씨가 추워지면 파리들, 심지어는 집파리들까지도 죽을 거로 생각하지만, 그날 거기에 파리들이 있었다. 그 난장판에 파리들이 꼬여서는 깔개의 얼룩에 코를 들이박고 그녀의 치맛자락에 끈질기게 달라붙었다. 그녀가 손으로 털어내 버리면 곧바로 다시 달라붙었다. 라일라에겐 가장 엉망인 부분을 가릴 수 있을 정도로 긴 코트가 하나 있었다. 그래서 그걸 입고 얼마 안 되는 돈을 주머니에 챙겨서 뒷골목에 있는 중고 가게에 갔다. 거기 여주인이 옷을 싸게 팔았다. 보안관이 이미 달을 데려간 후였다. 그와 같이 온 남자들이 들것을 찾는 데 시간이 좀 걸리자 보안관이 말했다. 됐어, 그만둬, 그러고는 달을 안아서 데려갔다. "이 할머니는 고양이 한 마리만큼의 무게도 안 나가는군." 보안관이 말하자 늙은 달은 두 손을 맞잡고 이 상황에 조금은 흡족해하는 듯하면서 하늘을 바라봤다.

아직은 문을 열기에 좀 이른 시간이라 라일라는 가게 문을 주먹으로 쾅쾅 쳐야 했다. 그녀는 지금 입고 있는 원피스를 어서 빨리 벗고 싶었기 때문에, 가게에서 어떤 옷을 찾든 상관없었다. 그저 그걸 살 돈만 있으면 됐다. 그러고 나서 주인 여자는 라일라를 한 번 쓱 보더니, 그녀의 얼굴을 보려고 하면서 말했다. 그래서 무슨 일이 있었던 거예요? 아기를 낳았어요? 라일라가 말했다. 아뇨, 아니에요. 그러자 여자가 라일라를 곁눈질로 살펴봤다. 그녀가 입고 있는 코트 단 밑으로 보이는 피 묻은 치마, 피 묻은 신발. 주인 여자는 아는 척 안 하는 게 낫겠다고 생각했다. 상관없어. 내 일도 아닌데. 그러더니 자기가 보기에 라일라의 몸에 맞겠다 싶은 원피스를 하나 내밀었다. 3달러예요. 별로 안 입은 옷이에요. 라일라는 그녀에게 그 돈을 주고, 바짝 마른 비누 한 쪼가리를 1센트에 사서 나가려고 했다. 코트를 벗지 않고는 원피스를 입어볼 수 없었으니까. 그러자 주인 여자가 말했다. 잠깐만요. 그러더니 종잇조각에 뭐라고 써서 그녀에게 건넸다. 그리고 말했다. 세인트루이스에 문제가 생긴 처자들을 받아주는 숙녀가 한 분 있어요. 보아하니 당신도 도움이 필요할 것 같은데. 라일라는 주인이 무슨 말을 하는 건지 알고 있었지만, 어쨌든 쪽지를 주머니에 넣었다. 라일라는 생각했다. 이제 이다음에 무슨 일이 일어날지 알게 된 것 같군. 달이 아직 살아 있는 한은 아무 데도 갈 수 없었지만. 하지만 라일라는 잠시 생각해본 후에 가게 안으로 다시 들어가서 말했다. "그럼 세인트루이스까지는 어떻게 갈 수 있죠?" 라일라는 평소에 누구든 똑바로 보지 않았다. 달이 그랬기 때문이다. 가게 주인은 라일라에 대한 판단을 내리느라 잠시 입을 다물고 있다가 금고를 열어서 10달러 지폐를 한 장 줬다. "내게 버스표를 보여주면, 내가 여행 가방을 하나 마련해줄게요. 그 안에 넣을 물건을 몇 가지 챙겨줄 수도 있고요." 그래서 라일라는 생각했다. 어쩌면 내가 늙은 달에게 조금은 도움이 될 수도 있겠군. 어쩌면 달을 버스에 태울 방법을 찾은 건지도 몰라. 라일라가 그 돈을 갚으면 훔친 것도 아니게 되고. 그때 라일라는 그렇게 생각했다.

곧 노인이 현관문으로 들어오는 소리가 들릴 것이다. 그는 추위를 뚫고 오느라 깨끗한 냄새를 풍기며 올 것이고, 뺨은 차가울 것이고, 입술도 차가울 것이다. 그의 코트 깃에 얼굴을 대면 서늘하겠지만, 코트 밑으로 손을 쓱 찔러 넣으면 풀을 먹여 다린 셔츠와 그의 온기와 뛰는 심장이 있을 것이다. 라일라는 코트 밑의 더러운 원피스를 최선을 다해 가리던 자신을 생각하고 있었다. 그 추위에도 온몸이 땀으로 범벅이 된 채, 누구든 그녀를 보는 사람은 저 여자가 무슨 짓을 했나 생각할 걸 알고. 세상에서 가장 슬픈 범죄를 저지른 여자라고. 라일라가 주머니에 쪽지를 갖고 있다는 사실을 알아도 놀랄 사람은 없었다. 그녀 전에 무수한 여자들이 입어서 해진 오래된 수치심이 그녀에게로 떨어졌다. 라일라는 그 수치심이 사실은 자기 것도 아니라는 점을 거의 잊을 수 있었다. 그 어떤 아이도 자기 아이가 아니듯, 심지어 들판에 버려져서 피투성이로 버둥거리는 아이라도. 신이 그 아이를 축복하기를. 흠, 이건 그녀가 노인에게서 배운 말하기 방식이군. 이 방식 덕분에 전혀 달랠 수 없던 누군가를 달랠 수 있다고 상상하게 됐다. 애초에 존재한 적도 없는 아이를. 신이 그 아이를 축복하기를. 그녀는 옷 가게 주인이 그녀가 했다고 생각한 짓을 자기가 정말 했더라면 가슴이 찢어졌길 바랐다. 하지만 그 당시의 그녀는 매정했다. 그렇다고 아이를 교회 계단에 버리고 갈 정도로 매정하진 않았을지도 모른다. 어떻게 옷 가게 여자는 그녀가 방으로 돌아가면 수건에 싸여서 그녀를 찾아 울고 있는 아이, 그녀의 목소리와 냄새와 젖을 기다리는 아이가 없을 거라는 사실을 알고 있었을까? 그녀의 심장이 뛰는 소리를 기다리는. 신이 그 아이를 축복하기를. 그녀는 그 아이를 달래기 위해, 너무나 그러고 싶어서 필사적이었을 것이다. 그리고 너무나 큰 갈망 때문에 그 작은 몸이 빨개지고 얼굴은 파래지다 못해 거무스름해지는 모습을 보면서 무서웠을 것이다. 어쩌면 그게 피투성이로 버둥거리는 모습일지도 모른다.

라일라는 노인에게 실존을 생각하고 있다고 말했다. 그들이 밖에 산책을 나갔을 때. 그때 그는 웃지 않았다. 그녀가 실존이란 말을 배운 적이 없었더라면 이런 생각들을 할 수 있었을까? "실존이라는 수수께끼." 그녀는 그의 이런 설교를 들었다. 그는 적어도 한 주에 한 번은 그걸 언급했다. 라일라는 이것에 대해 좀 더 빨리 알았더라면 좋았을 거라고 생각했다. 아니면 적어도 그 말만이라도 알았으면 좋았을걸. 라일라는 예전에 세상에서 자기만 세상이 돌아가는 이치를 모르는 사람인 것 같아 두려워하곤 했다. 왜 그런 수치심은 난데없이 그녀에게 온 걸까. 그건 아마도 그녀가 이번만큼은 스스로에 대해 뭔가 말할 게 있는 어엿한 사람처럼 거의 느꼈기 때문일지도 모른다. 아주 평범한 문제가 있는 여자, 준비된 버스표가 한 장 있고 여행 가방이 하나 있고, 달리 갈 곳이 없기 때문에 갈 곳이 정해져 있는 여자. 다음에 뭘 할지 아는 여자. 설사 그것이 달이 그 어떤 일보다도 하지 말라고 경고했던 단 하나의 일이라 해도. "넌 내 얼굴이 평생 이렇게 생겼을 것 같으니?" 라일라는 어쨌든 살아오는 동안 내내 절반 정도는 얼굴을 가리고 다녔다. 별로 볼만한 얼굴도 아니니까. 이 얼굴에 흉터 좀 생긴다고 대순가. 주머니에 쪽지가 들어 있고 아마도 죽어가고 있던 늙고 불쌍한 달 말고는 세상에 아무도 없던 그 시절에 라일라는 그렇게 느꼈다. 만약 목사가 그때 그녀를 봤더라면, 라일라는 생각했다. 음, 그랬다면 그런 일이 일어나지 못하게 그녀가 도로를 건너가버렸을 것이다. 두 손으로 얼굴을 가려버렸을 것이다. 그리고 목사는 그녀를 따라가서, 그녀의 소매를 살짝 만지는 방식만으로도 그녀가 느끼는 수치심을 조금은 줄여줬을 것이다. "라일라. 이렇게 불러도 된다면." 목사가 그 오래전, 그 빌어먹을 비참한 곳에 있는 상상을 하니 기분이 묘해졌다. 그녀는 젊을 것이고 그는 늙지 않았을 것이다. 그는 지금보다 더 새것인 목사 예복을 입고 있을 것이고, 그의 신발은 그녀를 위해 윤이 나게 닦았을 것이다. 그리고 그는 그녀의 원피스에 묻은 얼룩은 그저 그녀가 누군가에게 친절해야 했다는 의미임을 알 것이다. 그것에 관해 라일라는 그에게 말을 할 필요도 없을 것이다. 그리고 그는 그녀 옆에서 걸을 것이고, 그녀는 그의 팔짱을 낄 것이다. 만약 그때 라일라가 어떤 위로가 그녀에게 다가오고 있는지 알았더라면 조금은 자신을 아꼈을 것이다. 자신에게 이렇게 말할 수 있다. 난 그저 생각하고 말하고 그 자체의 생명을 바라는 것처럼 보이는 몸, 그저 하루 더 살기를 바라는 몸일 뿐이다. 그 이유는 몰라도 된다. 음, 당신의 몸이 당신이 기다리는 게 뭔지도 모른 채 당신을 그 자리에 머물게 하지 않았다면 아무것도 달라질 수 없었을 것이다. 당신이 뭔가를 기다리고 있다는 사실마저 모르는 채로. 그저 달빛 비치는 계단 위에 앉아 흐르는 눈물을 닦아줄 뿐.

그녀는 그날 아침 교도소 옆을 걸어가던 그때 기분이 어땠는지 떠올렸다. 그녀는 그저 달이 어떻게 지내고 있는지 알 수 있을까 보러 간 것이었는데 거기에 바로 달이 있었다. 인디언식 담요를 온몸에 둘둘 두르고, 보안관이 그녀를 위해 자기 사무실 밖에 놔준 흔들의자에 앉아 흔들거리며 나무들을 보고 있었다. 바람이 몇 장 안 남은 나뭇잎들을 떨어뜨리고 있었다. 한 무리의 사람들이 모여들어서 달을 구경하고 있었다. 달이 사람들의 호기심을 자극한 것이다. 그리고 달이 자기들이 보기엔 평화롭고 느긋하게 거기 앉아 있는 모습을 보고 화가 머리끝까지 난 남자들도 몇 명 있었다. 달은 평생 낯선 사람에게 괴롭다는 내색은 한 번도 하지 않은 사람이었지만. 보안관은 계단 위에 서서 이미 짜증이 난 표정으로 그 분노한 남자들과 이야기하고 있었다.

그 남자 중 하나가 외쳤다. "저 여자를 교수형에 처해야지!"

"그럴 수 있을지 의문이군. 저 노인은 공기처럼 가벼워서 말이야."

"그럼 쏴버려."

보안관이 웃었다. "난 할머니를 총으로 쏴버리라는 식으로 가정교육을 받지 않아서 말이오."

"음, 내가 아주 기쁜 마음으로 보안관 당신 대신 해줄 수 있는데."

보안관이 말했다. "자, 당신처럼 덩치 큰 남자를 쏘는 거라면 그거야 일도 아니지. 그리고 당신은 목을 매달기에도 딱 좋은 체격인데. 어느 쪽이든 난 좋지만. 그 점을 명심하면 좋겠어."

"이 마을은 이 빌어먹을 나라의 수치야. 정말 그렇다고! 당신은 그 빌어먹을 배지에 먹칠을 하고 있고! 내 평생 이런 헛소리는 들어본 적도 없어! 살인범이 마치 누군가의 빌어먹을 할머니처럼 느긋하게 의자에 앉아 흔들거리면서 세상 구경을 하게 두다니. 그게 끝이 아니야. 이 여자가 저지른 범죄가 그게 다가 아니라고." 그 남자는 라일라를 힐끗 봤다. "저 여자는 우리의 갓난아기 딸을 훔쳐서 냅다 도망쳐버렸어. 순전히 앙심을 품고 그런 짓을 한 거야. 우리는 몇 년 동안 그 두 사람을 찾아다니고 있었다고."

보안관이 어깨를 으쓱했다. "난 그건 모르겠는데. 이 사람은 굳이 뭘 더 하지 않아도 이미 어마어마하게 곤란한 상황에 있거든. 지금은 재판받기 위해 기력을 보충하고 있는 거고. 판사의 명령이야. 이 사람은 재판받아야 한다고. 당신도 알겠지만. 그러니 교수형이네 뭐네 하면서 괜히 앞서가지 말라고."

"판사가 당신에게 이 여자를 가두지 말라고 했어?"

"판사는 신경도 안 쓰지."

"흥. 이 일은 이걸로 끝난 게 아니야. 턱도 없어."

"끝났다고 한 적 없는데."

가끔 그 성난 무리의 남자 중 하나가 라일라를 쓱 훑어봤다. 다만 달은 단 한 번도 라일라를 보지 않았고, 라일라가 그녀에게 다가가서 무릎에 그 당밀 쿠키를 올려놨을 때도 눈길도 주지 않았다. 달은 그저 이렇게 말했다. "난 당신을 몰라요." 그러고는 그녀의 손 가까이에 놔둔 쿠키엔 손도 대지 않았다. 그러니 그 남자들이 어떻게 알고 그녀를 지켜봤는지 라일라는 짐작도 할 수 없었다. 어쩌면 일주일 전까지는 들어본 적도 없는 가족을 라일라가 닮았을지도 모를 일이었다. 그들은 마치 너는 어느 편이냐고 묻는 듯한 표정으로 그녀를 봤는데, 대체 그녀가 어떻게 해야 했을까? 그들은 심지어 그녀에게 자기들의 이름을 말해주지도 않았고 인사조차 하지 않았다. 그녀가 달에게 복수하려는 그들을 도와주거나 어렸을 때 달이 자신을 훔쳐 갔다고 보안관에게 말해주지 않을 것 같다는 판단이 서자, 그들은 라일라를 다소 경멸하는 표정으로 보기 시작했고, 심지어 자기들끼리 웃기도 했다. 마치 그녀가 그간 그들이 싸워온 이유라는 걸 믿을 수 없다는 듯이. 누구든 그러고자만 한다면 사람의 기분을 상하게 할 수 있다는 사실이 정말 놀라웠다. 그리고 라일라는 그때 제대로 보지도 않고 산 그 원피스를 입고 있었다. 원피스는 어깨가 딱 붙었다. 심장 모양의 빨간 주머니들이 달려 있었고, 그런 주머니 주변에는 러플 장식이 달려 있었다. 그리고 식탁보처럼 체크무늬였다. 코트는 계속 입고 있었지만, 그래도. 왜 그때 너는 아직도 신발에 핏자국이 남아 있는 상태에서 이건 말도 안 된다는 느낌을 받으면서도 그 자리에 서 있어야 했나. 다른 사람들이 널 모욕하기 위해 그 자리에 있는 상황에서. 그 무엇도 너의 잘못이나 선택이 아니었는데. 그게 바로 라일라가 이해하지 못하는 점이었다. 그녀가 자신에게 스스로 그런 짓을 했으니까. 그녀는 그 사람들이 그녀를 어떻게 생각하는지 단 1분이라도 왜 신경 썼을까? 그들이 그녀에게 말조차 걸지 않았다는 데 왜 신경 썼을까? 그녀는 화가 치밀어 오른 듯한 화끈거림을 기억했지만, 화보다는 망할 놈의 오래된 수치심에 가까웠다.

그러다 그들이 돌아왔다. 그들과 다른 두 남자가 소나무 상자를 하나 가져와서 달이 앉아 있는 바로 그 앞 길바닥에 내려놨다. 그들은 상자의 뚜껑을 열어서 보안관과 다른 사람들 모두가 그 안에 뭐가 있는지 볼 수 있게 했다. 그 안에는 하얀 시트에 온몸이 둘둘 말린 늙은 남자가 달빛만큼이나 창백한 얼굴로 누워 있었다. 그중 한 남자가 라일라를 똑바로 보면서 말했다. "저 여자가 이분에게 한 짓을 보라고. 마치 돼지처럼 피를 흘리게 했다니까." 달은 그저 나무들을 보면서 계속 의자를 흔들었다. 라일라도 상자 안을 휙 들여다봤다. 다른 사람들이 다 그랬기 때문에 혼자 눈에 띄고 싶지 않아서였다. 남들의 관심을 끌지 않기 위해. 그래서 달이 라일라를 평생 한 번도 본 적 없는 것처럼 굴면서 그녀와 눈을 마주치려 하지 않았던 것이 분명했다. 누군가 둘 사이를 눈치챌지도 모르니까. 원한은 한 사람에서 다른 사람에게로 옮겨 갈 수 있다. 아직 완전히 불타버리지 않았다는 이유만으로. 그러니 그 원한에 너무 가까이 있지 않는 게 좋다. 그 어떤 것도 이치에 맞을 필요는 없다. 그리고 라일라는 그 칼을 가지고 있었는데, 이제 그걸 간직하기로 마음먹었다. 죽은 남자의 입술은 백지처럼 희었다. 동그랗게 휘어진 코도 마찬가지로 창백했다. 그 얼굴은 어떤 일이 일어나더라도 그녀의 마음속에 영원히 남아 있게 되었다. 그 사람이 자기 아버지라는 생각과 함께. 그건 그녀가 알고 있는 것 이상의 무언가였지만. 또 다른 생각도 떠올랐다. 어쩌면 달에게는 그 사람이 라일라의 아버지라는 것보다 그 원한이 더 큰 의미가 있었는지도 모른다. 그래서 그녀는 라일라와 눈을 마주치지 않은 것이다. 수치스러웠기 때문에. 아, 이런.

하지만 거기에 그가 있었다. 길가에 있는 상자에 담겨서. 그리고 그 남자들은 그 자리에 서서 체중을 한쪽 발에 실었다 다른 쪽 발로 옮기며 상당히 거드름을 피웠고, 팔짱을 낀 채 험악한 분위기를 풍기고 있었다. 보안관이 말했다. "이분은 사망했어요. 알겠다고요. 당신들이 무슨 말을 하는지는 충분히 알았어요. 내 생각에 이제 이분은 기차를 타고 가야 할 것 같은데요." 달의 머리는 의자 윗부분에 닿지도 않았지만, 감금된 신세인데도 불구하고 그녀는 마치 늙은 인디언 추장처럼 당당하게 앉아 있었다. 보안관이 그런 그녀에게 어느 정도 호감을 느낀 건 분명해 보였다. 보안관이 말했다. "재판 날짜가 잡히면 우편으로 통보받게 될 겁니다." 그래서 남자들은 관을 닫는 편이 낫겠다는 사실을 알았다. 그들은 그곳이 어디든 간에 고향으로 부치기 위해 관을 들고 갔다. 그들이 누구든 간에 친척들 사이에서 그 노인이 쉴 수 있게 하려는 것이다. 달은 떠나는 그들을 한 번 보더니 눈을 감아버렸다.

세인트루이스의 그 집에 있는 여자가 라일라에게 이름을 뭘로 정하겠느냐고 물었을 때(본명을 쓰는 여자는 하나도 없었으니까) 라일라가 대답했다. "달(Doll)로 할 생각인데요." 그러자 그 여자는 코웃음을 쳤다. 평소에 그런 식으로 웃는 사람이었다. "달은 이미 하나 있어. 몇 달 전까진 달이 둘이었어. 하나가 어떤 영업 사원하고 달아나버렸지. 걔는 곧 돌아올 거야. 그것보단 똑똑한 애인 줄 알았는데. 그러니까 넌 달은 아니야. 지금 로즈는 하나도 없어. 머리 염색 좀 해. 로즈면 될 것 같아. 루비나. 뭐든 생각해보지 뭐." 그녀는 손가락 관절이 커서, 반지들이 손가락 뼈에 느슨하게 걸려 있었다. 그녀는 항상 반지들이 제자리에 있도록 밀어 올렸지만, 보석의 무게 때문에 곧 스르륵 미끄러졌다. 환한 붉은색, 환한 초록색, 사탕처럼 큰 보석들. 라일라와 멜리는 가끔 길바닥에서 찾아낸 부서진 유리 조각들을 가지고 다니면서 보석이라고 불렀다. 그녀는 왜 지금 이런 생각을 하고 있을까? 그녀는 그날 너무나 두려웠다. 한낮에도 커튼이 다 닫혀 있고 먼지 낀 깃털들이 꽂힌 꽃병을 올려놓은 그 망할 놈의 거실장이 있던 거실에서. 관처럼 보였던 거실. 심장 밑에서 아이의 태동이 느껴져서 라일라는 아이에게 말했다. "그 집에 관해선 너에게 한마디도 하지 않을게. 하지만 어쨌든 넌 알지도 모르겠구나. 그 두려움은 내 몸을 한 번도 떠난 적 없이 그냥 숨어서 기다리고 있으니까. 넌 그 불쌍하고 작은 뼈 속에서 그걸 느낄지도 모르겠어. 신이 너의 작은 뼈들을 축복하기를."

라일라는 목사가 들어오는 소리를 듣고 그를 맞이하기 위해 아래층으로 내려갔다. 목사는 고개를 들어 그녀가 이 집에 있다는 놀라운 사실에, 그의 아내인 그녀가 자신이 아이를 위해 조심하고 있다는 걸 남편이 알 수 있도록 배에 손을 대고 아래층으로 내려오는 모습에 여전히 익숙해지지 못한 사람처럼 환한 미소를 지었다. 그러고는 그녀를 두 팔로 껴안고 그녀의 머리에 자기 뺨을 댔다. "자, 두 사람은 기분이 어때요?"

"좋은 것 같아요. 우린 백일몽을 꾸느라 오전을 거의 다 낭비했어요. 계속 성경을 읽으려고 해봤지만, 내 마음은 이리저리 돌아다니더라고요. 내 마음이 어딜 갔는지는 알고 싶지 않을 거예요. 무릎에 성경을 올려놓은 채로 내가 빠진 생각들이란."

"음, 내가 항상 당신 생각에 관심 있어 하는 건 당신도 알잖아요. 이야기하고 싶은 게 있다면 언제든 말해요." 그는 모자와 코트를 걸었다.

"하나 있어요. 당신은 내가 하는 생각을 아이가 안다고 생각해요? 내 말은, 그 생각 때문에 내가 느끼는 감정을 아이가 느낄까요? 아이가 겁에 질리거나 그럴지도 모른다고 생각해요? 슬퍼하거나? 난 가끔 그게 걱정스러워요."

노인은 갑자기 심각해져서 그녀의 얼굴을 자세히 살펴봤다.

"당신은 나에 관해 아무것도 몰라요." 그녀가 말했다. 바로 그게 노인이 생각하지 않으려 애쓰고 있는 것이기 때문이었다. "난 이름도 모르는 여러 가지 감정을 느껴요. 아마 그런 감정엔 이름도 없을 거예요. 아마 그런 감정을 느끼는 사람은 나 말고는 아무도 없을 거예요. 사실 그런 감정은 뱀도 느끼지 않았으면 싶어요."

"음." 노인은 헛기침으로 목청을 가다듬었다. "내가 할 수 있는 일이 있을까요?"

"아뇨. 당신은 아직 점심도 안 먹었잖아요."

그는 어깨를 으쓱했다. "점심은 좀 있다 먹어도 돼요." 그러고 나서 노인은 최대한 다정한 목소리를 내서 말했다. "라일라, 내가 이 말을 수도 없이 했다는 거 알아요. 하지만 사람들은 내게 정말 온갖 이야기를 다 털어놔요. 가끔은 그게 도움이 돼요. 적어도 사람들은 내게 그렇게 말했어요."

라일라가 말했다. "그러고 나서 당신은 그들이 죽을 때까지 그 이야기를 생각할 거잖아요. 매번 그들을 볼 때마다. 심지어 그들의 이름만 들어도 생각할걸요."

"그건 사실이에요."

"봐요. 내 생각에도 그럴 것 같아요. 그들이 한 이야기가 끔찍할수록 당신은 더 많이 기억하겠죠. 어쩌면 나는 당신이 나를 그런 식으로 보길 바라지 않는지도 모르겠어요."

"좋아요. 당신 뜻대로 해요." 노인이 말했다.

"그 사람들이 어떻게 당신과 같은 마을에서 계속 살아갈 수 있는지 나는 모르겠어요."

"몇 명은 교회를 정말 떠나기도 해요. 아마 원래 의도했던 것보다 내게 더 많이 털어놔서 그럴 거예요. 난 그게 그들이 교회를 떠난 부분적인 이유라고 생각해요. 몇몇 경우에 말이죠."

라일라가 말했다. "이제 당신은 내 얼굴을 빤히 보고 있군요. 아마 생각보다 더 끔찍한 일일 거라고 생각하고 있겠죠. 어쩌면 상상도 할 수 없는 최악의 일일지도 모르고."

그가 웃었다. "어쩌다 이런 일이 벌어졌는지 모르겠군요. 집에 들어오자마자 엄청난 곤경에 처한 것 같으니 말이에요."

"음, 난 말하지 않을 거예요. 샌드위치 만들어줄게요."

"그거 좋군요." 그는 식탁 앞에 앉아서 아침에 읽었던 신문을 들었다. 그리고 잠시 죽 훑어보더니 다시 입을 열었다. "난 당신을 보는 게 좋아요, 라일라. 내 아내 라일라. 당신을 보고 있으면 아주 즐거워요. 물론 당신과 대화하는 것도 좋아요."

"음, 그건 아마도 내가 당신에게 아무것도 말하지 않기 때문일 거예요." 라일라는 생각했다. 그 어떤 것도. 이보다는 말을 잘할 수 있는데. 아마도 나는 그러고 싶지 않은 모양이다.

"당신은 내게 몇 가지를 말해줬죠. 하지만 우리 둘 다 그것 때문에 더 나빠진 건 없다고 생각하는데요."

그녀는 거의 이렇게 말할 뻔했다. 남자가 하나 있었어요. 그녀는 가끔 왜 이렇게 못된 심보가 생기는 걸까? 그녀가 그렇게 말했다면 노인은 이렇게 대꾸하겠지. 음, 그래요, 물론 난 그랬을 거라고 짐작했어요. 음, 물론 난 알고 있었죠. 그러고 그는 그런 말을 해버린 것에 얼굴을 붉힐 것이다. 그의 눈에는 눈물이 고일 것이다. 늙고 불쌍한 양반. 그가 달리 뭐라고 할 수 있겠는가? 그는 그녀와 결혼해버렸으니 이제 어떻게든 잘 살아야 한다. 하지만 그녀는 입 속에서 그 말들이 느껴졌고 심장은 쿵쿵 뛰고 있었다. 그녀는 다른 말을 뱉을 수도 있었다. 아마 더 심한 말. 아이가 있었어요. 그녀는 노인에게 정말 한 번도 거짓말을 한 적이 없었고, 노인도 그걸 알고 있다. 그래서 그에게 절대 말해선 안 될 일들이 있고, 결코 말할 수 없는 일들도 있다. 그녀는 그의 어깨에 머리를 기대고 싶었지만, 노인은 다시 신문을 보고 있었다. 그녀는 의자 하나를 그의 옆에 당겨서 앉을 수도 있었다. 그러면 노인은 그녀의 몸에 팔을 둘러 안아줄 것이다. 그래서 그녀는 그의 옆으로 가서, 그에게 기대서서, 그의 머리를 만졌다. 그리고 말했다. "난 지금까지 살면서 그 누구에게도 내 마음속에 있는 생각을 말할 생각조차 한 적이 없었어요. 달에게도 하지 않았고, 다른 누구에게도 하지 않았어요. 사람들이 그렇게 한다는 것조차 난 몰랐던 것 같아요."

"내가 당신에게 내 모든 걸 말해줬나요? 그랬던 것 같네요. 사실 별로 말할 것도 없고."

라일라가 말했다. "음, 당신은 내게 뭘 두려워하는지 한 번도 말해주지 않았죠. 그렇게 열심히 기도하는 모습을 보면 분명 뭔가 있을 텐데."

노인이 웃었다. "당신은 아마 짐작할 수 있을 거예요." 그는 그녀를 힐끗 올려다봤다. "당신이 예전에 알았던 근사한 젊은 남자가 어느 날 우리 집 문 앞에 나타나면 당신이 짐을 싸서 가버릴까 봐 무서워 죽겠어요. 당신이 여기 왔을 때 가져온 물건들만 가지고. 그리고 내게 이렇게 써놓은 쪽지를 남기는 거죠. 잘 있어요, 목사님. 난 돌아오지 않을 거예요."

"내가 갈 때 당신 어머니의 목걸이를 가져갈까요?"

"아뇨. 하지만 그 젊은 남자에게 목걸이를 끌러달라고 부탁해야 하겠죠. 그 후에 목걸이를 보게 되면 나는 알게 되겠죠. 당신이 누군가와 떠났다는 사실을."

라일라는 고개를 저었다. "아마도 난 가지고 갈 거예요."

노인이 말했다. "당신이 그래준다면 고마울 거예요."

"당신이 그럴 거라고 난 믿어요. 당신은 정말 세상에서 가장 이상한 사람이에요. 이 일은 아이가 태어난 후에 일어나는 게 낫겠죠?"

"그렇겠죠."

"그래야 할 거예요. 난 다른 남자의 아이를 그런 식으로 떠맡으려 하는 남자는 알고 지낸 적이 없으니까. 내 말은 아이가 태어나기도 전에 말이에요. 그리고 아이가 태어난 후라면 어쨌든 아이를 여기 놔두고 가라고 하겠죠."

"그 사람이 그러길 바라요. 내 말은, 내가 그 아이를 키울 수 있게 당신이 허락해주길 바라요. 난 방법을 생각해내겠죠. 아이를 돌볼 여자를 고용한다든지. 사람들이 도와줄 거고, 우린 괜찮을 거예요."

잠시 후에 라일라가 말했다. "이런, 내가 당신에게 샌드위치도 안 만들어줬네요." 하지만 그녀는 그와 마주 보고 식탁에 앉았다. 그는 그녀와 눈을 맞췄다. "당신은 정말 이 일에 관해 철저하게 생각해봤군요." 라일라는 자신의 목소리가 갈라지는 걸 들었다.

노인이 말했다. "난 그 일로 죽지 않을 거라고 믿어야 하니까요. 아이를 위해서 말이죠. 그리고 당신을 위해서. 당신이 혹시라도 돌아올 때를 위해. 하지만 난 정말 아이에겐 살아 있는 아빠가 필요하다고 믿어요. 늙은 영감이라도, 어떻게든 아빠 노릇을 해낼 수만 있다면 말이죠. 아이가 의지할 수 있는 사람. 가능한 한 오랫동안 말이죠." 그는 어깨를 으쓱했다. "난 여러 가지 경우를 충분히 생각해보려고 해요. 그러면 마음이 진정돼요. 그러지 않으면 나는 내가 할 수 있는 만큼 잘 반응을 못 하거든요. 내가 원하는 만큼."

그들은 결혼한 지 1년이 됐다. 아니, 거의 1년 반이 됐는데 노인은 결혼 전이나 다름없이 외로워하고 있었다. 그 사실에 라일라는 두려워졌다. 그래서 라일라가 말했다. "어딘가에서 어떤 남자가 굳이 수고스럽게 날 찾아올 거라고 당신이 생각해주다니 참 좋네요. 그런 일이 일어날 가능성은 전혀 없어요, 목사님. 나는 당신밖에 없어요. 만약 그게 당신이 원하는 거라면 말이죠."

그가 말했다. "난 그걸 너무 원해서 그게 사실이라는 걸 믿을 수 없는 것 같아요."

라일라가 말했다. "나도 같은 기분인 것 같아요."

노인이 고개를 끄덕였다. "당신의 그런 마음을 알게 되니 좋군요."

"난 정말이지 내가 이런 집에 살게 될 거라곤 생각지도 못했어요. 그건 확실해요. 내 말은, 내가 누군가의 아내이고 내가 계속 여기에서 살지 아니면 떠날지 신경 쓰는 사람이 있는 집 말이에요."

노인은 고개를 끄덕였다. "난 언젠가 당신이 이 집을 좀 더 집처럼 편하게 느끼길 바라요, 라일라. 언젠가는 당신이 이 집에 있는 물건들을 조금씩 여기저기로 옮기길 바라고요. 나의 어머니가 벽에 걸어놓으신 이 오래된 그림들. 이 그림 중 몇 개는 한 50년 동안은 거의 눈길도 안 줬을걸요. 대부분은 어머니가 잡지에서 오려낸 그림들이에요. 그림이 바랜 걸 보면 당신도 알 수 있을 거예요. 우리 할아버지가 저 액자들을 만드셨고요. 어머니는 할아버지가 자기 부엌에 들어오지 못하게 하려고 액자를 만들어 달라고 하셨던 것 같아요. 할아버지는 항상 뭔가 하고 싶어 하셨거든요. 내 말의 요지는 우리 집 물건들이 있는 그 자리에 그대로 있을 필요는 없다는 뜻이에요. 당신이 바꾸고 싶다면 말이죠."

라일라가 말했다. "당신은 거실장이라고 들어본 적 있어요?"

그가 웃었다. "거실장. 어딘가에서 그 말을 보긴 한 것 같네요. 그게 뭔지 정확히는 모르겠어요."

"음, 당신이 모른다니 기쁘군요."

그가 고개를 끄덕였다. "당신이 기쁘다니 나도 좋군요."

"그거야말로 내가 이 집에 들이고 싶지 않은 단 한 가지거든요."

"아이오와에선 그걸 찾기 힘들 거예요. 그러니 그건 다행이네요. 여긴 당신 집이니까요, 라일라. 이 지붕 밑에 거실장이 들어오는 일은 평생 없을 거예요!" 노인이 말했다.

"이제 당신은 날 비웃고 있군요."

"엄숙하게 맹세한 거예요! 내가 약속한 거예요. 내 평생 이렇게 진지한 적은 없었어요." 그는 찬장에 가서 안을 뒤졌다. "가끔은 난 그냥 놀리면 웃기도 해요. 하지만 지금은 간단하게 점심을 먹는 게 좋겠어요. 배 속이 비어 있으면 짜증이 나거든요. 고백

하러 온 불쌍한 죄인을 낙담하게 만들 순 없잖아요. 언제 죄인이 교회 안으로 걸어 들어올지는 절대 모르는 법이니까요. 피넛버터 젤리 샌드위치 하나면 내 소명이 훨씬 더 보람찰 거예요. 저녁 먹을 때까지는 그걸로 되겠죠."

"내가 샌드위치를 만들려고 했는데, 이야기를 시작해버렸어요."

"당신과 이야기를 나눠서 난 기뻐요. 우리가 이야기를 할 때면 난 항상 기뻐요. 난 배울 게 아주 많아요. 어느 날 내가 거실장을 가지고 아무 생각 없이 집에 턱 들어올 수도 있었잖아요." 그러더니 그는 그녀를 봤다. "미안해요!"

"괜찮아요." 라일라는 두 손을 얼굴에 대고 있었다. "난 그냥 생각을 좀 하고 있었어요."

그는 서서 그녀를 바라봤다. "음, 나랑 같이 교회에 가는 게 어때요? 오늘은 교회에 사람이 별로 없어서 조용해요. 나랑 장례식에 관해 의논하려고 디모인에서 오는 사람들이 있긴 해요. 사실 나는 고인을 잘 몰라요. 그 사람은 우연히 여기서 죽었는데, 그에 대해 내가 몇 마디 하려면 좀 알아야 하니까. 하지만 당신은 예배소에서 날 기다려도 돼요. 거기서 생각도 하고."

라일라는 고개를 저었다. "이건 그런 종류의 생각은 아니에요. 방금 떠오른 생각이니 여기서 끝내버리는 편이 나을 것 같아요. 여긴 내가 있던 곳들과 아주 달라서 그동안 내가 지냈던 곳들을 기억나게 만들어요. 아무래도 그걸 해야 할 것 같아요. 머릿속으로 생각을 좀 정리하는 거요. 난 나 자신도 잘 모르는 것 같아요. 모든 게 너무 달라요."

"그래요. 음, 일이 끝나는 대로 최대한 빨리 집에 올게요. 오후에 당신 혼자 있고 싶은 게 아니라면."

"항상 그러듯이 내가 당신을 마중 나갈게요."

"좋아요." 그는 그녀의 이마에 키스했다. "그럼 5시에 봐요."

노인이 나가서 현관문을 닫기도 전에 그 생각이 떠올랐다. 세인트루이스에서 살던 그 집에 관한 생각. 그것은 그야말로 순수한 비참이었다. 그녀가 찾고 있던 것이 비참함임이 틀림없었다. 그 집에 발을 들이는 순간 그걸 느꼈으니까. 황혼으로 물든 그 거실을 보자 마치 눈을 뜬 채 깊은 물속으로 걸어 들어온 것 같은 느낌이 들었다. 숨을 쉬기가 힘들었고 소리는 원래 들려야 하는 것보다 한 박자 늦게 들렸다. 말은 거의 할 수 없었다. 대낮에 볼 때와는 모든 게 달랐지만, 그곳은 그 나름의 방식이 있었고 넌 거기에 익숙해졌다. 마치 죽음처럼. 죽음 이후에 뭔가가 있다면 말이다. 첫날 여자들은 머리 빗는 브러시 하나를 두고 싸웠다. 미시즈는 의자에서 일어나 싸움이 벌어진 곳에 가서 브러시를 빼앗아 거실장에 넣었다. 미시즈가 오는 걸 보자 여자들은 그

녀를 피해 달아나서 멀찍이서 그녀를 지켜봤다. "자." 미시즈가
다시 라일라에게 돌아왔을 때 이렇게 말했다. "넌 이제 안전하
게 살 수 있는 곳이 생겼어. 네가 제대로 처신하는 한 말이야. 조
금이라도 말썽을 피우면 넌 나가야 해. 난 술 마시는 거나 소리
지르는 걸 싫어해. 난 네가 길거리로 나가는 꼴은 보고 싶지 않
아. 여긴 아주 점잖은 집이야. 조용하고. 우리 신사분들은 그 편
을 좋아하시지." 미시즈는 남자들을 신사라고 불렀다. 그리고 여
기서 일하는 여자들은 숙녀가 되어야 했다.

 하지만 여자들은 항상 구두나 리본 하나를 가지고 싸웠다. 그
러면 미시즈는 그들의 뺨을 후려치거나 머리끄덩이를 잡아당겼
다. 신사들은 술을 가져왔다. 그래야 캐비닛에 있는 술을 몰래
훔치지 않아도 되니까. 그냥 훔치고 싶은 경우를 제외하곤 그랬
다. 미시즈는 가끔 자매를 만나러 외출하면서 페그라고 하는 여
자를 책임자로 세웠다. 페그는 마음대로 대장 노릇을 조금 하게
해주면 여자들이 술을 마셔도 눈감아줬다. 그러다 여자들은 다
시 아무것도 아닌 걸 가지고 싸우고, 엄마가 보고 싶다면서 울
고, 이곳과 이 인생을 떠나 절대 돌아보지 않고 살겠다고 말하
곤 했다. 그러면 신사들은 이렇게 말했다. "그럼, 그럼. 자기는 분
명 그렇게 할 거야. 오늘 밤은 아니지만." 하지만 여자들은 절대
커튼을 열거나 밖으로 나가지 않았고, 거실장을 건드리지도 않

왔다. 그러다 미시즈가 돌아오면 그들은 기뻐했다. 미시즈는 여자들에게 저질스럽게 술을 마시고 흥청망청 놀아댔다고 소리를 지르면서 그들 모두를 쫓아버릴 것이라고 하곤 했다. 그러고는 이미 여자들이 그녀에게 진 빚에다 그들이 마신 술값이라고 하는 액수를 또 추가했다. 여자들은 미시즈가 돌아왔다는 사실에 그저 기뻐하며 아주 조용히, 미시즈가 신경 쓰지 않게 조심히 지내서, 미시즈는 어느 시점에는 진정할 수밖에 없었다. 그들은 모두 미시즈에게 그녀의 머리를 빗기게 해달라고 애원했다. 몇 명은 거의 아이였을 때부터 그곳에서 살아왔고, 한두 명은 아마도 지적장애인이었을 것이다. 그리고 두세 명은 라일라와 아주 흡사해서 더 나쁘지도 않고 더 낫지도 않았다. 나머지 방들은 손님을 받기 위해 좋은 상태로 유지해야 했기 때문에, 모두가 간이침대가 있는 방 두 개에 비좁게 몰려 살았다.

만약 여자 하나가 병에 걸리면 다 같이 병에 걸렸다. 어쨌든 그렇다고 말했다. 그러면 미시즈는 방마다 커튼이란 커튼은 다 닫고 모든 불을 꺼버렸다. 그래야 신사들이 이곳에 올 수 없다는 걸 알게 되기 때문이라고 미시즈는 말했지만, 사실은 상황을 최대한 비참하게 만들어서 만약 여자들이 감히 꾀병을 부리는 것이라면 그들에게 복수하기 위함이었다. 여름날의 한낮에 이런 식으로 집의 문이란 문은 다 닫고 커튼을 쳐버리면 조그만 틈으로 들어오는 빛은 다 칼날처럼 날카로워진다. 그리고 부엌에는 아침부터 밤까지 냄비에서 감자 수프가 부글부글 끓고 있어서, 거기서 나는 증기가 방마다 있는 깔개와 소파들과 커튼에 밴 담배 냄새와 시큼하고 오래된 술 냄새를 끌어내어 집 안을 떠돈다. 그리고 미시즈는 카드와 체스용 체커판과 뭐든 시간을 보내는 데 도움이 될 만한 건 죄다 거실장에 넣어버린다. 물론 사방이 너무나 깜깜해서 카드에 있는 무늬를 볼 수도 없었지만. 하루나 이틀 정도 그런 식으로 보내고 나면 여자들은 이제 몸이 나아졌으니 창문을 조금만 열어도 되겠느냐고 물어보기 시작한다. 집 안에 가득 찬 어둠 때문에 울음을 터트리는 여자들도 몇명 있다. 그러다 미시즈가 불을 몇 개 켜고 창문을 한두 개 열어놓고 그들이 집 안 정리를 하면, 미시즈는 거실장을 열고 그 안에 넣어놨던 것들, 그러니까 달걀 모양의 짜깁기 도구와 하모니카 같은 것들을 하나씩 꺼내 돌려준다. 그러면 그들은 그걸 받아서 굉장히 행복해한다. 마치 그녀가 그들에게 다정하게 대해주기라도 한 것처럼. 거실장은 관처럼 생겼고, 작은 다리들이 달려 있었고, 앞면에는 더 밝은 색의 나무로 만든 꽃들이 달려 있었다. 꽃 중 일부는 껍질이 떨어져 있었고, 일부는 아예 꽃 자체가 떨어져서 본드만 남아 있는 부분도 있었다. 거실장은 항상 잠겨 있었다. 거기 사는 여자 중 누구든 열 방법을 알아낼 수도 있었겠지만, 그들은 절대 그러지 않았다. 한번은 미시즈가 살이라는 여자의 편지 몇 통을 발견하고는 거실장에 넣고 문을 잠가버렸다. 자기가 안전하게 보관해두겠다고 말이다. 살이 달라고 애원하고 또 애원하다가 마침내 그냥 포기해버리자 미시즈는 그때서야 한동안 다시 가지고 있으라고 허락해줬다. 라일라는 그녀의 칼을 옷장 바닥에 있는 판자들 사이의 틈에 숨겨뒀다. 옷장 구석엔 상자들이 쌓여 있었고, 칼은 그 상자들 밑에 있었기 때문에 안전하다고 라일라는 생각했다. 미시즈는 그녀에게서 뺏어갈 만한 중요한 물건이 없었고, 따라서 엄격하게 보관할 것도 없었다.

라일라는 거기서 로지라고 불렸다. 그때 거기엔 로지라는 이름의 여자가 하나도 없었고, 분홍색 원피스가 그녀에게 잘 어울렸기 때문이다. 살과 틸리가 머리카락을 헝겊으로 말아 올려서 곱슬곱슬하게 만드는 방법을 보여줬다. 그들은 먼저 라일라의 머리를 헤나로 헹궜다. 미시즈는 라일라에게 헤나 비용으로 25센트를 청구했고 분홍색 하이힐 한 켤레를 주면서 5달러를 불렀다. 그 신발은 반쯤 해졌지만, 그보다 더 싼 건 찾을 수 없을 거라고 했다. 그리고 라일라에게 드레스를 빌리는 값으로 일주일에 2달러씩 내라고 했다. 그 옷을 사면 빚을 너무 많이 지게되겠지만, 빌려 입을 수는 있다고 했다. 그래서 라일라는 그 일을 시작하자마자 벌써 7달러 25센트나 빚을 졌고, 머리에 헝겊을 주렁주렁 단 채 앉아 있으니 그들이 짜깁기 바늘로 그녀의 귀에 구멍을 뚫으려 했다. 게다가 거기서 먹고 자니 하숙비도 내야 했지만, 그건 일을 시작할 때까지 기다렸다 내도 된다고 미시즈가 말했다. 일단 너에게 단골들이 생기면 그때 계산하자고. 라일라는 그저 미시즈가 끝도 없이 하는 말을 들으면서 계산하지 않으려 애썼다. 그때 당장 거기서 나왔어야 했지만, 다른 여자들은 거기 계속 살면서 그 빌어먹을 거실장과 못생긴 신사들과 그 모든 것을 참고 견뎠다. 얼마 후 라일라는 나이 든 여자 무리에 속하게 됐고, 그보다 어린 여자가 속상해서 그녀를 찾아오면 라일라는 다른 여자들이 했던 말을 그대로 했다. 그렇게 찔찔거리면서 오지 마. 여기 올 때 대체 뭘 기대했던 거야? 그러고 나서 라일라는 그 여자를 진정시키기 위해 손등을 토닥이거나 머리카락에 핀을 꽂아 곱슬머리를 만들어주곤 했다. 여자들은 일하거나 싸우지 않을 땐 대개 서로의 머리를 말아줬다.

그러다 어느 날 미시즈가 라일라에게 물었다. "넌 안전하게 보관하고 싶은 작은 보물 같은 거 없니? 나에게 맡기고 싶은 거 없어?"

라일라가 말했다. "내게 칼이 하나 있어요. 그것밖에 없어요. 그동안 계속 당신에게 내 칼을 주고 싶었어요." 마음속에 그 말이 있었고, 그래서 그냥 말해버린 것이고, 거기다 진심이기도 했다.

"가져와라. 내가 널 위해 보관해줄게, 얘야. 집 안에 칼이 굴러다니면 안 되잖니."

그래서 라일라는 옷장에 가서 그녀가 뒀던 자리에 그대로 있는 걸 보고 가져와 미시즈에게 건넸다. 그 순간에도 라일라는 속으로 놀라면서 생각했다. 이제 끝이야. 난 이제 여기 있는 거야. 이것이 내가 앞으로 살게 될 인생이구나. 미시즈는 그녀의 손바닥에 있는 칼이 마치 흉한 물건인 것처럼 그냥 보고만 있었다. 그래서 라일라가 말했다. "누가 이걸로 내 아버지를 죽였어요." 그러고는 그 여자에게 거짓말하고 싶진 않았기 때문에 이렇게 말했다. "그 사람은 내 아버지였을 수도 있어요." 미시즈는 엷은 미소를 지었다. 그리고 말했다. "알았다." 그리고 라일라는 미시즈가 그걸 거실장에 넣고 잠그는 모습을 지켜봤다. 음, 이 여자가 이제 날 잡았군. 그건 말도 안 되는 소리였지만, 라일라는 그렇게 느꼈다. 그리고 왠지 마음이 좀 편해졌다.

거실장 바로 옆에 서서 아직 열쇠를 손에 쥔 채 미시즈가 마치 전에는 그녀를 한 번도 본 적이 없는 듯한 표정으로 라일라를 훑어보더니 말했다. "넌 예쁘진 않지만, 미소 짓는 연습을 해보면 좋겠다, 로지."

"네, 부인. 그럴게요." 그녀에게 이런 식으로 공손하게 말하다니, 그녀를 부인이라고 부르면서. 나중에 그 일을 떠올리고 라일라는 얼굴이 붉어졌다. 그때 그 여자에게 자기가 얼마나 많은 걸 줬는가. 달의 칼을 주다니. 하지만 라일라 달이길 그만두고 다른 가명을 받아들인 채 매 순간 뭘 해야 할지 그녀에게 지시하는 누군가가 있다는 것을 다행스러워하면 왜 안 되는가. 설사 그녀가 그걸 증오했다고 하더라도 말이다. 그녀는 해야 한다면 미소를 지을 수 있었다. 사람들은 미소를 짓는다. 라일라가 분홍색 원피스를 입어보고 있을 때, 미시즈가 루시란 여자를 라일라에게 보내서 그녀가 원래 입고 있던 옷과 신발을 가져가고 낡은 플란넬 잠옷만 놔두고 오게 했다. 루시가 말했다. "넌 이제 아무 데도 못 가겠다." 그때 미시즈가 라일라가 도망칠지도 모른다고 생각해서 자기가 얼마나 마음에 상처를 입었는지 기억이 나자 라일라는 얼굴이 붉어졌다. 라일라는 생각했다. 이제 나는 그 여자에게 내 칼을 줬고, 그 여자가 그걸 거실장에 넣고 잠가버렸어. 세상에서 유일한 내 것을. 라일라는 자신이 그걸 내줘서 기뻤다. 미시즈가 다른 여자들의 편지를 뺏어 간 것처럼 그 칼을 찾아내어 뺏어 가지 않아도 되어서 기뻤다. 라일라는 미시즈에게 줄 수 있는 **또 다른** 물건이 있나 생각해보려고 애썼다. 그녀가 돈을 조금 벌기 시작하자마자 든 생각이었다. 내 목걸이. 대체 그녀는 지금 무슨 생각을 하고 있는 건가? 그것은 노인의 목걸이잖아. 그녀가 그 집에 살 때는 심지어 그 목걸이가 있지도 않았는데. 하지만 그때 그 목걸이가 있었더라면. 라일라는 그랬다면 미시즈에게 목걸이의 고리를 푸는 걸 도와달라고 했을 거란 생각에, 그리고 미시즈가 그걸 그녀의 목에서 들어 올리는 감촉을 느끼고 그것이 그 징그러운 손바닥에 있는 모습을 보고 기뻐했을 거란 생각에 얼굴이 붉어졌다. 라일라는 목걸이를 그 정도로 사랑했다. 그녀는 소리 내어 말했다. "불쌍한 아가, 네 엄마는 미친 여자야."

그들이 그녀에게 입으라고 준 드레스는 밑에 아주 작은 철망처럼 생긴 망사가 달려 있었고, 윗부분은 가슴만 간신히 가렸으며, 나머지는 다 드러나 있었다. 그리고 그 분홍색 구두를 신으면 제대로 걸을 수도 없었다. 페그는 이런 노래를 부르곤 했다. 넌 가서 꿈을 꾸려고 차려입었구나.* 그러고는 웃음을 터트렸다. 그것은 비열한 짓이었다. 그 노래를 아주 좋아하는 여자들도 있었기 때문이다. 신사들이 올 때를 제외하면 맨발에 다 해진 낡은 잠옷만 입고 있어야 했다. 미시즈는 라일라를 제대로 보지도 않았다. 그녀는 라일라가 마치 아무것도 아닌 것처럼 그녀를 막 대했다. 라일라는 미소를 지어보려고 애썼다.

그들은 할 수 있는 한 최선을 다해 옷을 차려입고 신사들이

---

* 빙 크로즈비의 노래 '달빛이 당신에게 어울려요'의 일부.

들어오기 시작할 때 축음기에 맞춰 춤을 췄다. 하나같이 추남들이었지만, 모두 부자가 된 느낌으로 들어왔다. 그날 저녁은 여자를 살 돈을 댈 수 있었으니까. 그중에 여자들이 두려워하는 남자가 있었다. 그는 항상 술에 취해서 성이 난 채 여자들에게 그들모두 반드시 감옥에 보내서 거기서 죽게 만들겠다고 했고, 한번은 지갑을 도둑맞은 적이 있는데 누가 훔쳐 갔는지 알아낼 거라고, 알아내면 죽기 직전까지 때리겠다고 으름댔다. 미시즈는 그남자를 단 한 번도 쫓아낸 적이 없었다. 10달러는 그녀에게 그정도로 가치가 있었다. 만약 누군가 그 사내를 문밖으로 나가게한 적이 있다면 그건 다른 신사들이었다. 그중 몇 명이 그 사내와 이야기를 나누는 걸 좋아했기 때문이다.

어떻게 노인에게 자신도 이해하지 못하는 일들에 대해 말할수 있겠는가? 제일 먼저 달이 난 당신을 몰라요, 하고 말한 일이있었다. 그다음엔 그녀의 아버지일 수도 있는 사람이 상자 안에담겨 있고, 사촌인지 뭔지 하는 인간들이 그녀에게 등을 돌린 일이 있었다. 마치 그녀가 그들이 찾던 모습의 그녀가 아닌 걸 보고 질 나쁜 장난에 속아서 화가 난 사람들처럼 말이다. 그러고나서 사방으로 달을 찾아다니며 여러 지하실에까지 몰래 내려가 문을 열고 뒤져봤던 일. 달이 궂은 날씨를 피해 그곳에 숨었기를 바라서 그랬다. 그런 다음엔 사람이 숨어들거나 혹은 시신이 되어 독수리들이 찾아낼 때까지 길을 잃어버릴 수도 있는 옥수수밭으로 들어가 달을 찾아다닌 일.

여자들이 맥이라고 부르는 남자가 하나 있었다. 그는 별다르게 이상한 구석은 없었지만, 잠깐 들르길 좋아했고, 여자들은 그가 찾아오는 걸 반겼다. 그가 그들에게 장난을 치고 초콜릿을 사 줬기 때문이다. 그리고 여자들은 그가 돈을 내지 않더라도 옆에 있고 싶게 생겼다고 생각했다. 그는 항상 웃고 있거나 혹은 웃음을 터트리기 일보 직전이었고 그의 그런 웃음에 약간은 비열한 구석이 있다고 해도 상관없었다. 그를 보면 육체노동자라는 사실을 알 수 있었지만, 그는 사교춤과 왈츠와 폭스트롯도 출 수 있었다. 그래서 그들은 축음기를 틀어놨고, 그는 거기 있는 모든 여자와, 심지어 라일라와도 춤을 췄다. 거실은 세 쌍 이상은 춤을 출 수 없을 정도의 크기였지만, 그들은 의자들을 다 뒤로 밀어놓고 숨이 찰 때까지 춤을 췄다. 살이 한번은 이렇게 말했다. "자고로 파티란 이래야지!" 그들 모두 맥을 사랑했지만, 맥은 한 여자를 편애했다. 그들이 미시라고 부르는 키가 작고 통통한 여자였다. 시간이 좀 흐른 후에 그가 계단을 올라가면 미시가 그를 따라서 올라가곤 했다. 원래 그런 법이었으니까.

라일라는 그 남자를 고통스러울 정도로 좋아했다. 사람은 아무것도 생각하지 않은 채 영원히 살아갈 순 없는 법인데, 그는 얼굴도 잘생겼고 잘 웃는 데다 어차피 그의 얼굴을 똑바로 보지도 못하는데 짝사랑하는 게 무슨 해가 되겠는가. 하지만 그는 어떻게 알았는지 라일라의 그런 마음을 알아챘고 그걸 빌미로 그녀를 놀리기 시작했다. 로지, 로지, 내게 미소를 좀 지어줘. 그는 그렇게 말하곤 했다. 그러면 라일라는 그저 얼굴을 숨기고 싶어서 도저히 그럴 수 없었다. 로지, 내 뺨에 뽀뽀 좀 해줘, 살짝 한 번만. 그녀가 이 세상에서 좋아하는 사람은 그가 유일했고 그도 그런 라일라의 마음을 알고 있는 듯했는데 그는 그녀를 농담거리로 만들었다. 신사가 몇 명 안 오면 라일라는 항상 누구에게도 선택받지 못한 채 앉아 있었고, 맥이 그런 그녀를 보면 이렇게 말하곤 했다. "여기 로지는 남자가 결혼하고 싶은 그런 여자야. 세상에는 같이 좋은 시간을 보내고 싶은 여자가 있는가 하면 집에 데려가고 싶은 여자도 있지."

그러면 미시는 이렇게 말하곤 했다. "아, 라일라는 노새처럼 튼튼하니까. 밭을 갈아야 할 때 라일라를 데려가려는 모양이지."

그러면 맥이 이렇게 말했다. "남자는 다른 놈들이 쫓아다니지 않는 여자를 원해."

그러면 미시가 말했다. "아, 그럼 우리의 늙은 로지가 딱 맞겠네. 로지를 쫓아다니는 남자가 하나도 없는 건 확실하니까."

하지만 맥의 그런 말 때문에 미시는 라일라를 질투했다. 한번은 아무것도 아닌 일로 미시가 라일라에게 달려들어서 그녀의 머리를 쥐어뜯은 적이 있었다. 그래서 라일라의 머리에 꽂은 핀들이 떨어져 나가고 다른 여자들이 깔깔거리며 웃었다. 마치 그들도 그러고 싶었지만 아직은 하지 못한 일이었는데 쌤통이라는 듯.

라일라는 사람들이 그렇게 심술궂어질 수 있다는 사실을 전에는 몰랐었다. 그녀도 그렇게 됐다. 그 집에 떠도는 슬픔이 모든 것을 이상하고 나쁘게 만드는 꿈 같았기 때문이다. 맥은 손가락으로 그녀의 뺨을 쓸어내렸고 그녀는 그 손길을 따라서 온기가 솟아오르는 걸 느꼈다. 그는 가끔 그녀의 목을 만졌고, 그럴 때마다 매번, 누가 그 광경을 지켜보고 있든 상관없이 그녀의 눈에선 눈물이 흘러내렸다. 그건 끔찍했고, 그녀가 살아가는 이유이기도 했다. 다른 여자들은 그녀를 비웃었고 질투하기도 했다. 맥이 그 정도의 관심이라도 그녀에게 기울여줬기 때문이다. 그래서 그녀는 일종의 계획을 세웠다. 해가 뜨기 전에 와서 그 집에 있는 석탄 난로에 불을 때기로 한 노인이 하나 있었다. 그는 가끔은 그 일을 했고, 가끔은 그저 기분이 내키는 대로 어슬렁거렸다. 아침에 추운 집에서 눈을 뜨는 것보다 여자들이 더 질색하는 일은 없었다. 라일라는 그런 일을 그녀가 그때 하고 있었거나 하려고 했던 일보다 훨씬 더 좋아했다. 날이 갈수록 그녀가 미시즈에게 진 빚은 늘어만 갔고, 다른 사람들이 그녀보다 더 나은 사람이라고 느낄 수 있도록 하는 것 말고는 왜 자신을 계속 집에 두는지 다른 이유를 찾을 수 없었다. 라일라는 그 망할 놈의 구두를 신고 걸을 수도 없었고 얼굴에서 '그 표정'을 떨쳐버릴 수도 없었다. 그 표정 때문에 미시즈가 그녀의 뺨을 몇 번 후려치기도 했지만, 그건 도움이 되지 않았다. 한번은 맥이 그녀의 뺨에 흘러내리는 눈물을 손끝으로 만져본 후에 그 젖은 손가락을 그녀의 입술에 댔다. "라일라는 귀여운 여자야, 미시. 보여? 마치 아이 같아." 라일라는 맥을 쳐다볼 수 없었다. 심지어 숨도 쉴 수 없었다. 그런데 그는 싱글싱글 웃으며 그녀를 보고 있었다.

그래서 다음 날 아침 라일라는 맨발에 잠옷만 입고 지하실로 내려가서, 칠흑 같은 어둠 속에서 온기를 느끼기 위해 석탄 난로에 등을 댄 채 서 있었다. 만약 그녀가 너무 일찍 석탄 난로에 불을 때면 미시즈가 석탄을 낭비했다고 야단칠 것이고, 그녀가 너무 오래 기다리면 노인이 와서 그 일을 해버릴지도 모른다. 만약 노인이 진짜 온다면 그녀는 노인에게 삽을 조금 휘두르기로 결심했다. 그러면 뼈만 앙상한 노인은 아마 죽어라 도망칠 것이다. 그 노인에게는 돈을 줘야 했지만 라일라는 빚을 갚는 것이니, 미시즈는 그녀가 마음대로 하도록 내버려두는 게 최선이란 걸 알게 될 것이다. 그다음에 그녀는 부엌을 박박 문질러 청소할 것이다. 부엌은 상태가 아주 끔찍했으니까. 방마다 있는 깔개들도 누군가 가지고 나가서 팡팡 때려야 할 때가 됐고.

어둠 속에서 그냥 그렇게 서 있으니 기분이 아주 좋았다. 석탄가루 때문에 온몸이 시커멓고 더러워질 것이고, 그녀가 위층으로 올라가면 그들이 뭐라고 할지 누가 알겠느냐만 그건 괜찮았다. 그녀는 지금 혼자 이렇게 조용히 있을 수 있으니까. 이렇게 혼자 있어본 게 얼마 만인가. 그녀는 거기 서서 따뜻한 석탄 난로에 기대선 채 눈을 감았다. 그리고 달의 팔을 베개 삼아 베고 누워 있다가 동이 트기 전에 불을 피우는 소리와 먼저 깨어난 누군가와 돈이 이야기하는 소리에 잠이 깨는 아주 환한 꿈을 꾸기 시작했다. 불을 피우는 사람은 항상 돈이었고, 그다음에 아서가 일어나서 그들에게 커피가 있을 때는 커피를 끓이기 시작했다. 그리고 달이 그녀를 달래서 깨웠다. 그들은 수중에 있는 건 뭐든 튀겼고, 사방이 환해지며 새들이 노래하고 있었다. 모든 것에 이슬이 맺혔고, 거미줄마다 구슬 같은 이슬방울이 달려서 거미줄을 찢으면 마치 작은 비가 내리는 것 같았다. 그때 달이 그녀를 보고 말했다. "넌 지금 석탄고 속에 서 있구나." 아니, 그 말은 분명 라일라가 했을 것이다. 그녀는 그 무렵부터 혼잣말을 하기 시작해서 여자들이 놀렸으니까. 라일라는 밖에서 하는 일과 잔돈을 바꾸는 일밖에 할 줄 몰랐다. 그리고 태머니에 있던 시절에 배운 집안일과. 사람들이 달을 목매달지 않은, 라일라가 가게에서 일을 했던 그 마을에 살 때는 가끔 밤에 산책하러 나갔다. 그러면 다른 사람들의 집 안을 들여다볼 수 있었기 때문이다. 라일라가 그 가게에서 일할 때는 항상 장부 계산이 정확하게 맞아서 단 1페니도 부족하지 않았다. 그녀는 돈을 조금 모으고 있었다. 그 가게처럼 깨끗하고 냄새가 좋은 곳이라면 실내에서 일해도 나쁘지 않았다. 햄과 커피와 치즈와 사과와 밀가루를 팔던 가게. 실패에 감긴 리본과 예쁜 천들도 여러 필 있었다. 그녀는 다른 여자들이 옷을 어떻게 입는지 그리고 머리는 어떻게 했는지 지켜봤고, 그들이 말을 하는 방식도 들었다. 그녀는 그런 것들을 정말 알고 싶었다. 음, 확실히 최근에 그런 걸 좀 배우게 됐군.

"넌 오래되고 지저분한 지하실의 어둠 속에 서 있구나."

난 여기가 좋아. 다시 혼잣말이 시작됐다. 난 이런 삶과는 맞지 않아.

달이 말했다. "난 이런 일에 대해 너에게 말하려고 했어. 내가 말하지 않았니?"

아니, 말하지 않았어. 그저 매음굴 근처에도 가지 말라는 소리만 했지. 그냥 그 흉터가 생겼다는 말만 했지. 어쨌든 난 괜찮은 직업이 있었는데, 당신이 온몸에서 피를 흘리며 와서 다 망쳐버렸잖아.

달이 고개를 끄덕였다. "내가 그건 생각을 좀 더 해봤어야 했어. 하지만 내 칼은 어디 있니? 넌 왜 그 여자가 내 칼을 가져가게 내버려둔 거야?"

그게 내가 그녀에게 줄 수 있는 유일한 것이었으니까.

그건 말이 안 된다. 그 칼을 주겠다고 말한 사람은 라일라였다. 하지만 달은 그렇게 말했을 것이다. 만약 라일라에게 그 칼과 금시계와 금목걸이가 있었다면, 그녀는 그걸 다 그 여자에게 줬을 것이다. 그리고 그 물건들이 그녀의 손바닥 위에 있는 걸 보면서 뭔가 더 줄 게 있기를 바랐을 것이다. 이제는 미시즈가 심지어 그녀를 괴롭히지도 않는다는 사실이 라일라에겐 지독히도 슬프게 느껴졌다. 미시즈는 이제 그녀의 얼굴에 볼연지를 마구 문지르거나 웃어보라는 말도 하지 않는다. 신사들은 여기에 좋은 시간을 보내러 오는데. 넌 마치 그들을 증오하는 것 같은 표정으로 그들을 바라보잖니.

라일라는 확실히 그들을 증오했다. 그들은 이 끔찍한 상황에서도 가장 끔찍한 부분이었다. 그들 때문에 라일라는 가끔 칼을 돌려받고 싶다는 생각이 들었다. 아니, 왜냐하면 칼이 잠긴 거실장 속에 안전하게 보관되어 있는 한 그녀는 어디에도 갈 수 없었기 때문이다. 그 속엔 페그의 언니 사진도 있는데, 미시즈는 아주 가끔만 페그에게 보여줬다. 미시즈는 이렇게 말하곤 했다. 페

그, 너에게 그 사진을 잠깐 보게 해주려고 했는데. 하지만 네가 최근에 하는 걸로 봐선— 그러면 페그는 제발 보여주세요, 죄송해요, 뭘 잘못했는지 말해주시면 다시는 그렇게 하지 않을게요, 하고 애원하곤 했다. 그러면 미시즈는 이렇게 말했다. 마치 모르는 것처럼 말하네! 다음번엔 내가 저걸 그냥 불 속에 던져버릴 거야. 애걸하는 건 아주 가끔만 효과가 있었지만, 그래도 여자들은 미시즈가 뺨을 후려칠 때까지 애걸하곤 했다.

라일라가 말했다. "난 이런 곳이 있는 줄 전혀 몰랐어."

그러자 달이 말했다. "내가 너에게 경고하지 않았니." 아니, 경고하지 않았어. 하지만 내게 분명 뭔가 말해준 것 같긴 해. 그러지 않았다면 내가 어떻게 이곳에 와야 한다는 걸 알았겠어? 순전히 내 인생을 증오하기 위해, 내 인생의 전부를 증오하기 위해, 내 빌어먹을 몸뚱이, 내 빌어먹을 얼굴, 마음 쏟을 곳이 하나도 없어서 내 마음에 가득 찬 이 빌어먹을 비참함을 증오하기 위해 여기에 와야 한다는 걸 말이야. 어떻게 맥은 그 마음속에 들어가 나를 그렇게 괴롭힐 수 있었을까? 난 그에게 나쁜 마음은 단 한 조각도 품고 있지 않았는데. 라일라는 생각했다. 내가 그도 증오할 수 있다면 사는 게 훨씬 쉬워질 텐데. 인생에선 어떤 것도 쉬워지게 되어 있지 않다는 점을 라일라는 알고 있었다. 한번은 미시즈가 외출했을 때 누군가가 문을 잠그지 않고 놔뒀다.

그래서 어떤 목사가 집에 들어왔다. 그가 지옥에 대해 한두 마디 하자마자 여자들이 그를 밖으로 밀어내버렸다. 라일라는 어쨌든 전에도 전도 집회에서 지옥에 관한 이야기를 들은 적이 있었다. 어쩌면 그래서 그녀가 여기에 와야 한다는 걸 알았는지도 모른다. 여기가 그녀가 있어야 할 곳일지도 모른다고 생각해서. 하지만 지옥에 가는 게 너무 오래 걸리고 있었다. 그녀의 인생은 매일매일 더 나빠지고 있었다. 하루하루가 똑같기 때문이다. 그 무엇의 끝도 아니었다. 그리고 그녀는 가끔 햇빛과 공기 냄새를 생각하기 시작했다. 나무들도. 그녀는 생각했다. 난 그저 나 자신을 괴롭히기 위해 이런 생각을 하는 거야.

어쨌든 석탄을 삽으로 퍼내기 시작하는 편이 낫겠다. 그녀는 지금까지는 장작으로 때는 불에만 익숙했다. 그래서 석탄을 너무 많이, 너무 빨리 넣지 않도록 조심해야 했다. 석탄 덩어리들을 섞은 후에 불을 점점 키워서 지금 일을 제대로 하고 있는지 봐야지. 뭔가 잘못되면, 그러니까 너무 뜨거워지거나 너무 빨리 온도가 올라가면 보일러가 폭발할 수도 있다는 사실은 알고 있었다. 그러면 석탄들이 사방으로 날아갈 것이고 아마도 이 망할 집 전체가 타서 폭삭 내려앉겠지. 그녀는 그녀가 들어갈 정도의 공간만 남기고 석탄을 보일러에 꽉 채운 후에 기어들어가 문을 닫아버릴 수도 있다. 쾅! 그녀는 날아갈 것이고, 활활 타오르는 그녀의 한 조각이 바로 그 여자의 얼굴, 페그의 얼굴에 날아들 것이다. 그리고 또 다른 조각은 리타의 무릎에, 그녀가 항상 피가 날 때까지 손톱을 뜯는 그 무릎 위에. 그리고 또 다른 한 조각은 신사들이 없을 때 그들이 접대용 드레스들을 보관하는 방에 떨어질 것이다. 그리고 맥은 활활 타오르는 그녀를 보고 아마 웃으면서, 그가 그녀를 그렇게 타오르게 했다고 생각할 것이다. 그는 그녀의 뺨을 만질 것이고 불길이 그의 손에 옮겨붙으면 아마 그걸 그냥 핥아서 없애버릴 것이다. 그는 이렇게 말할 것이다. 자, 이런 여자야말로 남자가 결혼할 여자라니까! 그녀가 불보다도 더 뜨겁게 탈 수 있을지 보기 위해 또 그 망할 놈의 거짓말을 할 것이다.

달이 말했다. "넌 이 지하실의 어둠 속에 맨발로 서서 혼잣말하고 있구나. 난 너를 이렇게 키우지 않았어."

라일라가 말했다. 난 여기서 이런저런 집안일을 할 계획을 세우고 있어.

"너 내가 어떻게 얼굴에 이런 흉터가 생긴 줄 아니? 네가 점점 미쳐가는 것만큼이나 미친 여자가 무쇠 프라이팬을 최대한 달궈서 내가 부엌에 들어갔을 때 그걸로 내 얼굴을 후려친 거야. 그래서 내 뺨의 뼈가 부러졌고, 그 밖에 또 뭐가 부러졌는지 누가 알겠니. 난 아주 오랫동안 산송장이나 다름없었어. 그리고 깨어났을 때 이 얼굴로 평생 살아야 했던 거야."

라일라는 생각했다. 내가 그걸 어떻게 알지? 달이 언젠가 내게 말해줬나?

"네가 어렸을 때 자주 아팠잖아. 그때 내가 너에게 옛날이야기들을 해줬어. 내 목소리를 들으면 네가 편안해졌으니까. 너도 기억하고 있잖아."

난 혼잣말을 하고 있고. 어둠 속에서 헛것을 보고 있구나. 죽어가고 있어. 어쩌면 그래도 상관없을지도 모르지.

달이 말했다. "음, 내 이야기 좀 들어봐. 내가 아직 살아 있다면 난 지하실에 서서 죽길 바라면서 인생을 낭비하지 않을 거야. 분명 이런 짓은 내게서 배운 게 아니야. 네가 그러고도 고개를 들고 있을 수 있다니 놀랍다."

대체로는 못 들고 살아.

그래도 어떻게든 고개 들고 살아. 달은 그런 식으로 말했다.

거기서 그녀는 다시 달을 그리워하고 있었다. 아주 오랜 세월 동안 그녀는 누군가에게 속한 사람이었다. 소와 송아지 같은 관계. 그건 괜찮았다. 달이 그녀가 옆에 있길 바랐으니까. 둘이 같이 웃던 그 웃음. 그들이 하는 농담이 뭔지 다른 사람들은 모른다는 게 재미의 절반을 차지했다. 이제 그녀에겐 목사가 있다. 아마도 세상에서 가장 친절한 사람일 텐데, 그녀는 당최 그를 어떻게 해야 할지 알 수가 없다. 그리고 이제 그의 아기도 생겼는데, 그의 아이를 키우는 것에 대해 그녀가 알고 있는 게 대체 뭔가? 그녀는 성경책을 읽으면서, 어쩌면 그가 가끔 말하는 게 뭔지, 그와 늙은 바우턴이 뭐에 대해서 웃거나 논쟁을 벌이는지 이해할 수 있을지도 모르겠다고 생각하고 있었다. 하지만 그녀의 생각은 멋대로 뻗어가버리고, 그녀는 다시 지하실로 돌아와 있었다. 그 어느 때보다 멀리 와버렸다. 아니면 그녀는 그 여자아이를 품에 안고 사라져서, 아이의 머리에 뺨을 대고 자신에게만 들리는 소리로 속삭이면서, 길가에 자라는 것 중에 먹어도 좋은 게 뭔지, 뭐가 상처를 낫게 하는 데 좋은지 말해줄 것이고, 그들은 비를 피할 길을 발견하면 함께 속삭이며 웃을 것이고, 오래된 노래들을 같이 부를 것이다. 누구나 알고 있는 노래들이지만 아이에게 가르칠 땐 여전히 둘만 아는 비밀처럼 느껴지는 노래들을. 언젠가 그들은 같이 노래하기 시작할 것이고, 이게 그 가사다. 너도 아는 거잖아. 우리 강에서 만날까요?

라일라는 그 모든 걸, 세인트루이스에 있는 그 집에서 아이를 훔쳐 달아날 생각을 한 적이 있었다. 라일라는 첫날 아침 지하실에서 나와서 바로 부엌으로 갔다. 온몸이 먼지를 뒤집어써서 더러웠지만, 부엌을 박박 문질러 닦기 시작했다. 모든 것이 기름투성이였고, 냄비들과 프라이팬들은 음식이 눌어붙어 있어서 레인지 위에 올려놓을 때마다 연기가 났다. 부엌에 있는 모든 것이 오래된 연기 때문에 거무스름해져 있었다. 그리고 저장실에는 생쥐들이 돌아다녔다. 미시즈가 부엌에 들어와서 라일라가 일하는 모습을 잠시 지켜봤다. 라일라는 이미 예상했듯이 미시즈의 얼굴에 교활한 표정이 떠오른 걸 봤다. 마치 이 모든 게 처음부터 그녀의 생각이었다는 듯한 표정이었다. 미시즈가 돈을 거의 안 주다시피 해서, 청소하는 여자는 가끔 와서 조금 닦다가 가버렸다. 하지만 라일라는 일해서 빚을 갚고 있는 것이니 미시즈로서는 아무리 적은 금액이라도 돈을 절약하는 셈이었다. "대걸레질도 해야겠더라." 미시즈는 그렇게 말했다. 그 말은 라일라가 집안일을 해도 괜찮다는 뜻이었다. 며칠 후 라일라는 옷장과 서랍 속에서 자기 옷을 찾아보기로 결심했다. 그런 다음에는 밖에 나가서 깔개들을 두드려 먼지를 털 수 있을 것이다. 그렇게 하니 살림살이가 깨끗해져서, 기분도 좋아졌다.

라일라가 그런 일을 시작한 지 한 달 정도 됐을 무렵 미시가 아이를 낳을 거라고 여자들이 하는 말을 들었다. "걔는 너무 뚱뚱해서 자기가 임신한 줄도 몰랐다니까." 물론 여자들은 깔깔 웃어대며 말했다. "걔가 어제 온종일 귀청이 떨어지게 울어대서 미시즈는 걔에게 무지하게 화가 나 있어. 미시가 미시즈에게 자기 언니가 어디 사는지 말을 안 하는 거야. 그래서 미시즈가 아기를 처리해야 하니, 너무 짜증이 나는 거지!"

"그럼 맥은 한동안 못 보겠네."

"아기는 수녀들에게 갖다주겠지 뭐."

"그 수녀 중 하나라도 본 적 있어? 난 한 번도 없는데."

"그런 건 궁금해하지 않는 게 최선이야. 예전에 한밤중에 집에 슬쩍 들르곤 하는 늙은 남자가 하나 있었어."

"그럼 그 늙은 남자가 아기들을 수녀들에게 갖다줬구나."

"그러지 않았다고 하긴 힘들지. 하지만 거기에 내 돈을 걸진 않겠어."

"그럼 그 노인이 갓난아기를 가지고 뭘 하는데, 이 바보야?"

"넌 네가 믿고 싶은 대로 믿고 살아, 이 바보야."

그러면 그 말을 들은 여자가 울기 시작했다. 못된 짓에는 끝이 없다.

그때부터 라일라는 자신을 위한 아이를 하나 훔칠 수 있을지도 모른다고 생각하기 시작했다. 아무도 신경 쓰지 않을 것이다. 그녀가 아이를 안아 올려서 문밖으로 걸어 나가도 아무도 상관하지 않을 것이다. 날이 어두워질 때까지 그녀가 기다리기만 한다면. 그리고 뒷문으로 빠져나간다면. 사람들은 이런 집에서 아기가 나온다고 생각하고 싶어 하지 않으니까, 그녀는 거리가 텅 빌 때까지 신중히 기다릴 것이다. 신사들은 아기에 대해서는 단

한 마디도 듣고 싶어 하지 않았다. 하지만 그렇기에 매사가 더 쉬워질 것이다. 미시즈는 그게 처음부터 자기의 계획이었다고 생각할 것이다. 성가신 일도 해결되고 돈도 조금 아끼게 될 테니까. 그러니 그 일은 라일라가 아직 그녀에게 지고 있는 빚을 대부분 만회해줄 것이다. 그리고 그 아이는 절대 고아가 되지 않을 것이다. 라일라가 항상 옆에서 보살펴주고 지켜줄 테니까. 머리가 헝클어지거나 다리가 허약해지도록 놔두지 않을 것이다. 욕도 하지 못하게 할 것이고. 라일라는 그 생각을 하느라 밤잠을 설쳤다. 그녀는 다시 궂은 날씨에 밖에서 생활하면서, 코트 속에 있는 아기를 껴안고, 그 아이가 웃는 모습을 지켜보고, 아이가 아스클레피아스 꼬투리와 실 조각을 가지고 노는 모습을 지켜볼 것이다. 아이를 즐겁게 하는 데 많은 게 필요하진 않다. 만약 그게 당신이 원하는 일이라면 말이다. 만약 미시가 아이가 어떻게 됐는지 우연히 알게 된다면, 라일라가 그 아이를 데려간 것에 기뻐할 것이다. 라일라는 그 아이에게 그녀가 생각할 수 있는 좋은 건 다, 달이 그녀에게 보여준 건 다 보여줄 거니까. 라일라는 아이에게 살아남는 법을 가르칠 것이다. 글을 조금 읽을 수 있고 잔돈 바꾸는 법을 안다면 그리 어렵지 않다. 갑자기 라일라는 오로지 떠나는 것만을 기다리며, 그저 아이를 데리고 맑고 쌀쌀한 밤에 그곳을 떠나 아이에게 달과 별들을 보여주기만을 기다리며 그 집에 있게 됐다. 혹은 빗속으로 데리고 나가기를 기다리며. 어느 쪽이든 상관없었다. 갑자기 그 아이만이 그녀에게 중요한 존재가 됐고 그녀의 삶은 더는 슬프지도 비천하지도 않게 됐다. 그녀는 그냥 그 삶을 떠나버릴 수 있었다. 최악의 고통도 감당할 만한 가치가 있는 단 하나의 것을 가지고. 그 모든 것이 놀라워서 라일라는 웃음을 터트렸다. 그녀는 생각했다. 음, 내가 마지막으로 웃은 게 언제였지?

라일라는 자신의 아이를 가지게 되면 어떨까 하는 생각을 해봤지만, 그런 일은 일어나지 않았다. 분명 언젠가 뭔가 잘못된 게 분명했다. 그래서 그녀의 몸은 임신이 안 되는 것이다. 어쩌면 그녀가 어렸을 때 허약했기 때문에, 그녀의 몸은 그런 종류의 인생을 다른 아이에게 물려주고 싶지 않은 것인지도 모른다. 아니면 그동안 온갖 힘든 일을 하면서 살아서 그런지도 모른다. 옛날에 한번은 멜리가 아서의 아들인 디크에게 호기심을 가진 적이 있었고, 라일라도 마찬가지였다. 돈은 디크에게 여자애들을 그만 괴롭히라고 했는데, 사실 그 말은 멜리와 라일라에게 디크를 그만 귀찮게 하라는 뜻이었다. 여자애들이 무슨 꿍꿍이인지 달이 알아냈을 때, 그녀는 남자애들과 난잡한 관계를 맺었다가는 셀 수 없이 많은 문제를 자초하게 될 거라고 그들에게 말했다. 그때쯤 멜리는 그녀가 알고 싶은 게 뭐였든 다 알아내고는 다른 호기심으로 넘어가서, 누군가 그녀에게 준 낡은 바이올린을 켜보려고 애를 쓰고 있었다. 라일라는 그걸 알아내는 데 조금 더 오래 걸렸다. 하지만 둘 다 특별히 문제가 생기진 않았다. 돈이 그들 사이에 아무 일도 생기지 못하게 끝내버렸기 때문일 수도 있고, 적어도 라일라는 원했다 하더라도 그런 문제는 일으킬 수 없었기 때문일지도 몰랐다.

상관없다. 아이를 가질 수 있는 다른 방법이 있으니까. 만약 아무도 곁에 두기를 원하지 않는 아이라면, 그 아이를 안아 들어서 보살피는 건 좋은 일이다. 그 사실을 라일라보다 더 잘 아는 사람이 누가 있을 수 있겠는가. 라일라가 이렇게 생각하면서 계획을 세우고 있을 때, 그녀는 그것이 이미 어딘가에 적혀 있을 거라는 생각은 꿈에도 하지 못했다. 그녀가 성경에 관해 아는 거라곤 가끔 그녀가 찾아갔던 부흥회에서 들은 이야기밖에 없었다. 달이 그녀에게 혼자 나가서 최선을 다해 살라고 한 후의 시절에 그녀는 너무 외로워서 부흥회에 모인 사람들과 거기서 부르는 노래가 위안이 됐다. 설교와 기도는 그냥 참고 견뎠다. 그 나머지가 마음에 들었으니까. 팝콘 한 봉지를 사기에 가장 좋은 때였다. 그런 부흥회에서 라일라는 마찬가지로 혼자인 여자 둘을 만났다. 셋은 한동안 같이 돌아다니면서 일자리를 찾았고, 가끔은 성공적으로 찾기도 했고, 각자 가지고 있는 것을 서로 나눴고, 같이 마티네를 보러 가거나 댄스홀에 가기도 했다. 그런 만남은 신나는 한편으로 쓸쓸하기도 했다. 이런 관계는 어느샌가 끝나버릴 거라는 사실을 모두 알고 있었으니까. 그러다 그중 한 여자가 남자를 만나 결혼했고, 다른 여자는 빵집에서 야간 근무를 하게 됐고, 라일라는 가게에서 점원으로 일을 시작했다. 그들이 바라던 대로 어느 정도 일이 풀렸고, 그걸로 그들의 관계는 끝나버렸다.

달은 어떤 식으로든 라일라를 따라다닌 게 분명했다. 당시에는 라일라 자기 자신도 오늘은 어디를 갈지, 내일은 어디에 있을지 모르고 있었는데 말이다. 달은 길거리에서 구걸하는 모습을 라일라에게 보이고 싶지 않았겠지만, 그것 말고는 달이 어떻게 먹고살았을지 생각하기 어려웠다. 어쩌면 달은 그 마을에 우연히 왔다가 라일라를 보고 그녀가 어디에 사는지 지켜봤는지도 모른다. 그리고 어쩌면 달과 그 늙은 남자가 우연히 거기서 칼싸움을 벌였는데, 라일라가 살던 방과 아주 가까워서 달이 어쩔 수 없는 상황이 됐을 때 그녀에게 온 것인지도 모른다. 어쩌면 그 남자, 그녀의 아버지일지도 모르는 그 남자가 라일라를 찾으러 왔을 수도 있다. 그런데 달이 껍데기만 남은 몸과 그 무시무시한 칼날을 그에게 날려서 절대 그런 일이 일어나지 않게 했는지도 모른다. 그 남자가 그녀에게, 라일라에게 무슨 말을 하려 했을까? 라일라는 그저 그 상자 속에서 봤던 것처럼 무시무시하게 흰 얼굴과 그보다 더 흰 콧등으로만 그의 모습을 상상할 수 있었다. 그는 마치 좀비처럼 몸의 모든 관절이 축 늘어진 채 서서, 이미 죽었기 때문에 정신이 흐리멍덩해진 상태로 뭐라고 조금 중얼거릴 것이고, 라일라는 그가 그녀에게 무슨 말을 하러 왔는지 말할 수 없어서 무척이나 유감스러워하는 동시에 굉장히 안도할 것이다. 그런 일은 영화에서나 일어난다. 아마 라일라는 영화를 보고 그런 아이디어를 떠올리게 됐을 것이다. 그는 그와 그녀의 불쌍한 엄마가 그녀를 거기 오래 놔둘 생각은 아니었다고 말하고 싶었는지도 모른다. 하지만 그러다 무슨 일이 일어났다. 그녀의 아빠와 엄마는 그녀를 찾으러 가는 길이었는데—그가 뭐라고 말할 수 있을까?—기차가 절벽에서 떨어져서 그들의 팔다리가 다 부러졌고, 의식을 되찾았을 때 그들은 자신들의 이름조차 기억하지 못했다고. 그래서 병원에서 몇 년을 보냈다고. 그가 라일라에게 이런 이야기를 하는 동안에 달이 어디선가 갑자기 날아와 그를 다시 칼로 찌른다. 그녀가 생각해야 했던 일을 고려해보면 그녀의 생각이 그토록 기이했던 것도 놀랄 일이 아니다.

하지만 라일라의 마음을 차지한 단 하나의 존재가 미시의 아기였던 한 라일라는 그저 순수하게 행복했다. 그녀의 모든 기억 중에서도 가장 좋았던 것들이 그녀가 기대할 수 있는 꿈 자체가 된 것이다. 그래서 마음속에 감추어둔 즐거웠던 어떤 날의 기억이 다시 떠올랐을 때, 활짝 핀 토끼풀꽃 맛이나 저녁에 불어오는 바람의 냄새에 대한 기억에서조차 느껴지던 그 기쁨은 일종의 충격으로 다가왔다. 그리고 그녀가 소리 내어 말하면 안 된다는 걸 잊었다면 이렇게 말했을 것이다. "그래, 그래." 마치 시간을 구슬려서 빨리 흘러가게 할 수 있는 것처럼. 라일라는 집 뒤편에 작은 텃밭을 만들어서 거기다 콩을 한 줄, 당근을 한 줄 심었고, 집 앞 계단 옆에는 마리골드를 심었다. 그곳은 사실 건물들이 다닥다닥 붙어 있어서 햇빛이 충분히 잘 들진 않았지만, 라일라는 항상 청소하느라 씨름하는 때와 지저분한 것들 대신 손에 진짜 흙 맛을 느껴보고 싶었다. 흙은 그녀의 손에 밴 그 더럽고 지저분한 느낌과 냄새를 씻어내줄 테니까. 라일라는 한참을 걸어가서 씨앗을 파는 가게를 하나 찾았다. 그때가 라일라가 이곳에 온 후로 미시즈에게서 가장 멀어진 때였다. 그래서 라일라는 살짝 머리가 어지러웠다. 미시즈는 이제 집이 좀 말끔해졌으니 더 나은 고객층을 끌어들여야 한다고 이야기하기 시작했다. 그리고 라일라가 하고 싶은 대로 뭐든 하게 놔두면서, 그걸 생각해낸 사람이 자기인 척했다. 다른 여자들은 빵을 사러 한 블록을 걷는 것조차 하지 않으려 했다. 사람들이 자기를 쳐다본다고 생각했기 때문이다. 하지만 라일라는 별로 신경 쓰지 않았다. 그녀는 시내에 나가면 항상 기분이 이상했지만, 그래도 괜찮았다. 그럴 때면 그녀와 멜리가 가게 유리창에 비친 자기들의 모습을 힐끔거리면서, 아무도 안 보고 있다고 생각하면 두 팔을 흔들며 이런저런 표정을 지어 보이던 때가 떠올랐다. 그때 그들은 잠시 자신감에 넘쳐 사람들에게 들킬지도 모를 위험을 감수한 채, 웃는 자기들의 유령을 보고 웃었다. 그러고는 다른 사람들이 알아차리거나 한 번쯤 생각해볼 뭔가를 저질렀다고 생각하면서 가던 길을 계속 걸어갔고, 그러면서 웃어댔다. 가끔 라일라는 그 집에서 나와서 하염없이 걸어갔다. 마치 한 블록을 지나고 또 한 블록을, 그다음 블록을 지나 계속 그대로 걸어가버릴 것처럼. 그러면서 그녀가 정말 떠나게 될 그날 밤을 상상했다. 그러다 그녀는 돌아서서 다시 그 집으로 돌아갔다. 미시즈 때문이 아니라 그저 그 아기를 기다리기 위해.

라일라는 당시 자기가 그 생각에 얼마나 몰두해 있었는지, 자기가 무슨 생각을 하는지 누군가 알았다면 얼마나 우스꽝스러워 보였을지를 기억하는 것조차 끔찍이 싫었다. 그것이 삶의 유일하게 좋은 점이었다. 본인이 드러내지 않는 한 아무도 그 사람을 알 수 없다는 점. 아, 여자들은 라일라가 다르게 행동하고 있다는 점을 알아차리고 그 이유를 추측하려고 애를 썼다. 그들은 그녀가 그렇게 거칠고 옷도 다 해진 데다 이제 단순한 청소부가 돼서 머리도 말지 않는데 어떻게 남자 친구가 생길 수 있는지 의아해했다. 신경 쓰지 마. 그는 그저 거리에 사는 늙은 부랑자일 뿐이야. 너희들이 상관할 일이 아니야. 아마 쓰레기통을 뒤지다가 만난 사이겠지. 여자들은 어떤 상황에서도 못되게 굴었다. 그래서 라일라는 그들이 하는 말은 귓등으로도 듣지 않았다.

라일라는 기다리면서 시간을 보냈다. 누가 봐도 일하느라 여념이 없었지만, 사실은 그저 아무 생각 없이 시간을 보내고 있을 따름이었다. 가끔 미시가 아래층으로 내려오고 싶어 하지 않을 때 라일라는 부엌에서 간단한 저녁을 가지고 올라갔다. 그런다고 미시가 그녀를 더 좋아하게 되진 않았지만, 그건 괜찮았다. 미시는 너무 슬퍼서 좋아하는 게 아무것도 없었다. 물건도, 사람도. 맥은 오지 않았고, 미시도 그를 언급하지 않았다. 미시는 그를 믿을 정도로 바보는 아니었지만, 그래도 그는 오랫동안 그녀를 편애했으니 그녀는 분명 그를 그리워했을 것이다. 일이 그렇게 되자 라일라는 그녀가 찾아낼 수 있는 가장 큰 잠옷의 솔기들을 뜯어내고, 밑단은 핀으로 고정해서 올려야 했다. 미시는 키가 아이처럼 작았기 때문이다. 라일라는 그녀의 발을 씻기기 위해 물이 담긴 대야를 가져오면서, 미시를 편안하게 해주는 건 뭐든 아이를 편안하게 해줄 거로 생각했다. 라일라는 밤이면 항상 요란한 소리가 나는 그 집에서 출산이 임박했음을 알리는 어떤 소리든 듣기 위해 깊게 잠들지 않으려 애썼다. 그러다 어느 날 아침 지하실에서 올라왔을 때 라일라가 한 번도 본 적 없는 코트를 뒤집어쓰고 여행용 손가방을 들고 있는 미시가, 한 손으로는 문고리를 잡고 다른 손으로는 미시의 팔꿈치를 잡고 있는 작고 통통한 여자와 문 앞에 서 있었다. "우리 언니야." 미시가 말했다. "우린 떠날 거야. 이 집구석은 꼴도 보기 싫어."

언니가 말했다. "그럼 가자, 이디스. 곧 해가 뜨겠어."

하지만 미시는 거기 가만히 서서 거실장을 바라보고 있었다. 라일라가 말했다. "저 안에 네 것이 있어?" 거실장 문의 아래쪽 가장자리가 아래쪽 선반보다 3센티 정도 내려와 있었다. 거실장은 너무 바싹 마르고 낡아서, 라일라가 잡아당기면 펑 소리가 나면서 문이 열릴 수도 있었다. 라일라는 그 문에 광을 내려고 애를 쓰다가 그 사실을 알게 되었다. 그래서 문을 잡아당기자 정말 열렸다. 라일라가 말했다. "네 거 가져가." 라일라는 미시가 그 속에 있는 작고 후줄근한 잡동사니들 앞에서 잠시 망설이다가 적어도 반쯤 되는 물건들을 들어내는 걸 봤다. 거기엔 심지어 달의 칼도 있었다. "음. 그건 네 거 아니잖아, 그 칼 말이야. 나머진 모르겠다."

언니가 말했다. "애는 이 중 아무것도 원하지 않아. 다시 넣어놔. 이 빌어먹을 집에선 아무것도 가져가지 마, 이디스. 단 한 개도."

라일라가 말했다. "어디로 가는데?"

"당신이 상관할 일이 아니야. 여기서 아주 먼 곳인 건 확실하지만." 언니가 대꾸했다. 그녀를 그렇게 머뭇거리게 한 물건이 뭐였는지 모르겠지만 결국 미시는 그 물건 없이 떠났고, 라일라는 다시 달의 칼을 손에 넣었다. 그 칼의 형태와 무게가 아주 익숙해서 항상 그녀의 손에 있었던 것처럼 느껴졌다. 거실장에 무슨 일이 생겼는지 보면 미시즈가 소리를 지르겠지. 거실장에 달린 자물쇠의 작은 은촉이 목재를 뚫고 나와 목재가 쪼개져 있었다. 하지만 라일라는 그냥 거기에 서서 생각했다. 난 절대 그 아기를 보지 못하겠지. 그 아이를 내 품에 안고 노래를 불러주는 걸 거의 느낄 수 있었는데, 난 그 아이를 절대 보지도 못할 거야. 난 미시가 여기서 아이를 낳을 거라고 왜 그렇게 확신하고 있었을까? 그 망할 언니를 어디서 찾을 수 있을지 누구에게도 절대 털어놓지 않을 거라고 왜 확신하고 있었을까? 난 미시에게 언니가 있다는 말조차 믿지 않고 있었어. 나는 왜 앞으로 어떤 일이 일어날지 알고 있다고 생각했을까? 그건, 시간이 다시 그녀에게 옛날과 다름없는 인생을, 그녀에게 요구된 것들을 할 수 있을 것처럼 보이는 인생을 막 돌려주려고 하고 있었기 때문이다. 라일라는 가끔 꿈을 꿨다. 그녀가 도로를 따라 달리고 있고 그 앞에서 달이 그녀를 기다리는 꿈. 그러다 라일라가 달의 품에 뛰어들면서 생각한다. 이제 끝났어. 난 더는 길을 잃어버린 아이가 아니야. 그 꿈에는 따뜻한 여름날이 품고 있는 모든 달콤함이 다 들어 있었다. 꿈속에서 냄새를 맡을 수 있다면, 그것은 가장 부드러운 산들바람에 실려 오는 건초 냄새일 것이고, 들판을 데우는 햇빛 냄새일 것이다. 라일라는 그것이, 그 인생이 그녀를 기다리고 있을 거라고 생각했고, 자신이 왜 그런 식으로 생각하는지 한번 멈춰 서서 궁금해하지도 않았다. 난 오랫동안 미쳐 있었어, 라일라가 말했다.

미시가 떠난 날 아침 라일라는 옷장에서 여행 가방 하나를 찾아내서 거기에 몇 가지 물건과 헤어브러시 하나와 수건 한 장과 잠옷 하나를 넣고, 칼은 스타킹 속에 찔러 넣고 그 집을 나왔다. 그녀는 해가 뜰 때까지, 그리고 거리에 사람들이 나올 때까지 걸었다. 도시는 끝도 없이 이어졌다. 그래서 라일라는 한 호텔로 들어가 청소부를 쓸 생각이 있는지 물었다. 그렇게 몇 년이 흘러갔다. 라일라는 별로 개의치 않았다. 그건 그저 일일 뿐이었다. 두 번 다시 보지 않을 사람들에게 미소를 지어 보일 필요도 없었다. 다른 여자 청소부들은 그녀에게 조금 쉬엄쉬엄하라고 했다. 네가 그런 식으로 일하기 시작하면, 호텔에서 다들 그렇게 하길 기대한다고. 라일라는 그들이 자신에 관해 하는 말을 들었고, 그건 그녀보고 들으라고 하는 소리였다. 그녀는 청소가 끝나면 가야 할 다른 직장이 없었다. 돌봐야 할 아이도 없었다. 아무도 그녀의 치맛자락에 매달리면서 저녁을 달라고 난리 치지 않을 것이었다.

하지만 땀이 나도록 하지 않으면 일에 기쁨은 없다. 밖에 나가 밭에서 일할 때면 가볍게 부는 산들바람도 다 느껴진다. 바람이 오는 걸 아는데, 나무 속에서 바람이 지나가는 소리가 들리면 기다릴 수 없을 지경이 된다. 그러고 나서 바람이 온다. 마치 시원한 물 한 잔처럼. 음, 자신이 맡은 방들의 청소를 끝내면, 라일라는 다른 여자 청소부가 일을 끝낼 수 있게 도와줬다. 그녀는 그것을 도와준다고 생각하지 않았다. 그저 시간을 보내는 한 가지 방법일 뿐이었다. 라일라는 동료들이 자기 엄마와 아이들에 관해 하는 이야기를 듣고, 스스로에 대해서는 최선을 다해 입을 다물었다. 한 여자가 손에 바르라고 크림을 한 병 줬는데, 라일라는 고맙다는 말조차 할 수 없었다. 하려고 생각은 했지만, 그때쯤엔 그녀가 크림을 준 것도 아주 오래전 일이 되어버려서 이제 와서 고맙다고 하면 아마 이상하게 보일 것이었다. 내가 그냥 말을 끊었던 시절이 있었어, 라일라는 배 속 아기에게 말했다. 하루, 일주일을 가도 한 마디도 하지 않았단다. 혼잣말하는 걸 빼면. 가끔은 달에게도 했지. 지금 이것도 혼잣말이겠지. 아니지,

네가 여기 있잖아, 난 네가 여기 있는 게 느껴져.

라일라는 하숙집 3층에 방을 하나 세내서 살았는데, 그 방에는 거리가 내다보이는 창문이 하나 있었고 저녁이면 그녀는 그 창문으로 사람들이 지나가는 모습을 살펴봤다. 그녀는 아기들이 걷기 시작했을 때를, 노인이 지팡이를 쓰기 시작했을 때를 알아차렸다. 처음엔 잡동사니를 실은 마차를 끄는 등이 굽은 노새가, 고물상 주인이 한 블록마다 마차의 뒷문을 열어서 그가 가진 물건들을 팔려고 사람들에게 보여주는 동안 참을성 있게 서 있던 노새가 눈에 들어왔다. 두 번째 겨울이 끝나갈 무렵 노새와 고물상은 사라졌다. 누군가 샌드위치 가게를 열었다. 가끔 새 차가 도로를 달려왔다. 보도 위에는 항상 종이들이 바람에 날아다녔고, 남자들은 가로등 옆에 서서 이야기하며 담배를 피웠다. 주정뱅이들도 있었는데, 주로 밤에 나타났다. 가끔은 아침이 올 때까지 웃거나 고함을 지르거나 노래하는 소리가 들렸다. 하지만 상관없었다. 그냥 사람들이 평소 하던 대로 하는 거니까.

라일라는 영화를 보러 갔다. 봉급일마다 그녀는 일주일에 두 번 영화관에 갈 수 있는 돈을 따로 떼어놓은 후에, 방세를 내고 남은 돈으로 어떻게든 살아갔다. 그 여자들 말이 맞았다. 라일라에게는 먹여 살릴 아이들도 없었다. 그녀는 뭐든 먹고 살 수 있지만, 아이를 위해선 영양분이 있는 뭔가를 찾아야 한다. 그래서 적어도 라일라에겐 항상 영화라는 생각할 거리가 있었다. 그리고 극장의 어둠 속에 앉아 있을 때 가끔, 관객들로 가득 차서 누군가의 팔이나 무릎이 그녀의 것과 부딪힐 때면 라일라는 어떤 낯선 사람의 꿈을 꾸었고, 극장에 있는 사람들 모두 하나의 꿈을 같이 꿨다. 혹은 그들은 유령으로 모두 어둠 속에 모여서 세상을 지켜보고, 그 모든 음모와 살인을 보면서도 그에 대해 뭐라 말하지 못하고, 고아들과 같이 울면서도 그들과는 아무 관계도 없는 사이로 그저 앉아 있었다. 그러다 춤과 키스가 나오면, 거기에 둥둥 떠다니는 유령들은 불과 몇 센티 떨어진 곳에서 그 거대하고 아름다운 얼굴에 기쁨이 솟아오르는 걸 본다. 해가 뜨는 광경을 지켜보는 참새들처럼, 관객들 모두 동시에 행복해진다. 그 햇빛이 자기와는 별 상관이 없더라도. 벌레를 잡아먹는 또 다른 하루. 어쩌면 인생은 그저 그런 것일지도 모르겠다. 아니면 그들은 또 다른 해가 떠오르는 걸 볼 수 있도록 벌레를 먹는 건지도 모르고. 음, 영화는 아름다웠다. 무서운 영화라도 그랬다. 영화가 시작되기 전에 틀어주는 음악은 뭔가 아주 중요한 일이 일어날 것 같은 느낌을 줘서 라일라는 의자에 가만히 앉아 있기가 힘들 지경이었다. 라일라는 화면에서 사자가 포효하는 모습*을 온

---

* 영화 제작사 MGM의 엠블럼.

종일이라도 볼 수 있을 것 같았다. 그리고 영화가 나왔다. 영화가 별로더라도 영화가 끝나고 한두 시간 혹은 1, 2주 동안은 그녀의 마음속에 온통 그 영화밖에 없었다. 라일라는 그저 자기 일을 열심히 하고 자기 방 창가에 앉아 있는 여자처럼 보일지도 모르지만, 그녀는 그러는 동안 내내 머릿속에서 이야기를 다시 만들어보고 있었다. 만약 그들이 그 노인을 죽이지 않고 그냥 그의 차를 타고 도망쳤다면 어떨까. 나중에 노인에게 갚을 수 있잖아. 라일라는 영화에서 살인과 싸움은 대부분 뺐다. 그리고 춤과 결혼식은 그대로 놔뒀다. 하지만 영화를 볼 때 항상 가장 좋은 점은 어둠 속에 앉아서 전에는 어디서도 보지 못한 이야기를 보는 것이었고, 그걸 대체로 믿는다는 점이었다. 만약 그녀가 돈과 마르셀을 지켜보는 유령이었다면, 그들이 서로를 볼 때 그 눈에 떠오르는 변화까지 볼 수 있을 정도로 아주 가까이 있었다면, 그 유령은 확실히 그곳에 있었을 것이다. 라일라는 두 사람의 결혼식을 상상했다. 둘 다 젊었고, 마르셀은 두 팔 가득 장미를 안고 있었다. 달을 위해선 뭘 상상할까. 그녀가 그 늙은 남자를 칼로 찌른 적이 없다는 상상. 칼을 손에 쥐거나 숫돌에 간 적도 없다는 상상. 그녀가 새 숄을 두르고 있는 상상. 첫 주인이 그 숄을 팔았을 때는 사실 오래된 것이었지만. 라일라는 달의 얼굴에 있는 흉터가 없어지길 바랄 수도 없었고, 달이 라일라를 제외한 다른 사람들 앞에서는 얼굴 숨기는 걸 절대 잊지 않았던 일면에 관한 상상은 차마 할 수 없었다. 유령은 사실 꿈의 일부가 될 수 없다. 라일라는 그저 그 자리에서, 아주 가까운 곳에서 그 다정하고 흉한 얼굴을 바라볼 것이다. 그냥 그녀만을. 다른 사람은 그런 꿈은 원하지도 않겠지.

라일라는 그런 식으로 오래 살았다. 세 번의 크리스마스가 지나갔다. 그녀는 어느 날 밤 호텔 로비에 크리스마스 화환 장식을 몇 개 다는 작업을 도왔고, 1년 뒤에도 그랬고, 또 1년 뒤에도 그랬다. 크리스마스 화환들. 반짝이들. 모든 것에는 이름이 있었다. 라일라만 빼고 다른 사람들은 다 그 이름을 알았고 그걸 모르는 사람은 멍청하다고 생각했다. 그건 상관없었다. 세 번째 크리스마스가 지나갔고, 겨울의 지저분한 부분이 지나간 후에, 봄과 여름이 왔다. 어느 날 오후 머리를 여전히 헝겊 조각으로 묶은 라일라가 집에 걸어가면서, 집에 가면 좀 씻고 핫도그를 하나 사서 바람이 부는 풍경을 보러 강가에 가야겠다고 생각하고 있는데, 두 남자가 트럭 뒤쪽에서 나무 상자들을 내리는 모습을 봤고 그중 하나가 맥이었다. 맥도 그녀를 봤다. 그는 웃더니 같이 일하는 남자에게 뭐라고 했는데, 그러자 그 남자는 라일라를 힐끗 보고는 뭔가 못된 일에는 결코 관여하고 싶지 않을 때 사람들이 하는 식으로 고개를 저었다. 맥이 그녀를 향해 한두 걸음 걸어왔다는 생각이 들었는데, 동시에 한편으로는 그가 라일라 하고 부르는 소리도 들었다는 생각이 들었다. 그가 그녀의 본명을 알 리가 없는데 말이다. 어떻게 그녀는 그에게 자기 이름조차 말해주지 않을 수 있었을까? 그녀의 귓속이 울리고 있었다. 그녀는 그의 손끝이 그녀의 목 옆을 스치고 지나가는 것을 거의 느꼈다고 생각했다. 이 상황에서 최악은 라일라가 자신과 맥의 관계가 어떤 것이었는지 잘 알고 있었다는 점이다. 맥은 그저 미시가 질투하게 하려고 라일라를 놀린 것이다. 하지만 라일라는 빌어먹을 뺨으로 피가 몰리는 게 느껴졌고 심지어 우라질 눈이 따끔거리면서 눈물이 고였다. 그리고 그에게 등을 돌리고 걸어가는 것은 마치 거센 바람 속으로 걸어 들어가거나 강물의 흐름을 거슬러 올라가는 것 같았다. 라일라는 만약 그가 우연히 그녀를 지켜보고 있다면 지금 이 행동이 그녀로서는 얼마나 하기 힘들었는지 볼 수 없기를 빌고 또 빌었다. 이 상황에서 가장 최악은 그가 라일라가 가는 모습을 지켜보고 있지 않았다고 해도 여전히 그녀가 어떻게 행동할 건지 알고 있을 거라는 점이었다. 그가 웃는 소리를 들은 것 같다는 생각이 들었다. 아마 다른 일로 웃었을 것이다. 그는 아마도 그녀를 봤다는 사실조차 이미 반쯤 잊어버렸을 것이다.

그래서 라일라는 세인트루이스를 떠났다. 그 일 때문만은 아니었다. 그녀의 인생 전부 때문이었다. 라일라는 영화를 보러 가는 이유가 그저 사람들이 사는 모습이 궁금하기 때문이라고 자기 자신에게 말했다. 자신은 그걸 놓쳐버렸다고 결론 내렸고, 그래서 영화를 보는 것이 그녀가 할 수 있는 최선이었다. 그리고 그 생활은 그렇게 나쁘진 않았다. 동료 여자 청소부들은 아이들이 어렸을 때는 아주 다정하더니 지금은 남자아이든 여자아이든 모두 밥은 안 먹고 술만 퍼마시려 하고 항상 엄마의 핸드백에서 돈을 꺼내 가지 못해 안달한다고 이야기했다. 그럴 때 라일라는 〈도리언 그레이〉*라는 영화에서 그가 나쁜 짓을 할 때마다 그 남자의 초상화가 추하게 변하고, 그림에 있는 남자의 바지도 헐렁해지는 게 참 이상하다는 생각을 했다. 도저히 그걸 이해할 수 없었다. 그 영화에 나오는 사람들 중 절반은 프레드 어스테어**처럼 차려입었고 나머지 절반은 거기 입고 나온 옷을 평생 잘 때도 입은 사람들처럼 보였다. 그 남자는 빈민가로 들어갈 때면 사악해져서, 낮에 입은 옷을 그대로 입고 자는 사람들과 비슷한 몰골로 변하게 된다. 빈민가에 더 자주 갈수록 그의 외모는 더 흉해진다. 전신에 사마귀가 난다. 어쩌면 누군가가 그의 모자와 그

---

* 오스카 와일드의 1890년 소설 《도리언 그레이의 초상》이 원작인 영화.

** 미국의 배우이자 무용가로, 서른한 편의 뮤지컬 영화에 출연함.

가 입고 있던 옷을 몽땅 훔쳐 가버렸는지도 모르겠다. 그와 옷을 바꿔 입었거나. 그런 일도 일어날 수 있다. 아니면 누군가 그 남자가 옷을 홀딱 벗은 채 거기 있는 걸 보고 불쌍해서 다른 옷을 준 건지도 모르고. 그가 사는 도시는 구석구석까지 항상 비에 흠뻑 젖어 있었으니까. 지금 대체 무슨 생각을 하는 건가? 변하는 건 그 초상화였잖아. 그녀는 그 남자가 원래 자기 옷인 좋은 옷을 입은 채 그 외 나머지 부분만 흉해진 상태로 죽었는지 기억이 나질 않았다. 그가 길거리에 누워 있고 다른 사람들이 그런 그를 보며 혀를 차는 모습. 안타깝게도 그에게는 마침 자기를 죽일 수 있는 칼이 있었다. 그다음에 그는 이미 죽어버려서 그 칼로 다른 사람들이 그를 못 쳐다보게 할 수 없었고, 그건 애석한 일이었다. 맥을 봤던 날 그녀는 달이 준 칼을 차고 있었지만, 그와 몸이 닿는 곳까지 가서 그의 얼굴을 들여다보지 않고 그걸 쓸 수 있었더라도 아마 그 칼을 쓰진 않았을 것이다. 그 빌어먹을 얼굴. 젠장, 그때는 그녀의 인생이 그야말로 그녀 앞에서 들고일어났고, 지금 무슨 일이 일어나고 있는지 의식도 하지 못한 채, 라일라는 망신당하지 않으려고 안간힘을 쓰며 죽어라 걸어가고 있었다. 심장 뛰는 소리가 그녀의 귓속에서 세차게 울리고 있었다. 그녀가 절대 살지 않으리라 결심했던 인생이 내내 거기에 있었다. 그것은 거기에 갇혀서 격노하고 있었고, 라일라는 바로 그 순간 알아차렸다. 만약 그녀가 증오해야 마땅한 남자가 단 한 마디라도 친절한 말을 그녀에게 했다면, 그녀가 무슨 짓을 할지 알 수 없다는 걸. 나랑 가자, 로지. 내게 좀 웃어봐. 나랑 가자. 그는 그녀를 봤다는 사실조차 잊어버렸지만, 라일라는 자기 방에 올라가 창문의 블라인드를 내리고, 가지고 있는 전 재산을 여행 가방에 쑤셔 넣었다.

라일라는 버스 터미널에 걸어가서 지금 있는 돈으로 어디에 갈 수 있는지 알아봤다. 어디로 가건, 그녀가 거기 도착할 때쯤이면 가게들과 하숙집들은 다 닫혀 있을 시간이었다. 이 도시를 벗어나려면 가진 돈을 다 써야 하는데, 그렇게 되면 밤을 보내고 저녁을 사 먹을 돈도 없을 것이었다. 라일라는 터미널 밖으로 나와서 벤치 위에 앉아 그 문제에 대해 고민했다. 차 한 대가 연석 옆에 섰고, 운전자인 젊은 여자가 그녀에게 어디로 가는지 큰 소리로 물었다. 라일라가 "아이오와요"라고 말하자 그 여자가 말했다. "저도요!" 마치 그 말을 듣길 바란 사람처럼. "타요. 당신이 여행 가방을 들고 거기 앉아 있는 모습을 봤어요. 난 생각했죠, 동행이 있으면 참 좋겠다고. 사실 그래서 여기 왔어요. 가는 길이 아닌데도요." 라일라는 말동무가 되어주거나 그녀가 가진 돈 이상의 금액을 차비로 줄 거라고 기대할지도 모르는 사람 옆에 앉아서 몇 시간이나 차를 타고 가야 하는 이 상황을 어떻게 생각해야 할지 알 수 없었다. 하지만 그 여자가 말했다. "나랑 가면 버스표 사는 돈을 아낄 수 있을 거예요. 난 밤새워 운전할 건데 혼자 가고 싶진 않거든요." 그녀는 깔끔한 옷차림에 얼굴에는 주근깨가 많고 체구가 작은 여자로, 머리는 하나로 묶어서 올렸다. 그리고 족히 한 시간은 다림질을 했을 게 분명해 보이는, 풀을 먹여 빳빳한 흰 블라우스를 입고 있었는데 대단히 완벽해 보였다. 영화관에 가면 옆에 온갖 사람이 와서 앉게 된다. 번쩍번쩍 윤이 나는 구두를 신고 주름이 잡힌 바지를 입은 남자가 앉기도 하고, 손에 여러 개의 반지를 끼고 핸드백을 껴안은 여자가 앉기도 한다. 개중에는 자기 팝콘 봉지를 라일라에게 내미는 사람도 있다. 라일라는 마치 그들과 베개를 공유하고 있는 것처럼 그들의 숨소리와 한숨 소리를 듣는다. 가끔 옆에 앉은 사람들이 그녀를 쳐다보는 걸 느낄 수 있지만, 그녀는 절대 그들의 얼굴을 보지도 않고 아무 말도 하지 않는다. 그저 영화가 시작할 때까지 기다리면 서로를 잊을 수 있었다. 이제 라일라는 아마도 몇 시간 동안 이 낯선 사람 옆에 앉아서 그녀에 관한 생각을 멈출 길이 없게 될 것이다. 그러니 자기에 관한 생각도 멈출 길이 없게 된다는 뜻이기도 하다. 그래도 이 차에 타면 몇 가지 일이 더 쉽게 풀릴 텐데.

그 여자가 말했다. "어디 가세요?"

라일라는 태머니로 가볼까 하는 생각이 들었지만, 그 여자는 그곳을 한 번도 들어본 적이 없었다. 그래서 여자가 거기가 디모인 근처냐고 물었을 때 라일라는 여자가 가는 곳이 거기인 모양이라고 생각하면서 그렇다고 대답했다. 알고 보니 그 여자는 옥수수밭 어딘가에 있는 마세도니어라는 작은 마을로 간다고 했다. 그래서 그녀는 라일라를 인디애놀라에 있는 주유소에 내려줬는데 그곳은 디모인에서 그리 멀지 않은 곳에 있었다. 라일라는 디모인에 갈 이유가 하나도 없었다. 사실 그녀는 누구든 어디 있는지 알 만큼 큰 마을엔 가고 싶지 않았다. 그녀는 시골길을 따라 서 있는 이름도 없는 마을 중 하나를 염두에 두고 있었다. 가게 하나와 교회 하나와 큰 곡물 창고가 하나 있는 마을. 분명 그런 마을들이 수천 개는 있을 것이고, 다 똑같을 것이다. 그리고 농가들이 그 너머에 펼쳐져 있을 것이다. 하지만 그 여자가 라일라를 세인트루이스에서 확실하게 빼내줬으니, 라일라는 열두 시간 동안 차를 타고 간다고 해도 기뻤다. 그 차는 속도를 늦출 때마다 시동이 꺼져버렸다. 언덕을 올라가는 건 매번 크나큰 시련이었다. 그 여자는 운전하면 졸리기 때문에 말 상대가 생겨서 기쁘다고 했지만, 막상 그녀는 너무 불안해서 말도 제대로 하지 못했다. 그 여자는 차가 금방이라도 고장 날 것 같아 무섭다고 가끔 말하곤 했다. 그럴 때 어딘지도 모르는 곳에서 절대로 혼자 차에 앉아 있고 싶지 않다는 말도 했다. 이 말은 라일라에게 친절하게 대하려고, 그녀가 환대받는 느낌이 들게 하려고 한 말이었지만, 동시에 진실이기도 했다. 그녀는 마치 그러면 운전에 도움이라도 될 것처럼 핸들에 몸을 바짝 기대고 앞에 있는 도로를 빤히 쳐다보곤 했다.

라일라는 다시 시골 풍경을 보게 돼서 기뻤다. 저녁 불빛에 밭들은 진한 초록으로 보였다. 7월 4일 독립기념일 무렵엔 옥수수가 무릎까지 자란다. 이곳을 보니 지금은 6월이 분명했다. 농가란 농가는 모두 울창한 나무들 속에 있었다. 비가 내리기 전에 나무들은 마치 공기의 묵직함을 이미 느낀 것처럼 몸을 흔드는 그들만의 방식이 있다. 그런 식으로 끝도 없이 이어지고 또 이어졌다, 미합중국이. 세계의 대부분이 옥수수밭으로 이뤄져 있다는 점을 잊기란 아주 쉬웠다.

그 여자가 말했다. "우리 엄마가 편찮으세요. 그런데 엄마를 도와줄 사람이 하나도 없어요. 그래서 내가 빨리 가야 해요." 차가 계속 가다 서다 한 이후로 처음으로 어느 정도 달릴 때였다. "엄마에게 편지를 한 통 받았어요. 엄마는 절대 문제가 생겼다는 말씀은 하지 않으세요. 날 걱정시키고 싶지 않은 거죠. 엄마에겐 전화가 없어서, 의사를 찾아야 할 경우를 대비해 차를 가져가는 게 좋겠다고 생각했어요. 도착하면 이 차는 달리지 못할지도 모르겠지만. 내가 거기 도착할 수 있다면 말이죠. 이 차는 바로 어제 산 건데. 그 빌어먹을 도둑놈이 내게 이걸 팔았어요. 아주 혼쭐을 내주고 싶네요." 비가 내리기 시작했다. 그녀는 차를 세웠다가는 다시 시동이 걸리지 않을까 두려워했다. 그래서 그들은 차에 기름을 넣어야 할 때 딱 한 번을 제외하고는 밤새도록 달렸다. 기름을 넣고 나서는 주유소 직원이 차를 다시 도로로 밀어줘야 했다. 도로가 경사가 심해서 엔진이 중간중간 걸렸고, 헤드라이트를 제외하고는 어떤 불빛도 없이 계속 달렸는데, 헤드라이트 빛으로는 내리는 비 말고는 볼 수 있는 게 거의 없었다. 그 여자가 말했다. "내가 당신이라면 무서울 것 같아요. 제 손에 당신 목숨을 맡긴 상황이니까요." 그러자 라일라가 말했다. "무슨 일이 일어나건 난 별로 신경 안 써요." 그 뒤에 어둠 속에서 잠시 그 여자가 그녀에 관해 궁금해하고, 그녀에게 질문을 해볼까 생각하다가 그러지 않기로 하는 게 느껴졌다. 어쩌면 이 여자는 내가 스타킹 속에 칼을 넣고 다닐 수도 있는 종류의 여자라고 의심하는 건지도 몰라. 어쩌면 옷을 입은 채로 자는 사람일지도 모른다고. 그 여자가 말했다. "저 소리 들려요?" 뭔가가 조용히 쿵쿵 하는 소리가 들렸다. "저거 모터에서 나는 소리일까요?"

"아무 소리도 아닌 것 같은데요."

"차에 대해 좀 아세요?"

"조금요." 라일라는 차라면 바퀴 네 개와 발판이 있고 자신이 차를 타는 데 익숙지 않다는 사실만 알았다. 하지만 무슨 문제가 생겼는지 보려고 차를 세울 수도 없고 세워도 어디를 봐야 할지도 모르는 상황에서 걱정하는 건 의미가 없다. 한밤중에 차의 상태를 볼 종이 성냥 하나 없는 상황. 그리고 끝없이 내리는 비가 그 성냥을 꺼버렸겠지.

"난 스페어타이어도 없어요. 트렁크에 하나 있었는데, 기름값을 장만하느라 팔아버렸어요."

"이 차 타이어에는 아무 문제 없어요." 라일라는 이 여자를 위로해주는 게 좋겠다는 생각이 들었다. 그녀가 라일라를 태워준 건 친절한 행동이었다. 설사 그녀만의 개인적인 이유가 있었다고 해도 말이다. 그들이 하루 만에 온 거리를 라일라가 혼자 차를 얻어 타면서 오려면 며칠이 걸릴 수도 있었다. 차가 고장 나면 다른 차를 얻어 탈 것이고, 그게 바로 처음부터 라일라가 각오한 일 아니었는가.

그 여자가 말했다. "당신은 참 조용하네요. 가끔 자는 것 같다는 생각이 들어요. 아니면 기도하고 있거나."

"아니에요. 난 눈을 크게 뜨고 앉아 있어요."

"좋네요. 당신이 피곤하다면 자도 별로 상관은 없지만. 그래도 내 기분이 훨씬 더 나은 것 같은—"

"그럼요." 그러고 라일라는 이어서 말했다. 그저 아무 말이나 하려고 꺼낸 말이었다. "〈이중 배상〉*이란 영화 봤어요? 밤에 이렇게 달리다 보니 그 영화가 생각나네요."

"난 영화관에 못 가요. 내가 믿는 종교에서 금지하고 있어요."

"아." 라일라가 몰랐던 사실이 하나 더 있었군.

"그 남자를 도둑놈이라고 불러선 안 됐는데. 빌어먹을이란 말도 하면 안 됐고요."

"빌어먹을이란 말이 뭐가 잘못됐나요?"

"음, 그건 사실상 욕이니까요. 누구든 그 말을 들으면 사실 무슨 뜻인지 아니까."

라일라가 말했다. "난 세상에 '사실상 욕'이란 게 있는지조차 몰랐어요."

"우리 교회에는 있어요. 나사렛파거든요. 우리 교회는 꽤 엄격해요."

바로 이래서 라일라가 남과 교제하지 않는 것이다. 라일라는 생각했다. 내가 그 아이를 훔칠 기회가 없었던 건 좋은 일이구나. 사람들과 어울리는 것에 대해 말해줄 게 하나도 없었을 거야. 필요 이상으로 거짓말하지 말고, 네 것이 아닌 걸 가져가지

---

* 빌리 와일더 감독과 레이먼드 챈들러가 동명의 소설을 각색하여 만든 영화로, 미국 누아르 영화의 효시.

말 것.

그 여자가 말했다. "술도 마시면 안 되고, 담배도 피우면 안 되고, 춤도 추면 안 되고, 화장도 하면 안 되고, 보석도 차면 안 돼요. 여자들이 차를 운전하는 것도 못마땅하게 생각해요. 훔치거나 살인하는 것도 안 되지만, 우리 교회에서 주로 하는 이야기는 그게 아니에요. 난 상관없어요. 난 그 신앙 속에서 성장했으니까."

"교회에 당신 돈을 내나요?"

그 여자가 웃었다. "1달러가 있으면 10센트를 내죠. 보통 그 정도예요. 십일조죠. 정말 얼마 안 되는 돈에서 10분의 1. 하지만 우리 교회에선 가끔 각자 음식을 가져와서 아주 근사한 파티를 열어요. 서로를 돌봐주려고 노력하고요. 그게 보험보다 싸요. 당신은 교회에 다니나요?"

"아뇨."

"두어 군데 찾아가보면 좋을 텐데. 그냥 들러봐요. 가족에게서 멀리 떨어져 살고 있다면, 교회가 도움이 될 수 있어요."

"난 가족과 떨어져 살고 있지 않아요."

잠시 침묵이 흐른 후에 그 여자가 말했다. "우리는 선교 교회예요. 그래서 난 원래 당신을 예수 그리스도에게로 전도해야 해요. 하지만 당신이 원하지 않는다면 하지 않을게요. 내 말은 그러려고 시도하지 않을 거라는 뜻이에요. 내가 전도하려고 하면 짜증 난다고 생각하는 사람들도 있거든요. 난 아무래도 전도엔 소질이 없나 봐요."

라일라가 말했다. "다른 이야기를 하는 게 좋을 것 같아요."

"그럼요. 그것도 좋아요." 그들은 한동안 입을 다물고 있었다. "그래서 당신 가족이 세인트루이스에 사나요?"

"아뇨, 아니에요." 이 여자는 아까 라일라가 한 말이 그 뜻이라고 생각했을 것이다. 난 가족과 떨어져 살고 있지 않아요. 여자는 다시 입을 다물었다. 라일라는 여자가 궁금해하는 걸 느낄 수 있었다. 그래서 이렇게 말할 뻔했어요. 나는 매음굴에서 일했어요. 내가 어렸을 때 날 훔친 여자가 칼싸움을 벌여서 내 아버지를 죽인 직후에 내 방에 들어와서 내 옷에 온통 피를 묻혀놨거든요. 난 여기 내 스타킹 속에 그 칼을 가지고 있어요. 나도 아이 하나를 훔치려고 했지만 기회를 놓쳤고, 그 좌절감을 견딜 수 없어서 호텔 청소부로 취직했어요. 당신은 빌어먹을이란 말도 못 하고 영화관에도 가지 못하는데, 지금 당신 옆에 앉아서 이 시간을 같이 보내고 있는 사람이 누군지 봐요. 당신의 스팸 샌드위치 반쪽을 누구에게 권했는지 보라고요. 라일라가 웃고 있자 그 여자가 라일라를 힐끗 봤다. 그래서 라일라가 말했다. "원한다면 날 예수 그리스도에게 전도하려 시도해봐도 좋아요. 시간 때우기에 좋을지도 모르니까."

그 여자는 한동안 아무 말도 하지 않았다. 자동차 앞창에 붙어 있는 와이퍼가 끽끽거리면서 신음하고 있었고 빗물이 사정없이 유리창을 두들겨댔다. 그 여자가 말했다. "그러지 않는 편이 낫겠어요. 도로를 보는 데 집중하는 편이 나을 것 같아요." 그러더니 이어서 말했다. "제대로 된 마음으로 전도받아야 해요. 그러지 않으면 그저 이야기하기 위한 이야기에 지나지 않게 돼요. 시간 때우기밖에 안 되는 거죠. 난 지금 변명을 늘어놓고 있을지도 모르겠어요. 만약 그렇다면 주님께서 날 용서해주시길. 하지만 내가 보기에 당신은 영혼에 괴로움이 아주 많은 사람 같아요. 당신을 불쾌하게 하려고 하는 소리는 아니에요. 내가 왠지 분위기를 더 망쳐놓을 것 같아요."

라일라가 말했다. "당신이 그럴 수 있을 것 같진 않아요." 라일라는 이 여자가 도로의 위치를 얼마나 잘 알고 있는지 궁금해지기 시작했다. 그녀는 밑에서 자갈 소리가 들리기 시작하면 갓길을 벗어났다.

"난 속기사예요." 그 여자의 목소리는 긴장으로 날카로워졌다. "야간학교에서 속기를 배웠어요. 난 꽤 잘해요. 다른 건 다 그저 그렇지만."

"재주가 하나 있다니 당신은 운이 좋군요." 속기가 대체 뭔지 라일라는 짐작도 할 수 없었다.

"우리 엄마가 날 억지로 고등학교를 졸업하게 했어요. 그것 때문에 그때는 엄청 화가 났었죠. 지금은 엄마가 그래줘서 다행이라고 생각하지만. 나는 학교를 그만두고 결혼하고 싶었거든요. 그는 나보다 다섯 살이 많았어요. 엄마가 말했죠. 만약 그 사람이 널 사랑한다면 기다릴 거야. 하지만 그는, 기다리지 않았어요. 그러니 날 사랑하지 않은 거겠죠. 그는 육군에 입대했다가 영국에서 만난 여자와 돌아왔어요. 그때는 너무 속상했어요. 그렇지 않아도 안 좋은 머리가 이상해질 정도로 울었죠. 당신은 결혼했나요?"

"아뇨." 난 잡초를 잘 베어요. 침대 시트 가는 것도 상당히 잘하고요. 몸을 파는 데는 소질이 없었지만. 라일라는 아무 말도 하지 않았지만, 거의 할 뻔했다. 왜 그런 짓을 한단 말인가? 이 여자는 악의가 전혀 없는데. 라일라가 무슨 말을 했다고 차를 세워 그녀를 길가로 내몰 사람도 아니다. 만약 그녀가 치맛자락을 끌어 올려서 칼을 보여준다면 이야기가 달라질 수도 있겠지만. 라일라는 생각했다. 내가 미쳤구나. 그러고 웃었다. 그녀는 생각했다. 아무래도 사람들에게서 멀찍이 떨어져 지내야겠다.

그 여자가 말하고 있었다. "난 항상 내가 아이를 낳을 거라고 생각했어요. 한 다스 정도는 있을 줄 알았는데. 지금 내 꼴을 보세요. 전에 엄마가 전쟁이 끝나면 남자들이 고국으로 돌아올 거니까 내 상대도 찾게 될 거라고 했어요. 엄마는 아직도 내가 누군가를 찾게 될 거라고 말하세요. 난 슬슬 의심이 들기 시작했지만."

라일라가 말했다. "난 그냥 한 아이를 원했어요. 내가 예상하지 못한 건—"그때 그녀는 말을 멈췄다. 어쨌든 그녀는 거기 앉아 말없이 눈을 문지르고 있었다. 그 여자가 라일라를 힐끗 보더니 말했다. "음, 하나님의 축복이 있기를!"

그 거대하고 달콤한, 어딘지도 모를 시골 한가운데 나와 있는 덕분에 라일라의 기억이 떠올랐다. 가끔 그들은 불빛을 봤지만, 대체로 보이는 건 어둠과 비뿐이었다. 하지만 라일라는 보지 않아도 알 수 있었다. 냄새를 맡을 수 있었다. 자동차 창문이 끝까지 올라가지 않았기 때문에 밤공기가 휘파람 소리를 내며 차 안으로 들어왔고, 그 바람에 빗방울도 조금 따라 들어왔다. 하지만 그녀가 어떻게 그 비와 바람을 마다할 수 있겠는가. 그 여자는 가진 적 없는 그 아이에 대한 라일라의 상심을 달래주고 있었다. 라일라는 생각했다. 그 아이는 여전히 그 아이일 거야. 내 원피스가 피바다가 된 이유도 아니고, 주머니에 쪽지 한 장 찔러 넣은 채 날 세인트루이스로 가게 하지도 않은 아이. 그 아이는 한밤에 몰래 내 코트 속에 숨겨서 데리고 나올 아이도 아니고, 대낮에 새들이 지저귀는 소리에 잠이 깨지도 않을 거야.

흠, 그녀는 여기 목사의 조용한 집에 있고, 선량한 노인이 힘 닿는 대로 노력해서 그녀는 최대한 차분하고 안전하게 지낼 수 있었다. 그녀는 배를 끌어안았다. "난 널 기다려왔단다, 얘야. 이 번에는 불쌍한 네 엄마에게 잘해야 해. 날 두고 사라지면 안 돼. 어디든 절대 가선 안 돼."

세인트루이스의 버스 터미널에서 그 작은 여자는 차를 세우고 유리창을 내려서 라일라에게 어디 가느냐고 물었다. 그것이 그녀에게 첫 번째로 일어난 좋은 일이었다. 그러고 나서 그녀가 인디애놀라 주유소에 한 시간도 안 있었을 때 픽업트럭을 탄 한 남자가 그녀에게 태워주겠다고 제안했다. 아주 수줍고 피부는 거칠고 기침이 심했던 남자는 동행이 있었으면 했다. 아마 그의 여자가 떠나버려서 그저 누구든 옆에 있기를 바라는 것 같았다. 가는 동안 내내 입은 열지도 않았으니까. 동행은 가끔 그런 식으로 사람들을 안정시킬 때가 있다. 상대에 대해 아무것도 알 필요 없이, 그저 옆에 앉아 있기만 하면 되는 것이다.

그는 주도로에서 벗어났을 때 라일라를 내려줬고, 라일라는 더는 지쳐서 걷지 못할 때까지 한동안 걸었는데, 지나가는 차가 한 대도 없었다. 그때 잡초가 무성하게 자란 목초지에서 조금 떨어진 곳에 그 낡은 오두막집이 서 있는 모습을 봤다. 좋은 일은 세 개씩 생긴다. 그녀가 신발을 벗고 여행 가방을 내려놓고 침낭을 깔 수 있는 곳이 여기 있었다. 저 길을 따라가면 강도 나오니 더 바랄 것도 많이 없었다. 거기서 먼지를 씻어내고 물을 마실 수도 있었다.

　그 오두막집에서 보낸 첫 며칠 동안, 라일라는 집을 청소하고, 강에서 씻고, 민들렛잎과 아직도 쑥쑥 올라오는 양치식물과 야생 당근을 찾아냈고 토끼 굴도 하나 발견했다. 봄에는 사는 게 힘들지만, 그래도 라일라는 봄이 죽을 만큼 원했던 어떤 것 같은 기분이 들었다. 그녀는 초지의 한구석에 바이올렛이 활짝 피어 있는 풍경을 보고, 거기 누워서 멜리가 그랬던 식으로 하나씩 꽃을 다 먹어치웠다. 멜리는 인디언처럼 양반다리를 하고 앉아서 마치 혓바닥에 나비 한 마리를 올려놓은 두꺼비처럼 자기 혓바닥 끝에 활짝 핀 꽃을 올려놓고는 다른 생각, 그러니까 앞으로 10분 동안 뭘 할지 계획을 생각하곤 했다. 한번은 멜리가 그런 표정을 하고 있을 때 마르셀이 말했다. "이제 쟤가 무슨 꿍꿍이를 꾸미고 있는 거지?" 그러자 돈이 말했다. "그냥 주근깨 몇 개 더 까려고 그러는 거야." 라일라가 아기에게 말했다. "난 정말 그때는 좀 미쳐 있었던 것 같아. 내가 기억하는 것들이 너무나 사실처럼 느껴졌거든. 그게 사실일까 궁금하지도 않아. 난 그저 내가 그런 식으로 행동하는 걸 아무도 보지 못했기를 바란단다." 그 차를 타고 창문을 조금 내린 채 어둡고 축축한 밭의 냄새를 맡으며 가고 있을 때 그녀는 이런 생각을 한 적이 있었다. 기회만 생기면 어느 한적한 곳에서 땅바닥에 무작정 벌러덩 드러누워 세상이 그녀의 생명을 거두어 가게 놔두겠다고. 그 바이올렛들을 봤을 때 라일라는 그런 느낌을 받았고, 그때 그 시절이 떠올라 땅바닥에 누웠지만, 개미들이 그녀를 귀찮게 하기 시작했다. 항상 뭔가가 사람을 성가시게 해서 몸을 긁어대고 자세를 바꿔야 했다. 너에게 조금이라도 생명이 남아 있는 한 세상은 널 원하지 않는다.

하지만 이런 집은 누군가 와서 여기가 자기 집이라고 말하기 전까지는 그냥 기다리고 있었다. 라일라는 병들과 깡통들을 원래 있던 자리에 그대로 놔두고, 한쪽 구석만 치웠다. 그래서 만약 그녀에게 그럴 권리가 없는 거라면 이곳을 차지하려던 의도는 없어 보이도록. 하지만 라일라는 침낭을 펴고 그 위에 누웠고, 눈을 떴을 때는 거의 아침이었다. 새들이 노래하는 소리를 들을 수 있었다. 하늘이 이렇게 아직 어두운데, 새들은 뭘 알고 있는 걸까? 멜리는 새 중 하나가 한 줄기 빛이라도 보면 나머지 새들을 깨우고, 그러면 잠을 자는 새가 한 마리도 없게 다들 저렇게 격렬하게 떠드는 거라고 말했다. 그리고 그녀가 제일 먼저 잠이 깼을 때는 아무리 이른 시간이라고 해도 멜리는 그렇게 했다. 흠, 흠, 흠. 사람들이 성냥을 어디에다 뒀는지 알았으면 좋겠는데. 분명 여기 어딘가에 있을 텐데. 흠, 흠, 흠. 어서 아침 식사 준비를 시작해야겠어. 그러다 멜리는 라일라의 발에 걸려 한두 번 나동그라졌다. 그 한 줄기의 빛은 어떻게 생겼을까? 별처럼. 그러면 새들은 절대 잠을 안 잘 텐데. 멜리는 이렇게 말하곤 했다. 그건 괜찮아. 나는 내가 뭘 알고 있는지 알아.

그녀는 며칠 동안 분명 인생의 종착지에 도달했다고 생각했다. 거기 있으니 삶이 새로 시작되는 것처럼 느껴졌기 때문이다. 그녀는 뭔가 일어나길 기다렸지만 아무 일도 일어나지 않았다. 그 후에 그녀는 그 영화들에 대해 다시 생각하기 시작했다. 그러다 영화들에 질려버릴까 걱정됐다. 이렇게 끝도 없이 그 생각을 하다 보면 점점 너덜너덜해져서, 언젠가는 다시 떠올릴 수도 없게 사라져버리는 게 아닌가 하는 그런 걱정이 생긴 것이다. 그때 그녀는 차로 지나온 그 마을을 한번 보러 가야겠다고 결심했다. 음, 그녀에겐 버스표를 사는 데 쓰지 않아도 되었던 돈이 남아 있으니 마을에 걸어가서 몇 가지를 살 수 있었다.

라일라는 마을에 영화관이 하나 있음을 알아챘다. 이 정도 크기의 마을에 영화관이 있을 줄은 몰랐는데. 무슨 영화를 상영하고 있는지 보려고 그 옆을 천천히 지나갔다. 〈소유와 무소유〉*

---

* 미국에서 1944년에 개봉한 로맨스, 전쟁, 모험 영화.

였다. 그녀가 이미 본 영화였다. 이것이야말로 작은 마을의 가장 큰 단점이었다. 뭐, 조만간 도시에서 무슨 영화가 얼마나 오랫동안 상영됐는지도 모르게 될 테니까 상관없다. 어쨌든 이제는 영화에 돈을 써서도 안 되고. 낚싯줄, 낚싯바늘 몇 개, 냄비 하나, 옥수숫가루 한 봉지, 성냥. 계산대에 있는 남자는 그녀를 이런 표정으로 바라봤다. 흠, 이 동네에선 한 번도 본 적이 없는 얼굴인데. 좀 싹싹하게 대하려고 그런 표정으로 봤겠지만 라일라는 남 일에 신경 쓰지 말라는 표정으로 그를 바라봤다. 바로 그 남자가 결혼 선물로 그녀에게 정향이 가득 들어 있는 큰 유리병 하나를 흰 종이에 싸서 줬다. "치통에 좋아요." 그가 말했다. 아주아주 오래전에 그는 3루수로, 목사는 투수로 같이 야구를 한 적이 있었다. 처음에 라일라는 정말로 누구와도 상대하길 끔찍이 싫어했다. 그러다 동네 정원들이 어떻게 변하는지 보는 데 익숙해졌다. 그녀가 지나갈 때면 가끔 동네 사람들이 고개를 끄덕였다. 그녀는 어느 집이 가장 예쁜지 마음속으로 결정했다. 그녀가 도와줄 일이 있는지 안주인에게 물어보러 들른 그 집은 아니었다. 그 집의 안주인은 그레이엄 부인이었다. 그녀는 자기 정원에서 일하고 있었고 라일라는 거기서 부인을 보고 그녀에게 물어볼 수 있겠다고 생각한 것이다. 세상에는 자신이 아주 친절한 사람이라는 사실에 자부심을 느끼고, 그런 기회가 생길 때마다 덥석 잡으면서 눈빛을 반짝이는 사람들이 있다. 그런 사람들은 어쩔 수 없이 눈에 띄기 마련이다. 할 수만 있다면 그런 사람들을 피하겠지만, 가끔 그런 사람들이 도움이 될 때가 있다. 가끔은 수프 한 그릇이 먹고 싶을 때도 있고. 그레이엄 부인이 대답했다. "아, 그래요. 필요해요! 맞아요, 난 도와줄 사람을 찾고 있었어요!" 이렇게 쉽게 일이 들어오다니. 부인은 잠깐 생각해보지도 않고 바로 수락했다. 라일라는 생각했다. 지금 내 스타킹 속에 칼이 있다고 하고 부인이 어떻게 말할지 한번 볼까. 하지만 그건 그녀가 자신에게 하는 농담일 뿐이었다. 라일라가 말했다. "전 집안일과 농장 일을 해봤어요. 뭔가를 키우는 것도 잘해요."

"아, 그거 좋네요!" 부인은 입고 있던 앞치마에 손을 문질렀다. "제초가 좀 늦어졌거든요! 어제나 오늘 비가 좀 내려주길 바랐는데 안 왔어요. 그래서 지금이라도 해버리는 편이 낫겠다고 생각했는데! 당신이 양파 쪽을 도와주실 수 있다면." 부인은 마치 그 기회를 놓쳐버릴까 봐 걱정인 것처럼 서둘러 쏟아냈다. 그래서 라일라는 적어도 찾아올 수 있는 집이 하나, 그녀의 이름을 아는 누군가가 생긴 셈이었다. 그레이엄 부인이 라일라를 훑어보지 않으려고 무진 애를 쓴 나머지 라일라는 그녀가 자기에 대해 어떻게 생각하고 있는지 알 수 있었다. "라일라! 정말 예쁜 이름이네요!"

하지만 그레이엄 부인의 정원은 아름다웠다. 당신이 그 정원을 돌보는 사람이라면, 그 정원은 사실 다른 사람 소유라고 할 수 없는 법이다. 흙은 최상품이었고, 식물들은 다 좋은 냄새를 풍겼다. 그냥 토마토를 쓸며 지나가기만 해도, 거기에서 풍기는 사향 냄새를 맡아보기만 해도 그녀의 옷이 깨끗해지는 느낌이 들 정도였다. 라일라는 여전히 누군가 그 마을의 이름을 말하길 기다리고 있었다. 그것은 급수탑에 페인트로 적혀 있었다. 그래서 마을에 올 때 그녀는 그 말을 올려다보면서, 걷는 동안 내내 어떻게 읽어야 할지 고민했다. 물론 그것은 성경에 나오는 이름이었다. 노인이 그녀에게 말해줄 것이었다.

그녀는 아이에게 말했다. "난 이제 길리어드에 꽤 오래 있었단다. 내 예상보다 훨씬 오래 있었어. 그리고 넌 여기에서 태어날 거야. 내가 여길 떠나면 너도 데리고 갈 거야, 그건 확실해. 하지만 너에게 이곳 이름은 말해줄게. 사람은 어쨌든 자기에 대해 그 정도는 알아야 하니까. 네 아버지의 이름도 알려줄게. 어쩌면 영원히 안 떠날 수도 있어. 노인이 내가 떠날 이유를 안 줄지도 몰라." 그러고 나서 라일라는 웃음을 터트릴 뻔했다. 노인이 절대 그런 이유를 주지 않으리라는 사실을 알고 있으니까. 라일라가 말했다. "그 노인은 날 사랑해. 그 사랑을 어떻게 해야 할지 내가 알아내야 해."

우선 그녀는 더는 교회를 멀리하지 않았다. 교회에 있으면 여전히 그 처음이 떠올랐다. 빗물이 머리에서 흘러내려 목으로 들어가고 찬 빗물이 신발을 다 적시는 와중에, 그녀는 교회 의자에 앉아서 노인이 그녀에게 눈길을 주지 않기를 바라고 있었다. 그는 세례에 관한 이야기를 하고 있었다. 출생과 죽음과 결혼에 대해 그는 말했다. 물을 한 번 접하면 이 아이들은 완전한 생명을 받게 된다고. 세례식이 우리에게 그 점을 일깨워준다고. 그녀는 말도 안 되는 이야기라고 생각하고 있었지만, 그때 그의 시선이 신자들 사이에서 배회하다가 그녀의 얼굴에 머물렀다. 마치 그녀는 그의 말이 무슨 뜻인지 알고 그렇다고, 그게 진실이라고 대답할 수 있을 거라고, 그가 말로는 제대로 표현하지 못했다 하더라도 그의 의중을 알 수 있을 거라고 생각하는 듯한 그런 눈빛으로 그녀를 바라봤다. 예수님은 우리의 잔으로 물을 드셨고 우리와 같이 세례를 받으셨습니다. 그 말은 예수님도 다른 사람들처럼 고통받고 돌아가셨다는 뜻입니다. 목사가 말했다. 그때 그녀는 그들이 여기 모여 다른 사람들처럼 살다 죽은 누군가를 위해 노래를 부르고 있다는 사실이 얼마나 기이한 일인지 생각했다. 달은 이렇게 말했을 것이다. 원래 세상일이란 게 그래. 그들은 달에 관한 노래를 부르고 있는 것일 수도 있었다. 그러고 나서 라일라는 세인트루이스에서 여자들이 즐겨 부르던 그 노래를 생각하고 있었다. 꿈을 꾸러 가기에 이 얼마나 멋진 밤인가.
목사의 시선이 다시 그녀에게 돌아왔고, 그는 그러지 않아야 한
다는 사실을 떠올리기 전까지 그녀를 계속 바라봤다. 그녀가 나
중에 그 일을 생각해봤을 때, 그녀가 채 다섯을 세기도 전에 그
가 고개를 숙여서 원고를 바라본 후에 그의 앞에 있는 사람들을
봤다는 걸 알았다. 그래도.

   이제 그녀는 그의 아내이니 목사는 그들이 이야기를 나눴을
만한 주제를 언급할 때면, 그녀가 그에게 한 질문을, 혹은 그가
자문했으며 그녀도 그 사실을 알고 있는 질문을 그가 생각하고
있다는 사실을 알려주기 위해 항상 그녀를 바라봤다. 가끔 그는
설교하기 전에 원고를 읽어보라고 그녀에게 주곤 했다. 어느 날
아침에 그는 아침을 먹는 자리에서 간밤에 쓴 원고를 읽어줬다.
"정말 초고예요. 반쯤은 줄을 그어 지워버렸어요. 그리고 이게
새로 깨끗하게 고쳐 쓴 사본이에요." 그는 헛기침했다. "자. '어
떤 일들이 일어나는 데는 여러 가지 이유가 있지만, 그것은 우
리에게 숨겨져 있습니다. 하나님이 자유롭게 우리에게 베풀어
주시는 미래에서 그 이유가 왔다고 믿지 않고, 전에 일어난 일
에서, 우리의 죄책감이나 우리에게 그럴 만한 자격이 있다는 생
각에서 생긴 거라고 우리가 믿고 있는 한, 그 이유는 계속 그렇
게 숨겨져 있을 것입니다.' 이 말이 의미하는 바는, 과거에 일어

난 일로 인해 앞으로 무슨 일이 일어날지 설명할 수 없다는 뜻이에요. 당신이 이미 알고 있듯이요. 그리고 과거에 일어난 일은 과거 자체와는 아주 다를 수도 있고요. 만약 그런 게 있기나 하다면요. '신에 대한 유일하게 진실한 지식은 순종에서 태어납니다.' 칼뱅의 말이에요. '그리고 순종은 신이 하는 요구를 계속 주의 깊게 듣는 것이고, 항상 그 순간에 국한되는 새롭고 독특한 상황에 주목하는 것입니다.' 그렇죠. '그러면 어떤 일들이 일어나는 이유는 여전히 숨겨져 있지만, 하나님의 신비 안에 숨겨져 있는 것입니다.' 내 글씨를 내가 써놓고도 못 읽겠군. 뭐 중요한 건 아니니까. '물론 불행은, 여러분이 바란다고 생각지도 못했던 축복의 길을 열어놓았습니다. 여러분이 젊었을 때, 상처받지 않았을 때, 순수했을 때 그 축복이 왔다면 여러분은 그걸 축복으로 이해하고 받아들일 준비가 되어 있지 않았을 것입니다. 미래는 항상 우리가 변해 있음을 발견합니다.' 그다음에는 하나님의 섭리를 다루는 부분으로, 내가 보기에 축복이나 행복은 그때그때에 따라 아주 다른 의미를 품고 있을 수 있다는 거예요. '기쁨이 상실에 대한 보상이라는 말을 하려는 것이 아니고, 기쁨과 상실 각자가 그 나름의 이유를 가지고 존재하고 있으며 그 자체로 인정해야 한다는 뜻입니다. 슬픔은 아주 현실적인 감정이며 상실은 우리에게 끝이라는 감정을 맛보게 합니다. 지상에서의 삶은 힘들고 심각하면서 경이롭습니다. 우리의 경험은 단편적입니다. 각각의 부분들을 다 합친다 해도 말이 되지 않죠. 그들은 심지어 같은 식으로 계산할 수도 없습니다. 가끔 그들이 모두 하나의 일부라는 사실을 믿기 힘들 때도 있습니다. 경험은 돈이나 기억이나 세월이나 결점처럼 축적되지 않는다는 점을 이해하지 않는 한 어떤 것도 말이 되지 않습니다. 대신 경험은 하나님이 우리에게 선물로 주신 것입니다. 하나님은 자신이 창조한 영원 속에서, 자유롭게 이어지는 영원 속에서를 제외하고는 과거에 어떤 식으로든 얽매이지 않는 분입니다.' 내가 경험이 무작위나 우연으로 주어지는 것이란 말을 하려는 게 아닌 건 당신도 알거예요. '우리 실존의 큰 부분을 우리가 알 수 없다고 말한 이유는 그것이 우리의 인지를 초월한 하나님에게 달려 있기 때문입니다. 나는 우리가 그것을 조금이라도 알고 있다고 느끼게 해주시는 하나님의 은총에 감사합니다. 따라서 우리는 우리의 실존을 이루는 요소들을 조화시킬 길이 없습니다. 그것들은 우리가 스스로를 우리 자신이라고 인식할 수 있는 피조물로 살아갈 수 있도록 하나님이 은혜를 베풀어 우리에게 내려주셨을 뿐, 그 외의 어떠한 필요에 의해서도 주어진 것이 아니기 때문입니다.' 이게 난 항상 놀랍게 느껴졌어요. 우리가 스스로를 자신이라고 인식할 수 있다는 게. 우리가 어쩔 수 없이 그렇게 해야만 한다는 게. '그래서 기쁨은 기쁨이 될 수 있고 슬픔은 슬픔이 될 수 있고, 둘 다 서로에게 빛을 비추거나 그늘을 드리우지 않습니다.'"

노인은 가운을 입고 발에는 슬리퍼를 신고 머리는 헝클어지고 안경은 제대로 닦지도 않고 턱에는 옅은 흰색 수염이 자라난 채로 그녀 맞은편에 앉아 원고를 읽는 동안 가끔 고개를 들어 그녀를 바라봤다. 그가 말했다. "이건 초고일 뿐이에요. 한밤중에 생각이 떠올라서, 일어나서 이걸 써야만 했어요. 이런 식으로 쓴 원고는 다음 날 아침에 일어나 보면 두 번 중 한 번은 헛소리로 드러나죠. 햇빛의 냉정한 효과라고나 할까. 하지만 이 원고는 아침에 봐도 여전히 말이 되는 것 같아요. 오히려 좀 뻔해 보이는 것 같기도 하고. 물론 아직은 뭐라고 판단하기에 이르지만."

"흠. 내가 보기에 당신은 조화시킬 수 없다는 말로 세상에 일어나는 일들을 조화시키려고 하는 것 같은데요. 당신이 조화라고 표현하는 말의 의미가 뭔지 난 알 것 같아요."

목사가 웃었다. "그래요, 당신은 분명히 알고 있네요. 그리고 무슨 말인지도 알겠어요. 아주 좋은 지적이에요." 그는 그녀의 말이 아주 마음에 들었다. 그걸 바우턴에게도 언급할 것이다.

라일라가 말했다. "당신은 에임스 부인을 걱정하고 있었죠." 그 불쌍한 여자.

"그래요, 맞아요. 난 그랬어요. 난 그녀에게 영원히 충실하겠

다고 생각했었어요. 그녀에게 그렇게 말하기도 했고. 아주 오랫
동안 그건 내게 중요했어요. 내 청춘의 신부이자 뭐 그런 거니
까. 시간이 좀 흐른 후에는 어쩌면 내가 충실했던 대상은 내 충
실함이었을지도 모르겠어요. 하지만 난 최선을 다했어요."

"그러다 내가 나타났죠."

"그래요, 당신이 나타났어요. 하나님, 감사합니다."

라일라가 말했다. "만약 당신이 죽음은 그저 죽음일 뿐이라고
생각했다면, 이 어떤 것도 걱정할 필요가 없잖아요."

"그런 것 같네요. 그게 사실일 수도 있어요. 종교를 믿지 않는
사람들과 이야기할 때면, 나는 종종 그들이 하는 말에 놀라긴 하
지만 말이죠. 죽음은 죽음일 뿐이라고 내게 말한 사람은 당신 빼
곤 지금까지 아무도 없었던 것 같아요. 그들도 충실했어요. 나처
럼은 아니었지만. 내 충실함은 일반적이진 않았어요. 난 아마도
그런 면에서 어떤 자부심이 있었나 봐요."

"당신은 여전히 충실해요. 밤새워 그녀에게 글을 쓰잖아요."

"음, 그렇죠. 어떤 면에선 그게 맞는 말이기도 해요. 그리고 당
신에게 쓰는 글이기도 해요. 당신이 내게 그걸 물어본 적이 있
죠."

"그건 상관없어요. 부인은 아주 사랑스러운 아가씨였나 봐요."

노인은 고개를 끄덕였다. "그랬어요. 정말 그랬어요. 당신이

그녀의 무덤을 장미로 뒤덮었죠. 그건 정말 근사했어요."

라일라는 어깨를 으쓱했다. "내 식구는 하나도 없으니까요."

"그걸 봤을 때 내가 어떤 감정을 느꼈는지는 당신에게 말로 표현할 수 없어요. 그걸 표현할 수 있는 이름 자체가 없다고 봐요."

"그냥 나 혼자 한 일이란 걸 당신은 몰랐죠."

"그냥 당신이라." 그가 이어서 말했다. "만약 그게 기적이었다면, 천사가 한 일이라면, 밤에 나랑 같이 걸을 사람도 없었을 것이고, 그 오래된 목걸이를 줄 사람도 없었을 테죠."

"당신의 침대에 몰래 기어들 사람도 없고요."

그는 웃으면서 얼굴을 붉혔다. "맞는 말이죠."

"아기도 없었을 거고요."

"그것도 사실이에요."

둘은 한동안 아무 말도 하지 않았다. 그러다 노인이 입을 열었다. "하나님은 선하세요."

"음, 가끔은." 라일라가 대꾸했다.

"항상."

라일라가 말했다. "난 아무것도 믿지 않는 사람들과 떠돌아다니며 살았어요. 그들은 내가 알기론 다른 사람들만큼 선량한 사람들이었어요. 분명 지옥 불에 떨어질 사람들은 아니에요."

노인이 웃었다. "음, 당신이 말한 그 아이, 버려져서 피투성이로 버둥거리는 아이. 하나님이 그 아이를 안아 드셨어요. 하나님은 떠도는 사람들을 돌봐주시죠. 특히 그 사람들을 보살펴주세요. 그 이야기는 우화예요. 하나님이 어떻게 예루살렘에 자신을 속박시키는지에 관한 이야기죠. 그분이 그녀*에게 '살아라'라고 말했을 때 말이죠. 그건 결혼과 같아요. 결혼 이상이죠."

"그다음에 그녀는 가서 몸을 팔죠."

"그건 그녀가 가짜 신들을 숭배하기 시작한다는 뜻이에요. 우상들을 믿었죠. 하지만 하나님은 여전히 그녀에게, 그 결혼에 충실하시죠. 그게 중요한 점이에요. 왜냐하면 성경에서 결혼은—" 그가 말했다. "난 전에는 결혼은 영원한 거라고 생각했어요. 마치 신의 충실함처럼 말이죠."

"지금은 어떻게 생각해요?"

그는 잠시 아무 말도 하지 않았다. "지금 나는 라일라와 결혼했다고 생각해요. 아주 지극히 극단적으로 그녀와 결혼해 있죠. 그리고 내가 아는 방식으로 가장 충실하게 지내고 있고. 그게 큰 의미가 있진 않겠지만. 난 너무 늦었으니까요. 그리고 내가 세상을 떠나면 당신은 자신을 위해 다른 인생을 만들고 싶겠죠. 당신이 그러길 바라요. 특히 아이가 있다면." 그는 고개를 저었다.

---

*　예루살렘을 여성으로 표현함.

"아이가 있을 테니까."

"아뇨. 나는 남편은 하나만 가질 거예요." 하나도 그녀가 예상한 것 이상이었으니까.

"음, 그렇게 말해주니 기분은 좋지만, 약속을 하는 게 항상 현명한 일은 아니에요. 약속할 당시보다 나중에 그걸 지킬 때는 더 많은 것들이 얽히기 마련이니까요."

라일라가 말했다. "약속이 아니에요. 그냥 사실을 말한 거죠."

노인이 웃었다. "기분이 훨씬 더 좋아지는데요."

그러고 나서 그는 남들 앞에 나설 만한 모습의 늙은 목사가 되기 위해 2층으로 올라갔다. 매일 일상을 살아가면서 거리에서 목사를 지나치는 사람들은 그가 변하는 모습을 보면서도 그 점에 대해 생각하지 않았다. 그의 삶이 변하지 않았기 때문이다. 한편 그동안 라일라는 어딘가에서 어떤 식으로든 살아가려고 안간힘을 쓰고 있었다. 그리고 그녀의 인생은 그냥 그녀의 온몸에 쓰여 있었다. 보지 않아도 알고 있었다. 그녀가 그동안 알고 지냈던 여자들이 다 그랬기 때문이다. 그런데 그녀는 어떻게인지, 그걸 보지 못하는 지상의 단 한 남자를 찾아냈다. 혹은 그 우화인지 시인지 뭔지를, 에스겔서를 읽었기에 그는 그만의 방식으로 그걸 봤는지도 모르겠다. 그는 성경이 삶보다 더 정확하다고 믿는 사람이기에, 그의 생각이 성경에서 나오는 것은 충분히 자연스러운 일이다. 어쩌면 그건 처음부터 평범한 생각은 아니었을 것이다. 이 집에서 목사들이 살면서 종교에 관해 언쟁을 벌이고 예수님에게 말을 거는 모습을 그는 평생 지켜봤으니까.

성경에 나온 가장 터무니없고 기괴한 것들은 지상과 맞닿은 장소들일 수도 있다. 한번은 돈이 강을 건너는 사이클론*을 본 적이 있다고 말한 적이 있다. 사이클론은 지나는 길에 물을 빨아들여서 건조한 땅 위를 건너갔는데 마치 구름처럼, 눈처럼 희다고 했다. 그런 건 고작해야 1분 정도 있다가 사라져버리지만, 어떤 일이 일어날 수 있는지를 보여줬다. 사이클론은 그 물을 땅에 떨어뜨리고는 나뭇잎들과 나뭇가지들과 고양이들, 개들, 내키면 소들, 성인 남자들을 끌어 올리고, 사람들이 알고 있다고 생각한 모든 걸 바꿔버린다. 세인트루이스에 있던 여자들, 그들은 여느 낡은 집처럼 생긴 집에 발을 들였다. 거기에 미시즈와 그 빌어먹을 거실장과, 땀 냄새와 오래된 향수 냄새가 나는 영업용 드레스들이 있었다. 거기서 여자들이 해야 할 일이라곤 귀를 뚫고 뺨에 볼연지를 바르고, 신사들이 참을 수 있는 것 이상으로 그들을 증오하지는 않는 척하는 것이다. 그건 마치 먹구름이 그 집을 들어 올려서 한 바퀴 휙 돌린 후에 그 자리에 다시 내려놓

---

* 강한 회오리바람을 일으키는 인도양의 열대성 폭풍.

은 것 같았다. 그 집에 있던 모든 것이 여전히 그 자리에 있었지만, 모든 게 변했고 잘못됐고, 그때부터 그 집에 사는 사람들 모두가 일어날 수 있는 최악의 일에 관해 너무 많이 알게 됐다. 비록 그게 뭔지는 말할 수 없었어도. 그렇다면 노인에게 그녀는 마치 성경에서 바로 나온 것처럼 보였을지도 모른다. 인생에서 일어날 수 있고 누구도 설명해줄 수 없는 모든 일들을 아는 사람. **내가 보니 북쪽에서부터 폭풍과 광채로 둘러싸인 큰 구름이 오는데, 그 속에서 불이 번쩍번쩍하고, 그 불 가운데 단쇠 같은 것이 나타나 보였다.** 바로 여기에 나와 있지 않은가. 불마저도 우리에게 어떤 생각을 줄 정도로 뜨겁진 않다고.

크리스마스 시기인 게 분명했다. 사람들이 교회 문에 큰 화환을 걸었다. 눈이 내렸다. 사람들이 노인의 집에 쿠키 접시를 들고 와서 거실에 앉아 15분 정도 이야기를 나눴다. 라일라의 배는 매일 점점 더 둥글게 부풀었다. 여자들이 배 위쪽이 더 많이 나온 걸 보니 아마 아들일 거라고 말했다. 그건 라일라의 상상과는 달랐지만 그래도 괜찮았다. 어떤 부인이 그녀에게 주름을 잡은 헐렁한 원피스 두 벌을 갖다줬다. 하나는 붉은색이고 다른 하나는 초록색이었는데 둘 다 주머니 주위에 지그재그로 된 납작한 끈이 달려 있어서, 그걸 보자 라일라는 당시에는 싸게 샀다고 생각한 그 원피스가 떠올랐다. 그녀가 떠났을 때 그녀가 진 빚이 얼마나 남았다고 미시즈가 생각했을지 라일라는 궁금했다. 그 여자는 마지막 동전 한 푼까지 다 계산하고 있었을 것이다.

교회 집사들이 소나무를 한 그루 가져와서 설치했다. 그래서 라일라는 그들에게 그들의 아내가 전날 가져온 쿠키를 권했고, 그들은 거실에 15분 동안 앉아 있었다. 그러고 나서 목사가 다락에 올라가 트리 장식품이 들어 있는 상자 하나를 가지고 내려왔다. 그가 말했다. "이게 그러니까 얼마나— 이게 얼마 만인지 모르겠네요!" 교회에 트리가 있었고, 전에는 그걸로도 그에겐 충분했다. 그가 혼자였던 그 오랜 세월 동안에는 그랬다. 그는 전구들의 뒤엉킨 선을 푸는 데 한 시간이나 들이고 나서 플러그를 꽂았는데, 불이 안 들어오자 개중에 있을 불량 전구들을 찾아내기 시작했다. 그가 말했다. "전에는 이것 때문에 크리스마스의 매력이 반감되곤 했어요. 난 그때 젊고 인내심이 없었거든요." 마침내 전구에 불이 들어왔고, 그는 트리에 전구들을 걸고 집에 있는 등을 다 껐다. "난 거의 잊고 있었어요." 그가 말했다. 방은 정말 아주 예뻐 보였다. "내년에는 우리가 이 풍경을 감상하는 걸 도와줄 다른 사람이 옆에 있겠군요." 상자 아래쪽에 실패와 색종이와 호두 껍데기로 만든 장식품들이 들어 있었다. 아이들이 만든 것이다. "여기에 우리가 쓸 수 있는 건 없어요. 내일

10센트 잡화점에 들러서 사 올게요." 노인이 말했다. 그러고 나서 상자를 다시 다락에 올려놨다.

그녀는 그 모습을 그냥 지켜봤다. 그는 내년을 생각하면서, 그 때쯤엔 그들이 작은 기독교인을 세상에 데려왔을 거라고 용기 내어 말했다. 그 아이는 이런 크리스마스 풍경을 어린 눈으로 받아들일 것이고 원래 크리스마스는 이런 것이라고 믿을 테지. **오늘 다윗의 동네에 너희를 위하여 구세주가 나셨으니.*** 너무나 오래전의 날이었다. 다윗은 누구인가? 구세주는 무엇인가? 그는 물을 생각조차 하지 않을 수도 있다. 그는 태어났을 때부터 알고 있던 것처럼 느낄 것이다. 그래서 우리는 사방에 전구와 반짝이들을 걸어놔야 하는 거야. 그래서 우리는 그 노래들을 부르는 거야. 어떤 면에서 그건 아주 근사했다. 사람들이 문가에 와서 노래를 부르는 것. 감리교 신자들과 천주교 신자들과 루터교 신자들, 그들이 거의 모르는 사람들이.

세인트루이스에 있을 때 가끔 신사 몇 명이 문 앞에 서서 노래를 부르곤 했는데, 그다지 크리스마스 노래 같긴 않았다. 미시즈는 명절이라고 문을 닫았다. 존중의 의미라고 미시즈는 말했지만, 그러지 않으면 영원히 문을 닫게 될지도 모른다고 생각했

* 누가복음 2장 11절.

기 때문이기도 했다. 미시즈는 집에 있는 모든 블라인드를 내리고 불이란 불은 다 꺼서 아무도 오지 못하게 했다. 그리고 여자들에게 명절 내내 차가운 콩과 치즈 샌드위치만 먹게 해서 요리하는 냄새가 거리로 흘러 나갈 수 없게 했다. 그리고 라디오를 자기 방에 가져가 소리를 아주 작게 틀어서 여자들이 들을 수 없게 했다. 그 남자들은 자기들이 그녀를 괴롭혀서 반쯤 죽일 수 있다는 사실을 알고 있었고, 그녀는 문을 열어서 썩 꺼지라고 고함을 지를 수조차 없었다. 그래서 여자들에게 크리스마스란 그저 블라인드를 내려 찾아온 여명 속에서 카드놀이를 하고, 해가 지면 싸우고 울고, 모두가 이미 다 들었고 지독하게 단순한 몇몇을 빼곤 누구도 믿지 않는 옛날이야기를 하는 때였다. 페그는 거리에서 가끔 들을 수 있는 지저분한 노래들을 불렀다. 그녀는 마치 남들은 다 모르는 무언가를 자기만 아는 척하면서 노래를 불렀다. 돈은 크리스마스에 관해선 한마디도 한 적이 없고, 달도 마찬가지였다. 그들은 언제나 그저 어딘가에서 겨울을 살아내려고 안간힘을 쓰고 있었다. 라일라가 호텔에서 일할 땐 상황이 더 나았지만, 그녀는 사실 크리스마스를 좋아하지 않았다. 이제 그녀는 자신의 아이를 꿈꾸면서 '고요한 밤 거룩한 밤'을 콧노래로 부르는 노인과 같이 있다. 그는 바라던 것보다 훨씬 더 행복했다. 누군가 쿠키가 가득 든 접시를 들고 문을 두드렸다. 노인이 그걸 가져와서 말했다. "생강 쿠키예요!" 마치 이 말이 그녀에게 무슨 의미가 있어야 하는 것처럼. 마치 그들에게 이미 아이가 생긴 것처럼 누군가가 쿠키에 크림으로 단추와 옷깃과 미소 짓는 입을 그려넣었다.

라일라는 계속 생각했다. 기다리자. 기대하지 말고, 그냥 기다리자. 만약 아이가 없는 것으로 밝혀지면 그가 이런 일들을 전과 똑같이 하기가 얼마나 힘들까, 하고 생각하지 않을 수 없었다. 그녀는 최선을 다해 몸에서 세례의 흔적을 다 씻어버렸다. 그녀는 추위 속에서 깔쭉깔쭉하고 오래된 옥수수밭으로 걸어 들어갔다. 그 밭은 마치 하나님의 심판의 첫 마디를 들었는데, 방금 들은 말을 믿을 수 없지만 의심할 수도 없는 것처럼 보였다. 그녀는 자신이 겪은 흉포한 일들을 수천 번 생각했다. 그런 일이 다시 일어난다 해도 대단히 놀라진 않을 수 있도록. 라일라는 노인에게 경고할 수 있으면 좋겠다고 생각했다. 그도 이미 그 점을 알고 있었고, 그에 대한 꿈을 꾸기도 했지만. 이 아이는 분명 그 점을 알고 있을 것이다. 겁에 질려서 미친 듯이 뛰는 그녀의 심장 밑에서 살고 있으니까. 어쩌면 이 아이는 이 세상을 원하지 않을지도 모른다. 그녀는 아이에게 그녀가 보기에 근사한 것들을 보여줄 수 있을 것이다. 그건 이런 뜻이다. 이 세상이 널 찾지 못하도록 숨어 살 수 있다는 뜻. 어쩌면 천국이 그런 걸지도 모르겠다. 쐐기풀과 치커리, 다른 사람들은 원하지 않아서 누구든 가져갈 수 있는 것들이 있는 들판들로 가득한 곳. 그렇다면 십자가에 매달린 도둑이 천국에 간다면 그는 영원히 마음껏 도둑질할 수 있을 것이고, 그것 때문에 불행해지는 사람도 없을 것이다. 라일라는 그 도둑을 오두막집에 있었던 소년으로 상상해봤다. 소년의 크고 더러운 양손에 못이 박혀 있는 모습을. 그녀의 심장이 아이에게 부담이 될 무게처럼 느껴졌다. 라일라는 아이에게 생각했다. 넌 그렇게 되지 않을 거야. 내가 너의 아빠에게 약속했어. 넌 찬송가를 다 알게 될 거라고.

노인은 계속 전구들을 이리저리 옮기면서 고르게 배치하려고 노력했다. "우리 할아버지가 이건 이교도의 관습이라고 하셨죠. 한겨울에 녹색 나뭇잎을 들여오고 불을 피우고 하는 거 말이에요. 할아버지가 메인에서 자랄 때는 트리에는 손도 대지 않으려하는 사람들이 있었다고 하셨어요. 그건 사실이에요. 사실 예수님이 한 해 중 어느 시기에 태어나셨는지 아무도 몰라요. 하지만 사람들에겐 가끔 발산해야 하는 일정한 양의 활력이 있거든요. 기독교인이든 이교도든 전부 다. 난 이런 생각이 마음에 들어요. 그냥 그러고 싶어서 기뻐하고 환호하는 드루이드들*. 우리는 그

---

* 고대 켈트족이 믿었던 종교의 성직자들.

들이 하다가 그만둔 관습을 다시 이어간 거죠. 크리스마스는 그렇게 이해하면 돼요." 심지어 그의 머리까지 전구 불빛을 받아 장밋빛으로 빛났다. "봄이 탄생을 축하하기에 더 나은 시기처럼 보이죠. 하지만 봄은 부활에는 더 좋아요. 모든 것이 되살아나는 시기. 그리고 예수님은 유월절** 무렵에 돌아가셨죠." 라일라가 입도 떼지 않고 있었기 때문에 노인은 이야기를 계속 이었다. 하지만 그녀가 자리에 앉아서 그를 지켜보며 가끔 쿠키를 하나씩 먹으면, 노인은 그것으로도 행복했다. 그는 아주 오랫동안 혼자였으니까.

그가 말했다. "아기가 태어나고 하늘이 천사들로 가득 차고. 그건 맞는 말 같아요. 칼뱅이 말했어요. 수천 명의 천사가 우리 모두를 하나하나 보살피고 있다고요. 인간의 몸에 관한 오래된 찬송가가 하나 있어요. '1000개의 현으로 이뤄진 하프가 그렇게 오랫동안 가락을 맞추다니.***' 인간의 몸은 아주 복잡하니까요. 그 천사들이 할 일이 많죠. 칼뱅에게 천사들이란 개별적인 생물이 아니라 하나님의 효율적인 돌봄과 같았어요." 그런 식으로 노인은 이야기를 계속 이어갔다.

** 이집트 탈출을 기념하는 유대인의 축제.
*** 아이작 와츠의 찬송시 19번.

음, 그건 다 좋은 이야기군, 라일라는 생각했다. 하지만 그 이야기는 그게 다가 아니란 걸 난 알아, 당신도 알고 있고. 그녀는 그저 이 일이 끝나버리고 그녀에게 아기가 있거나 없길 바랐다. 만약 다시 늙은 바우턴이 찾아와서, 힘겹게 저 계단을 올라와 울고 기도하고 작은 아이의 이마에 물을 적시고, 뼈만 앙상한 몸으로 무덤에서 반 발짝밖에 떨어져 있지 않으면서 여전히 그 상황에 대해 할 수 있는 그럴듯한 말 한마디를 하지 못하는 상황이 된다면, 노인이 이런 식의 이야기를 계속하는 데 얼마나 힘이 들까, 라일라가 이렇게 생각하는 것도 그만할 수 있을 것이다. 하지만 그때 그녀의 남편이 그녀에게 싱긋 웃어 보였고, 그의 얼굴에서 그가 이미 이런 생각을 다 해봤으며, 지금 라일라가 하는 모든 생각을 알고 있음을 알 수 있었다. 이런 생각들은 마치 내가 거기 속한다는 것을 알고 있는 집처럼 언제나 나를 기다리고 있고 친숙하지만, 그 집은 가는 것 자체가 끔찍하게 싫고 일단 가면 다시는 떠날 수 없을 것 같은 의심이 드는 곳이었다. 노인이 말했다. "당신과 나는—" 그리고 어깨를 으쓱했다.

그녀도 동의해야 했다. 커다란 달 아래 사방이 밤이었고 눈이 내리고 있었다. 길리어드의 몇 안 되는 불빛 너머에 바람이 혼자 마음껏 몰아치는 희고 거대한 황무지가 있었고, 얼어붙은 연못들과 바람에 짓눌린 옥수수밭들과 지저분한 헛간들과 오두막집

들이 있었다. 바람은 거대한 고독에 신물이 나서, 바람이 들어와
선 안 될 모든 곳들의 문을 쿵 소리를 내며 닫아버리거나 열어버
리고, 할 수 있는 곳마다 다 괴롭히고 다닐 것이다. 그녀는 마치
후후 불어서 이파리가 대부분 날아가버린 식물처럼 바람에 몸
통의 반쪽을 잃어버리지 않은 풍차를 본 적이 있었던가? 어쩌면
달은 바깥 어딘가에 전과 아주 똑같은 모습으로 있을지도 모른
다. 그래서 그녀가 멀리 있다고, 멀다고도 할 수 없을 정도로 많
은 곳에서 그때마다 다른 이름으로 지내지만 하나도 변하지 않
았다고 기억하는 게 꿈을 꾸는 것처럼 느껴질지도 모른다. 그리
고 그 소년. 그리고 에임스 부인과 그녀의 아기. 그리고 여기, 두
사람이 이렇게 따뜻한 불빛 속에서, 같은 희망을 먹고 사는 같은
두려움을 안은 채 부부로 살고 있다.

　땅에 눈이 쌓여 있을 때 아이가 태어났다. 4월에도 가끔 눈이
내리니 3월에 한두 번 내리는 폭설은 놀랄 일이 아니다. 그래도
그것 때문에 라일라와 노인은 겁을 먹었다. 어느 날 그들은 청
개구리가 우는 소리를 들었다. 같은 두 개의 음으로, 하나는 높
고 하나는 낮은음으로 몇 번이고 울었다. 그러다 한밤중에 폭풍

이 치기 시작했고, 다음 날 그들은 가장 따뜻한 방인 부엌에 앉아 진러미 카드 게임을 하면서 울부짖는 바람 소리를 들었다. 바람에 휩쓸려 쌓인 눈 더미가 헤치고 걸어올 수 없을 정도로 너무 깊었고 바람이 너무 거세게 불었기 때문에 그들을 보러 오는 사람이 없었다. 이런 폭풍 속에서는 길을 잃을 수도 있고 바로 자기 집 앞에 있는 도로에서 죽을 수도 있었다. 마치 한 번도 본 적 없고, 아무도 그들을 모르고, 아무도 그들을 기다리지 않는 시골을 배회하고 다니다 죽는 것처럼. 노인은 기도하고 있지 않은 척했고, 그러다 그의 머리가 가슴 위로 툭 떨어지면 라일라는 그가 카드를 돌려야 한다는 사실을 기억할 때까지 기다려야 했다. 마치 잠이 들거나 죽어버린 것처럼 카드가 그의 손에서 와르르 쏟아지곤 했다. 그러고 나면 그는 도로로 나가는 길을 치워야 한다고 말하면서 심지어 의자에서 일어나기까지 했다. 하지만 도로에 이미 눈이 너무 많이 쌓여서 도로로 나가는 길을 치워봤자 아무 의미가 없었다. 설사 그가 도로까지 간다고 해도 갈 곳도 없었다. 전화선은 이미 먹통이 됐고 전선도 마찬가지였다. 하지만 집에는 장작 난로와 등유 램프가 있었고 누군가의 부인이 보내준 미트로프가 오븐에 따뜻하게 데워져 있었다. 라일라가 그렇게 만삭이 아니고 그가 그렇게 노인만 아니었다면 좋았을 텐데.

라일라가 말했다. "당신 패를 버리는 게 좋겠어요."

"그래요. 그러는 게 좋을 것 같아요. 미안해요." 하지만 그러고 나서 그는 마치 그녀를 한 번도 본 적이 없는데 그녀가 자기 부엌에 앉아 있는 것처럼, 그리고 그녀가 이제부터 뭘 할지 전혀 모르겠다는 표정으로 그녀의 얼굴을 찬찬히 살펴봤다.

라일라가 말했다. "난 괜찮아요. 우리 둘 다 정말 괜찮아요." 그리고 심호흡을 하며 숨을 거의 끝까지 내쉬었을 때마다 라일라는 생각했다. 내가 아프면 그에게 아프다고 말하게 될까? 만약 새로운 종류의 고통이 찾아오면 그에게 말하게 될까? 할 수 있는 게 거의 없는 상황에서 그 사실을 알면서도 그가 견뎌낼 수 있을까? 그러고 나서 그녀는 다시 조심스럽게 깊이 숨을 쉬면서 그가 눈치채지 못했기를 빌었다. 넌 항상 만지면 아플 것 같은 부분을 만져야 하는 것 같더라. 한 번만 만지는 것도 아니야. 흠, 그녀는 당연히 달라지는 걸 느꼈다. 매일 전날과 달라지는 게 느껴졌다. 그녀의 갈비뼈 밑에서 누군가가 웅크리고 앉아서, 자세를 이리저리 바꿔가면서, 안절부절못하면서 조금씩 커가고 있지 않은가. 생각해보면 기이한 일이다. 그녀는 암퇘지와 암양들이 새끼를 임신했다가 낳는 모습을 본 적이 있었다. 발굽이라. 그건 대단한 일이다. 이건 마치 짐 하나가 몸속에서 계속 자세를 바꾸다가 어느 한 군데를 너무 오랫동안 문지르고 있는 것 같은 느낌이었다. 그곳을 누르는 팔꿈치 없이도 그녀가 숨을 쉴 수 있는 충분한 공간이 없다면, 작은 고통쯤은 아무 의미가 없을 것이다. 특히 그녀가 다시, 또다시 숨을 쉬며 그 팔꿈치의 존재를 느끼려 한다면 말이다. 노인이 그녀를 지켜보고 있었다.

라일라가 말했다. "이제는 내가 할 차례겠군요." 마치 달리고 나서 옆구리가 당기는 것 같은 통증이 느껴졌다. 그것에 관한 생각을 그만두면 통증은 사라질 것이다. 누울 수 있다면 더 빨리 사라질 것이고. "진." 라일라가 말했다. "아무래도 당신은 지금 카드 게임을 할 마음이 없는 것 같아요, 목사님."

그가 말했다. "바람이 조금 잠잠해지면 좋을 텐데. 날씨가 이렇게 나빠질 줄 몰랐어요. 어제만 해도 우리 집 옆으로 크로커스들이 올라오는 걸 봤는데."

라일라는 생각했다. 그는 지금 늙은 바우턴 걱정도 하고 있을 거야. 혼자서 바우턴 부인을 보살피려고 애를 쓰느라 성냥 하나 켤 수 없을 정도로 몸의 관절이 다 얼어붙을 때까지 추위 속에서 절뚝거리고 다닐까 걱정하고 있는 거지. 그의 자식들, 한 명만 빼놓고 나머지 자식들은 아마 사는 곳이 어디든 거기서 길리어드로 오는 도로에 나와 그에게 오려다 눈보라에 갇혀 있을 거야. 그래서 바우턴은 또 그 걱정을 하고 있을 거고. 폭풍이 걷히기만 하면 남자들과 소년들이 삽을 들고나와서 눈에 갇힌 사람들을 파내겠지. 하지만 바람이 저렇게 세게 불고 있으니 다들 기다려야 해.

방금 그건 고통이 아니야, 라일라는 생각했다. 아이가 그냥 등을 동그랗게 구부린 거지.

노인이 말했다. "바우턴의 지붕이 안심이 안 돼요. 그 친구는 시간이 얼마나 지났는지, 몇 해가 흘렀는지도 곧잘 잊어버려요. 새로 내린 눈이 10미터는 쌓였을 텐데. 지붕이 그 정도 무게를 감당할 수 있을지 모르겠어요. 바우턴이 램프에 불을 붙이려고 애를 쓰는 건 생각하기도 싫고. 등유와 씨름을 하고 있겠죠. 추운 날씨는 그에게 고문과 같은데."

라일라는 노인에게 조만간 기도가 걱정과 어떻게 다르냐고 물어볼 셈이다. 그의 얼굴은 극도로 긴장되고 지쳐 보였다. 그리고 하얗게 질려 있었다.

노인이 말했다. "난 일단 3월까지만 버티면 아마 괜찮을 거라고 생각했어요." 그리고 덧붙였다. "날씨에 관한 한 그렇게 생각했죠." 그러더니 이어서 말했다. "물론 우리는 괜찮을 거예요. 우리가 그렇지 않을 거란 뜻이 아니었어요." 그의 늙은 머리가 다시 수그러졌다.

그래서 라일라는 그의 근심이 돈의 근심과 어떻게 다른지 궁금해하기 시작했다. 그를 항상 믿고 의지했다는 이유 말고는 관심을 가져야 할 이유가 없던 떠돌이 무리를 돈이 보살필 길이 없다는 사실을 깨닫기 시작했던 그 시절 그의 근심 말이다. 그가 훔치다가 개에게 물리기까지 한 암탉들의 털을 뽑고 내장을 제거하고 구워서, 마치 그것이 평상시에 먹는 평범한 저녁인 것처럼, 근사할 건 하나도 없는 것처럼 아이들에게 닭 다리를 나눠주지 않았다면, 그 닭들을 달리 어떻게 했겠는가? 그는 주머니에 1달러짜리 은화가 세 개 있었는데, 그 돈이 어디서 났는지 절대 말하려 하지 않았다. 그는 자신이 가진 것으로 항상 최선을 다해 그 무리를 유지하는 것 외에 다른 일은 하지 않았다. 하지만 도둑질은 도둑질이야, 특히 그러다 잡히면 더 그렇지, 하고 달이 말했다.

그녀는 또다시 과거로 돌아가 이제는 도움을 줄 수도 없게 되어버린 사람들을 걱정하고 있었다. 누군가에게서 자부심을 뺏어 가는 상상할 수 있는 모든 일이 일어나버렸을 때는 그 사람이 자부심을 되찾을 수 있게 해달라는 기도조차 할 수 없는 법이다. 라일라는 생각했다. 모든 곳의 상황이 나빠졌었고, 돈의 자부심과 비슷한 자부심들은 분명 아침 안개처럼 조용하게 허공을 떠돌다 지상에서 차츰 사라졌을 것이며, 전에는 그러지 않았던 사람들도 슬프고 힘들어졌었다고. 서로의 얼굴을 들여다보며 그들의 심장은 천천히 가라앉고 있었다. 만약 라일라가 기도를 하게 된다면 그 시절을 위해, 그리고 그들이 어떻게 된 건지, 그들이 무슨 짓을 했기에 그들을 위로해줄 하룻밤의 휴식조차 갖지 못하게 된 건지 분명 의아해했을 사람들을 위해 할 것이다. 그녀는 그들 하나하나에게 평온을 내려달라고 기도할 것이다. 무엇보다 가장 비통하고 쓰라린 인생을 사는 이들을 위해 가장 먼저 기도할 것이다. 돈과 아서가 떠났다. 멜리도 그녀를 교회 계단 위에 고아로 내버려두고 가면서 뒤도 돌아보지 않았다. 삶의 쓰라림이 없었다면 그런 일도 일어나지 않았을 것이다. 바우턴이 램프를 바닥에 떨어뜨려서 그의 집에 불을 낸다면, 목사는 그것에 대해 뭐라고 할까? 그때 목사는 그녀가 지금까지 다른 곳에서 본 것과 똑같은 공포, 심지어 전능한 하나님이 그들에게 실낱 같은 관심이라도 가지고 있으리란 생각조차 평생 한 번도 해보지 않은 그 누더기 바람의 가난한 이교도들의 눈에서 본 것과 똑같은 공포가 서린 눈으로 그녀를 보고 있었다.

방금 그건 고통이 아니었지만, 노인은 그녀가 그것 때문에 잠시 움직임을 멈추고 생각해보는 모습을 봤다. 그것의 정체가 무엇이든 말이다. 그건 마치 전에 들어본 적이 있는 것 같다고 생각한 소리를 들으려고 귀를 기울이는 것과 같았다. 라일라가 말했다. "아이가 오늘은 기운이 넘치네요. 눈이 오니 밖에 나가고 싶은가 봐요."

노인이 그녀에게 웃어 보였다. "아이가 하루나 이틀 정도 기다릴 수 있으면 좋겠는데."

방금 그것도 고통이 아니었다. 라일라가 말했다. "난 그냥 2층에 가서 좀 누워 있어야겠어요."

노인이 일어섰다. "그래요. 거긴 정말 추운데. 창문도 낡아서 바람이 숭숭 들어오고. 내가 침대에 담요를 몇 장 더 갖다 놓을 수 있지만, 그것들도 차가울 거고. 담요를 난롯가에 미리 갖다 놓을 생각을 해야 했는데. 대체 내 정신이 어디 있었는지 모르겠어요. 부엌에다 간이침대를 놓을 수도 있었고. 이런 날씨에, 그런 생각도 안 했다니. 당신은 내가 이렇게 바보 같을 줄 몰랐겠죠." 노인은 이어서 아이가 지금 나온다면 둘이 예상했던 것보다, 혹은 그가 예상하고 그녀도 그럴 거라고 말한 것보다 훨씬 일찍 나오는 거라는 말을 하려고 했을지도 모른다. 아니, 그는 절대 그렇게는 생각하지 않을 것이다.

"음." 그녀는 의자에서 일어섰다. 그러자 기분이 훨씬 나아졌다. "난 그냥 누울까 생각하고 있던 참이에요."

"그래요." 그가 그녀의 등에 팔을 두르고 그녀를 부축해서 천천히 계단을 올라가 그의 방으로 들어갔다. 그는 그녀의 슬리퍼를 벗기고 자기 양말을 한 켤레 찾아서 그녀의 발에 신기고 난 후 그녀가 자기 침대에 눕도록 도와주고, 담요를 그녀의 턱까지 당겨서 덮어줬다. **그의 것**, 라일라는 생각했다. 그 오래된 회색 스웨터가 떠올랐기 때문이다. 그때 그녀는 그것이 **그의 것**이었기 때문에 얼마나 사랑했던가. 고독과 생쥐들과 안으로 불어오는 바람과 뺨에 댄, 그의 냄새가 나는 그 오래된 모직 스웨터. 그가 그녀의 이름도 몰랐을 때 한번은 그의 어깨에 머리를 기댄 적도 있었다. 그게 기억나 웃음이 났다.

"뭐예요?"

"아무것도 아니에요. 그냥 기분이 참 좋네요. 추위랑 이 모든 것이요."

"내가 렌지로 프라이팬을 따뜻하게 데울게요. 그걸 써서 냉기를 좀 떨쳐낼 수 있을 거예요. 침대 데우는 다리미*가 전에 어딘가에 있었는데. 아주 완벽하게 유용한 물건이었죠. 하지만 결국 다락에 처박히는 신세가 된 모양이에요."

"당신 다락에 올라가지 말아요."

"네, 안 올라갈게요. 프라이팬으로도 충분히 데워질 거예요."

"그보다는 내가 따뜻해질 때까지 당신이 이불 속으로 들어와 있는 편이 낫겠어요. 그게 당신이 날 위해 할 수 있는 가장 좋은 일이에요." 찬 바람에 창문들이 덜걱거리고 커튼이 조금 펄럭였고, 방은 눈이 오는 오후의 햇살로 가득 차 있었다.

---

*   겨울에 침대의 찬기를 없애는 데 쓰던 숯불 다리미 비슷한 기구.

그래서 노인은 라일라가 하라는 대로 했다. "자, 여기 왔어요. 마치 우리가 빙산을 타고 바다 위를 둥둥 떠다니는 것 같네요. 우리 둘이서만요."

"우리 셋이죠."

"아, 이런."

라일라가 말했다. "목사님, 내가 보기에 목사님은 울음을 터트릴 것 같군요."

그가 웃었다. "당신이 안 울면 나도 안 울게요."

"좋아요."

그들은 한동안 조용했다. 그가 말했다. "당신 괜찮은 거죠?"

"아이가 자는 것 같아요."

그러자 노인이 말했다. "이 모든 게 다 기도예요. 이렇게 말하자고 생각하진 않죠. 내일이 오늘 같기를. 사실 대개는 그런 편이니까요."

"흠, 내일이 오늘하고 조금 달라도 나쁘지 않을 것 같은데요."

"그것도 기도예요."

"잠깐만요. 내일은 무슨 일이 있어도 달라야 해요. 내일도 이런 식이라면 상황이 더 나빠질 거예요. 우선 걱정이 더 늘어나겠죠. 그러면 사람이 지쳐요. 그러니까 아무 변화도 일어나지 않아도 내일은 다를 거예요. 지금 이대로도 좋긴 하지만."

"맞아요. 지금은 좋아요."

"늙은 바우턴이 분투하면서 하루를 더 살아내겠죠."

"아!"

"나는 이 아이가 무슨 꿍꿍이인지 알아내려고 애를 쓸 테고. 아이가 무슨 결정을 하건 그리 개의친 않지만 말이에요. 도로의 눈을 다 치울 때까지 기다려주기만 한다면 말이죠."

노인이 한숨을 쉬었다. "그게 다 기도예요."

"당신에겐 그렇죠. 난 두어 번 기도하려고 시도해봤는데 아무 일도 일어나지 않더라고요."

"정말 아무 일도 안 일어났다고 확신해요?"

"음, 당신은 기도 때문에 무슨 일이 일어나는지 어떻게 알아요? 바우턴의 지붕이 무너지지 않는 이유는 당신이 생각하는 것보다 그게 더 튼튼해서예요. 바우턴은 등유 램프를 켜려는 시도조차 하지 않을 거예요. 그랬다가 무슨 일이 일어날지 아니까요. 그는 낡은 버팔로 가운을 껴입고 모리스 안락의자에 앉아 자식들이 와서 우리 모두를 보살펴주기를 기다리고 있어요. 그들은 바우턴이 기도하건 하지 않건 올 거고요. 만약 그래야 한다면 설피를 신고라도 오겠죠." 왜 그녀는 그에게 이런 식으로 말하는 걸까? 지금 그의 양말을 신고 기분 좋게 그에게 몸을 바짝 붙이고 있는 주제에. 그녀가 말했다. "가장 좋은 일들은 내가 기도할 생각조차 못 했는데 일어나버려요. 가장 나쁜 일들은 날씨처럼 그냥 와버리죠. 우린 그저 할 수 있는 일을 하는 거고요."

노인이 말했다. "**가족**이 기도예요. **아내**가 기도고. **결혼**이 기도예요."

"세례가 기도죠."

"아뇨. 나는 세례는 사실이라고 불러요."

"물로 씻어내버릴 수 없으니까요."

그가 웃었다. "그럴 수 없죠. 니슈너바트너강 서쪽 물을 다 써도 씻어낼 수 없어요."

음. 그러니까 그는 그녀가 무슨 짓을 했는지 알고 있다. 세례 받은 걸 물로 씻어버린 걸 아는 것이다. 그날 오후에 그녀는 분명 온몸에서 강물 냄새를 풍기고 있었을 것이고, 나중에 그녀가 물어봤을 때 그 이유를 알아챘을 것이다. 이제 그 강물은 꽝꽝 얼어서 그 위에 눈이 내렸고, 그녀는 지금 베개에 머리를 대고 이불을 턱까지 끌어당기고 있지만 그 풍경을 보고 싶었다. 강물이 녹을 때쯤엔 그녀도 몸을 회복했을 것이고 원한다면 강물 속을, 그 미끄러운 바위 위를 맨발로 걸을 수 있을 것이다. 그녀와 멜리는 피라미들을 모는 척하면서 바짓가랑이를 무릎 위로 걷어 올린 채 놀았다. 그래도 어쨌든 젖어버렸지만. 아이가 나올 거라는 사실도 잊어버린 채 그녀가 여기 있었다. 그 사실을 잊어버렸을 때 그녀는 겁이 더럭 났다. 그러다 깜짝 놀라서 잠이 깬게 분명했다.

"무슨 일이죠?" 노인이 말했다. 걱정하느라 그는 지칠 대로 지쳤다. 그가 한번은 겟세마네에서 슬픔에 지쳐 잠든 사도들에 관해 설교한 적이 있었다. 잠은 하나님의 아주 큰 은총이라고 그가 말했다. 그것은 그때도 아주 큰 은총이었다.

"난 한 번도 아이를 보살펴본 적이 없어요."

"우린 괜찮을 거예요." 그는 다정하게 그녀에게 몸을 바짝 붙였다. 이불 속에서 자리를 잡는 소리는 세상에서 가장 근사한 것 중 하나다. 잠은 은총이다. 마치 뭔가에 휩쓸리는 것처럼 그것이 다가오는 걸 느낄 수 있다. 라일라는 눈을 감은 채 방에 있는 햇살을 볼 수 있었고, 바람을 타고 들어오는 눈 냄새를 맡을 수 있었다. 잠이 밀려올 때 믿고 맡겨야 한다. 그러지 않으면 잠은 사람을 그 자리에 내버려둔 채 마냥 기다리게 한다.

그녀는 봄을 생각하고 있었다. 눈이 아직도 바위들과 모래톱을 뒤덮고 있을 때 물은 얼마나 투명하면서도 얼얼하게 차가울까. 그리고 여름. 그녀는 아기를 데리고 강으로 갈지도 모른다. 아이는 작고도 작겠지. 그냥 산딸기를 몇 개 따러 가야지. 그녀는 아이를 잠깐 길가의 풀 위에 내려놓을 것이다. 산딸기를 따는 동안만. 그러다 금방 돌아오는 걸 잊어버렸다. 그녀가 얼마나 오랫동안 가 있었지? 그리고 아이를 강물이 든 양동이에 집어넣어야 한다. 혹시 모르니까. 그가 말할 것이다. 왜 이런 짓을 했죠? 마치 그녀가 누군지 전혀 모르겠다는 그런 눈빛으로 그녀를 바라보겠지.

그 눈빛에 그녀는 퍼뜩 깼다. 제일 먼저 든 생각은 그 칼을 식탁에서 치워야 한다는 것이었다. 그녀는 목사가 조심스럽게 그녀의 허리에 팔을 감고 그녀의 귀에 대고 숨을 쉬고 있는 동안에 최악의 악몽을 꾸고 있었다. 라일라는 생각했다. 니슈너바트너강 서쪽에는 산더미처럼 많은 물이 있어. 미시시피강 정도는 아니지만 어디서 시작되고 어디서 끝나는지도 모를 정도야. **아내**가 기도인 건 내가 그의 아내이기 때문이지. 그 점에 관해 생각해보는 편이 좋겠어.

가끔 그들이 부엌에 함께 있을 때, 그가 커피를 마시면서 신문을 읽을 때, 그는 그 칼을 손에 쥐고 만지작거릴 때가 있다. 그는 유목(流木) 조각이나 뭐든 해가 되지 않는 물건을 가지고 똑같이 만지작거리면서, 그 매끄러운 촉감과 시간이 흐르며 닳아서 만들어진 형태를 손으로 느껴봤을 것이다. 라일라는 그것이 그의 손에 있는 모습을 보는 데 결코 익숙해지지 못했지만, 그에 관해 한마디도 하지 않았다. 단 한 번 그가 칼날을 열었을 때를 제외하고는. 그녀가 말했다. "아무래도 그러지 않는 게 좋겠어요."

그러고는 자기가 하는 말을 듣고 흠칫 놀랐다. 그녀는 이어서 말했다. "날이 엄청 날카롭거든요." 그러면서 그녀는 그 칼은 아마도 뱀과 같다고, 가지고 놀려고 하는 사람에게는 해를 입히려 드는 천성이 있다고 생각했다. 그녀는 예전에 칼을 옆에 두고 자곤 했다. 칼날을 연 채로 바닥에 꽂아 언제든 필요하면 바로 잡아챌 수 있게 했다. 칼은 지극히 심술궂게 생긴 물건이었고 만약 그녀가 그걸 한 번이라도 누구에게 썼다면 그 짓을 한 건 그녀가 아니라 그 칼이었을 것이다. 그건 그런 종류의 칼이니까. 어떤 개들은 문다. 그래서 사람들에게서 멀찍이 떨어진 곳에 둔다. 천성이 무는 개라고 해서 그냥 없애버릴 수는 없다. 그리고 그 개들을 데리고 있다 보면 착한 개들은 절대 하지 않는 방식으로 으르렁거리는 게 가끔은 만족스러울 수도 있다.

그녀가 칼을 가져가서 눈에 안 보이는 장소에 둔다고 치자. 그가 눈치를 채고 그게 무슨 뜻인지 궁금해할까? 칼을 어떻게 했느냐고 물어보고 그녀의 화장대 서랍에서 찾아볼까? 그녀의 베개 밑에서? 정말 아무 데나 놔두어서, 그가 우연히 발견하고는 이렇게 생각하지 않도록 할 수는 없을까? 이거 참 이상하네, 왜 그녀가 이걸 여기에 숨긴 거지? 라일라는 이 문제로 100번은 생각해봤다. 칼은 그녀와 세상에 있는 다른 사람들을 구별하는 차이점이었다. 늙고 못생긴 달은 불빛 아래에서 등을 구부리고 숫돌에 침을 뱉어가며 칼날의 가장자리가 발톱처럼 휘어질 때까지 날을 갈고 또 갈면서, 그 작업을 하는 동안 마음속에서 곰곰이 생각해봤을 무서운 것에 대비했다. 그리고 그 무서운 것이 어쩌면, 라일라를 훔쳐서 그녀가 가질 수도 있었던 자리와 이름과 친척에게서 멀리 데려가버린 달의 목숨까지도 뺏어 갈 수 있다는 걸 알았기에, 라일라는 칼을 가는 달을 지켜보며 그녀가 그 칼을 위해 만들어내고 있는 치명적인 마력을 그 칼이 지니기를 바랐다.

공포와 위로는 같은 것일 수 있다. 생각해보면 기이한 일이다. 바람은 항상 어딘가에서 불어와 나뭇잎들을 가지고 장난을 치고 불빛을 흔들어놓는다. 그리고 그 축축한 땅과 뭉크러진 풀의 냄새, 쓸쓸하고 갈망에 찬 그런 종류의 냄새가 의미하는 바는 바로 이거다. 왜 돌아오지 않니, 넌 돌아올 거야. 너도 그럴 거라는 걸 알잖아. 그러고 나서 별들이 보이고, 멜리는 아마 잠들지 않은 채 땅바닥에 누워 별들을 생각할 것이다.

라일라는 빨랫줄에 널어놓은 침대 시트들이 얼어버렸음을 냄새로 분간할 수 있었다. 그러면 그레이엄 부인이나 시간이 있는 다른 누군가가 와서 그 시트들을 다림질했다. 하지만 시트엔 여전히 번개를 동반한 폭풍이 치고 난 후의 공기를 생각나게 하는 그 차갑고 좋은 냄새가 남아 있었다. 비나 눈이 내리며 가져온 새 공기(세상에 만약 그런 게 있다면). 라일라는 여전히 목사의 신부이고, 그 여자들은 여전히 그녀의 베갯잇에 풀을 먹이고 그의 행복을 축복하며 그것을 위해 기도했다. 오랜 세월 쌓여온 목사의 외로움은 그들의 마음을 무겁게 했다. 그러다 그가 아내를 맞았고 한 아이의 아빠가 됐다. 아직 그 아이가 태어나지 않았다고 해도. 그들이 달리 뭘 할 수 있었겠는가? 그들이 뭘 더 할 수 있었겠는가? 그런 생각을 하다가 라일라는 예전 생각이 났다. 그녀가 오직 영화관에서 보내는 그 몇 시간, 다다를 수 없는 곳에서 낯선 사람들이 관심을 가질 만한 인생을 살아가는 그 아름다운 유령들을 위해 관객 모두가 한숨을 쉬고 울고 웃던 그 몇 시간을 위해 살아가던 시절 말이다. 한번은 꿈을 꾼 적이 있었다. 꿈에서 한 여자의 거대한 얼굴이 그녀를 돌아보더니 거대한 눈으로 그녀를 빤히 바라봤다. 라일라는 무서워 죽을 것 같았다. 그 어둠 속에서 다른 사람들과 같이 아무것도 아닌 존재인 자기가 그 여자에겐 실제로 존재하는 사람이라는 사실을 알았기 때문이다. 그 거대한 표정은 이런 의미를 품고 있었다. 내가 당신을 알아야 하나요? 마치 이렇게 말하는 것 같았다. 당신이 뭔데 날 그런 식으로 보고 있는 거죠? 이제 그녀는 이불 속에 이 남자와 같이 누워 있다. 프리몬트 카운티 사람이라면 누구나 그녀보다 더 잘 알고 처음 유부남이자 아버지였을 때부터 알았던 이 남자와. 그들 모두 가끔은 이 두 사람이 어떻게 함께 시간을 보내는지 궁금해할 것이다. 그렇게 다른 두 사람이 대체 어떤 이야깃거리를 찾아낼 수 있을까 하고. 그들 모두 불쌍하고 늙은 목사에게 찾아오는 슬픔은 얼마나 슬플지, 행복은 얼마나 달콤할지 생각할 것이다. 그런데 그 둘은 지금 여기에서, 기나긴 오후 내내 기분 좋게 바스락 소리가 나고 눈 같은 냄새가 나는 이불 속에서 같이 자다 깨다 하고 있고, 아이가 가끔 몸을 움직였다. 노인은 편하게 자고 있을 때는 젊어 보이고, 그녀는 최대한 조용히 누워 있으면서 바랄 게 하나도 없는 상태. 부부의 인생을 지켜보는 그 여자들은 커튼이 흔들리면서 겨울의 새하얀 햇살이 창백한 방 안으로 들어올 때 오, 혹은 아, 하고 말하겠지. 달도 거기서 둘을 지켜볼 것이다. 그 빌어먹을 칼.

라일라가 말했다. "그 빌어먹을 칼 좀 어떻게 해야겠어요."

그가 말했다. "그래야겠죠." 그녀는 그의 목소리로 봐서 그가 잠에서 깨어난 지 좀 됐지만, 그녀처럼 가만히 누워 있었음을 알 수 있었다. "하지만 가까이 있으니 편하긴 하던데요. 사과 깎을 때도 좋고."

"내 칼을 사과 깎을 때 썼단 말이에요?" 라일라는 돌아누워서 그의 눈을 똑바로 봤다. 만삭인 배는 돌리기 힘들었지만.

"한두 번쯤."

"당신이 그걸 써도 된다는 말은 한 적 없는데요."

"미안해요. 내가 칼을 손상하진 않은 것 같아요. 당신이 전에 생선을 다듬을 때 그 칼을 썼다고 했던 것 같은데요."

"그건 다르죠." 그건 왜 다를까? 그게 그녀가 가진 유일한 칼이었기 때문이다. 그리고 그녀는 그 칼로 생선을 길게 자를 때마다 그런 식으로 써야 한다는 사실을 증오했다. 그 증오 때문에 그걸 쓰는 게 거의 괜찮게 느껴졌다. 게다가 생선의 내장을 들어내는 건 일종의 작은 살인이다. 그래서 그 작업을 할 때는 지난 삶을 돌아보게 됐고, 거기엔 뭔가가 있었다. 그 칼은 힘이 센 물건이다. 다른 사람들에겐 집과 마을과 이름과 묘지가 있다. 교회의 신도석이 있다. 그녀가 가진 거라곤 그 칼밖에 없었다. 그리고 두려움과 외로움과 회한. 그것이 그녀의 지참금이었다. 다른 여자들은 누비이불과 자기 접시를 가져오는데. 심지어 가끔은 약간의 돈도 가져오고. 그녀는 튼튼한 두 손과 그녀 자신은 차마 거울로 보지도 못하는 얼굴을 가져왔다. 거울에 비친 얼굴에 자신의 인생 전부가 쓰여 있었기 때문이다. 그리고 그 칼을 가져왔고.

하지만 그녀의 인생을 생각하는 것은 별개의 문제다. 그 조용한 마을에 있는 그 집의 그 방에 누워 그녀는 자신의 인생이 무엇이었는지 선택할 수 있었다. 다른 이들이 거기 있었다. 세상이 거기 있었고, 저녁과 아침이 있었다. 세상 어느 누가 무슨 생각을 하든, 그저 그들이 그러라고 놔뒀기 때문에 그녀가 그들의 뒤를 따라다닌 것이든 상관없었다. 그 달콤한 이름 없는 곳. 만약 이 세상이 영혼을 가지고 있다면, 그곳이 바로 그 영혼이었을 것이다. 그들 모두 그곳을 방황하면서도 결코 다른 점을 알아차리지 못했고 더 많은 걸 바라지도 않았다.

음, 그것도 진실은 아니다.

하지만 한번은 그녀와 멜리가 어떤 들판을 관통해서 지나간 적이 있었는데, 바로 그 들판 너머에 작은 계곡이 하나 있었다. 계곡에는 싹이 트기 시작한 미루나무들이 아침 햇살을 지나가게 해줘서, 새로운 양치식물들과 새로 자라나는 풀들이 모두 햇살을 받아 환하게 빛나고 있었다. 며칠 후면 그곳은 그들의 계곡이 되겠지만, 그날은 오직 그늘의 흔적만 보였고, 햇빛이 정말 찬란했으며, 온갖 초록 속에서 민들레가 노랗게 피어 있었다. 그런 풍경을 볼 때면, 여태까지 본 그 어느 것과도 전혀 다르게 느껴진다. 그녀와 멜리는 속삭이고 있었다. 그곳은 그들의 계곡이 될 것이다. 그들은 그 계곡을 위해 은밀한 이름을 생각해낼 것이다. 오래지 않아 돈이 그들을 부르는 소리가 들렸고, 그들은 그 계곡을 뒤로하고 떠나야 했다. 계곡을 떠났을 땐 마치 약속을 어긴 것 같은 느낌이 들었다.

기억하는 것은 항상 거의 죄를 짓는 것처럼 느껴졌고, 머물 이유가 없는 곳에서 머무는 듯한 느낌이 들었다. 마치 내가 사랑한 것이 뭐든 간에 그것이 나의 관심을 차지할 만했고, 무슨 일이 있어도 그런 기분을 느낄 수밖에 없었던 것처럼. 그곳을 떠나는 것 말고는 할 수 있는 일이 없었지만, 그래도. 그 남자 맥. 그가 그녀에게 뭐라도 요구했다면 그녀가 아주 기뻤을 시절도 있었다. 그가 그날 그 거리에서 그녀에게 한마디만 했다면. 노인은 항상 어떤 남자가 문 앞에 나타날까 걱정하는 척했다. 그녀가 그에게 그녀를 데리러 올 사람은 아무도 없다고 했을 때, 그 아무도가 바로 맥이었다. 그녀는 맥의 얼굴에 떠오를 미소를 볼 수 있었다. 그가 목사의 문 앞에 서 있는 모습, 나쁜 짓을 하느라 교활해진 눈. 그는 허리에 두 손을 얹은 채, 사람들이 정말 이런 식으로 산다는 걸 믿을 수 없다는 표정으로 주위를 둘러볼 것이다. 입에 담배를 문 채 혼자 낄낄 웃고 있을 것이다. 점잖은 사람이라면 세상 모든 것을 가격표가 붙어 있는 것처럼 보진 않을 것이고, 페인트 아래에 뭐가 숨겨져 있는지, 어디가 썩었는지 잘 알고 있어서 그 물건이 가격의 절반의 가치도 없다는 사실을 알고 있는 것처럼 보지도 않을 것이다. 그는 담배를 덤불에 휙 던져버리고 이렇게 말할 것이다. 그러니까 지금은 에임스 부인이란 거지. 그리고 웃겠지. 그는 그녀의 얼굴을 제대로 보지도 않으면서 말할 것이다. 만나서 반가워, 로지. 그러고는 새 담배에 불을 붙이고 나서 그녀보단 뭐든 다른 게 훨씬 흥미롭다는 것처럼 그녀를 외면할 것이다. 달라진 것은 하나도 없으니까. 그녀는 아마 그가 보는 앞에서 문을 닫아버릴 것이고, 그가 떠나면 평소보다 그에 대해 더 많이 생각할 것이다.

아니면 그는 계단에 앉아 담배를 끝까지 피울 것이고, 노인이 마침 교회에서 집으로 걸어온다면, 노인에게 소소한 일거리를 찾고 있다고 말할 것이다. 만약 그가 이 마을을 나가는 차를 얻어 타게 된다면 사람들은 항상 기름값에 보탤 1, 2달러 정도는 감사하게 생각하니까. 목사는 고개를 끄덕이고는 집 주위에 뭔가 손을 볼 게 있을 거라고 할 것이다. 그러면 그는 싱글싱글 웃으며 이렇게 말하겠지. 고맙습니다. 그리고 노인이 지갑을 찾으러 집에 들어가자마자 그는 가버릴 것이다. 그가 일자리나 돈을 원한다고 한 건 거짓말이었으니까. 그는 그저 그가 노인에게 무슨 말을 할지 라일라가 걱정하게 만들기 위해 몇 마디 한 것뿐이니까. 그는 라일라를 등진 채 계단에 앉아 담배를 피우면서, 그와 그녀는 서로 모르는 사이가 아니고 절대 그렇게 되지 않을 거라는 점을 그녀가 확실히 기억하도록 했을 것이다. 원래 그런 법이다. 만약 그녀가 미시의 아이를 한 번이라도 보게 된다면, 그 아이는 그녀가 훔치고 싶었던 바로 그 아이일 것이다. 그 아이가 한 번도 그녀의 얼굴을 본 적이 없다는 점은 문제가 안 됐을 것이다. 그 아이가 곤경에 빠졌다는 말을 듣게 되면 그녀는 이렇게 말할 것이다. 그렇다면 나에게 오렴. 나는 널 데리고 달래주는 꿈을 꾸곤 했단다. 난 한동안 그렇게 목숨을 부지한 적이 있었단다.

너. 이 얼마나 기묘한 말인가. 그녀는 생각했다. 난 단 한 번도 너를 본 적이 없단다. 나는 너를 기다리고 있어. 노인이 너를 위해 기도하고 있어. 그는 기도를 해줄 네가 있다는 사실을 거의 믿을 수 없어 하고 있단다. 우리 둘 다 온종일 널 생각하고 있어. 만약 내가 널 낳다가 죽거나 만약 네가 태어나다 죽으면 난 여전히 이렇게 생각하겠지. 넌 누구니? 그러면 세상에 있는 모든 사람 중에서 단 한 사람, 지금까지 살아왔거나 앞으로 살게 될 모든 사람 중에서 단 한 사람만 대답하겠지. 만약 우리가 천국에서 서로를 발견하면 우리는 이렇게 말할 거야. 그래, 여기 있었구나! 우리는 천국에서 완벽할 거야. 후회도 없고 원한도 없고, 네가 정말로 날 볼 수 있을 만큼 자란 어느 날 나에게 보낼지도 모르는 그 차가운 눈빛으로 나를 볼 일도 없을 거야. 그 칼이 내가 너에게 남길 수 있는 유일한 물건이라고 말할 때 말이야. 그러고 나면 나는 아주 단단하고 당당해질 거야. 마치 네가 뭐라고 생각하든 상관없다는 듯 말이야. 달리 뭘 할 수 있겠니? 그리고 그거야말로 유일하게 중요한 것일 거야. 나 말고 누구도 "너"라고 하면서 그 말을 같은 의미로 사용할 수 없으니까. 하지만 이 아이가 그냥 그녀의 무릎에 앉고 싶어 하는 몇 년의 세월이 있을 것이다. 아이는 다른 사람보다 그녀를 편애할 것이다. 아이가 울면 그녀는 아이를 안아 올릴 것이고, 그러고 나서도 울음을 그치기까지 1분 정도 걸릴 것이다. 하지만 그녀가 아이를 안아주기 때문에 더는 울지 않을 것이다. 위로라. 그것도 기묘한 말이다. 그녀가 거의 잠이 든 상태로 노인의 스웨터에 뺨을 대고 누울 때면, 그녀를 둘러싼 밤의 어둠 속에서 짹짹거리고 속삭이는 소리가 들리는 가운데 그 스웨터가 주는 위로는 종일 그녀가 자신에게 주겠다고 약속한 것이었다.

그런 식으로 생각하자 그녀는 거기에 그렇게 누워 있는 것이 얼마나 기분 좋은 일인지 느낄 수 있도록, 그녀의 몸이 일종의 뭉근히 끓는 것 같은 상태에서 쉬고 있고 아이가 자기가 그곳에 있다는 걸 그녀가 알 수 있게 그녀를 팔꿈치로 살짝 찌르는 것을 느낄 수 있도록 등을 대고 눕고 싶었다. 그녀는 햇빛 속에서 자는 고양이가 자신이 자고 있다는 걸 아는 것처럼, 자기 몸이 쉬고 있음을 알 수 있었다. 이렇게 쉬는 느낌이 너무 즐거워서 낭비하고 싶지 않았다. 그녀가 몸을 뒤척이자 노인이 이불을 젖히고 벌떡 일어나 앉았다. "밤이야!" 노인이 말했다. "흠, 바람이 좀 잠잠해진 것 같은데. 우리 저녁도 안 먹고 계속 잤네요. 당신 기분은 좀 어때요? 내가 샌드위치 좀 만들어줄까요?" 그는 더듬거리며 안경을 찾았다. 그가 정신을 가다듬기까진 항상 1분이 걸렸다. 그는 그렇게 말했다. 내가 정신을 좀 가다듬을게요. 1분만 기다려줘요. 그걸 생각해보자 모든 게 이상해 보였다. 그는 어디에 있었던 걸까? 그는 어디에도 가지 않고 그녀 옆에 누워 있었다. 그의 머리는 한쪽으로 눌려 있었는데, 좀 더 긴 머리는 머리가 벗겨진 부분을 조금 가릴 의도로 기른 것이다. 그는 마치 꿈을 꾸다 일어났거나 꿈속으로 들어온 것처럼 보였다. 그래서 그는 뭔가 해야 할 중요한 일이 있었는데 그게 뭐였는지 알아낼 시간을 낼 수 없는 것처럼 느꼈다.

"당신이군요." 그녀가 말했다.

노인이 웃었다. "나 말고 누가 있어요?"

그녀가 말했다. "이 세상에 다른 누구도 없죠."

그 이후 눈이 더 왔다. 노인은 그걸 설탕 눈이라고 불렀다. 메인에서는 마지막 눈이 내릴 때 사람들이 단풍나무에서 흐르는 수액을 양동이에 받았다가 끓여서 시럽으로 만들었다는 이야기를 할아버지에게서 들었기 때문이다. 노인이 메인에 가본 적이 있다면 아마 봄이었을 거라고. 할아버지는 장작불과 허공에 떠도는 달콤한 연기와 갓 내린 눈 위로 흐르던 갓 만든 시럽 이야기를 그에게 해줬다. 할아버지는 그것이 정말 좋아한다고 고백할 수 있는 유일한 속세의 낙이라고 했다고 한다. "사람들은 딜피클과 시럽을 같이 먹었대요. 시럽을 너무 많이 먹을까 걱정돼서 그렇게 먹은 모양이에요." 노인은 라일라에게 내비치는 것 이상으로 행복해했고 안도했다. 다만 안전하다고 믿기엔 아직 너무 이르다는 사실을 알고 있었고, 자기가 너무 쉽게 행복해하고 안도하는 건가 걱정하기도 했다. 아침을 먹은 후 그는 떨어지는 눈송이를 받으려고 작은 유리그릇을 현관 난간 위에 올려놨고, 눈이 그친 걸 보자 그릇을 장미 나무에 가져가서 거기 쌓인 눈을 쓸어 담았다. 그걸 가지고 안으로 들어와서 햇빛에 녹으라고 창턱에 올려놨다. 햇빛이 일종의 작은 불꽃처럼 물 가운데 둥둥 떠서 그릇 안에 있는 냉기를 태워 없애는 모습이 예뻤다. 그것은 아이에게 세례를 줄 때 쓸 물이었다. 라일라는 물어보지 않아도 알 수 있었다. 아이가 힘겹게 이 세상에 나오면, 그를 위해 저 물이 준비돼 있을 것이다. 그게 노인의 유일한 축복이어야 한다면, 그것은 순수하고 아름다운 축복일 것이다. 저 물이야말로 지금 일어날 수 있는 최악의 상황에서 최선을 다하기 위한 노인의 준비였다. 제 뜻이 아니라 당신의 뜻이 이루어지이다. 설교할 때 노인은 항상 그 기도를 떠올렸다. 밤에 잠이 깨면 어둠 속에서 침대 가장자리에 앉아 얼굴을 두 손에 묻고 있는 노인이 보이곤 했다. 어쩌면 그는 정말 잠을 안 자는지도 모르겠다.

그러다 낮의 격심한 고통과 밤의 괴로움 끝에 비쩍 마르고 마치 가죽을 벗긴 토끼처럼 온몸이 새빨간 아이가 태어났다. 바우턴은 아이를 보자 이런 소리를 냈다. "아!" 깜짝 놀라기도 하고 애처로운 마음에 그런 소리를 낸 바우턴은 이어서 이렇게 말했다. "내 자식들은 한 놈만 빼고 다 몸집이 크고 뼈대가 억세게 태어났어요. 그 한 놈도 다른 아이들처럼 건강하게 자라면서 인물도 좋아졌죠. 난 항상 그렇게 생각했어요. 그러니까 이것만 봐서는 알 수가ー 아니, 알 수 없는 법이에요." 바우턴은 그 자리에 있어야 했다. 그는 자기가 도울 수 있다고 생각하는 자리에는 항상 있었기 때문이다. 깡마르고 늙은 그는 눈물이 글썽글썽해서 서 있었다. 노인도 바우턴이 옆에 있기를 원했다. 그 작은 물그릇을 2층으로 가져오기로 결정했을 때 친구의 도움을 받기 위해서였다. 그들은 그렇게 말하지 않았지만, 라일라는 알고 있었다. 테디는 최대한 빨리 왔는데, 아마 자기 아버지가 슬픔을 못 이겨 돌아가실까 걱정이 돼서 그랬을 것이다. 의사가 거의 다 된 그가 꼼꼼히 봐줘야 할 사람이 하나 더 있다고 바우턴이 말했다. 전화벨이 울리고 나직하게 속삭이는 사람들의 목소리가 들렸다. 교회 사람들이 한 전화였다. 바우턴의 자식들은 새로 태어난 아이를 보러 곳곳에서 올 것이다. 하나만 빼고. 라일라는 그를 자기가 본 적이 있긴 한 건지 궁금했다. 그가 무슨 짓을 했기에 식구들이 다 등을 돌렸을까? "음. 사실은 오히려 그 반대예요." 노인이 말했다. 그녀는 어떻게 그런 일이 일어날 수 있는지 어느 정도는 이해한다고 노인에게 말하지 않았다.

간호사가 아이를 씻기고 탯줄을 자른 후, 그레이엄 부인과 워츠 부인이 라일라를 목욕시키고 그녀가 누워 있는 상태에서 침대보를 바꿨다. 두 사람은 아주 민첩하면서도 부드러워서, 그 일을 수도 없이 해봤음을 알 수 있었다. 라벤더를 담근 물로 온몸의 땀을 다 닦아내고 깨끗한 잠옷으로 갈아입고 누워 있으니 라일라는 마음이 차분했다. 어떻게 이렇게 마음이 차분할 수 있지? 내가 죽었나? 어쩜 이렇게 조용하지, 마치 세상에서 일어날 수 있는 가장 슬픈 일이 정말로 일어난 걸 아무도 믿을 수 없어 하는 것처럼. 그녀의 노인은 옆에 앉아서 그녀의 손을 잡고 있었는데, 마치 죽은 사람처럼 얼굴이 창백했다. 라일라는 생각했다. 이 일로 그는 몇 년이나 슬픔을 삭였을까, 그리고 앞으로 또 몇 년이 흘러야 이 슬픔을 받아들일 수 있을까? 모든 것이 바뀌기 직전인 지금 할 수 있는 일이라곤 그저 보고 듣는 것뿐이었다. 온 집 안이 숨을 죽이고 있는 듯 조용했다. 라일라가 말했다. "음, 어쨌든 당신은 아이를 나에게 줘야 해요."

노인이 고개를 들어 그녀를 보고 미소 지었다. "그럼요. 그래 야죠. 의사가 아이의 건강을 진단하고 있었어요. 하지만 아이가 엄마를 찾을 거예요. 힘든 밤을 보냈거든요. 당신도 마찬가지고 요, 나의 소중한 라일라." 이토록 크고 깊은 안타까움이라니.

라일라가 말했다. "당신은 그 아이를 위해 기도하고 있군요."

노인이 웃더니 자기 눈을 닦았다. "이건 사람을 걱정시키는 행복이네요. 그건 확실해요."

"바우턴도 기도하고 있겠군요."

"바우턴도 그렇죠. 사실 그 친구 아이들도 다 기도하고 있어요."

"하나만 빼고요."

노인이 웃었다. "그 친구도 분명 우리 아이의 행복을 빌어주 고 있을 거예요." 그의 얼굴은 아주 허옇고 지쳐 보였다.

"음, 기도를 멈추지 말아요."

"멈출 수 있을 것 같지도 않아요. 1, 2분 정도가 최대인 것 같 아요."

"자기 자신을 위해서도 기도해봐요. 바우턴 식구들을 위해서 도요. 그 다른 하나도." 라일라가 말했다.

간호사가 아이를 데려와서 그녀 옆에 눕혀주었다. 너무나 작 은 아이. 이불 속에서 잃어버릴 수도 있을 것 같았다. 하지만 아 이는 고치처럼 야무지게 싸여 있었다. 간호사가 말했다. "이제 아이가 행복해하겠네요." 아이에게 젖을 주라는 말은 하지 않았다. 테디는 팔짱을 끼고 벽에 기대어 서서 입을 다문 채 아이를 보고만 있었다. 하지만 노인이 고개를 들어 그를 힐끗 보자 그가 아주 살짝 고개를 끄덕였고, 모두 그게 무슨 의미인지 알고 있었다. 노인이 일어났다. "내가 가져올게. 나도 잘은 모르겠지만, 수돗물보다는 나을 것 같아." 노인이 계단을 내려갔다가 다시 올라오기까지 시간이 아주 많이 걸렸다. 물그릇을 들고 오는 그의 손이 덜덜 떨렸다. 그 물에는 어떤 빛도 보이지 않았다.

바우턴이 말했다. "존, 그건 내가 들고 있을게."

노인은 화장대 위에 있던 성경을 가지고 와서 읽었다. "'당신께서는 나를 모태에서 나오게 하시고 내 어머니 젖가슴 위에 의지하게 하신 분. 내가 날 때부터 주께 맡겨졌고 모태에서부터 주는 나의 하나님이셨나이다. 나를 멀리하지 마옵소서 환난이 가까운데 도울 자 없나이다.*'"

침묵이 흐른 후에 바우턴이 말했다. "그렇군. 그 구절을 택하다니 조금 놀랐어, 존. 좋은 내용이야. 단지 자네가 그 부분을 읽으리라곤 예상하지 못했어. 내 말은 신경 쓰지 말게."

"아냐, 괜찮아. 최근에 시편의 이 부분이 늘 내 마음속에 있었

---

*   시편 22편 9-11절.

던 것 같아."

"시편 139편. '당신께서는 내 내장을 지으시고 나의 모태에서 나를 만드셨나이다.**' 거기도 좋지." 바우턴이 말했다. "주에게 는 어둠과 빛이 같음이나이다.***" 그 구절을 읊고 바우턴은 고개 를 저었다. "미안하네." 그는 손수건을 찾아 더듬거리면서 힘이 없는 쪽 손으로 물그릇을 들고 있느라 물이 갓난아기에게 쏟아 졌다. 아이가 낸 소리와 지은 표정을 보니 화가 난 모양이었다.

테디가 웃었다. "고놈 우는 소리가 꽤 우렁찬데요." 그러더니 침대 옆으로 다가왔다. "그동안 자는 척했나 봐요."

바우턴이 말했다. "그래, 음. 하지만 방금 그건 진짜 세례라고 할 수 없지. 정말 미안하네. 그래도 그릇에 물이 조금 남았어."

라일라가 말했다. "우선 아기에게서 이 젖은 담요부터 벗겨내 주세요." 테디가 아이를 꽁꽁 싸매고 있던 이불을 벗기고 아들 을 그녀에게 줬다. 아직 기독교인이 되지 못한 작고 벌거벗은 인 간, 위로가 필요한 아이가 라일라의 맨살이 드러난 옆구리에 기 대어 누웠다. 라일라는 잠옷 단추를 끌러서 아들이 그녀의 부드 러운 젖가슴을 느낄 수 있게 했다. 사람들이 아기를 그녀에게서

***

**　　시편 139편 13절.
***　　시편 139편 12절.

잘라냈을 때 생긴 상처, 그 검은 매듭. 하지만 그건 신경 쓰지 말자. 아이는 얼굴을 그녀의 옆구리에 부딪치고 입을 오므린 채 주먹을 흔들며 그녀의 젖가슴을 찾았다. 라일라가 옆으로 누워서 아이를 도와줬다.

테디가 말했다. "저거 보세요! 아기가 꽤 기운차요."

바우턴은 자신의 실수가 너무 속상한 나머지 생각해낼 수 있는 말이라곤 이게 고작이었다. "여기 물이 좀 있어. 세례 주는 데는 물이 거의 안 들잖아." 그러더니 이어서 말했다. "다시 눈이 내리네. 그건 좋다. 내 말은, 자네가 눈이 내리길 바랐다면 말이야. 이런 봄은 평생 처음 봐."

테디가 바우턴의 떨리는 손에서 그릇을 뺏어서 옆에 놔두고 그를 안아줬다. "자. 여기에 잠깐만 머리를 기대세요. 아버진 너무 지치셨어요." 테디가 말했다. 그러자 바우턴은 정말 테디의 가슴에, 그의 스웨터에 머리를 기댔다. 그녀의 노인은 등이 굽을 대로 굽고 자그마한 바우턴을 보고 있었다. 그 눈빛을 보고 라일라는 노인이 이런 생각을 하고 있음을 알았다. 아들이 있다는 건 저런 거겠지. 그러고 나서 노인은 시트를 젖혀 자기 아들을 바라봤다. 너무 작아서 그녀의 두 손에 딱 들어갈 정도였지만, 그래도 살아 있는 아들. 그 모습을 보고 노인이 웃었다. 너의 작은 쇄골에 손끝을 대고 있는 노인.

그렇게 다른 인생이 시작됐다. 그냥 아기 하나를 코트 속에 감추고 도망쳐버릴까 생각했을 때 상상한 삶과 거의 비슷했다. 라일라는 이 시간을 낭비할 정도로 어리석진 않았다. 아기에게 노래를 불러주거나 아기의 귀를 아주 살짝 깨물어주거나 민들레 꽃으로 아이의 뺨을 쓸어주기를 바라는 누군가가 항상 라일라 옆에 있을 건 아니었다. 라일라가 바보 같은 짓을 할 때 그걸 알고 웃고 또 웃는 누군가. 아이가 안고 다닐 수 있을 만큼 작은 한, 라일라는 아이를 손에서 내려놓을 수가 없었다. 라일라는 생각했다. 이제 무슨 일이 일어나는지 난 알고 있어. 늙은 바우턴이 너에게 그 이야기를 100번을 들려줄 거야. 자기가 기적을 행했기 때문에 그의 이름을 따서 너의 이름을 지어줘야 했다고 할 거야. 그는 정말 너의 대부니까, 맞아! 세상의 누군가에겐 대자가 있다니! 그래서 네가 그렇게 눈을 사랑하는 거야! 넌 눈으로 세례를 받았거든! 그리고 넌 그렇게 나이 많은 할아버지가 너에게 무슨 할 말이 있을지, 그게 무슨 뜻일지 궁금해하게 될 거야. 할아버지가 고개를 낮춰서 얼굴을 너에게 가까이 대고 눈을 크게 뜨면, 넌 할아버지의 얼굴 살이 축 늘어지는 모습과 얼굴의 주름 사이사이에 수염이 있는 모습을 빤히 쳐다볼 거야. 다 이상하지. 사실 사람들은 자기들이 엄마 자궁에서 나와서 엄마 젖가슴 위에 눕혀졌다는 것을 믿지 않아. 난 너의 눈꺼풀 뒤에 있는 너의 눈과 너의 배의 피부를 통과하는 혈관들을 볼 수 있었는데, 그 혈관들은 결코 보여선 안 되는 굉장한 파란색이었지. 대천사들과 마른 뼈들과 같이 이런 이야기도 성경에 나온다는 사실이 참 이상해. 네가 태어난 날에는 커튼을 살짝 흔들어놓을 정도의 바람만 불었고, 종일 저녁처럼 보이게 만들 정도로 햇빛이 흐렸어. 그리고 모든 소리가 세상에서 사라져버리고 그 뒤를 휩쓸고 가는 바람만 남은 것처럼 느껴질 정도로 세상이 너무나 고요했어. 그런 다음에 네가 세상에 나왔지. 물에 젖은 고양이처럼 배만 불룩 나오고 다리는 비쩍 마른 아기, 사람의 아이처럼은 보이지 않았던 아기. 너에게 그 이야기는 절대 하지 않을 거야. 네 아버지가 널 안고 무릎 위에 올려놓을 용기를 내기까지는 한 달이나 걸렸어. 하지만 네가 태어난 지 고작 2주가 됐을 때 우리는 널 교회에 데려가서 확실하게 세례를 받았어. 그렇게 할 때까지 바우턴이 계속 걱정했거든. 너의 아버지는 의도가 중요하다고 했지만, 그것도 중요하진 않았어. 신생아는 눈처럼 순결하니까. 바우턴은 그럴 상황이 되는데도 의도에 따라 행동하지 않으면, 그 의도의 진지함조차 의심스럽다고 했어.

"로버트, 난 평생 다시는 그렇게 진지해져야 할 상황이 오지 않기를 바라."

"자네가 집중하지 못한 걸 난 알 수 있어. 자네의 의도에 말이야. 난 칼뱅이 뭐라고 했는지 자네만큼이나 잘 알고 있다고! 더 잘 알지! 그 문제로 날 괴롭힐 생각 하지 말게!" 아마도 너는 그 두 사람이 뭔가로 논쟁을 벌일 때의 목소리를 기억할지도 모르겠다.

바우턴은 그게 다 자기 잘못이라고 생각했나 봐. 아니면 거기서부터 비롯될지도 모를 어떤 해악도 다 자기가 원인이라고 생각했거나. 둘 다 나쁜 건 똑같지만 말이야. 그래서 네가 태어난 지 2주가 된 어느 추운 일요일에 우리는 너를 안고 교회로 갔어. 네가 태어나 처음으로 바깥 공기를 쐰 날이기도 하지. 널 코트 안에 넣어서 안고 갔는데 네가 고개를 쏙 내밀고 바깥을 엿보는 모습을 볼 수 있었어. 너는 내 심장에 몸을 딱 붙인 채 안겨 있었고, 나는 우리 둘의 몸을 숄로 감싸고 있었단다. 네가 얼마나 통통하고 아름다운지는 우리 둘만 알고 있었어. 며칠 전만 해도 네가 얼마나 불쌍하게 생긴 아이였는지 아무도 몰랐거든. 바우턴만 빼고. 바우턴은 그때까지만 해도 여전히 너의 얼굴을 보기를 두려워하면서 기회가 있을 때 어서 너를 기독교인으로 만들어야겠다는 생각 외에 다른 생각은 할 수 없었어. 테디가 그에게 그렇게 자주 우리 집에 가서 모두를 걱정시키지 말라고 한마디 했는데, 바우턴은 대체로 아들 말을 들었지. 테디는 학교로 돌아가야 했지만 매일 전화를 걸어서 너의 안부를 물었고, 그러다 이

틀에 한 번, 그러다 일주일에 한 번으로 간격이 길어졌어. 그러고 나서 우리 모두 네 걱정을 다 잊게 됐어. 넌 완벽하게 훌륭한 갓난아이가 됐지. 아마 네 아빠에겐 네가 완벽하게 훌륭한 소년이 되는 걸 볼 때까지 충분한 시간이 남아 있는 것 같아. 어쩌면 그렇지 않을지도 모르고. 노인들은 오랫동안 같이 살기가 쉽지 않아.

라일라는 다음에 어떤 일이 일어날지 알고 있었다. 어느 날 그녀와 아이는 사람들이 존 에임스를 무덤 속으로 내려놓는 모습을 보게 될 것이다. 에임스 부인의 무덤이 한쪽에 있고 그의 아버지인 존 에임스가 반대편에 있고, 그의 어머니와 어린 존 에임스와 여자 형제들은 에임스가의 작은 정원을 이루며 그곳에 심겨 부활을 기다리고 있을 것이다. 그게 우스꽝스러운 생각이란 건 알고 있지만, 라일라는 항상 그들이 6월의 어느 날 활짝 핀 장미들 사이로 줄기 하나 부러뜨리거나 꽃잎 하나 상하게 하지 않은 채 올라오는 모습을 상상했다. 서로 손을 잡고 등을 다독이는 그들. 모두 그러느라 바빠서 그녀가 심은 꽃들은 알아채지 못할 그들. 에임스 부인만 빼고. 그녀는 허리를 숙여서 장미 한 송이를 꺾어 아기에게 보여줄 것이다. 이건 장미란다. 얼마나 근사한지, 얼마나 좋은 향기가 나는지 보렴. 그녀는 아기가 장미를 손으로 만지진 못하게 멀찍이 떨어뜨려 보게 할 것이다. 그들이 떠났던 세상의 장미에는 가시가 있으니까. 1000년 후에는 그런 날이 올지도 모른다. 하지만 조만간, 아이는 반도 크기 전에 그녀 옆에 서서 그들의 자리, 그러니까 그녀와 그의 자리는 어디인지 물어볼 것이다. 에임스 가족의 자리는 다 찼으니까. 그러면 라일라는 대답할 것이다. 그건 중요하지 않아. 우린 한동안 그냥 돌아다닐 거야. 우린 어디에도 머물지 않을 거지만 그래도 괜찮을 거야. 엄마 친구들이 거기 있거든.

라일라는 자기가 한 약속은 다 지킬 것이고, 아들은 '거룩, 거룩, 거룩'이란 노래와 100번째 시편을 배울 것이다. 그녀에게 기도할 말이 남아 있는 한 아들은 아침, 점심, 저녁을 먹기 전에 기도할 것이다. 그들이 길리어드에 사는 매년 매일 그녀는 그날 무슨 일이 일어났는지 기억할 것이고, 계속 마음속으로 되뇌어서 언젠가는 이렇게 말할 수 있게 연습할 것이다. 한번은 네가 아직 걷지도 못했을 때 네 아빠가 널 데리고 낚시하러 간 적이 있었어. 한 손에 낚싯대와 고기 담는 바구니를 들고 또 한 팔에는 너를 안고 햇살이 밝게 비치는 아침에 길을 떠나며, 원래 자기 나이보다 훨씬 더 젊은 남자처럼 성큼성큼 걸으면서 너에게 이야기하고 웃었어. 그는 한 시간 후에 돌아와서 텅 빈 바구니를 테이블 위에 올려놓고 말했지. "우린 낚싯대를 받쳐놓고 잠자리들을 구경했어요. 그러다 우린 조금 피곤해졌어요." 그녀를 보는 그의 표정이 얼마나 찬란하던지. 행복 속에 비친 그 슬픔이라니. 차라리 이렇게 말하는 편이 나았을 텐데. 아이가 이해할 수 있을 정도로 크면 우리가 낚시 갔던 날에 대해 들려줘요. 그래서 라일라가 말했다. "당신이 이런저런 이야기들을 적어놓는 편이 낫겠어요." 아빠가 직접 남긴 이야기라면 훨씬 더 의미가 클 테니까. 그날은 아주 따뜻하고 햇살이 화창한 날이어서 그보다 더 좋은 날은 보지 못할 거라는 생각이 들 정도였다. 날씨 자체가 자신을 과시하고 있었다. 라일라는 아빠가 어서 아들이 태어나기를 기다리며 어쩔 줄 몰라 했다는 이야기를 아들에게 들려주기 위해 또 그런 날을 기다릴 것이다. 그냥 그날은 좋은 날이었다고만 말하면 그날에 큰 의미를 두지 않을 테니까.

그녀는 아들에게 노인이 설교단에 선 모습이 어땠는지도 말해줄 것이다. 그의 순백색 머리, 진지하면서도 다정한 표정. 그는 신도석에 앉아 있는 얼굴들을 수십 년 동안 주의 깊게 살펴봤고, 한 사람 한 사람 볼 때마다 그가 그 사람의 어머니를 땅에 묻었거나 아이에게 세례를 줬거나 최선을 다해 이별을 위로했던 날을 다 떠올릴 수 있었다. 가끔은 위로해줘야 했는데 야단쳐버린 얼굴도 있었는데, 주로 젊었을 때 그랬다고 노인이 라일라에게 말했다. 하지만 그는 자기가 그랬다는 사실을 절대 잊지 않았고, 그렇게 야단맞은 사람들 역시 단 한 명도 그걸 잊지 않았다고 했다. 그래서 그는 이제 더는 스스로 의식하지도 못하는 다정한 목소리로 말했다. 방법만 안다면 마치 강의 깊고 잔잔한 곳들과 강물의 흐름으로 강바닥의 상황을 알 수 있는 것처럼 그 목소리를 읽을 수 있었다. 그는 그녀의 이름을 알기도 전에 '미망인'이라는 말 앞에서 머뭇거렸었다. 미망인이 너무 많았다. 하지만 그는 이제 그 말을 더 하기 힘들어했다. 라일라가 그에게 자기 출신에 관한 이야기를 조금 해준 후에는 '고아'란 말을 하기 힘들어했고, 아들을 본 후에는 그 말을 입에 올릴 수조차 없었다. 그의 설교는 그의 얼굴에 팬 주름처럼 그가 품은 생각의 패턴을 드러냈다.

어느 날 저녁 둘이 같이 길을 걷고 있을 때 노인이 그녀의 어깨에 걸쳐준 코트가 바로 그가 설교할 때 항상 입는 낡은 검정 코트였다. 그는 그녀 앞에서 여전히 수줍어하며, 소년처럼 울타리 담장에 대고 돌멩이를 던지고 있었다. 하지만 일요일 아침, 설교를 앞둔 그는 그 주 내내 설교 준비를 해서 원고를 볼 필요도 없을 정도로 내용을 완벽하게 알고 있었다. 그때 그는 아름다운 노인이었고, 라일라는 그 어떤 것보다도 그 코트의 감촉과 무게를 알고 있다는 사실에서 기쁨을 느꼈다. 그녀는 기도해야 할 시간에 그 생각을 했다. 하지만 그녀가 과거의 삶에서 한 번이라도 기도한 적이 있다면, 그것은 바로 그런 다정함을 달라는 기도였을 것이다. 지금 기도한다면, 그가 그녀의 어깨에 둘러준 위로, 아직 그 코트 안에 남아 있는 그의 온기를 기억하게 해달라는 것이었다. 그 욕구가 충족되었던 몇 분 동안 비로소 자신에게 그런 욕구가 있었다는 사실을 처음 깨달은 라일라는 충격을 받았다. 그 시절 그녀는 참아낼 수 있는 욕구들을 이미 다 알고 있었는데, 이건 새로웠다. 그래서 그때 그에게 심술궂은 말을 했다. 과거에 그녀는 그런 사람이었고, 언젠가 다시 그렇게 될지도 모른다. 만약 그녀가 근근이 먹고사는데 누군가 그 인생을 조금 달라지게 함으로써 더 힘들어지게 하려는 것처럼 보인다면 그럴지도 모른다. 그 무렵 두 사람은 이미 결혼했지만, 그녀는 아직 그와 마음으로 결합한 상태는 아니었다. 그래서 여전히 종종 이렇게 생각하던 때였다. 자기가 뭔 상관이야? 그게 자기와 무슨 관계가 있다고? 그건 외로움이었다. 화상을 입으면 건드리기만 해도 아프다. 다정함에서 비롯된 행동이라고 해도 고통이 덜하진 않다. 하지만 이제 그는 표정만으로도 그녀를 위로할 수 있다. 그러니 이제 그런 그가 없으면 그녀는 어떻게 할까. 어떻게 할까.

달은 그런 면에서 무정했다. 그들 모두 그랬다. 낯선 사람들에게 말을 거는 것은 갑작스러운 해를 당할 가능성이 생긴다는 뜻이었다. 그들이 뭐라고 할까? 그들이 무슨 생각을 하는 걸까?

그런 일을 겪은 후에는 마치 악몽을 기억하는 것처럼 여파가 남기 마련이다. 그 상처에 대해 뭘 할 수도 없다. 다음번에 마주치게 될 낯선 사람을 좀 더 증오하는 것 외에는. 그 시절 그녀는 이렇게 생각했다. 내 스타킹 속에 칼이 있어. 당신은 지금 그걸 쓰도록 내게 압박을 가하고 있다는 사실을 모르고 있지. 달이 그녀에게 말했다. 그 칼을 아무에게도 쓰지 마. 그 후에 올 후폭풍을 감당하고 싶지 않을 테니까. 그냥 상대에게 보여줘. 대부분은 그거로 충분해. 하지만 그 무자비한 칼이 위로가 되던 시기가 있었다. 누군가 그녀를 삐딱하게 봤다는 생각만 들어도, 라일라는 자기에게 그 낡고 사나운 칼이 있으며 그 칼은 이미 할 수 있는 최악의 짓을 저질렀다고 되뇌곤 했다. 그것은 그녀에게 돌봐야 할 아이가 생기기 전 일이었다. 아이를 위해서는 문제가 될 일은 피해야 한다.

사실 라일라는 여전히 그렇게 생각했다. 멍하니 생각이 흘러가는 대로 있다 보면 어느새 또 그 생각을 하고 있었다. 그녀는 살면서 동전 한 푼 훔치지 않았고, 이른바 살아 있는 생명을 다치게 한 적도 없었다. 하지만 가끔 그녀의 마음은 은밀한 적의를 품은 채 두려워했다. 목사의 아이를 훔친다는 생각에 웃음을 터트린 적도 있었다. 아이와 둘만 나가서 최선을 다해 살면서 아이에게 아빠의 성경 구절을 익히게 하고 아빠가 하던 기도를 하게 하는 건 농담이나 다를 바 없을 것이다. 그녀는 정말 성경책을 훔쳤었고, 그걸 가지고 있으면서 피투성이 갓난아기가 버둥거리는 부분을 아이에게 보여주며 말할 것이다. 이게 나란다. 그런데 누군가 말했어. "살아라!" 그 사람이 누군지는 앞으로도 절대 모를 거야. 그런데 네가 나에게 왔어. 피처럼 붉고 아담처럼 벌거벗은 몸으로. 나는 너를 내 가슴에 안았고, 사람들은 네가 절대 살 수 없을 거라고 생각했지만 넌 살았어. 그러니까 넌 내 거야. 길리어드도 널 자기 것이라고 주장할 수 없고, 존 에임스도 그럴 수 없어. 어차피 네 자리가 없는 그 묘지도 널 자기 것이라 주장할 수 없고.

아, 만약 노인이 그녀가 무슨 생각을 하는지 알았다면! 그녀는 이제 상당히 맛있는 미트로프와 괜찮은 감자 샐러드를 만들 수 있다. 노인은 그녀에게 자기는 어차피 전에도 파이는 그다지 좋아하지 않았다고 했다. 집도 깨끗하게 유지할 수 있었다. 사람들은 길을 가다가도 멈춰서 그녀가 가꾼 정원을 감상했다. 그녀의 아들은 길리어드에 있는 여느 아이들처럼 깨끗하고 예뻤다. 조금 작긴 하지만, 그건 바뀔 수 있었다. 그리고 노인은 그동안 바라길 잊고 있던 모든 축복을 한꺼번에 받은 것 같은 얼굴이었다. 당분간은.

그녀는 이 모든 것에 마음 편히 의지할 수 없었다. 그 후에도 계속 살아가야 한다는 사실을 알고 있었으니까. 이 집이나 길리어드를 떠난 후에는 다시 이곳을 보고 싶지도 않을 것 같았다. 적어도 아이가 여기가 그들이 있을 곳이라는 생각에서 벗어날 수 있을 정도로 자라기 전까지는. 그래서 그녀는 과거의 삶을 생각했다. 그녀는 달이 피투성이가 되어 찾아오고 그녀가 세인트루이스로 가기 전까지는 사실 그 삶을 증오하진 않았다. 하지만 그것은 아이를 키우기엔 힘든 삶의 방식이다. 그리고 그녀는 아들에게 너는 목사의 아들이라고 말할 테니, 아버지가 줬을 만한 인생을 주지 못하면 아들은 그녀를 비난할지도 모른다. 조용하고 차분한 태도, 사람들이 그를 존경하리라고 기대하는 그런 삶의 방식 말이다. 그녀는 분명 아들에게 그런 건 가르칠 수 없을 테니까.

그래도 아직은 이 시간이 남아 있다. 아기가 소란을 피우기 시작하면 잠에서 깨고, 밝아오는 새날의 햇빛 속에서 스크램블드 에그를 하고 토스트에 버터를 바르고, 창턱엔 제라늄 화분들이 놓여 있고, 노인이 무릎에 비틀거리는 어린 아들을 올려놓고 팔로 아들의 몸을 받친 채 신문에 나온 웃긴 이야기를 읽어주는 시간. 그래서 어느 날 아침 싱크대 앞에 서서 설거지하던 라일라가 말했다. "아무래도 내게 문제가 있나 봐요. 난 당신을 지금보다 더 사랑할 수 없을 것 같아요. 지금처럼 행복하다고 느낄 수도 없을 것 같고요."

"나도 알아요. 그건 걱정할 일은 아니라고 봐요. 사실 걱정하지 않아요." 노인이 말했다.

"내 과거는 깊고도 커요."

"알아요."

"내 과거의 인생은 지금과는 전혀 달랐어요."

"나도 알아요."

"가끔은 그게 그리워요."

노인은 고개를 끄덕였다. "우린 그렇게 다르지 않아요. 나도 그리워하는 것들이 있어요."

라일라가 말했다. "언젠가는 그 인생으로 돌아갈지도 모르겠어요. 아이를 데리고 내가 돌아갈 수 있는 부분으로."

"그래요. 나도 그 점을 생각해봤어요. 당신이 최선을 다할 거라는 걸 난 알아요. 그야말로 당신이 할 수 있는 최선을. 난 당신 혼자 놔두고 떠나겠죠. 우리 둘 다 항상 그 점을 알고 있었고. 그걸 내가 얼마나 안타깝게 생각하는지 말로 다 표현할 수 없어요."

"당신이 그 말은 수도 없이 했잖아요. 하지만 지금은 이 상태 그대로 좋아요. 만약 힘든 시절이 오면, 걱정은 그때 가서 할래요. 사실 그게 문제가 아니에요." 문제는 언젠가 그녀가 현관문을 열었는데, 꽃밭들과 울타리와 대문이 있어야 할 자리에 그 오래된 삶, 깔쭉깔쭉한 초원들과 옥수수밭들과 과수원들이 보였을 때, 그녀가 아이를 안고 그 속으로, 그곳의 윙윙거리는 소리와 냄새와 축축함 속으로, 마치 그녀의 숨결 같은 그곳의 숨결 속으로, 그녀의 땀 같은 그곳의 땀 속으로 걸어 들어갈 수도 있다는 것이다. 그 끔찍한 외로움 속으로 다시 들어가는 것이다. 마치 차가운 물속으로 들어가 몸의 모든 감각이 마비되는 느낌이 시작되기를 기다리듯. 그건 이미 알고 있는 그 감각을 느낄 필요는 없도록 몸이 스스로를 최대한 돌보는 것이다. 꿈에서 그때는 항상 아침이었고, 이미 하늘에 떠 있는 태양은 너무 뜨거웠다. 그녀는 아들이 갓 태어난 모습을 봐서 기뻤다. 불처럼 붉고, 세상에 줄 눈물 한 방울 없는, 세상에 아무런 연 없이 배꼽에 매듭 하나만 있는 모습. 그러다 아이는 그녀의 곁에서 그녀의 젖을 먹고 있는 인간의 아이가 된다. 마비되는 느낌이 온몸에 퍼지기 시작하지만 바로 뼛속으로 스며들진 않는다. 애초에 고아였던 그 아이는 그들이 아무리 그를 사랑해도 언제나 고아일 것이다. 그렇지 않았다면 그녀의 아이가 아니었을 것이다. 라일라가 말했다. "당신이 그리워하는 건 뭐예요?"

노인은 어깨를 으쓱했다. "거의 전부 다. 당신. 이 나이 많은 친구." 그는 아기의 다리를 토닥였다. "저녁. 아침."

"당신은 당신이 생각하는 것만큼 늙지 않았어요, 목사님."

그가 말했다. "그냥 산수를 해본 거예요. 결국은 산수의 문제니까. 바우턴은 자식 중에서 넷인가 다섯을 결혼시켰어요. 지금까지 한 다스 정도 되는 손주들에게 세례를 줬고. 난 어쩌면 이 친구에게 신발 끈 매는 법을 가르칠 때까지 살게 될지도 모르죠. 인간의 삶이란 대개 70년 정도가 주어져요. 인생이란 게 그래요. 난 산 위에 서서 앞으로 절대 가질 수 없는 인생을 바라보는 모세가 된 기분이 들어요. 그러다 지금 내가 가진 인생을 생각하죠. 그러다 다시 내가 가지지 못할 인생을 생각하게 돼요. 아주 아름다운 인생을." 그는 어깨를 으쓱했다. "아무래도 난 쉽게 만족하지 못하는 사람인 것 같아요."

"커피를 좀 더 끓일게요. 내가 이 말 했던가요? 당신을 사랑한다는 말? 난 항상 이 말이 좀 바보같이 들린다고 생각했어요. 하지만 당신 말을 들어보니, 사랑한다고 말하는 걸 미룬 걸 언젠가 후회할지도 모르겠어요."

"좀 전에 그렇게 말한 것 같은데요. 지금 나를 사랑하는 것보다 나를 더 많이 사랑할 순 없다. 뭐 그런 비슷한 말이요. 난 그게 아주 흥미롭다고 생각했어요. 지금까지 살아오면서 당신은 당신이 슬픈 만큼 슬펐어요? 외로운 만큼 외로웠어요? 난 그렇진 않았는데." 그가 말했다.

"나도 그렇진 않았어요. 만약 그랬다면 슬프고 외로워서 죽었겠죠."

"나에겐 물론 교회가 있었고 바우턴도 있었어요. 기도가 있었고 내 책들도 있었죠. '그리고 내 끝은 절망이리라, 내가 기도의 구원을 받지 않는다면. 기도는 내 속 깊이 뚫고 들어와 자비 그 자체를 공격하고 모든 결함에서 벗어나게 해주지.*' 꽤 대단한 인생이었어요. 정말 좋은 인생이었고. 하지만 그 모든 것 뒤엔 너무나 깊은 침묵이 있었어요. 그 위에도. 밑에도. 예전엔 가끔 사람 목소리를 듣고 싶어서 낭독하곤 했어요."

"지금도 그러잖아요."

"내가 그랬나요? 흠, 이제는 그냥 습관이 됐나 봐요."

"나는 달을 생각해요." 그러고 나서 라일라는 이어서 말했다. "난 그 칼을 간직할 거예요. 어딘가 눈에 안 보이는 곳에 치워놓겠지만, 가지고 있겠어요."

"좋아요."

"별로 기독교인다운 태도는 아니죠. 그건 아주 오래되고 나쁜 칼이니까. 아이가 언젠가 그걸 원할 수 있다는 생각조차도 끔찍하게 싫지만, 그럴 수 있으니까."

노인은 고개를 끄덕였다.

---

* 셰익스피어의 《템페스트》 5막 중 한 구절.

그녀는 사실상 자기를 기독교인이라고 말하고 있었다. 목사가 그날 교회에서 아이에게 세례를 주고 그녀의 품에 안겨줄 때, 그녀의 이마에도 세 번 물을 발랐기 때문이다. 그리고 사람들을 등진 채 그녀에게 중얼거렸다. "내가 지금 여기서 뭘 하는 건지 나도 잘 모르겠어요. 당신에게 이렇게 해도 되느냐고 먼저 물어봤어야 했는데. 하지만 난 당신이 알아주길 바랐어요. 우리는 당신이 없는 걸 견딜 수 없을 거라고, 우린 당신과 같이 있어야 한다는 걸 알아주기를 바랐어요. 제발, 주여." 최근 새로 내린 눈 때문에 창문으로 들어오는 햇빛이 아주 서늘하고 순결해 보였다. 라일라는 아기를 낳은 지 얼마 안 됐는데 그렇게 오래 서 있다 보니 조금 현기증이 일었다. 그래서 그레이엄 부인이 세례식이 끝날 때까지 기다릴 수 있도록 그녀를 목사의 사무실로 데려갔다.

그녀는 목사의 의자에 앉아서 아기를 안고 생각했다. 내가 그에게 말했나, 나는 괜찮은 것 같다고? 만약 아까 그렇게 말했다면 무슨 말을 하는지도 잘 모르고 했다는 생각이 들었고, 만약 그런 말을 하지 않았다면 그래서 미안하다는 생각이 들었다. 그들이 같이 걷던 그날 저녁에 그가 그녀의 어깨에 걸쳐준 낡은 코트는 달이 그녀를 품에 안아줬던 그날의 기억만큼이나 좋은 기억이었다. 라일라는 의식적으로 그걸 바라진 않았지만, 사실은 살아오는 동안 내내 너무나 간절히 바랐다는 사실을 알았다. 그래서 코트에는 너무나 큰 행복이 따라왔고, 그녀에게 행복은 낯설기만 했다. 그가 말했다. 우리는 당신과 같이 있어야 한다고. 모두가 행복할 그의 내세에서, 그는 어떻게 그녀의 부재, 그녀의 상실을 느낄 수 있을까? 라일라는 그 점을 생각해봐야 했다. 언젠가 그에게 그 점에 관해 물어볼 것이다. 세상엔 언제나 낙오자가 있고, 그가 지금까지 뭘 하며 살아왔든 상관없이 그가 없으면 안 된다고 느끼는 사람들이 있다는 말은 진실일 것이다. 바우턴의 그 아들이 그러하듯.

그런가 하면 아무도 그리워하지 않을 사람들, 어떤 해도 끼치지 않은 채 그저 최선을 다해 살다가 죽은 사람들도 있다. 라일라도 배회하다가 길리어드에 들어오지 않았다면 그런 사람이었을 것이다. 라일라는 생각했다. 나는 달이나 멜리나 돈과 마르셀 없이는 살 수 없었을 것이다. 심지어 아서와 그의 아들들까지도. 그녀가 어렸을 때 아서 부자가 그녀에게 크게 중요했다는 말은 아니지만, 그들 모두 받은 만큼은 주는 사람들이었고, 그 셋 중 누구도 다른 사람은 가질 권리가 없는 좋은 것들을 가진 적은 없었다. 디크마저도 그랬다. 그런 생활에서 좋은 점이 있었다면, 누구든 그 규칙을 존중해야 한다는 점이었다. 그들에게 그것은 세상에서 가장 중요한 규칙이었다.

그녀는 어쩌면, 바우턴이 그 일에 대해 걱정을 하는 것만으로도 중국을 영원의 세계로 들어 올려서, 깜짝 놀란 그가 궁금해하는 것을 그만두게 될지도 모른다는 생각이 들었다. 하나님은 선하신 분이라고 노인들이 그랬다. 그것이 그 증거가 될 것이다.

더없는 행복에 찬 영혼이 마음에 있는 짐이 사라지는 걸 느낄 수 있을까? 그녀는 어쩔 수 없이 이런 상상을 하게 됐다. 아, 너 거기 있구나! 햇빛만큼이나 아름다운 너의 그 피로와 추함! 그 소년, 자기도 차마 믿을 수 없는 어떤 짓을 저질러버린 크고 더러운 자기 손을, 자신이 어떤 사람인지를 슬퍼하며 울던 그 소년, 교수대에서 막 내려온 소년은 자신을 둘러싼 친절에 충격을 받을 것이다. 그건 결코 예상하지 못했으니까. 그 소년에겐 '아버지'는 어떤 사람이어야 한다는 개념이 있었다. 그래서 아버지가 이생에서는 단 한 번도 다정한 말을 해주지 않았다는 게 그렇게 절망스러웠던 것이다. 거기에는 소년의 초라한 아버지도 있을 것이다. 아버지가 없는 천국은 그 소년이 견딜 수 없을 테니까. 소년은 말할 것이다. 봐요, 결국은 나 같은 아들을 둔 게 행운이었잖아요! 내가 아버지를 위해 한 일을 보라고요! 이게 그 어떤 것보다 낫잖아요! 돈보다 낫잖아요! 소년은 마치 자신이 혼자 그곳을 만들어낸 것처럼 천국을 자랑스러워할 것이다.

그러니까 인생이 언제 보이는지는 크게 중요하지 않다. 노인은 항상 이렇게 말했다. 우리는 언젠가는 이해할 수 있을 것 같은 것들에 주의를 기울여야 하지만, 내세는 그중 하나가 아니라고. 음, 이 세상도 아니다. 라일라는 대체로 그러려고 노력하지 않을 때 이런저런 것들을 좀 더 잘 이해하게 된다고 생각해왔다. 세상 일에는 이유가 없다. 그냥 일어난다. 왜냐고 물어보는 건 어리석은 질문이었다. 노래에서 한 음은 앞에 나온 음을 따라간다. 그건 다른 노래가 아니라 바로 그런 노래니까. 한번은 그녀와 멜리가 둘이 아는 노래가 몇 개인지 세어보려고 한 적이 있었다. 세상에 어쩌면 그렇게 많은 노래가 있을까? 모든 노래는 다른 노래가 아니라 그 자체로 하나의 노래였기 때문이다. 내세 때문에 그녀는 이런 식으로 생각하게 됐다. 내세에서 한 인간의 인생은 과거와 현재를 하나로 합친 것이다. 그들이 한 최악이나 최선의 일만 보는 게 아니라는 뜻이다. 그래서 그녀는 이 생각을 믿기로 했다. 아니면 이미 믿고 있는지도 모르고. 그렇지 않으면 어떻게 그녀가 달을 다시 볼 수 있다고 상상할 수 있겠는가? 그녀는 사실 단한 번도 달이 정말 죽었다고 생각하지 않았다. 만약 단지 그의 어머니를 행복하게 만들기 위해 어느 악당이든 천국으로 끌어 올려질 수 있다면, 마침 고아였거나 혹은 엄마의 애정조차 받지 못한 악당들이, 아마도 누군가 보살펴주는 사람이 있는 악당들보다는 자신이 저지른 해악에 더 나은 이유가 있을 악당들이 벌을 받는 건 공정하지 않다. 어떻게든 먹고살려고 애쓰는 사람들, 선량하게 살려면 가지고 있는 용기를 다 끌어내야 하면서도 스스로 생각하기에 선량한 사람들을 벌주는 건 공정할 수 없다. 마르셀의 발목에 리본을 묶어주던 돈. 그것은 선하거나 악한 행동은 아니더라도, 라일라가 보고 기뻐한 행동이었다. 잠깐 데려온 아기를 달래기 위해 노래를 불러주던 멜리의 모습도.

라일라는 그런 생각을 하고 있었다. 목사는 그녀 없이는 견딜수 없다. 그것은 에임스 부인과 그녀의 아기를 배신하는 게 아니다. 내세는 이승보다 모든 종류의 공간이 훨씬 더 넉넉했다. 그녀는 그 사악한 맥마저도 내세의 관점에서 볼 수 있었는데, 그는 그 다른 세계를 유심히 살펴보며 함정은 아닌지, 농담은 아닌지 의심할 것이고, 어쨌든 그녀가 그를 거기로 데려왔다는 건 알고 있을 것이다. 그의 아이도. 그녀는 그들 없이는 견딜 수 없을 것이다. 내세 덕분에 라일라는 한 점의 수치심도 없이 그렇게 생각할 수 있었다.

그런 생각에는 끝이 없다. 노인이라면 하나님, 감사합니다라고 하겠지.

하지만 아기가 소란을 피우기 시작했고 그레이엄 부인은 아기를 안아 어르면서 아기가 그녀의 손가락을 빨게 내버려뒀다. 아주 착한 아이야, 아주 착한 아이. 그리고 라일라는 마지막 찬송가와 축복기도를 들었다. 그 후에 목사가 왔다. 자기가 그녀를 충분히 배려하지 못했다는 생각이 들 때면 항상 그렇듯 조금 걱정스러운 얼굴이었고, 그제야 라일라는 자기가 얼마나 피곤한지 깨달았다. 하지만 라일라는 지금 하고 있었던 생각으로 다시 돌아올 거라는 사실을 알고 있었다. 그리고 "인간의 모든 이해를 뛰어넘는 하나님의 평화*"라는 말로도 다시 돌아올 것이었다. 그것은 세례식이 끝나고 그들이 직접 만든 작고 빈약하고 초라한 마을인 길리어드로 돌아가는 신도들을 위해 그가 한 기도였다.

그래서 라일라가 노인에게 그 칼을 간직하겠다고 말하고 노인이 고개를 끄덕였을 때, 그녀는 가지고 있으려는 이유를 자신에게 설명할 수 있었다. 죄책감을 떨쳐버릴 방법은 없고, 그것과 관계를 끊어버릴 수 있는 괜찮은 방법도 없다. 얽히고설킨 쓰라림과 절망과 두려움은 그저 불쌍하게 여겨야 한다. 아니, 그보다는 그들에게 신의 은총이 내리는 편이 더 낫다. 달은 모닥불의 불빛 속에서 등을 구부린 채 자신의 용기를 날카롭게 갈면서 복수를 꿈꾸었다. 어딘가에서 누군가가 그녀를 향한 복수를 꿈꾸고 있다는 사실을 알고 있었기 때문에 그랬다. 자신의 두려움이 무뎌지도록 끔찍한 생각을 한 것이다.

인생이란 게 그렇다. 라일라는 아이를 이 세상에 낳아놓았다.

* 빌립보서 4장 7절.

그곳은 마치 아이를 안고 있는 라일라의 두 팔에 아무 힘이 없는 것처럼 그녀의 품에서 아이를 빼앗아 가버릴 바람이 불 수 있는 곳이다. 라일라는 생각했다. 우리를 불쌍히 여기소서, 그래, 하지만 우리는 용감해. 우리는 거칠고, 우리 안에는 우리가 견딜 수 있는 것보다 더 많은 생명이 있고, 우리는 속에 불을 껴안고 있지. 그 평화는 그저 경이 그 자체일 수밖에 없다.

음, 어쨌든 지금은 창턱에 제라늄 화분들이 있고, 노인이 식탁 앞에 앉아 아들에게 아주 옛날부터 알았던 시를 들려주고 있는데, 그는 아마도 자신이 그녀를 제대로 내세로 이끌었는지, 그 점을 영영 확신할 수 있을지 여전히 궁금해하고 있을 것이다. 그리고 어쩌면 천국에서 그녀를 위해 슬퍼하는 상상까지도 해봤을 것이다. 그녀를 위해 슬퍼하지 않는다는 건 결국 그가 죽었다는 뜻일 테니까.

언젠가 그녀는 그에게 자신이 알고 있는 이야기를 들려줄 것이다.

소통과 애정을 통한 정상으로의 회귀[*]

1. 서론

매릴린 로빈슨이 2014년에 발표한《라일라》는 2004년과 2008년에 로빈슨이 발표한《길리아드》와《홈》과 함께 '길리아드 3부작'으로 비평가들이 분류한다.[**] 실제로 1980년에 발표한 《하우스키핑》과는 시대적으로나 내용 면에서 볼 때 공통성이 거의 없지만 상기한 세 편의 소설은 등장인물과 시공간적 배경

---

[*] 부산대학교 인문학연구소에서 발행하는 학술저널《코기토》제91호에 수록된 논문을 저자의 허락을 얻어 재수록하였다.

[**] 세 작품이 다루는 내용은 각각 다른데《라일라》는 앞의 두 작품에 비하면 행복한 결말을 보기 위한 과정이 훨씬 더 어둡다. 도메스티코는 한 단어를 사용하여 각

이 동일하며 주인공들을 둘러싸고 벌어지는 사건들 역시 긴밀하게 연관되어 있다. 세 편 중 특히 《길리아드》와 《라일라》는 부부인 존 에임스 목사와 라일라가 각각 화자로 등장하여 각자의 관점에서 자신들의 삶을 서술하는 독특한 기법으로 인해 상호보완적인 성격을 보인다. 즉 부부가 성장하면서 서로 다른 세계에서 어떤 삶을 살아왔고 어떻게 결혼을 하게 되었는지, 그리고 두 사람이 결혼 생활 속에서 얻거나 찾게 된 가치가 무엇인지에 대해서 서로의 이야기를 채워준다.

《라일라》는 발표된 후 평단의 호평을 받았으며 발표된 그해에 전미도서비평가협회상을 수상하기도 했다. 주인공 라일라의 어린 시절부터 성인이 된 후 결혼을 하고 첫 아이를 출산할 때까지의 삶을 서술한 이 작품은 1930~1950년대에 걸쳐 미국 빈곤층의 삶의 단면을 보여준다. '길리아드 3부작'의 앞의 두 작품과 비교할 때 유사점도 많지만 그 작품들과 다른 점은 앞선 두 작품

작품이 다루는 내용을 설명한다. 그에 따르면, 《길리아드》가 성례(sacrament)를 다루고 《홈》이 이해 혹은 환대(hospitality)에 관한 것이라면 《라일라》는 고통이나 불행(affliction)을 소재로 삼고 있다고 한다. 한편 국내 학자 중 《라일라》를 연구한 학자는 안 에스더가 유일한데, 안 에스더는 주인공이 고독과 궁핍, 버려짐의 아픔을 극복하고 내적 변화 과정을 거쳐 삶을 긍정하는 가능성을 종교적인 차원, 즉 크리스천 신비주의자들의 전통이라는 시각에서 분석을 하고 있다. 따라서 큰 틀에서 볼 때 본 논문과 궤를 같이한다고 할 수 있지만 세부적인 내용에서는 결을 달리한다는 차이가 있다.

이 이미 성인이 된 인물들이 겪는 여러 삶의 모습들을 묘사하는 반면에 《라일라》는 네다섯 살 난 어린아이, 그것도 남의 집에서 쫓겨나다시피 한 아이를 생판 모르는 남이 데려가는 묘사로 시작한다는 점이다. 이런 점에서 《라일라》의 전편을 관통하는 가장 중요한 소재는 상실이며, 작품은 가족으로부터 강제로 이별을 당한 어린 라일라가 상실이라는 일종의 트라우마를 극복하고 평범한 가정을 이루는 채움의 과정을 그리고 있다.

평범한 가정을 이룬다는 것은 가족과 집단으로부터 버림받고 소외당한 비정상적인 배신과 상실의 상황에서 벗어나 버림받기 이전의 정상적인 상황으로 돌아감을 의미한다. 이 작품에 등장하는 주요 인물인 라일라, 존 에임스, 돌은 모두 '상실'이라는 공통의 심리적 상처를 안고 있다. 이들이 겪는 상실감은 자신이 지녔던 것을 빼앗기게 된 일종의 박탈감으로 해석할 수 있다. 따라서 이들이 작품에서 보이는 언행은 상실 혹은 박탈당했던 것을 되찾으려는 시도와 밀접하게 연관되어 있다. 이처럼 상실과 비정상에서 정상으로 회귀하는 과정에서 가장 중요한 것은 버림받았다는 충격과 그에 연유한 부정적인 삶의 자세를 어떻게 변화시키는가 하는 점이다. 실상 라일라가 사람과 삶을 대하는 태도는 "난 아무도 믿지 않아요"라는 말이 상징하듯 상당히 부정적이다. 이는 친부모로부터 버림받은 데 이어 자신을 교회 앞에 내버린 돈, 그리고 자신을 데려다 딸처럼 키우지만 나이가 들어 더이상 라일라를 챙기는 것이 힘들어지자 친부모에게 돌려주려 했고 나이 든 노인에게 시집보내려 했던 달에게마저 배신감을 느끼게 된 데서 연유한다. 훗날 존 에임스를 만나 먼저 결혼하자고 제안하고 결혼 생활을 영위하면서도 남편을 떠날 생각을 하는 것 역시 성장기 때와 성인이 된 후에 겪었던 배신에 대한 쓰라린 기억 때문이다. 이런 라일라가 자신의 현실을 받아들이고 한 남편의 아내이자 곧 태어날 아기의 어머니라는 책임감을 느끼게 되는 것은 에임스의 꾸준한 헌신과 아낌없는 애정으로 가능하다. 따라서 여기에서는 동료 인간에 대해 깊은 불신을 보이는 라일라가 어떻게 주위와 소통을 하게 되고 불신과 상실감 대신 애정을 갖게 되어 성숙한 사람으로 변모하게 되는지를 논하겠다.

2. 달의 상실감과 보상 심리

작품을 이해하기 위해서는 먼저 달이란 인물이 왜 라일라를 데려갔는지에 대해 논의해야 한다. 라일라의 삶과 가치관은 상당 부분 성장기에 자신을 양육했던 달에 의해 형성되기 때문이다. 소설은 추운 밤에 문밖에 내쳐진 어린 라일라의 애처로운 모습으로 시작하는데, 독자들의 마음을 무겁게 가라앉히는 슬픈 내용이지만 격렬하거나 지나칠 정도로 애통하기보다는 제3자가 타인의 먼 옛날을 회상하듯 비교적 담담한 어조로 묘사된다.

아이는 어둠 속에서 현관 입구에 있는 계단에 앉아 추위에 떨며 자기 몸을 껴안고 있었다. 울다 지쳐 잠들기 직전이었다. 더는 소리를 지를 기력도 없었고, 어쨌든 사람들은 그 소리를 듣지 못했다. 들었다면 상황이 더 나빠졌을 것이다. 누군가 소리 질렀다. 저거 입 좀 닥치게 해, 안 그러면 내가 하겠어! 그러자 한 여자가 테이블 밑에 있는 아이의 팔을 우악스럽게 잡고 끌어내서 계단으로 밀어낸 후 문을 닫아버렸고, 고양이들이 집 밑으로 들어갔다. (…) 넌 왜 그 스크린도어를 계속 두드리는 거니? 그런 식으로 행동하면 아무도 널 곁에 두고 싶어 하지 않을 거야. 누군가 그 말을 한 후에 다시 문이 닫혔고, 얼마 후 밤이 왔다. 집 안에 있는 사람들끼리 싸우다 조용해졌고 기나긴 밤이었다. 아이는 집 밑에 있기도 두려웠고, 계단 위에 있기도 두려웠지만, 문 옆에서 기다리면 언젠가 다시 열릴지도 모른다. 하늘에는 아이를 마주 보는 달이 떠 있었고, 숲속에서는 여러 소리가 들렸다. 하지만 아이가 거의 잠들었을 무렵 길에서 달이 나타나 너무나 불쌍한 상황에 처한 아이를 발견했다. 달은 아이를 안아 올리고 자신의 숄로 몸을 덮어주면서 말했다. "흠, 우리는 갈 곳도 없는데. 어디로 가야 할까?"

달이 라일라를 데려간 직접적인 이유로는 생명에 대한 관심과 애착을 들 수 있다. 아무 연고도 없는 낯선 아이에게 측은함을 느끼며 구해야겠다는 달의 태도에서 독자는 생명에 대한 관심과 애착과 함께 강한 책임감도 엿볼 수 있고 당시의 급박한 상황에서 도덕적 가치보다는 생존이 우선이라는 지극히 현실적인 가치관을 갖고 있음을 알 수 있다. 라일라를 데리고 어느 노파의 집에서 몇 주간 머무르는 장면에서 달은 노파에게 네다섯 살 된 어린아이를 죽게 내버려두지 않기 위해서 그 아이를 데려왔다고 말한다. 훗날 라일라는 그 일에 대해 "그녀는 한 아이를 보살폈다. 그랬다, 그녀는 아이를 훔쳤다. 아마도 죽음으로부터. 외로움으로부터"라고 회상함으로써 어느 정도 달의 의도에 대해 추측하게 된다. 실제로 라일라는 어린 나이에 제대로 보살핌을 받지 못한 채로 방치되다시피 내버려졌기에 그때 우연히 지나가던 달이 보기에도 그냥 두면 분명 죽을 것 같았다는 말을 달에게서 듣는다. 달과 노파는 남의 아이를 훔치는 것과 자신의 아이가 죽게 될 정도로 보살피지 않는 것 중 어느 것이 더 나쁜지에 대한 도덕적인 판단을 하기보다는 "길쭉하고 비쩍 마른", 영양실조에 걸린 라일라를 먼저 보살피는 것이 급한 일이라는 점을 잘 알고 있다. 달과 노파에게 도덕적인 옳고 그름보다 생명에 대한 책임감이 우선이라는 점은 극심한 빈곤 속에서도 기본적인 인간에 대한 사랑이나 관심이 아직 완전히 사라지지 않았음을 보여주는데 달의 보호 속에 성장하는 라일라 역시 이런 가치를 은연중에 받아들인다.

달에게서 볼 수 있는 측은함을 느끼거나 생명에 대한 애착을 갖는 마음이 어디서 기인한 것인지에 대한 근거가 텍스트에는 직접적으로 드러나지 않는다. 더욱이 그녀의 과거에 대해 알 수 있는 단서도 거의 없는 상황이라 그녀의 언행에서 유추할 수 있을 뿐이다. 작품에서 드러나는 달의 태도는 어떤 상황에서도 적극적이고 긍정적이며 때로는 과감하기까지 하다. 같이 떠돌아다니며 하루하루 벌어먹는 돈이 "우린 떠돌이가 아니야. 집시도 아니고. 미개한 인디언도 아니야"라고 자랑스레 얘기할 때 그 말을 이해하지 못한 라일라가 달에게 "그럼 우린 뭐야?"라고 묻자 달은 "우린 그냥 사람이지"라고 답한다. 하지만 라일라는 자신들이 가난에 찌들고 집시처럼 떠돌아다니며 사회적으로도 무시당하는 극빈층이라 자신들과 인디언 등의 처지가 별반 다를 바 없음을 알기에 달과 돈의 말이 거짓임을 안다. 그러기에 "나는 왜 이런 수치심을 느끼는 걸까?"라고 스스로에게 묻는다.

어린 라일라가 미처 깨닫지 못한 점은 달이나 돈의 말의 기저에는 자신들은 수치스럽고 무시당할 만한, 사회적으로나 인종적으로 열등한 존재가 아닌 정상적인 존재라는 자부심이 자리 잡고 있다는 것이다. 특히 어찌 보면 내세울 것 없는 가난한 떠돌이임에도 불구하고 달이 스스로를 '사람'이라고 자랑스레 정의하는 것은 자신이 처한 현실적인 상황과는 관계없이 자신에 대해 높은 자존감을 가졌기 때문이라고 볼 수 있다. 이런 자존감은 곤궁하지만 생계는 스스로 해결한다는 무언의 책임감과 삶의 소중함을 충분히 인식하는 것에서 비롯하며 이는 달이 평범한 가족·가정의 소중함을 충분히 인식하며 갈망함을 암시한다. 어린 라일라를 씻기거나 행실을 바로잡아줄 때마다 "살아라"라고 말해주곤 했다는 장면은 생명의 소중함을 일깨우는 달의 태도를 뒷받침한다. 1930년대 미국을 휩쓴 대공황과 황진(Dust Bowl)으로 생계를 꾸리기조차 어려운 상황임에도 비참한 상황에 놓인 라일라를 외면하지 못하고 거두며 끊임없이 일을 찾아 떠돌아다니면서도 라일라를 엄마처럼 돌보는 것은 그만큼 정상적인 가정생활을 꾸리고 싶어 하는 달의 속내를 반영한다. 이러한 달의 태도는 라일라가 점차 성장해나갈 때 어렴풋하게나마 정상적인 가족 관계나 가정생활에 대한 개념을 심어준다.

이처럼 가난하지만 자신의 현재 모습과 삶에 자부심을 갖는 달이기에 내버려진 라일라의 모습에서도 여전히 삶에 대한 가능성을 굳게 믿고 라일라를 데려간 것이고 이를 통해 독자는 달이 삶과 생명에 대해 측은함과 책임감을 느낀다고 생각할 수 있다. 그러나 단편적으로 제시되는 달에 대한 몇 안 되는 정보를 꼼꼼히 엮어보면 라일라와 함께 정상적인 가정생활을 누리고자 하는 달의 욕구에 대한 보다 더 근본적인 원인을 추측할 수 있다. 그것은 그런 기회를 박탈당한 것에 대한 보상 심리에 기인한 것으로 해석할 수 있다. 달은 자신을 본 사람은 누구나 잊지 못할 끔찍한 상처가 얼굴에 있다. 언제인지는 모르지만 어느 소녀에게 시뻘겋게 달궈진 쇠 냄비로 광대뼈가 부서질 정도로 얼굴을 세게 맞아 흉터가 생겼는데 워낙 짧게 언급이 되어 라일라도 그 이상은 모르며 텍스트 역시 그 이상 설명하지는 않는다. 흉측한 상처가 달을 홀로 떠돌게 했는지에 대해 텍스트는 아무 단서도 주지 않지만 달의 외모가 평범한 남자들로 하여금 달을 배우자감으로 생각지 않게 했으리라는 추측은 충분히 가능하다. 그녀 자신이 이처럼 떠올리기조차 싫은 경험이 있기에 삶과 가정에 대한 애정이 남달리 강하다. 훗날 성인이 된 라일라가 매춘부의 삶에 힘들어할 때 상상으로 그리며 듣는 달의 말을 통해 어떤 상황에서도 삶의 끈을 놓지 않는 달의 평소 성격을 알 수 있다.

달이 말했다. "음, 내 이야기 좀 들어봐. 내가 아직 살아 있다면 난 지하실에 서서 죽길 바라면서 인생을 낭비하지 않을 거야.

분명 이런 짓은 내게서 배운 게 아니야. 네가 그러고도 고개를 들고 있을 수 있다니 놀랍다."

생명에 대한 관심과 삶에 대한 강한 의지는 이처럼 달이 지금껏 누리지 못했던 정상적인 가족 관계와 가정생활 영위에 대한 보상 심리에서 기인하며 자신이 딸처럼 키우는 라일라로 하여금 평범한 삶이 어떤 것인지를 알게 해준다. 달은 아이오와주 태머니라는 곳에서 마커 부인이란 사람의 집안일을 해주는 대가로 1년간 그 집에 묵게 되는데 그곳에서 달이 원하는 것은 단 한 가지로, "정상적인 삶이 어떤 것인지 (…) 라일라에게 알려주"는 것이다. 그곳에서 지내는 동안 라일라는 학교에도 다닐 수 있게 되는데 학교에서 배운 공부 중에는 평생 동안 라일라가 소중히 여기는 글쓰기도 있다. 거의 1년이 다 되어 학교 과정도 마칠 때쯤 달은 기다렸다는 듯 마커 부인의 잔소리에 신물이 난다며 라일라를 데리고 떠난다. 부인의 잔소리를 묵묵히 견디며 라일라가 평범한 소녀로서 가정과 학교를 경험할 수 있도록 시간을 벌어주는 달의 태도는 헌신적인 엄마의 태도와 다를 것이 없다. 이 당시 라일라는 평범한 가정생활과 공부라는, 삶에 있어 중요한 두 가지 경험을 하며, 이 경험은 훗날 에임스 목사와 결혼해서 나름 행복한 삶을 꾸리는 데 도움이 된다.

3. 상실감과 두려움—라일라와 에임스 목사

라일라와 에임스 목사는 외롭다는 공통점이 있다. 이들이 느끼는 외로움은 홀로 남겨진 것이 원인으로, 그들은 홀로 남겨진다는 것에 대한 일종의 두려움마저 갖고 있다. 그러나 이들이 몸서리치도록 두려워하는 홀로 남겨지는 상황은 스스로의 의지에 의한 것이 아니라 타인에 의해 강제로 이별이나 배신을 당하는 강요된 상황이다. 이런 관점에서 보는 그들의 외로움은 스스로의 상황이나 운명을 통제하지 못하는 상황에 놓이는 것으로 이해할 수 있다. 다시 말해 능동적, 적극적으로 선택하는 것이 아닌 수동적으로 강요당하는 상황으로 몰리는 것이다.

라일라의 경우 기억할 수 있는 순간부터 에임스 목사를 만나기 전까지의 삶은 항상 남에 의해 결정되었다. 라일라가 어떻게 부모와 헤어지게 되었는지 혹은 왜 버려졌는지를 직접적으로 설명해주는 부분은 없지만 작품 도처에 인용되는 성경의 에스겔서 구절을 보면 간접적으로 그 이유를 알 수 있다. 라일라가 그토록 신경 써서 읽는 구절의 내용은 다음과 같다.

네가 태어난 날 아무도 네 탯줄을 잘라주지 않았고, 네 몸을 물로 깨끗하게 씻기지도 않았다. 아무도 네 몸을 소금으로 문지르지 않았고, 포대기로 감싸주지도 않았다. 너를 불쌍히 여긴 자가 아무도 없었으므로 너를 동정하여 이렇게 해준 사람이 아무도 없었다. 네가 태어난 날 너를 반기는 사람이 없어 너는 들판에 버려진 것이다. 내가 네 곁으로 지나갈 때에 네가 피투성이로 버둥거리는 것을 보았고 내가 너에게 말했다. 너는 피투성이더라도 살아라.

이처럼 라일라가 천착하는 에스겔서의 구문은 원치 않는 아기를 부모가 버리는 장면과 지나가던 이[*]가 이를 거두어 챙기는 내용이다. 이는 라일라가 부모에게 버림을 받고 지나가던 달이 라일라를 거두어 씻기며 "살아라"라고 말하는 부분과 정확히 일치한다. 에스겔서가 매우 슬픈 내용이고 성경을 읽기 시작하기에는 어려운 장이라고 남편이 말하자 라일라는 "흥미로우니까요. 세상의 어떤 일들이 왜 일어나는지 이야기해주니까요"라고 답한다.

여기서 중요한 점은 "어떤 일들이 왜 일어나는지"에 라일라가 흥미를 느낀다는 것이다. 자신의 의지와는 상관없이 세상에 태어났고 왜 버려졌는지 설명해줄 사람도 없는 라일라는 그렇다면 누구도 원치 않아 버려진 내가 왜 이 세상에 존재해야 하는가에 대해 의문을 품고 끊임없이 생각한다. 이는 라일라가 우연

[*] 하나님을 가리킴.

히 비를 피해 교회로 갔다가 에임스 목사를 만나고 대화를 나누는 장면에서도 볼 수 있는데, 자신에 대한 이야기를 좀 해주지 않겠느냐는 에임스 목사의 말에 라일라는 "그 이야기는 하지 않아요. 난 최근에 그저 세상의 어떤 일들이 왜 그렇게 일어나는지 궁금해하고 있었을 뿐이에요"라고 대답한다. 라일라의 고민은 형이상학적, 신학적 문제라기보다는 왜 버려진 것이 수치스러운 일인지, 자기를 구해준 달을 천사로 알았는데 막상 달의 행동이 아이를 훔친 범죄 행위라는 데에 혼란스러워하며 어떻게 그 상황을 이해해야 할지에 대한 고민이고, 그렇기에 라일라는 틈날 때마다 에스겔서를 필사하는 것이다.

누구도 원치 않았기에 버려지고 돌봐줄 이가 없다는 것은 곧 이 세상에 쓸모가 없는 존재라는 뜻이며, "그 피는 너를 돌봐줄 사람이 하나도 없다는 수치심"이라는 것을 라일라는 잘 알고 있다. 마음 한편으로는 그렇게 인정을 하면서 아무 힘도 없는 어린 아이에게 버려지는 일이 일어나든 안 일어나든 그건 어쩔 수 없다고 위안을 삼기도 하지만, 그럼에도 불구하고 버림받은 것에 대한 상처는 매우 깊게 남는다. 가장 가깝거나 의지할 수 있어야 할 사람에게 배신당하는 경험을 라일라는 세 번 더 겪는데 배신에 대한 경험은 사람과 사귀거나 친해지는 것에 대한 안 좋은 기억을 갖게 하여 타인과의 관계 형성을 스스로 막게 한다. 라일라는 타인이 자신을 버리는 것을 자신의 상황을 고려하지 않는 매우 이기적인 태도로 받아들이고 "난 아무도 믿지 않아요"라고 하며 원만한 인간관계를 맺지 못해 사회성이 결여된 인물로 성장한다. 배신감은 타인을 불신하게 하며 타인과 깊은 관계를 형성하지 못하도록 방해하는데, 이러한 태도는 인간관계 형성에 있어 가장 기본 요소인 대화, 즉 상대와의 소통에 대한 결핍을 초래하여 라일라 스스로 사람들과 벽을 쌓게 하고 스스로를 고립시키며 혼자 있는 것에 편안함을 느끼게 한다.

에임스 목사가 갖는 외로움 역시 라일라와 마찬가지로 가족을 잃었기 때문이다. 에임스 목사는 부인과 자녀와 사별했기에 그의 외로움은 버림받은 라일라의 외로움과는 다소 다르다 할 수 있지만 죽음은 한 개인이 통제할 수 없는 영역이기에 에임스 목사의 외로움 역시 자의가 아닌 타의에 의한 외로움이라 할 수 있다.* 이런 면에서 볼 때 에임스 목사나 라일라에게 가족의 유무가 그들의 심리 상태에 큰 영향을 끼치며 두 인물 모두 상실이나 배신에 대해 트라우마를 갖고 있음을 알 수 있다. 에임스 목

---

* 달의 경우를 보면 과거의 삶에 대한 언급이 전혀 없어서 가족의 유무를 알 수 없다. 하지만 텍스트에서 볼 수 있는 달의 언행으로 미루어 볼 때 달은 혼자가 되는 것에 대한 두려움이나 후회와 같은 감정을 느끼지 않는 인물임을 알 수 있다. 따라서 라일라와 에임스의 경우와는 다소 차이를 보인다.

사는 결혼 후에도 아내가 된 라일라가 언제든지 떠날까 봐 항상 마음을 졸인다. "그녀가 점점 더 아내 같아질수록, 노인은 그녀를 잃게 되는 걸 점점 더 두려워할 것이다"라는 말은 첫 번째 결혼에서 부인과 함께 행복한 가정생활의 절정을 누리다 갑자기 모든 것을 잃게 된 것에 대한 트라우마가 여전히 강하게 남아 있음을 보여준다. 라일라 역시 남편을 그토록 걱정시키는 것이 무엇인지 명확히 알고 있다.

"봄이 탄생을 축하하기에 더 나은 시기처럼 보이죠. 하지만 봄은 부활에는 더 좋아요. 모든 것이 되살아나는 시기. 그리고 예수님은 유월절 무렵에 돌아가셨죠." 라일라가 입도 떼지 않고 있었기 때문에 노인은 이야기를 계속 이었다. 하지만 그녀가 자리에 앉아서 그를 지켜보며 가끔 쿠키를 하나씩 먹으면, 노인은 그것으로도 행복했다. 그는 아주 오랫동안 혼자였으니까.

자신의 곁에 있는 것 자체로도 에임스가 행복해하는 것을 라일라는 알고 있지만 미처 파악하지 못한 것은 에임스의 말 속에 숨겨진 종교적 의미에서의 행복함이다. 에임스가 목회자라는 것을 떠올릴 때 그가 유월절과 예수를 언급한 것은 단순히 옆에 있어주는 누군가의 존재로 인해 행복하다는 것 이상의 행복을 찾았다는 것을 의미한다. 유월절은 이집트에서의 노예 생활을 청산한 유대 민족의 대탈출을 기념하는 매우 뜻깊은 날이지만 예수의 죽음까지 언급한 것은 단순한 현 상황에서의 탈피가 아닌 과거 삶에서의 벗어남, 즉 에임스에게는 오랫동안 견뎌야 했던 외로운 과거에서의 벗어남을 의미하는 것이다. 이 새로운 삶이 희망적일 수밖에 없는 이유는 새로운 생명이 시작되는 봄에 에임스가 강조하는 것이 단순한 탄생(birth)이 아닌 부활(resurrection)이기 때문이다. "모든 것이 되살아나는 시기"라는 에임스의 말을 위의 인용문 맥락에서 이해할 때, 부활은 혼자만의 생활이 아니라 누군가와 함께하는 생활을 되찾는다는 것을 의미한다. 말하지 않아도 서로의 존재를 느끼고 서로를 바라보며 함께하는 삶이야말로 에임스에게는 종교적 부활과도 맞먹는 경험이다.

4. 평범으로의 회귀 욕구와 소통의 중요성

에임스와 라일라가 겪는 외로움이나 상실감은 따라서 잃어버린 것을 되찾거나 자신들에게 없는 것을 채우려는 욕망을 갖게 한다. 이 둘의 상실감을 채우고 외로움을 없애는 가장 좋은 해결책은 믿고 의지할 수 있는 가정을 이루는 것이다. 하지만 그들은 원하는 것을 되찾기 전에 반드시 겪어야 할 과정이 있는데 바로 타인과의 소통이다. 이들이 느끼는 상실감은 가족의 부재나 가난한 환경으로 인한 물질적 결핍이라는 외적인 요소에도 원인이 있지만 다른 한편으로는 그들의 심리적 상황이라는 내적인 요소도 상당히 큰 요인으로 작용한다. 다시 말해 그들의 삶이 타인과의 소통이 불가능한 환경에서 이루어지거나 그들이 스스로를 고립시키고 타인의 삶을 충분히 이해하지 못하기 때문이다.

라일라에게 상실감을 잊게 하는 가장 좋은 방법은 가정을 이루는 것이다. 자신을 길러준 달이 한때마다 평범한 가정생활을 누릴 기회를 주기도 했지만 그들의 삶은 부랑아의 삶에 지나지 않았다. 주변의 거듭된 배신으로 라일라는 타인과의 대화의 문을 닫고 자신만의 세계에서 살아가지만 마음 깊은 곳에서는 항상 안정된 삶에 대한 욕망이 자리 잡고 있다. 외로움을 견딜 만하게 여기면 외로움을 자연스러운 상태로 스스로 받아들이기에 그런 태도가 얼마나 위험한지 알고 있는 라일라는 외로움에서 벗어나기 위해 나름대로의 노력을 하며 그 일환으로 에임스 목사에게 세례받을 생각마저 한다. 세례를 생각하는 이유는 "그녀의 이마에 흘러내릴 그 물에 그녀의 마음을 식혀줄 뭔가가 있을지도 모른다는 생각이 들었"으며 마음을 진정시킴으로써 현재의 삶을 어떤 식으로든 끝낼 수 있고, "세상이 그녀에게 권하는 것처럼 보이는 위로를 받아들이지 않을 이유도 없"기 때문이다.

라일라가 평범한 삶을 찾기 위해서는 사람들과 어울리는 방식을 익히는 것이 가장 중요하지만, 너무 오랫동안 혼자만의 삶에 익숙해졌기에 필연적으로 시행착오를 겪게 된다. 특히 에임스 목사와의 관계에서 이런 점이 두드러지게 나타난다. 에임스 목사는 라일라가 살면서 가지지 못했고 느끼지 못한 물질적, 정신적 요소, 즉 안정된 직업과 집, 부드러운 태도, 온화한 말투와 따뜻한 미소, 그리고 무엇보다도 진실한 마음을 지니고 있다. 라일라는 그런 에임스의 모습에서 한편으로는 편안함과 안정감을 느끼면서도 동시에 일종의 반감을 갖기도 하여 가끔 그의 마음에 상처를 주는 언행도 보인다. 자신이 경험하지 못했기에 어색한 상황에 어떤 식으로 대응을 해야 하는지 아직 모르기 때문이다. 따라서 라일라는 때로는 예기치 않은 행동을 보인다. 에임스 목사와 결혼하게 된 것도 라일라의 돌발적인 말 때문이다.

그가 말했다. "당신은 아직 날 전혀 믿지 않겠죠."

"난 그냥 사람을 믿지 않아요. 그럴 필요를 모르겠어요."

그들은 한동안 계속 걸었다.

"그 장미들은 아름답더군요. 묘지에 있는 장미 말이에요. 그렇게 근사하게 가꿔주다니 당신은 친절한 사람이에요."

라일라는 어깨를 으쓱했다. "난 장미를 좋아해요."

"그렇군요. 하지만 내가 당신에게 보답할 수 있는 길이 있으면 좋겠어요."

라일라는 자기 입에서 나오는 말을 들었다. "당신은 나와 결혼해야 해요." 그는 그 자리에 우뚝 멈춰 섰고, 그녀는 서둘러 길 반대편으로 갔다. 너무나 수치스럽고 화가 나서 얼굴이 벌겋게 달아오른 그녀는 이번에야말로 정말 얼굴을 들고 살 수 없을 것 같았다. 그가 그녀를 따라잡았을 때, 그가 그녀의 옷소매를 건드렸을 때, 차마 그를 볼 수 없었다.

"그래요. 당신 말이 맞아요. 할게요." 그가 말했다.

그녀가 말했다. "좋아요. 그럼 내일 만나요." 그녀는 왜 그런 말을 했을까? 내일 뭘 하려는 계획인 걸까?

에임스가 라일라의 마음을 끄는 것은 안정된 직업과 집보다는 친절함, 진실한 모습, 따뜻한 말과 온화한 미소, 인내심 등 사람의 감성에 호소하는 인간적인 매력과 남을 어우를 수 있는 성숙한 인격 때문이다. 이런 에임스를 라일라는 "아름답고 온화하면서 단단했다. 말할 때 그의 목소리는 지극히 부드러웠"다고 표현한다. 라일라는 "당신 말이 맞아요. 할게요"라는 에임스의 말을 다시 떠올리는데 누군가 그런 말을 자기에게 했다는 사실 자체가 생소한 일이었기 때문이다. 텍스트 전반에 걸쳐 라일라에 대한 묘사에서 라일라에게 "당신 말이 맞아요"라고 긍정적인 말을 해주는 사람은 오직 에임스밖에 없는데, 라일라는 그만큼 자신을 인정해주고 이해해주는 사람을 마주한 적이 없기에 새삼 당혹스러움을 느끼는 것이다. 이런 당혹감은 결혼 후에도 여전한데, 남편이 "어떻게 하면 그녀의 마음이 집에 있는 것처럼 편해질 수 있는지 고민하면서" 기도하는 것을 알지만 "평생 단 한 번도 집에 있는 것처럼 마음이 편했던 적이 없었"고 "어디서부터 시작해야 할지도 알 수 없었다"는 라일라의 말을 통해 정상적인 삶을 살지 못한 이에게 평범한 삶을 꾸려나가는 것이 얼마나 어색하고 어려운 일인지 독자에게 전달한다.

에임스가 느끼는 외로움이나 상실감 역시 라일라의 경우와 다르지 않다. 라일라가 보기에 에임스는 가족을 제외하고는 모든 것을 갖춘 인물이다. 겉보기에 에임스와 라일라의 가장 큰 차이점 가운데 하나는 어울리는 사람의 유무로 볼 수 있는데 이런 면에서도 에임스는 라일라와 무척 다른 처지로 보일 수 있다. 목회자인 에임스는 여러 방식으로 사람들을 만나고 그들과 대화도 많이 나누기에 외로움과는 거리가 먼 듯 보이지만 라일라가 느끼는 에임스의 진정한 모습은 혼자 사는 데 대한 외로움이다. 에임스의 외로움은 그가 주변의 많은 사람들과 어울림에도 그들이 그의 외로움을 절실히 느끼지 못하거나 외로움을 해결해줄 수 있는 인물들이 아니라는 것을 역설적으로 반증한다. 비를 피하러 우연히 교회에 들어가 에임스와 처음 마주친 라일라가 길리어드를 떠나야 할지에 대해 상담하러 에임스 집으로 찾아가는 장면을 보면 에임스 역시 주변에 사람은 많아도 외로움을 느끼고 사람을 그리워하고 있음을 알 수 있다. "여기 앉으실 수 있게 자리를 좀 치워드릴게요. 집에 손님이 별로 안 와서. 그것도 보시면 알 수 있겠지만." 혼자 있는 남성이 여성, 그것도 낯선 여성을 집 안에 들이는 것은 예의에 맞지 않는 행동이지만 "그녀가 가길 바라지는 않"는다는 것을 라일라는 알아챘다.

에임스와 라일라의 공통점은 이처럼 주변인들과의 소통이 부재하고 애정이나 관심을 쏟을 대상이 없다는 것이다. 에임스가 라일라가 옆에 있어주기를 바라고 라일라 역시 길리어드를 떠날지 말지 망설이다 갑작스럽게 에임스를 남편으로 맞아들이는 것은 남들처럼 가정을 꾸리고 평범하게 살고 싶은 서로의 욕구가 일치함에서 연유한다. 결혼을 통해 에임스와 라일라는 봄이면 만물이 생명을 되찾듯 잃어버렸거나 박탈당한 평범한 생활을 되찾게 된다. 즉 과거의 비정상적인 삶에서 정상적인 삶으로 (다시) 나아감을 의미하며, 특히 라일라에게 이 과정은 지금까지 겪지 못한 완전히 새로운 세계로의 나아감을 뜻한다. 남들로부터 고립된 삶을 살아온 라일라는 결혼 생활과 임신을 통해 사람과의 관계에 대해 새롭게 배우게 되고 육체적으로는 성숙하지만 정신적으로는 아직 미숙한 소녀에서 어엿한 성인으로 성장하는 계기를 경험한다.

둘의 결혼 생활에서 주목할 점은 라일라와 에임스의 대화다. 이들이 나누는 대화에는 평범한 일상생활에 관한 것보다는 종교적인 성격을 띤 질문과 대답이 상당히 많이 등장한다. 주로 라일라가 묻고 에임스가 대답하는 형식으로 이루어지는데, 각각의 관점이 매우 다름을 알 수 있으며 이런 관점의 차이는 서로의 세계를 이해하는 데 큰 도움을 준다. 라일라가 던지는 질문들에 대해 에임스가 미처 제대로 된 답변을 하지 못하는 장면이 자주 등장하는데 이는 질문들 자체가 상당히 형이상학적이며 존재론적인 질문이라는 이유도 있지만, 지극히 현실적인 라일라와는 달리 에임스가 지향하는 바는 현실적인 문제보다는 형이상학적인 문제에 치중(Sykes 116)하기 때문으로도 볼 수 있다. 이것이 라일라의 입장에서 볼 때 에임스 혹은 에임스가 대변하는 종교의 한계라고 볼 수 있으며 라일라나 에임스가 바라는 평범한 일상생활로 회귀하는 데 도움을 제대로 주지 못하는 한계로도 해석할 수 있다.

전반적으로 이 텍스트에서 기독교는 긍정적인 면보다는 부정적인 면이 비교적 더 드러난다. "인생은 아주 심오한 수수께끼고, 결국엔 주님의 은총만이 그 수수께끼를 풀 수 있"고 "그 은총 또한 아주 심오한 수수께끼"이며 "기본적으로 인간은 신의 은총을 받을 때 그것이 은총이라는 점을 정말로 깨닫기 위해선 고통을 겪어야 한다"는 에임스의 대답은 정작 라일라의 의문을 풀어주지 못한다. 개인적인 차원에서 에임스가 보이는 인간적인 태도나 배려심과는 별개로 에임스가 굳게 믿고 의지하는 종교는 막상 현실 세계를 살아가는 보통 사람들, 특히 고난을 겪고 빈곤한 삶을 사는 이들에게는 아무 도움을 주지 못한다. 특히 달이 며칠간 사라졌을 때 같이 지내던 돈이 라일라를 어느 교회 앞에 버리는 장면에서 실질적으로 도움을 주지 못하는 종교와 종교인의 모습이 잘 나타난다. 저녁이 되어 추위에 떠는 라일라를 보고 교회 목사는 안으로 들어가자고 하지만 밖에서 기다리라는 아저씨의 말대로 꼼짝하지 않는 라일라에게 담요를 갖다주고 창문으로 지켜본다. 이 장면은 항상 우리를 지켜보지만 현실적인 도움을 주지 못하는 종교를 에둘러 비판하는 장면으로 해석할 수 있다.*

---

* 2013년 12월에 행해진 인터뷰에서 로빈슨은 교회가 그동안 "경제적으로, 정서적으로, 심지어는 성적으로까지 매우 많은 경우에서" 회중들을 착취해왔다고 주장하며 "하나님을 섬기는 자들에 의해 인도받는 회중이 실제로는 하나님의 형상을 하고 있으며 하나님께 소중하다는 것을 교회를 이끄는 이들이 진정 믿는다면 그런 일이 일어나지 않았을 것"이라고 비판했다(Painter 151-52).

에임스와 라일라가 종교의 이러한 한계를 극복하고 평범한 삶을 되찾도록 하기 위해 작가는 목사인 에임스를 인간적인 모습으로 그린다. 에임스의 인간적 매력은 형이상학적인 종교의 특성이 현실에서 실질적인 도움을 줄 수 있도록 작동하는데, 종교가 지닌 치유의 역할을 수행하는 데 온화하고 남을 배려할 줄 아는 에임스만큼 사랑이라는 자비를 제대로 표현할 인물이 없기 때문이며 그럼으로써만 남을 믿지 못하는 라일라의 마음을 누그러뜨리고 사랑으로 감쌀 수 있기 때문이다. 아이를 가진 후에도 머무를지 떠날지 망설이는 라일라가 결국 남편 곁에 머무르기로 한 것은 라일라에게 떠날 구실을 주지 않을 만큼 에임스가 그녀를 헌신적으로 사랑하고 위하기 때문이다. 배 속의 아이에게 라일라는 "어쩌면 영원히 안 떠날 수도 있어. 노인이 내가 떠날 이유를 안 줄지도 몰라. (…) 그 노인은 날 사랑해. 그 사랑을 어떻게 해야 할지 내가 알아내야 해"라고 말한다. 남편을 마치 남처럼 부르고는 있지만 자신을 사랑하고 아끼기에 쉽게 그를 떠나지 못하는 심정을 잘 드러내고 있으며 라일라는 점차 남편이란 존재를 인정하고 자신의 삶의 일부로 받아들이기 시작한다.

라일라가 변하는 만큼 에임스 역시 변화를 겪는다. 라일라의 거듭된 질문은 에임스로 하여금 자신이 살아온 방식이나 종교의 본질에 대해 다시 생각하게끔 하며 자신이 미처 몰랐던 세계에 대한 지평을 넓히고 그럼으로써 라일라가 살아온 과정과 그 세계 및 그녀를 둘러싼 주변인들에 대해서도 보다 잘 이해하는 계기를 제공하기 때문이다. 성경에 대해 서로 이야기할 때 에임스는 자신과 다른 부분을 좋아하는 라일라를 보고 스스럼없이 말한다.

그가 말했다. "흥미롭긴 하죠. 나도 다시 성경을 처음부터 끝까지 읽어봐야겠어요. 난 항상 성경에서 내가 가장 좋아하는 부분을 생각하고 있는 것 같아 놀랍네요. 그런 부분이 많기도 하고요. 하지만 그 부분들 말고 다른 이야기들도 있죠."

라일라와 에임스가 서로 좋아하는 부분이 다르다는 것은 성경을 읽는 관점이 서로 다른 것을 의미하며 둘이 살아온 환경이 매우 이질적이기에 관심을 갖는 부분 역시 다름을 뜻한다. 라일라가 에임스에게 던지는 질문은 대답하기가 상당히 어려운 질문이 많은데 이는 라일라가 '어떤 일들이 왜 일어나는가'라는 보다 더 본질적인 문제에 대해 생각하기 때문이다. 예를 들면 "하지만 하나님에게 정말 그런 (전지전능한) 힘이 있다면, 왜 아이들이 그런 학대를 받게 놔두죠?"라거나 "하지만 하나님은 애초에 왜 누군가가 아이를 그런 곳에 버리게 놔뒀을까요?"라는 질문은 자신과 관련된 의문에 대한 답을 구하는 것이자 종교의 본질적인 문제에 대한 질문이기도 하다.

남을 믿지 못하고 쉽게 마음의 문을 열지 못하는 라일라가 마음의 문을 열도록 하는 것은 에임스의 변함없이 진실하고 애정이 넘치며 그녀를 이해하고 아끼는 태도이다. 라일라가 에임스의 아기를 잉태한 것은 단순한 부부 간의 육체적 결합의 결과를 넘어, 완벽하진 않지만 어느 정도의 정신적 유대감 형성, 부부 간의 소통의 완성을 의미한다. 자신의 아이를 가짐으로써 라일라는 비로소 평범한 여성과 어머니로서 살게 되며 둘 사이의 아이는 어떤 난관이 닥쳐와도 그것을 극복하고 둘의 관계를 계속 지속시킬 든든한 버팀목이 될 것이다. 아이를 가지고 나서도 에임스가 라일라에게 "당신은 여전히 날 전혀 믿지 않는군요"라고 하자 라일라는 "맞아요. 사실 당신을 믿는다는 말은 할 수 없어요. 당신이 날 믿어야 할 이유도 없죠. 내가 당신에게 말하지 않은 일들도 있고"라고 답한다. 에임스가 그냥 말해버리는 게 어떠냐며 막상 자신이 개의치 않는 모습을 보면 믿을 수 있지 않겠냐고 하자 라일라는 "이 아이를 낳기 전까진 안 할래요"라고 말한다. 대답 대신 에임스는 웃으며 라일라를 꼭 품는다. 이 둘의 대화와 행동은 태어날 아기가 과거의 외로운 생활에서 벗어나 행복한 가정을 (되)찾은 징표이고 그러기에 반드시 지켜내야 할 소중한 존재라는 무언의 교감이 둘 사이에 흐르고 있음을 암시한다.

아이를 가진 후 라일라는 눈에 띄게 변한다. 부정적인 태도 대신 긍정적인 가치관을 지니게 되고 생명의 소중함과 그에 대한 책임감을 느끼는데, 이런 점에서 이 작품은 라일라의 인간적인 변모를 다루며(Sykes 114) 같은 맥락에서 그녀의 성장에 대한 이야기로도 풀이할 수 있다(Smith 82, Penner 297). 새로운 출발을 앞둔 라일라에게 있어 마지막으로 겪어야 할 변화는 과거의 슬픈 유산이나 기억을 처리하는 것으로, 라일라가 소중하게 간직했던 달의 칼을 치우는 것이다. 달의 칼은 세상에 있는 다른 사람들과 라일라를 구별하는 일종의 낙인이다. 달은 위험에 대비해 칼을 항상 지니고 다녔으며 칼싸움에서 사람을 죽이기도 했다. 따라서 그 칼은 폭력과 죽음의 상징이자 그녀의 "지참금"이며 라일라에게 "두려움과 외로움과 회환"을 떠올리게 하고 그녀의 험난했던 삶을 상징하는 물건이기에 미래의 새 생명을 눈앞에 둔 라일라로서는 반드시 없애야 할 과거의 유산이다. 모든 것이 끝난 후 라일라는 새로운 생명을 낳게 되고 그토록 바라던 평범한 가정을 이루게 된다.

5. 결론

《라일라》는 미국의 가장 곤궁했던 시기를 배경으로 버려진 아이가 어떤 과정을 거쳐 정상적인 삶을 찾았는지를 보여준다. '길리아드 3부작'에 공통으로 등장하는 종교적인 색채를 앞선 두 작품에서는 볼 수 없었던 소외와 상실이라는 소재와 결합함으로써 로빈슨은 1930년대뿐 아니라 자신이 살고 있는 21세기에도 여전한 인간 소외에 대한 문제를 제기한다. 상실감과 고독에 대한 해결책으로 결혼과 아이 그리고 평범한 가정이라는 매우 상투적인 방안을 제시하고 있지만 그의 이런 방책이 현대 사회에서도 독자들의 마음에 호소력 있게 전달되는 것은 인간 사회의 근간은 상호 애정과 관심에 바탕을 둔 신뢰와 생명에 대한 존중임을 공감하고 있고 또 그 외에는 달리 해결책을 찾을 수 없기 때문이다. 에임스와 라일라가 꾸리는 가정은 일견 평범해 보이지만 많은 시행착오와 불신을 넘어 서로에 대한 이해와 신뢰를 바탕으로 한 흔들리지 않는 애정에 기초를 두고 있기에 개인주의가 팽배한 현대 사회에서 쉽게 이룰 수는 없다. 불신과 배신, 생명 경시 그리고 외로움을 겪는 사람들이 사랑이 상실된 사회에서 사랑하는 법을 배우는 것이야말로 평범하지만 행복한 사회를 이루는 길이라는 것이 작가가 이 사회에 던지는 메시지이며, '길리아드 3부작'은 작가가 지속적으로 추구하는 긍정과 희망에 대한 열망, 즉 삶을 긍정적으로 받아들일 수 있는 우리의 능력에 대한 가능성을 던지고 있다.

이승복(숭실대 교수)

| 참고문헌 |

Ahn, Esther, "'Why Do Things Happen the Way They Do?': On the Question of Existence and Experience in *Lila* by Marilynne Robinson", *Literature and Religion* 24.4 (2019).

Domestico, Anthony, "Blessings in Disguise : the Unfashionable Genius of Marilynne Robinson", Commonweal (2014).

Painter, Rebecca M, "On the Responsibility of Churches to Safeguard and Promote the Spirit of Democracy, the Potential of the Humanities, and Other Thoughts—an Interview with Marilynne Robinson". *Renascence* 66.2 (2014).

Penner, Erin, "A Response to Addie Bundren: Restoring Generosity to the Language of Civil Discourse in Marilynne Ronbinson's *Lila*", *Studies in the Novel* 50.2 (2019).

Smith, Emily Esfahani, "Learning to Love", *The New Criterion* 33 (2015).

Sykes, Rachel, "Reading for Quiet in Marilynne Robinson's Gilead Novels", *Critique: Studies in Contemporary Fiction* 58.2 (2017).

은행나무세계문학 에세 • 16

라일라

1판 1쇄 발행 2023년 12월 15일

지은이·매릴린 로빈슨
옮긴이·박산호
펴낸이·주연선

(주)은행나무
04035 서울특별시 마포구 양화로11길 54
전화·02)3143-0651~3 | 팩스·02)3143-0654
신고번호·제 1997—000168호(1997. 12. 12)
www.ehbook.co.kr
ehbook@ehbook.co.kr

ISBN 979-11-6737-384-7 (04800)
ISBN 979-11-6737-117-1 (세트)

• 이 책의 판권은 지은이와 은행나무에 있습니다. 이 책 내용의 일부 또는 전부를 재사용하려면 반드시 양측의 서면 동의를 받아야 합니다.

• 잘못된 책은 구입처에서 바꿔드립니다.